MAXI

Título original: *Die Insel der Tausend Quellen*
Traducción: Susana Andrés
1.ª edición: junio, 2014

© Verlagsgruppe Lübbe GmbH & Co. KG, Köln, 2011
© Ediciones B, S. A., 2014
    para el sello B de Bolsillo
    Consell de Cent, 425-427.- 08009 Barcelona (España)
    www.edicionesb.com

Printed in Spain
ISBN: 978-84-9872-937-5
DL B 9680-2014

Impreso por LIBERDÚPLEX, S.L.U.
Ctra. BV 2249 Km 7,4 Polígono Torrentfondo
08791 - Sant Llorenç d'Hortons (Barcelona)

La isla de las mil fuentes

Sarah Lark

MAXI

SUEÑOS

Londres

Finales de verano - Otoño de 1729

1

—¡Qué tiempo!

Nora Reed se estremeció antes de salir a la calle y correr hasta el carruaje que la aguardaba delante de la casa de su padre. El viejo cochero sonrió cuando la vio sortear los charcos dando saltos, pese a los zapatos de seda y tacón alto, para no mancharse el vestido. El voluminoso miriñaque dejaba al descubierto mucho más de lo que permitía la decencia, los tobillos y las pantorrillas, pero Nora no se sentía cohibida ante Peppers. Hacía años que estaba al servicio de la familia y conocía a la muchacha desde que tiempo atrás él mismo la había llevado a bautizar.

—Así pues, ¿adónde vamos?

El cochero sostuvo sonriente la portezuela del vehículo alto y lacado en negro. Las puertas estaban adornadas con una especie de blasón, unas iniciales artísticamente entrelazadas: la T y la R de Thomas Reed, el padre de Nora.

La muchacha se puso a cubierto y se quitó rápidamente la capucha de su amplio abrigo. Esa mañana, la doncella le había trenzado en el cabello castaño dorado unas cintas verde oscuro a juego con su abrigo verde intenso. La lluvia tampoco habría podido ensañarse con la gruesa trenza que caía sobre la espalda de la chica, aunque no hubiera estado protegida. Nora no solía empolvarse el cabello de blanco tal como dictaba la moda. Lo prefería natural y se alegraba cuando Simon comparaba sus rizos con el ámbar. Al pensar en su amado, la muchacha sonrió soñadora. Tal vez debería pasar un momento por el despacho de su padre antes de visitar a lady Wentworth.

—Bajaremos primero hacia el Támesis, por favor —indicó con cierta vaguedad al cochero—. Quiero ir a casa de los Wentworth... Ya sabe, esa casa grande en el barrio comercial.

Lord Wentworth se había instalado a orillas del Támesis, en la zona de los despachos y casas comerciales. El contacto con comerciantes e importadores de azúcar le parecía más importante que una mansión señorial en un distinguido barrio residencial.

Peppers asintió.

—¿No quiere hacer una visita a su padre? —preguntó.

El viejo sirviente conocía a Nora lo suficiente para leer en su delicado y expresivo rostro qué estaba pensando. Durante las últimas semanas, la muchacha le había estado pidiendo con extraña frecuencia que la condujera al despacho del señor Reed, incluso si en realidad eso significaba dar un rodeo. Y, por supuesto, lo que la movía no era tanto saludar a su padre como ver a Simon Greenborough, el más joven de los secretarios de Thomas Reed. Peppers sospechaba que Nora también se reunía con el muchacho cuando iba a pasear o salía a caballo, pero no tenía intención de entrometerse. A su señor sin duda no le parecería bien que la chica tontease con uno de sus empleados. Pero Peppers apreciaba a su joven señora —que siempre había sabido ganarse el favor del personal de su padre— y se alegraba de verla ilusionada por el apuesto secretario de cabello negro. Hasta el momento, la muchacha nunca había tenido ningún secreto digno de consideración para su padre. Thomas Reed la había criado prácticamente solo después de la prematura muerte de la madre y ambos mantenían una relación estrecha y afectuosa. Peppers no creía que fuera a ponerla en peligro por un coqueteo.

—Ya veremos —respondió Nora, y su rostro adoptó una expresión pícara—. En cualquier caso, a nadie perjudicará que me pase por ahí. ¡Demos simplemente un pequeño paseo!

Peppers asintió, cerró la puerta tras la muchacha y se subió al pescante al tiempo que sacudía malhumorado la cabeza. Pese a toda su comprensión por el juvenil entusiasmo de Nora, lo cierto era que el tiempo no acompañaba para salir a pasear. Llovía a cántaros y el agua fluía a torrentes por la ciudad, arrastrando consigo escombros e inmundicias. La lluvia y la suciedad de las calles se unían formando un caldo pestilente que borbotaba bajo las ruedas del carruaje, en cuyos radios se enredaban, no pocas veces, tablas arrancadas de los carteles de las tiendas o incluso animales muertos.

El cochero conducía despacio para evitar accidentes y respetar a los mozos de los recados y transeúntes que circulaban pese al mal tiempo. Estos evitaban las salpicaduras de los carruajes, pero no siempre lograban escapar de una indeseada y apestosa ducha. Sin embargo, Peppers ni siquiera tenía que refrenar los caballos ese día. Los animales avanzaban con desgana y parecían encogerse bajo la lluvia, al igual que el delgado muchacho, a primera vista un recadero, que salía del despacho de Thomas Reed cuando Peppers dirigió hacia allí el carruaje. Peppers sintió compasión por el pobre diablo, pero Nora distrajo su atención al golpear con insistencia la ventanilla que separaba el vehículo del pescante.

—¡Peppers! ¡Deténgase, Peppers! Es...

Simon Greenborough había esperado que mejorara el tiempo. Pero cuando salió de la penumbra del despacho a la calle, la visión de los caballos empapados delante del carruaje cerrado le demostró que se había equivocado. El joven trató de subirse el cuello del raído abrigo para proteger el adorno de encaje de su última camisa aprovechable. Solía plancharla cada noche para mantenerla más o menos en condiciones. Ahora, sin embargo, se había mojado en un instante, al igual que su cabello, escasamente empolvado. El agua descendía por la corta coleta en que había recogido el espeso pelo negro. Simon estaba deseando comprarse un sombrero, pero todavía no sabía con exactitud qué era lo más adecuado para su nueva condición de escribiente.

En ningún caso el tricornio del joven noble, incluso si su único sombrero todavía estaba presentable. Tampoco la lujosa peluca que su padre había llevado y que el ujier...

Simon intentó no pensar en ello. Tosió cuando el agua se deslizó por su espalda. Si no se guarecía pronto de ese chaparrón, el abrigo y los calzones de media pierna también acabarían empapados. Los viejos zapatos de hebilla ya no aguantaban la humedad, el cuero crujía con cada paso que daba. Intentó caminar más deprisa. A fin de cuentas, solo un par de manzanas lo separaban de Thames Street y tal vez podría aguardar allí la respuesta a la carta que se había ofrecido a llevar. Esperaba que para entonces la lluvia hubiera amainado...

Simon no se percató del carruaje que se aproximaba a sus espaldas hasta que oyó la clara voz de Nora.

—¡Simon! Por el amor de Dios, ¿qué estás haciendo aquí? ¡Vas a morirte con este tiempo! ¿Cómo se le ocurre a mi padre que hagas de recadero?

El cochero había detenido el elegante vehículo junto a Simon, sin duda siguiendo las indicaciones de Nora. La muchacha no esperó a que Peppers bajara del pescante para abrirle la portezuela: la empujó con ímpetu desde dentro y palmeó invitadora el asiento a su lado.

—¡Sube, Simon, deprisa! Con este viento entra lluvia y la tapicería se está mojando.

Simon miró indeciso al interior del coche. El cochero observó al confuso joven que, calado hasta los huesos, se hallaba junto al bordillo. Al final, este se decidió a hablar.

—A tu padre no le gustaría...

—Seguro que a su padre no le gustaría, miss Reed...

Simon y el cochero hablaron casi al mismo tiempo y reaccionaron igual de ofendidos cuando ella soltó una risita cristalina.

—¡Sé razonable, Simon! No importa adónde vayas, tampoco a mi padre le gustaría que su mensaje llegase a puerto como si hubiera cruzado a nado el Támesis. Además, Peppers no dirá nada, ¿verdad, Peppers?

Nora sonrió al cochero buscando su aprobación. El hombre suspiró resignado y abrió del todo la portezuela para el invitado.

—Por favor, señor... humm... milord... —Todo en Peppers se resistía a dirigirse con un título de nobleza a tan desgraciado personaje.

Simon Greenborough hizo también un gesto de impotencia.

—Con «señor» es suficiente. El escaño en la Cámara de los Lores ya está de todos modos vendido, tanto si se dirige a mí llamándome lord, vizconde o lo que sea.

En su voz había un deje de amargura, y Simon se reprendió por haber consentido que el sirviente se enterase de los asuntos de su familia. No obstante, era posible que ya supiera más de lo normal acerca de él. Nora trataba al personal de su casa en May-fair como una prolongación de su familia. A saber lo que les habría contado a sus doncellas y sirvientas.

Simon se dejó caer suspirando en el asiento junto a la mu-chacha. Volvió a toser, el tiempo le afectaba en los pulmones. Nora contempló al joven entre severa y apenada. A conti-nuación cogió su chal y le secó el cabello. Las huellas del hú-medo polvo quedaron en la lana y Nora las miró sacudiendo la cabeza.

—¡Mira que ponerte esta cosa! —le reprochó—. Qué moda más absurda; tienes un pelo negro tan bonito... ¿por qué te lo blanqueas como un vejestorio? Por suerte no se te ha ocurrido ponerte peluca...

Simon sonrió. No podría haberse permitido una peluca, pe-ro Nora se negaba obcecadamente a tomar siquiera conciencia de lo pobre que era. Del mismo modo se resistía a ver las demás diferencias entre su posición y la de Simon. A ella le daba igual que él fuera un noble y ella una burguesa, que él estuviera total-mente arruinado mientras su padre se hallaba entre los comer-ciantes más ricos del imperio, que él viviera en un castillo o tra-bajase de escribiente mal pagado en el despacho de su padre. Nora Reed amaba a Simon Greenborough y no tenía la menor duda de que, en algún momento, ese amor se vería colmado. En ese momento se apoyaba confiada en el hombro del joven, mientras el carruaje traqueteaba por las adoquinadas calles de Londres.

Simon, por su parte, lanzó una mirada inquieta hacia el pescante antes de estrecharla sonriente entre sus brazos y besarla. Ese día lluvioso, Nora se había decidido por un coche cerrado. La ventanilla que le permitía comunicarse con Peppers era diminuta y además estaba empañada. El cochero no se enteraría de lo que sucediera allí dentro. Nora respondió al beso de Simon sin reservas. Refulgía cuando se desprendió del abrazo del joven.

—¡Te he añorado tanto! —susurró, apretándose contra él, sin importarle que así se mojaba el abrigo y arrugaba el encaje del escote del vestido—. ¿Cuánto tiempo ha pasado?

—Dos días —respondió Simon, acariciándole tiernamente la frente y las sienes. No se cansaba de contemplar los rasgos finos y la sonrisa de la delicada muchacha, y los días que no se veían le resultaban tan sombríos y tristes como a ella.

Nora y su padre habían pasado el fin de semana en la residencia de verano de unos amigos, pero también allí había llovido sin cesar. Así pues, los enamorados tampoco habrían podido encontrarse a escondidas, pues no había ni espacio, ni público ni privado, en el cual una pareja tan poco conveniente pudiera charlar, menos aún acariciarse, inadvertidamente. Cuando hacía buen tiempo, solían encontrarse en St. James Park, si bien ello conllevaba sus riesgos. En las vías más transitadas, los amigos y conocidos de Nora podían descubrirlos, mientras que en los rincones retirados, tras los setos sombríos, solían acechar figuras inquietantes... Y ahora, por añadidura, llegaba el otoño.

—¡Tenemos que hablar urgentemente con mi padre! —declaró Nora, que estaba dándole vueltas a esos mismos pensamientos—. No podemos seguir paseando por el parque, pronto empeorará el tiempo. ¡Mi padre ha de acceder a que me hagas la corte en público! Y más aún porque quiero mostrarte a todo el mundo. Mi maravilloso lord...

Le dirigió una sonrisa traviesa y él se abandonó como siempre a la contemplación de su rostro delicado e inteligente y aquellos ojos verdes en los que parecía brillar un caleidoscopio de lucecitas claras y oscuras cuando ella se emocionaba. Amaba su cabello castaño dorado, sobre todo cuando lo adornaba con flores. Flores de azahar... Ni Simon ni Nora habían visto jamás un naranjo, pero conocían sus flores a través de las ilustraciones y soñaban con recogerlas algún día juntos.

—Tu padre nunca lo permitirá... —contestó un Simon pesimista, estrechando a Nora contra sí. Le gustaba sentirla, imaginarse que llevaba a su amada en su propio carruaje a su casa, a un palacio bañado por el sol...

—¿Adónde desean ir?

La concisa pregunta de Peppers separó de golpe a los dos enamorados, aunque era difícil que hubiera visto algo. Se había vuelto solo a medias hacia sus pasajeros pues el tráfico de las calles, sobre todo con ese tiempo, reclamaba su atención.

—A... a Thames Street —respondió Simon—. Al despacho del señor Roundbottom.

Nora sonrió complacida al cochero y a Simon por igual.

—Ah, prácticamente nos queda de camino —dijo alegre—. Voy a casa de lady Wentworth a devolverle este libro.

Sacó un pequeño ejemplar bellamente encuadernado de su bolsa adornada de puntillas y se lo tendió a Simon.

—*Barbados*. —La arruga que siempre aparecía en la frente de Simon cuando estaba preocupado desapareció—. A mí también me habría gustado leerlo.

Nora asintió.

—Lo sé. Pero tengo que devolverlo, los Wentworth se marchan mañana a las islas Vírgenes. Tienen ahí una plantación, ¿sabes? Estaban aquí solo para...

Simon ya no la escuchaba, estaba concentrado hojeando el librito. Imaginaba por qué los Wentworth estaban en Londres. Probablemente habían abandonado circunstancialmente su residencia en el Caribe para comprar un escaño en el Parlamento, o para ocuparse de alguno que ya pertenecía a su familia. Los propietarios de las plantaciones de Jamaica, Barbados y otros terrenos agrícolas del Caribe velaban celosamente para que se fijaran los precios de sus productos y prohibieran las importaciones desde otros países. Con ese objetivo, afianzaban su poder mediante la compra de escaños en la Cámara de los Lores que ofrecían familias nobles venidas a menos, como la de Simon. Por lo que él sabía, un miembro de la familia Codrington, que poseía una gran parte de la pequeña isla Barbuda, tenía la representación del condado de Greenborough.

Pero tampoco Nora se entretuvo en historias sobre la familia Wentworth. En lugar de ello volvió a contemplar el libro que ya había leído varias veces.

—¿A que es bonita? —dijo mostrando una imagen.

Simon acababa de abrir una página cuyo texto estaba ilustrado con el grabado de una playa de Barbados. Palmeras, una playa de arena que se transformaba de repente en una selva virgen... Nora se inclinó encima del libro, acercándose tanto a Simon que él pudo aspirar el aroma de su cabello: nada de polvos de talco, sino agua de rosas.

—¡Y ahí está nuestra cabaña! —exclamó soñadora al tiempo que señalaba una especie de claro—. Cubierta de hojas de palmera...

Simon sonrió.

—En lo que a esto respecta, un día tendrás que decidirte —se burló de ella—. ¿Quieres vivir en una cabaña como los indígenas o dirigir una plantación de tabaco para tu padre?

Nora y Simon estaban de acuerdo en que ni Inglaterra ni Londres eran los lugares donde querían pasar el resto de sus vidas. Nora devoraba todos los libros que caían en sus manos sobre las colonias y Simon soñaba con las cartas que escribía para el señor Reed sobre Jamaica, Barbados o isla Cooper. Thomas Reed importaba caña de azúcar, tabaco y algodón de todas las partes del mundo que el Imperio británico se había anexionado en el último siglo. Estaba en permanente contacto con los propietarios de las plantaciones y Nora ya tenía trazado un plan para ver cumplidos sus deseos. Bien, quizás en Inglaterra no hubiera un futuro para ella y Simon, pero si se abría una filial del negocio de Thomas Reed en alguna colonia... Barbados era ahora el país de sus sueños, aunque estaba lista para instalarse en cualquier lugar donde el sol brillara cada día.

—Ya hemos llegado... miss Nora, señor... —Peppers detuvo el carruaje e hizo gesto de ir a abrir la puerta a Simon—. Cuarenta y ocho de Thames Street.

Junto a la puerta del edificio, una placa brillante anunciaba el despacho del señor Roundbottom. Simon cerró el libro de mala gana y salió a la lluvia.

—Muchas gracias por acompañarme hasta aquí, miss Reed —se despidió cortésmente de Nora—. Espero volver a verla pronto.

—Ha sido un placer, vizconde Greenborough —contestó Nora con la misma formalidad—. Pero espere en el despacho a que deje de llover. No me gustaría que se resfriase al volver.

Peppers compuso una expresiva mueca poniendo los ojos en blanco. Hasta el momento, encontraba el enamoramiento de Nora más divertido que preocupante, pero si la historia seguía adelante, su pequeña señora iba a meterse en problemas. De ninguna de las maneras casaría Thomas Reed a su hija con un escribiente, poco importaba que hubiera llevado o llevase título de nobleza.

La misma idea atormentaba a Simon cuando al final regresó a su trabajo. Si bien ya no llovía tanto, todavía no se le había secado la ropa y en el pasillo donde el señor Roundbottom le había mandado esperar había corrientes de aire y hacía frío. El joven estaba aterido, y el persistente resfriado que había cogido en primavera, en la habitación diminuta e infestada de bichos que había alquilado en el East End de Londres, todavía le atormentaba. Qué descenso de categoría después de Greenborough Manor; además, era una vivienda inadecuada para el empleado de un despacho de prestigio.

Thomas Reed no abonaba al escribiente un salario elevado, pero tampoco era un explotador. Por regla general, el sueldo de Simon habría bastado para pagarse un alojamiento pequeño y limpio, los secretarios más viejos incluso alimentaban con su sueldo a una familia, de forma modesta, sí, pero aceptable. Simon ni siquiera podía aspirar a fundar una familia: si no ocurría un milagro, se mataría trabajando toda su vida para pagar las deudas que había acumulado su padre, y eso pese a que los Greenborough ya habían vendido todo lo que poseyeran de valor.

La caída había cogido desprevenidas a la madre y la hermana de Simon, así como al mismo muchacho, aunque bien es cierto que la familia sabía que las finanzas de lord Greenborough no iban del todo bien. Ya hacía tiempo que se había planteado la venta del escaño parlamentario, acerca de lo cual Simon hacía mucho que había llegado a la conclusión de que eso no haría más que beneficiar a la Cámara de los Lores. Su padre había ocupado en escasas ocasiones su puesto y, cuando lo había hecho, entendía tan poco lo que allí se debatía, según decían, como en casa las peroratas de su esposa, que nunca se cansaba de reprocharle su inclinación a la bebida y al derroche. John Peter Greenborough solía estar más borracho que sobrio, pero su familia ignoraba que, además, había intentado volver a normalizar su maltrecha economía mediante el juego.

Cuando por fin murió —oficialmente de una caída durante una cacería, pero en realidad como consecuencia de una borrachera que solo le permitía ir a caballo al paso—, fueron muchos los acreedores que presentaron sus reclamaciones. Lady Greenborough vendió el escaño del Parlamento y con él, en principio, también sus tierras y el título de su hijo. Se despidió de joyas y cuberterías de plata, hipotecó la casa y al final tuvo que venderla. Llevada por la pura compasión, la familia Codrington cedió a los Greenborough un *cottage* en las afueras del pueblo que seguía llevando su nombre. Pero allí Simon no podía ganar dinero. Entretanto, a las deudas de su padre se había añadido la dote de su hermana, que, loado sea Dios, había logrado casarse más o menos en consonancia con su rango social. El futuro de Simon, por el contrario, estaba destrozado. En sus horas más negras se preguntaba si debía considerar el amor de Nora, esa joven tan hermosa como rica, una alegría o si solo representaba otra prueba más.

Nora Reed estaba convencida de que el cumplimiento de sus sueños tan solo era cuestión de tiempo. Sin embargo, Simon no compartía sus expectativas de que Thomas Reed le recibiera como yerno con los brazos abiertos. Al contrario, el acaudalado comerciante lo consideraría un cazador de dotes y lo pondría de patitas en la calle. No obstante, Simon estaba dispuesto a trabajar duramente para que sus sueños se hicieran realidad. Era un joven serio, siempre había deseado un puesto en una de las colonias y se había preparado para ello. No era ningún jinete, cazador ni espadachín excepcional, y, prescindiendo de la situación financiera de su familia, tampoco mostraba inclinaciones especiales ni talento para las diversiones de la nobleza, pero era inteligente y muy cultivado. Hablaba varias lenguas, era amable y cortés y, a diferencia de la mayoría de sus pares, también se manejaba bien con los números. En cualquier caso, se consideraba capaz de representar una compañía comercial como la de Thomas Reed en ultramar. Estaba dispuesto a trabajar diligentemente por su ascenso social y la arrogancia le resultaba ajena. ¡Tan solo necesitaba una oportunidad! Pero ¿tomaría Thomas Reed su amor por Nora como una manera de conseguir lo que quería? Lo más probable era que sospechase que Simon quería utilizar a su hija como trampolín para promocionarse profesionalmente.

Fuera como fuese, Simon dudaba de que fuese correcto sincerarse tan pronto con Thomas Reed. En cualquier caso, era mejor esperar a ganarse él mismo su favor y ascender de posición. Nora solo tenía diecisiete años y su padre aún no mostraba intenciones de casarla. Simon calculaba dos años más para llegar a establecerse y que entonces el comerciante lo tomara en consideración como yerno.

¡Ojalá supiera cómo apañárselas para conseguirlo!

2

—¿Qué más puede hacerse que no sea plantar caña de azúcar o tabaco? —preguntó Nora.

Estaba sentada en el diván de lady Wentworth y sostenía afectadamente una taza de té entre el índice y el pulgar. Desde que pocos decenios antes la reina Ana había dado a conocer esa infusión caliente, se servía en los mejores salones de Inglaterra. Como la mayoría de las damas, Nora había puesto azúcar con generosidad, para gran satisfacción de su anfitriona, que veía en cada té bien azucarado de Inglaterra una contribución al mantenimiento de su fortuna.

—Pues bien, el tabaco no ha dado especialmente buenos resultados —contestó pacientemente lady Wentworth.

Las incontables preguntas de la joven hija del comerciante la divertían. Nora Reed parecía firmemente decidida a que su futuro transcurriera en las colonias. Lady Wentworth lamentaba que sus hijos no tuvieran más que ocho y diez años. La pequeña Reed habría sido un estupendo partido y el hecho de que fuera burguesa no le disgustaba. A fin de cuentas, también su propio marido había comprado el título. Para pertenecer a los pares de Inglaterra, ya hacía tiempo que no había necesidad de casarse o de que el rey le armara pomposamente a uno caballero, si bien esto último también era factible para los barones del azúcar. Realizando las donaciones apropiadas —obsequios, protección de la flota u otros servicios a la Corona—, el rey premiaba cuán aplicadamente se trabajaba por la prosperidad del imperio al otro extremo del mundo...

—En cuanto al tabaco, Virginia y otras colonias del Nuevo Mundo son las que obtienen las calidades más altas. Pero la caña de azúcar no crece en ningún otro lugar mejor que en nuestras islas. Aunque también tenemos gastos... —Lady Wentworth recordó a tiempo que estaba ante la hija de un comerciante. Si se ufanaba demasiado de lo fácil que era cultivar caña de azúcar en Jamaica, Barbados y las islas Vírgenes, el padre de Nora quizá probara a bajar los precios—. ¡Ya solo con los esclavos!

—Bueno, en realidad nosotros no queremos tener esclavos —dijo suave pero sinceramente Nora. También había hablado acerca de ello con Simon y ambos eran de la misma opinión—. Es... es poco cristiano.

Lady Wentworth, una mujer resoluta en la treintena, cuyas opulentas formas casi reventaban el corsé y el miriñaque, soltó una risita.

—¡Ay, hija mía, no tiene ni idea! —exclamó—. Pero por fortuna la Iglesia es realista al respecto: si Dios no hubiese querido que los negros trabajasen para nosotros, no los habría creado. Y cuando esté usted allí, miss Reed, será de la misma opinión. Ese clima no es para los blancos. Demasiado calor, demasiada humedad. Para los negros, por el contrario, es totalmente normal. Y además los tratamos bien; les damos de comer, los vestimos, les... —Lady Wentworth se interrumpió. Al parecer no se le ocurría qué más hacían por el bienestar de sus esclavos—. ¡El reverendo hasta les predica el Evangelio! —declaró al final en tono triunfal, como si solo por eso valiera la pena vivir—. Aunque no siempre saben apreciarlo. Allí todavía perduran los rituales, hijita... ¡Es horrible! Cuando invocan a sus viejos ídolos... No cabe duda de que Dios ve con buenos ojos que limitemos tales prácticas. Pero no hablemos de cosas desagradables, miss Reed. —Lady Wentworth cogió un pastelito de té—. ¿Ya hay planes concretos de casarla en una de nuestras hermosas islas? ¿Qué opina su padre acerca de su proyecto de emigrar?

Nora no quería en absoluto tocar ese tema, así que intentó enterarse de otras alternativas.

—¿Cómo les va a los comerciantes en las islas? ¿Hay algún tipo de... humm... de intermediarios o algo similar que...?

Lady Wentworth hizo un gesto de rechazo.

—No en un número digno de mención, hija mía. Hay un par de capitanes que importan por su propia cuenta, pero exceptuando esos casos tratamos siempre directamente con la metrópoli.

Lo que no representaba ninguna dificultad, pues la mayoría de los propietarios de las plantaciones mantenían una o varias residencias en Inglaterra. Los Wentworth, por ejemplo, no solo poseían esa mansión señorial en la ciudad, sino también una casa de campo en Essex. En familias más grandes casi siempre permanecía uno de sus miembros varones en la metrópoli y dirigía las negociaciones con los comerciantes. Siempre que el cártel no estableciera de entrada los precios vinculantes para todos.

Nora se mordió el labio. La mujer tenía razón, en el ámbito de la caña de azúcar no hacía falta ninguna casa comercial en Jamaica o Barbados.

—Claro que hay un par de comerciantes —prosiguió lady Wentworth—. En especial en las islas más grandes, en las ciudades. La gente de nuestra condición, claro está, se abastece de los artículos más importantes en la metrópoli... —Con un conciso movimiento abarcó el valioso mobiliario de su casa, al que con toda seguridad no le iba a la zaga el de la plantación, los cuadros colgados y su no menos costoso vestido, cuyos voluminosos volantes se inflaban sobre los brazos de la butaca—. Pero, naturalmente, en las islas también hay sastres, panaderos, tenderos... —Su expresión delataba lo que pensaba sobre esa capa de la población—. ¡Por supuesto, nada que ver con un negocio como el de su señor padre! —se apresuró a añadir.

Nora reprimió un suspiro. Las perspectivas no eran buenas para ella y Simon, y aún menos porque su amado no era seguramente el más apropiado para trabajar de panadero, sastre o solícito tendero. Nora podía imaginarse a sí misma, en caso de necesidad, detrás de un mostrador hablando con las mujeres de Kingston o Bridgetown mientras exponía sus artículos. Pero ¿el tímido y tan extremadamente formal Simon? En cuanto le contaran un chisme realmente sustancioso se retiraría indignado.

Simon entró jadeante en el venerable despacho de Thomas Reed, en la orilla norte del Támesis. Era bastante lúgubre; las salas de los escribientes y secretarios eran pequeñas y los pupitres apenas estaban iluminados. Los empleados más antiguos con frecuencia encontraban difícil descifrar los números de los libros de cuentas. Únicamente la oficina privada de Thomas Reed, que contaba con cómodas butacas para visitas y clientes, disponía de altos ventanales con vistas al río. Al parecer, también ese día Thomas Reed recibía a un cliente. Cuando Simon pasó por el pasillo delante de la oficina, quitándose el abrigo, oyó retumbar la voz del comerciante y percibió otra, no menos estridente, con acento escocés.

—¡Reed, por Dios, no me venga con esos escrúpulos morales! Nosotros somos moderados, en otras islas las leyes son mucho más severas. ¡Los daneses incluso permiten quemar vivos a los negros insumisos! Naturalmente, no es la forma de actuar de un británico como debe ser, pero tiene que haber disciplina. Entonces también se aguantaría la vida en Barbados incluso como esclavo. —El hombre rio—. Lo sé de buena tinta, a fin de cuentas yo también fui uno de ellos.

Simon frunció el ceño. Qué interesante... Nunca había oído hablar de esclavos blancos en las islas. Entretanto, gracias al blasón que adornaba de modo algo llamativo una bolsa depositada en el pasillo, había descubierto la identidad del visitante: Angus McArrow, recientemente convertido en lord de Fennyloch. Simon recordaba que Thomas Reed había mediado en la compra del escaño. Ahora el escocés, que poseía una plantación en Barbados, agradecía el favor. La bolsa contenía un par de botellas de un soberbio ron negro y, por el tono en que hablaban los hombres, se podía deducir que ya habían abierto una.

—¿Puedo entrar ahora? —preguntó Simon nervioso a uno de los empleados más antiguos. Al fin y al cabo tenía que entregar la carta.

El hombre asintió indiferente.

—No parece que se estén contando ningún secreto —farfulló.

Simon llamó a la puerta con prudencia, lo que pasó inadvertido a su patrón y al cliente porque Reed soltaba justamente en ese momento una sonora carcajada.

—¿Usted, señor Arrow? ¿Esclavo de los campos de caña? ¿Entre un montón de jóvenes negros? —Era increíble.

—¡Como se lo digo!

Simon oyó el tintineo del cristal. Al parecer, volvían a llenarse las copas.

—Naturalmente, antes no lo llamaban así, se hablaba de servidumbre. Y tampoco había negros; llegaron más tarde. Pero pasaba lo mismo: estuve doblando el espinazo durante cinco años para uno de los primeros propietarios de una plantación y al final conseguí una parcela. Al principio muchos procedieron así, antes de que llevaran tantos negros a la isla. Créame usted, algunos de los actuales barones del azúcar empezaron siendo pobres desgraciados. La mayoría ya no lo reconoce, y sus descendientes en absoluto; a fin de cuentas, la mayor parte de los esclavos recompensados no envejecieron. Los tiempos de la servidumbre fueron duros y en los campos propios sucedía lo mismo. Muchos trabajaron un par de años, hasta que la caña de azúcar creció y los niños también. Luego estaban acabados. Literalmente, se habían matado trabajando. Pero ¡ahora los nietos se comportan como reyes!

—Qué interesante —intervino Reed—. No sabía nada... Un momento, por favor. ¡Pase!

Era la tercera vez que Simon llamaba a la puerta y por fin lo habían oído. El joven entró vacilante en la habitación y se inclinó delante del señor Reed y Angus McArrow.

—Milord... —dijo diligente.

El rostro rubicundo de McArrow resplandeció.

—¡Buenas, muchacho! Simon... Green-no-sé-qué, ¿verdad?

Fue usted quien redactó mi discurso inaugural en la corte. ¡Excelente, excelente, muchacho! ¡Acérquese y tómese también un trago! Parece necesitarlo. ¿Qué ha estado haciendo, nadando? —Se rio de su propio chiste.

Con el cabello todavía mojado y los pliegues de la pechera que con tanto esmero había planchado por la mañana colgando sin vida, Simon ofrecía una imagen lamentable.

—Estuvo usted en el despacho del señor Roundbottom, ¿verdad, Simon? —preguntó Reed recordando lo que le había encargado—. Pero, por todos los santos, ¡ha ido a pie con este tiempo! Muchacho, podría haber cogido un carro.

Thomas Reed, un hombre corpulento y pesado, de rasgos faciales sorprendentemente delicados, dirigió a su joven secretario una mirada al mismo tiempo compasiva y de desaprobación. Simon se le antojaba a veces un chico sin capacidad para enfrentarse a la vida. Bien educado, de acuerdo, y un escribiente y contable excelente, pero salvo eso... Ya solo su aspecto... ¡Podría comprarse un traje nuevo! Y recurrir a un vehículo si llovía. ¡Parecía como si Reed no estuviera pagando a sus empleados como Dios manda!

Simon bajó la vista ante los destellos de indignación de los ojos verdes de Reed. Eran igual de despiertos que los de su hija, pero más escrutadores que dulces, y no estaban rodeados por las arrugas que se forman al reír. Seguro que Nora las tendría con la edad...

Simon sonrió soñador cuando pensó en cómo sería verla envejecer. En algún momento también se colarían canas entre sus cabellos ambarinos, como ya sucedía ahora en el abundante tupé de su padre. Simon bromearía con ella porque ya no necesitaría empolvarse el cabello. Y todavía la amaría...

—¿Qué está mirando, Simon? Ha traído la respuesta del señor Roundbottom, ¿verdad? ¿A qué espera? ¡Démela! —Thomas Reed extendió exigente la mano.

—¡Tómese primero un trago! —intervino McArrow apaciguador y, para horror de Simon, le tendió un vaso lleno de un líquido de aroma fascinante y color ambarino. Ron de Barbados, sin lugar a dudas exquisito.

Pero ¡Simon no podía beber con Thomas Reed como si fueran dos personas de la misma posición! Y aún menos durante el horario de trabajo. Vaciló y sacó primero con torpeza la misiva del comerciante Roundbottom. La había metido en el bolsillo más interior de la chaqueta para protegerla de la lluvia.

—¡Haga lo que le dicen!

Thomas Reed cogió la carta y solucionó el dilema de Simon apuntando con un ligero gesto a McArrow y el vaso que sostenía para el chico. Claro que no era apropiado ofrecer una copa a su escribiente, pero no quería disgustar al escocés. Simon tomó un traguito. Experimentó una agradable sensación de calor cuando la bebida, fuerte y de un sabor algo dulce, bajó por su garganta. Muy gustosa, muy buena y de sabor suave, como solía ser el ron.

—Pasaría por brandy, ¿verdad? —preguntó McArrow, reclamando un elogio—. De mi plantación. Un método de destilación especial. Nosotros...

—Pero ahora siga contando ese extraño modo de adquirir tierras, McArrow —lo interrumpió Reed para satisfacción de Simon, que encontraba mucho más interesante la «esclavización» de los escoceses que la producción del ron—. ¿Todavía se practica hoy en día? Vaya, que con esa...

—¿Servidumbre recompensada? —preguntó McArrow, volviendo a coger su propio vaso—. Bien, no hay mucho más que explicar. Por lo general funcionaba como es debido, los señores no eran malos tipos. Claro que pillaban todo lo que podían. Esos cinco años no fueron coser y cantar. Aunque yo tuve suerte. Al tercer año aparecieron los primeros negros y yo les tuve que enseñar y vigilar. No era un trabajo tan duro como al comienzo. Y con mi patrón también tuve suerte, me entregó una buena parcela y dos esclavos, además de la posibilidad de comercializar mi cosecha con la suya. Claro que esto solo al principio, pues en lo que va de tiempo tengo yo más tierra que él... o más bien que sus hijos. Por desgracia no hacen gran cosa, por eso he tenido ahora que echar una mano con el escaño. Los jóvenes Drew están llevando a la quiebra el trabajo de toda la vida de su padre...

—¿Y todavía se practica hoy en día?

Simon intervino con la misma pregunta que Reed acababa de plantear, y al punto se arrepintió. En realidad él no debía estar presente en esa conversación entre socios, y menos aún participar en ella. Pero Reed escuchó con el mismo interés que su escribiente cuando McArrow respondió.

—Hoy apenas existe —dijo—. En primer lugar porque no hay ningún interés en que aparezcan todavía más plantaciones. Si la oferta aumenta mucho, los precios caen... Lo siento, señor Reed, pero los propietarios de las plantaciones queremos evitar que eso suceda. Todavía se oye hablar de ese tipo de acuerdos de forma esporádica, pero los señores esperan al menos siete años de servicios y a menudo acaban dando gato por liebre. No, no, eso se solucionó cuando llegaron los negros. Con lo que volvemos al tema en que estábamos: no lo tienen tan mal, no se matan trabajando como nosotros.

Solo que trabajaban toda su vida y después de cinco o siete años no tenían nada que les perteneciera, pensó Simon, pero se mordió la lengua. Tenía otra pregunta que hacer, pero Reed acababa de firmar la carta de respuesta y se la tendió. Una clara indicación de que se marchara. Había que archivar la carta y redactar el acuerdo en ella estipulado.

Dio las gracias a McArrow por el ron y dejó la habitación para ocupar su sitio junto al pupitre en la sala contigua. De todos modos, escuchaba las voces del despacho contiguo y cuando oyó que el escocés se despedía salió al pasillo.

—Señor McArrow... eh... milord... ¿Podría... podría hacerle una pregunta más?

—¡Y hasta diez, muchacho! —McArrow rio jovial—. Pregunte con toda tranquilidad, dispongo de tiempo. Hasta mañana no tengo más citas.

Simon reunió valor.

—Si uno... Bueno, si un joven está en las islas, en un sitio de ultramar como Jamaica o Barbados... Bueno, si uno quiere prosperar allí... ¿hay... hay alguna posibilidad?

McArrow observó al joven y contrajo el rostro en otra sonrisa irónica.

—Está harto de la lluvia, ¿verdad? —preguntó comprensivo—. Lo entiendo, yo también tengo suficiente. Pero las islas... Sí, claro que puede entrar al servicio de una plantación. A estas alturas ya no empleamos a los blancos como trabajadores del campo, sino que necesitamos capataces. ¿Sería de su conveniencia? Aunque un joven como usted... ¡Por su aspecto se diría que un pequeño soplo de viento lo tiraría!

Simon se ruborizó. Nunca había sido un hombre fuerte, pero en los últimos meses había adelgazado todavía más. Comía muy poco y esa tos pertinaz consumía todas sus fuerzas. Pero si estuviera en un lugar más cálido... Y seguro que los propietarios de las plantaciones daban alojamiento a los capataces. Podría invertir en comida el dinero que ahora gastaba en la habitación llena de chinches del East End.

—¡E... engaña, milord! —replicó con firmeza—. Puedo trabajar, yo...

—No tienes aspecto de ser capaz de blandir un látigo.

Simon se estremeció, no solo por esas palabras, sino por el repentino tuteo. Sin embargo, entendió que como trabajador de una plantación no podría insistir en que lo trataran como a un caballero.

—Y con los negros hay que hacerlo —prosiguió McArrow impertérrito—. Cuando las cosas se ponen crudas, hasta hay que colgar a alguno. ¡Y tú eso no lo harás, muchacho!

McArrow quiso quitar dureza a sus palabras dando unos golpecitos optimistas al hombre de Simon, pero el joven noble lo miraba desconcertado. ¿Dar latigazos? ¿Ahorcar? ¡Se diría que era el trabajo de un verdugo!

—No, si consiguieras algo sería en la administración. Pero no se dan puestos de balde en la Corona, tienes que comprarte uno o al menos conocer a alguien que conozca a alguien... —McArrow sacudió la cabeza al ver el rostro decepcionado de Simon—. También puedes intentarlo como marinero —sugirió al final—. Pero insisto en que quieren tipos fuertes y duros, no jovencitos como tú. Qué va, quédate donde estás, y haz tus cuentas. ¡Y puede que de vez en cuando algún discurso para el viejo McArrow! Fue excelente, chico... ¡casi como si tú mismo fueras un par!

Dicho esto, el dueño de la plantación cogió el tricornio y se acordó justo a tiempo de no ponérselo encima de su voluminosa peluca, sino de llevarlo elegantemente bajo el brazo antes de salir a la lluvia. El carruaje con su blasón ya esperaba. El lord recién horneado no iba a mojarse.

3

—¡No nos queda más remedio que contárselo a mi padre! —exclamó Nora.

El tiempo por fin había vuelto a mejorar, casi parecía un día de verano aunque los colores de otoño ya teñían las hojas de St. James Park. Pese a ello, volvía a hacer frío a esas horas del atardecer, después de que Simon hubiera salido del despacho para encontrarse a escondidas con su amada. Oscurecía y Nora había reconocido casi demasiado tarde a las dos damas que se aproximaban a ellos charlando animadamente por el apartado sendero. Justo antes de que lady Pentwood y su amiga los vieran, arrastró a Simon detrás de un seto.

Nora soltó una risita cuando pasaron por su lado, pero Simon se inquietó. No consideraba su amor secreto una aventura, sino más bien un desafío. Abatido, contó a Nora la desalentadora conversación con McArrow. Ella se sorprendió, aunque no especialmente. Añadió lo que había hablado con lady Wentworth.

—¡Ese McArrow tiene razón! —declaró a continuación estremeciéndose. Un buen motivo para estrecharse más contra Simon, quien con un gesto protector le había pasado el brazo sobre los hombros y no cesaba de inclinarse para besarle el cabello—. ¡Pues claro que eres incapaz de pegar a un negro! ¡Faltaría más, qué clase de gente es esa que se hace llamar lores, ladies y caballeros! Yo no creo que Dios haya creado a los negros para que nos cultiven la caña de azúcar. En tal caso los habría enviado directamente a las islas y no habría que ir a buscarlos a África. Mi padre dice que en los barcos sufren lo indecible. ¡Los encadenan!

Thomas Reed no participaba en el comercio de esclavos, aunque, naturalmente, se beneficiaba de forma indirecta del trabajo de los negros. Al fin y al cabo comerciaba con azúcar, tabaco y otros productos de las colonias, y sin esclavos no se explotaría ninguna plantación. Pero comprar y vender seres humanos, mantenerlos en cautiverio, meterlos a la fuerza en las bodegas de los barcos y en calabozos, y pegarles... Thomas no lo consideraba compatible con su fe cristiana. Tanto daba si otros compartían o no su opinión.

—Pero no hay más trabajo —replicó Simon desanimado, con lo que Nora insistió en que había que «confesárselo» a su padre.

—Tenemos que decirle a mi padre que nos queremos. Tienes que pedir mi mano y luego ya encontraremos una solución. Estoy convencida de que algo se le ocurrirá. Si le digo que quiero ir a las colonias, ¡lo conseguirá!

Nora confiaba plenamente no solo en que tendrían posibilidades, sino también en que su padre estaría dispuesto a satisfacer sus deseos. No cabía duda de que era una niña mimada. Tras la temprana muerte de su esposa, Thomas Reed había depositado todo su amor en ella.

—Mira, mañana mismo lo hacemos. Compras un par de flores... En el Cheapside no son tan caras, y si no tienes dinero...

Simon sonrió con ternura. Nora siempre era práctica. Si él no podía permitirse ser romántico, ella renunciaría sin quejarse. Ella misma estaría dispuesta a hacerse su propio ramo de flores. Simon la estrechó más contra sí.

—Querida, no será por falta de un ramo de flores. Pero déjame un par de semanas más, ¿de acuerdo? A lo mejor surge todavía una oportunidad... McArrow, por ejemplo. Si se le ocurre quedarse ahora en Londres y participar en el Parlamento, a lo mejor necesita un secretario privado. Y como tal me llevaría a

Barbados... Además, en dos meses al menos se habrá pagado ese dichoso crédito para la boda de Samantha. Entonces dispondré de más dinero mensual. Por Dios, Nora, no puedo presentarme ante tu padre y pedirle tu mano con este traje andrajoso.

Nora lo besó sonriente.

—Cariño mío, ¡no me caso con tu chaqueta y tus pantalones!

Simon suspiró. Seguro que Thomas Reed tendría algo que añadir a tal observación. No obstante, había conseguido postergar un poco las pretensiones de Nora. En algún momento tenía que producirse el milagro... Simon llevó de la mano a la muchacha hacia el pequeño lago en medio del parque sobre el cual ya flotaban jirones de niebla. Los árboles proyectaban largas sombras.

—¡Voy a alquilar un bote! —decidió—. Algún penique tendré por ahí, e iremos remando hasta la isla. Nos imaginaremos que es nuestra isla en los mares del Sur, las olas rompiendo en la playa...

—¡Y podremos besarnos con toda tranquilidad! —exclamó Nora radiante—. ¡Qué idea más maravillosa, querido! Sabes remar, ¿no? Todos los lores y vizcondes reman, ¿verdad?

Si había de ser franco, la experiencia de Simon en tal disciplina se limitaba a un par de intentos no muy entusiastas por cruzar el estanque del pueblo de Greenborough con una balsa construida por él mismo. Nunca había aprendido correctamente la técnica del remo, pero se esforzaba por cruzar el estanque más o menos diestramente. Si bien no llegaron a zozobrar, la tos, que el muchacho apenas lograba contener a causa del esfuerzo, preocupó a Nora.

En las semanas siguientes la situación no mejoró para los enamorados. Antes al contrario, las postrimerías del verano cedieron paso a un otoño desapacible y Simon se helaba hasta los huesos en su húmedo cuarto sin calefacción. Al menos en las chimeneas del despacho de Thomas Reed ardía constantemente un generoso fuego, lo que no era una regla general. No eran pocos los escribientes que en las grandes casas comerciales cogían la pluma con los dedos tiesos de frío y enguantados y acababan padeciendo gota. Simon envió aliviado a su madre el último dinero para la dote de Samantha, pero eso no le dio ningún respiro. Casi al mismo tiempo, le llegó una carta de Greenborough en la cual su madre le comunicaba alborozada que Samantha se había quedado encinta. Esperaba, pues, que hasta que el bebé naciera tendría tiempo para desempeñar, con los magnánimos envíos de Simon, el candelero de plata que hasta entonces había llevado la vela bautismal de todo descendiente de los Greenborough.

Así pues, Simon continuó enviando dinero aunque Nora lo censuraba severamente por ello.

—Están en su derecho, es parte de la herencia familiar —replicó Simon defendiendo a su madre y su hermana—. Y además redundará en nuestro beneficio. Cuando tengamos hijos... —Sus ojos oscuros, que habían tenido hasta el momento una expresión desesperanzada en ese día gris y ventoso de noviembre, se iluminaron.

Nora suspiró y se arrebujó en su abrigo. Pese al clima inestable, había acompañado a su amado a los Docks londinenses. Thomas Reed había encargado a su joven escribiente el control de un cargamento de tabaco procedente de Virginia. El capitán del barco no tenía fama de ser hombre de fiar, por lo que el propietario de la plantación había pedido a Reed que cotejara cuidadosamente la entrega efectiva con los documentos de la carga. Simon acababa de hacerlo concienzudamente, pese a que su viejo abrigo apenas lo había protegido de la lluvia y el viento. Nora, envuelta en su capa forrada de piel, estaba mejor, pero se percató de que él temblaba de frío y todavía le indignaron más las pretensiones de la madre y la hermana.

—¡Cuando tengamos hijos, seguramente nacerán en las islas Vírgenes, Jamaica o Barbados! —objetó—. Y no creerás realmente que tu madre vaya a enviar su candelero de plata a tiempo para que se exhiba, conforme a su posición social, la vela bautismal. Ah, no, Simon, eso lo heredará la familia de la maravillosa

Samantha, para que los Carrington no piensen mal de lady Greenborough. Y tú vives en un agujero sin calefacción y ni siquiera puedes permitirte un abrigo que a los tres minutos no esté empapado de agua. Bastante tienes con pagar las deudas de tu padre.

Tampoco se mostraba comprensiva con esto último, pues los acreedores de lord Greenborough no eran en absoluto hombres de honor, sino corredores de apuestas y jugadores de cuidado. Sin ningún escrúpulo, Nora recomendó a su amado que les diera largas durante dos meses y que luego partieran a una de las colonias con el dinero ahorrado. Tal vez los timadores tuvieran cierta influencia en Inglaterra —Nora estaba convencida de que se limitaba a Londres como mucho—, pero seguro que no llegaba hasta Barbados o Virginia. Simon, no obstante, consideraba las deudas de juego deudas de honor, y un caballero no desatendía sus obligaciones poniendo en riesgo su rango y familia. No hizo comentarios acerca de las observaciones que Nora solía repetir en torno a esa cuestión.

—En cualquier caso, tienes que hablar ahora con mi padre —decidió al final la joven, mientras cogía del brazo a Simon y lo conducía discretamente a su carruaje. Había llegado a pie otra vez para ahorrarse el gasto de un coche.

Peppers, el paciente cochero, les sostuvo la portezuela abierta.

—¡Gracias, Peppers! —Nora nunca olvidaba dirigir una sonrisa al sirviente, motivo también por el cual el personal doméstico seguía encubriendo su amor secreto— Mi padre encontrará una solución. Y te aprecia. Confía en ti. Se ve en que te deja controlar los cargamentos y todas esas cosas. Quién sabe, a lo mejor anda dándole vueltas a alguna idea. Es urgente que ahora pidas formalmente mi mano. O en invierno apenas podremos vernos.

Simon asintió, dándose por vencido. En lo último ella tenía razón, pero, aun así, la entrevista con Reed le daba un miedo espantoso. Si no iba tan bien como Nora esperaba, perdería no solo a su amada, sino también un empleo y un lugar resguardado y caliente en el despacho. No volvería a encontrar un patrón que en comparación fuese tan bueno como el actual: Thomas Reed no le había amonestado cuando a principios de mes había faltado dos días. Simon intentaba hacer caso omiso de su persistente resfriado, pero había tenido tanta fiebre que casi no había conseguido salir de la cama. Por supuesto se había arrastrado hasta el despacho, pero Reed lo había enviado de inmediato a su casa.

—Así no nos es de utilidad, joven, apenas puede sostener la pluma y no quiero ni imaginar qué cuentas hará.

Simon valoraba esa generosidad. Reed habría podido echarlo y descontarle del sueldo los días que había faltado. No había tantas diferencias entre la esclavitud pagada en las islas y un empleo normal en Londres. Sin embargo, ahora intuía que Nora no se dejaría despistar por más tiempo. Daba por sentado que su padre aprobaría el compromiso.

—¡La semana que viene, Simon! Este sábado se celebra el gran baile de la Unión de Comerciantes y mi padre está distraído con eso... y yo todavía tengo que probarme el vestido y discutir sobre el peinado... Y luego está esa clase de baile... ¿quién necesita *La Bourgogne* en las colonias?

Nora siempre actuaba así, como si no le interesaran en absoluto los bailes y recepciones a los que acompañaba a su padre, ya que Simon nunca estaba invitado, aunque en el fondo se alegraba. Le encantaban los vestidos bonitos y practicaba de buen grado los bailes de moda. Pero se negaba a coquetear con los jóvenes cuyos nombres llenaban su carnet de baile. Nora Reed ya había hecho su elección, y deseaba ardientemente que llegara el día en que Simon Greenborough la tomara entre sus brazos para bailar por vez primera un minué. ¡Y quién sabía, tal vez dentro de un año danzarían los dos bajo las palmeras! En Londres se hablaba de las lujosas fiestas que se celebraban en las residencias de los propietarios de las plantaciones de caña de azúcar en las islas del Caribe.

—Pero la semana próxima ya no habrá nada más y tendremos tiempo para planificar el compromiso: ¡seguro que mi padre organiza una fiesta! Y tú tendrás que decidirte a comprar ropa nueva. Mira, cuando conozcas a la gente adecuada también encontrarás un empleo en las colonias. ¡Ay, imagínate, Simon! ¡Asomarte a la ventana y ver un sol radiante en lugar de la lluvia cayendo a cántaros!

Nora se apretó contra su amado y creyó que el corazón de este latía desbocado en señal de alegría. Era imposible que la pedida de mano fuera un fracaso.

Nora disfrutó del baile de la Unión de Comerciantes mientras Simon procuraba acabar de curarse la tos durante el domingo que tenía libre. Compró manzanilla y leña suficiente para hervir el té y calentar un poco su fría habitación. La gruñona casera, la señora Paddington, hizo al respecto un pérfido comentario.

—¿Qué, milord, se ha hecho rico de repente? ¡A ver si dentro de poco tengo que poner el título para dirigirme a vos!

Simon se ahorró el esfuerzo de contestarle que eso habría sido lo correcto tanto si era rico como pobre. Sin contar con que en realidad la señora Paddington siempre lo hacía, si bien en su boca las palabras milord o vizconde sonaban más a insulto que a título nobiliario. Era evidente que la mujer sentía suma satisfacción al comprobar que un miembro de la nobleza podía caer en aquel mugriento barrio que, tras el incendio de Londres, se había reconstruido con casas feas y baratas.

Simon arrastró la cama lo más cerca posible del fuego y pasó el domingo bajo unas mantas ásperas y tiesas. Eso no contribuyó en mucho a su mejoría ya que hacía tiempo que no se encendía la chimenea, y aún más que no se deshollinaba. El tiro no funcionaba y el muchacho tuvo que elegir entre el frío y el humo. Al final se decidió por lo primero. La humareda agravaba la tos y el frío al menos era gratis.

Nora dispuso que el martes fuera el día del compromiso oficial. Simon tenía que visitar a su padre justo al acabar el trabajo en el despacho. Thomas Reed ya estaría cómodamente instalado en casa, pues solía salir antes que sus escribientes, quienes a menudo concluían sus últimas tareas a la luz de las velas.

El joven demoró su partida lo máximo posible. Quería evitar que Reed pensara que justo ese día se marchaba antes del despacho o que no cumplía con sus obligaciones. Pero al final, también el último empleado del despacho se marchó tras barrerlo, afilar las plumas y llenar los tinteros para la siguiente jornada. El chico también tenía el deber de apagar el fuego de las chimeneas y las velas cuando el último escribiente estuviera listo. Simon ya no podía hacerle esperar más tiempo fingiendo realizar tareas importantes.

Por fortuna, ese día no llovía y Simon pudo encaminarse a pie a Mayfair. En caso contrario, habría tomado un coche; no quería ni pensar en presentarse ante su futuro suegro mojado y con la pechera arrugada. Había invertido el dinero ahorrado en un ramo de flores realmente digno de tal nombre, pero pese a ello casi se desalentó al llegar a la suntuosa residencia situada en el distrito de Mayfair, recientemente inaugurado. Reed había hecho construir la casa señorial pocos años antes. La fachada estaba dividida en tres partes a través de pilastras y el frontón triangular recordaba al de un templo romano. Tras el edificio se extendía un pequeño jardín. Todo ello era mucho más lujoso de lo que jamás había sido Greenborough Manor.

Incluso en los tiempos más prósperos de su familia, Simon no habría sido un pretendiente digno de la mano de la hija de esa casa. Al final recuperó la serenidad y llamó a la puerta con la aldaba. Abrieron casi al instante. La joven y grácil muchacha vestida con un atildado uniforme de doncella parecía haber estado esperándolo. Le lanzó una mirada cómplice cuando él le dio su nombre y le pidió ver al señor de la casa. Sería probablemente una «confidente» del personal de servicio a la que Nora había puesto al corriente de su historia de amor.

—Le comunicaré su presencia al mayordomo —anunció amablemente la joven menuda y pelirroja—. Si me permite guardarle el abrigo...

Simon se encontró en un recibidor elegantemente amueblado y esperando esta vez a otro empleado de mayor rango. Sin embargo, quien apareció fue Nora.

—¡Simon! —Resplandecía—. ¡Qué buen aspecto! Si no tuvieras esa cara de miedo...

El chico intentó sonreírle. Nora no podía hablar en serio, era consciente de que estaba pálido y de que en las últimas semanas todavía había perdido más peso. Sin embargo, iba impecablemente vestido. Cada vez cuidaba mejor de los encajes y las pecheras de sus dos últimas camisas, había cogido hilo y aguja para estrechar la chaqueta y el pantalón y el día anterior se había gastado un penique en sebo para devolver el lustre a los zapatos. Había vuelto a empolvarse el cabello, si bien esta vez no había escatimado en talco, que casi podía tomarse, con un poco de buena voluntad, por una de esas pelucas que estaban en boga.

—Y tú estás maravillosa —dijo, devolviendo con toda sinceridad el cumplido a su amada.

Ella sonrió halagada y se alisó la tela sobre el miriñaque. Para celebrar el día había optado por un vestido de brocado dorado adornado con lazos y cintas. Llevaba el cabello deliciosamente trenzado y, como siempre, sin empolvar. Tenía las mejillas arreboladas de emoción y dichoso anhelo.

—¡Pasa, mi padre está de muy buen humor! ¡Y qué flores más bonitas...! Pero no, quizá... quizá mejor esperas a que primero venga el mayordomo.

Así que en el último momento Nora se asustaba de su propia osadía. Pese a ello, no se privó de dar un breve beso a Simon en las mejillas. Ambos se ruborizaron cuando el mayordomo apareció por la puerta y con un carraspeo les advirtió de su presencia. En un abrir y cerrar de ojos la muchacha desapareció. Simon siguió despacio al digno mayordomo, cuyo uniforme parecía mucho más costoso que las galas que con tanto esfuerzo conservaba el pretendiente.

Thomas Reed se había puesto cómodo en su sala de caballeros, algo sorprendido de que su hija le hiciera compañía bordando. Por lo general, a ella no le gustaba esa habitación y siempre arrugaba la nariz cuando percibía el olor que recordaba a tabaco, cuero viejo y ron.

En esa ocasión, empero, Nora estaba sentada frente a su padre e intentaba concentrarse en la conversación, si bien no hacía más que levantarse una y otra vez para ir a buscar algo o mirar nerviosa por la ventana. En ese momento, cuando el mayordomo anunció la visita del escribiente Simon Greenborough, se puso nerviosa. Nora hizo gesto de ponerse en pie, como si supusiera que Thomas Reed iba a recibir al recién llegado en un salón más solemne. Su padre, sin embargo, no vio razones para ello. Era evidente que no la consideró una visita de cortesía, sino profesional. Incluso si el anuncio del mayordomo sugería algo distinto.

—Señor Reed, el vizconde Simon Greenborough desearía ofrecerle sus respetos.

Thomas Reed sonrió. Digno del joven empleado: siempre correcto hasta la caricatura... ¿quién, si no, iba a presentarse con todos sus títulos para entregar una carta o un expediente urgente? El escribiente se asomó a la habitación tras el mayordomo, vacilante pero erguido, portando un ramo de flores. Thomas lo encontró atento pero exagerado.

—Señor Reed... miss Nora... —Simon se inclinó formalmente.

—¡Adelante, Simon! —le invitó Thomas con tono alegre—. ¿Qué le trae a horas tan tardías? ¿Ha contestado por fin Morrisburg? ¿Entrega la mercancía? ¿O es que trae alguna noticia de ese barco que supuestamente se ha perdido?

Simon hizo un gesto negativo con la cabeza, desconcertado por las palabras de su jefe. ¿Y ahora qué hacía con el ramo de flores?

—¡Qué flores tan bonitas! —intervino Nora, sonriéndole animosa—. ¿Son para mí?

Thomas Reed alzó la vista al cielo.

—Esto se da por supuesto, hija, yo mismo encontraría extraño que el señor Greenborough me agraciara con una ofrenda floral. De todos modos, no era necesario, Simon, a fin de cuentas la suya no es una visita de cortesía y tampoco le da para tanto...

El joven se ruborizó cuando la mirada del comerciante se posó en su gastada chaqueta.

—Al contrario —replicó—. Bueno, sí se trata de una...

—Pero primero deme las flores —dijo sonriente Nora.

Simon necesitó tiempo para recomponerse. Naturalmente, esa era su primera petición de matrimonio e improvisar no era su fuerte. El amado de Nora escribía cartas maravillosas, y cuando estaban a solas ella disfrutaba de sus lisonjas. Pero por lo general solía encontrar a Simon un poco tímido, algo tal vez normal si uno estaba sometido a tanta presión como él. La muchacha acarició la fría mano del joven al recoger el ramo.

Thomas Reed se quedó algo perplejo cuando advirtió sus miradas.

—Está bien, Nora —terció—. Ahora a lo mejor puedes ir a colocar el ramo en un jarrón. Nosotros hablaremos de asuntos sin duda aburridos y que son el motivo de que el señor Greenborough haya recorrido tan largo trecho a estas horas.

Nora enrojeció.

—No, papá —respondió—. Quería decir... humm... yo no lo encontraré aburrido en modo alguno, porque, esto...

—Porque yo... —El joven no podía consentir de ninguna manera que su amada se anticipara en la petición.

Thomas Reed frunció el ceño.

—¿Qué sucede, Simon? Dígame que le trae por aquí. Y qué tiene de tan edificante para una joven señorita. ¿Desde cuándo te interesan los barcos extraviados procedentes de Virginia?

Los ojos de Nora relucían.

—¡Desde siempre! Ya sabes que me interesa todo lo que viene de ultramar. Las colonias, los barcos... Simon y yo...

—¿Simon y tú? —preguntó Thomas Reed, perdiendo su afable cordialidad. Se enderezó en la butaca.

Simon tomó aire, reprimiendo un acceso de tos. Tenía que decirlo ahora. Además, el padre de Nora tampoco tenía un aspecto tan amenazador con el vaso de ron al lado, el puro y el batín de seda con que, como cualquier señor de su casa, solía sustituir la chaqueta y el chaleco tras la jornada de trabajo.

—Señor Reed, yo... he venido a pedir la mano de su hija. —Ya estaba dicho.

Nora emitía un resplandor sobrenatural, pero Thomas Reed se quedó mudo. Simon supuso que debía romper ese incómodo silencio y siguió hablando.

—Yo... yo soy consciente de no ser un buen partido, pero yo... amo a su hija con toda mi alma y Nora me ha dado a entender que comparte mis sentimientos. No soy rico, pero haré todo cuanto esté en mi mano para ofrecerle un hogar de acuerdo con su rango, y...

La risa de Thomas Reed interrumpió su discurso.

—¿Y cómo piensa hacerlo? —inquirió.

Simon hizo un gesto compungido.

—¡Pensábamos en las colonias, papá! —se entremetió Nora, sonriendo radiante a su padre. Pensaba que por el momento el asunto no iba por tan mal camino—. Si Simon encontrase un empleo en Jamaica o Barbados, o si tal vez tú... Bueno, pensábamos que tú a lo mejor estarías interesado en inaugurar una sucursal en algún lugar, y entonces nosotros... Los dos queremos...

—¡Cállate! —ordenó el padre—. Lo mejor es que vayas a guardar tus flores, o a hacer lo que sea. De momento no te necesito aquí... ¡Nora!

Pronunció su nombre con severidad cuando vio que ella no hacía el menor gesto de marcharse. La joven dejó la sala de inmediato, no sin antes lanzar una mirada animosa a Simon. Este no sabía si debía sentirse aliviado o desesperado.

—Señor... sé que es algo inesperado. Y Nora... Nora se lo imagina más sencillo de lo que es en realidad. Pero soy joven, puedo trabajar... Podría entrar al servicio de alguna plantación...

—Usted siempre está enfermo, Simon —lo interrumpió Reed, cortante—. El jefe de oficina ya me ha aconsejado que lo despida porque no rinde en el despacho. ¿Y ahora pretende ir a las islas a apalear a unos negros que son el doble de grandes que usted? Sin contar con que no permitiré que mi hija sea la esposa de un comerciante de esclavos.

El escribiente pareció ofendido.

—Siempre he recuperado las horas que he faltado, señor —se defendió—. Y... y usted... usted puede confiar en mí. Si me permitiera trabajar para usted en ultramar...

—Simon, no veo a mi hija en las colonias. Esto no son más que sueños de niños Pero cómo se les ocurre, no tiene más que diecisiete años. Tiene todo el tiempo del mundo para enamorarse de un joven de la esfera comercial londinense... Quiero ver crecer a mis nietos, señor Greenborough. Y no tener que preocuparme de si cuentan con lo suficiente para comer.

El joven se irguió.

—¡Los hijos de la familia Greenborough nunca han pasado hambre! —replicó dignamente.

Thomas Reed tomó una profunda bocanada de aire y un trago de ron.

—Pero casi, Simon. Y cuando le veo, dudo de que le alcance para llevarse algo a la boca. En cualquier caso, y si estoy bien informado, su padre perdió en el juego sus tierras y su título. Y usted se mantiene a duras penas a flote, por lo que aprecio su aplicación y capacidad de resistencia. He oído decir que ha asumido las deudas de su padre. Cuenta con mi respeto, joven, otro ya habría puesto pies en polvorosa. Pero estas no son las condiciones en que yo casaré a mi hija.

—Siempre sería una lady Greenborough —objetó Simon.

Thomas Reed se frotó las sienes.

—Ni siquiera eso, Simon, y usted lo sabe. Bien, nadie le negará el tratamiento de vizconde, pero si los hijos de Nora han de heredar el título entonces tendría que casarla con un Codrington, ¿no es así?

Simon bajó la cabeza. Claro, Thomas Reed mediaba en la compra y venta de condados y escaños parlamentarios. Sabía lo que les había ocurrido a los Greenborough.

—Señor Reed... ¡amo a su hija! —A Simon no se le ocurrió otra cosa que decir.

Thomas Reed hizo un gesto de resignación.

—Lo entiendo —respondió lacónico—. Nora es una muchacha preciosa, inteligente y sumamente digna de ser amada. Pero esta no es justificación para un casamiento que no considero apropiado.

—Nora me ama. —La voz de Simon sonó ahogada.

Thomas lanzó una mirada a su escribiente e intentó descubrir qué veía su hija en él: sin duda a un caballero de excelentes modales. Tenía muy buen porte si a una le gustaban los chicos flacos y con aire espiritual. Simon tenía unos ojos castaños de expresión dulce que en la penumbra de la sala de caballeros casi parecían negros, los pómulos altos y los labios carnosos y bien perfilados. Sus manos, delicadas y de largos dedos, casi eran gráciles, y probablemente fuera un buen jinete y bailarín. Era posible que Nora se hubiera enamorado de él y tal vez él incluso la hacía feliz. Pero, maldita sea, ya no se trataba de comprar el juguete que su hija le estaba pidiendo. Nora ya casi era una adulta. Tenía que pensar en su futuro.

—Eso cambiará —respondió con firmeza a su escribiente—. Lo lamento, Simon, pero no puedo concederle lo que me pide. Y Nora tampoco tiene capacidad para darle su consentimiento, es demasiado joven e inmadura para ello. Queda la cuestión de cómo proceder a partir de ahora. No quiero despedirle solo porque ama a mi hija. Pero le sugiero que busque pronto otro empleo. Preferentemente en un despacho cuyo director no tenga una hija casi casadera. Por supuesto, le proporcionaré unas referencias excelentes. Yo no le deseo ningún mal, Simon Greenborough, pero tiene que asumir su rango y situación.

Y con un gesto de la mano le indicó que abandonara la sala. Para él, era obvio que la conversación había concluido. El muchacho se inclinó una vez más tal como prescribía el protocolo, pero no volvió a pronunciar ni una palabra. Reed no parecía esperar que lo hiciera. El joven tenía la sensación de salir a trompicones de la sala. Por fortuna, el mayordomo lo recogió en la puerta, después de que Reed lo hubiera llamado. Solo no habría encontrado el camino.

Volvía a llover cuando el muchacho salió a la calle, pero esta vez no lo notó. Recorrió como en trance las calles de Mayfair, cruzó el puente del Támesis y regresó al East End. Subió cabizbajo las escaleras ruinosas y crujientes hasta su habitación, no oyó la voz insolente de la señora Paddington, que una vez más le reclamaba algo, e intentó que sus sentidos no percibieran esa constante mezcla de olores a cocina, retrete y ropa mojada que siempre reinaba allí. Al final llegó jadeando a su buhardilla. A la medida de su rango y situación...

4

A Thomas Reed no le preocupó demasiado que Simon Greenborough no se presentara a trabajar al día siguiente. Estaba dispuesto incluso a disculpárselo. Bien, su petición había sido pretenciosa, pero había que reconocerle su origen noble y su educación. Un aristócrata podría haber alimentado la esperanza de casarse con Nora. Si bien él prefería un comerciante como yerno, habría llegado a ciertos compromisos si Nora desease tanto esa unión como era evidente que ansiaba su enlace con Simon. Jamás había visto a su hija tan furiosa como la noche en que le comunicó que había rechazado la petición. Nora lloró, gritó y suplicó. Él apenas si reconocía a su afable y, por lo general, tan obediente hija. Le resultó difícil no ceder a sus deseos, pero estaba convencido de que hacía lo correcto. También ella lo reconocería en el futuro.

Cuando Simon tampoco fue a trabajar el segundo día, el talante razonable de Thomas empezó a acusar cierto disgusto. De acuerdo, el joven era orgulloso, pero estaba pasándose de la raya. Solo faltaba que sus empleados se pusieran de morros. ¡Bastante tenía con Nora! Desde el día de la visita se había encerrado en sus habitaciones y no se hablaba con su padre. Al final, Thomas Reed confió sus penas a una vieja amiga que ya le había ayudado en cuestiones de educación.

—¡Bah, no debe exagerar! —sonrió lady MacDougal, una noble rural escocesa cuyo marido poseía un escaño en el Parlamento, motivo por el cual la familia pasaba con frecuencia temporadas en Londres—. ¡Esas chicas con sus sueños! Todo esto procede de la corte francesa. ¡*Faire l'amour* como sentido de la vida! Si bien su hija ha demostrado tener cierto estilo, el joven no deja de ser un lord venido a menos. El año pasado, nuestra Eileen pretendió casarse con un mozo de cuadra. Imagínese, ese chico apenas si sabía leer y escribir. Pero la acompañó un par de veces a dar un paseo a caballo y ella enloqueció totalmente. Afortunadamente se le pasó pronto... y eso mismo le sucederá a Nora. Solo tiene que pensar en otras cosas. ¿Sabe qué? Nos la llevaremos a Balmoral, a la temporada de caza, participará en alguna que otra cacería. Cómprele un caballo nuevo, seguro que la hace feliz. Y sobre todo que no se pierda ningún baile. Conocerá más jóvenes caballeros que los que pueda contar con los dedos de las dos manos, todos jinetes intrépidos y buenos bailarines... Lo que no puedo garantizarle son sus reservas económicas. —La dama rio—. Pero con ello, el *affaire* Greenborough quedará sin duda olvidado.

Thomas Reed se marchó confiado. En el fondo la dama tenía razón: Nora carecía de un poco de sentido de la realidad, pero no totalmente de la capacidad de discernir. A diferencia de Eileen MacDougal, había demostrado al menos dignidad en su amor secreto. Estaba casi de buen humor cuando llamó a su hija para cenar juntos y explicarle sus planes. La decepción de esta le sorprendió.

—¡No quiero caballos, papá, quiero a Simon! ¡Ya no soy una niña a la que se pueda hacer desistir de sus deseos comprándole una casita de muñecas!

Nora arrojó su servilleta a la mesa y retiró el plato.

—Hace tres días me sugeriste que comprase a tu elegido un puesto en las colonias —observó Reed, a quien lentamente le iba encolerizando la creciente rebeldía de Nora—. Antes era una casita de muñecas, ahora es una casa colonial. Permaneces fiel a tu estilo recargado y allí los propietarios de las plantaciones suelen pintar además sus residencias de colores.

—¡Con Simon viviría hasta en una cabaña! —replicó Nora.

De hecho, entre sus sueños estaba el de una choza cubierta de hojas de palma—. ¡Y pase lo que pase me casaré con él! ¡Me da igual lo que tú digas!

Thomas Reed suspiró y la castigó sin salir de casa, no quería ni pensar en que su hija realmente huyera, si bien tampoco se preocupaba demasiado al respecto: seguro que Simon Greenborough no tenía dinero para comprar un pasaje a las islas. Además, se estaba cavando su propia tumba. Otro día de ausencia sin justificar y Reed cedería a las presiones de su jefe de oficina y despediría al muchacho. ¡A ver cómo se las apañaba!

Pese a todo, esperó casi una semana más hasta decidirse de una vez a enviar la carta de despido a Simon Greenborough. Asimismo, encomendó al secretario a quien había confiado la tarea de redactarla que añadiera una nota sobre las referencias. En caso de que el señor Greenborough las quisiera, debería personarse a cualquier hora en el despacho. El señor Simpson, el jefe de oficina, refunfuñó; pero de ese modo Thomas Reed aplacaba cierta mala conciencia. Había hecho todo lo que podía hacer por su rebelde empleado.

La hija de Thomas Reed, en el fondo mucho más rebelde de lo que creía su padre, no se había tomado demasiado en serio la orden de no salir de casa. Durante los primeros días, el personal doméstico la había vigilado siguiendo instrucciones paternas, pero cuando después de una semana larga entró a hurtadillas en los establos para ver a Peppers, nadie hizo ningún comentario.

El cochero estaba sentado en un taburete en el cuarto de las sillas de montar y sacaba lustre a un arnés con una mezcla de cera y aceite de pino.

—Se ve bien —observó Nora una vez que le hubo saludado—. Pero se necesita mucho trabajo para que realmente brille, ¿verdad?

El cochero, un hombre de baja estatura y rechoncho, de

buen carácter y cara redonda, sonrió y miró a Nora con sus perspicaces ojos azul claro.

—Bah, no se preocupe, señorita —contestó tranquilamente—. No querrá usted realmente que hablemos de cómo sacar brillo a los arneses, ¿verdad? ¿Qué pasa, miss Nora? ¿Otra cita secreta? Ahí sí que no puedo ayudarla más, su padre ya me pidió explicaciones. Pero lo pude negar todo con toda franqueza: lo que se dice ver, nunca vi nada —le guiñó un ojo—, mas ahora que su padre lo sabe y ha desaprobado expresamente la relación, ya no puedo hacer más, miss Nora.

La muchacha asintió.

—Yo... yo solo quería preguntar... ¡No he sabido nada más de Simon! —se le escapó al final—. Esa no es su forma de actuar. Él es un... un caballero. Pero ahora ha desaparecido sin despedirse, y... y he pensado en si no le habría dejado a usted una nota...

Peppers sacudió la cabeza.

—Ah no, señorita. Ni a los demás tampoco. El señor Reed también lo ha preguntado, pero ninguno ha visto ni oído nada. Ya puede creérselo, miss Nora. Si alguno de nosotros hubiese mencionado...

Nora se frotó la nariz como hacía siempre que pensaba y estaba confusa. Peppers pensó que ofrecía una imagen conmovedoramente tierna y desconcertada; parecía una niña. Suspiró.

—Mire, pequeña, lo mejor sería que se olvidase de él —sugirió paternalmente. Tales consejos rebasaban sus competencias, pero ¡qué demonios!, conocía a esa muchacha desde su nacimiento—. El chico se ha marchado, y con él los buenos modos. Iba solo a por su dinero, miss Nora...

—¿Se ha marchado? —Ella frunció el ceño—. ¿Qué significa eso? ¿Lo ha despedido mi padre?

Peppers sacudió la cabeza.

—No. No, que yo sepa. De todos modos lo he oído de pasada. Pero, según parece, desde el día que visitó a su padre no ha vuelto a aparecer por el despacho.

Los ojos de Nora se abrieron aterrorizados. No le sorprendía que el servicio estuviera al corriente de que Simon había pedido su mano. Algo así nunca se mantenía en secreto, era probable que el mayordomo hubiese estado escuchando y propagase luego la noticia fresca. Pero ¿que dijeran que no acudía al despacho? Sin duda su padre le había herido en su orgullo, pero la dignidad de Simon Greenborough ya había tenido que encajar muchos golpes. Era un caballero y tenía responsabilidades. Además, Nora era incapaz de creer que se rindiese tan pronto. Él no la quería menos de lo que ella le quería a él. Algo debía de haber ocurrido...

Se irguió y tomó una decisión.

—¿Me lleva al despacho, por favor? —pidió a Peppers—. Tengo... tengo que averiguar una cosa...

El cochero la miró compasivo.

—Hija, déjelo correr. Ese chico no la quiere de verdad.

Nora sacudió la cabeza.

—¡Ah no, Peppers! —respondió, imitando el acento del Chepside de Peppers—. No pienso arrojar la toalla tan pronto. Y si Simon ya no me quiere, ¡tendrá que decírmelo él mismo!

Peppers acabó enganchando el tiro. El patrón no le había prohibido que llevara a su hija al despacho. Además, Thomas Reed no se hallaba ese día ahí. Había emprendido un viaje al continente que les llevaría a él y un colega a Ámsterdam y Lübeck. Peppers lo había conducido esa mañana a casa del hombre. Tenían antes asuntos que discutir y el barco no zarparía hasta la tarde. El cochero consideraba que era poco probable que Reed se pasara antes por el despacho. Una suerte para miss Nora, pues fuera lo que fuese lo que quisiera hacer ahí, con su padre no tenía pensado hablar.

—¡No insista, señorita, yo no puedo decirle dónde vive el señor Greenborough! —El señor Simpson, el menudo y rollizo jefe de oficina, se comportaba como si se tomara el ruego de

Nora como una ofensa personal—. A su padre no le gustaría. Además, esa persona ya no trabaja para nosotros. De ninguna manera puede usted ir a verlo.

—A lo mejor solo quiero escribirle una carta —respondió ella—. Pero ¡necesito su dirección!

El empleado rio desdeñoso.

—No habrá cartero que se extravíe por ahí —dijo—. Y ahora, por favor, márchese, miss Nora. Tengo que seguir trabajando y no está en mi mano ayudarla.

—Aunque también puede sentarse en el despacho de su padre y esperarlo —le ofreció servicialmente George Wilson, uno de los secretarios más jóvenes al verla tan abatida—. A lo mejor todavía pasa por aquí. Con mucho gusto le serviré una taza de té.

Al principio, Nora iba a rechazar la invitación, pero luego decidió prolongar su visita. Tal vez se ofrecería alguna oportunidad de averiguar algo más sobre Simon.

—¿Ha despedido mi padre al señor Greenborough? —preguntó cuando Wilson le llevó el té.

El joven le sonrió mientras contemplaba hechizado cómo la delicada joven ocupaba el voluminoso trono de su padre, lo cubría con su miriñaque y deslizaba la mirada de sus despiertos y verdes ojos por los libros y expedientes del despacho. ¿Sería cierto que Simon Greenborough había osado pedir la mano de Nora Reed?

—Sí, lamentablemente —respondió—. Después de que no viniese a trabajar toda una semana. Eso no puede ser. Nosotros...

—¿Wilson? —La voz del jefe de oficina sonó cortante—. ¿Qué está usted haciendo ahí? No me parece bien que otro más ande tonteando con la hija de su patrón. Le he pedido que se fuera a casa, miss Reed. Y usted, Wilson, entregue a Bobby de una vez el escrito de autorización que tiene que llevar a los Docks.

El hombre miró tanto a Nora como a su subordinado. Parecía sentirse muy seguro de su puesto de trabajo, no todo el mundo habría osado hablarle de ese modo a la hija del patrón.

Wilson suspiró cuando Simpson salió del despacho dejando

abierta la puerta. Una clara señal de que no le quitaba el ojo de encima.

—Bien, entonces, miss Reed...

Nora ya iba a levantarse cuando de repente tuvo un golpe de inspiración.

—Señor Wilson, ¿le entregaron el despido a mi... humm... al señor Greenborough por escrito?

El secretario asintió.

—Por supuesto, señorita, todo tiene que hacerse como es debido. También recibió el resto del sueldo. En eso el señor Reed es muy correcto. Incluso ofreció escribirle un documento con las referencias. Yo mismo redacté la carta... Pero... ya no me acuerdo de la dirección.

El hombre se ruborizó, pero Nora no le hizo caso. Thomas Reed había dictado una carta y Bobby, el pequeño chico de los recados, la había entregado. ¡Ahora sabía a quién dirigirse!

Se despidió rápida y formalmente de Wilson, quien pareció aliviado. Sin duda se tranquilizó cuando Nora abandonó el despacho sin plantear más preguntas acerca del despido.

En la entrada del edificio, fuera del alcance de la vista del cochero, esperó a Bobby, un chico de trece años, pelirrojo y flaco que hacía de mensajero en el despacho de Reed. El niño le sonrió cuando ella lo llamó; tenía su rostro, todavía infantil, salpicado de pecas.

—¿Puedo servirle en algo, miss Reed?

Nora asintió.

—¿Te acuerdas de adónde llevaste la carta de despido?

—¿De verdad era su novio, miss Reed? —preguntó Bobby con insolencia en lugar de contestar a la pregunta—. Es lo que dicen en el despacho, aunque ese desdichado y una princesa como usted...

Nora se esforzó por fingirse indignada.

—¡Eso no es asunto tuyo, Bobby! —lo regañó—. ¡Además, deberías moderarte un poco! El señor Greenborough no es simplemente el señor Greenborough, también es vizconde. Un par, un lord...

Bobby arrugó la nariz.

—Pues el castillo pronto se le caerá encima —se burló—. En serio, miss Nora, el sitio donde llevé la carta era una cuadra. En comparación, yo vivo en una mansión. Y el distrito detrás de la Torre... las carnicerías...

—Yo misma lo veré con mis ojos —lo interrumpió Nora—. ¿Serías tan amable de llevarme hasta allí?

—¿A usted? Ah, no, señorita, no puede ser, no es lugar para una dama. Su padre... su padre seguro que me...

—Mi padre no tiene por qué enterarse —respondió Nora, sacando una moneda del bolsillo.

Bobby miró el penique con codicia.

—Su cochero se lo contará —observó sagaz, al tiempo que miraba a Peppers por encima del hombro.

Nora reflexionó un instante. El chico tenía razón. El viejo sirviente tampoco tenía que saber nada.

—¿Podemos pasar por algún sitio sin que el cochero nos vea? —preguntó.

El chico soltó una risita traviesa. Era evidente que le divertía que esa señorita tan elegante le propusiera correr juntos una aventura.

—Cómo vamos a hacerlo si no deja de mirar hacia aquí. Si da un paso más adelante, ya la verá. Pero ¡espere!

Bobby le guiñó un ojo, se dirigió al carruaje e intercambió unas palabras con Peppers. Antes de que volviera, el cochero ya había puesto en movimiento los caballos. El carruaje partía.

—Le he dicho que esperara en el despacho de su padre —explicó Bobby, y tiró de la falda de Nora para que saliera del portal—. Pero ahora márchese usted también o alguien la verá por aquí... y a mí también. Además hay que dar un rodeo, y tenemos que ir rápido para que Simpson no nos pille. Ese cuenta cada paso que doy desde el despacho hasta los Docks, y, pobre de mí, ya voy con dos segundos de retraso.

Nora esperaba que Peppers se hubiese creído la excusa: en realidad su padre no había pensado en volver al despacho antes de irse de viaje. Pero, por otra parte, podría haber cambiado de planes y no era competencia del cochero indagar en el asunto. Intentó no preocuparse demasiado mientras seguía a Bobby por la orilla del Támesis, primero pasando por los despachos y casas gremiales convencionales, recién construidas o antiguas, y luego por las callejuelas del barrio pobre. Nora olvidó los temores de que el cochero estuviera siguiéndola discretamente. De hecho, las calles eran tan estrechas, estaban tan sucias y pobladas que era imposible que los caballos pasaran por allí. Ya no se veían carruajes ni coches ligeros, de vez en cuando pasaban viejos carros de dos ruedas tirados por jamelgos o mulos achacosos.

El panorama parecía cada vez más inquietante. Simon había contado a Nora que vivía en una habitación muy barata en el East End, pero esas barracas y casuchas estrechas y de materiales de construcción malos en las que jugaban niños descalzos y sucios, mientras que unas figuras oscuras parecían acechar en cada rincón... Nora dio gracias al cielo de que Bobby estuviera con ella, pues el chico se desenvolvía con toda naturalidad. Al parecer, él mismo no procedía de un entorno mejor. En cualquier caso, recorría las calles tan deprisa que Nora apenas lograba seguirlo. La joven se sentía insegura y fuera de lugar con su vestido de tarde, sobrio pero de un tejido excelente, con miriñaque y mantilla. Menos mal que no se había empolvado el cabello. Por lo visto, nadie en ese barrio miserable lo hacía. Las mujeres que transitaban por las callejas o que ofrecían mercancías a viva voz se veían igual de desaliñadas que sus hijos.

—¿Ha... ha dicho Simon, bueno, el señor Greenborough, por qué no iba al despacho? —preguntó Nora, intentando entablar conversación con su guía. Bobby era el único que después de ese funesto martes por la tarde había conseguido hablar con Simon.

El chico sacudió la cabeza.

—No dijo demasiado —respondió—. Estaba en cama y enfermo, señorita. Y no un poco, si quiere saber la verdad. Además, parecía no haber probado bocado en tres días. Y aun así quiso darme un penique por el servicio... y sabe Dios que no le llevaba buenas noticias. Luego se lo di a la mujer de abajo para que le subiera algo de comer. Espero que esa bruja lo haya hecho.

Nora percibió una oleada de miedo y al mismo tiempo un sentimiento de ternura hacia el chico.

—Fue muy considerado por tu parte, Bobby —lo elogió.

El pelirrojo se encogió de hombros.

—El pastor dice: «Dad y os será dado.» O algo así. Mi madre no se lo cree, pero a mí su... lord me dio pena. —Sonrió disculpándose.

A continuación se detuvo delante de un edificio de piedra de dos pisos, sin duda construido tras el Gran Incendio. No obstante, ya se veía deslucido y abandonado, pese a los pocos decenios transcurridos.

—Es aquí. Pero mejor que no entre sola...

Como todo un caballero, Bobby le sostuvo la puerta que llevaba a un pasillo oscuro y pestilente que debía de pertenecer a las habitaciones de la planta baja. Una de las puertas daba a una habitación que a Nora le pareció la caricatura de un salón. Había una chimenea y unas butacas viejas, sillas y una mesa, pero todo tenía un aspecto sucio, gris y raído, y ahí no parecía que nadie pusiese orden. Por todas partes se veían retales y vestidos viejos.

—Comercia con eso —explicó Bobby a la sorprendida muchacha—. Me refiero a la vieja Paddington, la patrona. Compra y vende vestidos usados y los lleva al Cheapside el día de mercado. Y además alquila la casa... Cómo la ha conseguido, no tengo ni idea.

De la vivienda salía en ese momento una voz insolente.

Bobby se alarmó.

—¡Suba corriendo, miss Nora, antes de que esa bruja la vea! —Y tiró de ella en dirección a una escalera de madera que apenas si merecía ese nombre, tan estrecha era.

—¡Ya os he visto! —refunfuñó la mujer a sus espaldas—. El

hijo de Fanny Deary y una joven y elegante señorita. ¿Tan bien te va que ya no saludas a los viejos amigos? ¿Y adónde quieres ir?

—¡No le haga caso! —susurró Bobby abatido—. Mi madre no es realmente amiga suya, compró aquí unos vestidos cuando mi padre murió... ¡Visita para el señor Greenborough, señora Paddington! —gritó desde lo alto a la mujer, que ya se encontraba al pie de la escalera y miraba con curiosidad hacia arriba.

La señora Paddington no era demasiado vieja, pero sí extremadamente gorda y rubicunda. El cabello le caía en greñas y sus ojillos brillaban vidriosos y desconfiados. Nora creyó reconocer entonces de qué era el hedor que provenía de la vivienda: ginebra u otro aguardiente barato.

También las habitaciones del primer piso parecían habitadas, pues se oían voces detrás de las puertas cerradas. Sin embargo, Bobby subió por una escalera todavía más angosta y tambaleante. Con cada paso, Nora temía que los peldaños de madera podridos y chirriantes cedieran. Arriba únicamente había una puerta, diminuta y, a primera vista, hecha con maderos viejos. Daba la impresión de haber sobrevivido a más de un incendio.

Bobby llamó con los nudillos y el corazón de Nora latió con tanta fuerza que ella pensó que su sonido apagaría los golpes que el chico daba.

Desde dentro no surgió ninguna respuesta. ¿Habría salido Simon? Decepcionada, Nora pensó en marcharse; sin embargo, su joven acompañante decidió entrar sin gastar cumplidos.

—¿Señor Greenborough? Soy yo de nuevo. ¡Pero esta vez le traigo mejores noticias!

La voz del chico sonó intencionadamente alegre y optimista. Nora se introdujo en la habitación y el espanto de lo que vio le cortó la respiración.

La buhardilla se encontraba directamente bajo la cubierta del edificio. No había ni una sola pared recta y un par de cubos distribuidos sin orden ni concierto permitían deducir que había goteras. No cabía duda de que en verano el calor sería insoportable y en invierno estaría helado, además de oscuro. A primera vista, Nora no logró distinguir nada. En la chimenea no ardía ningún fuego. Solo cuando sus ojos se acostumbraron a la penumbra distinguió el austero mobiliario: una mesa y una silla, sobre la que Simon había arrojado descuidadamente la ropa que había vestido aquel martes por la tarde. No era algo propio de él. En un gancho torpemente clavado en la pared colgaba su segunda camisa, cuidadosamente planchada, y sobre la mesa se hallaba la plancha. Nora recordó con vergüenza el día en que le había confesado que él mismo se ocupaba de su ropa. Se había burlado del joven diciendo que hacía las labores de una lavandera y una planchadora y había sospechado que tal vez su amado fuera algo tacaño. Ahora, no obstante, contemplaba la dura realidad de Simon y, finalmente, también a su amado mismo en el modesto camastro que, por razones incomprensibles, se hallaba casi pegado a la chimenea apagada. Hacía tiempo que en ella no se encendía ningún fuego. Y Simon yacía ovillado bajo las delgadas mantas, intentando conservar el mínimo calor que estas le proporcionaban.

Nora corrió hacia él y volvió a sobresaltarse cuando descubrió su rostro demacrado y encendido por la fiebre.

—¡Simon! ¿Por qué no has dicho a nadie que estás enfermo? ¿Por qué no me lo has hecho saber? ¡Dios mío, Simon, necesitas un médico!

Él abrió los ojos, bordeados de rojo y vidriosos a causa de la fiebre, pero se iluminaron cuando reconoció a la muchacha.

—Nora... ¿eres... eres tú o es un sueño?

Ella sonrió y contuvo las lágrimas que pugnaban por anegar sus ojos. Era una situación terrible. Mucho más de lo que había imaginado.

—No, ¡soy yo en persona! —respondió decidida, al tiempo que le acariciaba el cabello. Estaba húmedo por el sudor, aunque el joven se estremecía de frío—. Y vengo a cuidarte. Hace tiempo que debería haberlo hecho... Por Dios, Simon, estás temblando...

—Hace frío...

Solo tenía puesta una camisa, la misma que llevaba el día que había visitado al padre de Nora. Aquella tarde se había desplomado empapado, humillado y abatido en la cama, y por la mañana había despertado con fiebre. Había conseguido quitarse la chaqueta y los pantalones y había vuelto a meterse, tosiendo, en la cama. No sabía cómo había superado los primeros días, antes de que Bobby fuera con la carta de despido. Creía recordar vagamente que la hija de la patrona le había llevado alguna vez algo que comer. Desde que Bobby había estado ahí cada día la muchachita se dejaba ver por la habitación. Por supuesto, desde que sabía que Simon yacía en cama enfermo, la señora Paddington controlaba todos los movimientos de su hija. Por consiguiente, la pequeña y compasiva Joan le llevaba a veces a escondidas alguna sopa o un mendrugo de pan.

Nora se quitó la mantilla y envolvió a Simon con ella.

—¡Tenemos que encender esta chimenea! —decidió, sorprendida de sí misma. En las novelas que solía leer, las protagonistas acostumbraban, en tales circunstancias, a abrazar primero a su amado, quien aseguraría que solo con su amor lograría sanar enseguida. Pero para Nora la aventura había concluido al entrar en la buhardilla. Ahora se enfrentaba a la realidad, y Simon necesitaba menos besos y carantoñas que mantas, comida caliente, un fuego en la chimenea y un médico.

—¿Puedes ir a buscar leña a algún sitio, Bobby?

Simon sacudió la cabeza.

—Humea... —musitó—. Humea y echa hollín... No calienta... —añadió entre toses.

Nora miró a Bobby buscando ayuda.

—¿Qué hacemos? —preguntó.

El chico se encogió de hombros.

—Llamar a un deshollinador —respondió lacónico—. Puedo ir a buscar uno. Pero... —Hizo un gesto a que eso costaba dinero.

Nora le dio un par de peniques.

—¿Es suficiente? —preguntó insegura.

Bobby puso los ojos en blanco.

—Para tres veces, señorita... Y además para un par de cosas más. Déjelo de mi cuenta... Pero ahora debo irme. El señor Simpson me espera.

El chico se marchó, pero Nora oyó que intercambiaba unas palabras con la señora Paddington. Ella respondía con insolencia que ni eso era un hotel ni ella una criada. Entonces concluyó la discusión y Nora se quedó sola con Simon. A falta de otra cosa que hacer, se acuclilló junto al camastro. Recordó vagamente lo que sabía sobre el cuidado de enfermos. No era mucho, solo se acordaba de cuando ella misma había estado indispuesta. Si Nora se resfriaba o sufría una indigestión, el ama de llaves le envolvía las pantorrillas con paños calientes y preparaba infusiones. Ahí ni siquiera había una olla, y tampoco se veía ningún fogón. Rodeó a Simon con el brazo. Si le ayudaba a enderezarse, podría sacudir la almohada, si es que podía llamarse almohada a aquella cosa apelmazada.

Simon buscó su mirada.

—Lo siento... —murmuró.

Nora cambió de idea y apoyó la cabeza del joven sobre su pecho.

—No tienes que disculparte, amor mío —susurró—. No puedes remediar estar enfermo. Y ahora... ahora ya estoy contigo.

Simon se inquietó. Tenía que toser y quería apartarse de ella.

—No puedes quedarte aquí, Nora. No deberías estar aquí, tienes que...

En ese momento se abrió la puerta y una chiquilla delgada y de cabello oscuro se asomó por la rendija. Traía una jarra que olía a caldo amargo. Nora creyó distinguir que era sopa de cerveza caliente a la que tal vez se había añadido alguna hierba. Hizo un mohín, pero el recipiente humeaba y le proporcionaría al menos algo de calor al enfermo.

La pequeña hizo una reverencia insegura ante tan distinguida visita.

—Lo envía mi madre —anunció en voz baja—. El chico de los Deary lo ha pagado. Y todavía queda un cazo, pero mi madre dice que cuesta otro penique... —La niña mantuvo la cabeza baja. Se diría que se avergonzaba de la avaricia de su madre.

Nora fue a coger su bolsa, pero de pronto cambió de opinión. ¡Era hija de un comerciante! Y aunque se tratara solo de un par de peniques, no iba a permitir a la señora Paddington que tuviera el descaro de timarla.

—Dile a tu madre que ya sabía que Bobby ha pagado por la comida —advirtió con tanta firmeza como fue capaz—. Pero si quiere otro penique tiene que traerme dos mantas más, de las que dan calor, no dos harapos como estos. —Señaló las telas roídas con que Simon a duras penas se caldeaba—. Ah, y una almohada también.

La chiquilla asintió, dejó la jarra sobre la mesa y se dirigió escaleras abajo. Antes de salir, Joan lanzó una mirada fascinada a Nora, que respiró aliviada cuando la puerta se cerró tras la pequeña.

—Joan es una buena niña —dijo en voz baja Simon, como si quisiera llamar la atención a Nora por sus duras palabras.

Ella se encogió de hombros.

—¡Y su madre es una bruja! —replicó—. Pero ya le daré yo su merecido...

El muchacho sonrió levemente.

—Es el príncipe quien debería aniquilar a la bruja... —le recordó cariñosamente.

Ella suspiró.

—Mañana, cariño mío, mañana le cortarás la cabeza a ese monstruo, pero primero tienes que curarte la tos. Y no lo conseguirás si no vences el frío y la humedad o si esa bruja te mata de hambre. Bebe ahora...

Nora buscó una taza o un vaso y al final encontró un cuenco desportillado. Vertió un poco de sopa de cerveza y se lo tendió a Simon, pero él temblaba demasiado para poder sostenerlo. Nora lo ayudó a llevárselo a la boca y le puso las manos en torno al recipiente para calentarlas.

—Deberíamos haber pedido también ron... —murmuró la joven.

Simon bebió con ganas y enseguida pareció sentirse mejor.

—No puedes quedarte aquí —insistió.

Nora contrajo los labios como una niña traviesa. Luego sonrió.

—Intenta prohibírmelo —dijo.

Simon se enderezó con esfuerzo.

—Nora, no debes estar sola con un hombre en una casa. Esto... esto arruinará tu reputación... Esto... —Se hundió de nuevo en su lecho.

—Me da igual. Al contrario, incluso me va estupendo. Mi padre ha salido de viaje. Y cuando regrese, media ciudad se habrá enterado de que Nora Reed se ha escapado con su amado. Entonces tendrá la posibilidad de echarme a la calle o de prepararme una boda. Hazme caso, elegirá lo segundo...

Simon sacudió la cabeza.

—Ya te equivocaste una vez —le recordó en voz baja—. Nora, si supieras todo lo que me dijo... Nunca dará su consentimiento, nunca... y tiene razón... —La joven quiso abrazarlo una vez más, pero él se separó. Ese pequeño esfuerzo le provocó la tos—. Tiene toda la razón, Nora, yo nunca te ofreceré una vida digna de tu posición social. Y ahora... Cariño, esto no es un pequeño resfriado, dura demasiado tiempo. Esto es...

Simon no pronunció la palabra, pero también Nora reconocía los síntomas de la tisis. Incluso en los mejores círculos moría la gente por esa enfermedad terrible. Y ahí, en las angostas calles del East End, la epidemia era omnipresente.

La joven sacudió la cabeza.

—Se curará cuando estemos en el sur —objetó convencida—. No estamos hechos para este frío, para esta humedad... Pero ¡has de reunir valor, querido! Espera a que arda un fuego y a que tengamos velas... Velas, eso es, necesitamos luz. Haremos de este cuarto un lugar confortable, y yo te contaré cosas de isla Cooper. Lady Wentworth me la describió con todo detalle. Y todavía no te he dicho todo lo que se relata en el libro que me prestó. Sobre Barbados, la selva y la playa... Pero también hay una ciudad como Dios manda. Se llama...

Simon se dio por vencido, ya que ni siquiera tuvo tiempo de protestar, pues Joan reapareció con una jofaina de agua caliente. De pronto se oyeron ruidos en el tejado.

—El deshollinador ha llegado —informó la niña—. Y mi

madre está buscando ropa de cama. Protesta porque tiene que coger la suya, y quiere dos peniques si la queréis limpia. Yo he pensado que a lo mejor el señor quiere lavarse...

La pequeña conmovió a Nora. Joan era una niña buena de verdad y estaba realmente preocupada por Simon. ¿Se habría enamorado de él? Pero a Nora le pareció demasiado joven.

Sin embargo, en el East End uno crecía más deprisa. Nora se asustó cuando, de repente, algo redondo y negro de hollín bajó por el tiro de la chimenea y cayó sobre el frío hogar. Al principio pensó en un duende... o en un Santa Claus para el que se colgaban calcetines en las chimeneas en Nochebuena. Pero luego esa cosa diminuta reveló su auténtica naturaleza: era un niño de unos cinco años agitando un cepillo.

—¡Y hazlo bien, Tom, que no vuelva a oír ni una queja!

La voz de un hombre resonó desde arriba. Al parecer era el deshollinador, que había bajado al pequeño por una cuerda para que hiciese su trabajo. El tiro era estrecho y un adulto o un niño de mayor edad no habría podido descender por él.

Nora miró horrorizada al crío que golpeaba esforzado el hollín de las paredes de la chimenea. Parecía desnutrido y tosía. Nora quiso decirle alguna palabra de consuelo, pero no se le ocurría nada. ¿Tal vez debía darle un penique? Pero si había de hacer caso a Bobby, eso era el pago por todo el trabajo. Y seguro que el hombre se lo quitaría al pequeño. En casa tenía caramelos, pero ahí...

Antes de que pudiera reaccionar, el deshollinador había subido a su aprendiz, que, colgado en el tiro, siguió limpiando las paredes. Poco después, el hombre gritó desde arriba:

—¡Ya está listo! Cuando nos hayamos ido podéis encender el fuego.

Para ello faltaba, naturalmente, leña; pero Nora confiaba en Bobby. Y en primer lugar tenía que ayudar a Simon a lavarse. Este insistió en que ella se diera media vuelta. Pese a su debilidad, se enderezó, y a Nora se le encogió el corazón cuando volvió a oírle toser. Tras refrescarse, parecía más agotado que reconfortado.

Nora buscó un camisón. Eso la turbó un poco, ya que nunca había visto a su padre con la camisa para dormir. Sin embargo, no había tiempo para sentir vergüenza y, de todos modos, cuando se casara con Simon compartirían cama. Nora tenía unas ideas bastante precisas de lo que le esperaba entonces. Al fin y al cabo, las chicas de la alta sociedad no hacían más que hablar acerca de eso. En la corte del Rey Sol, *faire l'amour* se había considerado una especie de juego de sociedad, y ahora ese enfoque llegaba lentamente a Inglaterra. La nobleza rural estaba más bien indignada por la desvergüenza de los franceses, pero la gente joven se contaba, ruborizándose, los excesos del país que estaba al otro lado del canal. Nora no tenía miedo de su noche de bodas con Simon, hasta entonces siempre había disfrutado tendiéndose a su lado en el parque. Recordó nostálgica su paseo en bote, los dos juntos. Entonces incluso se había atrevido a deslizar la mano bajo la camisa de él y acariciarle el pecho desnudo. No había ninguna razón para no volver a hacerlo.

Mientras revisaba las escasas pertenencias de Simon, Joan llegó con la ropa de cama limpia, de hecho edredones de plumón. En cuanto a las sábanas... Nora no sabía si echarse a reír o llorar. Fuera como fuese, habría que lavarlas. Al día siguiente sin falta, en cuanto... ¡Cielos, necesitaría una tina y ollas para hervir el agua y todas esas cosas que nunca había utilizado por sí misma! La palabra ajuar adquirió de repente un significado totalmente nuevo; hasta entonces solo había pensado en cuberterías de plata y porcelana, muebles delicados y mantelerías.

Simon dejó que le ayudara a ponerse el camisón limpio. Los nuevos edredones y otro cuenco de sopa de cerveza lo reconfortaron tanto que dejó de temblar. Nora se sentó a su lado, le acarició la frente y le frotó las sienes, y cuando empezó a hablar de Barbados, él ya estaba dormido. El frío no le había dejado conciliar el sueño en mucho tiempo.

Nora pensó en qué lugar de la diminuta habitación instalarse. Pero primero comió un poco del cazo que Joan había llevado y a continuación apareció Bobby con un enorme cesto cargado de leña.

—Menudo lío se ha armado en el despacho, señorita, su cochero ha preguntado por usted. La está buscando —explicó el chico mientras encendía la chimenea. Nora lo observaba con atención. Ella nunca lo había hecho, pero tenía que aprender—. Yo no he dicho nada, pero ya sospechan algo. —Con un movimiento de sus expresivas manos abarcó la buhardilla—. Creo que quieren avisar a su padre...

Nora asintió. De acuerdo, su padre estaba en esos momentos navegando y, como muy temprano, la carta llegaría a Ámsterdam en el barco siguiente. De todos modos, creía capaz a Peppers de averiguar la dirección de Simon. ¿Aparecería por ahí y se la llevaría a casa? ¿Sin órdenes expresas de su patrón? Nora no estaba del todo segura. El cochero la adoraba, pero era un fiel servidor de Thomas Reed. Probablemente todo dependería de cómo evaluase la situación: si él también consideraba que su amor por Simon no era más que un sueño infantil, entonces la forzaría a separarse de su amado.

Esa noche, sin embargo, no ocurrió nada. ¿Todavía no habría averiguado Peppers la dirección? El señor Simpson solía marcharse temprano a casa y quizás el señor Wilson no había traicionado a Nora. Pero era posible que el viejo cochero todavía estuviese indeciso. Nora se ovilló protegida por su abrigo delante de las acogedoras llamas del fuego de la chimenea y pensó en que ya podía sentirse contenta con todo lo que había conseguido esa tarde.

Aun así, no logró disfrutar del descanso largo tiempo. Simon tosía y respiraba con dificultad, y luego se llevó un susto tremendo cuando algo diminuto correteó por sus piernas desnudas. ¡Ratones! ¡O tal vez ratas! Tendría que poner veneno o conseguir un gato. Esto último le resultaba más simpático, pero ya le preocupaba el animal antes de tenerlo. Eran pocos los trozos de carne que había encontrado en el puchero.

Y luego, avanzada la noche, empezó a preocuparse por el dinero. En el East End las cosas eran baratas, pero resolver los asuntos urgentes y hacer las compras básicas se llevaban un penique tras otro. Su monedero pronto estaría vacío. Se horrorizó con solo imaginárselo, aunque recordó que había prestamistas. Lo primero que empeñaría sería el miriñaque. Las mujeres del East End hacían bien en no ponérselo. Esas voluminosas faldas impedían cualquier tarea física. Y con el dinero que obtuviese pagaría un médico. Eso era lo más importante. Simon necesitaba a un médico.

5

Obtener dinero por el miriñaque parecía fácil, ya que la señora Paddington comerciaba con ropa usada. Además, enseguida le hizo una oferta, que la muchacha se esforzó por aumentar. No obstante, era hija de comerciante y en el último momento recordó la primera regla de su padre: antes de cerrar un trato, siempre hay que tener varias ofertas.

Por consiguiente, respondió que preguntaría a otros vendedores de ropa usada. Ante ello, la oferta de la casera aumentó considerablemente. Nora acabó aceptándola. Todavía tenía que liquidar varios asuntos y no quería dejar a Simon mucho tiempo solo. No obstante, el joven estaba mejor por la mañana, incluso insistió en encender la chimenea y sacó una tetera, aunque no había té. Nora fue a pedirle un poco a la vecina del primer piso y la pilló justo antes de que saliera. La señora Tanner trabajaba de tejedora en una de las nuevas fábricas y en ese momento estaba tranquilizando a sus hijos más pequeños. Ambos lloraban sin parar porque se iba. Ni tenía, ni parecía saber qué era el té. Cuando Nora se lo explicó, le desaconsejó horrorizada que utilizara el agua de las tuberías de la calle.

—No se puede beber, tesoro, te dará cagalera.

En lugar del té le recomendó ginebra, y Nora, sorprendida, optó al final por la sopa de cerveza. Su padre todavía evocaba esa tradicional bebida para el desayuno que siempre había estado presente en su juventud y que la reina Ana había sustituido por el té. La señora Tanner todavía tenía una jarra de cerveza en casa y la compartió de buen grado con su nueva vecina. A cambio, Nora se ofreció a echar un vistazo a sus hijos más pequeños. Sarah y Robert, de dos y tres años respectivamente, permanecían solos en la casa durante el día y a la señora Tanner se le partía el corazón cada vez que tenía que dejarlos llorando. Los vástagos mayores ya iban también a trabajar: Hanna ayudaba en un tenderete de comidas y Ben limpiaba chimeneas. Ya por la mañana, los dos parecían agotados y la madre tenía que insistirles enfadada para que salieran puntuales de casa.

Nora obligó al reticente Simon a que bebiera la floja cerveza caliente y que volviera a acostarse mientras ella salía.

—Solo voy a buscar algo que desayunar —aseguró, aunque luego se precipitó con una larga lista hacia las sucias callejuelas.

Conseguir raticida le resultó fácil. El asunto se complicó con la leche y la mantequilla, sobre todo porque Nora carecía de recipientes adecuados para llevarlas. Al final compró una jarra, dos tazas y platos, un puchero, una sartén y los cubiertos necesarios. El pan y el queso eran baratos, la mantequilla muy cara, lo que sorprendió a la muchacha, y el té y el azúcar prácticamente prohibitivos. Nora, que en su vida había prestado la menor atención a los precios de los alimentos, aprendió que el aceite, las patatas y la col eran asequibles. ¡Por eso la olla de la señora Paddington consistía casi exclusivamente de esos ingredientes! La carne era muy cara, pero la señora Tanner le había pedido que le llevara un par de huesos, así que, para su estreno como cocinera, también ella compró unos huesos de buey que conservaban algún trozo de carne. Nora los reconoció viendo las pezuñas y la punta de la cola que el carnicero había arrojado descuidadamente a la calle delante de su negocio: podía estar segura de no tener ni gato ni caballo en el caldero. Pese a todo eso, delante de la carnicería olía tan repulsivamente que se le quitó el apetito.

Por último, gastó medio penique en caramelos, haciendo felices con eso a los hijos pequeños de la señora Tanner. Dejó con ellos sus compras y fue en busca de un médico. Desechó la idea de acudir a su médico de familia. El doctor Morris residía en una casa noble de Mayfair, no muy lejos de la de Nora. No realizaría una visita al barrio de mala fama que Nora denominaba su «nuevo hogar». Además, enseguida le iría a su padre con el cuento de dónde estaba viviendo su hija. Por añadidura, sería sin duda caro. Al final, y de mal grado, preguntó a la señora Paddington.

—¿Un curandero? ¿Para qué? ¿Para el de arriba? No vale la pena, señorita, hasta un ciego con bastón puede ver que ese no tiene para mucho. Tisis galopante, señorita... ¿es que no la conocen en sus círculos? Pues tampoco se priva de los lores... —La señora Paddington rio despectiva.

—Preferiría conocer el diagnóstico de un médico —objetó dignamente Nora—. A lo mejor sabe de alguno cerca de aquí. En caso contrario tendré que esperar a la señora Tanner.

La señora Paddington comentó que los Tanner no podían permitirse ni de broma un médico. Nora se dio por vencida. Primero cocinaría y se ocuparía de que Simon no pasara frío y estuviera cómodo. A lo mejor era verdad que al final no necesitaban ningún médico. Los resfriados de Nora siempre se curaban deprisa cuando el ama de llaves conseguía que la vivaracha muchacha permaneciera un par de días en cama.

Nora supuso que ella también tendría que bregar con la tozudez de Simon, pero a él su propia debilidad le forzaba a permanecer en la cama. Por la mañana todavía tenía la intención de salir a buscar trabajo. La presencia de Nora lo había animado. Sin embargo, antes de que estuviera del todo vestido, volvió a subirle la fiebre. Apenas logró desvestirse para acostarse de nuevo, y cuando Nora regresó se encontraba peor que el día anterior.

—Necesitas por lo menos una semana de cama —le dijo ella, enseñándole llena de orgullo sus compras.

Simon se quedó impresionado cuando la joven, con toda naturalidad, colgó el puchero encima del fogón y puso a hervir los huesos. Para su sorpresa, había tenido que preguntar en dos tiendas antes de encontrar a alguien que vendiera agua de manantial, ¡y era más cara que la cerveza!

—¿Quién te ha enseñado todo esto? —preguntó Simon perplejo cuando Nora empezó a cortar la col y mondar las patatas.

La joven rio.

—Mi madre murió muy pronto y todos me han mimado, la cocinera, el ama de llaves y el mayordomo. Pero mi niñera coqueteaba con el sirviente y cuando este tenía un poco de tiempo libre me dejaba en la cocina. Allí podía curiosear y ayudar. Como ves, ¡todavía me acuerdo!

El puchero no salió tan bueno como ella esperaba, pues con tanto comparar precios se había olvidado de la sal y la pimienta, por lo que el caldo casi no sabía a nada. Pero saciaba, y hasta los pequeños Tanner disfrutaron de una ración. Devoraron esa frugal comida con un hambre canina y su madre se lo agradeció casi con lágrimas en los ojos.

—Solo tenía que vigilarlos —dijo con timidez—. No que darles de comer.

Nora de nuevo se quedó atónita cuando se enteró de que los niños no comían más que un mendrugo de pan a lo largo de todo el día. La muchacha aprovechó para preguntar a la vecina si conocía algún médico.

—Sí. El doctor Mason. Pero no es barato... y tampoco sé si es bueno. Que yo sepa, todos los que han acudido a él han muerto. Aunque bien es cierto que ya estaban casi muertos. Y debe de ser buena persona si atiende aquí, donde nadie puede pagarle.

«O un médico tan malo que en ningún otro lugar tiene pacientes», pensó Nora, aunque prefirió callárselo. Tampoco quería darle demasiadas vueltas. ¡El doctor Mason tenía que ser un buen médico! Y una buena persona... Salió de inmediato en su busca. Le preocupaba que a Simon le hubiese subido la fiebre por la mañana y que por la tarde volvieran a atormentarle los accesos de tos y los escalofríos; seguro que valía la pena que el doctor Mason lo examinase cuanto antes.

El médico también vivía en el East End, pero en una zona colindante con un barrio residencial. También parecía tener servicio, al menos le abrió la puerta una señora mayor con uniforme de sirvienta, aunque de aspecto no tan atildado como las empleadas que atendían la casa de los Reed.

—¿Tos, pequeña? —preguntó una vez que Nora le hubo descrito los síntomas de Simon—. ¿Y todavía no está muriéndose? —La mujer sacudió incrédula la cabeza—. Ah no, para eso no sale el doctor, ¡a estas horas, ya entrada la noche! Vuelva mañana. Si no tiene nada más que hacer, la acompañará...

Los intentos de Nora por fijar al menos una cita para la visita del día siguiente fueron vanos. Al parecer, el doctor Mason únicamente se comprometía cuando los allegados del enfermo realmente iban en serio y lo iban a buscar. La joven se esforzó por no tomarlo como una mala señal. Era probable que el médico se hubiera encontrado con frecuencia ante puertas cerradas si después de la llamada la familia decidía que en realidad no podía permitirse su visita.

Nora pasó otra mala noche sobre el suelo, delante de la chimenea, y añadió un colchón a la lista de la compra del día siguiente. También Simon parecía tener un sueño agitado, con continuas pesadillas. Nora le oía darse vueltas y toser sin descanso. Al final, no aguantó más, se levantó y se tendió vacilante a su lado en la estrecha cama. El enfermo pareció tranquilizarse cuando ella lo rodeó con sus brazos. Nora apoyó la cabeza del joven sobre su hombro y experimentó un sentimiento cercano a la alegría cuando él, medio dormido, susurró su nombre. Simon dejó de toser y al amanecer parecía dormir profunda y tranquilamente.

Solo el correteo de ratas y ratones por la buhardilla la molestó, pero esa noche sería la última. Con todo el dolor de su corazón, Nora había puesto un poco de veneno en su preciado queso y deseó malvadamente un buen apetito a los roedores antes de conciliar por fin el sueño.

Simon se sintió abrumado por la vergüenza cuando por la mañana despertó en brazos de Nora, pero se encontró mejor que el día anterior.

—¿No quieres besarme? —preguntó su amada, somnolienta, cuando él se movió a su lado.

Simon la besó con dulzura, pero algo reticente, en la frente. Lo que estaba haciendo no era correcto. No era propio de un caballero compartir el lecho con su amada antes del matrimonio. Sin embargo, nunca se había sentido tan feliz como al ver el cabello de Nora desparramado sobre su almohada. Sentía su cuerpo menudo y prieto junto a él y pensó en lo hermoso que sería hacerle el amor. Con cuidado, deslizó sus labios desde las sienes de la muchacha hasta su boca y su cuello, acarició el inicio de sus pechos y luchó contra el primer acceso de tos del día.

Nora, que sonriendo relajadamente se había abandonado a las caricias, se incorporó alarmada.

—Voy a buscar al médico —anunció—. Y esta vez te quedas acostado. No vaya a ser que vuelvas a abusar de tus fuerzas como ayer. —Le pasó tiernamente la mano por el cabello empapado de sudor—. Descansa un poco más. Traeré agua para que te laves.

Puso a hervir agua —había comprado un par de hierbas en sustitución del té— y se enfundó el vestido sobre la ropa interior con que había dormido. Necesitaba urgentemente un camisón bonito; al fin y al cabo, Simon la vería con él...

Se sentía preocupada pero también contenta. Bajó presurosa por las escaleras, lo que siempre le parecía una carrera de baquetas. Cuando la señora Paddington la descubría, siempre hallaba una razón para regañarla o mofarse de ella con su estridente voz. Otro tanto les sucedía al señor y la señora Tanner: su casera era pura y simplemente una cotilla redomada, incapaz de no hacer comentarios infames sobre las idas y venidas de sus inquilinos. En esos momentos, la señora Paddington parecía estar todavía durmiendo y Nora pudo llenar la jarra de agua sin que la importunara. Contempló asqueada el agua turbia que era conducida al distrito de los pobres a través de troncos de árbol vaciados. Procedía del Támesis. Y todas las aguas residuales volvían al Támesis, no era pues extraño que los Tanner y los Paddington, y seguramente el resto de los habitantes del East End, prefiriesen beber ginebra. Al igual que la cerveza, el aguardiente era más barato que el agua del manantial que Nora había comprado el día anterior y que con tanto esfuerzo se transportaba desde el campo. Y además ayudaba a olvidar el calor y la humedad, el aire viciado y las largas y duras horas de trabajo.

Nora esperaba que el agua de la ciudad valiese para lavar y refrescarse. No obstante, la filtró con una tela tal como había visto hacer la tarde anterior a Joan. Solía prepararla así para cocinar.

Cuando regresó, Simon seguía en la cama tal como habían acordado, y esta vez incluso le permitió ayudarlo a lavarse y ponerse una camisa limpia. Nora recordó que, cuando ella estaba enferma, la niñera le pasaba un paño húmedo por el cuerpo sudado. Era casi como una caricia y así lo sintió Simon. Gemía y algo cambió en la parte interior de su cuerpo, pero Nora no se atrevió a comprobar qué era. Él la besó con una pasión inusitada. La muchacha se preguntó si eran los prolegómenos de eso que ocurría la noche de bodas. Sin embargo, a Simon le vencieron la fiebre y la debilidad, lo que le resultó insoportablemente bochornoso.

—Yo... lo... lo siento —susurró cuando dejó de acariciarla y se apoyó agotado en el hombro de la muchacha—. Nora, no solo no tengo nada que ofrecerte, sino que además no soy hombre para ti... Deberías marcharte.

Ella le besó el cabello y le secó la frente. Recorrió con dulzura las sombras bajo sus ojos y acarició sus mejillas hundidas.

—Ahora me voy —dijo luego en voz baja—. Tengo que ir a buscar al médico. Pero primero bebe un poco de infusión y come algo de pan. Es normal que uno se sienta débil cuando está enfermo. Pronto estarás mejor, tienes que comer y descansar. Y no preocuparte por nada. ¡Te quiero tal como eres!

El doctor Mason no estaba en casa.

—Una urgencia —le informó concisa la sirvienta—. Vuelva más tarde. El doctor está muy ocupado.

La joven, que estaba empezando a irritarse, no creyó a la mujer hasta que hubo preguntado a medio barrio si había otro médico. Al parecer, Mason era el único que tenía consulta en esa zona. No era extraño que estuviera desbordado... Nora decidió que a la mañana siguiente vendría muy temprano para así aumentar las probabilidades de encontrarlo, y que pasaría ese día haciendo la colada. Simon ya no tenía ninguna camisa limpia y su propia ropa blanca también estaba en mal estado; asimismo, la noche entre las sábanas «recién lavadas» de la señora Paddington la había convencido de que necesitaba hacer una colada, aunque no sabía cómo apañárselas. En la casa de los Reed había un lavadero, pero Joan la miró sin comprender cuando le preguntó por él.

—¿Dónde laváis la ropa? —preguntó abatida Nora—. Supongo que en algún...

—En el Támesis —respondió la niña—. Un poco corriente arriba, ahí el agua no está tan sucia. Vaya río arriba, señorita, y ya verá a las mujeres lavando. ¿O quiere que se lo haga yo? Por un penique...

Nora agitó horrorizada la cabeza. El agua del Támesis explicaba el porqué del color gris y el olor a lodo de la ropa «limpia». Creía recordar que la ropa blanca y de cama se tenía que hervir. En la tienda de la esquina compró lejía y un par de jabones en copos —caros, ya que la mayoría de la gente no utilizaba jabón— y revisó sus cacharros de cocina. El caldero era demasiado pequeño para meter las sábanas dentro y, además, se le revolvía el estómago de pensar en lavar la ropa interior y preparar luego un caldo en la misma marmita. Al final se le ocurrió que la señora Tanner seguramente todavía tenía que lavar pañales, y ella no iba al río.

En efecto, los vecinos tenían un caldero más grande. Lo pidió prestado y empleó las horas siguientes en traer agua de la tubería pública y filtrándola para que al menos no flotaran partículas de suciedad. Una vez que hubo metido la ropa y calentado el agua, la hubo dejado en remojo, aclarado y escurrido, estaba exhausta. Pero ahora las camisas y sábanas colgaban resplandecientes junto a la chimenea, secándose. Simon, que había seguido esa actividad bajo las mantas, volvía a estar impresionado.

—Estás hecha para las colonias —confirmó fascinado—. No me cuesta nada imaginarnos viviendo en una cabaña como los indígenas... Solo falta que me recupere lo suficiente para poder construírtela.

—¡Pronto te sentirás mejor! —contestó animosa la muchacha.

Pero luego recordó que tenía que volver a probar si el doctor Mason ya estaba en casa. Aunque ese día no la acompañara, si podía hablar con él seguro que acabarían fijando una cita para el día siguiente. Además, quería ir al mercado. Había empeñado su vestido a la señora Paddington y adquirido uno sencillo de lana gris como el que llevaba la señora Tanner. No solo porque volvía a necesitar dinero, sino también porque no le gustaba llamar la atención por la calle. Era una prenda más corta y práctica que su hermoso vestido de tarde. No tenía la intención de ahorrar para su «camisón para la noche de bodas». Estaba convencida de que Simon la haría su esposa en cuanto estuviese un poco mejor y quería que la viese bonita.

Lamentablemente, tampoco esa vez tuvo suerte con el doctor, pero no se desanimó. Llevada por su espíritu emprendedor recorrió las calles comerciales, evitando algo inquieta los letreros de chapa de las tiendas que se agitaban peligrosamente empujados por el viento. Era frecuente que cayeran, arrancando parte de la fachada de la casa. Y no eran pocas las veces que golpeaban a un viandante.

De repente, oyó a sus espaldas un carruaje, se volvió asustada y miró. Era... Nora intentó esconderse en un portal, pero era el de una taberna donde no se permitía la entrada a las mujeres. Agachó la cabeza y apretó el paso. A lo mejor Peppers no la reconocía con ese modesto vestido ni con la cofia que llevaban las mujeres del East End. Entonces se presentó la oportunidad de doblar por una calleja lateral no suficientemente ancha para el vehículo. Nora saltó por encima de un charco pestilente: en las esquinas de las calles se amontonaban las basuras que los londinenses tiraban delante de sus casas. Sacó un pañuelo del bolso y se cubrió la nariz. Estaba acostumbrada al hedor de la ciudad, incluso las grandes avenidas londinenses olían a las aguas residuales que los canales abiertos conducían por las callejuelas, a caballos mojados y cadáveres putrefactos. Pero hasta entonces, el carruaje cerrado la había protegido de los peores olores, mientras que ahora, como transeúnte, estaba expuesta sin remedio a la inmundicia. Las ruedas guarnecidas de hierro salpicaban porquería, y a algún que otro desafortunado incluso le podía caer en la cabeza un cubo de agua sucia o el contenido de un orinal.

Esa calleja era especialmente desagradable porque había varias carnicerías. Nora tenía que poner cuidado en no pisar las tripas y pieles de animales que se pudrían. Pero el esfuerzo valió la pena. Enseguida llegó a una de las calles anchas que rodeaban la Torre y volvió a sentirse segura. Era imposible que Peppers la hubiese seguido, si bien ahora tendría que encontrar el camino de vuelta al East End... Mientras se orientaba, oyó de repente que alguien gritaba su nombre.

—¡Miss Nora! ¡Espere! ¡No se vaya, señorita!

Peppers, con el rostro enrojecido por la inusual carrera y las medias, habitualmente inmaculadas, sucias hasta los calzones, salía de la callejuela de las carnicerías y se dirigía directo hacia ella.

Nora se volvió hacia él vacilante.

—Peppers, yo...

—¡Enseguida la he reconocido! —dijo jadeando el cochero—. Pese a esa extraña indumentaria. ¡Por el amor de Dios, miss Nora, no se imagina lo preocupados que hemos estado todos por usted!

Ella se encogió de hombros.

—Injustificadamente, Peppers. Como puede ver, estoy muy bien.

Peppers deslizó una severa mirada por su delicada figura, las manos sin guantes y enrojecidas por la lejía y el agua caliente y el cabello desordenadamente recogido en la nuca bajo la cofia torcida.

—Ya veo —dijo con los labios apretados.

Nora decidió abandonar su actitud arrogante.

—¡Por favor, no me traicione, Peppers! —susurró—. He encontrado a Simon, bueno, al señor Greenborough... y está muy enfermo. Alguien tiene que ocuparse de él.

El cochero frunció el ceño.

—¿Y ese alguien es usted, señorita? —preguntó incrédulo.

Nora reconoció en su rostro el escepticismo. Peppers adoraba a su joven señora, pero no la creía capaz más que de montar a caballo y bailar, tocar la espineta y charlar con otras damas igual de mimadas que ella.

Asintió.

—Sí, yo —declaró con firmeza—. ¡Y por favor, por favor, no me lo prohíba! Él me ama y me necesita, si lo dejo se morirá. Y yo... —se mordió el labio— yo nunca había sido tan feliz.

Peppers hizo un gesto de impotencia. La situación lo superaba.

—Yo no estoy autorizado a prohibirle nada, señorita —reconoció vacilante—. Pero su padre... No sé si la carta ya habrá llegado a sus manos. Ámsterdam está lejos... No me cabe la menor duda de que volverá en cuanto...

—¡Hasta ese día pueden pasar semanas! —gimió Nora—. Para entonces Simon ya se habrá curado y...

—El mozo de los recados ha dicho que está tísico —observó Peppers con dureza—. Y si no recuerdo mal, por el modo en que tosía en el carruaje...

—¡Es solo un resfriado, Peppers! Ahora ya está mejor. Yo... yo sé lo que hago.

El cochero torció el gesto y escrutó de nuevo a la joven.

—¿Se aloja en ese agujero del East End con él y juega al ama de casa?

Nora le mostró sus manos agrietadas y se lo quedó mirando.

—¡No es un juego! —protestó ofendida—. ¡Si por fin alguien creyera que esto no es un juego...!

Peppers se pasó la mano por la frente.

—Está bien, miss Nora —concluyó—. No contaré a nadie que la he encontrado. Pero me resulta imposible ayudarla. Me metería en un buen lío si ahora le prestase dinero o...

—¡No necesito ayuda! Basta con que nos deje tranquilos.

Peppers arqueó incrédulo las cejas y reprimió un suspiro.

—Entonces, vaya usted con Dios, señorita —suspiró—. Y espero que su joven lord sepa apreciarla en su justa valía...

6

Nora corrió de vuelta al East End; el encuentro con Peppers había sido un poco desagradable. Lamentaba que el anciano sirviente la hubiese visto con un vestido que ni una criada de los Reed habría llevado jamás. Pero en el fondo, la conversación la había aliviado. El cochero le había confirmado lo que ella había rogado todo ese tiempo: todavía podían pasar días, cuando no semanas, hasta que su padre recibiera la carta del furioso jefe de oficina. Y luego tenía que emprender el viaje de vuelta. Si todo iba bien, Simon ya estaría curado cuando regresase, habría encontrado un nuevo trabajo y Nora habría demostrado a su padre que su relación iba en serio. Seguro que la mitad del círculo de comerciantes andaría cotilleando acerca de la fuga de la hija de Thomas Reed. No le quedaría más remedio que bendecir la unión entre ella y su antiguo escribiente.

La llegada a casa la sacó de sus cavilaciones. La señora Paddington la aguardaba impaciente para recordarle que tenía que pagar el alquiler de la semana. No era mucho, pero Nora tendría que reunir el dinero sola ya que a Simon seguramente hacía tiempo que no le quedaban ahorros. Debería empeñar alguna cosa más. ¡De lo que estaba segura era de que no iba a enviar nada de dinero a los acreedores de Simon y a su insaciable familia! ¡Que viera lady Samantha dónde estaba viviendo!

Esa idea le volvió a levantar los ánimos, pero luego la realidad la abrumó. Fue a echar un vistazo a los hijos de los Tanner antes de subir a la buhardilla y se inquietó al ver que la pequeña Sarah sorbía mocos y tosía. El fuego de la chimenea de los vecinos llevaba tiempo apagado y Nora no encontró leña para volver a encenderlo. Como se disponía a preparar una infusión de hierbas para Simon, bajaría un poco a la niña. La señora Tanner todavía tardaría horas en llegar; la tejeduría cerraba tarde, y si bien el señor Tanner no trabajaba tanto tiempo, solía acabar la jornada con un par de ginebras en el pub. Nunca se preocupaba de sus hijos.

Ver a Simon la devolvió totalmente a la realidad. Tenía mal aspecto, todavía parecía más débil y demacrado que el día anterior y no quería probar bocado. Cuando Nora insistió en que tomara al menos unos sorbos de infusión de hierbas, se quejó de que le dolía el pecho. Su respiración era irregular y acelerada.

Nora se prometió que a la mañana siguiente sí iría en busca del doctor a primera hora. Se ocupó de la pequeña Tanner y luego se tendió junto a Simon. El cuerpo le ardía de fiebre, pero consiguió abrazar a la muchacha. Felizmente apoyada en su hombro, ella le contó su encuentro con Peppers y a continuación empezó de nuevo a soñar.

—Seguro que mi padre cambia de parecer. Y como lo que ha sucedido habrá provocado un escándalo, pensará que es una buena idea enviarnos un par de años al extranjero. ¿Tú qué opinas, cariño, a Barbados? Allí todo el año hace calor y no llueve demasiado. Y las flores florecen. Lady Wentworth dice que aquí no podemos ni imaginarnos lo colorido que es. Tanto las aves como las flores. Hay colibríes, unos pajarillos multicolores y con un pico largo, y se quedan suspendidos en el aire como si estuvieran quietos...

—Y absorben el néctar de las flores —concluyó en voz baja Simon—. Lo he leído en tu libro.

Tan solo había echado un vistazo al ejemplar en el carruaje, pero el chico leía deprisa y era listo. Sin duda todavía recordaba la imagen de las palmeras junto a la playa.

—Imagínate que ya estamos allí —susurró con voz cansada y anhelante, y Nora se extasió en su oscura melodía—. Estamos tendidos en nuestra choza junto a la playa, oímos romper las olas y nos gustaría bailar a la luz de la luna, pero no podemos salir para no molestar a las tortugas, que están enterrando sus huevos en la arena.

—Y cuando las pequeñas tortugas salgan del cascarón, las llevaremos corriendo al agua para que ni las gaviotas ni las garzas las vean —sonrió Nora—. Y veremos cómo se alejan nadando. Nos despediremos de ellas y nos besaremos. Y tus besos sabrán a mar.

Simon fue el primero en dormirse, pero su sueño era agitado y lleno de sobresaltos, y Nora temía que fuera a dañarse los pulmones de tanto toser. Apenas se movió cuando ella volvió a lavarlo por la mañana y le cambió la camisa. La joven intentaba bromear mientras hacía su primer intento de afeitarlo.

—Mejor lo hago antes de ir a buscar al médico. Así, si te corto el cuello nos ahorramos sus honorarios...

Simon emitió una débil sonrisa. Parecía como si le costase entenderla. Fuera como fuese, su aspecto era limpio y aseado cuando ella lo dejó para ir a buscar al doctor. La joven miró complacida las almohadas y sábanas recién lavadas entre las que su amado dormía: el médico se llevaría una buena impresión. Nora recordaba que su niñera siempre había puesto cuidado en que su pupila tuviera un aspecto pulcro cuando el doctor Morris acudía a tratarle unos dolores de garganta o de barriga.

El doctor Mason se hallaba esta vez en casa, pero ya a tan temprana hora del día olía a ginebra. Por fin partió con Nora para visitar a Simon, tras haber cogido la petaca para echar un último trago.

—Es solo por cuestiones de salud... —informó a Nora cuando vio que ella lo miraba con desaprobación—. Aquí hay que evitar el agua, y el aguardiente más bien parece impedir la enfermedad. En cualquier caso, hasta ahora no he cogido ni la tisis ni el cólera.

Nora se fijó en que su aspecto no era el de un bebedor empedernido. Tras pasar unos pocos días en el East End, los reconocía por la nariz roja, los ojos vidriosos y sus andares inseguros. También se los veía hinchados pese a la escasa alimentación de que disponían en el barrio de los pobres. El doctor Mason, por el contrario, era alto y enjuto, y su voluminosa peluca —muy pasada de moda y tan raída y descuidada que se diría que anidaban pájaros en ella— parecía ahuecarse en su cabeza como la cresta de un pollo de seda. También su chaqueta había conocido días mejores, pero tal vez era que simplemente se despreocupara de su aspecto exterior. En cualquier caso, estaba acostumbrado a las callejuelas del East End y sus zapatos de hebilla, algo anticuados y de tacón alto, esquivaban las inmundicias como por propia iniciativa.

—Así pues, ¿se trata de su marido? —preguntó a Nora, quien no sorteaba los charcos con tanto garbo. Era un día frío y ventoso y ella se envolvía bien en su abrigo. Mason había dedicado un vistazo breve y asombrado a la prenda. Pocas veces se veía en esa parte de Londres un abrigo de lana tan caliente.

—Mi prometido —precisó ella—. Es un resfriado pertinaz. Lleva meses padeciéndolo, pero ahora yo estoy aquí y me ocupo de atenderlo... Queremos casarnos pronto.

El doctor arqueó las cejas y puso una mueca, pero no hizo comentarios sobre tal confesión.

—Mi... mi prometido es un lord —prosiguió Nora vacilante mientras abría la puerta del ruinoso edificio—. Solo que... ha caído en la pobreza porque su padre...

—¡Vaya, nuestra damita ya ha vuelto!

La señora Paddington asomó la cabeza como un buitre. Esa mañana su aspecto era especialmente malévolo y desastrado, y olía a aguardiente. Era probable que los Tanner hubiesen pagado el alquiler el día antes y que la mujer lo hubiese invertido en alcohol.

—¿Ha pensado la princesa también en el alquiler? ¿Y a quién

nos trae esta vez? ¿Otro galán? Esto no puede ser, jovencita, esta es una casa decente. Aunque seguro que así logra ganarse algún penique...

Nora enrojeció, pero el doctor Mason solo apretó los labios. Parecía acostumbrado a gente como la patrona y solo miró a Nora algo receloso cuando se mencionó que no había pagado el alquiler.

—Ahora le pago, señora Paddington. Tengo que ir después al prestamista. Y usted tampoco tiene que preocuparse, doctor, tengo su dinero.

—Pues si tiene dinero, señorita, págueme a mí primero —insistió la mujer, pretendiendo cortarles el paso.

La joven la empujó decidida a un lado.

—¡Le daré el dinero más tarde! —aseguró con firmeza—. Venga, doctor Mason, mi prometido está muy enfermo.

Si la habitación limpia, las sábanas inmaculadas y el fuego en la chimenea realmente sorprendieron al doctor, no lo dejó ver. El enfermo estaba adormilado, pero intentó incorporarse y saludar al médico.

Nora lo vio agotado pero guapísimo. Por la mañana, le había soltado y cepillado el pelo negro, que ahora reposaba ondulado sobre las blancas almohadas enmarcando el delicado y aristocrático rostro de Simon.

—Ha empeorado —murmuró el chico cuando el médico le levantó la camisa para examinarlo—. La tos. Y me duele al respirar... —Señaló con un movimiento inseguro el pectoral izquierdo.

—¡Suele empeorar justo antes de mejorar! —afirmó Nora para darle ánimos—. Y una cosa así dura mucho.

El doctor Mason le indicó que callara con un gesto de la mano. Había dejado al descubierto el torso del joven y lo auscultaba dándole golpecitos en los dos costados. Luego suspiró y le bajó la camisa antes de taparlo. Simon tosió.

—Pues sí, señor... vizconde Greenborough.

Era muy amable por su parte que utilizase el título, pero Nora puso sus objeciones.

—¿Ya ha acabado? No tiene que... Me refiero a que cuando yo estaba resfriada el médico también me daba golpecitos en la espalda y...

Mason se enderezó la peluca e hizo un ademán pidiendo paciencia.

—Sin duda, señorita... Sé qué tratamiento necesita su prometido. Pero si ahora le pido que se vuelva, todavía le costará más esfuerzo y ya no le quedan fuerzas. Vizconde, padece usted una especie de infección pulmonar aguda. Por eso le duele al respirar... Lo siento, pero he de diagnosticarle tuberculosis pulmonar aguda...

Simon permaneció inmóvil, pero el médico creyó ver un leve gesto de asentimiento con la cabeza. Era evidente que el enfermo sabía cuál era su estado. Nora tragó saliva.

—Tubercu... —Intentó repetir esa palabra que todavía no había oído—. ¿No es tisis...?

El doctor respiró hondo.

—Lo siento, señorita... —repitió.

La muchacha sintió que le flaqueaban las piernas. Se dejó caer al borde de la cama de Simon.

El joven le cogió la mano.

—Deja que el doctor nos cuente, querida —dijo con suavidad—. Él sabrá qué hay que hacer...

—¿Se puede hacer algo? —preguntó Nora, esperanzada.

Simon intercambió una breve mirada con Mason. El hombre carraspeó y de nuevo se llevó las manos a la peluca para ajustársela.

—Siempre puede hacerse algo, señorita... pero a veces... Yo... bueno, lo mejor que puede hacer por su prometido es cuidar que no pase frío. Necesita descansar... Dele de beber, pero no agua de las cañerías, eso todavía agravaría más su estado.

—¿Leche? —preguntó Nora con los ojos abiertos de par en par, como un niño al que le prometen una recompensa si lo hace todo bien.

Mason asintió.

—La leche es buena —convino—. Y sopa... alimentos nutritivos en lo posible.

—¿Y medicinas? —inquirió ansiosa.

El doctor suspiró.

—Son muy caras —advirtió—. Y en este caso...

Simon volvió a buscar su mirada.

—Bien... —prosiguió el médico, resignado—. Le recetaré una pócima para que se la prepare el boticario. Jarabe de amapola, vizconde, le... le hará las cosas más fáciles.

El joven se humedeció los labios.

—¿Cuánto... tiempo? —susurró mientras Nora buscaba atolondrada un papel y un lápiz.

El médico miró dónde estaba ella antes de responder.

—Si la infección disminuye, un par de semanas. En caso contrario... un par de días.

Nora escuchó las últimas palabras.

—En un par de días mejorará —aseveró con valentía—. ¿Ves? Es lo que siempre te he dicho, Simon...

El doctor hizo un gesto de abatimiento pero no dijo nada. Volvió a dirigirse a Nora cuando lo acompañó a la puerta.

—Señorita Nora... —La muchacha no le había dicho su apellido—. Respecto a sus proyectos de boda... sería preferible que los pospusiera. Debería mantener el mínimo contacto posible con su prometido... humm... y ningún roce íntimo. En Venecia se afirma que esta enfermedad se contagia de una persona a otra. Se... se aconseja incluso quemar las prendas de vestir de los enfermos.

Nora le lanzó una mirada incrédula.

Él suspiró.

—Aquí en Inglaterra no se admite esta teoría —murmuró—. Pero basándome en mi experiencia... a nadie le serviría que también usted cayera enferma.

7

El doctor Mason no pidió más que dos peniques por la visita domiciliaria, algo que casi avergonzó a Nora. El boticario, en cambio, cobró un chelín y seis peniques por el jarabe. Esto, junto con el alquiler, se llevó todo el dinero que la muchacha había obtenido por el vestido. No obstante, el remedio surtió efecto. Los dolores de Simon se aliviaron un poco y por la noche, después de tomarse una cucharada, se durmió tranquilamente en brazos de su amada. Esta pasaba ahora más tiempo en la cama del joven también durante el día, haciendo caso omiso a la advertencia del médico.

Nora ya dominaba sus improvisadas labores domésticas, limpiar la buhardilla, encender la chimenea y cocinar no le robaba mucho tiempo. Había adquirido todo lo necesario para llevar una vida más o menos ordenada y, de hecho, solo salía para realizar compras menores. Con el fin de reunir el dinero que precisaba, había empeñado el abrigo y las horquillas de plata, a lo que también siguió el sello con el escudo de los Greenborough que Simon tan celosamente había conservado hasta entonces. Ya no ponía ningún reparo, ni tampoco Nora se preocupaba de lo que sucedería cuando hubieran gastado el último penique. Si bien intentaba mantener la esperanza, veía que él cada vez estaba más débil y que el pronóstico no era bueno. Y pese al desesperado optimismo con que había reaccionado a la visita del médico, conocía lo que era la tisis. Sabía que la gente moría a causa de esa enfermedad, y no solo ahí, en el East End. Cuando los miembros de las clases acomodadas la padecían su avance no era tan rápido, solían sufrirla durante años y nunca llegaban a curarse.

En cuanto a los peligros del contagio, se obstinó en ignorar las advertencias del médico. Fuera lo que fuese que pensaran en la lejana Venecia, Nora consideraba imposible que su amado supusiera un peligro para ella. Y así, no se cansaba de acariciar a Simon, se abrazaba a él siempre que lo necesitaba y ambos se entregaban durante horas a sus sueños. Antes había sido él quien, con ojos brillantes, describía los mares del Sur. Nora todavía recordaba con detalle su primer encuentro. Había llegado al despacho cuando Simon se entrevistaba con su padre para pedir colocación. Ella había tenido que esperar delante de la oficina, pero ya antes de ver al joven, se había enamorado de su voz cálida y oscura: «Sí, hablo con fluidez francés y algo de alemán y flamenco. Cuando... cuando me libere de las obligaciones familiares que de momento me retienen en Inglaterra, espero encontrar un puesto en las colonias. Jamaica... Barbados...»

Nora había oído resonar en su voz toda la nostalgia que ella misma experimentaba cuando veía imágenes de las playas del Caribe, cuando oía hablar a las familias de los propietarios de las plantaciones acerca de las cálidas noches y los relucientes y soleados días, de los pájaros y mariposas de colores y de las enormes flores de perfume embriagador.

Simon había pasado por alto la respuesta algo ruda de Thomas Reed, quien señaló que en ultramar no era oro todo lo que relucía. Al igual que Nora hacía oídos sordos cuando su padre se burlaba de sus propios sueños sobre los mares del Sur. En algún momento el joven había salido de la oficina y ella había visto el sol en sus ojos. Él, por su parte, reconoció el libro sobre los viajes de Cristóbal Colón que la muchacha sostenía. A partir de ahí, habían entablado conversación y los días que siguieron Nora había tenido que pasar frecuentemente, por casualidad, por el despacho de su padre. Con el tiempo ambos empezaron a citarse en secreto en St. James Park. Al principio paseaban por la orilla del lago, luego buscaban senderos cada vez más apartados y acabaron besándose tras los frondosos sauces llorones y soñando con su cabaña en la playa. Simon le hablaba del descubrimiento y colonización de las islas del Caribe, de los escondites de piratas y de las plantaciones de tabaco, de batallas navales y relaciones comerciales. Sabía mucho de la historia de la zona y Nora lo admiraba por ello.

Ahora, sin embargo, era ella quien, en la temprana penumbra otoñal, hablaba, construía castillos en el aire y contaba historias.

—¡Por supuesto, nosotros no tendremos esclavos! —afirmó categórica. Todavía recordaba el breve desencuentro con lady Wentworth—. No necesitamos tanto personal. —Se sentía plenamente satisfecha con su modesta vida en esa diminuta habitación. Claro que había labores muy pesadas y duras, y que hubiera renunciado gustosa a la señora Paddington. Pero por otro lado, se movía libremente sin la mirada curiosa del servicio y sin tener que contenerse, ser bien educada y «un modelo de conducta», como su padre le había inculcado desde su infancia—. Una doncella como mucho —reflexionaba en ese momento—. Por mí, también una negra...

—Nunca he visto a una —la interrumpió Simon en voz baja—. A un negro sí, una vez, en los Docks. Pero nunca a una mujer...

—No te resultarán más guapas que yo, ¿verdad?... —se preocupó Nora.

La sonrisa de Simon le provocó un nuevo acceso de tos.

—¡Nunca encontraría a una mujer más bonita que tú! —protestó con voz casi inaudible—. Igual si es negra, blanca o roja.

Nora lo miró fingiendo enfado.

—Creo que vas a tener que besarme si quieres que te crea.

Pese a la espada de Damocles que pesaba sobre ellos, ambos eran felices esos días. Compartían una extraña actitud despreocupada, apartaban a un lado los pensamientos en torno a la muerte y la separación, y cerraban la puerta al mundo exterior en su diminuto cuarto bajo el tejado. Pero Simon empeoraba sin pausa. Pasaba horas sumido en un sueño febril, aunque gracias a los abrazos de Nora, a su dulce voz y al jarabe de amapola, le acompañaban unos hermosos sueños. Ahora se entremezclaban la fantasía y la realidad, y el enfermo creía que estaban de verdad en una playa al sol cuando Nora se acostaba junto a él en su estrecha cama.

La muchacha abandonó apenada la esperanza de que él la hiciera su mujer, pero se dio por satisfecha siendo la reina de los sueños de su amado.

—Nos amamos en la arena cálida y sobre nosotros flota la luna llena. Una luna tan grande, Simon, como nunca había visto, y hay tanta luz... Te veo, Simon, y tú a mí. Me... me he quitado el vestido y tú...

—Eres preciosa... —susurró él—. Tu cuerpo desprende brillos plateados a la luz de la luna y las estrellas se reflejan en tus ojos. Te beso, te amo, y una ligera brisa seca nuestro sudor...

Diez días después de la visita del médico, la realidad salió al encuentro de los enamorados. Había que pagar de nuevo el alquiler y, esta vez, la señora Paddington no se dirigió a Nora, sino que aprovechó que ella estaba fuera para visitar a Simon. Quería saber qué hacían sus extraños inquilinos en la buhardilla y, naturalmente, le urgía dar su opinión al respecto. En cuanto vio a Simon medio dormido en la cama, soltó una observación burlona.

—Vaya, aquí tenemos a su ilustrísima señoría, en la cama... ¡en pleno día! Ya tendría que haberlo intuido... Así que deja que lo mantenga su damita. Pues sí, a vosotros la gente fina no se os da bien lo de trabajar... ¡Qué bonito sería que el dinero creciera en los árboles! ¿A que sí, milord! Pero ¿qué pasará cuando no tengáis nada más que empeñar? ¿Enviará el señor vizconde a la chica a hacer la calle?

Nora ya hacía tiempo que había aprendido a no hacer caso de la casera, pero Simon se sintió ofendido. Se enderezó trabajosamente.

—Absténgase de estos comentarios, señora Paddington. Mientras paguemos el alquiler, no es de su incumbencia de dónde proviene el dinero, y no permito que ofenda a miss Nora. Ella...

La mujer soltó una risotada.

—¡Que no permite! —se mofó—. ¿Pues qué piensa hacer entonces su excelencia? ¿Es que me va a retar a un duelo con espada o pistola?

El joven trató de incorporarse.

—Haga el favor de abandonar mi habitación, señora Paddington. Nora regresará en cualquier momento y no deseo que la importune con sus groseras palabras.

La mujer rio por lo bajo.

—¿No será más bien mi habitación? ¿Acaso no sabe que nada de aquí es suyo, ni de aquí ni de ningún otro lugar de la tierra creada por Dios? Ay, ya caerá en la cuenta la damita cuando se haya acabado el dinero... ¿Se quedará todavía aquí? Tampoco es usted ¡taaaaaaan guapo!, si me permite decirlo, milord. A ver si los voy a echar a los dos... No me gusta que me traten con insolencia.

Simon se sentía mareado, ofendido y avergonzado. La mujer tenía razón, no tendría que haber sido insolente... Pero ahora había reunido todas sus fuerzas. ¡No iba a seguir escuchando esas cosas!

—¡Entonces pónganos de patitas en la calle, por el amor de Dios! —dijo respirando con dificultad—. ¡Ya encontraremos otro agujero similar! —Un ataque de tos lo sacudió, pero se recompuso—. ¡Y ahora, fuera de aquí, señora Paddington! ¡Fuera, antes de que Nora venga y vea cómo mancilla usted nuestro hogar!

El hedor de la vieja le impedía respirar. El olor a aguardiente y sudor anegaban el aire, y la ropa sin lavar de la señora Paddington hacía el resto. Pero la mujer emprendió en ese momento la retirada. El arrebato del joven debía de haberla asustado, ¿o acaso pasaba algo en casa de los Tanner que había llamado su atención? Simon la oyó refunfuñar cuando salió por la puerta. Quería cerrar tras ella, pero sintió que le abandonaban las fuerzas. Se apoyó en el borde de la cama para levantarse y buscó sostén en el respaldo de la silla, pero entonces tuvo un nuevo acceso de tos. Ya hacía tiempo que esporádicamente escupía sangre, pero hasta el momento solo habían sido indicios que podían esconderse en el pañuelo. Ahora, sin embargo, brotó de sus pulmones un chorro de sangre clara y espumosa, que parecía ahogarlo. Buscó desesperadamente aire. Se tambaleó, intentó volver a la cama y al final se desplomó encima de ella. El ataque se emperraba en continuar, el pecho parecía que iba a reventarle mientras no dejaba de toser y ahogarse. Cuando por fin consiguió respirar hondo, estaba tan extenuado que era incapaz de moverse. Hundió la cabeza en las almohadas y se rindió a una benévola impotencia.

Cuando Simon despertó, volvía a estar tendido en la cama y Nora había limpiado las manchas más visibles de sangre. Se había quedado horrorizada al encontrarlo, pero ya había oído hablar de los vómitos de sangre. Hasta entonces había procurado no pensar en todo lo que sabía sobre la tisis, pero eso ya no funcionaba. Aun así, no se rendía.

—Tranquilo, querido, estate tranquilo y no digas nada... El hijo de los Tanner ya ha ido a buscar al doctor Mason. Vendrá enseguida. Esta vez tendrá que venir enseguida, estás...

—No puede hacer nada —susurró Simon.

Miró alrededor abrumado y advirtió que Nora también le había quitado la camisa manchada de sangre. Cómo había conseguido hacerlo todo sola... ¿O acaso había adelgazado tanto que hasta una frágil muchacha era capaz de levantarlo? Pero no, era sábado, el día de pago del alquiler, y los vecinos llegaban antes de trabajar. Simon oyó la sonora voz del señor Tanner en el pasillo.

—¿Va todo bien, miss Nora? ¿Quiere que la ayude en algo más?

El vecino debía de haberla asistido en desnudarlo y meterlo en la cama.

Nora le dio cordialmente las gracias y le dijo que el doctor llegaría pronto.

—¡Seguro que puede hacer algo! —consoló a Simon, mientras le ayudaba a ponerse un camisón nuevo—. ¿Cómo estás? ¿Te duele? ¿Te encuentras mal?

Simon sacudió la cabeza.

—Solo estoy cansado, Nora, muy cansado... No necesito al doctor Mason, solo... solo te necesito a ti...

Nora lo atrajo hacia sí y no lo dejó cuando se oyeron voces procedentes de la escalera. La señora Paddington criticaba a voz en grito la nueva visita del médico. Mason abrió la puerta de la buhardilla.

—¡Justo lo que le había prohibido! —exclamó al ver a su paciente en brazos de Nora—. Señorita, suelte a su prometido.

Tampoco el doctor parecía saber qué más hacer. Pese a ello, examinó a Simon a fondo. Nora ayudó al enfermo a sentarse, pero al final este cayó de nuevo exhausto entre los cojines.

El médico dejó escapar un profundo suspiro mientras lo arropaba con el edredón hasta el cuello.

—Bien, vizconde, miss Nora... esto... un vómito de sangre así acelera el... derrumbe. —El médico hizo un esfuerzo. Ya no podía tener en cuenta los tiernos sentimientos de la asustada muchacha que permanecía sentada en el borde de la cama—. Usted sabe, vizconde, que está llegando el final.

Simon asintió.

—Yo no le habría molestado —contestó disculpándose.

Mason sacudió la cabeza.

—No se preocupe, de todos modos tenía que venir por esta zona. Pero, dadas las circunstancias, sería de más ayuda un religioso que un médico.

—¿No... no puede hacerse nada? —preguntó Nora con la voz ahogada por las lágrimas.

El doctor se encogió de hombros.

—Sí, claro que sí. Quédese junto a él, ocúpese de que no pase frío ni se excite, intente mantener alejada a la bruja que tienen ahí abajo... y llame a un sacerdote si su prometido lo desea.

Mason estrechó la mano del enfermo antes de marcharse y acarició el hombro de Nora en un gesto de consuelo.

—Dele el opio, señorita, lo hará todo más llevadero.

—Tienes que pagarle... —musitó Simon al ver que ella no hacía ningún gesto de acompañar al médico.

Estaba hundida en el borde de la cama, dando la espalda al joven, con las manos entre las rodillas y la cabeza gacha. Por un par de segundos se dejó dominar por la pena. No tardaría en reunir fuerzas, pero ahora... ahora...

Las palabras de Simon la sacaron de su inmovilismo.

—Iré... iré más tarde —respondió vagamente. Ya no habría alcanzado al médico—. Ahora... ahora tengo...

Simon sacudió la cabeza.

—No quiero ningún sacerdote —susurró—. No tienes que hacer nada ni ir a buscar a nadie. Yo solo quiero... solo te quiero a ti...

El cochero Peppers se sintió sumamente aliviado de no ser él quien debía informar del paradero de Nora al patrón.

De hecho, el señor no le preguntó nada, solo le indicó escuetamente que lo llevara directamente al despacho cuando Peppers fue a recogerlo ese lunes por la mañana al muelle. Reed había arribado procedente de Hamburgo en un mercante, lo que sin duda no era la forma más cómoda de viajar; pero cuando le llegó en Lübeck la noticia de la desaparición de su hija había aprovechado lo que tenía más a mano para regresar. En ese momento se hallaba de pie, tras pasar la noche sin dormir, con la peluca desgreñada y la ropa arrugada, delante de sus empleados, escribientes y contables. El señor Simpson le informó de la escena de Nora en el despacho, pero Reed lo interrumpió enseguida.

—Naturalmente, usted no le facilitó la dirección del joven, Simpson, y usted tampoco, Wilson, no es necesario que me lo confirmen por tercera vez. Pero mi hija la averiguó a pesar de todo. ¿En qué otro lugar puede haberse metido estas tres semanas si no en casa de su presunto prometido? Así que...

Paseó la mirada por sus empleados y todos bajaron la cabeza, confusos. Al final estaba Bobby, que enrojeció sabiéndose culpable cuando Reed lo miró.

—¡Tú! —Reed se percató de su reacción—. ¿Llevaste a mi hija al East End? Sé sincero, soy consciente de que no podías negarte en tu situación. Y ninguno de los previsores señores aquí presentes te lo había prohibido, ¿verdad?

Bobby sacudió la cabeza.

—Prohibírmelo, no me lo prohibió nadie —confirmó, y acto seguido confesó—. Por eso llegué tarde a los Docks para entregar la carta —reconoció, mirando vacilante con el rabillo del ojo a Simpson, que lo observaba iracundo—. Pero al East End, en los alrededores del Támesis... Ahí no se puede dejar ir sola a una dama tan joven. Cuidé de ella, señor, se lo aseguro. También después...

—¿Estás en contacto con ella? —preguntó Reed. Su voz fue de la indignación al alivio.

—En cierto modo —murmuró Bobby—. En cualquier caso... está bien...

Thomas Reed se frotó las sienes.

—Bien, pues vamos a confirmar que es así. Señores, ustedes vuelvan a sus quehaceres. Y tú, Robert, te vienes conmigo y le enseñas al cochero el camino, visto que te desenvuelves tan bien por el East End.

Nora y Simon habían desterrado al resto del mundo de su buhardilla una vez que el doctor Mason se hubo marchado. El joven agonizaba, pero la muchacha ahuyentaba el pensamiento de la muerte con ayuda de la fuerza de voluntad y de sus sueños. Sus fantasías los conducían a ambos definitivamente hacia la playa de su isla del Caribe. Ella pidió con dulzura una hamaca que tejieron con hojas de palma. Yacían bajo los árboles tropicales, mecidos por la brisa, acariciados por el sol que se abría camino entre las hojas y pintaba claroscuros en sus cuerpos denudos.

Nora solo se levantaba para avivar el fuego de la chimenea. Sostenía continuamente a su amado entre sus brazos, desplegaba sus sueños y susurraba canciones de amor mientras lo mecía. El joven dormía la mayor parte del tiempo, pero cuando ella lo acariciaba, le cogía la mano y se la besaba. Nora no contaba ni los días ni las horas, ya no escuchaba temerosa su respiración ni se estremecía cuando él tosía. Nada era más importante que permanecer junto a él, solo existían ellos dos, su isla y las olas rompiendo en la playa.

Pero entonces, la noche del domingo, cuando Nora iba a apagar las últimas velas, Simon la devolvió de nuevo a la realidad.

—¿Qué vas a hacer después? —susurró—. Cuando yo... cuando yo... ¿Volverás a Mayfair? ¿Crees que tu padre te perdonará... nos perdonará?

—Eso nunca pasará —respondió decidida Nora, y besó la arruga que el esfuerzo y las preocupaciones dibujaban en la frente del joven—. Siempre estarás conmigo. Todo irá bien... tiene que ir bien... Te quiero tanto...

—Debes olvidarme. —Sus ojos reflejaban un dolor infinito, pero pronunció las temidas palabras—: Me muero, Nora. Pero tú vives y todavía eres muy joven. Amarás a otro.

Ella sacudió la cabeza.

—Nunca. Estaremos siempre juntos... Te retendré en este mundo, cariño mío... No te dejaré marchar... No tengas miedo.

—No tengo miedo... —musitó él—. Y si pudiera... nunca te abandonaría, Nora, siempre te amaría.

Ella le acarició el rostro, primero con los dedos, luego con los labios, como si así pudiese impregnarse de él para siempre.

—No me abandonarás —dijo con ternura—. ¿Te acuerdas de la historia de los espíritus? Los negros de la isla los llaman *loas*... o *duppies*...

Simon sonrió débilmente.

—Se forman... se forman del humo que asciende de las tumbas... —Había encontrado la historia en uno de sus libros y en los días felices habían temblado de miedo cuando se la contó a Nora.

—¡Eso es! —exclamó Nora—. Volverás. Estaremos siempre juntos, en nuestros sueños, en nuestra isla...

Él le apretó la mano.

—Pues llévame allí, Nora —musitó—. Llévame allí...

Nora dormía cuando Simon exhaló su último suspiro y soñaba con su paraíso junto a la playa. Tomó a su amado del brazo y Simon se dejó llevar por las olas. El jarabe de amapola que Nora le había suministrado por la noche le ahorró la batalla final.

Cuando la muchacha despertó, abrazaba su cuerpo todavía caliente, pero no oía ni su tos ni su fatigosa respiración. El rostro de Simon era hermoso y reflejaba paz, liberado al final de los dolores y preocupaciones. Nora sabía que era el fin, pero no sintió ni dolor ni duelo. Los ojos del joven estaban cerrados y ella besó sus párpados. No podía, no quería soltarlo. Todavía lo retendría un poco más entre sus brazos. Sentir una última vez su cuerpo, aunque fuera para no olvidar nunca la sensación de acariciar a su amado.

Pero la magia se rompió. La muerte de Simon también había librado el alma de Nora del capullo que habían tejido alrededor de ambos. La isla de sus sueños se había desvanecido, y Nora percibió de nuevo la triste habitación en la que caía la pálida luz de la mañana. Y por primera vez en dos días oyó lo que sucedía fuera de la buhardilla: los conocidos gruñidos de la señora Paddington, quien al parecer saludaba a un visitante.

—Otro señor de los finos... Seguro que va a ver al lord y a la lady, ¿eh? —Su risita irónica subió hasta los oídos de Nora—. Pero un poco pronto para una visita de cortesía, ¿no? ¿Es por un asunto de dinero, señor? ¿Ujier? Pero ahí no pillará nada, ya se lo digo yo. Y yo le precedo, el alquiler lleva tres días de retraso. Dos chelines, señor, que...

—¡No los vale el agujero que tiene ahí arriba!

Nora se levantó precipitadamente. Conocía esa voz impertinente. Bobby, el niño de los recados. Así que realmente tenía visita. Ya se oía subir a alguien por la escalera, ¿o eran varios?

Nora depositó el cuerpo de Simon suavemente sobre los cojines y se echó un chal sobre el camisón. Pensó en cubrir el rostro de su amado con una sábana, pero no se vio con arrestos para ello.

Llamaron a la puerta y, por un segundo, la muchacha pensó en no abrir. Necesitaba tiempo, todavía no tenía fuerzas para enfrentarse con el mundo exterior.

Pero Bobby nunca había esperado a que reaccionaran a sus llamadas. Y Thomas Reed no lo hizo en absoluto. Abrió la puerta de par en par y miró horrorizado la buhardilla en penumbra que su hija había preferido a la casa señorial de Mayfair.

El comerciante examinó las paredes torcidas y el penoso mobiliario. Pero también distinguió que el suelo estaba barrido, aunque no fregado, ardía un fuego en la chimenea y en una estantería torpemente construida se ordenaban unas pocas ollas y sartenes, tazas y platos de barro cocido. Vio las ropas dobladas con esmero sobre una silla tambaleante... y reconoció la pena y el agotamiento en la mirada de su hija, que se había colocado delante de la cama de su amado al abrirse la puerta. Había montado en cólera cuando le comunicaron que la muchacha le había desobedecido, indignado de verse forzado a interrumpir por esa razón el viaje y preocupado por las posibles consecuencias de su imprudencia juvenil. Pero esa no era una niña mimada que se había escapado para jugar a matrimonios. Era obvio que la joven que estaba delante de él, con el cabello suelto y enmarañado, un chal deshilachado cubriendo un camisón barato, había madurado. Y lo que había hecho de ese agujero... A pesar suyo, Reed sintió respeto.

Pero ¿qué había sucedido con Greenborough? El comerciante adivinó una figura delgada bajo el edredón, pero le extrañó que siguiera dormido con el alboroto que se había producido en la entrada.

—Nora...

Se había imaginado en muchas ocasiones el reencuentro con su hija, pero nunca había esperado que llegara a sentirse tan desarmado. Vacilante, abrió los brazos.

Al principio, Nora lo miró como si fuera un espíritu. Sin

embargo, al oír su voz y ver su gesto tierno y desamparado, todos sus sentimientos se desataron.

—¡Papá!

La muchacha se echó en sus brazos. Sollozaba sin cesar mientras Reed miraba por encima de ella hacia el camastro junto al fuego. Bobby, que había entrado detrás del hombre e inspeccionaba el cuarto con toda frescura, confirmó sus peores sospechas.

—Está muerto —observó, haciendo la señal de la cruz—. Dios se apiade de su alma.

Nora volvió a oír los gruñidos de la casera en la entrada como muy lejanos. Seguía insistiendo en que le pagaran el alquiler.

—¡Ya le he pagado! —Entre sollozos, la joven empezó a pronunciar palabras incoherentes—. El... el alquiler, quiero decir... Pero esta vez no he tenido tiempo porque Simon... Pero al doctor tampoco le he pagado, tengo...

Al recordar la dulce advertencia de Simon, se avivó su llanto.

—Bueno, eso es lo de menos —refunfuñó su padre, desconcertado y estrechando consolador el frágil cuerpo de su hija—. Nora, yo no lo sabía... No sabía que fuera tan grave... que estuviera tan enfermo...

Ella sacudió la cabeza.

—Nadie lo sabía —murmuró—. Pero yo... él... ¿qué hago ahora?

—Ahora vienes a casa. Peppers espera abajo, iremos...

—Pero Simon... —Se volvió hacia la cama.

—Bueno, por él no podemos hacer nada más —intervino Bobby para confortar a Nora, pero sus palabras reavivaron el llanto de la muchacha—. Él...

—Yo me ocuparé de todo —dijo Reed con entereza—. Pero en primer lugar te vienes conmigo, Nora, nada de objeciones. Tienes que descansar. Lo que podías hacer, ya lo has hecho.

8

Thomas Reed se ocupó efectivamente de todo, y la ayuda de Bobby resultó de un valor incalculable. El niño pasó con su patrón y la llorosa Nora junto a la señora Paddington, que no cesaba de quejarse, y con el dinero que Reed le dio antes de subir al carruaje se encargó en primer lugar de liquidar las cuentas del alquiler. Acto seguido corrió a casa del doctor Mason, a quien Nora insistía en pagar urgentemente por razones incomprensibles para su progenitor. El médico, sin embargo, no pidió nada por su última consulta. Afirmó que no había podido prestar ningún servicio. Pese a ello, Bobby le instó a aceptar un chelín y también le pagó para que visitara a los Tanner, cuyos pequeños, moqueando y tosiendo, se habían agarrado llorando a las faldas de Nora cuando esta salía con su padre.

—A lo mejor puede hacer algo para que no cojan la tisis —señaló Bobby, aunque no muy optimista.

El mozo también se habría ocupado de encontrar sepulturero, pero Reed insistió en que Simon Greenborough no fuera enterrado en el cementerio de los pobres. Conocía las sencillas tumbas donde solían colocar de cinco a siete cadáveres juntos, por lo que había que esperar a que se llenaran para cubrirlas de tierra. En lugar de ello, adquirió una sepultura en el cementerio que acababan de construir junto a la iglesia de Saint George, en Mayfair; encargó un ataúd y se ocupó de que se celebrara un sepelio decente.

Informó a la madre y hermana de Simon del luctuoso suceso, y les envió una respuesta negativa cuando ellas preguntaron ansiosas por los posibles ahorros del difunto y un anillo de sello.

—¿Qué iba a ahorrar el chico? —rezongó Reed moviendo la cabeza. El mismo día de su llegada, había enviado a Wilson al East End para que vaciase el modesto hogar de Nora y Simon antes de que la señora Paddington empezara a vender sus escasas pertenencias. No encontraron nada de valor, aunque sí facturas cuidadosamente archivadas sobre giros bancarios a distintos acreedores, así como a lady Greenborough y la hija de esta. Reed se quedó impresionado—. Lo exprimieron como un limón. Y yo que pensé que era un avaro porque siempre iba como un pordiosero...

Nora dispuso que la familia Tanner se quedara con los objetos domésticos, y Wilson se puso manos a la obra. La señora Tanner dio las gracias entre lágrimas, pero luego corrió a empeñarlo todo para comprar ginebra. La señora Paddington exigió una indemnización por las sábanas que Nora había tomado prestadas y que ella, después de que Simon hubiera muerto ahí, ya no quería. Wilson hizo tranquilamente caso omiso de su palabrería: también él tenía una casera gruñona.

—Esa bruja ya ha ganado suficiente dinero con su sucia buhardilla —explicó a Reed, ascendiendo así en la estima de su jefe. El comerciante apreciaba que no tirasen su dinero.

Nora era incapaz de reprimir las lágrimas. Lloró tres días en silencio, sentada en su amplia cama, acuclillada, abrazándose las piernas y con la cabeza apoyada en las rodillas. No hablaba con nadie y solo respondía escuetamente cuando se dirigían a ella.

Su padre tuvo que rogarle que acudiera a la misa de difuntos de Simon y lo acompañara a la iglesia. Lo hacía con ciertas reticencias, pero lady MacDougal, su vieja amiga de confianza y consejera en asuntos sociales, quien se encontraba en Londres pese a ser temporada de caza, se lo sugirió.

—Claro que no es adecuado, pero medio Londres ya está

hablando de que su hija se ha escapado con un lord venido a menos. Así que es mejor que se sepa oficialmente que se trata del difunto prometido de Nora. Tal vez pueda salvarse algo, si explica de forma creíble que la joven pasó las últimas semanas con la familia del fallecido para ayudar a su madre a cuidarlo.

Thomas Reed, menos preocupado por la reputación que por el estado anímico de Nora, gruñó enojado.

—El funeral solo volverá a agitar sus sentimientos.

Lady MacDougal sacudió la cabeza.

—Tonterías, Thomas, la ayudará a superarlo de una vez. Se despedirá, tal vez siga llorando un par de días más, pero pasará página. Esto... ¿se sabe ya... humm... si sigue... virgen?

Reed lo negó casi indignado. Nunca se habría atrevido a abordar ese tema, pese a que, por supuesto, le interesaba.

Eileen MacDougal, la alegre hija de lady Margaret, que había armado su propio escándalo con el mozo de cuadra poco tiempo antes, no tenía reparos en cuanto a esta cuestión. Lady Margaret le había encargado que «animase un poco» a Nora mientras ella conversaba con Thomas. Naturalmente, no lo consiguió. Nora se quedó llorando en su rincón, sin hacer apenas caso de las preguntas con que la abrumaba la curiosa muchacha. Solo cuando Eileen le preguntó directamente si la había poseído y cómo había ido, mostró una breve y brusca reacción.

—No —pronunció Nora con voz ahogada—. Ni una sola vez.

La muchacha ya no lloraba cuando siguió a su padre al nuevo cementerio situado cerca de la iglesia. También vistió debidamente el traje de luto que la doncella le había preparado: habían tenido que estrecharlo, pues había perdido peso en las últimas semanas. La modista que rápidamente lo había solucionado cobró un chelín.

—Se ganaban solo tres por todo el vestido en el mercado del Cheapside —señaló Nora casi indiferente cuando el ama de llaves protestó por ese precio abusivo—. Y dos por el miriñaque... ¡Qué poco prácticos son esos miriñaques!

La empleada, que habría dado su vida por salir a bailar con una de esas prendas, cuidadosamente maquillada y con el cabello empolvado, no hizo ningún comentario.

El párroco de Saint George pronunció unas palabras conmovedoras y Wilson, que como la mayoría de empleados del despacho había asistido al sepelio, mantuvo a la señora Paddington apartada de Nora. La casera no se había perdido el funeral y pretendía lanzarse sobre la joven para reclamarle más cosas. También los Tanner estaban presentes, con lo que Nora sospechó que su padre les había compensado las pérdidas de ganancias sufridas ese día. Los dos parecían compungidos, pero ya por la mañana olían a ginebra.

Nora aguantó las exequias con expresión imperturbable. Al día siguiente tampoco lloró, incluso salió de casa, como informaron al señor Reed los sirvientes.

A pesar de ello, Peppers no la condujo, tal como se esperaba, a una de las mejores calles comerciales para completar su guardarropa, sino a un prestamista del East End. Nora recuperó el anillo de sello de Simon y, en cuanto notó el metal en su mano, se sintió mejor. No se ajustaba a ninguno de sus delgados dedos; tampoco Simon había podido llevarlo, debía de haber sido confeccionado para uno de los antepasados más gordos. Nora le pasó al final una cinta negra de terciopelo y lo llevó en el cuello. A continuación asumió de nuevo su duelo sin lágrimas. Pasaba horas sentada en su cama con la mirada perdida ante sí. Buscaba la isla del Sur donde había perdido el alma de Simon, pero no hallaba el camino.

LA ISLA

Londres, Jamaica

Invierno de 1729 - Primavera de 1732

1

—Dele un par de días más —recomendó lady MacDougal cuando, una semana después del sepelio, Nora seguía sin intentar reintegrarse a la vida normal. La joven pasaba los días sola en su habitación—. Ha sido una experiencia turbadora... seguramente necesite más tiempo para superarla.

Reed se quedó más tranquilo, pero luego ese «par de días» se convirtió en un «par de semanas», «un par de meses» y al final en: «Dele un año más.»

Nora no acababa de superar el duelo. Con el tiempo, obviamente, abandonó su inmovilismo. Primero su padre la obligaba a reunirse con él para compartir las comidas, pero después ella lo hacía por propia iniciativa. Ya no callaba de forma obstinada, sino que respondía a sus preguntas y parecía escucharle amablemente cuando él le hablaba de trabajo. Thomas daba gracias al cielo de que su hija no le guardase rencor. Sin embargo, Nora ya no reía y no se dejaba convencer para participar en ninguna actividad. Rechazaba todas las convocatorias: a las cacerías en otoño, a los bailes en invierno y a las comidas y fiestas campestres en primavera y verano, aunque no la invitaban tanto como antes, pues era obvio que el escándalo había dañado su reputación.

—¡Y es fácil que vaya a peor! —suspiró lady Margaret—. Por todos los cielos, no permita que se recluya del todo. Llévela al menos a la iglesia o a alguna cena. Organice usted mismo reuniones, así no podrá rehusarlas. Y ¡esmérese en que la vean! De lo contrario, las señoras empezarán a sacar sus conclusiones.

Lady Margaret hizo un expresivo gesto dibujando un vientre abombado.

—Creo que no ha... —murmuró Thomas.

Ella puso los ojos en blanco.

—No querrá anunciarlo con un pregón, ¿verdad? —repuso—. Pero incluso así, alguna gente podría no creerle.

Thomas Reed forzaba a su hija a salir de casa tanto como le era posible, pero Nora ya no disfrutaba con las conversaciones, la buena comida, la música y el baile. Había dejado de tocar su antes tan querida espineta, y cuando Thomas le compró una magnífica yegua árabe, sacaba a pasear al animal por St. James Park cumpliendo con su obligación, mas no mostraba ni una pizca del placer que antes había sentido galopando veloz y saltando complicados obstáculos en las cacerías.

Ni siquiera el último consejo de lady Margaret había surtido efecto: Nora no se enamoró del apuesto jinete que Thomas Reed, en su desesperación, le había presentado como compañero de paseos a caballo. Ni siquiera parecía percatarse del joven. Pese a todo, la actividad al aire libre consiguió borrar al menos la palidez espectral de sus mejillas. Aunque la tez blanca como la nieve se correspondía con el ideal de la moda del momento, una mujer joven y sana solía tener suficiente con empolvarse en lugar de evitar el sol.

Llegó el día en que se celebró el segundo aniversario de la muerte de Simon Greenborough y Thomas Reed estaba casi resignado a aceptar la melancolía de su hija. Nora evitaba todas las distracciones con que antes había disfrutado y rechazaba las propuestas, más numerosas en los últimos tiempos.

En el primer período que siguió al «escándalo», la buena sociedad se distanció un poco. A fin de cuentas, nadie sabía si la hija de Thomas Redd acabaría siendo una muchacha caída en desgracia. Sin embargo, una vez que se hubo confirmado que su paso en falso no tendría consecuencias, y que las diligentes lady Margaret y su hija Eileen dejaran caer sagaces alusiones al amor, sin duda platónico, de la hija del comerciante por el par, la gente estuvo dispuesta a aceptar de nuevo a Nora Reed. En algunas familias hasta llegó a considerársela como candidata a esposa de uno de sus hijos. La muchacha no carecía en absoluto de hermosura y era además única heredera. Desde que Nora había cumplido diecinueve años, se acumulaban las visitas de cortesía de damas de mediana edad que «por casualidad» pasaban por ahí y le hablaban sugerentemente acerca de sus hijos. Las madres solían acabar encantadas con Nora y el escándalo que la rodeaba quedaba relegado al olvido. ¿Cómo iba a hacer una joven tan modesta y reservada todas esas locuras que los rumores le atribuían? Nora Reed era amable, bien educada y vestía con elegancia. Prefería colores apagados, solía evitar cintas y volantes, y cuando hablaba no era acerca del próximo baile o la mejor modista, sino casi siempre de sus obras de beneficencia. Esto era un poco extraño en alguien de su edad, pero que una muchacha tan joven fuese así de caritativa reflejaba una madurez inhabitual.

En efecto, repartir alimentos y suministrar medicamentos a los pobres del East End constituía la única actividad que había devuelto a Nora su estímulo original y mostrado a sus nuevos conocidos sus atractivos y aspiraciones. Pedía donativos con gracia y destreza, y ella misma iba a las zonas más deprimidas de la ciudad para controlar su distribución. El desencadenante se había producido en una de esas veladas que Thomas Reed se esforzaba por organizar poco después de que Nora hubiese regresado a casa. Una de las matronas invitadas, la señora Anne Wendrington, se había referido a un orfanato que ella subvencionaba.

—Pero esos pobres críos no siempre son huérfanos, los hay cuyos padres se desentienden de ellos y se dan totalmente a la ginebra. Es terrible esa tendencia a emborracharse, ¡el alcohol hace que esa gente se olvide de todo! —La señora Wendrington bebió complacida un sorbo de su copa de vino.

Para sorpresa de los demás invitados y espanto de su padre, Nora tomó la palabra acto seguido.

—La razón es que la ginebra en esas zonas es más barata que el agua. Y con frecuencia más sana, ¿o le gustaría a usted beber el agua sucia que se saca del Támesis?

La señora Wendrington frunció el ceño.

—¿Más barata que el agua? ¿Cómo es posible? En todo caso, habíamos pensado en si deberíamos preparar sopas y tés... sí, para niños y padres, junto con una educación religiosa. El reverendo de Saint George...

Nora rio burlona.

—Más vale que les envíe un médico, la Biblia no ayuda a esa gente cuando los niños sacan los pulmones por la boca de tanto toser. Pocas veces se mueren de hambre. Hacen un caldo con un par de huesos, un poco de col y, si hay, los restos de las carnicerías o los puestos del mercado: todo eso es barato. Y si la madre bebe, las niñas crecen más deprisa y las hermanas suelen cocinar para los más pequeños. Más complicado resulta obtener la leña o el carbón para atizar el fuego. Si se preocupa por eso y si reparte agua limpia... En realidad, habría que demoler todo el East End y construir las casas de nuevo —concluyó Nora.

—¡Nora! —la reprendió Thomas Reed.

La señora Wendrington tragó saliva, pero el que reflexionase sobre lo dicho hablaba en su favor.

—Deberíamos poner punto final a este desagradable tema —decidió—. Pero tenemos que volver a hablar, miss Reed, es muy posible que nuestra sociedad de beneficencia precise de una observadora tan penetrante como usted y una joven dama con su ímpetu.

En efecto, poco después invitó a Nora y, desde entonces, la muchacha daba todo el dinero que antes se gastaba en vestidos y entretenimientos para mejorar las condiciones del East End. Organizaba comedores para pobres e involucró sobre todo al dinámico doctor Mason para que realizara consultas periódicas incluso para pacientes sin medios. Naturalmente, eso no era más que una gota en el océano: solo unas pocas esposas de comerciantes o de la nobleza se atrevían a penetrar en ese barrio de mala fama y apenas conocían cómo vivían los pobres. Así pues, no llegaban demasiados donativos. Pero, al menos, esa actividad sacó a Nora de su ensimismamiento.

Thomas Reed no estaba seguro de si debía alegrarse de ello.

—Se convertirá en una solterona —se lamentaba a lady Margaret, que acababa de casar felizmente a su hija Eileen—. Si sale de casa, es únicamente para ir con las matronas al East End y luego huele a los ungüentos que receta ese médico al que por lo visto ayuda personalmente. O se pone a galope tendido con el caballo por el parque y el pobre mozo casi no consigue seguirla. Estoy buscando uno nuevo que no sea tan bien parecido pero que monte mejor a caballo. A veces Nora regresa con señales de haber llorado, aunque el chico jura que no ha ido al cementerio. Por fortuna apenas lo hace, no quiero ni pensar en cómo estaría si todavía visitase la tumba del chico... Pero ya no le gusta bailar ni ir al teatro ni participar en salidas campestres. Si la fuerzo a que me acompañe a un evento social, se queda charlando con las señoras e intenta despertar su interés por los actos benéficos. No ve hombres jóvenes, y eso que es preciosa y los chicos se pelearían por ella. Y también sus madres, cualquier matrona de esta ciudad estaría contenta de presentarle a su hijo. Alguna vez, cuando esto sucede, Nora se contenta con decir que está encantada de conocerlo y pasa toda la velada haciendo caso omiso de su compañero de mesa. Así nunca habrá boda. Y ya es hora. Me gustaría tener un par de nietos, tal vez un niño dispuesto a dirigir el negocio.

Lady Margaret hizo un gesto de impotencia.

—Debería hacerla ver por un médico —dijo al final—. También hay remedios contra la melancolía.

Thomas Reed no creía que Nora estuviese enferma, pero la llevó diligente al doctor Morris, que le recetó láudano.

El remedio olía como el jarabe de amapola que le había suministrado a Simon, y cuando Nora lo probó por primera vez sospechó que su efecto era el mismo que el de la ginebra en mujeres como la señora Tanner. Nora se sentía tranquila y en paz, pero no quería sentirse así. Vivía con su dolor y su pena por Simon. Lo buscaba en los senderos apartados de St. James Park, seguía las huellas de su espíritu en el East End y en las páginas de los pocos libros que había tenido y que Wilson había recuperado de la buhardilla. En ellos era donde encontraba el mayor consuelo. Leía las palabras que Simon había leído y soñaba sus sueños, pues, cómo no, los libros giraban en torno a islas lejanas y sus descubridores. Siempre llevaba la cinta de terciopelo con el anillo de su amado al cuello, otra pequeña ayuda para sentirlo cerca. Pero sus almas se habían unido realmente en aquella isla, la de sus sueños, y ella no lograba evocarla sola. El láudano no la ayudaba. Esperó un par de días y luego se deshizo de él.

Y entonces, un día, su padre invitó a una de sus veladas a Elias Fortnam.

2

Nora comprobó con desgana la decoración de la mesa del gran comedor. Las sirvientas la habían preparado para siete personas, Thomas Reed la presidiría y los comensales serían dos matrimonios y un tal señor Fortnam, un cliente al que Nora nunca había oído mencionar a su padre. Bien, tendría que hablar con él todo el rato, pues sin duda sería su compañero de mesa. La joven suspiró y observó uno de los platos de porcelana de Meissen; la vajilla había costado una fortuna que hubiera sido más razonable invertir en el comedor de los pobres... Y también había tenido que comprarse un vestido nuevo, su padre había insistido en que se pusiese ropa más femenina. Nora todavía era delgada como una adolescente, lo que se debía, según lamentaba la cocinera, a que comía poco. Pese a todo, carecía de formas femeninas, sostenían Eileen y lady MacDougal.

Las dos no se cansaban de animarla para que sacara más partido de su físico, pero a ella le daba igual su aspecto. Prefería la ropa más llevadera a las prendas caras, si bien el nuevo vestido de brocado color burdeos era sin duda precioso. La modista había insistido en realzar su pequeño pecho con unos voluminosos encajes en el escote y adornar el traje con cintas y volantes dorados en lugar de con aplicaciones en negro como habría deseado Nora.

—¡Es usted tan preciosa que no puede ir por ahí como una corneja! —objetó la mujer, y Nora al final se rindió.

Era probable que su padre hubiese dado instrucciones a la modista, quien, por sí misma, no se habría atrevido a expresarse de forma tan drástica.

Echó un breve vistazo al fuego que ardía en el hogar, alrededor del cual se habían colocado pantallas protectoras para que ninguna chispa saltara a las valiosas alfombras de seda o a las estatuas de mármol dispuestas en los flancos de la chimenea. Nora suponía que representaban algunas divinidades romanas. Eso a su padre le resultaba indiferente; había seguido los consejos de los arquitectos para comprar los objetos de arte de su casa y él simplemente los consideraba inversiones.

En cualquier caso, ya estaba todo listo y ella debía ir a cambiarse. La doncella ya estaría esperándola, ocupada en la inspección de todas las polveras y cajitas de maquillaje que su padre había insistido en comprar. Nora tenía que presentar el aspecto de cualquier muchacha de su clase social. Ella sabía que ardía en deseos de casarla en un tiempo no muy lejano y cumplir su deseo de tener nietos. Pero en eso no transigía. Le resultaba inconcebible prestar oídos a esos jóvenes caballeros que no cesaban de presentarle. Además, todos tenían la misma apariencia, con sus chaquetas ricamente adornadas y de vistoso colorido, que dejaban a la vista una pechera que desbordaba de encajes; con sus calzones ajustados; los zapatos de hebilla y las ostentosas pelucas blancas que ocultaban un cabello rubio y liso o negro y ondulado como el de Simon... Nora nunca llegaría a averiguarlo, y le daba igual.

Sin el menor entusiasmo, dejó que su doncella la transformara en una figura artificial empolvada de blanco. Aun así, su tez era uniforme, los labios carnosos y los ojos de un verde tan llamativo que resultaba inconfundible. Al final tuvo la impresión de ser una muñeca de porcelana. Ciertamente bonita, pero también sin vida.

No fue esa la opinión de Thomas Reed. Al verla bajar por la ancha escalinata al vestíbulo, se quedó embelesado. También lady Margaret y su esposo, que en ese momento estaban saludando a Thomas, expresaron su admiración.

—¡Qué vestido tan bonito, Nora! ¡Ya es una mujer hecha y derecha! —dijo la dama afablemente—. Tengo tantas ganas de volver a verla bailar... Celebramos un baile el mes que viene. Para el bautizo del hijo de Eileen. Ya ha sido madre...

A Nora no le pasó inadvertida la expresión de dolor en los ojos de su padre cuando felicitó por enésima vez a lord y lady MacDougal por el nacimiento de su primer nieto. Por su parte, se forzó a decirles un par de cosas, pero unos golpes en la puerta distrajeron la atención de todos. La sirvienta recibió al siguiente invitado. Nora vio a través de los vidrios de colores que separaban la entrada del vestíbulo que recogía el abrigo de un hombre corpulento.

—No, no, las flores no, muchacha, yo mismo se las daré...

Era una voz potente y acostumbrada a impartir órdenes. El hombre tampoco esperó a que la sirvienta le precediese. Él mismo cruzó con toda naturalidad las puertas de vidrio y Nora palideció bajo los polvos de maquillaje cuando vio las flores que portaba.

Era absurdo, pero desde aquella ocasión en que Simon había pedido su mano, nadie más le había ofrecido un ramo de flores. Lo habitual era que las sirvientas recogieran los regalos de los invitados en la entrada y que los arreglaran antes de llevarlos a la sala en que Nora y su padre hablaban con sus visitas. Ese hombre, por el contrario, sostenía el ramo frente a sí mientras deslizaba brevemente la mirada por las mujeres presentes y llegaba a la conclusión de quién era la anfitriona. Se inclinó delante de Nora y le tendió las flores.

—¿Miss Reed? Le agradezco la invitación.

Thomas Reed sonrió al recién llegado.

—Nora, lady Margaret, lord MacDougal, ¿permiten que les presente al señor Elias Fortnam?

Por primera vez, Nora se alegró de que la gruesa capa de polvo de maquillaje ocultase primero su palidez y luego su rubor. Consiguió dar cordialmente las gracias y observó con mayor detalle al hombre, que en ese momento saludaba a lady Margaret y lord MacDougal. Aliviada, confirmó que su sensación de *déjà-vu* la había engañado. Elias Fortnam no tenía nada, realmente nada, en común con Simon Greenborough. Exceptuando quizá que él tampoco llevaba peluca, aunque se había empolvado generosamente de gris el cabello, por lo que no se reconocía su color natural, pero la abundante melena era sin duda auténtica. Fortnam también había renunciado a empolvarse el rostro, tal vez porque era imposible recubrir totalmente su tez tostada por el sol. Un extraño tono oscuro para un diciembre londinense... Pero Elias Fortnam también llamaba la atención por otros aspectos. En lugar de llevar los habituales pantalones hasta la rodilla, vestía unos largos y oscuros, además de una camisa y un chaleco corto de lana de colores neutros. Las botas de montar sustituían a los zapatos de hebilla. Nora sabía que llamaban a ese estilo *mode à l'anglaise* y que cada vez disfrutaba de más seguidores, especialmente en Inglaterra, pero todavía no se había impuesto en el círculo de conocidos de su padre. La indumentaria del recién llegado resultaba novedosa y original.

—El señor Fortnam ha llegado a Londres hace un par de días —informaba Thomas Reed a los MacDougal—. No obstante, ya llevamos tiempo haciendo negocios juntos. El señor Fortnam es propietario de una plantación de caña de azúcar. Viene de Jamaica.

Nora se lo quedó mirando. Desde que había conocido a los Wentworth de Barbados, nunca había vuelto a reunirse con alguien que tuviera propiedades en las colonias. Desde la muerte de Simon, tampoco había buscado ese tipo de relaciones y su padre no había invitado a nadie que pudiese hablarle de las islas. Quizá fuera casualidad, aunque tal vez había actuado de forma consciente para no seguir alimentando sus sueños de emigrar.

—¿De verdad? —Lady Margaret enseguida fingió interés.

Entretanto, Nora dio la bienvenida al resto de los invitados, el señor y la señora Roundbottom. El señor Roundbottom saludó a Fortnam como un viejo conocido. Naturalmente, también él era comerciante y se relacionaba con los hacendados. Elias Fortnam se volvió hacia Nora cuando llegó el momento de acompañarla a la mesa.

—Espero que me conceda el honor —dijo galante.

Nora apoyó cortésmente la mano en el brazo del hombre y lo condujo al comedor. Eso le dio tiempo para observarlo mejor. Fortnam era un hombre alto y fornido, fuerte sin duda, de rostro ancho y labios algo finos. Bajo las pobladas cejas unos ojos despiertos y azules miraban a Nora con amable interés, no inquisitivos como los de la mayoría de los hombres que la abordaban. Con toda certeza, nunca había oído nada sobre el escándalo en que había estado envuelta dos años antes ni acerca de la reclusión y falta de vida social que solía comentarse cuando salía a colación la hija de Thomas Reed.

—Jamaica debe de ser bonita —señaló ella cuando hubieron tomado asiento y los criados sirvieron el primer plato.

Fortnam le sonrió.

—¡Oh, sí! Al menos cuando no se tiene nada en contra del calor y la humedad. Durante todo el año las temperaturas son muy altas y de vez en cuando los huracanes causan estragos. No nos importaría renunciar a estos últimos: hace dos años uno me destruyó media cosecha. Y el calor... A muchos blancos no les gusta, y las damas en especial suelen quejarse. Pero es necesario, pues sin él no crece la caña de azúcar. La vegetación es abundante, también en el interior. Donde no roturamos, crece la selva.

—También llueve mucho, ¿no? —preguntó lord MacDougal—. A lo que usted volverá a contestar que eso también le gusta porque permite que crezca la caña de azúcar.

Fortnam contrajo los labios.

—También podríamos regar sin lluvia —observó—. Abundan los arroyos y ríos que brotan en las montañas. De ahí justamente procede el nombre de la isla. Jamaica proviene de Xaymaca: la isla de las fuentes.

—Pero Xaymaca no es español, ¿verdad? —preguntó Nora.

Fortnam hizo un gesto de sorpresa.

—¿Cómo se le ha ocurrido? Ah, de acuerdo, porque en su origen la isla era propiedad de los españoles, pero eso fue hace mucho. El almirante Penn se la arrebató en 1655. No, el nombre debe de proceder de los indígenas; había una especie de indios...

—Los arahuacos —recordó Nora. Simon había leído acerca de ellos—. Eran... eran muy... pacíficos.

Fortnam soltó una sonora carcajada.

—Sin duda una de las razones de su extinción. Pero nadie lo sabe en realidad, la mayor parte de ellos ya se había ido cuando llegaron los españoles, y Colón y los suyos se encargaron del resto. Sea como fuere, ahora ya no hay indios, solo nosotros y los negros... que ya fastidian suficiente.

—Tienen problemas con los negros libres, ¿no es así? —preguntó el señor Roundbottom.

Fortnam se encogió de hombros.

—Problemas es decir mucho... Hay unos pocos en las montañas. Y si quiere saber mi opinión, yo hace tiempo que los habría sacado de allí. No entiendo por qué nadie lo ha conseguido todavía. Así que hay que ir siempre con un poco de cuidado, suelen saquear las propiedades. Pero mi plantación, Cascarilla Gardens, se encuentra junto al mar, cerca de Spanish Town. Ahí no corremos peligro, son raras las ocasiones en que se atreven a alejarse tanto de las montañas. Prefieren asaltar a propietarios de pequeñas plantaciones del interior.

—Pero ofrecen asilo a los esclavos huidos, ¿no? —insistió Roundbottom.

Fortnam se sirvió vino y también llenó la copa de Nora antes de contestar.

—A veces sí, a veces no. En ocasiones también los entregan. A cambio de dinero, claro. Los negros tampoco forman una feliz familia. Lo mejor es ocuparse de que ninguno se escape.

Nora decidió cambiar de tema. No quería hablar de esclavos, prefería saber más sobre la isla.

—Todavía quedan manglares en Jamaica, ¿verdad? —preguntó con suavidad.

Fortnam rio.

—Es cierto, miss Reed, hablemos de cosas más agradables. Jamaica es un paraíso si le gustan las plantas tropicales, los pájaros, flores, mariposas... Tenemos las más grandes del mundo, ¿lo sabía?

Nora no lo sabía, pero estaría encantada de que una gran mariposa con alas de pájaro viviera en su isla soñada.

—Los manglares suelen crecer a lo largo de la costa. El mar, la playa y justo detrás empieza la jungla.

Nora asintió. Eso mismo sucedía en la isla de Simon y ella.

—¿Palmeras? —preguntó curiosa.

Fortnam asintió.

—Pues claro. De varias clases. Se dice que las introdujeron en la isla los españoles. Los helechos y los cedros son realmente autóctonos, incluso nuestra cascarilla, un arbusto o también árbol, de cuya corteza se extraen valiosos aceites. También la caoba, el campeche... muchos arbustos de flor. Todavía quedan extensas zonas vírgenes en las Blue Mountains; en ocasiones nos visitan botánicos que siempre descubren nuevas plantas.

Nora lo escuchaba con los ojos brillantes.

—¿Y qué le trae por aquí, señor Fortnam? —preguntó el marido de lady Margaret—. Deje que lo adivine, va usted en busca de un bonito, pequeño y olvidado condado para luego defender su isla en el Parlamento.

Fortnam soltó una carcajada.

—No, lord, eso seguro que no. Tengo buena reputación y quiero conservarla. Mientras ustedes aquí deberían cuidarse de que a la buena y vieja Inglaterra todavía le queden escaños en el Parlamento. Esa gente de Barbados pronto se comprará el título real si no le van parando ustedes los pies.

Nora sonrió tímidamente. No le gustaba que su nuevo conocido tuviera esclavos, pero al menos no se daba lustre con títulos nobiliarios ajenos como hacían muchos hacendados.

—En cualquier caso, el cártel del azúcar está suficientemente representado aquí, los precios son justos.

—¡Los precios son abusivos! —intervino MacDougal, mirando de reojo a su esposa, que removía una generosa cantidad de azúcar en el café que acababan de servir—. Si esto sigue así, lo intentaré con invernáculos.

Fortnam sonrió burlón.

—Adelante, caballero. Pero piense en lo altas que crecen

esas plantas. Les tendrá que construir medio palacio de cristal. ¿Vale la pena? ¿Y repartirá machetes entre sus empleados en lugar de guadañas? ¿O va usted a importar negros? ¡Eso también cuesta, querido amigo, no se engañe! Al final se alegrará del precio que nos paga.

El lord contrajo un poco el rostro, pero encajó con buen humor las risas de los demás. Lady Margaret acabó invitando al recién llegado a una velada en su casa.

—Nos complacería presentarle a otros miembros de la sociedad londinense —dijo cortésmente—. Quién sabe, a lo mejor se encuentran interesados en la idea del invernadero de mi marido y usted puede obsequiarnos con unos valiosos consejos.

Fortnam aceptó sonriente.

—Sin embargo, echaré en falta a mi encantadora compañera de mesa —observó, lanzando una mirada a Nora, que de nuevo enrojeció bajo el maquillaje.

—¡A miss Reed puede llevarla con usted! —respondió lady Margaret, sumamente complacida—. Si Nora desea acompañarle, estaremos muy contentos de recibirla. Naturalmente, también está invitado usted, Thomas.

La muchacha se mordió el labio, no podía negarse sin ofender al señor Fortnam. ¡Y no sabía si quería hacerlo! Era la primera noche en meses que casi había disfrutado. Casi creía tener ante sus ojos de nuevo la jungla y la playa de su isla; las historias sobre Jamaica de Elias Fortnam habían dado vida al recuerdo.

—Será un placer acompañarle —dijo serenamente.

Elias Fortnam le dedicó una galante sonrisa.

—¡En serio, hacía años que no veía a Nora tan alegre como anoche! —Lady Margaret estaba tan excitada y sentía tal curiosidad que al día siguiente se presentó en el despacho de Thomas Reed—. ¿Será posible que algo germine? ¿Quién es ese Fortnam?

Thomas Reed frunció el ceño.

—¿Qué algo... humm... germine? Se lo ruego, Margaret, ese

hombre podría ser su tío. Estoy seguro de que no tiene ningunas pretensiones en relación con Nora.

—Claro, por eso la miraba con tanto interés —se burló la dama—. Y lo de «encantadora compañera de mesa» ¡era una indirecta! No, en serio, Thomas. Y la edad... De acuerdo que no encajan al cien por cien, pero Nora es muy madura. ¿Es un hombre sin... vínculos?

Reed mostró su ignorancia con un gesto.

—Por lo que sé, es viudo desde hace años. Tiene un hijo que estudia en Inglaterra. Quiere visitarlo, o a saber lo que quiere hacer aquí. En cuanto a su negocio no hay nada especial, su plantación es grande, evidentemente bien dirigida, sus ganancias son enormes...

La dama sonrió.

—Bien, todo pinta muy prometedor. Sí, lo sé, preferiría usted tener a Nora cerca. Lo que más le habría gustado es construirle un nido aquí mismo en Londres. Pero es difícil de contentar y, por lo visto, todavía no ha abandonado el sueño de viajar a ultramar. De modo que todo puede precipitarse una vez esté allí. Lo he visto muchas veces. Las jóvenes se casan en las colonias; los hacendados codician a las hijas de vizcondes y baronets, que suelen llevar con ellas el título y el escaño en el Parlamento. Al principio se entusiasman con las flores, las palmeras y no sé qué cosas más. Pero luego llega la estación de las lluvias y a las chicas se les cae la casa encima. Esas plantaciones suelen estar en lugares apartados y durante semanas no ven más que a sirvientes negros. Entonces empiezan a persuadir a sus maridos de que también podría ser bonito tener una propiedad en la campiña de Essex... y una casa en Londres.

Thomas Reed se frotó las sienes.

—¿Y aceptaría algo así un hombre como Elias Fortnam?

Lady Margaret arqueó una ceja.

—Si Nora se lo pidiera con gracia... Dinero no le falta, y tampoco tendrá nada contra Inglaterra si ha enviado a su hijo a estudiar aquí. ¡También usted puede aportar algo! ¡Regáleles la casa en la ciudad cuando se casen! Así Nora tendrá un pie en

Inglaterra. Y si lo piensa más a fondo... él es mucho mayor que ella. No cabe duda de que ella vivirá más que él y tendrá la oportunidad de casarse por segunda vez. Ya libre de esos viejos escándalos y sueños, y seguro que en Inglaterra.

Thomas Reed calló unos instantes.

—Tengo que pensarlo, lady Margaret. Todo esto ha surgido tan... tan de repente... Aún no sabemos qué piensa Nora al respecto.

La dama asintió paciente.

—No tiene que decidirse hoy mismo. Esperemos hasta reunirnos en mi casa, después habrá baile junto a los Batterfields... Veremos qué sucede. Pero que no le pille por sorpresa que un pretendiente llame a su puerta.

3

Nora dejó que Elias Fortnam la acompañara a la velada de los MacDougal y luego la sacara a bailar. Como se trataba de su primer baile en dos años estaba un poco encogida, pero él, que ignoraba los pasos más recientes, no se percató de nada. La joven incluso se lo pasó bien moviéndose otra vez al ritmo de la música y disfrutó de las miradas de admiración masculinas que la seguían cuando entró en la sala junto a Elias. Para bien o para mal, había tenido que hacerse otro traje para el baile y ahí era imposible recurrir a colores apagados. Llevaba una seda verde manzana y la modista no había ahorrado en lazos y puntillas.

En el banquete que siguió, Elias Fortnam se reveló de nuevo como un conversador cortés y sumamente interesante; en cualquier caso, para alguien que ardía en deseos por conocer la flora y la fauna de las islas del Caribe. Fortnam había viajado mucho por los siete mares antes de establecerse en Jamaica, y con toda certeza no había llegado allí siendo un esclavo asalariado como el señor McArrow. Nora suponía que había amasado parte de su fortuna en los barcos corsarios, pero esto la desconcertaba tanto como el que tuviera esclavos en su plantación. Sabía que la sociedad londinense empezaba a hablar acerca de ella y Fortnam; Eileen MacDougal-Pearce ya intentaba que reconociese que sentía cierta inclinación por él. Pero en el fondo, Fortnam le daba igual. Lo único que le importaba era que había conseguido volver a dar vida a su isla soñada.

Antes de dormirse, Nora ya no veía la buhardilla oscura y sofocante en que Simon había muerto, una imagen que la perseguía desde que había dejado el East End. En lugar de ello volvía a soñar con la playa de su isla y buscaba el claro en que se encontraba su cabaña. Se consoló imaginando que Simon la esperaba allí. Bastaba con seguir el canto de los pájaros y el aroma de las flores que Elias Fortnam tan solícita y vívidamente describía. Así que disfrutó de la compañía del propietario de la plantación y lo echó en falta cuando se marchó a Oxford para reunirse con su hijo. Aunque ese encuentro familiar no se producía en las mejores condiciones. Elias le había revelado, cuando salieron de paseo a caballo el día antes de su partida, que iba a echar a Douglas una reprimenda.

—Lo envié a Inglaterra para que aprenda a comportarse conforme a su posición y a dirigir la plantación como un caballero. ¿Y qué hace él? ¡Vagar por media Europa como un gitano! Y ahora quiere irse a Roma y Grecia... ¡supuestamente en aras de su formación! Pero ¡ya puede olvidarse! Esto no lo financio yo con el dinero que he ganado deslomándome. ¡Ya puede ponerse a estudiar, para eso está aquí!

Este plan, sin embargo, no pareció llegar a buen puerto. Fortnam regresó a Londres bastante malhumorado. El joven Douglas no había hecho demasiado caso a los argumentos de su padre. Tampoco los compañeros con quienes proyectaba emprender el viaje disponían de mucho dinero. Los jóvenes aventureros estaban decididos a buscar trabajo por el camino y ganarse su subsistencia.

—Pero ¿qué ideas tendrán en la cabeza? —preguntó divertido Thomas Reed.

Estaban en la sala de caballeros de los Wentworth, quienes de nuevo se encontraban en Londres y ofrecían una fiesta. Había baile en el salón, pero Nora aprovechaba la noche para convencer a unas matronas que hiciesen donaciones para el comedor de los pobres. Últimamente había descuidado sus labores de beneficencia y ahora tenía mala conciencia.

Fortnam no ponía objeciones y no acaparaba a Nora, sino que conversaba de buen grado con el padre de la joven. Ambos fumaban y disfrutaban del excelente ponche preparado con ron de la plantación de los anfitriones.

Fortnam hizo un gesto de ignorancia.

—Descargar barcos en los puertos, picar piedras en canteras de mármol... lo que sea que se haga en el sur. Ahora el chico está fuerte como un toro, daño tampoco le hará. Pero de todos modos no me gusta que un Fortnam se preste a trabajar como un esclavo.

Thomas Reed chupó calmosamente su puro.

—Bah, no haga caso, volverá y se pondrá a estudiar con más ahínco. Los jóvenes solo quieren desfogarse, ver mundo.

—Pues sí, su hija también parece ansiosa por conocer tierras lejanas —obervó Fortnam, volviendo a llenar las copas—. ¿Consideraría la idea de casar a Nora en las colonias?

Reed lo miró inquisitivo.

—¿Debo considerarlo como una petición de mano, señor Fortnam?

Elias Fortnam se reclinó en su butaca y exhaló el humo del cigarro.

—No he venido a Londres en busca de novia —respondió pausadamente—. Se lo digo con franqueza. Pero estos días... confieso que he pensado en ello. Nora es una joven encantadora y le he cogido cariño. Me gusta su interés por mi tierra, creo que no es una de esas damas que se casan en las plantaciones y luego no paran de quejarse. Que si el calor, que si los negros... Nora parece una muchacha enérgica. Eso me complace.

—Es mucho más joven que usted —objetó Reed.

Fortnam asintió. No parecía ofendido.

—No se lo discuto, pero creo que es ella quien debe decidirlo. Me parece que le gustan los hombres maduros. También me gusta su reserva en esas cosas.

Thomas Reed carraspeó.

—Eso... no fue siempre así —confesó a disgusto—. Si realmente quiere solicitar su mano, yo no puedo ocultarle que...

—¿Se refiere a ese escándalo? —Fortnam hizo un movimiento de rechazo con la mano—. Perdonado, no me importa.

—¿Ya... ya lo sabía? —preguntó atónito Reed.

Fortnam rio.

—Señor Reed, a partir de la segunda vez que aparecí acompañado de su hija a una reunión, me lo contaron confidencialmente tres veces como mínimo. Por lo general una dama desinteresada y en pro de la decencia, que a continuación quería presentarme a su hija, cuya reputación no se había visto mancillada por ningún escándalo o cuyo hijo pretendía invitar a Nora a bailar en ese momento. Nora se escapó con un escribiente de su despacho y permaneció tres semanas fuera. ¿Ocurrió así?

—¡Ni hablar! —respondió indignado Reed—. ¿Se lo han contado así? Parece como si... Pues bien, señor Fortnam, le aseguro que mi hija... humm... no estableció ninguna relación íntima con lord Greenborough. Se ilusionó con él (no puedo llamarlo «amor») y, por desgracia, el chico cayó gravemente enfermo, lo que impulsó a mi hija a velarlo como una madre. De hecho, Nora lo cuidó hasta que murió, en circunstancias no muy agradables, lamento decir. Pero su honor jamás fue mancillado. Nora es... —Se interrumpió, pues le costaba pronunciar la palabra «virgen» o «inmaculada».

—Y si no lo fuera me daría igual —señaló Fortnam sin inmutarse—. Sí, ¡no ponga esa cara! Ya no soy un joven sin experiencia, mis plantaciones producen dinero suficiente. Y no tengo necesidad de relacionarme con gente que exija que mi reputación, la de mi esposa y a ser posible la de mi perro de caza, se extienda sin tacha a lo largo de diez generaciones. Y lo que diga la gente de Londres no me interesa, yo vivo en Jamaica. Ahí, sin embargo...

—¿Sí? —preguntó Reed. ¿Iba a informarle Fortnam acerca de un escándalo propio?

Fortnam se encogió de hombros.

—Bueno, la gente murmura cuando un hombre vive solo en una plantación rodeado de hermosas esclavas... ya me entiende. Y en estos últimos años cada vez tenemos más inmigrantes de

Inglaterra, se está consolidando una creciente vida social, hay bailes, cacerías, invitaciones... Pero sin una mujer en casa no puedo corresponder. Un casamiento sin duda me convendría. Su hija sería la persona ideal, con lo guapa y cultivada que es...

Reed asintió.

—Me duele separarme de ella —admitió—. Pero, a la postre, lo que deseo es verla feliz, y aquí ya no lo es desde que... desde aquella desdichada ilusión. Por otra parte, ella siempre ha soñado con viajar a las colonias. Si eso es lo que quiere... si ella acepta su petición, yo la bendeciré.

Nora se sorprendió cuando, pocos días después, Elias Fortnam pidió su mano. Las circunstancias fueron algo peculiares, habían vuelto a salir a pasear a caballo y Fortnam ni siquiera se tomó la molestia de desmontar. En lugar de ello, formuló la proposición como quien sigue charlando, con las mismas palabras que había utilizado con su padre. Así que habló de afecto y no de amor, mencionó sus obligaciones sociales y aludió al manifiesto deseo de Nora de vivir en las colonias.

—Le ofrezco una casa bonita, un servicio bastante bien adiestrado —dijo sonriente— y, naturalmente, un marido solícito por quien espero que pueda usted desarrollar el aprecio y la estima que yo ya le profeso. —Se inclinó hacia Nora.

Nora palideció y luego se ruborizó. No sabía qué decir y expresó la primera idea absurda que le pasó la cabeza.

—Yo... yo echaré en falta mi caballo.

Un instante después se hubiera abofeteado. ¿Qué iba a pensar ahora él de ella? La tomaría por una mujer infantil y superficial que...

Elias Fortnam estalló en carcajadas alegres, no burlonas.

—¡Puede llevárselo, Nora! —respondió complacido—. Y también dos o tres más, ya veremos cuánto espacio de carga puedo reservar. En la isla hay escasez endémica de caballos, la gente se pelea por ellos... y el suyo está especialmente bien criado y es de buena casta.

Por supuesto eso era verdad, pero Nora dudaba de que Fortnam realmente hubiese distinguido que la yegua *Aurora* era árabe. Su futuro esposo era un jinete corpulento, a duras penas habría resistido una cacería de zorro y era poco probable que supiera mucho de cría de caballos. Fortnam no era un par inglés y tampoco había crecido en la abundancia como Nora. Pensó de nuevo en la piratería... pero luego alejó esas ideas tan intempestivas. ¡Acababan de pedir su mano y ella pensaba en caballos, piratas y cacerías de zorro...! Sonrió para sus adentros. Debería haber pensado en Simon. Pero esa situación era tan irreal, tan... distinta. Nora era incapaz de imaginarse estrechando entre sus brazos, como antes a su apuesto y joven lord, a ese hombre robusto y mucho mayor que ella.

Pero tampoco necesitaba hacerlo. Sería él quien la estrechase entre sus brazos. En realidad, ella no tendría nada que hacer. Solo decir que sí. Y entonces él se la llevaría a la isla y vería todo lo que había soñado con Simon. Lo vería para su amado, con los ojos de él... Nora estaba a punto de aceptar la proposición de matrimonio de otro hombre, pero nunca se había sentido tan cerca de su verdadero amado desde que este la había dejado.

—Deme dos días para pensármelo, señor Fortnam —respondió—. Y... no venga a casa con flores.

Elias Fortnam se presentó con bombones y, naturalmente, Thomas Reed no lo recibió en la sala de caballeros como años antes a Simon, sino que Elias presentó formalmente su petición de mano en la sala de recepciones. Nora volvió a adoptar el aspecto de una muñeca de porcelana cuando aseguró cortésmente lo encantada que estaba y que aceptaba con agrado la solicitud. Se había arreglado de nuevo como era conveniente, lo que sorprendió bastante a su doncella. Nora solo se maquillaba y peinaba según los dictámenes de la moda cuando le tocaba asistir a eventos sociales. Ahora se planteaba si su futuro esposo ya la había visto con el cabello sin empolvar, pero por supuesto se había soltado el pelo al cabalgar y el traje de montar ceñido no disimulaba tampoco su silueta de adolescente. Fortnam tenía que hacerse al menos una idea de lo que le esperaba.

«Eres tan grácil como un elfo y tus cabellos son como la miel líquida...» Nora oía la dulce y cautivadora voz de Simon mientras hablaba de la boda con su padre y Elias. Este quería regresar a Jamaica en un mes a más tardar, lo que exigía que los preparativos del enlace se ultimasen con celeridad.

—¿Asistirá su... tu hijo a la ceremonia? —preguntó Nora una vez que los hombres se hubieron puesto de acuerdo en comunicar el compromiso a un círculo pequeño de conocidos con una cena y festejar el enlace tres semanas después con un gran baile y un banquete. No le preocupaba especialmente conocer a Douglas Fortnam, pero creyó que era su deber mostrar cierto interés. A fin de cuentas, ahora formaba parte de su familia... Se sentía un poco como una niña pequeña equipando su nueva casita de muñecas con padre, madre e hijos.

Elias hizo un gesto de ignorancia.

—No creo —respondió con sequedad—. A no ser que tenga una nueva dirección de correo y se muestre dispuesto a interrumpir su viaje por mí. Ambas opciones me parecen improbables. Tendrás que conocer a tu hijastro más tarde.

Thomas Reed se alegró de ello para sus adentros. En el ínterin había encargado que se investigara un par de temas. Douglas Fortnam tenía cuatro años más que su hija, por lo que seguramente era preferible que la sociedad londinense no conociera esos detalles. Así y todo, bastante se comentaría ya la diferencia de edad entre Nora y Elias.

Al despedirse, este depositó un cortés beso en la mejilla de Nora. Ella tuvo que poner atención y no apartarse asustada, pues desde la muerte de Simon ningún hombre se le había acercado tanto. Pero los labios de Elias estaban secos y rozaron su piel como de paso. Nora volvió a experimentar la desconcertante sensación de que él solo besaba a una muñeca. El contacto no despertó nada en ella, no sintió la menor excitación; aunque tampoco miedo.

También los preparativos del enlace transcurrieron ante la indiferencia de Nora. Parecía como si todos los que la rodeaban estuvieran más nerviosos y pusieran más entusiasmo que la misma novia. La muchacha complació a conocidos y sirvientes dándoles la libertad de actuar como les apeteciese. No puso ninguna objeción al esbozo que la modista había realizado del vestido de novia, sobrecargado de encajes, cintas y volantes, bajo cuyo fajín, cuello rígido y miriñaque apenas lograría moverse. Lady Margaret MacDougal organizó, emocionada y desbordante de alegría, el baile y el banquete... Nora tenía la sensación de que no bastaba una simple carta para la lista de los platos que iban a servirse, sino que necesitarían un rollo de papiro. Una pequeña orquesta tocaría durante el baile, se ensayaron algunas coreografías y se contrató a un maestro de danza.

En medio de todo esto, Nora tenía la extraña sensación de estar perdiéndose a sí misma, pero aun así de situarse en el buen camino. Como le sucedía con frecuencia, tenía la impresión de que Simon la llamaba y de que ella se limitaba a responder a su llamada.

Dos días antes del enlace, volvió a visitar la tumba de su amado. En silencio y desvalida, permaneció en pie ante la costosa lápida de piedra que su padre había encargado para la fosa. Como siempre, no sintió nada. El alma de Simon no estaba anclada allí. Si ella quería estar cerca de su espíritu, tenía que buscarlo en otro sitio. Al abandonar el cementerio, sintió más esperanza que dolor.

Ese mismo día se quitó del cuello la cinta de terciopelo con el anillo de Simon. No podía seguir llevándolo, Elias le haría preguntas al respecto. Así pues, dejó su preciado recuerdo en una bolsa de terciopelo y lo escondió en su costurero. Elias nunca lo encontraría allí, pero ella accedería a él siempre que quisiera. También se llevaría los libros de Simon, la sirvienta ya los había empaquetado. Pasaban desapercibidos entre los suyos, el servicio no sabía leer y su padre hacía tiempo que había olvidado el legado de Simon Greenborough.

4

La boda se desarrolló en un ambiente festivo. La buena sociedad londinense acogió de forma inesperadamente amable el enlace entre Nora y el hacendado que tantos años le llevaba. Los chismorreos no se pasaron de la raya y todos aquellos con nombre y posición acudieron al baile. Lady Margaret se encargó de los recibimientos como representante de la madre de la novia y Thomas Reed aceptó las felicitaciones y mejores deseos para su preciosa hija.

Nora se deslizaba entre los invitados a pasitos, como una muñeca. No le quedaba otro remedio. En cuanto se moviera con naturalidad, se le caería el tocado —una diadema de cintas y finas piedras— y el miriñaque y la cola del vestido rozarían los muebles. Abrió con Elias el baile al compás de un minueto y luego tomó asiento tranquilamente y dejó que los acontecimientos discurrieran. Al final le dolía la mandíbula de tanto reír y los hombros de esforzarse por mantener recta la espalda pese al molesto tocado; además, con el estómago encorsetado no había logrado digerir la comida.

Elias tenía un aspecto muy elegante. Para adaptarse al vestido de la novia, había optado por el estilo francés y vestía pantalones hasta las rodillas, zapatos de hebilla y chaqueta de brocado color crema. Nora pensó que parecían una pareja real. ¿O la formada por el rey y su amante? La idea le provocó una sonrisa maliciosa que hasta Elias percibió.

—¿Qué te resulta tan gracioso, Nora? —preguntó, mostrando de este modo que probablemente se aburría tanto como su joven esposa.

Ella no se mordió la lengua.

—Tengo la impresión de que me parezco a Madame Pompadour —le susurró—. ¿También tengo que ir así por Jamaica?

Elias sacudió la cabeza.

—No, ¡qué va! Las damas se confeccionan los vestidos siguiendo la moda del momento en la metrópoli, pero no utilizan prendas tan pesadas como tu traje de novia ni tantas enaguas y colas... ¡Allí hace demasiado calor! Claro que no tienes que moverte demasiado, hay criados, pero aun así...

—A mí me gusta moverme —advirtió Nora, pero un invitado la interrumpió y de nuevo tuvo que sonreír y asentir.

La joven se alegró cuando por fin pudo escapar de la reunión. Elias la condujo hacia el carruaje evitando las pretensiones de los alegres invitados de acompañar a la pareja a sus aposentos. Durante su estancia en Londres había alquilado una casa al propietario de una plantación caribeña. Allí pasarían los días previos a la partida y también la noche de bodas.

Peppers, el viejo cochero, sostenía abierta la portezuela del vehículo negro con las iniciales de Reed, tal como había hecho antes para Simon. Nora tragó saliva cuando recordó la forma en que se habían besado en el carruaje.

—Mi más sincera enhorabuena, señorita... ¡señora Fortnam! —Peppers hizo una reverencia.

Nora oyó por vez primera su nuevo apellido y la sensación de irrealidad volvió a acrecentarse en su interior. No era ella, eso no le estaba sucediendo a la traviesa muchacha que a veces había garabateado en el cuaderno de apuntes «Nora, lady de Greenborough». Recordó el anillo de Simon que solía colgar de su cuello... Lo echaba en falta, lo había llevado tanto tiempo que casi formaba parte de su cuerpo. Pero ahora tenía que sonreír a su flamante marido, quien subía al vehículo tras ella, no sin antes haber depositado en la mano de Peppers una buena propina; sabía comportarse. Nora se preguntó si también Peppers pensaría en Simon.

Elias no se sentó junto a su joven esposa —era imposible a causa del miriñaque—, sino enfrente, y la contempló satisfecho.

—Eres realmente una novia preciosa —la elogió una vez más—. Pero necesitarás ayuda para desprenderte de tantas prendas. Tu doncella ya debe de estar esperándote en nuestros aposentos, tu padre ha insinuado que la muchacha está muy vinculada a ti. —Eso ya no era así, pues desde la muerte de su amado Nora no solo se había apartado del mundo, sino también de los sirvientes. La relación con su doncella Nellie era amistosa, pero ya no íntima—. Señaló que tal vez quisieras llevártela contigo a Jamaica. Naturalmente, eso no es posible. —Nora asintió indiferente. Pensaba en la noche de bodas que se avecinaba y no en quién iba a vestirla o desvestirla mañana o dentro de un mes—. Me alegro de que no te lo tomes a mal. Haré todo lo que esté en mi mano para que seas feliz. Pero una doncella blanca... eso solo causaría malestar entre los negros. Además, esas criaditas suelen tener miedo de los hombres negros. De todos modos, como es natural, tendrás una esclava, tú misma puedes optar por instruir a una de las nuestras o comprar una que ya esté formada.

Nora se sobresaltó.

—¿Qué tendré que hacer? —preguntó atónita.

En ese momento, Peppers se detuvo a la entrada de una casa señorial. No tan aristocrática como la de los Reed, pero también decorada con columnas y estatuas de mármol.

—¡Mira, Nora! —le dijo Elias cuando Peppers abrió la portezuela y la ayudó a salir.

La puerta de la casa estaba iluminada, era evidente que el personal los estaba aguardando. Nora aceptó de forma mecánica los deseos de felicidad de las doncellas, mayordomos y sirvientes y respiró aliviada cuando Elias la condujo al primer piso. Nellie la esperaba en un vestidor elegantemente decorado con alfombras y tapices de seda.

—Enseguida iré a verte —anunció Elias, besando la mano de su esposa.

Nora se dejó caer en la butaca del peinador. Nellie le desabrochó el vestido, le quitó el tocado del cabello y empezó a cepillarlo una vez que hubo ayudado a su señora a desprenderse de su pesada vestimenta.

—¡Ha sido una boda tan bonita! —parloteaba la muchacha—. ¿Y ahora? ¿Está... está nerviosa, miss... humm... missis?

Nora se encogió de hombros. Lo que sí estaba era cansada, y también prevenida contra el dolor. Lo que hasta ese momento había oído sobre la noche de bodas era contradictorio. Las canciones y poesías glorificaban el amor, y los círculos sociales en que se movía Nora no eran mojigatos en relación con los hábitos de la corte francesa. Eileen y otras jóvenes hablaban entre risitas sobre las noches con sus amados, y la misma Nora había disfrutado de los besos y caricias de Simon. Pero algunas esposas jóvenes también enmudecían cuando se hablaba de hacer el amor, y, al despedirse, lady Margaret le había susurrado que fuera valiente esa noche. La dama de compañía no había podido reprimir unas lágrimas.

—Mira, Nellie, ahora me pones guapa y ya veremos la que nos espera —indicó a su doncella.

Tal vez Nellie la encontró algo rara, pero así estaban las cosas y no se podían cambiar. La muchacha se calló ofendida, mientras peinaba a su señora y la ayudaba a ponerse un camisón de puntillas.

—La cama también está preparada —anunció fríamente.

Nora asintió y se deslizó entre las sábanas de seda. Al menos, nada en ese lecho suntuoso, tan ancho y con cortinas de encaje, recordaba al estrecho camastro de la buhardilla de Simon. Relajada, esperó la llegada de Elias y volvió a sonreír cuando él entró. Ya tendría tiempo de que se le agarrotaran los músculos...

Elias Fortnam se acostó a su lado sin mediar palabra. También él llevaba un camisón, sobre el que solo arrojaban una luz mortecina un par de velas. En tales circunstancias, Nora no distinguió demasiado el cuerpo del hombre, pero pronto sintió su peso encima. No obstante, Elias se comportaba de modo sumamente respetuoso. Paseó los labios por los pechos de la joven y las manos por los hombros, la espalda y las nalgas. Nada de eso era desagradable, Nora lo dejó hacer sin decir nada y se preguntó si se suponía que también ella debía participar de forma activa. Para hacer algo, pasó los brazos alrededor del cuello del hombre cuando se colocó encima de ella y la penetró. Hacía daño pero era soportable, y enseguida pasó. Elias se movió un poco dentro de ella, se olvidó entonces de ser cuidadoso y dejó caer su voluminoso cuerpo sobre el frágil de la muchacha, lo que por un momento la asustó. Pero pronto volvió a erguirse, la besó en la frente y se tendió a su lado. Acto seguido, estaba durmiendo.

Nora esperó un poco antes de moverse. Luego se ovilló junto al hombre e intentó evocar su isla. Sentía que la ingle le escocía y parecía sangrar un poco, pero ya se ocuparía de eso por la mañana. Tras ese día, necesitaba un sueño hermoso.

Poco después corría por una playa dorada junto al océano, sintiendo la arena caliente bajo los pies y la frescura del agua azul. El mar de sus sueños limpió el sudor y el recuerdo de ese día de su piel y su pensamiento.

Los días previos a la partida transcurrieron volando. Las visitas de despedida y las compras mantuvieron ocupada a Nora. Elias la animaba a que se llevara todas las cosas de consumo diario, sobre todo artículos de lujo, que fuera posible. Él, a su vez, compró cuadros y esculturas para la casa, si bien no consultó a su esposa a la hora de elegirlos, sino al padre de esta. Tampoco a él le importaba la belleza como tal, ni su gusto personal o el de su esposa, sino solo la inversión y la apariencia.

Nora, por su parte, no sabía con exactitud qué debía llevarse. Lady Wentworth le aconsejó que comprara telas ligeras, ropa interior de seda y todo lo que respondía a un ajuar.

—Dime, corazón, ¿el ajuar está realmente completo? Seguro que no, habiendo sido una boda tan precipitada. No, no, hijita, no lo digo con mala intención, las decisiones intempestivas son corrientes entre los hacendados, nadie la mirará mal porque no haya estado prometida durante tres años... Pero debería ir bien equipada. ¿Quiere que la acompañe?

Nora consintió con un suspiro de alivio y lady Wentworth la acompañó los días siguientes a comerciantes de paños y plateros, vendedores de porcelana y vidrieros. El ajuar acabó llenando tres arcones, pese a que no habría necesitado ni una mínima parte de su contenido en la buhardilla de Simon. No obstante, la visita al orfebre dio pie a que se le ocurriera una idea.

Dos días antes de su partida fue a visitar sola al platero y le enseñó el anillo de sello de Simon.

—¿Podría usted... transformarlo? —preguntó en voz baja y con el corazón encogido—. ¿Tal vez en un... en un broche o un colgante?

El orfebre observó el anillo.

—Un trabajo exquisito... antiguo y sin duda de oro puro. Puedo convertirlo en el objeto que desee, señora. Aunque no acabo de entender por qué. Es una pieza heredada, ¿verdad?

Nora asintió.

—Sí, pero yo... Bueno, no lo necesito para sellar las cartas con él. Se trata más de un... recuerdo que de un anillo... Me va demasiado grande.

—Podría ajustárselo —se ofreció el orfebre.

La joven sacudió la cabeza.

—No, no, ya no... ya no tiene que ser un anillo, no ha de parecer como si... Debe parecer como si hubiera pertenecido... a una tía.

El artesano lanzó a Nora una mirada escrutadora.

—¿No estuvo usted aquí hace unos días comprando plata para su ajuar? —preguntó—. ¿Con una dama un poco mayor?

Nora apretó los labios.

—Sí, mi... mi... eh... mi tía.

El hombre sonrió.

—Esperemos entonces que su tía responda al nombre de... humm... Geraldine. O Genevieve. ¿O acaso hay que cambiar también la G del anillo?

Nora se ruborizó.

—No, no, la G no, por favor. Cambie lo menos posible. Consiga... consiga simplemente que lo pueda llevar sin... Quiero llevarlo abiertamente, sin que despierte la curiosidad de nadie.

Se irguió. ¿Qué más daba si el hombre sospechaba algo? En dos días partía a las colonias y nunca más volvería a Inglaterra.

Pero el orfebre era un homre discreto. En su mirada no había ni gusto por el escándalo ni arrogante desdén cuando examinó el anillo dándole vueltas.

—¿Quiere esperar? —preguntó amablemente.

Nora se sintió aliviada. No habría soportado alejarse demasiado de su único recuerdo de Simon. De hecho, no tuvo que aguardar mucho tiempo y el resultado le encantó. El platero había cincelado con esmero el oro que rodeaba el sello, creando de esa forma una especie de piedra que se podía llevar colgada del cuello con una cinta de terciopelo. Con esa nueva forma oval no se sabía que había sido un anillo. Y la G en relieve podía ser una inicial.

Nora sonrió al orfebre.

—La tía Geraldine se habría maravillado —dijo, y sacó su monedero dispuesta a pagar generosamente al orfebre.

El hombre se inclinó.

—Me alegro de haber podido honrar su recuerdo.

Nora escondió el colgante en su bolsa y más tarde en el costurero. Ahí descansaría hasta que estuvieran en el mar, lejos de la penetrante mirada de su padre, quien sin duda habría reconocido el sello. Elias no lo había visto: pese a las protestas de Nora, Nellie se lo quitaba cuando la arreglaba para asistir a una velada o una fiesta. Cuando Nora se pusiera la cinta de terciopelo negra con la piedra, él pensaría que se trataba de un adorno más.

Elias Fortnam había cumplido su palabra y reservado espacio de carga suficiente en una goleta que zarpaba directa hacia Jamaica. Se destinó un sitio bajo cubierta para *Aurora*, la yegua de Nora, y para dos caballos más que Elias había comprado. El esfuerzo que comportaba el transporte de los animales se vería más tarde recompensado. La embarcación, compacta y de casco ancho, servía sobre todo para el transporte de mercancías, por lo que la pareja no contaba con disfrutar de muchas comodidades. Salvo ellos, solo había dos pasajeros más, un joven reverendo que iba a dirigir una comunidad en Kingston, y su esposa. Nora se quedó atónita cuando el primer oficial del barco le mostró la cabina que ambos matrimonios iban a compartir. El tamaño de la estancia era ridículamente diminuto. En cada lado había dos literas, una encima de la otra.

—¿Aquí vamos a dormir... los cuatro? —preguntó Nora sin dar crédito.

El reverendo rio.

—Buena mujer, he oído decir que en estos aposentos se llegan a alojar hasta ocho personas. Antes, cuando la Iglesia enviaba misioneros a Hawái...

A Nora le importaba bastante poco en qué condiciones sus compatriotas habían evangelizado Polinesia, tal vez se tratara de cierta forma de martirio. Así que se quejó a Elias, pero este se encogió de hombros.

—Querida, puedo comprender que en estas condiciones quieras evitar durante un par de semanas nuestras... humm... relaciones. A mí, en cualquier caso, no me importa renunciar a acostarme contigo en presencia de nuestros jóvenes amigos, así que podemos ocupar cada uno una litera cómodamente. No puedo ofrecerte un aposento propio o camas más espaciosas, este camarote ya se considera un lujo en un barco.

Nora entendió a qué se refería cuando fue a ver los caballos y echó un vistazo a los alojamientos de la tripulación. Allí descubrió lo que eran las hamacas, tras lo cual, durante la siguiente visita a su isla imaginaria prefirió soñar con una colcha en la arena caliente. Los hombres dormían por tandas en recintos estrechos e infestados de insectos. La esposa del misionero mantenía muy pulcra la cabina, hasta que justo después de dejar el canal y entrar en el Atlántico cayó víctima del mareo. A partir de ese momento, Nora se encargó de tenerlo todo ordenado y limpio. Lo cierto es que no tenía ningunas ganas de coger las legiones de pulgas que el reverendo atrapaba cuando se ocupaba o fingía ocuparse de los tripulantes enfermos. En realidad su entrega a la tripulación se limitaba a leerles la Biblia, y tampoco se lo veía ansioso por ayudar a su esposa cuando esta sufría fuertes vómitos.

—Hace días que no como nada, no tendría que pasarme esto —se quejaba la joven cuando Nora al final se ocupó de ella, la lavó y, por consejo del capitán, le administró ron como «medicina».

El reverendo Stevens solo se ocupaba vigorosamente de su esposa por las noches. Nora no tenía ni una hora de tranquilidad mientras él intentaba entre resoplidos y gemidos hacerle un hijo a Ruth. A Elias eso no parecía molestarle y roncaba en su camastro, encima de su joven esposa, lo que de por sí era suficiente para desvelarla. Con quien mejor se entendió Elias Fortnam durante el viaje fue con el capitán, el contramaestre y el primer oficial. Los hombres bebían hasta bien entrada la noche, después de que Nora y los ruidosos Stevens ya llevaran tiempo acostados. Nora envidiaba a veces a su esposo por divertirse así. También a ella le habría gustado atontarse con ginebra, ron, láudano o lo que fuera... o mezclarlo con el té del reverendo sin que este se percatara.

Pese a todo, disfrutaba de la travesía. No se mareaba; únicamente los primeros días, de fuertes tormentas, sintió un vago malestar que desapareció enseguida cuando Elias le indicó que no se quedara en la camarote. Le aconsejó que subiera a cubierta y mirase el horizonte, lo que ella hizo de buen grado. Le encantaba estar al aire libre y sentir el viento, contemplar las olas y a los tripulantes cumpliendo con sus tareas. Le fascinaban en especial las arriesgadas maniobras que realizaban para trepar a los tres mástiles de voluminosas velas. Los hombres pronto cogieron confianza y presumieron ante la observadora joven del armamento con que estaba equipada la embarcación. Con un ligero estremecimiento, Nora examinó los cañones. Al reservar los pasajes, Elias había tenido en cuenta aquellos cañones de nueve libras. Le interesaba la capacidad de defensa del velero, pues en esas aguas todavía había piratas activos y, aunque Inglaterra y España ya no estaban en guerra, a veces se producían escaramuzas.

Nora prefería no pensar en ello. Optaba por embelesarse con las ballenas y delfines que acompañaban el barco. Se había quedado maravillada cuando ante sus ojos surgió la primera y majestuosa aleta dorsal de una ballena casi tan grande como una casa, mientras que Ruth Stevens había huido al camarote corriendo y gritando.

También el reverendo sentía miedo, y provocó las risas de la tripulación cuando contó que el animal que se había tragado a Jonás era una ballena con barbas.

—Ah, no, reverendo, eso sí que no, ¡si ni siquiera tienen dientes! —se mofó un tripulante que antes había trabajado como cazador de ballenas—. Esos animales solo comen peces pequeños, y son inofensivos si no se les molesta.

El reverendo Stevens replicó solemnemente que Jonás había llegado entero al estómago de la ballena gracias a la voluntad divina. Y de todos modos, si Dios decidía que ese u otro monstruo se tragara a uno u otro misionero, la ausencia de dientes no representaba un obstáculo.

Cuando Nora se lo contó a Elias, este corrió a divertir a los hombres de la mesa del capitán con la historia y brindó complacido con los oficiales a la salud de Jonás, la ballena y los espíritus del más allá.

Un par de días después, cuando el barco se aproximaba a las islas Canarias y el clima invernal centroeuropeo cedía paso a temperaturas más agradables, las frecuentes estancias de Nora en la cubierta provocaron las primeras desavenencias en su joven matrimonio. Al principio, Nora siempre había llevado una sombrilla de puntillas cuando paseaba por la cubierta, pero después le pareció absurdo y afectado andar por ahí como una dama de paseo por St. James Park. Primero se deshizo del miriñaque, algo que no suscitó comentarios. La señora Stevens tampoco solía llevarlo y todos sus vestidos eran muy sencillos. Nora ignoraba si era debido a la escasez de recursos o a que, como esposa de un religioso, debía renunciar al lujo, pero su vestimenta apenas se diferenciaba de la de las mujeres del East End. No obstante, siempre llevaba una sombrilla cuando hacía buen tiempo. Nora, por el contrario, dejaba la suya en el camarote. No era más que un engorro cuando se inclinaba sobre la borda para descubrir delfines y ballenas, y cuando soplaba el viento había que pelearse con ella para que no saliera volando. En el Atlántico soplaba una fuerte brisa, y a Nora le gustaba dejar sus cabellos sueltos y que el viento jugueteara con ellos en torno a su rostro. Su tez blanca no tardó en broncearse con el aire marino y el sol.

Al principio, Elias no pareció percatarse de ello, prácticamente solo veía a Nora a la hora de las comidas, que los pasajeros compartían con el capitán y los oficiales. La mesa de los oficiales, bajo cubierta, siempre estaba en penumbra y Elias no parecía encontrar a su joven esposa lo suficientemente atractiva como para dedicarle una mirada. Sin embargo, un día la sorprendió en la cubierta, el cabello agitado por el viento y el rostro expuesto al sol sin ninguna protección.

—Nora, ¿te has vuelto loca? —exclamó. Ella se sobresaltó al oírle hablar de forma tan ruda—. ¿A quién se le ocurre andar así por aquí? Coge inmediatamente la sombrilla y el sombrero o, mejor aún, vete bajo cubierta como corresponde a una dama.

Ella frunció el ceño.

—¿Piensas que ando coqueteando con los hombres? —replicó ofendida.

En realidad solo había tres marinos faenando cerca de ella y ya tenían suficiente trabajo con los aparejos, ni siquiera parecían haber advertido la presencia de la joven.

Elias hizo un gesto de rechazo con la mano.

—Eso no me preocupa —repuso—. El capitán es un tipo duro, si sorprende a un marinero tonteando con una mujer, lo tira por la borda... Pero tú... ¡Por todos los cielos, no me he traído a una dama inglesa para que se me ponga morena como una mulata! —Nora no entendió el tono despectivo con que pronunció «una mujer». No entendía del todo qué quería Elias, pero él la cogió bruscamente por el brazo y la arrastró hacia la cubierta inferior—. Baja inmediatamente y hazte algo en la cara. Ponte un blanqueante o lo que sea para tener un tono elegante, no quiero que llegues a Kingston como si fueras una negra.

Nora, que durante la travesía no había dispuesto de ningún espejo, empezó a entender. Nunca habría imaginado que la refinada palidez que en Inglaterra se valoraba tanto fuera importante para el propietario de la plantación jamaicana, así que en adelante tuvo más cuidado. Si bien encontraba exagerada y ofensiva la reacción de Elias, no tenía la menor intención de causar una impresión negativa en la buena sociedad de su nuevo hogar. Sin embargo, no entendía cómo iba a evitar que a la larga la piel se le bronceara si estaba expuesta al intenso sol del Caribe. Ya le había sucedido en sus paseos y cabalgadas por St. James Park, pero a Simon no le había importado.

«La piel se te pone dorada como el cabello —había dicho maravillado—, ámbar claro y oscuro... Tienes razón, es una pena cubrirla con polvo.»

No obstante, Nora hizo precisamente eso durante las últimas semanas a bordo. Se maquillaba al salir y se acordaba de coger el sombrero que lady Wentworth le había recomendado vivamente que adquiriese en Londres. Ante el intento previo de pedir prestada una cofia a Ruth Stevens, quien también se protegía el rostro, Elias había reaccionado tan irasciblemente como al hecho de que no llevara la sombrilla.

—¡Ni hablar de cofias de criada, Nora! Me llevo a una dama a Cascarilla Gardens, y como tal quiero que te vistas y muestres.

A regañadientes, Nora pensó que su marido no la había engañado. Elias Fortnam había querido una muñeca representativa, no a una mujer de carne y hueso. Y ella había estado de acuerdo con el trato, así que haría lo posible por contentarlo.

Y entonces, después de más de sesenta días de navegación, apareció Jamaica en el horizonte. El capitán convocó a los pasajeros en cubierta para ver la isla por primera vez y Nora de buena gana se habría precipitado escaleras arriba, pero bastó una penetrante mirada de Elias para reprimirla. Tan rápido como pudo, se maquilló, se empolvó el pelo, se metió en el miriñaque y se puso el sombrero.

Estaba enfadada y casi un poco triste cuando siguió a Elias al exterior, pero al ver la isla se quedó fascinada. Nunca antes había visto algo tan precioso, apenas si podía contener su entusiasmo. El barco avanzó con movimientos suaves sobre un oleaje ligero. Ese día, el mar estaba de un verde intenso y las brillantes olas rompían mansamente contra una playa blanca como la nieve. Detrás se elevaba una muralla de un verde frondoso, los prometidos bosques de manglares. Selvas espesas, prometedoras, inquietantes y casi desconocidas. Nora lo habría abrazado todo, quería reír y cantar, pero Elias esperaba que ella se mantuviera digna. Ya estaba mirando despreciativamente a Ruth Stevens, quien, sin dar crédito a lo que veía, tenía una expresión horrorizada.

—Pero, John, ¡si eso es la jungla! Solo hay playa y... y árboles... Seguro que hay indígenas... Yo... yo creía que Kingston era una ciudad...

El reverendo trató de tranquilizar a su esposa mientras Elias miraba con apacible orgullo a Nora, que, erguida y hermosa como una reina, contemplaba su nuevo imperio. La muñeca de Elias Fortnam esbozaba una sonrisa distante, pero el alma de la amada de Simon Greenborough brincaba de alegría. Tanteó buscando el colgante que no se quitaba desde que habían zarpado. De repente, su amado estaba a su lado, creyó notarlo, volver a sentir su felicidad.

Nora lo había conseguido. Había encontrado la isla y recuperado el espíritu de Simon.

5

Naturalmente, el desembarco en la isla de Jamaica no se desarrolló como la llegada al paraíso que Nora soñaba. Ni los indígenas remaban en canoas junto a la orilla ni el capitán arrió unos botes en la bahía de sus sueños. Simplemente, pasó de largo. Todos los perfiles de la costa daban testimonio de su hermosura y la joven habría deseado desembarcar en cualquiera de ellos. No obstante, la goleta puso proa a Kingston, un puerto natural en torno al que se había fundado una población. Tras un incendio que había destruido el asentamiento original, la ciudad se había reconstruido con arreglo a un proyecto urbanístico y no había tardado en convertirse en un centro económico. Ahora relegaba a la capital, Spanish Town, a las sombras.

Nora todavía recordaba lo que Simon le había contado tanto de Kingston como de Spanish Town. Justo ahí habría podido imaginarse una sucursal de la casa comercial de Thomas Reed, y Elias le confirmó que muchos comerciantes europeos dedicados a los negocios de importación y exportación tenían sucursal en Jamaica. El puerto de Kingston era grande y poblado; las casas de la ciudad, coloridas y alegres. Pero Nora sabía que esa impresión era engañosa. Muchas ciudades del Caribe se consideraban antros de perversión, y no solo eran los incendios, huracanes y terremotos lo que amenazaba las poblaciones mayores, sino también las epidemias que en aquel clima húmedo y tórrido solían propagarse velozmente por los centros populosos apenas algún marino enfermaba. Tal peligro, sin embargo, ya parecía haber sido considerado al esbozar la nueva ciudad de Kingston. Las calles eran amplias y las casas se veían cuidadas, hasta había menos basura que en Londres.

Pese a ello, a Ruth Stevens no le gustó su nuevo hogar. Ya al bajar del barco empezó a quejarse del calor y la humedad.

—Cielos, es como estar respirando agua —gimió.

Su vestido oscuro de paño tampoco era adecuado para ese clima. Nora, por el contrario, agradecía el consejo de experta de lady Wentworth. En Londres había pedido que le confeccionaran unos ligeros vestidos de seda, y ahora la seguían las miradas admirativas de los comerciantes y trabajadores portuarios mientras Elias la conducía por la rampa para bajar a tierra.

—Habrá que reforzarla para los caballos —observó Nora.

Su esposo no pareció oírla. Descendía por la pasarela como si ambos fueran a un baile en Londres: orgulloso de presentar su nueva adquisición a la sociedad de Kingston.

Nora decidió no enfadarse por ello. Ese nuevo mundo que se abría ante ella era demasiado emocionante para desperdiciar el tiempo pensando en Elias. Naturalmente, las faenas que se ejecutaban en aquel puerto apenas se diferenciaban de las que tantas veces había visto en los Docks de Londres. No fue la diversidad de artículos que se cargaban y descargaban lo que impresionó a Nora, sino la diversidad de seres humanos que allí pululaban. Ya solo el color de la piel de los trabajadores del puerto iba desde el negro hasta el marrón café con leche. Trabajaban con el torso desnudo, la mayoría descalzos y cubiertos tan solo con anchos pantalones de algodón de color claro. Los vigilantes solían ser blancos, aunque bronceados por el sol en general, y Nora se sobresaltó al ver que, efectivamente, portaban látigo. La mayoría parecía llevarlos por simple formalidad y Nora deseó tranquilizarse al respecto; sin embargo, vio cómo un latigazo caía vertiginosamente sobre la espalda de un negro. El restallido le penetró en el cuerpo. Muy distinto al golpe casi inaudible de Peppers cuando azotaba las ancas bien acolchadas de los caballos. Ahí no había pelaje que amortiguara el golpe, el látigo caía sobre la piel desnuda.

Entre trabajadores y vigilantes pasaban imperturbables comerciantes, cuyo aspecto —pelucas, pecheras y calzones hasta las rodillas— semejaba al del padre de Nora. Capitanes y oficiales conversaban de asuntos profesionales. Los vendedores de melones —la mayoría negros— iban de un lado a otro con carros llenos de fruta, ofreciendo refrescos. Los miembros de la tripulación liberados de sus labores bajaban complacidos a tierra sonriendo pícaramente a las jóvenes con vestidos de colores. Algunas eran casi blancas de piel, pero de labios más llenos, ojos y cabello oscuros; otras eran de un negro intenso, de nariz ancha y cabello crespo. Nora sabía que eran putas y que ella debería estar mirando hacia otro lado, pero no podía evitar disfrutar con todos sus sentidos de aquel caleidoscópico bullicio. El olor a especias y fruta flotaba en el aire, pero también el de podredumbre, grasa rancia y humo que ascendía de los tenderetes de comidas. Las tabernas estaban abiertas a los muelles, los bebedores holgazaneaban en su interior y en todas partes se servía, en lugar de la ginebra omnipresente en Londres, sobre todo ron, cuyo aroma se mezclaba con los demás olores del puerto.

—¡Nora! ¿No me oyes?

Fascinada por aquel ambiente abigarrado, la joven no había oído que Elias se dirigía a ella. Se percató en ese momento de que estaba hablando con uno de los comerciantes. Nora sonrió educadamente cuando se lo presentó, pero enseguida olvidó el nombre. Mucho más interesante le pareció el joven que iba tras él. ¡Le resultaba increíble lo negra que podía llegar a ser la piel de una persona! El joven tampoco parecía tan sudado y acalorado como su patrón. Tenía la piel seca y brillaba aterciopelada al sol. Nora prestó atención cuando el comerciante se volvió hacia él y le encargó una tarea, pero con el ruido general no llegó a entender de qué se trataba. El sirviente se inclinó sumisamente y luego se puso en camino alejándose del puerto.

—El señor Frazer ha tenido la amabilidad de informar a lord Hollister de nuestra llegada —dijo Elias a su esposa—. Hollister es un colega de trabajo, nos enviará un carruaje y esta noche dormiremos en la casa que tiene en la ciudad.

Nora asintió, casi un poco decepcionada. Había esperado viajar de inmediato a Cascarilla Gardens. Claro que también la estimulaba explorar la ciudad, pero antes de nada anhelaba contemplar la bahía de sus sueños. Se suponía que la plantación de Elias estaba cerca del mar. Nora apenas si podía esperar para ir a la playa y sentir la arena caliente en los pies. Además, Cascarilla Gardens no estaba muy lejos, la plantación se hallaba a ocho kilómetros al sureste de Spanish Town y otros tantos al suroeste de Kingston. Esas poblaciones debían de estar unidas por caminos agradables, así que sería posible llegar a las propiedades de su marido en menos de medio día. Nora lo habría conseguido fácilmente en una hora a caballo, pero era consciente de que no podía ensillar y salir a galope con *Aurora* justo después de que el animal hubiera permanecido tanto tiempo sin moverse en un barco en continuo balanceo. ¡Sin contar con lo que Elias habría opinado al respecto! Quería exhibir a su lady inglesa y para ello lo más apropiado era, sin la menor duda, una carroza abierta. Por ese motivo probablemente quería pasar un día en la ciudad.

Nora suspiró. Esperaba que no estuviera planeando organizar una gran cena enseguida; todavía no habían descargado todos sus vestidos. Incluso tendría que pedir a lady Hollister que le prestara una sombrilla si habían de permanecer más rato al aire libre. Durante la travesía, el viento había desgarrado la suya y, aunque disponía de otras más —las sombrillas de seda se llevaban a juego con los vestidos—, estaban en los baúles en la bodega del barco. Era posible que tardaran más de un día en bajarlo todo a tierra. Nora gimió impaciente. Soportaría una estancia breve, pero al día siguiente quería marcharse a Cascarilla Gardens.

Elias rio cuando ella le comentó su deseo.

—¡Vaya, estás impaciente por ver tu nuevo hogar! Muy bien, muy significativo, mi primera esposa tenía lágrimas en los ojos cuando vio desde el barco las playas desiertas y no quería irse de la ciudad. —Era la primera vez que mencionaba a su difunta esposa y Nora se sintió algo molesta cuando la comparó sin el menor reparo con su antecesora. Parecía además como cuando se comprueba el impulso de un caballo para superar un obstáculo en una cacería—. Pero no te preocupes, mañana seguiremos la marcha, no tengo que vigilar cómo descargan las cosas. Tampoco quiero que Hollister me preste carros de transporte ni landós. Hoy mismo enviaremos un mensaje a Cascarilla y mañana tendremos los coches aquí. Para entonces los caballos ya estarán en tierra y podremos llevárnoslos.

Nora se mordió el labio.

—No creo —objetó—. No iremos todo el tiempo al paso, ¿verdad? Y cabalgar un trecho tan largo después de que hayan pasado dos meses inmóviles en el barco...

—Como quieras —respondió Elias, sin discutir—. Mejor que lo hayas dicho ahora. Ordenaré que envíen a dos negros para que los lleven...

Nora frunció el ceño.

—¿Qué los lleven? —preguntó—. ¿Todos esos kilómetros? Tendrán que ir a pie junto a ellos durante horas, con este calor... ¿No los pueden dejar en el establo de tu amigo hasta la próxima vez que volvamos a la ciudad? Seguro que lo haremos con frecuencia, entonces montaré en *Aurora* para llevarla a casa.

Elias soltó una carcajada.

—Hazme caso, Nora, pasar un par de horas con un caballo en lugar de estar cortando caña de azúcar es para los chicos un regalo. ¡Y no irás a pensar que voy a poner un coche a su disposición! No te preocupes, todos los negros tienen buenas piernas.

Nora lo encontró extraño. Si de todos modos iban a enviar un carro de transporte, ¿por qué no los llevaban simplemente en él? De repente vio algo que la inquietó mucho más que la mera idea de que los sirvientes caminaran un par de kilómetros: un barco atracado en el muelle abrió su compuerta para descargar mercancía y de su interior salió tambaleándose una fila de hombres. Sorprendida, Nora se quedó mirando a los aproximadamente sesenta negros —la mayoría hombres jóvenes, además de algunas mujeres— que arrastraban con fatiga los pies engrilletados. El sol los deslumbraba. ¿Los habrían tenido todo el viaje encerrados bajo cubierta?

—¿De dónde vienen? —preguntó con voz ahogada.

Elias miró hacia donde ella señalaba.

—De Costa de Marfil o del Congo, habría que preguntárselo al capitán. Pero no los mires, no tienen un aspecto muy agradable cuando llegan a tierra firme. —Rio burlón—. Como tú misma has dicho, tu caballo tiene los músculos entumecidos tras pasar dos meses sin moverse. A ellos les sucede lo mismo.

Nora lo miró escandalizada.

—¡No... no puedes compararlos! Cuando colocamos a los caballos en compartimentos es... para protegerlos durante la travesía. Pero ellos... ellos son seres humanos, Elias, a ellos no se les puede encerrar como... como...

—Son esclavos —respondió él sin inmutarse—. Y si el patrón los encierra es para protegerse a sí mismo. ¡Imagínate que se amotinan en el barco! ¡Cuarenta tipos jóvenes y fuertes!

No cabía duda de que eran jóvenes, pero tras la fatigosa travesía no tenían nada de fuertes. En sus ojos, Nora vio agotamiento, desesperanza y vergüenza, la misma expresión que tenía Simon cuando le despojaron de su casa y su posición social. Nora puso el entendimiento y la compasión por delante del color de la piel. Negros o blancos, ¡eran seres humanos y tenían sentimientos como ella!

—Están enfermos —balbució—, o heridos. —Se apreciaban huellas de sangre en su piel oscura. No a primera vista, pero la joven era una observadora perspicaz—. Y no deberían... no deberían ir desnudos...

Se sintió estúpida al decir esto último y Elias se burló de ella. Habían separado a esas personas de sus familias, las habían encadenado y maltratado, así que privarlos de sus ropas no tenía importancia. Sin embargo, Nora encontró que esta última humillación casi era la peor. Los hombres del puerto, negros y blancos, miraban con lascivia los pechos de las muchachas que llegaban a tierra. Y ni siquiera eran bonitas. Las mujeres estaban tan agotadas que sus pechos colgaban como ubres vacías. También los hombres estaban en los huesos.

—¿No... no les dan... de comer? —preguntó Nora turbada.

Empezó a percibir el mal olor que desprendían los cuerpos de los esclavos, que no se habían lavado durante semanas. Elias se llevó un pañuelo a la cara y le tendió otro a Nora.

—No seas boba, Nora, claro que les dan de comer. Son artículos de valor, nadie tiene interés en que se mueran de hambre. Pero estos son ashanti. No tardarás en aprender a distinguirlos. Los de otras razas son más pequeños y fornidos. No rinden tanto, pero son más fáciles de manejar. Estos hombres y mujeres de Costa de Marfil, por el contrario, saben exactamente cómo evitar que el tratante saque provecho de ellos. Ayunan de forma voluntaria hasta la muerte. —Elias miró a los esclavos iracundo.

—Pero... pero entonces se mueren —replicó Nora, consciente de lo absurda que sonaba su observación—. Entonces... entonces tampoco ellos se benefician de haber arruinado el negocio del tratante. Ellos, ellos...

—Ellos llevan la maldad en la sangre —farfulló su marido entre dientes—. Siempre mueren algunos en el transporte, y las mujeres matan a sus crías si están embarazadas en cautiverio. Por supuesto, los capitanes les obligan a comer. No es un trabajo agradable...

Nora observó cómo entregaban los esclavos a un comerciante. El hombre indicó a unos vigilantes que echaran unos cubos de agua a la «nueva mercancía» para eliminar la suciedad más visible y el hedor más desagradable. La orden pasó a unos esclavos negros que la cumplieron impertérritos.

Nora temblaba. Se lo contaría a su padre cuando le escribiera. Era inhumano, era...

—*Backra* Fortnam, señor... —Se oyó a sus espaldas una voz grave y tímida.

Elias se dio media vuelta.

—Ah, aquí está nuestro cochero. Sube, Nora... ¿Qué haces ahí parado, chico? ¡Aguanta la portezuela a la dama! Vaya, he estado demasiado tiempo en Londres... Aquí, desde luego, uno no puede contar con personal adiestrado.

El joven de piel morena del pescante se apresuró a bajar de un salto y abrir las puertas del carruaje. Por desgracia, tampoco los caballos estaban tan bien adiestrados como los del tiro de Peppers. Los dos ejemplares blancos piafaban inquietos y Nora se habría sentido más segura si el cochero hubiera sostenido las riendas en la mano. Al menos esto desvió su atención de la triste hilera de esclavos que eran conducidos en ese momento hacia la ciudad. Nora no preguntó adónde exactamente, pero antes o después lo averiguaría. En ese momento era el cochero quien reclamaba todo su interés.

—¿El... chico... «pertenece» a lord Hollister? —preguntó en voz baja—. Me refiero a si es también...

—Todos los negros pertenecen a alguien —respondió Elias tranquilamente, aunque esta vez en su rostro apareció una mueca—. Y está claro que a este Hollister no lo ha pedido prestado.

Nora pensó en cómo lo reconocía, pero no se detuvo en ello porque esa no era su pregunta más urgente.

—Pero... pero deja que vaya de un lado a otro en libertad —prosiguió—. Aquí... en el coche... Podría simplemente cogerlo y escapar. —Nora sonrió vacilante al joven del pescante que acababa de mirar hacia atrás. Al parecer se tomaba ahora más en serio las funciones de un cochero de casa noble y quería comprobar que sus pasajeros estaban cómodamente sentados y no necesitaban nada.

Elias rio.

—Podría. Pero al intentar salir de la ciudad le pedirían su pase. Y entonces tendría problemas... problemas graves.

—¿Le pegaría lord Hollister? —insistió Nora.

—Eso sería lo de menos. Antes que nada lo degradaría. Y créeme, lo último que querría este es ser un negro del campo. Como cochero lleva una vida de rey. No, Nora, los negros del servicio doméstico no se escapan, y si lo hacen es en ocasiones muy, muy raras. Hay que tener más cuidado con los de los campos.

—¿Todo bien, *backra*? —preguntó solícito el cochero.

Nora asintió.

—Estupendamente —tranquilizó al joven—. ¿Cómo...?

Quería preguntarle cómo se llamaba, pero no sabía cómo hacerlo. ¿Tenía que tutearlo o hablarle de usted? En Inglaterra probablemente habría tuteado a un sirviente tan joven. Pero entonces sintió un escalofrío. ¿Tendrían esas personas nombre?

—¿Lady?, ¿missis? —preguntó el joven, temeroso.

Nora tomó aire.

—Creo que la señora quiere saber cómo te llamas —la ayudó Elias. Nora casi se sintió agradecida.

El joven sonrió.

—Jamie, missis, ¡a su servicio! —Su rostro resplandeció al cumplir correctamente las formalidades.

Nora sonrió aliviada. Pero ¿se llamaría realmente Jamie de nacimiento? ¿Llamaban las familias paganas a sus hijos James, Paul y Mary?

—Este sí —respondió Elias. Nora había planteado la pregunta cuando Jamie estaba concentrado guiando los caballos y no les escuchaba—. Este no viene de África, es mulato. Ya lo ves.

—¿Los mulatos son... mezcla de negros y blancos? ¿Cómo... cómo sucede esto? Me refiero a que... los patrones no se casan con sus esclavos, ¿verdad?

Su marido sacudió la cabeza.

—Nora, ¡no pases por más tonta de lo que ya eres! —la reprendió con dureza—. Reflexiona cómo puede suceder. En cuanto se trata de esclavos se diría que se te bloquea el entendimiento. Por supuesto que los matrimonios entre negros y blancos son imposibles. ¡Menuda ocurrencia!

Ella ya iba a replicarle que la idea de esclavitud superaba el entendimiento de cualquier ser pensante. Pero en ese momento el coche se detuvo delante de la residencia de los Hollister, una bonita casa de madera pintada de blanco y naranja, con adornos tallados y un buen número de torrecillas y miradores. Nora la encontró similar a las de Inglaterra, pero cuando acto seguido conoció a lord Hollister se quedó de nuevo sobrecogida.

El hombre se mostraba jovial y hospitalario, pero bastaba un primer vistazo para comprender cómo había llegado al mundo Jamie. Salvo por el color de la piel y la nariz un poco más ancha, el esclavo era idéntico a su patrón. A Nora solo le quedó esperar que en su propia plantación no la esperasen sorpresas de ese tipo.

Mientras Elias saludaba cortésmente a lord y lady Hollister, la joven tuvo la sensación de que la señora de la casa mostraba cierta frialdad. Daba la impresión de que no había una estrecha amistad entre las familias, pero eso no la sorprendió. También entre su padre y sus colegas de trabajo había, pese a la amistad, cierta competencia que impedía un sentimiento más cálido. Las esposas solían ser más abiertas, Nora esperaría a que los hombres se retirasen a la sala de caballeros.

En efecto, lady Hollister salió de su reserva cuando, tras una ligera y sabrosa comida, se quedó a solas con Nora. Los Hollister no habían contado con recibir visita, pero aun así la cocinera sirvió tres platos. Nora probó por vez primera las frutas tropicales. Lady Hollister observó divertida cómo su joven invitada las probaba con prudencia y luego las comía con avidez. A diferencia de muchos recién llegados, el clima de Jamaica no le había quitado el apetito. Al contrario, el calor la hacía florecer. Como era habitual, refrescó por la noche y Nora miró fascinada el cielo estrellado una vez que la señora de la casa la hubo acompañado a una galería abierta y servido café, así como también zumos de frutas.

La muchacha que llevó los refrescos era idéntica al patrón. Nora intentó no mirarla a la cara. Por lo visto, eran cosas que debería aceptar en su nuevo hogar. Aun así, tenía muchas preguntas sobre Jamaica que formular a lady Hollister, quien, a su vez, estaba ansiosa por que la informaran sobre su antiguo hogar. ¡Y sobre la boda de Nora! Al principio preguntó acerca de Londres y luego, como de paso, intentó averiguar todo lo posible sobre el repentino casamiento. La joven, muy ducha en el manejo del cotilleo, la informó concisamente y trató a su vez de sonsacar a la dama, de forma discreta, algunos datos sobre Cascarilla Gardens y la situación de su esposo en la sociedad de Kingston.

Al final, una cosa le quedó clara tras pasar la primera hora en su nuevo país: su marido le había hablado extensamente acerca de la flora y la fauna de Jamaica, así como de la historia y la economía de la isla, pero no le había dicho una palabra sobre lo que le esperaba en esa sociedad de negreros y de aspirantes a lores y ladies y en Cascarilla Gardens.

6

Esa noche, Nora y Elias compartieron dormitorio y él aprovechó que estaban solos para, tras la larga travesía, volver a hacerle el amor a su mujer. Nora dejó que se consumara: ya no sentía molestias, como poco después de perder la virginidad, pero no experimentó ningún placer. Las caricias de Elias previas al acto eran tan fugaces que apenas la excitaban, y después se quedaba dormido enseguida. En realidad, su presencia durmiendo a su lado le resultaba más fastidiosa que hacer el amor con él. Al fin y al cabo, Elias no dedicaba a su mujer más que unos minutos. Sus ronquidos, su olor y sus movimientos perturbaban los sueños de la joven, sobre todo porque no la dejaban conciliar el sueño. No obstante, abrigaba la esperanza de que su marido prefiriese pasar las noches en habitaciones separadas una vez se hubieran instalado en su casa. En la residencia que habían compartido en Londres tras la boda, Elias siempre había ido a su habitación para consumar el acto y luego se había retirado a sus aposentos. Era probable que en la plantación obrara del mismo modo.

Por la mañana, los esclavos domésticos de los Hollister sirvieron bacalao y ocras, una combinación al principio peculiar pero que se reveló deliciosa cuando la joven se hubo acostumbrado a la consistencia gelatinosa de ese fruto cocinado como en una especie de guiso. A continuación tomaron fruta fresca y, una vez concluido el desayuno, el matrimonio esperó sus coches. Los conductores debían de haberse puesto en camino al amanecer. Nora divisó un bonito carruaje de dos ruedas con un conductor negro con librea y un carro de transporte con un vigilante blanco y cuatro esclavos a los que, al parecer, no habían obligado a ir a pie. No se los veía agotados y dos de ellos daban de comer a los caballos siguiendo las instrucciones del cochero negro, que parecía su superior; el vigilante no tenía que intervenir. La tarea de este último había consistido más bien en supervisar que el equipaje y las diversas adquisiciones de Elias se descargaran del barco y se colocasen en el carro. En ese momento, los esclavos transpotaban al carruaje de dos ruedas las bolsas de viaje que los Fortnam se habían llevado a casa de los Hollister, disputándose la tarea con los sirvientes de los anfitriones, que habían recibido el mismo encargo. Elias presentó el vigilante a Nora antes de ponerse a hablar con él.

—Nora, este es el señor McAllister, uno de los caballeros responsables de los negros que trabajan en el campo. McAllister, mi esposa la señora Nora Fortnam.

Ella le dirigió una pequeña inclinación, estrecharse las manos no debía de ser el saludo habitual. Se diría que McAllister ocupaba en la plantación un puesto similar al de un empleado en la casa o el despacho de los Reed. El trato mutuo era cordial, pero cada uno era consciente de su rango y situación. Elias no pareció ni siquiera ver a los esclavos, solo saludó con un escueto movimiento de la cabeza al conductor del vehículo ligero.

—La nueva señora, Peter —presentó a Nora, a lo que Peter reaccionó con una inclinación extremadamente sumisa.

—Sea usted bienvenida —saludó amablemente.

Nora le sonrió. El hombre hablaba un inglés muy básico y el color de su piel señalaba que su origen era africano.

—No se llama Peter de nacimiento, ¿verdad? —dijo a Elias cuando el vehículo se puso en marcha.

Avanzaron por las cuidadas calles de Kingston, pero al poco de salir de la ciudad tomaron una carretera que bordeaba la costa.

Elias hizo un gesto de ignorancia.

—Cuando lo compré ya se llamaba así —se limitó a responder—. Pero tienes razón, se les suele dar nombres nuevos. Sobre todo a los negros del servicio doméstico, para poder llamarlos sin dislocarse uno la lengua. ¡Mira, ahí tienes tus palmeras!

En efecto, en la playa había algunas y la joven las contempló con ávida curiosidad. También el mar la cautivaba, ya había comprobado durante el viaje que sus brillos y fluorescencias cambiaban cada día. Esa mañana el azul era intenso y las olas, algo más altas que el día anterior. En contraste con la espuma blanca como la nieve, la arena tenía un tono amarillento. Y el bosque que bordeaba la carretera mostraba miles de matices de verde. Nora intentó identificar los árboles y arbustos, y creyó distinguir caobas. Elias lo confirmó y le señaló un campeche.

—Mira, el árbol de la majagua azul, es el característico de Jamaica. Tenemos uno en el jardín, aunque crece mayormente en el interior de la isla. La madera tiene una tonalidad azul muy peculiar. Espero que también te guste la caoba. Hice construir los muebles con esta madera. A mi primera esposa no le gustaban mucho, ella habría preferido que los hubiese traído todos de Inglaterra.

Nora volvió a sentirse molesta pero no dijo nada. El mobiliario de la residencia de los Hollister no se diferenciaba del que ella solía ver en Londres; tal vez procedían de Inglaterra.

—Los muebles... pesados no encajan en este país —señaló—. De ningún tipo. Creo que aquí, originalmente... se debía de vivir mucho fuera de casa y...

Elias la fulminó con la mirada.

—¿Qué te imaginas, una cabaña de bambú? ¿Con esteras en el suelo como en las habitaciones de los esclavos? —le espetó con la misma rudeza que en el barco, y ella se encogió—. Nora, ya te lo he advertido una vez: eres una dama, ¡compórtate como tal! Como cabe suponer, nuestra casa está amueblada como una casa inglesa civilizada. Lo único es que no me parece necesario transportar la madera a la metrópoli para que construyan los muebles y luego traerlos aquí solo para impresionar a los vecinos. Hay ebanistas buenos en Kingston y Spanish Town que imitan cualquier mueble inglés que uno les enseñe.

Nora no respondió y se imaginó un mobiliario tan macizo y aburrido como el que había en la casa de su padre. Y, por añadidura, Elias también quería distribuir las estatuas y colgar en las paredes los cuadros que había adquirido en Londres. Se preguntó qué opinarían las personas que llegaban a esas tierras procedentes de África.

Después de una hora larga alcanzaron Santiago de la Vega, que los ingleses habían bautizado con un escueto Spanish Town. Fundada por los españoles, todavía era oficialmente la capital de la isla, aunque Kingston iba ganando en relevancia a causa del puerto. Santiago se hallaba en el interior y durante el trayecto Nora vio las primeras plantaciones de caña de azúcar y cacao. Hasta el momento solo las había visto en reproducciones y le extrañó su tamaño.

—Pero ¡si casi son árboles! —exclamó, asombrada de las cañas.

Elias rio.

—Desde el punto de vista botánico son gramíneas —le explicó—. Lo que es una ventaja para nosotros pues, a diferencia de los árboles, vuelven a crecer. Un árbol cortado deja de existir; la caña de azúcar, en cambio, se puede cortar año tras año. También es fácil de plantar siempre que se disponga de la mano de obra necesaria.

Nora distinguió la mano de obra en las primeras plantaciones. Docenas de esclavos daban machetazos a las plantas maduras en un campo y colocaban plantones en otro. Todos sudaban a chorros, lo que no era de extrañar dado el sol de justicia que caía sobre ellos. Un vigilante blanco, en general a la sombra, estaba a cargo de veinte o treinta esclavos. Nora se preguntó por qué los negros no lo atacaban, a fin de cuentas eran muchos más y tenían machetes. Pero no quería seguir planteándose interrogantes, y a esas alturas ya podía deducir por sí misma la respuesta: los castigos por intentar huir debían de ser tan severos que los esclavos preferían no probarlo.

Spanish Town era más colorida y menos ordenada que Kingston, se percibía claramente la influencia española. Sin embargo, el punto central de la ciudad era la recién construida catedral de Sainte Catherine. En ella, la arquitectura colonial se manifestaba solo en detalles sin importancia y, salvo por ellos, esa primera iglesia anglicana de Jamaica era inglesa en su totalidad y, en teoría, también habría podido estar en Londres.

Ese primer día, Nora solo obtuvo una pequeña impresión de la ciudad y la iglesia, pues Elias no quería detenerse. Faltaban pocos kilómetros para Cascarilla Gardens y el camino discurría entre campos de caña de azúcar.

—Creía que nuestras tierras estaban junto al mar —señaló Nora, decepcionada.

Tras la sorpresa inicial, las inacabables plantaciones resultaban aburridas y sofocantes, y los caminos que las surcaban eran tristes y polvorientos.

Elias asintió.

—Así es, pero no hay ninguna carretera costera. Se accede desde el interior. Tampoco nos hemos instalado justo al lado del mar, no es recomendable, hay huracanes y olas enormes que podrían arrastrar la casa si estuviera en la playa.

Nora se estremeció al evocar la cabaña que Simon y ella habían construido en sus sueños. Había sido poco prudente emplazarla junto al agua. Pese a ello, sería fácil volver a construir una choza de ese tipo si se la llevaba el mar. Sonrió.

Su marido se enderezó.

—Ya estamos llegando —anunció—. Acabamos de pasar el límite. Hasta aquí, las tierras pertenecen a los Hollister. A partir de este campo, son mías. ¡Bienvenida a Cascarilla Gardens!

Nora tomó nota de ello: los Hollister no solo eran amigos, sino también vecinos. ¿Y no tenían casa ahí? Eso era poco probable, si uno imaginaba el estilo de vida de otros propietarios como los Wentworth. Tenían una residencia en la ciudad de Londres, una casa de campo que había heredado lord Wentworth con su título de nobleza y, naturalmente, la plantación de las islas Vírgenes. Dinero no les faltaba. Según Thomas Reed,

Elias Fortnam era dueño de una de las plantaciones con más beneficios de la isla.

Nora miraba alrededor con expectación, pero no veía más que hileras interminables de caña de azúcar... hasta que giraron por una especie de paso, flanqueado de caobas, cedros, campeches y palmeras. Parecía como si a veces hubiesen respetado la selva y a veces plantado árboles. Fuera como fuese, formaban el acceso umbroso a una casa señorial que a Nora casi la decepcionó. Se trataba de una pesada casa de piedra de una planta, de cubierta abuhardillada y columnas que bien podrían haber estado en Inglaterra. Y como en Inglaterra, el cochero detuvo también el carruaje ligero ante la entrada principal y los servidores salieron presurosos a recibir al señor. Eran negros y llevaban uniformes muy anticuados, seguramente elegidos por la primera esposa de Elias. Al menos el personal de cocina no parecía ponérselos siempre, pues no se veían muy gastados. Nora pasó la vista brevemente por los rostros de aquellos hombres y mujeres. Sus peores sospechas no se confirmaron: ninguno de ellos se parecía a Fortnam y ninguno era tan claro de piel como aquel Jamie.

Nora estaba acostumbrada a que en Inglaterra la presentaran al servicio, pero Elias no se había adaptado tanto a las costumbres de la metrópoli. Solo se repitió la misma escena que con Peter. Elias pasó brevemente revista a la hilera de sus esclavos domésticos y luego les presentó a Nora como su nueva señora. No mencionó el nombre de ellos.

—Ya irás conociéndolos —le dijo a Nora—. Dirígete a Addy para todo.

Señaló a una negra alta y fornida, con delantal de cocinera, situada junto a dos esbeltas muchachas. Una de ellas, de unos diecisiete años de edad, dio un paso al frente.

—Ella Máanu, missis... humm... Kitty —dijo la cocinera—. Mi hija. Yo pienso puede doncella de missis.

Elias asintió.

—Buena idea, Addy —la elogió—. La chica ha crecido en casa y está bien educada. Pero, por supuesto, la misiss será quien decida. Kitty... —La joven mantuvo la mirada baja recatadamente... ¿o acaso tenía miedo?—. Creo que lo primero es que lleves a la señora a su habitación y la ayudes. Si le gustas, te quedarás con el puesto.

El ancho rostro de Addy, la cocinera, resplandeció, pero Kitty más bien parecía enfurruñada, como constató Nora cuando por fin la chica levantó la cara. Pese a ello, la belleza de la muchacha la fascinó. Siempre había imaginado que la reina Cleopatra sería así: de una exótica aristocracia, aunque quizá no tan negra. Kitty tenía la frente alta, rasgos delicados y despejados y una nariz fina y pequeña en comparación con los demás esclavos. Sus labios eran carnosos y tenían el color del mirtilo, y los ojos, muy grandes, algo rasgados y sorprendentemente claros. La mayoría de los negros tenían los ojos castaño oscuro, pero los de Kitty eran de color avellana con reflejos dorados. Tampoco tenía el cabello crespo como la mayoría, sino que le caía, de un negro resplandeciente y casi liso, hasta la cintura.

—¿Qué, a qué esperas, Kitty? —gruñó Elias.

Ya tenía ganas de acabar con el desfile de bienvenida. Nora pensó que había llegado el momento de tomar la iniciativa.

—Muchas gracias por el recibimiento —dijo cordialmente—. Seguro que tardaré un poco en aprender sus... vuestros nombres, pero, a pesar de todo, ¿podríais presentaros brevemente? ¿O tal vez se encargará de ello Addy?

Sonrió a la cocinera. Parecía haber dirigido la casa hasta entonces y Nora no tenía intención de modificar la situación de inmediato, siempre que no tropezara con algún inconveniente serio. Por el momento era mejor que no surgieran conflictos de competencias dando a alguien la posibilidad de ascender gracias a su facilidad de palabra. No obstante, los esclavos no parecían interesarse por ello. Al contrario, dieron muestra de sentirse aliviados de no tener que dirigir la palabra a la nueva señora.

La cocinera no puso ningún reparo. Presentó orgullosa al servicio doméstico y a los mozos, a las doncellas y las asistentes de cocina. Entre estas últimas se hallaba la jovencita que estaba junto a Kitty, una niña en realidad, comprobó Nora. Mandy tendría ocho o nueve años como mucho. No era un hecho insólito. También en Inglaterra solía emplearse a doncellas de corta edad.

Concluidas las presentaciones, los criados —Boy y Joe— se apresuraron a coger las maletas del carruaje y llevarlas a la casa. El carro de transporte con los arcones todavía no había llegado, pero se las apañarían con el contenido de las maletas. Nora ya tenía ganas de perderlas de vista. Le bastaba con haber pasado más de dos meses con ellas en aquel estrecho camarote.

—¿Me indicas el camino, Kitty? —preguntó afablemente a su nueva doncella.

Estaba dispuesta a contar con los servicios de la muchacha, aunque resultaba un poco extraña. No parecía alegrarse especialmente del privilegio de asistir a la señora.

La muchacha la condujo educadamente, a un paso por detrás de ella. Pero en cuanto traspasaron el enorme portal de entrada, abandonó su modélica conducta. Kitty dirigió la palabra a su nueva señora sin que se lo hubiesen pedido, y Nora se sorprendió. Le habría parecido algo totalmente normal si lo hubiera hecho Nellie, pero los esclavos únicamente parecían hablar cuando no tenían otro remedio.

—Yo no Kitty, yo Máanu —explicó la chica—. Y mi mamá no es Addy, la llamamos Mama Adwe. O Adwea. Mi hermana Mansah...

—Es la chica que me han presentado como Mandy, ¿verdad? —preguntó Nora a Kitty (o Máanu). Mejor no comentar el arrebato de la joven—. Pero ¿por qué no me lo habéis dicho enseguida? Habría sido mejor, así me aprendería los nombres correctos.

—*Backra* dice no se pueden pronunciar —respondió Máanu, traspasando claramente con esta crítica sus límites—. Todo tiene que ser inglés.

Nora se encogió de hombros.

—Está bien, que él te llame como quiera —dijo, poniendo en su sitio por primera vez a la chica—. Pero yo estaré encantada de llamarte por tu nombre original. Máanu es bonito. ¿Significa algo?

La chica se encogió de hombros.

—No saber, missis. Preguntar a Mama Adwe. Ella seguro conocer.

Nora renunció a hacer más preguntas, pero reflexionó. Fuera cual fuese la lengua africana de donde procedían las palabras Adwea, Máanu y Mansah, era evidente que Máanu no la hablaba. No venía entonces de África, sino que había nacido allí.

Y entonces, ¿por qué demonios hablaba un inglés tan básico?

7

Las habitaciones a través de las cuales Máanu conducía a su señora no sorprendieron a esta última. La distribución del interior de la casa también se correspondía en cierto modo con la de una residencia inglesa: había un gran vestíbulo que llevaba a un salón de baile, salas más pequeñas y una ancha escalinata que ascendía a los dormitorios del primer piso. El mobiliario le pareció tosco y pesado; los carpinteros de Kingston no sabían imitar a la perfección los muebles exquisitamente concebidos y algo juguetones de la época del Rey Sol, hacia la cual todavía seguía orientada la moda. No percatarse de ello era muy propio de Elias, ya que no tenía educado el gusto por el arte y la cultura.

De ahí que le sorprendiera la decoración de sus propios aposentos en el primer piso, donde penetró atónita en una especie de pequeño Versalles. Había frágiles mesitas con una pátina de lámina de oro, un escritorio con patas elegantemente onduladas, escabeles acolchados, sillas tapizadas de rosa viejo y una cama con un cabezal de medallón y suntuosos volantes. Seguro que esos muebles no habían sido construidos en Kingston; Nora pensó que los habían importado de Francia directamente o a través de Londres. Con un ligero estremecimiento tomó conciencia de que aquellos aposentos habían sido amueblados con primor por la primera señora Fortnam, un refugio totalmente europeo. Nora se preguntó por vez primera quién habría sido esa mujer. Su gusto exquisito respondía al de una dama. ¿La habría llevado Elias también como un trofeo cuando se hubo hecho rico y pretendió codearse con la buena sociedad?

La misma Nora habría preferido una habitación más sencilla, pero en el fondo le daba igual. Lo importante era que tenía su propio espacio: un pequeño salón y un dormitorio con vestidor. Estaba segura de que Elias Fortnam no se quedaría en la cama decorada con cortinas floreadas y encajes más tiempo del necesario para cumplir sus deberes de esposo. Nora se preguntó cómo serían las dependencias personales de Elias, pero tampoco eso le importaba especialmente. Se dirigió hacia las ventanas y se olvidó de todo lo relativo al mobiliario. Corrió a un lado con determinación las cortinas plisadas y disfrutó por fin de la tan anhelada vista sobre la playa. Si bien entre la casa y la costa había jardines y un bosque, desde el primer piso la mirada se perdía en la lejanía y se divisaba una cinta de arena y, detrás, la superficie infinita del mar.

—¡Qué bonito! —exclamó casi con devoción—. ¡Es maravilloso!

—Sí, missis. —Máanu no parecía tan eufórica, pero para ella no era una novedad—. ¿Poder hacer algo por usted? ¿Cambiar ropa, peinar pelo? Antes hacerlo para visitas. Doncella de lady Hollister enseñar a mí.

Nora se sentó a su pesar en la frágil silla del tocador que Máanu le señalaba. Habría preferido salir a pasear por la casa y el jardín, pero de una dama se esperaba que se repusiera tras un largo viaje. Saldría a explorar por la tarde, una vez inspeccionados la cocina y el sótano, si es que tenía que hacerlo. Eso era lo que esperaría una servidumbre inglesa de una nueva señora. Luego ya vería qué rumbo tomaban las cosas.

—Déjame el cabello suelto, Máanu, y cepíllalo. Después ya veremos si encontramos en la maleta alguna bata que no esté húmeda y arrugada. Puedes llevarte el resto y lavarlo. Las prendas llevan tres meses sin airearse como es debido. Hoy por la tarde ya habrán llegado los arcones, ¿no?

—Sí, missis —dijo Máanu, y se dirigió a un armario pintado de rosa y azul claro y guarnecido con adornos de hierro. Sacó una bata de seda estampada con flores grandes—. ¿Gusta a missis? —preguntó.

Nora no supo qué contestar. El armario estaba lleno de vestidos, seguro que ninguno confeccionado para ella. Era evidente que formaban parte del legado de su antecesora. No le agradaba recurrir a esa prenda, pero no olía, como ella había supuesto, a enmohecido, sino a flores de azahar.

—Nosotras lavar para missis —respondió Máanu a su muda pregunta—. ¿Gusta?

Conmovida por los desvelos de su nueva doncella, Nora se rindió, y no se arrepintió. La seda se deslizó fresca sobre su piel y el perfume la acarició tras la larga travesía oceánica. Recordó el olor repulsivo de Elias en la última noche. Era probable que ella tampoco oliera a rosas.

—¿Podrías prepararme un baño, Máanu? —pidió vacilante.

No era habitual que la gente de la buena sociedad se bañara con frecuencia, pero la idea de que eso era perjudicial iba cambiando poco a poco, hasta el punto de que ese año Thomas Reed había mandado instalar en su casa de Mayfair una bañera de cobre. Pero ¿lo habría considerado la primera señora Fortnam un lujo o un peligro?

Máanu frunció su frente lisa y negra.

—¡Señores blancos no bañan! —replicó categórica.

Nora suspiró. Tendría que instruir un poco a la chica. Sin embargo, la observación de Máanu arrojaba un rayo de esperanza: los sirvientes conocían lugares donde bañarse. Nora se prometió encontrar un lago o un río donde zambullirse. El frío no representaría ahí ningún problema.

A continuación, pidió una jofaina con agua y un guante de tocador. Máanu se los trajo y luego observó con interés cómo Nora se frotaba el cuerpo con el guante mojado y la ayudó a restregarse la espalda. Después volvió a rebuscar en los armarios de la anterior señora Fortnam y sacó una camisa. Nora se la puso a disgusto, pero Máanu tenía razón: era más cómoda que la ropa interior de la maleta, que había lavado varias veces durante el viaje con agua no demasiado limpia.

—¿Cuánto... cuánto tiempo hace que tu... humm... tu anterior missis...? ¿Cuándo murió? —se atrevió a preguntar. La cuestión le resultaba penosa, pero aún peor habría sido planteársela a Elias.

La chica se encogió de hombros.

—No sé, missis. Pero hace mucho, mucho. Máanu así de pequeña.

Aludió con un gesto a un niño de uno o dos años. La señora Fortnam debía de llevar al menos quince años muerta.

—Bien, ya puedes marcharte —zanjó Nora—. Lo has hecho todo muy bien, creo que serás una buena doncella... ¿Te gustará serlo, Máanu? ¿Te gustaría ser mi sirvienta personal?

Nora era consciente de que la pregunta sorprendería a la esclava, pero quería plantearla. La conducta de Máanu todavía le resultaba difícil de comprender. La muchacha era servicial y se ocupaba de ella. También era hábil con el peine y el cepillo y parecía tener un poco de experiencia. Pero cuando Elias le había ofrecido el puesto se había mostrado reticente y desganada.

—Claro, missis —respondió, pero con un extraño desinterés en su tono—. Máanu hacer lo que missis quiere.

Nora no insistió.

—Estupendo. Ahora vete y dile a tu madre que estoy muy contenta contigo. Y que esta tarde pasaré por la cocina... bueno, si le parece bien... Tal vez pueda enseñarme las zonas de servicios.

Máanu hizo una reverencia y se retiró, mientras Nora presentía que esa petición también le resultaría extraña a la muchacha. Adwea no era una gobernanta como la señora Robbins en la casa de los Reed. Era una esclava y no esperaba que le pidieran algo, sino que se lo ordenasen.

Sin embargo, la cocinera se mostró sumamente amable cuando Nora se presentó en su reino. Para su sorpresa, la cocina daba al lado del mar del edificio. Las ayudantas de cocina podían desembarazarse fácilmente de las basuras, coger agua clara de un arroyuelo que fluía por el jardín y disfrutaban trabajando en el exterior. En cualquier caso, esa cocina se veía más aireada que las áreas de servicio londinenses. Nora lamentó no poder pasar más tiempo allí. Pero luego advirtió que por encima de esa zona y el huerto colindante había una construcción de madera similar a una terraza. ¿Acaso se accedía desde la casa principal y conducía al jardín de la propiedad? Desde la habitación, Nora había comprobado que Cascarilla Gardens reposaba en una colina. El terreno descendía en terrazas al bosque y luego a la playa. Ese trozo de jardín se había cubierto y servía como ampliación de la zona de servicios. Algo alejadas de la casa, entre los árboles, descubrió unas cabañas. Eran las cabañas de los esclavos, que no se apreciaban desde el portal y el jardín de la casa señorial. Contaban con un sencillo acceso a la entrada de la cocina.

—¿Vivís... ahí? —preguntó.

Adwea asintió con una sonrisa.

—Sí. ¿Querer ver, missis? Todo limpio y ordenado. Como cocina.

En efecto, las dependencias de la cocina estaban impecables, todos los cazos y sartenes se veían inmaculados y el cobre brillaba. La cocina estaba bien amueblada y equipada, siguiendo también el modelo inglés antiguo. Nora se preguntó qué cocinaría ahí Adwea. ¿Quién le habría enseñado la cocina inglesa a esa mujer africana? Sobre una mesa vio por vez primera un cuenco con frutas tropicales, y la sonriente y nada cohibida Adwea le enseñó a pelar un plátano.

—¿Bueno, missis? —preguntó.

Nora nunca había probado algo tan sabroso. Cuando más tarde siguió a Adwea a través de la casa —la cocinera le enseñó con toda naturalidad los salones y salas de recepción, todos tan limpios como la zona de servicios—, se tocó el colgante del anillo de Simon. Se había quitado la alhaja antes de lavarse, pero había vuelto a ponérsela con el vestido de seda de la tarde que Máanu le había llevado a la habitación por propia iniciativa tras el descanso de mediodía. Algún miembro del personal doméstico había vaciado los arcones y aireado y planchado la ropa.

Máanu había adornado el cabello de su señora con flores de azahar que combinaban con el estampado del vestido. Nora no podía dejar de pensar en Simon. Aquello era su sueño hecho realidad. Incluso había fantaseado con las manos de color de las indígenas cuando en sus sueños de los mares del Sur se permitía tener una sirvienta o una amiga. Aunque, por supuesto, nunca se había imaginado a una esclava...

Nora pensó en la posibilidad de hacerle un pequeño obsequio a Máanu, y eligió un par de cintas de colores; aprovechó la oportunidad para pasar una tira de satén rosa claro por su colgante. De forma espontánea, había decidido que el tiempo de las cintas de terciopelo negro había quedado atrás. Bien, solo le quedaba inspeccionar la casa para después salir a pasear por el jardín tropical acompañada del espíritu de Simon. Elias no la importunaría. Según le comunicó algo mohína Máanu, su esposo se encontraba en algún lugar de la plantación. Nora se percató de que el rostro de su nueva doncella se contraía cuando se mencionaba a Elias, el *backra*. La muchacha debía de estar resentida con él y por eso había dudado en ponerse al servicio de Nora.

Los salones y las salas de recepción se ampliaban en el extremo sur de la casa con dos terrazas de madera que, como Nora ya había supuesto, formaban una especie de puente sobre el huerto de la cocina. Adwea pretendía hacer una breve visita, no esperaba que la nueva señora quisiera dar un paseo por el jardín. Sin embargo, Nora quería poner punto final a la excursión por su original residencia inglesa y tropical.

—Voy a salir un poco, Adwea. No hace falta que me acompañes, gracias, puedo arreglármelas sola. Necesito un poco de aire fresco... si no puedo... si no salgo creeré que estoy soñando...

Sonrió a la esclava, que no entendió bien a qué se refería la nueva señora pero no preguntó. Ya había visto entre los patrones blancos cosas todavía más raras que salir a pasear al jardín con un sol abrasador de mediodía. Así pues, se retiró a su cocina, no sin antes invitar a Nora a que visitara los alojamientos de los esclavos.

Por fin, Nora penetró en el maravilloso mundo del jardín tropical. Aspiró el húmedo aire colmado de fragancias florales. Contempló la diversidad de arbustos y flores, descubrió flores y hojas rojas, blancas y lilas.

Allí, en la zona de la terraza y el jardín, el arquitecto de Cascarilla Gardens había recuperado el estilo caribeño. Había balcones y porches decorados con tallas de madera y pintados de colores, una glorieta con forma de pagoda: Nora supo en ese momento que ese sería su sitio favorito. En el jardín había numerosas palmeras, además de arbustos de flores amarillo dorado y otras, poco vistosas, con hojas en forma de corazón. Nora arrancó una y vio que el envés emitía un brillo plateado: la cascarilla, la planta que daba nombre a la plantación. Según Elias, se extendía por todo el terreno antes de que lo hubiesen roturado para plantar la caña de azúcar. Entre los arbustos y árboles había arriates de césped, si es que se podían llamar así. Comparados con los ingleses, producían un efecto extraño, si bien se los veía más carnosos y llenos. Nora no se cansaba de contemplar todo ese verdor. Había también surtidores y fuentes como en los parques europeos. Elias estaba en lo cierto: Jamaica no sufría escasez de agua. Probablemente el arroyuelo, que también suministraba agua a la cocina, proporcionaba a los surtidores un líquido más claro y limpio (nada que ver con el caldo del Támesis). Con el corazón desbocado, Nora se inclinó sobre una fuente y bebió. El agua estaba fresca, casi dulce. La joven no pudo evitar humedecer con ella su colgante.

Lamentablemente, no había ninguna salida posterior que condujera del jardín al bosque. Si quería ir a la playa tendría que ser a caballo, dando la vuelta a la casa por fuera. Pero ahora iría a visitar los alojamientos de los esclavos. Adwea parecía orgullosa de su casita y quería enseñársela de inmediato.

La cocinera, sin embargo, estaba ocupada, pronto sería la hora de la cena: pescado, seguramente muy fresco. A Nora se le hizo la boca agua. Al final fue la pequeña Mansah quien la condujo a las casas de los esclavos.

—¡Aquí, missis! ¿Bien, missis?

También Mansah parecía considerar el interés de Nora por su casa como una especie de examen de orden y limpieza. A ese respecto, en la cabaña de Adwea no había nada que criticar; pero Nora la consideró diminuta para toda una familia. Solo había sitio para dos colchones, una mesa muy burda y tres sillas. Delante había un fogón. Nora, que recordó lo que había contado Elias sobre los huracanes y las mareas vivas, echó un vistazo a la construcción: pilastras angulares de madera, muros de obra firmes pero sencillos hasta la altura de la cintura, y paredes de adobe. Los pilares se habían apuntalado con barro endurecido por el sol. El tejado era de hojas de palma y el suelo, impecable, una mezcla de cal, piedra y barro. En general esa vivienda se parecía más a la cabaña de Nora y Simon en la isla de los sueños que a la casa de Elias Fortnam. Eso sí, no aguantaría un huracán.

—Después de huracán volvemos a construir —explicó Mansah tranquilamente cuando Nora se lo comentó.

No parecía importarle. En realidad, el alojamiento no contenía objetos personales, salvo un par de vestidos de corte sencillo y con estampado de colores y unos pañuelos con que las mujeres se envolvían la cabeza a guisa de turbantes. En una estantería, formando un primoroso lazo, descansaban las cintas que Nora había regalado a Máanu por la tarde. Así que la chica debía de haberse puesto de verdad contenta por el obsequio. Pero la madre y las dos hijas que compartían la cabaña no poseían nada más.

—¿No tienes padre? —preguntó a Mansah.

La niña hizo un mohín.

—Sí, missis, pero ser de lord Hollister. Antes cochero, ahora trabaja en el campo. No verlo mucho.

Por lo visto, el padre de Mansah y Máanu debía de haber sido degradado. Tal vez a su patrón no le había gustado que se buscara una mujer en la plantación del vecino. Pero no deseaba hacer más preguntas a la niña. Tal vez más tarde se presentara la oportunidad de sondear a Elias o a los propios Hollister.

Cuando Nora regresó a sus aposentos, Máanu ya había acabado de ordenar la ropa en los armarios. Había sacado los vestidos de la antigua señora Fortnam y los había metido en los arcones.

—Qué pena de ropa —se lamentó Nora—. ¿Quieres llevarte algo? Te iría un poco ancho... —También Nora era más menuda que su predecesora—. Pero el largo te irá bien. Podrías hacerle algún arreglo. Y también para tu hermana.

En Inglaterra, Nellie siempre se había alegrado de que Nora le regalara algún vestido usado. Pero Máanu sacudió la cabeza.

—No para negros —contestó escuetamente.

Nora suspiró.

—Pero te sentarían bien —insistió, rebuscando en el montón de ropa hasta encontrar un par de faldas y blusas sencillas. Seguro que la esposa de Elias se las había puesto bajo los abrigos tradicionales—. ¡Este! Mira qué vestido de domingo para ti. Cógelo, Máanu, le diré al *backra* que te lo he regalado.

Máanu aceptó al final con un seco agradecimiento, ante lo cual Nora se preguntó si había domingos para los esclavos. A esas alturas, no le habría extrañado que no les dieran ningún día libre.

Elias sacudió la cabeza cuando se lo preguntó más tarde.

—No seas boba, Nora, claro que tienen días libres. En Navidad. Y en Pascua medio día. Los segundos domingos de mes, el reverendo oficia una misa, ahí también descansan. De todos modos, en cuanto oscurece, se deja de trabajar en los campos, no hacen horas de más.

Tales normas horrorizaron a Nora. ¿Un único día de fiesta al año? ¿Y los esclavos de los campos trabajaban desde el amanecer hasta el anochecer? Ahora el sol se ponía relativamente pronto, pero ¿y en pleno verano?

—Por cierto, mañana podría enseñarte las plantaciones —señaló Elias—. Si tu caballo ya está lo bastante recuperado tras el viaje.

Sonrió burlón y Nora suspiró. Al parecer, *Aurora* y los demás caballos habían llegado sanos y salvos. Asintió encantada. Ya sabía el aspecto de los campos de caña, pero tal vez pasaran por el camino a la playa.

Al día siguiente, Elias le mostró por primera vez el camino a los establos. Estos se encontraban al otro lado de la casa, construidos de forma similar a la cocina, aireados y frescos. Habían instalado la elegante yegua de Nora conforme a su rango y se la llevaron brillante de tan limpia y ya ensillada. El mozo de cuadras negro le hacía la competencia a Peppers, quien siempre era muy meticuloso en cuanto al cuidado del pelaje y los arreos se refería. Después de colocar a *Aurora* junto a un taburete para montar, el hombre sostuvo con habilidad el estribo. Elias montó en un castrado negro.

—Bien, primero vamos a los campos —anunció—. Aquí cultivamos trescientas cincuenta hectáreas, de las cuales no todas están ocupadas por plantas crecidas, sino que todavía utilizamos una parte para los plantones y otra para las plantas jóvenes. El año pasado ampliamos el terreno. Hasta el momento obtenemos unos trescientos veinte mil kilos de azúcar al año, lo que aumentará con el tiempo porque la caña de azúcar sigue creciendo incluso pasados los veinte años. Tenemos doscientos cincuenta negros en el campo, y veinte más en los establos, la casa y el jardín. Quince caballos (muy difíciles de obtener, como ya te he dicho), cincuenta mulos, setenta bueyes...

—¡Y un molino de viento! —exclamó Nora sonriendo. Disfrutaba del paseo a caballo por los campos, aunque volvía a haber bochorno y ni asomo de brisa—. ¿Qué hacéis con él?

Señaló una construcción de piedra en cuyas aspas había unas velas atadas. El molino estaba en una colina. Probablemente podría verse desde una de las ventanas de la casa.

—Pone en marcha la prensa. Cuando hay viento, si no sopla...

Los jinetes habían llegado al molino y Nora averiguó cómo funcionaba cuando no había viento suficiente: un joven negro daba vueltas en un corral con una yunta de bueyes, manteniendo así en movimiento las piedras molares. Tanto el chico como los animales estaban empapados de sudor.

—¡Mira esto! —señaló Elias sin hacer caso del esclavo—. Zumo de caña de azúcar.

En efecto, un arroyuelo de líquido marrón dorado fluía desde el molino hasta una cuba. Los esclavos transportaban otras a una casa.

—Lo hierven y luego llenan con él unas sartenes planas. Cuando se seca, cristaliza y recibe el nombre de muscovado. Se embarca a Inglaterra para que lo refinen y obtener con él cristales blancos de azúcar. Y de la destilación del sirope de caña de azúcar (una especie de producto secundario) obtenemos el ron.

Nora lo escuchaba a medias, le interesaban más los seres humanos que se deslomaban allí trabajando. Hasta el momento apenas había registrado el número de esclavos del campo, pero ahora veía los mulos de tiro y los trabajadores que cargaban la caña. En total, doscientos setenta esclavos, era más que la población de Greenborough... un pueblo normal. ¿Quién se ocupaba de toda esa gente? ¿Había escuelas? ¿Un médico?

Decidió que era mejor no preguntar. No tenía ganas de enturbiar la buena sintonía que había entre su marido y ella. Elias le enseñó otros edificios de la granja, cobertizos y establos para mulos y bueyes, y finalmente le mostró el camino a la playa.

—No hay pérdida posible —dijo mientras giraba su caballo en dirección a la plantación—. Pero que te acompañe un mozo. Esta zona es segura, pero nunca se sabe que les puede pasar por la cabeza a esos granujas de las Blue Mountains. Y es posible que todavía quede algún pirata vivo.

La risa con que Elias expresó tal observación hizo que Nora no se la tomara del todo en serio. Bien, más adelante no podría evitar que la acompañaran al salir a pasear a caballo; tampoco a su padre le gustaba que se machara sola a St. James Park, un lugar más que seguro. Pero ese día volvería a explorar su isla sin nadie al lado que la importunase.

Dejó que *Aurora* avanzara con brío y la yegua negra avanzó

por el ancho camino que habían abierto en el bosque. Nora percibió las huellas de la tala: Elias vendía algunos ejemplares de caoba y, por consiguiente, la jungla ya no era tan densa. Pero cuando el camino desembocó de improviso en la playa, Nora se olvidó de golpe de los árboles. Ante sus ojos se extendía la arena blanca y brillante y detrás el mar, ese día de un azul intenso. La imagen la dejó sin respiración, pero *Aurora* dio muestras de inquietud. La yegua retrocedía y no deseaba abandonar la frescura del bosque para exponerse a un sol deslumbrante. Nora trató de azuzarla, pero luego desistió y desmontó.

Ató el caballo a un árbol mientras ella se sumía como en trance en la fantasía que había compartido con Simon. Se sacó las botas de montar y sintió la arena bajo sus pies desnudos. No se la había imaginado así, siempre había pensado que sería más blanda, que se hundiría más en ella... Vacilante, casi incrédula, corrió como una niña hacia el agua por la playa caliente. Cuando llegó a la orilla, se dejó caer de rodillas sin preocuparse por su vestido. Sintió la frescura del agua, introdujo las manos dentro y jugó con las olas que suavemente rompían en la orilla. Fue grandioso, pero no sintió alegría.

Rompió a llorar amargamente.

8

Elias se enfadó cuando supo que Nora había ido a la playa sin un acompañante.

—Ya sé, ya sé, aquí no parece haber ningún peligro —le reprochó—. Pero están los cimarrones, y Hollister dice que hace poco, algo más arriba de Kingston, se han producido asaltos. Sin contar con que no es propio de una dama salir sola de paseo a caballo.

—¿Cimarrones? —preguntó Nora sin atender a la cuestión del decoro—. Son esclavos libres, ¿verdad? Pero...

—Son los descendientes de los malditos negros que los españoles dejaron aquí —contestó Elias—. Un regalito para los conquistadores ingleses. Antes de marcharse, los españoles liberaron y ¡armaron! a sus esclavos. Todavía me resulta incomprensible.

Nora no lo consideró tan incomprensible, sino un tipo distinto de estrategia bélica. Los conquistadores españoles se habían vengado de quienes les habían arrebatado la tierra y era probable que sus descendientes todavía hoy se alegraran de ello.

—Pensaron que los negros lucharían —prosiguió iracundo Elias—, pero se equivocaron. Se retiraron enseguida a las montañas y ahí siguen. Qué chusma... Son demasiado cobardes para librar una guerra abierta, pero continúan fastidiando, un robo por ahí, un saqueo por allá... A veces esconden a esclavos huidos, otras veces los entregan a cambio de una recompensa. No hay que confiar en ellos, ni siquiera cuando se llega a acuerdos o convenios.

—¿Y bajan hasta nuestra playa? —preguntó Nora sorprendida.

Elias hizo un gesto de ignorancia.

—Pueden estar por todas partes —afirmó—. Así que llévate a un mozo cuando salgas a caballo. Y a ver si te proteges la cara, otra vez has estado mucho rato al sol.

Así pues, Nora pidió a un esclavo que la acompañara durante su siguiente excursión, pero no se lo pasó tan bien. A los mozos solo se les permitía coger mulos y nadie les había enseñado a montar. El chico resbalaba desvalido por el lomo del mulo sin ensillar y cuando Nora trotaba o galopaba corría el peligro de caerse. En el bosque que precedía la playa, le indicó que desmontase y cuidase de los caballos, pero con el esclavo a sus espaldas se sentía controlada y observada. Protegerse el rostro al cabalgar era casi imposible, la incidencia de la luz variaba demasiado. Y así, a los pocos días, su tez había adquirido un ligero tono dorado. En la playa eso sucedía con más rapidez que en el jardín, como si la arena y el mar reflejasen la luz del sol con más fuerza. La muchacha redujo entonces sus visitas a la bahía de sus sueños. Cuando acudía, iba a pie, lo que le llevaba más tiempo pero evitaba que la descubriesen. Siempre que dejara el caballo en el establo, nadie la vigilaría ni saldría en su busca.

Al parecer, la esposa del hacendado no tenía que realizar ninguna tarea ni en casa ni en el campo. Se la eximía de toda obligación, desde ordenar la ropa hasta cuidar del jardín, una actividad a la que las damas inglesas solían dedicarse de buen grado. La señora de la casa era un bello objeto de decoración al que se mimaba y cuidaba como un perro faldero. Nora se sentía como una muñeca cuando Máanu la peinaba y vestía por las mañanas. La joven aprendía cualquier operación con rapidez y era sumamente diestra. Puesto que Elias ya solía estar fuera cuando el sol que entraba en la habitación de Nora la despertaba, le llevaban el desayuno a la cama. Tan solo tenía que sentarse a esperar.

Durante los primeros días, Nora se encargó de distribuir

elegantemente por la casa las esculturas y cuadros que Elias había adquirido, pero esa tarea pronto estuvo concluida. Buscó algo en lo que ocuparse hasta que pronto se dio cuenta de que era inútil. Si no había que organizar fiestas y reuniones —y Elias todavía no se lo había pedido—, la joven no tenía nada que hacer salvo absurdos trabajos manuales, leer y escribir cartas. Por fortuna, la casa disponía de una biblioteca y parecía incluso que Elias había leído, o al menos ojeado, un par de ejemplares. Nora se interesó por los libros de sir Hans Sloane acerca de la flora y la fauna de Jamaica y se los llevó a la terraza. La glorieta adornada con tallas de madera sobre la cocina era muy acogedora y Nora pronto optó por pasar allí varias horas al día. No solo leía y escribía, sino que espiaba al personal que trajinaba en la zona de servicios, debajo de su lugar favorito. No es que tuviera malas intenciones, simplemente le gustaba participar, aunque fuera marginalmente, de la vida de la plantación. Escuchaba las canciones de las cocineras que cantaban mientras limpiaban la verdura o el pescado, se reía del estricto mando que ejercía Adwea en su cocina, así como de sus fingidos enfados cuando los sirvientes y las chicas hacían chistes o intercambiaban algún beso en lugar de coger la escoba o los cucharones. Sorprendentemente, los negros también hablaban entre sí ese inglés básico que ya le había llamado la atención en boca de Máanu y Adwea. ¿Les estaría prohibido hablar en su propia lengua?

Máanu volvió a encogerse de hombros cuando Nora se lo preguntó. Un gesto característico que también había advertido en otros esclavos. El personal de servicio parecía cultivar las virtudes de los tres monos: ni oír ni ver ni, Dios nos libre, admitir que sabían algo.

—No lo sé —respondió Máanu—. No sé si prohibido. Pero sí saber que no entenderse.

—¿La... la gente de África —Nora insistía en hablar de los esclavos— ya no entiende su propia lengua? —inquirió sorprendida.

—Sí, missis, la suya sí, pero las otras no. En África muchas lenguas... muchas tribus.

Nora asintió. Ahora comprendió. Al parecer, los negros de las plantaciones constituían un abigarrado grupo de personas de distintas zonas del continente. Claro, ¡África era muy grande! Hasta entonces no había pensado en ello, pero allí también debía de haber países como Inglaterra, España, Francia y Flandes, con distintos idiomas y no mucho en común. Eso explicaba por qué se producían tan pocos levantamientos. Para los blancos, todos los negros eran iguales, pero entre los esclavos había diferencias y tal vez el hombre junto al cual uno había sido encadenado era un enemigo en su tierra.

Este descubrimiento aumentó la desagradable sensación que experimentaba siempre que le describían la posesión de esclavos como una práctica permitida por Dios y a los negros casi como si fueran animales. África no podía ser tan diferente de Europa: distintas lenguas, países enfrentados. Todo ello no hacía honor a la inteligencia y el espíritu pacífico de las tribus, pero tampoco a que se considerase a los negros seres inferiores.

Nora pensaba acerca de esto con frecuencia cuando permanecía indolente en su glorieta, sumida en sus ensoñaciones, hasta que una vez oyó algo que la inquietó. Anochecía, pronto servirían la cena y el momento de mayor actividad en la cocina había pasado. Una parte de las muchachas que trabajaban ahí ya se había ido a las cabañas, otras ponían la mesa y llevaban los platos. Nora, que, como tan frecuentemente solía hacer desde su llegada a la isla, oía nostálgica el canto de los grillos y contemplaba soñadora la puesta de sol, se levantó suspirando. Debía marcharse para no llegar demasiado tarde a la mesa. Elias daba mucha importancia al hecho de comer juntos en una mesa bien servida. Los primeros días había reprendido a Nora porque las copas no tenían un brillo perfecto y los cubiertos estaban en el lugar equivocado. Su esposa tenía que estimular a las esclavas para que desempeñaran correctamente sus tareas: con qué objeto, sino ese, había llevado una dama a su casa.

Sedienta de actividad, Nora había reunido al día siguiente a los empleados alrededor de la mesa para repasar la colocación exacta de los platos, los cuencos de la sopa y los cubiertos a fin de que no se cometiera ningún error. Los negros aprendían más rápidamente que el personal de Inglaterra, pero estos últimos no tenían ningún látigo amenazándolos, claro. Nora solo tuvo que explicar una vez a los sirvientes la forma correcta de servir; a partir de ahí todo transcurrió sin problemas. Elias, al menos, no advirtió ningún desatino y ella evitaba corregir en la mesa equivocaciones leves. Esperaba a señalárselas más tarde al personal, un detalle que los sirvientes sabían valorar. En realidad no había nada concreto en que se apoyara tal suposición, pero Nora tenía la impresión de que el personal doméstico empezaba a apreciarla. En cualquier caso más que a su marido, frente al cual la mayoría albergaba un temor oculto, pese a su obediencia... O un sentimiento de odio, como se intuía en Máanu.

Nora se había encaminado al comedor para controlar cómo estaba puesta la mesa. Tal vez tendría que recordarles cómo se hacía la decoración floral; apenas el día antes había enseñado a las sirvientas cómo arreglar las flores con gusto. Pero entonces oyó voces en el jardín de la cocina.

—¿Akwasi? ¿Estás ahí? Sal, ya no hay nadie.

Nora reconoció la voz de Máanu... hablando inglés con fluidez.

—Acabo de llegar, hemos estado trabajando en el límite con los Hollister. Con ese Truman de vigilante. Hardy está agotado y Toby...

Nora nunca había oído esa voz masculina. Ese esclavo no debía de pertenecer al servicio doméstico.

—Tiene el pie mal, ¿verdad? ¿Qué dice Kwadwo? —Máanu parecía preocupada.

El joven resopló.

—Lo de siempre. Hay que invocar a los espíritus y quizá lo curen o quizá no. El ungüento de tu madre tampoco ayuda mucho. Pero no es extraño, con una herida tan abierta...

Máanu gimió.

—Llévate esto, le dará fuerzas. Y no es necesario que acuda al rancho. Mi madre dice que tiene que quedarse acostado y con el pie en alto. Eso le ayudará más que cualquier medicina. Y aquí está el caldo de carne para Hardy. Tiene que volver a ponerse fuerte o Truman lo llamará al orden, o le dará de latigazos. ¿No hay ningún sitio para él en la destilería, o para refinar el azúcar?

Nora se quedó pasmada ante la elocuencia de su esclava, y sobre todo la de su interlocutor, el supuesto trabajador del campo. Pero ahora tenía que marcharse urgentemente. Mejor no pensar en qué sucedería si Elias salía a buscarla y descubría a esos dos ahí abajo. Nora no sabía qué pasaba con el idioma, pero estaba segura de que Adwea y Máanu tenían prohibido coger comida de la mesa de los señores para dársela a los trabajadores del campo.

No pensaba delatar a la pareja. Pero ¡esa noche Máanu tendría que hablar con ella y responder a sus preguntas!

—¡Por favor, no decir al *backra*, missis! ¡Por favor, no decir al *backra*! —Por primera vez desde que la conocía, Máanu perdió su actitud digna y su aparente indiferencia. Había palidecido y su piel negra había adquirido un tono grisáceo—. Él castigar a Akwasi... y Toby... —La muchacha parecía sufrir más por su amigo que por sí misma—. Y a mí...

Máanu se frotó agitada la frente como si quisiera ahuyentar de su mente las posibles consecuencias de sus faltas. A Nora le habría gustado tranquilizarla, pero estaba decidida a mostrarse firme. Ese día quería que respondiera a un par de preguntas.

—¡Habla bien, Máanu! Sé que sabes, y también ese Akwasi. ¡Y deja de tomarme el pelo!

—Máanu, Kitty, no burlarse de missis...

Era evidente que la chica estaba aterrorizada.

—¡Contrólate y habla bien, Máanu! —insistió Nora—. Entonces no te pasará nada. No voy a delatarte, pero estoy harta de que me engañes.

—Yo no la estoy engañando, missis —susurró abatida—. Yo no miento si...

—¿... si finges no hablar nuestra lengua aunque en realidad hablas inglés mejor que mis sirvientes en Londres?

Máanu bajó la cabeza.

—Mi madre me dice que he de pasar inadvertida. Y Akwasi también. Eso solo nos causa problemas a los esclavos domésticos, y aún más a los del campo. Bastante tiene ya Akwasi.

Nora no comentó nada al principio.

—¿Significa que los señores blancos prefieren hablar con vosotros en esta especie de idioma dc... dc niños?

Máanu asintió.

—Pero no todos saben tan bien el inglés —añadió—. Solo unos pocos, aunque yo creo que algunos entienden más de lo que simulan.

Tesis que apoyaba el rápido éxito de la clase de Nora sobre cómo poner correctamente una mesa. Pero Máanu se expresaba de forma sorprendentemente elaborada.

—¿Y quién te ha enseñado todo lo que sabes?

—Doug... el señor Douglas, missis. El hijo del *backra*. Mi mamá se ocupó de él, sobre todo cuando falleció su madre, y también de Akwasi, fue en el mismo período...

—¿La madre de Akwasi también murió?

De repente Nora cayó en la cuenta de los pocos niños que había en la plantación. Claro que los hijos del personal de servicio de las casas inglesas tampoco andaban correteando de un lado a otro, pero o bien los sirvientes no estaban casados y vivían en la casa, o se reunían por la noche con su familia como Peppers. Por el contrario, los esclavos vivían ahí y era obvio que nadie controlaba quién compartía cama con quién. Al menos el caserío de los esclavos debería estar lleno de negritos, pero nunca se veía a un niño ni se oía un llanto como en casa de los Tanner en Londres.

Máanu apretó los labios.

—No... exactamente. Pero mamá Adwea cuidó de los dos niños, ellos jugaban juntos y yo con ellos cuando nací. Pero yo soy mucho más joven. Doug... el *backra* Douglas quería que Akwasi fuera su *boy*, y el *backra* se lo permitió. Por eso se quedó con él cuando tuvo un profesor particular y una institutriz blanca. Y yo los seguía a los dos cuando podía. La *nanny* blanca (miss Carleon) me encontraba graciosa.

Nora asintió.

—Entiendo. Y en algún momento Akwasi cayó en desgracia y acabó en los campos, y temes que si me doy cuenta de que hablas correctamente quizá te pasará lo mismo. No lo creas, Máanu. Me gusta tener una doncella que construya bien las frases, y también prefiero que no responda a todas mis preguntas con un «no sé». Así que comportémonos como personas normales.

—¿Personas, missis? —preguntó Máanu con dureza.

En cuanto hubo superado el miedo, resurgían su espíritu de contradicción y su tendencia a la ironía. Nora suspiró y se quitó la cofia de dormir que Máanu ya le había colocado. Era probable que Elias pasara a verla y él prefería que llevara el cabello suelto. Por otra parte, tenía que dar por concluida esa conversación antes de que su marido las sorprendiese.

—No quiero tenerte de enemiga, Máanu —declaró con voz cansada—. Al contrario. No puedo cambiar nada relativo a tu posición ni a la mía. Pero yo no te trataré como un animal, y deseo que tú no me trates como una muñeca a la que vas cambiando de vestido. Como muestra de mi buena voluntad, no te preguntaré ahora por Toby y Hardy, ni sobre lo que Adwea y tú les habéis enviado por medio de ese Akwasi. Entiendo que todos actuáis con buena intención y que no queréis perjudicar a nadie. ¿Es así?

Máanu asintió con expresión de alivio.

—Solo queremos ayudar —dijo secamente.

Nora cogió el cuenco de fruta que siempre había en su vestidor.

—Entonces toma esto para Toby y Hardy, sean quienes sean. Y di a Adwea que a partir de ahora no controlaré las cantidades de carne y verdura, o lo que sea que cocine en el puchero; dicho sea de paso, tenía un aroma estupendo, tal vez nos sirva algún día algo parecido.

9

Máanu estaba muy lejos de confiar en la nueva relación con su señora o de ponerla siquiera a prueba. Si desaparecían alimentos de la cocina, eso seguía ocurriendo sin que nadie se percatara, y Máanu tampoco dejó de hablar aquel inglés elemental que tanto incomodaba a Nora. Hablaba con fluidez cuando estaba a solas con ella e intentaba responder a sus preguntas para complacerla.

Nora, a su vez, se contuvo un poco. Al principio tampoco tenía la intención de abrumar a Máanu con esa relación más próxima que acababan de inciar. Así pues, no mencionó el tema de Akwasi en los días siguientes, aunque deseaba hacerle un montón de preguntas. Máanu sin duda sentía afecto por el joven trabajador del campo, era evidente que se preocupaba por él. Pero ¿y si él correspondía a ese afecto? ¿Se consumaban uniones matrimoniales entre los esclavos? Si la respuesta era afirmativa, ¿cómo se oficiaban? Si los esclavos se casaban según el rito cristiano, eso impedía que luego los vendieran por separado. La frase bíblica «Lo que Dios ha unido que no lo separe el hombre» también incluía a los hacendados, a fin de cuentas.

Tampoco siguió informándose acerca de Toby y Hardy, pese a que los esclavos le preocupaban. Por lo que habían dicho Máanu y Akwasi, debían de estar enfermos. En tales casos, ¿quién se ocupaba de los trabajadores? La respuesta de Elias a esa pregunta consistió en una lacónica mueca de indiferencia.

—Bah, esos tipos son resistentes —contestó. Y ante la insistencia de Nora añadió—: Lo resuelven entre ellos.

Eso no la tranquilizó. Tendría que recurrir a la desconfiada Máanu si quería saber algo más.

Sin embargo, tres días después de que hubiera escuchado a Máanu y Akwasi en la cocina, ocurrió algo que sacudiría los cimientos de su hasta entonces apacible vida en la plantación. Y eso que el día se prometía tranquilo. Nora lo había iniciado con un largo paseo por la playa: ir a pie por el camino del bosque era cansado, sobre todo porque no tenía un calzado adecuado sino solo zapatos ligeros y a juego con sus vestidos. Pero algunas veces su deseo de contemplar el mar y sumergirse en el mundo que había soñado con Simon era demasiado intenso. En tales ocasiones, su encuentro con la arena y las aguas era agridulce. Se desprendía complacida de zapatos y medias para caminar por la orilla, y al final también se quitaba el vestido y se tendía en la arena caliente como entonces en los brazos de Simon.

Naturalmente, era una iniciativa osada, no se atrevía ni a imaginar cuál sería la reacción de Elias si se la encontraba medio desnuda tendida al sol. Pero, por lo visto, nadie de Cascarilla Gardens se acercaba a la playa durante las horas de trabajo, y tampoco consideraba verosímil encontrar vagando por ahí cimarrones o incluso piratas. Por supuesto, se cuidaba de no instalarse mucho rato en lugares demasiado expuestos, sino que pronto se cobijaba entre las sombras de las palmeras o las acacias, al agradable abrigo de las plantas. Ahí habrían estado también Simon y su cabaña... Nora se dejaba llevar por sus ensoñaciones, pero al final le provocaban más tristeza que alegría. Casi siempre abandonaba la playa llorando.

Ese día, ya entrada la mañana, estaba cansada y había pensado hacer una larga siesta después de una comida ligera. Elias se había marchado a Kingston a caballo para supervisar la entrega de unas mercancías, así que comería sola. Hasta entonces, pasaba el tiempo con un libro en su lugar favorito y escuchaba los poco melodiosos graznidos de los pájaros tropicales en los árboles.

Pero entonces oyó gritar a Máanu.

—¡Missis, por favor, missis! ¿Dónde está usted?

La muchacha corría por la terraza. Había en su voz una urgencia que pareció aliviarse cuando vio a su señora en la glorieta. Para sorpresa de Nora, la esclava, por lo general tan reservada, se arrojó a sus pies como si quisiera suplicarle por su vida.

—Por favor, missis, venga, ayude, haga algo. Lo está matando, lo mata a palos. Setenta azotes... nadie sobrevive a setenta latigazos... McAllister siempre da veinte y ya es terrible, pero...

Nora intentó ayudarla a ponerse en pie.

—Tranquilízate, Máanu, y explícame qué ha pasado. No sé nada...

—Ya han empezado, missis, si no viene enseguida, si no interviene, será... ¡será demasiado tarde! —Máanu sollozaba desesperada e intentaba coger a Nora por los tobillos.

Conmovida, Nora se puso en pie.

—De acuerdo, si no puedes explicármelo, enséñame qué pasa para que pueda entenderlo. ¿Adónde tenemos que ir?

—¡Ahí, a las cabañas, claro! —Máanu suponía que Nora la entendía perfectamente—. Delante de la cocina, donde... donde siempre lo hacen.

La «cocina» en el caserío de los esclavos era un cobertizo abierto. Por lo general se cocinaba un puchero en un fuego y luego se repartía entre los trabajadores. Podían llevarse la comida a las chozas o tomarla delante de la cocina. Una plaza abierta, con palmeras y caobas, invitaba a sentarse y charlar con los demás. También ahí se celebraba la misa de los domingos.

Nora siguió a su doncella a través de la cocina de la casa señorial, donde Adwea se las quedó mirando preocupada y moviendo la cabeza. También los rostros del personal de cocina estaban serios, si bien no reflejaban el horror de Máanu. La joven debía de haberse visto afectada en algo personal.

Máanu casi corría y Nora tenía que apresurarse para no perderla de vista. Pasaron por un bosquecillo claro que escondía la vista de las cabañas desde la casa y luego entre los alojamientos de los esclavos. Ya desde lejos, Nora observó que el lugar de reuniones delante de la cocina estaba repleto de trabajadores. Sin embargo, no se sentaban en grupos y relajados como cuando comían. Estaban de pie y en silencio. El único sonido que se oía era el restallido de un látigo.

—¡Veintitrés! —anunció una voz en la que se percibía esfuerzo. Otro chasquido, un gemido tenue—. ¡Veinticuatro!

Nora y Máanu se abrieron paso entre los esclavos.

—¡Sitio! ¡Dejadnos pasar! ¡Dejad pasar a la missis!

Máanu empujaba a los hombres a un lado, olvidándose incluso de volver a su balbuciente inglés infantil.

—¡Treinta!

Cuando Nora alcanzó por fin a ver el podio situado en el centro de la plaza, se estremeció. Atado al árbol que daba sombra al reverendo cuando pronunciaba la misa, colgaba Akwasi. Le habían atado las manos a una rama de modo que los pies tocaban el suelo. Al menos al principio había podido mantenerse en pie, pero ya no le quedaban fuerzas para ello.

—¡Treinta y uno!

Truman, el vigilante, levantaba otra vez el látigo. Le temblaba la voz y su torso desnudo estaba empapado de sudor por el esfuerzo.

Por el cuerpo de Akwasi resbalaba la sangre. Tenía la espalda cubierta de estrías y apenas si le quedaba un punto intacto. Nora entendió a qué se refería Máanu. Cuarenta latigazos más y los huesos de la columna vertebral quedarían al descubierto. La espalda se desgarraría y no habría posibilidad de curarla, el hombre moriría de gangrena si no perdía la vida con los azotes.

Akwasi gritó por primera vez cuando recibió el siguiente latigazo. Hasta entonces no había perdido el dominio de sí mismo.

Nora corrió al podio.

—¡Deténgase inmediatamente! —chilló al vigilante, que, sorprendido, bajó el látigo.

—Oh... señora Fortnam... ¿Qué hace usted aquí? Esto es...

Bueno, no quisiera ser irrespetuoso, pero este no es lugar para una dama.

—¿Y para un caballero sí? —replicó Nora, mirando llena de espanto el látigo ensangrentado en la mano del hombre todavía joven. Hasta entonces, Truman no le había dado la impresión de ser un bruto. Cuando había tropezado con él, a caballo o con Elias, siempre había sido amable y cortés—. La cuestión es qué hace usted aquí. ¿Le ha dado permiso mi marido para matar a golpes a sus trabajadores?

Truman sonrió.

—Solo para azotarlos. Claro que para una joven dama debe de parecer muy brutal. Pero le aseguro que no estoy extralimitándome en mis atribuciones. Este negro es un agitador, debo imponerle un castigo ejemplar.

—¿Qué ha hecho para merecer este trato? —inquirió Nora.

Akwasi, un joven muy alto y fuerte, se agitó levemente en sus cadenas.

Truman rio.

—Oh, es una larga lista, milady. Sobre todo: incitación a la revuelta, a la insubordinación, al levantamiento, la mentira y la holgazanería. Ejerce una mala influencia sobre los demás, señora Fortnam. Y yo les estoy dejando claro en qué acaba todo eso. Es mi trabajo, señora. Así que, por favor, déjeme continuar.

—¡Ni lo piense! —replicó Nora envalentonada—. Este hombre está medio muerto y no creo que sea eso lo que pretende mi marido. Por lo que he oído decir, aquí la pena máxima consiste en veinte latigazos.

Los esclavos reunidos en la plaza escuchaban con atención. Truman deslizó la mirada por ellos.

—Considerando la gravedad del delito...

—Entonces explíquemelo con más exactitud —pidió Nora—. ¿A quién ha incitado este hombre a hacer qué cosa? Detalles, por favor, señor Truman, nada de acusaciones generales.

Truman soltó un suspiro teatral que a Nora le habría bastado para despedirlo por desvergonzado. De todos modos, era probable que ella no tuviera el derecho de hacerlo, y que a Elias no le hubiera gustado su comportamiento. Pero en ese momento le importaba un rábano, ya se enfrentaría con su marido más tarde.

—¿Tardará mucho, señor Truman?

El vigilante señaló a un esclavo que estaba en la primera fila con las manos atadas, sin duda a la espera de su propio castigo.

—¡Ese de ahí! —explicó Truman—. Esta mañana no se presentó a trabajar y cuando lo descubrí en la choza me contestó que Akwasi le había dicho que tenía que quedarse acostado. Y en cuanto saco de la cama a este tipo, viene nuestro amigo Akwasi de la cabaña de al lado y pretende convencerme de que hay otro enfermo. Ese sí que no le ha hecho caso y ya estaba camino del trabajo. Para su fortuna.

Nora siguió su mirada y creyó reconocer al «afortunado» esclavo, un anciano de rostro gris y delgado. Era evidente que apenas lograba mantenerse derecho.

—Yo diría que ese hombre sí está enfermo —replicó Nora, y luego se dirigió al que estaba atado—. ¿Y tú? ¿Por qué no querías ir a trabajar?

Mientras el esclavo buscaba las palabras para expresarse, Nora se percató de que tenía el pie envuelto en una venda sucia y que se apoyaba en un bastón. El vendaje no era más que un jirón y estaba casi negro de moscas, seguramente empapado de sangre o pus.

—¡Quítate esto! —ordenó la joven—. Máanu, ayúdale si no puede solo y, por todos los cielos, que lo haga sentado, no puede estar todo el rato en equilibrio sobre una pierna.

—Los hombres tienen que presenciar el castigo de pie —advirtió Truman.

Nora lo fulminó con la mirada.

—El castigo, señor Truman, ha terminado. Antes, al menos, he de... ¡Oh, Dios mío!

El hombre se había sentado en el suelo y Nora contempló la herida que Máanu había dejado al descubierto. Algo afilado, seguramente un machete, había penetrado en la planta del pie. La herida era larga pero no muy profunda, era probable que ni huesos ni tendones estuvieran dañados, pero se veía muy abierta y era obvio que nadie la había limpiado correctamente. Nora distinguió pus y sangre y también pequeñas larvas de gusano en la carne.

—¿Y con eso tenía que trabajar este hombre? —preguntó hecha una furia—. ¿Así lo ha enviado todo el día al campo? —El hombre debía de ser Toby, a quien Máanu y Akwasi se habían referido.

—Esta gente se hacen ellos mismos las heridas —afirmó Truman—. Para escaparse. Si los dejamos descansar, los demás los imitarán... Hágame caso, missis, se las saben todas estos...

—No hacer yo mismo... —gimió Toby—. Missis, no creer. Toby no negro malo...

—¡Ningún ser humano se provoca una herida así! —afirmó Nora—. Podría haberse quedado sin pie. Y poco importa cómo se causara la herida: flaco servicio se le hace a mi marido si... —pensó en evitar la palabra, pero luego la soltó— si un esclavo válido muere o pierde una pierna porque no se le ha curado una herida.

Truman se encogió. El argumento tenía su peso. Nora percibió que el hombre parecía dispuesto a ceder.

—Yo... bueno... no sabía...

La joven señora suspiró para sí aliviada.

—Es probable que usted no estuviera bien informado sobre la gravedad de la herida —dijo, detestándose por la componenda—. Y eso seguramente se ha debido a un error por parte de las personas afectadas. Toby, has descuidado informar a tu cuidador de la gravedad de tu herida, deberías haberle pedido que te la curasen y un par de días para recuperarte.

Toby iba a replicar, pero la mirada de Máanu le hizo callar. La doncella sabía mejor que los esclavos a qué obligaciones estaba también sometida su señora.

Si desacreditaba totalmente al vigilante, el *backra* la reprendería y se pondría del lado de Truman. Y entonces cabía la posibilidad de que el castigo se llevara a término.

Truman asintió dirigiendo al herido una mirada acusadora.

—Es cierto, señora —dijo—. Este hombre...

—Este hombre se ha castigado en cierto modo a sí mismo, seguro que sufre fuertes dolores. No veo necesario que se le siga sancionando, pero, naturalmente, debe aclarar este asunto con mi marido. —Nora suspiró. Solamente podía proteger a Toby de esa manera, y luego esperar que Elias fuera razonable—. Tú... —dirigió una mirada al otro hombre de aspecto enfermizo que estaba entre la multitud—. Ayuda a Toby a ir a la cocina de la casa grande. Que se siente y meta el pie en agua caliente con jabón de lejía. Enseguida voy yo y me encargo de eso. Y vosotros... —Señaló a dos jóvenes que estaban en el borde de la plaza. Para ayudar a Akwasi necesitaba hombres fuertes. El muchacho colgaba ahora inerte de sus ligaduras, posiblemente había perdido la conciencia—. Vosotros llevaréis a Akwasi a su cabaña. Hoy no podrá trabajar. También esta pérdida podría haberse evitado con un castigo más suave. —Otro reproche a Truman... Nora esperaba intimidarlo. Elias era partidario de infligir castigos duros a sus esclavos, pero también deseaba verlos a todos en el campo—. Los otros que vuelvan al trabajo. Señor Truman...

Nora supervisó cómo los hombres cortaban las ligaduras de Akwasi y lo conducían a su cabaña. Esperaba que estuviera limpia y que alguien lo vendara. Ya se posaban moscas en sus heridas. Pero también de eso se ocuparía más tarde... Nora se retiró con porte majestuoso y regresó con paso solemne a la casa, aunque habría preferido salir corriendo. Por dentro ardía de emoción, pero no podía alegrarse de su «victoria».

Ahí era donde siempre lo hacían, había dicho Máanu acerca de la plaza delante de la cocina. Así que atizar con el látigo a los esclavos era moneda corriente. Le repugnaba profundamente. Debería involucrase más si quería seguir viviendo en la plantación.

Nora Fortnam Reed había dejado de ser la chica pusilánime que había velado desamparada a su amado en el lecho de muerte. Dos años de trabajos de beneficencia en el East End la habían curado de espanto en lo que al cuidado de enfermos se refería. Acompañar a un hombre comprometido como el doctor Mason cuando ayudaba a los pobres había constituido una de sus más instructivas actividades. Y había tenido que echarle una mano cuando en una habitación contigua del comedor de los pobres se ocupaba de enfermos y heridos, un trabajo que solían evitar las demás señoras. Nora, por el contrario, no sentía repugnancia con tanta facilidad.

Ahora, limpió resueltamente el pie infectado del esclavo Toby y desprendió los gusanos de la piel con un cuchillo romo. Por último, recordó uno de los principios fundamentales de Mason: que la ginebra, tomada con mesura, lo curaba casi todo. En Londres nunca había suficiente agua limpia para limpiar las heridas y Mason también había recurrido en esos casos al aguardiente. Por lo que Nora había observado, eso aceleraba la curación en lugar de dificultarla. Así que regó la herida del pie con licor de caña de azúcar de las reservas de su marido y luego le aplicó el ungüento de Adwea y la vendó.

—Haremos lo mismo cada día hasta que la herida esté curada —informó al esclavo—. Con la ayuda de Dios no perderás el pie. Pero ahora no te levantes, deja que te lleven a la cabaña y pon la pierna en alto. Necesitas tranquilidad. Adwea te llevará la comida. Ah, y... ¿Hardy? —Lanzó al más anciano una mirada inquisitiva. El hombre asintió—. Hardy te cuidará, mientras no estés bien no irá a trabajar. Si entretanto se le cura la tos, pues mejor.

Nora despidió a los hombres y fue a lavarse a la casa. Necesitaba refrescarse antes de ocuparse de la espalda de Akwasi. Nunca se rendía, pero la visión de gusanos en una herida todavía le provocaba aversión pese a los dos años de asistencia a desvalidos.

Se miró en el espejo, se recogió los cabellos desprendidos de la coleta con una cinta de seda floreada y se empolvó el rostro enrojecido para darle una elegante palidez. No quería dar la impresión de estar agitada y confusa si tropezaba con algún vigilante en el camino hacia las cabañas. Ya tenía bastante con ir sudada y con los encajes de la blusa colgando tristemente por encima del vestido.

Sin embargo, exceptuando a Adwea y el personal de la cocina, no se encontró con nadie cuando acortó el camino pasando por el reino de la cocinera. Esta le entregó rápidamente un tarro de ungüento. Lo elaboraba con grasa de cerdo y determinadas hierbas o flores.

—Envía a un chico a la destilería para que reponga las provisiones de aguardiente —le encargó Nora.

Aguardiente no faltaría, dado que se destilaba ahí mismo. Nora solo esperaba que no hubiera que dejarlo reposar durante años como un buen whisky, pero Adwea disipó esos temores. Nora se asombró de que le respondiera al punto y en un inglés fluido. Desde que habían curado juntas a Toby parecía haber nacido una especie de complicidad entre la señora y la sirvienta. Nora se alegró de ello mientras se acercaba al caserío de los esclavos.

Akwasi yacía boca abajo en medio de una cabaña que compartía con otros dos jóvenes trabajadores del campo. Los hombres debían de haberlo llevado hasta ahí y dejado tal cual, sin duda siguiendo las indicaciones de Truman de que cumplieran lo más rápido posible las órdenes de la señora. Máanu lloraba arrodillada junto al cuerpo inerte. Entre sollozo y sollozo hablaba a Akwasi, le suplicaba que despertara e intentaba torpemente levantarle la cabeza para darle agua.

—Déjalo dormir, para él es mejor estar inconsciente hasta que le hayamos curado las heridas —señaló Nora. Máanu se levantó sobresaltada, pero se serenó al reconocer a su señora—. El jabón de lejía y el alcohol escuecen una barbaridad y bastantes dolores debe de estar sufriendo ya.

Máanu se tranquilizó y ayudó a lavar las heridas. Akwasi se despertó con un gemido cuando le vertieron aguardiente sobre la espalda desollada.

El joven no había vuelto a ver a la nueva señora de la plantación. Como trabajador del campo apenas coincidía con ella. Naturalmente, las mujeres comentaban acerca de Nora Fortnam, Máanu no cesaba de hacerlo, pero contaba tantas cosas a Akwasi que él apenas le prestaba atención. Se notaba que la muchacha iba tras él, pero para el muchacho no era más que una hermanita pequeña. Así y todo, lo último en que Akwasi pensaba era en buscar esposa y, si eso sucediera, no se decidiría por una esclava.

Akwasi era un joven airado que se mantenía lo más alejado posible de los blancos, simplemente para no tener que reprimir el impulso de trocear con el machete al vigilante o incluso al *backra* en lugar de la caña de azúcar. Habría tenido la fuerza para consumar ese acto, y en ocasiones se preguntaba si no valdría la pena morir por la satisfacción que ello le supondría. Pero después volvía a contenerse con entereza... no solo acabarían ahorcándole a él, sino a todos los de su grupo, y ninguno sabía si el castigo acabaría en la horca.

Los propietarios de las plantaciones tenían poder absoluto sobre los esclavos. Si bien existían leyes para regular los castigos, nadie se preocuparía de un esclavo que a ojos del *backra* se había comportado de forma imperdonable. Akwasi había oído hablar de hombres que habían sido quemados vivos o a los que mataban lentamente cortándoles un miembro tras otro. Él no quería morir así y tampoco que lo azotaran hasta la muerte. Había contado, por supuesto, con que lo castigarían por haberse ocupado de Toby. De hecho, este había irrumpido sin cuidado y furioso en el campo de trabajo y había pisado el machete de Akwasi, quien después se había sentido culpable del infortunio. Toby se había puesto nervioso cuando el vigilante había entrado en su cabaña y había delatado a Akwasi, en lugar de mostrarle las heridas como se le había dicho y de ese modo despertar tal vez los sentimientos o al menos a la razón de Truman. Hasta el hombre más tonto sabía que Toby podía perder la pierna o la vida si la herida se le infectaba. Pero luego, setenta latigazos...

Akwasi ya había recibido varias veces diez latigazos, una vez quince y otra veinte, y sabía que nadie sobrevivía a los cuarenta. Cuando Truman empezó a azotarle, se había despedido de la vida. Y todo había ocurrido como él preveía: primero un dolor lacerante que aumentaba más cuando el látigo recorría heridas abiertas, luego una especie de indiferencia y después un piadoso desfallecimiento del que esperaba no volver a despertar para morir lentamente de gangrena.

Pero algo se había interpuesto: cuando el espíritu de Akwasi se disponía a abandonar su atormentado cuerpo, había aparecido una especie de ángel. Akwasi lo recordaba vagamente, pero había sido una figura clara, un ser luminoso... y cuando ahora abrió los ojos, volvía a estar allí.

El joven se quedó mirando desconcertado el blanco rostro de Nora, enmarcado por una corona de flores y un cabello de brillos dorados. Los rasgos dulces, la calidez de sus extraños ojos verdes... Akwasi nunca había visto una criatura con ese color de ojos. A medias despierto, pensó que era una criatura celestial e intentó sonreír.

—Toma, bebe.

Una voz animosa y cordial se dirigía a él. Akwasi bebió un trago de la botella que la mujer le llevó a los labios. Saboreó un líquido fuerte que despertó completamente sus sentidos. Era incapaz de apartar los ojos de su benefactora. No era un ángel, claro, tampoco un espíritu, sino... ¡una blanca! La señora, la esposa del odiado patrón. Y pese a ello, su alma danzaba de alegría al verla. ¡Era la criatura más hermosa que jamás había visto! Una muchacha con la que nunca habría osado soñar.

Akwasi se avergonzó de sus sentimientos en cuanto germinaron, pero no pudo evitar seguir mirando a Nora. Ella le dedicó una sonrisa amable pero distante.

—Eh, no me mires como si te hubiera resucitado. Si a alguien tienes que dar las gracias por estar vivo es a Máanu. Ven, Máanu, ayúdame a enderezarlo un poco, y luego...

Akwasi se levantó a pulso.

—Puedo solo...

Buscó la botella, pero Nora le tendió un cántaro con agua.

—Primero apaga la sed, muchacho, pero no te preocupes, te dejaré aquí el aguardiente, te aliviará el dolor. Y ahora tenemos que...

Hizo el gesto de ir a extenderle el ungüento por la espalda, pero Akwasi rechazó a ambas mujeres.

—Déjenme tranquilo... Ya puedo solo.

—Pero ¿cómo vas a frotarte tú solo la espalda? —repuso Máanu.

El orgullo masculino, otra cosa más en que los negros no se distinguían de los blancos. Nora recordó lo difícil que siempre le había resultado a Simon aceptar su ayuda. A Akwasi debía de ocurrirle lo mismo con Máanu y, desde luego, no agonizaba. El joven esclavo era fuerte como un toro, no tardó en sobreponerse a la debilidad y soportó el dolor sin quejarse. Nora se acordó de que había gritado por primera vez al superar los treinta latigazos. Akwasi era fuerte y orgulloso, y tenía todas las razones para sentirse dichoso.

—Vámonos, Máanu —dijo Nora afablemente—. Y tú quédate un rato acostado, Akwasi. Adwea vendrá a verte más tarde... —El joven sin duda permitiría que la cocinera, mayor que él, lo ayudase—. De todos modos, tendrías que taparte las heridas. Las moscas...

Nora buscó en la pobre choza una camisa o una venda, pero Máanu ya había pensado en ello. Bajó la vista avergonzada cuando Nora distinguió las tiras de lino y las reconoció. La muchacha había cortado o desgarrado la falda que Nora le había regalado para poder poner una venda limpia a Akwasi.

—Missis no enfadarse —susurró intimidada.

Nora sacudió la cabeza y sintió una especie de ternura. Máanu debía amar verdaderamente al joven. Ojalá Akwasi correspondiera a los sentimientos de la doncella.

El joven negro, por su parte, se olvidó de Máanu en cuanto las mujeres hubieron abandonado la cabaña. Bebió un par de tragos de licor de caña, pero lo que realmente hizo acallar sus dolores fue evocar a Nora Fortnam e imaginarse que la estrechaba entre sus brazos.

10

—Tan equivocado no anda Truman, ¡claro que hay tipos que a veces se mutilan!

Nora había tenido suerte. Se reunió con Elias durante la cena, antes de que el vigilante pudiera darle su versión de los hechos, y el marido la escuchó sin interrumpirla ni montar en cólera. Aun así la reprendió, aunque suavemente para lo que era habitual en él.

—Esos diablos solo piensan en cómo zafarse del trabajo. Todavía no te haces una idea, Nora, no sabes de lo que son capaces con tal de engañarnos. Los mayores se dan machetazos en las piernas y los jóvenes solo piensan en escapar, y hay que encadenar a sus esposas cuando están preñadas. Prefieren librarse del niño antes que proporcionarnos nuevos trabajadores, y eso que sería mucho más fácil criarlos que tener que domesticar a otros nuevos. —Elias había concluido la cena y se sirvió una copa de ron—. Puede que Truman haya exagerado un poco con el castigo, pero en el fondo sabe lo que hace. Basta con que no mires cuando les pegue, hazme caso, él azota a quien se lo merece.

—Pero Toby lleva años aquí y siempre te ha servido fielmente —se obstinó Nora, pese a que la contestación de Elias la había dejado helada. Hombres que se dejaban morir de hambre, otros que se mutilaban o que se arriesgaban a sufrir horribles castigos para huir. Mujeres que preferían matar a sus hijos antes que ofrecerles una vida de esclavos... Y Elias hablaba de todo ello como si se tratase únicamente de que le escamotearan un servicio que le correspondía por ley. Nora tuvo que reunir todas sus fuerzas para mantener la calma. Nunca había amado a Elias Fortnam, pero hasta entonces le había tenido cierto respeto. En ese momento solo sentía repugnancia—. Dice que pisó un cuchillo, y el aspecto de la herida parece confirmarlo. Ha sido un accidente, Elias. Nadie es culpable.

Él resopló.

—¿Y quién dejó descuidado el machete? ¿Por qué no vigila Toby por dónde pasa? ¡Ya eso merece ser castigado!

La joven se obligó a respirar con calma.

—Tal vez merezca un castigo, pero no uno tan duro. Y tampoco hay razón para enviar a un trabajador al campo con semejante herida. Elias, me he informado de lo que vale un esclavo así. —Esperaba que no le preguntara con quién. De hecho se lo había preguntado a Máanu, quien le había detallado los precios por los esclavos domésticos y del campo. Los negros no eran tan tontos como para no saber lo que los blancos pagaban por ellos—. Un hombre como Toby cuesta lo mismo que un buen mulo. Y al animal no lo enviarías al campo si tuviera una pata lastimada, ni siquiera si se hubiera herido intentando saltar el cercado.

Elias rio.

—¡Así es como me gustas! —La elogió haciendo el gesto de acariciarle el cabello. Ya debía de haber bebido en la ciudad, pues el vasito de vino durante la cena y ahora la copa de ron no le habrían puesto tan petulante ni hablador. La mayoría de las veces se contentaba con insultar a los negros—. La hija de un comerciante. ¿Qué sugieres, bonita? Ya sé, ya sé, algunos de los grandes hacendados tienen un médico en su plantación. Pero ¡aquí costaría demasiado! Sin contar con que suelen equivocarse.

Nora respiró hondo.

—En el futuro yo seré quien examine al personal —declaró con firmeza—. Sé diferenciar muy bien entre quién quiere escabullirse de sus obligaciones y quién realmente no está en condiciones, y también conozco los tratamientos para que los enfermos se curen en breve tiempo. Como recordarás, en Londres trabajé asistiendo a los pobres, casi siempre con el doctor Mason, el único médico del East End. He hecho mucho y he visto mucho.

—Y también cuidaste de tu primer amor en su lecho de muerte, ¿no es así, bonita?

Elias volvió a reír. Debía de estar bastante borracho. A Nora le dolió la observación. Naturalmente, su marido debía de estar al corriente del escándalo protagonizado por su joven esposa, pero no se imaginaba que conociera los detalles. Salvo su padre, nadie podía habérselo contado... Pero tampoco eso iba a distraerla de sus intenciones ahora.

—Entonces ya sabes que soy competente —dijo tajante, al tiempo que se levantaba—. Si me permites, me retiro. Mañana temprano pienso ir a las chozas para comprobar los avisos de enfermedad.

Nora había esperado ahorrárselo, pero poco después, Elias apareció en su habitación para ejercer su derecho marital. Últimamente sucedía con mayor frecuencia después de que él bebiera, mientras que cuando estaba sobrio apenas se acercaba a ella. Pero en esa ocasión el acto le resultó realmente repugnante, le daban asco sus caricias. A la imagen de su marido se superponía la de los gusanos en la herida del pie de Toby.

Al día siguiente no se habló más sobre los planes de Nora y Elias tampoco le impidió que se marchara a las cabañas de los esclavos. Aun así, cuando examinaba a los primeros hombres, el hacendado pasó por su lado camino de nuevo a Kingston. Nora supuso que quería pedir opinión a otros terratenientes sobre las intenciones de su esposa. Era obvio que Elias Fortnam se encontraba en un dilema: por una parte sería más rentable para la plantación que se le muriesen menos esclavos por enfermedades sencillas; por la otra, nada podía ensombrecer la imagen de la dama perfecta que se había llevado de Inglaterra.

Por la tarde regresó de nuevo borracho, si bien sumamente

sosegado. Al parecer, los demás propietarios habían aprobado las pretensiones de Nora —se decía que en las colonias americanas era corriente que las mujeres de los propietarios cuidasen a los esclavos, y cuanto más elegantes, más altruistas y solícitas.

Nora suspiró. Había decidido visitar las chozas a escondidas en caso de duda, pero la aprobación de su marido lo hacía todo más fácil. Sonrió y asintió a lo que este contaba alegremente sobre los chismes que corrían por Kingston. Pronto acabaría la cosecha y empezaría la vida social. Los días anteriores ya habían llegado las primeras invitaciones a reuniones y bailes. Elias había decidido aceptarlas todas para mostrar como era debido a su esposa.

—Y piensa en el mejor momento para celebrar también nosotros un baile —concluyó—. ¿O es mejor que antes organicemos un par de cenas? La semana próxima, cuando ya se hayan hecho los primeros envíos, podríamos invitar a los vecinos directos.

Nora volvió a asentir. Organizar ese tipo de invitaciones no le costaría ningún esfuerzo. A fin de cuentas, había personal en abundancia.

Toby se recuperaba despacio, mientras que las heridas de la espalda de Akwasi lo hacían relativamente rápido. Nora incluso había enviado al joven al campo al día siguiente, aunque con el corazón encogido. Habría preferido darle un día más de descanso, pero Truman seguramente se había quejado a Elias y le había desbaratado sus planes. En una cosa estaban de acuerdo el propietario y el vigilante: cuando un esclavo podía tenerse en pie y mover brazos y piernas, estaba capacitado para cortar caña de azúcar.

Akwasi aceptó sin pestañear la decisión de Nora, mientras Máanu dejaba entender que comprendía las razones de su señora. Desde que esta había abogado por Akwasi, la muchacha parecía completamente cambiada. Máanu se alegró mucho cuando Nora le pidió que la acompañara a las cabañas de los esclavos y la ayudase a cuidar de los enfermos. Nellie, la doncella inglesa de Nora, habría rehusado horrorizada tal pretensión y Máanu también sabía mostrar rechazo de una forma sutil. Pero poco importaba si el trato con enfermos o heridos la afectaba o no, lo aceptaba encantada si de ese modo veía con más frecuencia a Akwasi.

También el joven trabajador del campo parecía buscar su proximidad. Nora observaba que solía seguir con la mirada a señora y sirvienta cuando por las mañanas examinaban a los enfermos y por las tardes volvían a visitarlos. A veces también se ofrecía a hacerles pequeños servicios. Nora suponía que se comportaba así para estar con Máanu.

La doncella se mostraba tan agradecida hacia su señora por haber salvado a Akwasi que a Nora casi le resultaba incómodo. Por otra parte, esa entusiasta disposición a prestar sus servicios resultaba tan forzada como su reserva inicial. Así que Nora se alegró cuando poco después se consolidó entre ambas cierta confianza. Máanu por fin trataba con naturalidad a su señora, y también respondía diligente a sus delicadas preguntas.

—Pues claro que hay bodas —contestó con una pizca de su antiguo tono arisco cuando Nora se atrevió por fin a abordar la cuestión del amor en el mundo de los esclavos—. También entre nosotros hay amor entre hombres y mujeres que quieren compartir sus vidas... en la medida en que nos lo permiten.

—¿No es habitual? ¿No hay ceremonias para... para unir a dos personas?

Máanu se encogió de hombros.

—Depende. Algunos propietarios aprueban las fiestas de boda, otros no. A veces incluso ofrecen a la pareja un regalo o le dan una cabaña más grande. Si un hombre tiene esposa en la plantación, no se escapa tan deprisa.

Nora estuvo a punto de preguntar por los hijos, pero dejó ese tema aún más espinoso para más tarde.

—Pero... esas uniones... ¿no están bendecidas por Dios?

Era una pregunta complicada. Ya se había peleado con Elias a causa de la asistencia religiosa a los negros. Su esposo toleraba que el reverendo evangelizara a los negros, pero no quería que los bautizara. «De ese modo, querida Nora, les permitiría que tuvieran un alma inmortal. Y eso, ahí estamos todos de acuerdo, es cuestionable», había añadido.

—El hombre obeah puede bendecir a un hombre y una mujer —respondió tranquilamente Máanu—. Pero cuesta un pollo porque tiene que despertar a los espíritus. Y a los *backra*s tampoco les gusta...

Nora frunció el ceño. Ya había oído con frecuencia la expresión «hombre obeah» y no era la primera vez que Máanu se refería a los espíritus. De todos modos, no parecía que se concediera mucha importancia a ese asunto. O quizá Máanu era simplemente prudente. ¿Porque eran asuntos que los *backra* no aceptaban? Nora recordó el comentario de lady Wentworth en Londres: «Ahí todavía perduran los rituales, hijita... ¡Es horrible! Cuando invocan a sus viejos ídolos...»

—Se diría que... no es tan importante para vosotros —señaló.

Máanu se encendió.

—Tampoco para usted lo sería, missis, si hoy se casara y mañana el *backra* vendiera a su esposo o su hijo. Para eso mejor dejamos las cosas comos están, ¿sabe?

—Pero eso no debería ser así —susurró Nora—. Si pudierais casaros por el rito cristiano, entonces...

—¡Eso no lo permite ningún *backra*! —exclamó Máanu riendo—. Incluso si lo hiciera el reverendo. Aunque ni siquiera nos bautiza. A mí me da igual, pero Toby y el viejo Hardy creen que realmente se están perdiendo algo, que sus almas se salvarían si estuvieran bautizados.

—¿Y tú no lo crees? —preguntó Nora atónita. Al fin y al cabo, Máanu vivía en la plantación desde que había nacido, había crecido con los sermones del reverendo. Debería ser cristiana—. ¿Tú no crees que rezar te salve?

La chica resopló.

—Missis —contestó con dureza—, ¡a mí no me ha salvado de nada! Y tampoco a Akwasi. Las oraciones, missis, no ayudan. Mejor intentarlo con una maldición. Pero estas no son gratis, missis. Hay que robar un pollo y si el *backra* se da cuenta lo mata a uno a palos. No hay muchas maldiciones por las que valga la pena morir.

Máanu se dio media vuelta y dejó las habitaciones de su señora sin pedir permiso. Nora no la retuvo. Sus últimas palabras estaban tan cargadas de odio que mejor no insistir. Tampoco estaba segura de querer saber por qué clase de salvación se suponía que había rezado su esclava.

Por regla general, sin embargo, las conversaciones de Nora y Máanu se desarrollaban de modo menos tempestuoso y con frecuencia reían juntas o compartían pequeños secretos. Así fue como, en un día especialmente caluroso y húmedo, cuando regresaba a casa sudorosa tras la visita matinal a las cabañas, Nora se enteró por fin de un lugar donde bañarse.

—Missis, ¿quiere ir a... nadar? —preguntó Máanu. Parecía no recordar el verbo «bañarse».

—Bueno, lo que se dice nadar, no... —corrigió Nora—. Pero sí me gustaría meterme en el agua, sumergirme y lavarme de verdad, no solo frotarme. ¿Sabéis lo que es, Máanu? ¿Se hace algo así en... África?

La chica rio.

—Nunca he estado en África —le recordó a su señora—. Pero por aquí hay un lugar donde bañarse. Seguro que ahora no habrá nadie. ¡Si de verdad quiere ir, la llevo!

—¡Te lo ruego! —exclamó Nora risueña—. Me muero por refrescarme un poco.

Máanu lanzó una mirada escéptica a los frágiles zapatitos de seda de su señora antes de que giraran por un angosto sendero que se alejaba del caserío de los esclavos. La doncella, por el contrario, penetraba descalza y con paso seguro en la jungla, que iba espesándose a medida que se alejaban de las chozas de la plantación. Nora sintió miedo cuando la espesura verde casi la rodeó totalmente. Unos pájaros desconocidos emitían extraños sonidos al oír que se aproximaban, los insectos se arremolinaban alrededor y tras las gruesas hojas y flores de los matorrales y árboles se oían siseos, como si los reptiles intentaran huir. Los zapatos no aguantaron mucho las piedras y plantas trepadoras, así que Nora terminó quitándoselos y siguió audazmente descalza a su esclava.

—Se lastimará los pies —señaló Máanu.

Nora hizo un gesto de rechazo.

—Me pondré el ungüento de Adwea cuando lleguemos a casa. Y no tardaré en refrescarlos. ¿Queda mucho todavía?

Máanu sacudió la cabeza.

—Unos cincuenta pasos —contestó y pasó por debajo de unas plantas que colgaban similares a lianas—. ¡Mire esto!

Nora observó entre la penumbra verde —ahí, en el corazón de la jungla, el sol no traspasaba la cubierta de hojas— y distinguió que el sendero se ensanchaba lentamente hasta formar un claro. Discurría un trecho cerca de un arroyo oculto por los matorrales, pero cuyo sonido sí se oía. Pero Nora descubrió entonces un laguito alimentado por una pequeña cascada. Parecía como si un paisajista ingenioso hubiera construido una refinada fuente. El camino proseguía montaña arriba, pero ahí se había formado una especie de terraza. El agua descendía de lo alto, llenaba el lago y fluía por el arroyo que alimentaba Cascarilla Gardens con agua pura y cristalina.

—Aquí, missis...

Máanu se quitó su vestido y mostró a Nora su cuerpo perfecto. Su piel y su silueta eran tan armoniosas como su rostro. Era delgada pero musculosa, de pechos firmes, caderas femeninamente redondeadas, piernas largas y bien torneadas. Solo una fea cicatriz estropeaba la imagen: la huella de una quemadura. Nora arrugó el ceño.

—¡Usted también, missis! ¡Desnúdese, báñese! ¡Es lo que usted quería, missis, ahora tiene que hacerlo!

Y tras estas palabras Máanu corrió al lago y ¡se lanzó de cabeza! Nora, que había aprendido a introducirse en el agua como una dama, despacio y con mucha distinción, vio atónita cómo su sirvienta emergía a la superficie riéndose y nadaba ágilmente en medio del pequeño lago. Luego se abandonó flotando sobre su espalda... sin hundirse, para sorpresa de Nora.

—¡Sabes nadar! —exclamó estupefacta mientras se desprendía del vestido y la ropa interior.

Era la primera vez que se desnudaba totalmente al aire libre. Sentir el aire y el sol sobre la piel era una sensación maravillosa.

—¡Todo el mundo sabe nadar! —rio Máanu—. Al menos todos los negros.

Nora frunció el ceño e introdujo la punta del pie en el agua. Estaba maravillosamente fresca. Contuvo la respiración y se deslizó dentro.

—Eso no depende del color de la piel —objetó—. Aunque... ¡no te hundes! ¿Cómo lo haces?

Nora se avergonzó de pensar en una prueba para brujas. ¿No decían que solo ellas no se hundían en el agua? Por fortuna, Máanu no parecía conocer tal superstición.

Se acercó a Nora nadando complacida y le pidió que se tendiese en el agua. Con el corazón en un puño, Nora dejó que su sirvienta la sujetara y la pusiera en la posición correcta.

—Ahora hay que estirar los brazos y darse un poco de impulso con las manos. Y con los pies...

Nora dio un gritito cuando Máanu la soltó, pero notó que, en efecto, no se hundía. Se dejó llevar un rato, hasta que recuperó la vertical y se sobresaltó: para su horror, no tocaba el fondo del estanque. Máanu la empujó hacia un lugar menos profundo, antes de que se asustara de verdad y pudiera ahogarse.

—Nadar, missis —le indicó después—, se hace así. —Se lo mostró—. No como un perro, sino como una rana. Y no hay que tener miedo. El lago es tan pequeño que si pasa algo yo la saco enseguida. Tampoco es profundo, uno puede hundirse hasta el fondo y luego darse impulso hacia arriba. —Para espanto de Nora, la chica se sumergió a su lado y al punto emergió a la superficie—. Ahora pruébelo usted. Lo de nadar. ¡No es difícil!

En efecto, en un tiempo muy corto Nora aprendió a flotar.

A partir de entonces, las dos solían tomar un baño diario después de su visita matutina a las cabañas de los esclavos, de modo que Nora aprendió a nadar antes de que se le endureciera la planta de los pies. Los primeros días le aparecían pequeños cortes y heridas que se infectaban fácilmente. A veces le costaba disimular su cojera cuando bajaba a cenar y Elias la esperaba al pie de la escalera. Pero no hubo que aguardar mucho para que la joven se moviera por el sendero de la jungla casi con tanta desenvoltura como su esclava, y ya nadaba por encima y por debajo del agua como un pez.

Un día se atrevió incluso a plantear la pregunta que le rondaba desde su primera brazada.

—Esto es maravilloso, Máanu. ¿Resulta igual en el mar?

MAGIA

Jamaica

Navidades de 1732 - Primavera de 1733

1

Douglas Fortnam había concluido su viaje por Europa y ahora también ponía punto final a su carrera en Oxford. Había disfrutado de lo primero, pero Inglaterra le había resultado odiosa desde el primer día. Lo habían enviado a un internado junto a Banbury cuando tenía diez años, pero nunca había conseguido adaptarse a la metrópoli. Había temido la oscuridad del invierno inglés y el verano nunca le había parecido lo suficientemente cálido. Doug añoraba el reluciente sol del Caribe, las playas y el mar azul intenso. El Atlántico estaba lejos de serlo. La costa inglesa le decepcionó cuando visitó a un compañero de estudios en Blackpool. Por añadidura, el agua estaba helada. Doug no era pusilánime y no evitaba ir a bañarse con sus amigos a la playa de Blackpool o nadar en el Támesis, que a la altura de Oxford todavía fluía limpio y acogedor. Pero el mar que recordaba solo había vuelto a encontrarlo en el viaje que emprendió contrariando la voluntad de su padre. Cuánto le costaba alejarse de las playas de España, Italia y Grecia...

Sin embargo, ni los países mediterráneos lograron realmente acallar la añoranza que sentía hacia su isla natal. A Doug le aburría ese paisaje con frecuencia pobre, las montañas en que no crecía nada más que algún cactus, plantas aromáticas y hierba dura. Al parecer, en Europa solo se podía escoger entre los países fríos con un verdor abundante y las regiones cálidas, que casi respondían a su concepción del desierto. En ningún lugar crecían el tabaco, el cacao y la caña de azúcar, en ningún lugar la jungla llegaba hasta la playa. En ningún lugar estaba el aire cargado de la humedad tropical, ni de sus olores densos y dulces.

Aunque su padre había cumplido la amenaza de no enviarle más dinero, Doug había dilatado lo máximo posible el viaje por el sur de Europa. De ahí que participara en la vendimia francesa, picara en las canteras de mármol de Italia y se matara a trabajar en una almazara española. Algunos de los caballeretes vecinos en Jamaica o compañeros de Oxford habrían considerado que tales actividades no estaban a la altura de su estatus, pero Doug se alegraba de haber adquirido practicándolas una recia musculatura. Siempre se le habían dado mejor los trabajos manuales que los intelectuales, y en la universidad había destacado más como hábil espadachín y remero que como aplicado estudiante.

Así pues, también abandonaba en esos momentos la universidad sin haber concluido la carrera de Derecho. Tras pasar tantos meses en el sur, ya no soportaba el paisaje inglés, la lluvia pertinaz y el frío. A esas alturas llevaba catorce años fuera de Jamaica. Se le había terminado la paciencia y sabía mucho más sobre el derecho marítimo y mercantil de las distintas naciones de lo que jamás necesitaría conocer para la distribución de la caña de azúcar del negocio de su padre. Había llegado al límite, ¡quería volver a casa!

No previno a su padre de que tenía intención de abandonar Oxford. Elias Fortnam era capaz de embarcarse de nuevo rumbo a Inglaterra para meter en cintura a su hijo, y era probable que su joven esposa ya quisiera regresar a su país. En cualquier caso, Doug se propuso dar una sorpresa a su padre y su nueva madrastra en Jamaica. No le pasó por la cabeza pedir dinero a su padre, sino que se dirigió a Liverpool y se enroló en un buque de tres palos. Durante casi tres meses luchó con los bichos del camarote, se aburrió fregando la cubierta y disfrutó de buenos momentos trepando por las jarcias. Doug no tenía vértigo y amaba los retos: no tardó en ser el primero en subir a los mástiles para recoger las velas, y prefería pasar una noche de guardia en la cofa de vigía que ahogándose de calor en el interior del barco.

Cuando la goleta llegó a Jamaica el día de Navidad de 1732, había disfrutado tanto en el mar que barajaba enrolarse en el siguiente barco. Pero bastó la primera visión de la costa para rechazar de inmediato tal idea. Las playas blancas iluminadas por el sol naciente, la jungla, las montañas... ¡Ahí, justo ahí, era donde él quería estar! ¡Solo podrían volver a sacarlo de esa isla utilizando la violencia!

La travesía finalizó en Kingston y el joven disfrutó de la animada ciudad portuaria que tanto había crecido durante su ausencia. Aun así, tendría que acostumbrarse de nuevo a ver tantos negros, en los últimos años debían de haber llegado miles. Su corazón latió con fuerza al pensar en Akwasi y la pequeña Máanu. A esta última era posible que volviera a verla; en cuanto al primero, no lo creía. Catorce años atrás, su padre había gritado que le impondría un castigo ejemplar. Seguramente lo había vendido. Al recordar esa escena, un ya conocido sentimiento de culpa se apoderó de Doug. Intentó desecharlo. Todo eso había ocurrido hacía mucho tiempo. Ya era pasado.

Vagó por las instalaciones portuarias. Tal vez tuviese suerte y pudiera comprar un caballo en algún buque que descargara animales. Sin embargo, solo encontró barcos de esclavos. Podría conseguir un palanquín y seis porteadores en un santiamén, pensó sarcástico, pero todavía seguían faltando caballos en todo el país. Al final buscó a un tratante y pagó un precio desorbitado por un pequeño semental bayo que había desembarcado pocos días antes. El animal procedía de España y Doug prefirió no preguntar cómo lo había conseguido el tratante o el marino que se lo había vendido. Los barcos ingleses y españoles todavía libraban combates navales, aunque oficialmente la guerra había concluido y se suponía que casi se había logrado erradicar la piratería. El precio fijado por el tratante consumió toda la paga de Doug, y el hombre accedió de mala gana a proveerle de la silla y los arreos cuando el joven le convenció de que ya no tenía más dinero. El muchacho se desprendió con reparos de sus últimas monedas, pero luego se dijo que su padre no le echaría de casa. Ensilló el caballo con buen ánimo, lo bautizó como *Amigo* —orgulloso de las pocas palabras que había aprendido de español— y se dirigió hacia Spanish Town.

El semental avanzaba diligente y Doug gozaba del sol matinal reflejado en el mar y de los caminos sombreados que atravesaban los campos de tabaco y de caña de azúcar. Le resultó extraño que estos últimos estuvieran desiertos. Por lo general nunca pasabas por ahí sin encontrarte al menos con una cuadrilla de esclavos trabajando. Pero recordó que era Navidad. Claro, era la fiesta cristiana más importante, el único día en que tradicionalmente los propietarios de las plantaciones eximían de sus labores a los esclavos. Doug lo tomó como un buen augurio. En primer lugar, avanzaría más rápido si no se encontraba con carros tirados por mulos o bueyes ni con ningún vigilante a lomos de un caballo en medio del camino. Además, la festividad contribuiría a que su padre estuviera de buen talante.

En efecto, los kilómetros fueron quedando atrás bajo el trote brioso de *Amigo*. Todavía faltaba bastante para el mediodía cuando llegó al linde que separaba las tierras de los Hollister y los Fortnam. Detuvo indeciso el caballo. Si iba directo a la casa pasaría el resto de ese día soleado y prometedor entre cuatro paredes. Tendría que informar a su padre de las decisiones que había tomado —algo que casi le asustaba un poco— y conocer a su extraña madrastra, una mujer más joven que él mismo. Doug no comprendía por qué razón se había casado Nora Reed con su padre. Seguramente había sido un acuerdo entre Elias Fortnam y el señor Reed, y la chica debía ser una dócil desabrida si había aceptado tal cosa. Posiblemente aprovecharía cualquier oportunidad para quejarse sobre el clima de su nuevo hogar, la falta de vida social, arte y cultura... La mayoría de las esposas de los propietarios de plantaciones sufría de aburrimiento e insatisfacción crónicos. Doug no tardaría en hartarse de escuchar sus quejas.

De pronto recordó que por allí había un desvío a la playa. Si seguía el estrecho camino que separaba las plantaciones Hollister y Fortnam llegaría a la jungla y desde ahí accedería a la bahía de Cascarilla Gardens. Doug anhelaba ver la playa. Había soñado con ella incontables noches, evocando las horas que había pasado allí con Akwasi, sus juegos, sus carreras, sus risas y sus peleas en la arena. El agua del mar siempre estaba tibia, el sol siempre brillaba... Doug sonrió y tomó resuelto el camino. Ya tendría tiempo más que suficiente para ver a su progenitor. Ahora regresaba al hogar, a su playa.

Llegó a la bahía por el extremo oriental y apenas logró contener el júbilo. Tuvo la sensación de haberla abandonado el día antes. ¡No, no había nada en absoluto comparable en Europa! No había arena tan blanca, no había jungla de un verde tan intenso, no había mar tan azul. Doug sintió la urgente necesidad de dar rienda suelta a su alborozo. Puso a *Amigo* al galope y fue como si el pequeño semental compartiera su entusiasmo. Sus cascos marcaban la tierra como un arado cuando, de repente, levantó las orejas y se detuvo de forma tan abrupta que Doug casi se cayó de la silla. Siguió la mirada del animal y distinguió otro caballo aproximadamente en mitad de la bahía, atado a un mangle. El propio Doug tal vez ni se habría percatado, pues quedaba casi oculto entre las gruesas ramas y el follaje del árbol, pero *Amigo* lo había olido, por supuesto, y acto seguido se acercó audazmente a él con la cabeza levantada. Una yegua, qué duda cabía. ¡Y extraordinariamente bonita! Doug contempló maravillado las finas patas del animal, con toda seguridad era la silueta de un caballo de carreras.

Amigo pretendía aproximarse más, pero el instinto ordenó a Doug tirar de las riendas.

—Déjalo, chico, es mejor que nos retiremos discretamente a un segundo plano —susurró a su montura, apartándolo de la playa para guiarlo hacia la jungla.

Enérgicamente prohibió al caballo que relinchara para no

delatarse, sintiendo que se comportaba casi como un niño. Claro, ahí era donde siempre jugaban con Akwasi a indígenas y piratas o patrones y cimarrones, pero los piratas no llegaban a caballo hasta ahí y los cimarrones no ataban sus caballos junto a la playa. Los negros libres del interior eran conocidos por sus acciones relámpago. Llegaban corriendo a una granja, mataban al propietario y la mayoría de las veces también a los esclavos domésticos, robaban y se marchaban tan deprisa como habían llegado. Los esclavos de los campos solían unirse a ellos, un ataque de cimarrones era la ocasión más segura para huir. No obstante, eso sucedía raras veces, y en la playa y cerca de las ciudades casi nunca.

No obstante, Doug observó con curiosidad al caballo. Entonces algo se movió entre la maleza, junto al animal, y, para gran sorpresa de Doug, de la espesura salió una mujer. Relajada, segura de sí misma, resuelta y... ¡totalmente desnuda! Lo primero que pensó fue que se trataba de una esclava que había aprovechado su día libre para bañarse en el mar, pero desechó la idea de inmediato: esa mujer no tenía la estatura de una ashanti o baulé, era más menuda y muy delgada y, desde luego, no era negra. ¿Mulata, entonces? ¿Una esclava con mucha sangre blanca? Pero resultaba claro que la joven era la propietaria del caballo, y ¿qué criolla tenía un animal tan valioso?

Y entonces... —Doug no daba crédito a sus ojos— lo distinguió con toda claridad: la mujer que se dirigía al mar y que sin vacilar se lanzaba a las olas ¡era una blanca! Y no una de aquellas criaturas dulces que había conocido en el sur de Europa y aprendido a apreciar. Tampoco una de las campesinas que trabajaban en los campos de sus padres y que, con la cara bronceada por el sol, después de la jornada se iban risueñas a refrescar a un río o un estaque a las afueras del pueblo.

La mujer que se bañaba en el mar, por el contrario, tenía la tez de un blanco inmaculado, debía de llevar normalmente vestidos de manga larga y protegerse el rostro del sol del Caribe. Doug observó fascinado cómo nadaba audazmente mar adentro y luego, en medio de la bahía, se tendía boca arriba dejándose mecer por las aguas. Su cabello, largo y de un castaño dorado, flotaba cercando su cara como una aureola. Doug sentía curiosidad por ver ese rostro y no quedó decepcionado cuando la joven volvió a la orilla. Era un semblante bonito y delicado, de labios carnosos que esbozaban una sonrisa relajada, de mejillas suavemente sonrosadas por el esfuerzo y unos ojos grandes cuyo color no logró distinguir a contraluz. La muchacha alzó los brazos, se recogió el cabello en la nuca y lo escurrió; un gesto que Doug había visto hacer a las esclavas. Por supuesto, no era de buena educación estar espiándola desde un escondite, pero era incapaz de apartar la mirada de aquellos pechos pequeños y firmes. La joven tenía una cintura tan fina que él pensó que podría rodearla con las dos manos, y unas caderas suavemente redondeadas. Era menuda y, sin embargo, de una perfecta belleza.

Doug se preguntó de dónde provendría y pensó en seguirla, pero seguramente no sería sencillo. En ese momento la bañista se había internado de nuevo entre los arbustos, estaría vistiéndose y pronto volvería a montar en su caballo. El joven esperaba que lo hiciera en la playa para verla una vez más, pero sus deseos no se cumplieron. El caballo desapareció sin más entre los árboles. La mujer debía de ir por el sendero que llevaba a la plantación Fortnam, luego a las propiedades de los Hollister y después a tres o cuatro plantaciones más. Un caballo como el suyo era rápido y una nadadora tan osada también debía de ser una intrépida amazona. Debía de sentirse muy segura, o no se habría desnudado de una forma tan natural y sin recato alguno.

Qué extraño. Él mismo había pasado la mitad de su infancia en esa playa y nunca nadie los había molestado a él y Akwasi. En realidad, la playa estaba prohibida para Akwasi. Los esclavos tenían permiso, como mucho, para pescar un poco para la mesa de los señores y bajo vigilancia. Dirigirse a solas allí se castigaba severamente, ya que sería muy fácil salir a nado de la bahía, dejarse llevar por la corriente lejos de Kingston y perderse en algún lugar de la jungla. Naturalmente, fuera de la bahía había tiburones, pero los esclavos asumían riesgos con tal de escapar de su penosa condición. Además, en la jungla había madera suficiente para construir una balsa en pocas horas. Akwasi y Doug también lo habían hecho. Sonrió al recordar la choza que habían construido de hojas y ramas y el intento de vaciar el tronco de un árbol para convertirlo en canoa.

Doug hizo callar a *Amigo*, que soltó un gruñido triste ante la partida de la yegua negra, y lo guio hacia la playa de nuevo. Pero se le habían pasado las ganas de galopar. Prefería regresar a casa. A lo mejor conseguía volver a encontrarse con aquella belleza y hablar con ella.

Amigo pareció estar de acuerdo con el cambio de planes y trotó alegremente.

El día de Navidad era el único que Akwasi tenía libre en todo el año, y lo dedicó a lo mismo que dedicaba cada minuto de que disponía desde que había conocido a Nora Fortnam: a seguirla. Sabía que era una locura y que, además, pretender a una mujer blanca podía costarle la vida, pero no lograba contenerse. Daba igual cuánto hubiese trabajado y lo agotado que estuviese, daba igual cuántas veces se repitiese que era la esposa del odiado *backra* que lo esclavizaba: cada noche soñaba con ella y su mente no se aclaraba hasta que la veía. Por las mañanas le hacía feliz cruzársela cuando ella iba a visitar a los enfermos. Hacía un par de semanas que incluso se atrevía a saludarla. Al fin y al cabo, Máanu siempre estaba con ella, así que un día se había limitado a añadir al habitual «Hola, Máanu» un «Buenos días, missis». El vigilante le había increpado por ello, pero la señora pareció alegrarse del saludo y le contestó con un «Buenos días, Akwasi». El joven se había visto invadido por una oleada de felicidad que lo había acompañado durante todo aquel día de calor insoportable que había pasado colocando plantones de caña de azúcar. Una tarea todavía más ímproba que la de cosechar, pues se trabajaba en condiciones deplorables bajo un sol de justicia, mientras que las largas cañas de azúcar proyectaban algo de sombra mientras se cortaban.

A partir de entonces, Máanu y la señora siempre respondían

con una sonrisa al saludo de Akwasi, y él se extasiaba al oír la dulce voz de Nora. Esta tampoco parecía objetar que el chico se ofreciera a ayudarlas en el cuidado de los enfermos por la tarde. Entonces el esclavo osaba abrigar la esperanza de que de ese modo ella respondía a su afecto. Era imposible que ella amase al *backra*. Era totalmente inconcebible que una criatura tan angelical sintiera algo por el hombre que catorce años atrás había arrojado a Akwasi al infierno.

Pero ese día de Navidad los dioses le tenían reservado un obsequio especial al joven. Estaba convencido de que no vería a Nora. Los Fortnam ofrecían una velada por la noche y la señora debía supervisar los preparativos. Dado que los esclavos del campo tenían libre —en cuanto a los domésticos, se había anulado su día de vacaciones hasta nueva orden—, por la mañana no había visitado las cabañas. Por eso Akwasi se había acercado a la cocina de la casa señorial. Tal vez lograra ver a Nora unos segundos al menos, y si no era así, quizá sobrara alguna exquisitez de la mesa del *backra*. Máanu siempre estaba dispuesta a mimarlo cuando podía, y también esta vez se llevó un dedo a los labios y lo condujo lejos de la agitación de la cocina hasta el arroyo. Allí sacó un trozo de pastel de miel de los pliegues de su vestido.

—Aquí tienes, ¡que te aproveche! —dijo riendo—. Es increíblemente dulce, la missis tenía la receta y mi madre lo ha preparado hoy por primera vez. Es imposible dejarlo una vez que lo has probado...

A Akwasi le interesaba todo lo que tuviese que ver con Nora Fortnam y disfrutó especialmente del pastel porque a ella también le gustaba.

—¿Dónde está la missis? —preguntó como de paso.

Máanu respondió sin recelos.

—Ah, se ha tomado una hora libre mientras el *backra* revisa las reservas de vino, rellena las botellas de ron, prepara los puros y cumple las demás obligaciones de un señor distinguido en una cena de Navidad, sean cuales sean. Quería sacar su caballo y salir a pasear sola, pues los mozos tienen libre. Ha dicho que sabe ensillar ella misma. ¡Y yo la veo capaz!

Casi no había nada de lo que Máanu no creyera capaz a su idolatrada señora. Ya hacía tiempo que se había desprendido de sus prejuicios iniciales.

—¿Y adónde irá sola? —preguntó Akwasi, pese a que ya imaginaba la respuesta.

Nunca había podido seguir a Nora hasta la playa —era imposible escapar de la cuadrilla de trabajadores—, pero sabía que solía pasear por allí. De lo contrario, salía a montar en compañía de un mozo, aunque la playa era lo que más le gustaba. Sin duda aprovechaba ahora esa hora libre para visitar su lugar favorito antes de que llegasen los invitados. Y Akwasi por fin tendría la oportunidad de ver qué hacía allí.

Así pues, el joven esclavo fue hasta la playa, guardándose de que nadie lo viera. Los vigilantes patrullaban mayormente los lindes de la plantación, no la orilla del mar. En esa época, la de la cosecha, los esclavos estaban agotados y no tenían fuerzas para planificar una huida, sobre todo cuando el riesgo era tan grande, incluso sin vigilantes al acecho. A fin de cuentas, esos días los *backras* se visitaban unos a otros casi de continuo y era fácil tropezarse con lord Hollister o algún otro vecino. Pero Akwasi no se amilanó, aunque apenas recordaba el camino a la playa. Y eso que antaño había ido con Doug casi cada día... Se permitió recordar con afecto algunos de sus juegos y aventuras en la bahía.

Cuando por fin llegó, descubrió a la yegua *Aurora* y trepó ágilmente a una palmera cercana. El esclavo ardió de deseo al ver a su señora quitarse el vestido y la ropa interior, soltarse el cabello y zambullirse totalmente desnuda en el agua. No había contado con algo así... Eso era más propio de Máanu. La mujer blanca nadó hacia el centro de la bahía, donde flotó y jugó con las olas como... bueno, como una mujer normal. Akwasi había visto a menudo hacer lo mismo a las jóvenes esclavas. A escondidas, claro, o sin que se percataran de él, al menos en apariencia, porque luego las esclavas se reían y atraían hacia sí al joven de su misma edad para juguetear. ¿Estaría haciendo Nora eso para deleitarle? ¿Le bastaba con aquella representación, se consumía tanto por él como él por ella? Observó cómo su señora se secaba el cabello y se dejó llevar por la fantasía de que abandonaba su escondite y ella lo abrazaba.

Era evidente que Nora tenía prisa tras el baño. Subió diestramente al caballo, sin ayuda para encaramarse a la silla. A continuación puso el animal a trote rumbo a la plantación. Akwasi la siguió despacio, siempre oculto entre las sombras de los árboles. Ese día ya no volvería a verla y por la mañana ella tendría probablemente que ocuparse de los invitados que pernoctaran en la casa. Máanu iría sola al caserío de los esclavos. Akwasi suspiró, la chica era una pesada. Aparecía por iniciativa propia e iba a verlo a su cabaña. Los exquisitos manjares que llevaba siempre era bien recibidos, naturalmente, pero los chicos con los que Akwasi compartía el alojamiento parecían interpretar de forma errónea ese asunto. Recogían a toda prisa y con pretextos manidos la cabaña, mientras sonreían a Akwasi o murmuraban maliciosamente. Y entonces él tenía que apañárselas para pasar el tiempo charlando hasta marcharse a trabajar, mientras Máanu se esmeraba en seducirlo. Era evidente que iba tras él, pero Akwasi no podía rechazarla drásticamente. A fin de cuentas, era la única razón por la que podía aparecer en la casa sin que la señora desconfiara.

Sumido en sus pensamientos, Akwasi se dirigía hacia la plantación cuando oyó sonido de cascos a sus espaldas. Alarmado, se agazapó entre la maleza. ¿Un control? ¿Algún vigilante se habría olido algo? ¿Habían convocado a los hombres y se habían percatado de que él faltaba?

Doug Fortnam probablemente no habría visto al hombre oculto en la maleza: también él iba absorto en sus asuntos, oscilando entre el agradable recuerdo de aquella mujer en el mar y la creciente inquietud previa al encuentro con su padre. *Amigo*, sin embargo, sí vio al negro y se asustó. Doug ya lo había advertido en Kingston: el pequeño semental no estaba acostumbrado a las personas de piel oscura. Era posible que hiciera poco tiempo que había llegado de España. Doug escudriñó el bosque con la mirada.

Akwasi dudaba entre huir o permanecer tranquilo. En sentido estricto no había cometido ninguna falta, nadie le había prohibido salir a pasear por el bosque en su día de fiesta. Únicamente debía evitar que lo vieran en la playa.

—¡Sal, no tengas miedo, no voy a hacerte nada!

Algo en aquella voz le llamó la atención. En cualquier caso, el acento no era escocés, no era un vigilante. El esclavo volvió al camino conservando toda la calma posible. El caballo del blanco hacía escarceos.

Akwasi miró al hombre a lomos del inquieto bayo. De estatura media, fornido y rubio, no llevaba el cabello largo recogido en una coleta como estaba de moda. El rostro despejado y anguloso estaba muy bronceado y destacaban en él unos ojos azules y vivaces. Un rostro que a Akwasi no le gustó, pese a que en general podía catalogarse de sumamente agradable. Pero recordaba demasiado... recordaba demasiado al odiado *backra*...

Doug no habría reconocido a Akwasi. Ya no recordaba a la madre de su compañero de juegos y tampoco tenía conciencia de haber visto nunca a su padre. Sin embargo, cuando el fuerte joven negro se expuso a la luz del sol, distinguió la cicatriz en la mejilla, debajo del ojo derecho. Había curado bien, pero a Doug le llamó la atención porque aquella herida la había causado él mismo. Naturalmente, había sido un accidente, los niños habían practicado una lucha con espadas de madera y a Doug se le había resbalado la suya, desgarrando sin querer la mejilla de Akwasi. Doug todavía recordaba cuánto se había avergonzado y lo mucho que se había preocupado por su amigo.

—Ak... ¿Akwasi? —susurró.

El esclavo levantó la vista, pero su rostro no mostró la esperada sonrisa del reencuentro. Contuvo toda emoción.

—*Backra* Douglas —saludó lacónico, haciendo una inclinación.

Doug desmontó de un salto.

—¡Akwasi! ¿Qué pasa? ¿No te alegras de verme? ¡Cielos, qué sorpresa encontrarte aquí! Pensaba que mi padre... ¡Oh, querido Akwasi! —E hizo el gesto de ir a abrazar al negro.

El esclavo dio un paso atrás.

—Negro muy contento volver a ver *backra* —respondió, pero la expresión de odio de sus ojos desmentía esas palabras.

Doug se detuvo y frunció el ceño.

—Pero ¿qué pasa, Akwasi? ¿Por qué hablas así? ¿Te has olvidado de tu inglés? —Intentó esbozar una sonrisa.

—Negro no bien en lengua de *backras* —contestó Akwasi, volviendo a inclinarse. Pero sus ojos miraban a Doug fulgurantes—. *Backra* saber: negros tontos.

—¡Akwasi, esto es absurdo! —Doug miraba desconcertado a su viejo amigo. Cuando los habían separado eran los dos de la misma altura, pero ahora Akwasi lo superaba en media cabeza—. ¡Qué alto estás! —A lo mejor aflojaba la tensión si cambiaba de conversación—. ¡Ahora ya no te ganaría luchando!

—Negros no luchar con *backras*.

—¡Akwasi! —Doug se frotó la frente, perplejo—. Akwasi, ¿qué tengo que hacer? ¿Por qué estás enfadado conmigo? Sí, he estado mucho tiempo ausente, pero te aseguro que no fue por propia voluntad. Y ahora he regresado... Me alegro de volver a estar aquí... En ningún otro lugar he sido tan feliz. Y tú...

Akwasi resopló.

—Como yo decir, bienvenido, *backra* —farfulló entre los labios apretados—, al lugar más feliz del mundo.

Dicho esto, dio media vuelta para marcharse. Doug se quedó mirando cómo su antiguo compañero de juegos le daba la espalda. Descubrió horrorizado las cicatrices y las heridas recientes. Debían de haberle atizado con el látigo pocos días antes.

Doug fue tras él.

—Akwasi, ¡esto es espantoso! Yo... yo no lo sabía...

El joven esclavo soltó una risa sardónica.

—¿Y? ¿Qué haber hecho el *backra* si haberlo sabido? ¿Subirse a las nubes, volar hasta aquí y caer con la espada sobre el vigilante como el espíritu del cuadro?

Doug recordó el horrible cuadro que colgaba sobre su cama cuando ambos eran niños: un ángel custodio que con su espada en llamas protegía de la injusticia a un niño. A un niño blanco, claro...

—¡Habla bien, Akwasi! —exclamó Doug afligido.

Ya casi habían llegado a la plantación. Se distinguían las cabañas de los esclavos a la luz del atardecer.

—Yo ya no hablar más, *backra* —anunció Akwasi—. Negro del campo no tener permiso para hablar con *backra*... y para un *backra* hablar con un negro significa rebajarse.

La última frase le salió casi correcta gramaticalmente, pero en ese momento se le presentó la oportunidad de escabullirse. Un sendero se desviaba hacia una cabaña algo alejada a cuyos inquilinos Akwasi apenas conocía, pero a los que ahora visitaría. ¡Solo para alejarse del camino principal, para alejarse de Doug!

Douglas no lo siguió, estaba demasiado alterado y hablar enredaría aún más las cosas. Además, había llegado el momento de cabalgar hacia su casa. No obstante, ya no temía el encuentro con su padre. No podía ser peor que el que acababa de tener.

2

Doug se sorprendió del bullicio reinante en el establo. Había pensado que se encontraría con un criado como mucho, por si había alguna urgencia, pero los otros tendrían fiesta ese día, como los esclavos del campo. Sin embargo, el caballerizo y los mozos de cuadra llevaban librea y todos los compartimentos y postes de atar los caballos estaban limpios y listos para recibir visitas. El caballerizo enseguida se dirigió hacia Doug, a quien nadie conocía allí.

—Yo guardar caballo, señor, *backra*. Usted seguro querer refrescarse. —Deslizó la mirada, casi despectivamente, por los pantalones de montar de Doug, que desmerecían frente a su elegante uniforme—. Georgie guiar a casa para cambiarse... —Señaló a un jovencito que servía de mozo de recados.

Doug sacudió la cabeza risueño.

—¿Tan elegante vas, Peter? —preguntó burlón al esclavo. Peter ya era caballerizo cuando Doug y Akwasi hacían travesuras entre risas en las cuadras—. Casi no te conozco con esa peluca. ¿A quién se le ha ocurrido?

En efecto, el esclavo llevaba una ostentosa peluca blanca como los mayordomos británicos cuando sus señores celebraban una fiesta.

Peter miró molesto.

—¿*Backra* conocerme? —preguntó inseguro.

Doug asintió.

—Claro, Peter, ¿tú a mí no? ¡Piensa un poco! ¿Quién puso bardanas al caballo del viejo Hollister debajo de la manta de la silla para que lo derribase al montar?

Peter observó a Doug y poco a poco el rostro se le contrajo en una sonrisa irónica.

—*Backra* Douglas...

Doug hizo el segundo intento del día de abrazar a un viejo amigo y, en esta ocasión, no lo rechazaron. El viejo caballerizo contestó al saludo con cierta timidez y torpeza, pero de corazón.

—¡Yo no saber que venía a casa, *backra* Doug! ¡*Backra* Elias no decir nada!

Doug rio.

—Conque no te has puesto así de elegante para mí, ¿eh? Estoy decepcionado... ¿O es que vais así todo el día desde que mi padre se ha casado con una vanidosa lady inglesa?

Miró divertido el rostro negro del empleado vestido con librea azul y plata.

Peter negó con un ademán.

—¡Qué va! ¡Missis buena, missis un ángel! —Ninguno de los trabajadores permitía que se hablara mal de Nora—. Pero hoy Navidad, gran fiesta en casa, muchos *backras* y missis, música, baile... todos elegantes, también los negros. —Giró sobre sí mismo delante de Doug.

—Bien, pues entonces tened cuidado, no vayáis a ensuciaros —se despidió Doug—. Ocúpate de mi caballo, ¿quieres? No está tan loco como parece. —*Amigo* había empezado a hacer escarceos cuando un mozo de cuadra lo cogió—. Pero tiene miedo del hombre negro.

—Igual el caballo de missis —respondió Peter—. Pero cambiar con un poco de avena.

Tranquilo con esa respuesta, Doug se encaminó hacia la casa, preguntándose si debía alegrarse de aparecer en medio de un banquete o más bien debía preocuparse. En cualquier caso, su padre no tendría la oportunidad de someterlo a un minucioso interrogatorio y después de esa velada la mitad de Jamaica sabría que Douglas Fortnam había regresado. Elias no podría meterlo en el próximo barco y enviarlo a Inglaterra. Esto último le infundió valor y se preguntó si debía utilizar la entrada principal o introducirse en la casa por la cocina, pero optó por el camino oficial. Ya saludaría más tarde a Mama Adwe, seguro que en esos momentos estaba muy ocupada.

Otro criado también con librea guardaba la puerta de entrada.

—¿A quién debo anunciar? —preguntó, envarado y hojeando nervioso la lista de invitados. Sin duda conocía a todos los invitados, pues era imposible que supiera leer—. No saber si...

—En realidad no me han invitado —respondió Douglas, sacándole del apuro—. Pero, por favor, avisa al *backra* que ha llegado su hijo Douglas Fortnam.

Elias se presentó de inmediato en la entrada, al parecer sin dar crédito a lo que le habían comunicado.

—¡Douglas! —Se quedó mirando a su hijo—. A ti sí que no te esperaba. ¿Cómo es que vienes...?

El joven intentó sonreír.

—¿No vas a saludarme primero, padre? Tanto no puede sorprenderte. Siempre acordamos que regresaría cuando finalizara mis estudios.

El enfado de Elias se trocó en una expresión radiante.

—¡Así que tengo ante mis ojos a un auténtico jurista! ¡Felicidades, hijo mío!

Doug se rindió al abrazo de su padre, pese a que esta vez habría preferido salir huyendo.

—Más o menos —respondió, mientras seguía a su padre a la sala de los caballeros. Por fortuna no había ningún invitado presente.

Elias cogió una jarra de ron.

—¡Vamos a celebrarlo! ¿Qué significa... más o menos?

Doug tomó un buen trago pese a la temprana hora. Habitualmente no bebía antes de la puesta de sol.

—¡Por mi feliz regreso! —dijo.

—¡Como abogado graduado en Oxford! —exclamó Elias resplandeciente. Pero se detuvo al ver el rostro de Douglas—. ¿O no? —preguntó receloso.

Doug se encogió de hombros.

—Bueno, más bien como especialista en derecho marítimo y mercantil —precisó—. Puedes estar seguro de que en todo lo que pueda hacer aquí en Jamaica por los hacendados, en todos los contratos que haya que negociar, representaré de forma óptima a Cascarilla Gardens.

Doug se sentó y bebió otro trago de ron antes de que la tormenta le estallara encima.

—¿Quieres decir que has abandonado? ¿Que no has acabado la carrera? —Al decirlo se le hinchó la vena de la frente.

—Sé todo lo que tengo que saber —se defendió Doug—. Pero para obtener el título debía quedarme un par de años más en Oxford. No valía la pena, padre. Yo quería volver a casa.

—¡A casa! —Elias se paseó iracundo por la habitación—. Pareces un crío pequeño. ¡Dices que ya sabes lo suficiente! ¡Como si de eso se tratara!

—¡Podría dirigir una plantación! —afirmó el muchacho.

Elias soltó un bufido.

—Con vigilantes experimentados, hijo mío, podría hacerlo cualquiera —objetó con dureza—. Pero no un establecimiento comercial en Londres, una representación en el continente, ahora que tenemos esa casa allí y contactos. El rey no recibirá a ningún estudiante bohemio sin los estudios acabados. A un abogado de prestigio, por el contrario...

—El rey recibirá como mucho a un lord —se defendió Doug, pero una sensación de frío se iba apoderando de él. Así que de eso se trataba... Su padre no quería que regresara a Jamaica después de licenciarse. Tenía proyectos de altos vuelos, sin duda maquinados con el padre de su joven esposa. ¿O es que no les había regalado una residencia en Mayfair? Allí tendría que establecerse Doug y realizar el trabajo de *lobby* para los propietarios de las plantaciones de caña de azúcar de Jamaica. ¿Tal vez incluso comercio a distancia? Por lo que Doug sabía, Thomas Reed no tenía ningún heredero varón. Quizá Doug tenía que guardar el sitio para el niño... ¿Estaría esa tal Nora embarazada?—. Y nos habíamos puesto de acuerdo en que un Fortnam nunca se haría con un *rotten borough*, un burgo podrido, para no deshonrar su nombre comprando votos.

—¡También un título adquirido honestamente te habría allanado el camino! Pero no, tú tenías que conocer mundo en lugar de...

Elias se interrumpió. De todos modos, ya era demasiado tarde, no podía encadenar a su hijo y meterlo a la fuerza en el próximo barco que zarpara hacia Inglaterra. De poco habría servido, además. A fin de cuentas, el chico no había vuelto de ese maldito viaje por el continente muerto de hambre, al contrario, tenía muy buen aspecto. Elias recordaba casi con nostalgia aquella fortaleza física y la risa traviesa de cuando era un joven marinero. Si ahora no acogía a Doug, este intentaría labrarse la felicidad por su cuenta. Y por añadidura acababan de llegar dos carruajes. Lord Hollister y Christopher Keensley, otro vecino más. No debía seguir peleándose con su hijo delante de los invitados. Elias se dio por vencido.

—De acuerdo, Doug, ve y que te den una habitación. Enviaré a mi ayuda de cámara para que te eche una mano. Espero que dispongas de ropa de fiesta adecuada.

El joven asintió aliviado, pese a que no las tenía todas consigo. La mayoría de sus prendas de vestir estaban gastadas. Y, ¿qué significaba «arreglarse»? ¿Se seguía allí la moda francesa que obligaba a los caballeros a maquillarse y perfumarse como una mujer? Daba igual, ya se ocuparía más tarde de ello. Pero la necesidad de arreglarse explicaba al menos la ausencia de la señora de la casa. Sin duda, se tardaban horas en preparar a una dama para tales festejos.

Nora permaneció pacientemente quieta mientras Máanu le trenzaba el cabello y lo adornaba con flores de azahar. La muchacha había adquirido en el último año una destreza considerable, instruida por la doncella de lady Hollister, especialmente adiestrada para ello. Y no faltaban oportunidades de practicar. Elias no había exagerado cuando, justo después de la llegada de Nora a Jamaica, había hablado de una intensa vida social. Esta solía paralizarse durante la cosecha, pero el resto del año estaba lleno de invitaciones, desde comidas campestres hasta grandes bailes. Los propietarios de las plantaciones representaban incluso cacerías en las que un par de esclavos jóvenes interpretaban el papel de zorros. Al principio, Nora lo había encontrado horrible, pero en realidad los chicos se divertían dilatando todo lo posible su desenlace y reían alegres cuando al final los perros los descubrían. Los cazadores, complacidos y en su mayoría ya algo achispados a horas tempranas, recompensaban a los buenos corredores con dulces y peniques en abundancia. Nora se sintió decepcionada cuando Máanu mostró su antigua reserva mientras la acicalaba para el baile que seguiría a la cacería.

—Ahora no es más que un juego, missis, y nadie se hace daño. Pero cuando el próximo negro huya, los perros lo perseguirán del mismo modo. Y entonces los cazadores llevarán fusiles, missis, y el «zorro» tendrá pocos motivos para reír.

A partir de ahí, Nora se mantuvo alejada de las cacerías, lo que no le costó demasiado. Elias, quien siempre había sido un jinete mediocre, tampoco era muy partidario de ellas. Sin embargo, la joven debía participar en los demás eventos sociales sin excepción, a lo que ella consentía aunque no se divirtiera. Nora conocía a muchos de los propietarios de las plantaciones, pero no tenía amigos, no le gustaban ni esos hombres fanfarrones ni sus aburridas y afectadas esposas, capaces de pasar horas hablando de cómo mantener la tez blanca pese al sol del Caribe. Criticaban a sus esclavos domésticos por ser torpes y perezosos en lugar de tomarse la molestia de instruirlos, y se quejaban del calor y la falta de actividades culturales. Nora odiaba sus arrogantes elogios respecto a su labor en el barrio de esclavos: «¡Te digo que yo nunca podría hacerlo, tesoro! ¡Con ese calor y esa suciedad! ¡Si es que esa gente suda, oye!» No obstante, ella ponía al mal tiempo buena cara y seguía con su empeño de ayudar a los esclavos. En los últimos meses cada vez llegaban más llamadas de las otras plantaciones, en general a través de Máanu o Adwea. Cuando en las propiedades vecinas se hería un hombre o una mujer sufría calambres o hemorragias, los esclavos, sin saber adónde recurrir, enviaban mensajeros a la plantación de Fortnam. Los chicos y las chicas se arriesgaban a que los prendiesen como fugitivos y a que los castigasen, y antes de acompañarlos a sus cabañas Nora tenía que pedir permiso al hacendado.

Las pocas veces que no lo había hecho, Elias había montado en cólera, aunque con el tiempo las cosas se habían normalizado. Nora, quien ya tenía práctica en pedir donativos, había convencido a las señoras Hollister y Keensley de que colaborasen recibiendo a los preocupados amigos y familiares de los enfermos y enviándoselos a Nora. No siempre funcionaba y era frecuente que el paciente ya hubiese muerto cuando la avisaban: durante la noche, por ejemplo, las damas no querían que las molestaran. Sin embargo, a veces lograba salvar una vida. Desarrolló mayor destreza en la asistencia a las mujeres, sobre todo una vez que hubo averiguado el motivo de esas hemorragias y calambres tan frecuentes. Casi todas sus pacientes sufrían complicaciones tras un embarazo interrumpido a la fuerza.

Los comentarios mal intencionados de Elias respecto a que las orgullosas mujeres ashanti preferían que sus hijos muriesen en el vientre materno a criarlos como esclavos se demostraron ciertos. También en las otras plantaciones había muy pocos niños y los nombres de las mujeres que interrumpían los embarazos eran un secreto a voces. Pese a que el asunto le repugnaba, Nora no traicionó a las esclavas. Si hubiese intervenido habría perdido la confianza de las mujeres, y al final eso no le habría servido a nadie. Los hacendados habrían ahorcado a las mujeres que practicaban los abortos y las embarazadas se habrían dirigido a curanderas menos experimentadas.

De todos modos, Nora escribió al doctor Mason y le pidió consejo y manuales de medicina acerca de las enfermedades corrientes y las complicaciones en el parto. El médico comprendió. Tampoco en el East End acababan llegando al mundo todos los niños que eran concebidos en un arrebato de ginebra y desesperación. Adwea aportó un par de recetas caseras y Nora siguió estudiando y probando, hasta alcanzar cada vez mayores conocimientos y reunir una colección de remedios eficaces. En conjunto, no podía hacer gran cosa, pero al menos ya ayudaba al enfermo el hecho de que las señoras abogaran ante sus esposos para que les dejaran reponerse un par de días. Las trabajadoras en especial solían recuperarse sin más tratamiento. Elias también tenía razón a ese respecto: quienes habían sobrevivido a una travesía en un barco negrero y a varios años en las plantaciones de caña de azúcar eran resistentes.

Fuera como fuese, Nora se alegraba por cada paciente que se curaba y el reconocimiento que se le concedía en los caseríos de esclavos la reconfortaba. Ello contribuyó asimismo a acrecentar su libertad de movimientos y su satisfacción: ningún mozo de cuadra le contaba a Elias que salía a pasear sola a caballo, nadie hablaba de sus excursiones a la playa. En los últimos meses, Máanu casi se había convertido en una amiga para ella.

Nora tenía también más labores en las que ocuparse. Pidió los libros de sir Hans Sloane sobre Jamaica y acometió el estudio de la flora y la fauna de su nuevo hogar. Pese a todas las contrariedades, Nora amaba la isla y cuanto más tiempo pasaba en ella menos tristeza sentía al pensar en Simon. Sin embargo, no olvidaba su promesa de mantenerse abierta al espíritu de su amado y a veces creía sentirlo. Halló consuelo en la idea de contemplar para él todas esas maravillas, de ser la vista, el oído y el olfato de Simon para que él también formara parte de la isla. Nora ya no lloraba en la playa, sino que disfrutaba del mar, el sol y la arena con los cinco sentidos.

En cuanto a Elias, este no perturbaba sus fantasías ni su sueño. Ya en las semanas posteriores a la boda su interés por la joven esposa había descendido notablemente y, tras medio año de convivencia, muy pocas veces la visitaba por las noches, por lo general cuando estaba borracho, lo que ocurría cuando debían pernoctar después de una cena en casa de otros propietarios o en Kingston y se veían obligados a compartir lecho. En tales ocasiones, Nora adoptó la táctica de dirigirse confiadamente a la anfitriona y simular, relativamente temprano, que sufría unas jaquecas espantosas. La señora de la casa solía ofrecerle una habitación individual en la que Máanu pudiese ocuparse de ella. A nadie le extrañaba que la esclava también durmiera ahí, aunque tampoco ponían a su disposición ningún colchón o camastro. Máanu tenía que acurrucarse en el suelo. Pero después de la segunda o tercera vez siempre llevaba su esterilla para dormir.

Jamás salió una queja de labios de Elias ni parecía molestarle que su matrimonio no fuera bendecido con descendencia. No había mentido cuando contó al padre de Nora que se casaba sobre todo por razones sociales. A la joven eso ya le iba bien, aunque a veces se preguntaba de qué modo satisfaría su marido sus necesidades. A fin de cuentas, ¡no era normal que un hombre viviera como un monje! Nunca intentó averiguarlo, pues le resultaba indiferente, siempre que no apareciera por la plantación el hijo de una esclava con los mismos rasgos de Elias.

—¡Listo! —exclamó Máanu, sosteniendo el espejo con destreza para que Nora admirase el trenzado en la parte posterior de la cabeza—. ¿Bien?

La señora asintió y se enderezó resignada para que le ciñeran el corsé. Antes Máanu la ayudó a ponerse unas costosas medias de blonda. Nora suspiró al pensar en el apretado calzado con que iba a pasar esa larga noche. Hacía tiempo que se había acostumbrado a ir descalza como las esclavas, y Elias se había puesto como una furia las pocas veces que la había sorprendido así. Nora sospechaba que eran los vigilantes quienes se lo habían contado. Máanu le llevó el miriñaque, ahora de forma oval, conforme a la última moda, y reforzado con relleno adicional en las caderas. Todavía pasaría más calor. Pero Nora conocía sus deberes para con Elias y su posición en la plantación. Dócilmente, aguantó la respiración para que le ciñeran el corsé, se dejó poner el corpiño y la enagua y, por último, el vestido.

La imagen en el espejo la recompensó en cierto modo. Estaba bonita, sería el centro de las miradas de la fiesta. ¡Si al menos hubiera alguien por el que valiera la pena todo ese esfuerzo! Esa noche tenía que ponerse un collar de perlas, pero metió el recuerdo de Simon en un bolsillito invisible entre los pliegues de su vestido de noche. Nora todavía no era feliz, pero mientras tuviera ese colgante consigo no se sentiría verdaderamente sola.

Doug dejó que el ayuda de cámara de su padre se ocupara de su aspecto e hizo oídos sordos a sus lamentaciones de que su llegada tardía no le dejaba tiempo suficiente para concluir correctamente su trabajo. El mejor traje de que disponía no estaba a la altura de las circunstancias, pues ni siquiera contaba con una chaqueta de brocado y la camisa de encajes dejaba mucho que desear... El mismo Doug tuvo que reconocer que más bien parecía una sepia muerta que un adorno en la pechera. Al final, el desesperado criado consiguió reunir una legión de costureras que rápidamente adaptaron una levita, un chaleco y un calzón de Elias para su hijo. El arreglo provisional no duraría demasiado y Doug esperaba que las muchachas no cortaran las prendas demasiado ceñidas al cuerpo, incluso si así lo dictaba la moda.

Por fin acabaron mientras los últimos invitados entraban en la casa. Doug casi encontró lamentable su reflejo en el espejo: un pisaverde con chaleco forrado, la chaqueta con mangas cortas y abiertas con lujosas vueltas y unos fruncidos recogidos en la cintura. Por añadidura, en un chillón color burdeos.

—¡Y ahora la peluca, *backra*! —señaló el criado de Elias.

Pero en eso Doug no cedió.

—Tengo el cabello claro, Terry, no necesito blanquearlo ni teñirlo de gris. También es abundante y me falta mucho para quedarme calvo. ¿Para qué voy a colocarme ese artefacto en la cabeza? ¡Y encima con este calor! Hazme una trenza, por el amor de Dios, Terry, seguro que te sale mejor que a mí. De lo contrario me presentaré ante los invitados como Dios me hizo. Así al menos me reconocerá la gente cuando mañana me vea por la calle. ¡Y no, no pienso empolvarme ni el pelo ni la cara, desde luego! ¡Esa palidez cadavérica es absurda! ¡No soy un espectro!

Terry pareció preocupado, seguro que su señor se enfadaría con él. Pero Doug quería reunirse ya con los invitados y estaba impaciente por ver si alguno lo reconocía.

Llegó a punto para presenciar la aparición de Elias y Nora Fortnam. Los invitados se habían reunido en el gran salón, conectado al salón de baile y al comedor, y en ese momento se anunciaba la llegada de los anfitriones.

—¡*Lords and ladies, mesdames et messieurs*... el señor y la señora Fortnam!

Elias descendió la escalinata con unos pantalones claros hasta la rodilla y una levita de seda azul, una peluca perfectamente peinada y un tricornio bajo un brazo. Cogida del otro, bajaba una mujer delicada que pese al ostentoso miriñaque se movía con suma elegancia. Sobre una falda verde claro llevaba un abierto vestido blanco con estampado de flores grandes y pequeñas. Las medias mangas caían como alas y asomaba el adorno de encaje de la enagua. Tenía la cintura de avispa y el escote sugería unos pechos pequeños y firmes. Y el rostro... A Doug se le cortó la respiración al mirar aquel rostro apenas empolvado y fino por segunda vez ese día. Y aquel cabello ambarino... Por la tarde había revoloteado en torno a su rostro, ahora caía sobre su espalda en un elaborado trenzado adornado con flores. Doug no supo cuándo la había encontrado más perfecta, si a orillas del mar o ahora en el esplendor de la ceremonia.

Nora Fortnam sonrió a sus invitados. La joven de la playa... Doug tenía la impresión de que la habitación giraba en torno a él. Fuera como fuese tenía que volver en sí antes de presentarse ante su madrastra. Buscó una vía de escape, pero era incapaz de apartar la vista de Nora. La falda y las enaguas jugueteaban alrededor de sus tobillos mientras, llevada por Elias, pasaba de un invitado a otro. Hasta ese momento, Doug había encontrado amanerados esos movimientos. No entendía qué veían de erótico sus amigos y compañeros en que las pantorrillas de una mujer se dejasen entrever por fracciones de segundo. Él prefería contemplar a las campesinas que, descalzas y con las faldas más cortas, se abrían camino con garbo por la vida. Sin embargo, ahora los encantos de Nora lo cautivaron. Cuando su padre la condujo hacia él, esperó que no se notara demasiado su arrobo.

—Nora, ya te he informado de nuestro... humm... invitado sorpresa —dijo Elias envarado—. Mi esposa Nora, Doug. Nora, Douglas Fortnam, mi hijo.

Nora miró al joven y le sonrió. Él vio que tenía los ojos verdes. De un verde intenso y fascinante... ¿O eran de incontables matices de verde? Los ojos de Nora reflejaban los exuberantes colores de la jungla de Jamaica y la calidez que emitieron ante la presencia de Doug no era fingida.

—¿Cómo le llaman? ¿Doug? ¡Bienvenido a casa!

3

—¡Tiene que contármelo todo acerca de sus viajes! —pidió Nora en tono alegre a Doug cuando él la condujo a la mesa después de haber sido presentados.

La joven había modificado rápidamente el orden de los invitados en la mesa cuando se había enterado de la llegada de su «hijastro» y colocado a este entre Elias y ella como su compañero de mesa. Después del largo viaje y de la cabalgada desde Kingston, el joven debía de estar cansado. Además, no conocía a los demás blancos, como mucho recordaría sus nombres. Seguramente tendría pocas ganas de entablar conversación con una vecina de mesa que quizá no tendría mejor ocurrencia que ofrecerle a su hija como futura esposa.

—Estuvo en Italia y España, ¿no es así? Las costas deben de ser preciosas y también hace calor, ¿verdad? ¿Es como aquí? Pero no se cultiva la caña de azúcar, ¿o sí? —Nora parecía realmente interesada.

Doug le sonrió. Notaba su pequeña y cálida mano sobre el brazo y contemplaba su rostro atento y despierto. Pocas veces se había sentido tan a gusto y al mismo tiempo tan turbado.

—No es como aquí —respondió—. Nada en el Viejo Mundo es como aquí. Pero por lo demás, tiene usted razón, también los países mediterráneos tienen sus atractivos. Y en lugar de caña de azúcar, allí se cultivan viñedos. Supongo que prefiere el vino al aguardiente de caña de azúcar, ¿me equivoco?

Y se dispuso a coger él mismo la jarra de vino que estaba en la mesa delante de ellos. Nora alzó la mano e hizo un gesto apenas perceptible con la cabeza. Doug entendió. Esperó a que se acercara un sirviente negro y los sirviera a ambos.

—Ya no estoy acostumbrado al protocolo —se disculpó.

Nora sonrió.

—No tardará en adaptarse de nuevo. Uno se acostumbra a las comodidades antes que a renunciar a ellas. A mí también me resultaba extraño al principio que aquí me evitaran todo esfuerzo. Pero coma ahora, debe de estar hambriento después de la cabalgada y la travesía... por no mencionar lo que habrá tenido que comer cuando estaba de viaje.

Doug se sirvió colas de cangrejo de río de la bandeja que el criado le sostenía, poniendo atención en no mostrar demasiada avidez o en no llevarse la comida a la boca como un marinero. Estaba delicioso... El arte culinario de Adwea no tenía nada que envidiar a la cocina francesa o italiana.

—Todavía me acuerdo de la carne en salazón y del bizcocho que comíamos durante la travesía —prosiguió Nora. Percibía lo hambriento que estaba su compañero de mesa y se dispuso a eximirle de tener que darle conversación—. Incluso si el cocinero se tomaba la molestia de que no supieran a carne en salazón ni a bizcocho.

Doug levantó un momento la vista del entrante.

—Con nosotros nunca se tomaron la molestia —señaló—. La diferencia de sabor solo se conseguía según el grado de descomposición. El bizcocho, por ejemplo, estaba más o menos enmohecido.

Miró al criado, pero no quiso llamar la atención repitiendo. Era de suponer que seguirían dos o tres platos más.

—¿De verdad? —preguntó Nora con el ceño fruncido—. Vaya, nosotros nos habríamos quejado. ¡Me refiero a que uno paga por el viaje, y eso incluye comida decente!

Hizo una discreta señal al sirviente, que se acercó y sirvió a Doug.

El joven le sonrió.

—Viajé como miembro de la tripulación —le confió—. Así que no podía quejarme.

Nora se lo quedó mirando con los ojos abiertos de par en par.

—¡Se burla de mí!

Reaccionaba como una dama, pero parecía un niño al que acaban de contarle un buen chiste.

—No, es cierto —repuso Doug, y tragó un bocado más—. Supongo que usted sabe que... Bueno, del dinero que mi padre me asignaba cada mes no pude ahorrar nada para pagarme el viaje. Y además... —sus ojos se encendieron de repente— me habría aburrido de muerte durante la travesía sin nada que hacer. Pero no se lo cuente a mi padre, se enfadaría.

—Vaya, pero Elias fue marino durante años —se sorprendió Nora—. Pero da igual. Usted podrá responderme a una pregunta urgente: ¿qué tal se duerme en una hamaca?

Doug pocas veces se había divertido tanto como en esa velada al lado de su joven madrastra. Ninguno de los dos prestó atención a Elias, quien, de todos modos, bastante tenía con dar conversación a la mujer que lo flanqueaba. Todos sabían que lady Keensley era difícil y daba bastante trabajo a sus acompañantes de mesa.

Tras la comida, Elias y Nora abrieron el baile con un minueto, y luego ella bailó con algunos caballeros más: en las colonias todavía escaseaban las damas. En general, el entusiasmo por el baile pronto remitió entre los invitados, hacía tanto calor esa noche de Navidad que nadie tenía ganas de moverse más de lo necesario. Unos pocos jóvenes ejecutaron algunas danzas que les habían enseñado sus profesores de baile y a Doug no le pasaron por alto las miradas furtivas que le lanzaban las muchachas. Aun así, esa noche no emprendieron ninguna ofensiva, como tampoco sus madres: la sorpresa por la repentina llegada del hijo de la familia Fortnam era demasiado grande. Y al final, ya nadie evolucionaba por la pista de baile. Los invitados disfrutaban de la música de la pequeña orquesta como fondo de sus conversaciones. Se sirvió café, té o cacao a las damas y a Doug se le hizo la boca agua con el aroma de las infusiones espolvoreadas con pimienta y otras especias. ¡Cuánto hacía que no las probaba! Pero, naturalmente, no podía ir a reunirse con las señoras, así que siguió a su padre y los demás hombres que se retiraron a la sala de caballeros a fumar y beber. Doug evitó las bebidas fuertes y se limitó al ponche de ron. Estaba cansado y los licores empeorarían su estado. Escuchó sin interés las conversaciones de los hombres, que giraron al principio en torno a los negocios —los eficientes representantes de los propietarios de las plantaciones en Londres habían conseguido subir un poco más los precios de la caña de azúcar— y se desviaron luego hacia el tema de los cimarrones.

Doug prestó atención.

—¿Una mujer? ¡Qué cosas dice! —Lord Hollister respondió riendo a lo que había contado un hacendado del interior del la isla—. ¿Una mujer al frente de los asaltos?

—Una mujer ashanti —puntualizó Elias, como si eso lo explicara todo—. Se comenta que ella misma traficó en África con esclavos.

—Es lo que hacen todos los ashanti —señaló Keensley desdeñoso—. Al menos es lo que se cuenta. Los ashanti son algo así como los jefes de la Costa de Oro británica. Pero ¿estuvo realmente implicada en ello la Abuela Nanny? Debe de andar ahora por los cuarenta, cuando la trajeron era todavía una niña. Si alguien estuvo involucrado en el comercio de esclavos debieron de ser los hermanos, aunque ellos también eran muy jóvenes. Con lo que... da igual. En cualquier caso, en cuanto llegaron aquí se escaparon a las montañas. Hay que reconocer que son un pueblo resistente. Y desde entonces nos están fastidiando. Al principio ese Cudjoe, sobre todo, pero actualmente esa mujer que se deja ver sobre la grupa de un caballo.

Doug intentaba comprender algo de lo que contaban, pero poco podía deducir de un par de retazos de conversación. Así que preguntó quién era la mujer.

—La llaman Abuela Nanny y recientemente también Reina

Nanny —contestó el propietario de una plantación del interior—. Menuda para ser una ashanti, pero fuerte. Fue hecha cautiva con sus hermanos en Costa de Marfil y los llevaron a una granja en la costa norte, donde pasaron un par de años. Así que no escaparon enseguida, como dice Keensley. Pero luego algo ocurrió y huyeron: un asunto feo. Mataron a tres vigilantes y, un año más tarde, en un asalto, a toda la familia del dueño de la plantación y luego quemaron la granja. Así que ya ve qué fama precede a los llamados cimarrones de Barlovento. Los hermanos y la chica (debe de haber desempeñado un papel importante en convencer a todos esos canallas) han reunido a todos los que merodeaban por la montaña, así como a grupos ya existentes. Se supone que tienen auténticas ciudades ahí arriba, en las Blue Mountains, y se han repartido la región. Nanny ocupa Portland Parish o Nanny Town, como la llaman ahora, con su hermano Quao. El otro con ese nombre raro...

—Accompong —apuntó Keensley.

—Ese el suroeste, y Cudjoe, el más canalla de todos, Saint James Parish. Operan desde allí: asaltos, asesinatos, saqueos. La Abuela Nanny parece tener debilidad por los negros del campo y ya ha liberado a ochocientos esclavos.

Doug estaba sorprendido.

—Pero si se sabe con exactitud dónde están instalados, ¿por qué no se les aplica un escarmiento? —preguntó, más por interés que por ganas de que se emprendiera ninguna acción. De niño había considerado indómita y romántica la vida de los cimarrones, pero sabía que su padre y los demás hacendados los combatían de forma rigurosa e inmisericorde cuando conseguían apresarlos.

—Ya me gustaría a mí —repuso el propietario del norte—. De acuerdo, no está usted al día, ha pasado mucho tiempo fuera. Pero la situación tampoco ha cambiado tanto en los últimos años. La jungla es espesa en el interior y las montañas inaccesibles. Cualquier avance es arriesgado y además esos tipos se conocen la región como la palma de su mano. Y por añadidura son listos. Esa Nanny Town... Sí, sí, se sabe dónde está. Junto al río

Stony, con mayor exactitud por encima del río, en una cresta de la montaña. Desde ahí pueden ver cuándo se acerca alguien. Son prácticamente invencibles.

—Entonces, ¿se ha intentado alguna vez? —inquirió Doug.

El propietario soltó una risa sarcástica.

—¡Y que lo diga, joven! Más de una vez, siempre que han devastado de forma especialmente violenta una plantación. Debería verlo, todo lo que no resulta devorado por el fuego flota en sangre. Pero por ahora no hemos salido airosos. La mayoría de las veces ni siquiera llegamos al lugar. Un par de patrullas cayeron en una emboscada y fueron aniquiladas.

A Doug todo eso le resultaba extraño, pero al parecer una especie de guerra hacía estragos en su isla. Tal vez habría que enfrentarse a ello en algún momento. Si bien él habría intentado negociar antes que luchar. Siempre había habido blancos razonables que negociaban con los cimarrones. Era inútil pretender aniquilarlos, lo más sensato era plantear una convivencia pacífica. Y lo mejor sería que los negros no llegaran a encolerizarse como era evidente que lo estaban la Abuela Nanny, Accompong, Quao y Cudjoe.

Antes de meterse por fin en la cama, Doug tuvo un encuentro más que reavivó su propio problema con un esclavo encolerizado. Cuando se disolvió la reunión en la sala de fumadores y Nora Fortnam también hubo despedido a las señoras, tropezó con Máanu en el pasillo de los aposentos de la familia. La joven quiso evitarlo, pero Doug ya la había reconocido. Después del banquete había ido a hurtadillas a la cocina para saludar a Adwea y esta, naturalmente, no solo lo había abrazado como a un hijo pródigo entre sollozos, sino que le había referido breve y rápidamente las principales novedades de los últimos catorce años. Doug no había retenido demasiado, pero sí que su hija Máanu trabajaba como doncella de la nueva señora. Adwea estaba orgullosa de ello y el joven no se sorprendió del ascenso de la muchacha. Ya de niña, Máanu había sido espabilada. Además se había convertido en una belleza.

Doug la detuvo.

—¡Máanu! ¡No te escapes! Deja que te vea al menos una vez, si no quieres hablarme. Sabes... sabes quién soy, ¿no?

Máanu asintió frunciendo el ceño.

—Claro que sí, *backra* Doug, todo el mundo habla de su regreso. Y si tal es su deseo, hablaré con usted. —Hizo una reverencia.

El muchacho se rascó la frente. La misma actitud que Akwasi. Pero al menos Máanu hablaba un inglés correcto.

—Máanu, pero ¿qué os pasa? Antes me he encontrado con Akwasi y... y se ha comportado como...

—¿Qué esperaba, la danza de la amistad? —preguntó la muchacha con aspereza—. ¿Después de lo que hizo?

A Doug le hubiera gustado zarandearla.

—Yo no hice nada, yo...

—¡Justamente! Y si ahora quiere hacer algo por Akwasi, ¡déjelo en paz! Bastante difícil lo tiene.

—Pero ¿por qué se quedó aquí? —preguntó Doug desconcertado—. Yo había pensado... Bueno, nosotros siempre habíamos pensado que él... que él se uniría a los cimarrones. ¿Por qué no huyó?

Pensó en la espalda desfigurada. El muchacho que había conocido no habría tolerado algo así.

Máanu lo fulminó con la mirada.

—¡Quizá porque no quería que además le cortaran el pie! Ese es el castigo habitual cuando alguien escapa, *backra* Douglas. Cuando pillan a alguno, y casi siempre lo pillan. ¡Dios mío, sigue siendo el mismo niño bobo que entonces enviaron al extranjero!

Máanu dio media vuelta y se marchó corriendo... directamente hacia el descansillo donde Nora se hallaba escuchando. En el último momento la joven señora logró esconderse detrás de una columna, y Máanu no la vio mientras descendía presurosa las escaleras. Tenía que ir a buscar agua, la fiesta había concluido y debía desvestir a su señora y prepararle la cama.

Nora ya estaba sentada delante del tocador cuando Máanu

entró. Una vez más, señora y sirvienta tuvieron que esconderse mutuamente sus emociones cuando la doncella le soltó el cabello y la liberó por fin del corsé.

Nora meditó acerca de si sería mejor hablar con su doncella o con su hijastro acerca de la conversación que había espiado. Claro que podía olvidarse del asunto, pero sentía curiosidad. Máanu y Doug se habían peleado, pero también se tenían confianza, demasiada confianza entre un patrón y una esclava. Y también Akwasi tenía algo que ver en todo aquello. Por supuesto, los tres se habían criado en la cocina bajo la dulce tutela de Adwea. Nora había presenciado el cariñoso reencuentro entre su hijastro y la cocinera, quien debía de haber sido algo más que una simple niñera para el joven. Y Akwasi hablaba tan bien el inglés como Máanu. Ya hacía tiempo que Nora se preguntaba por qué ella formaba parte del servicio doméstico mientras que él trabajaba en los campos. En general, los hacendados no actuaban así: los hijos espabilados, que habían nacido en las plantaciones y hablaban inglés mejor que sus padres, solían emplearse como sirvientes domésticos o mozos de cuadra. Normalmente se enviaba a los campos a los nacidos en África.

Pero entonces sucedió algo que desvió la atención de Nora de su hijastro y su relación con los esclavos. Habían pasado dos días desde la fiesta, los últimos invitados se habían ido y Doug y Elias se habían marchado a Kingston. Nora aprovechó la ausencia de su marido para dar un paseo a caballo hasta la playa y acto seguido se presentó en la cocina para acordar con Adwea el menú. En sí era un acto carente de importancia, nunca se entrometía en las tareas de la cocinera y se habría dejado simplemente sorprender por los platos de la cena. Sin embargo, parecía que Adwea apreciaba su atención y le gustaba explayarse sobre cada uno de los platos mientras Nora deslizaba por el jardín de la cocina una mirada ociosa. Esta se detuvo al borde de un parterre en una orquídea diminuta. Nora seguía descubriendo nuevas maravillas en el jardín y esa flor pequeña y de filigrana la cautivó.

—¡Mala hierba! —se limitó a decir Adwea cuando Nora le preguntó por la flor, e hizo ademán de ir a arrancarla.

La muchacha se lo impidió.

—¡No la destroces! Si tú no la quieres aquí, la plantaré en mi jardín. Pero primero tenemos que averiguar cómo se llama. Máanu, ¿puedes ir a la glorieta a buscar el libro de sir Sloane?

Ella misma no quería marcharse de ahí, Adwea podía ser muy rigurosa si una mala hierba aparecía entre las plantas de su huerto.

Máanu levantó la vista del cazo que estaba removiendo y lo sacó del fogón.

—¿Cuál, missis? —preguntó—. ¿El que hablar de animales o el que hablar de tiempos antiguos? —Seguía hablando ese inglés básico cuando no se encontraban a solas.

—Flora y fauna —respondió Nora—. Lo he dejado en el jardín.

Solo cuando Máanu se hubo marchado, cayó en la cuenta de que, en efecto, también había estado leyendo en el jardín el libro sobre la historia de Jamaica. Máanu le llevaría los dos libros, tampoco pesaban tanto... Pero entonces apareció Máanu con el libro correcto.

—¿Ha sido casualidad o es que sabes leer? —comentó Nora con ligereza. En realidad no esperaba respuesta, debía de haber sido casualidad, o que Máanu había ojeado los libros y comparado las imágenes.

Pero antes de que la doncella abriese la boca, Adwea se colocó bruscamente entre ambas jóvenes.

—Ella no saber leer —dijo—. Claro que no. Es negra, una negra tonta. Solo saber mirar las imágenes. Tú nada más mirar imágenes, ¿verdad, Kitty?

Nora paseó una mirada confusa entre madre e hija. Adwea nunca la llamaba Kitty cuando Elias no andaba cerca. Pero en ese momento parecía asustada y turbada. Y Máanu había palidecido.

—Yo solo comparar imágenes —confirmó.

Nora asintió. Pero no se lo podía creer. La encuadernación

de ambos libros casi era igual y sin imágenes. Claro que Máanu podría haberlos hojeado y comparado las ilustraciones del interior, pero había regresado demasiado pronto. ¿Y por qué se habría tomado la molestia? Los dos libros eran ejemplares finos, podría haberlos cogido y llevárselos.

Pero no era el momento de hablar de ello, en especial porque Adwea parecía fuera de sí. En un principio, Nora se dio por satisfecha con la explicación de Máanu y postergó la discusión sobre este asunto. Cuando por la noche al desvestirse estuvo a solas con la chica, le tendió un libro sobre Barbados.

—Toma, Máanu. Léelo en voz alta. ¡Y no quiero oír ningún pretexto!

Máanu bajó la mirada.

—B... Ba... rrr... No sé hacerlo muy bien, missis. De verdad. Tan solo un par de signos y palabras. Akwasi lee bien, pero yo... yo todavía era muy pequeña... —Empezó a temblar—. ¡Por favor, por favor, no decir al *backra*!

Máanu recurrió de nuevo al lenguaje básico, pero esta vez por puro miedo. Nora nunca la había visto tan asustada desde que le había suplicado que salvara la vida de Akwasi.

—Pero si no es nada malo, Máanu —intentó tranquilizarla—. Sí, ya sé, los propietarios no quieren que aprendáis para evitar que escribáis cosas animando a los demás a la revolución y la revuelta. Pero ¡eso es absurdo!

Elias compartía esa opinión con prácticamente todos sus colegas, pero Nora conocía demasiado bien el estado de las cosas en los caseríos de esclavos para creerse sus temores. ¿De dónde iba a sacar papel esa gente? ¿Y plumas? ¿Cómo iban a reproducir las pancartas e imprimirlas y cómo iban a entenderlas unos africanos que no sabían ni palabra de inglés? Por el contrario, la información oral se propagaba muy rápido entre los esclavos, también de una plantación a otra. A nadie se le habría ocurrido escribir una carta.

Nora veía otros motivos para esa rígida prohibición: si se permitía que los esclavos aprendieran a leer y escribir, habría que admitir que tenían entendimiento. Leerían la Biblia como cualquier cristiano y no se contentarían con los fragmentos que prescribían que debían conformarse con su condición de siervos. Exigirían el bautismo y que se los reconociera como seres humanos. Ya no se podría pretextar que no eran superiores a animales.

—¿No lo dirá? ¿No lo delatará? Si lo cuenta, el... el *backra* también me enviará a los campos como... —Máanu no dejaba de temblar.

—¿Como a Akwasi? Tranquilízate, Máanu, no voy a decírselo a nadie. Pero ahora tienes que contármelo todo. ¿Cómo aprendisteis Akwasi y tú? ¿Y qué tiene que ver con ello el joven *backra*? Os escuché, Máanu, a ti y a él, cuando os peleasteis...

La joven doncella gimió. Necesitó un momento para recuperarse y luego respondió.

—*Backra* Doug y Akwasi siempre estaban juntos. Con Mama Adwe y también después, cuando Doug tuvo profesor particular. El profesor no se preocupaba, consideraba idiotas a todos los negros, y Akwasi siempre encontraba algo en que ocuparse, le abanicaba o iba a buscar refrescos. Y mientras tanto observaba por detrás de Doug lo que hacía. Yo también después, cuando fui un poco mayor, admiraba a los chicos y corría detrás de ellos como un perrito. Así yo también aprendí un poco, claro que no tanto como Akwasi. Él acompañaba a Doug cuando hacía los deberes. Akwasi era bueno en matemáticas y Doug en escritura.

Nora se lo imaginaba. El joven había hecho la mitad de los deberes.

—La dependencia era mutua, ¿verdad?

Máanu asintió.

—Eran amigos, eran como hermanos. Y entonces, cuando Doug cumplió diez años, el *backra* le regaló a Akwasi.

—¿Que hizo qué? —preguntó horrorizada Nora.

—Un regalo, missis, Akwasi era el negro de Doug.

—Pero... pero ¡eso es horrible!

Nora se frotó las sienes. Era inconcebible, regalarle a un niño otro niño en su cumpleaños. ¡Un niño que sería propietario de su amigo!

—A ninguno de los dos les pareció mal —contestó Máanu—. Al contrario, estaban encantados. Dijeron que entonces serían hermanos de verdad y nunca se separarían. Y todo lo que iban a hacer juntos... Estaban muy contentos.

—Pero luego se pelearon —aventuró Nora.

Máanu sacudió la cabeza.

—No, nunca se pelearon. Pero fueron imprudentes. El *backra* descubrió que Akwasi sabía leer y escribir. Por suerte yo no estaba allí, Mama Adwe me retuvo en la cocina. De lo contrario, también me habría castigado. Así que no sé exactamente qué ocurrió, pero Doug se marchó muy pronto a Inglaterra. Y a Akwasi... lo encerraron y le pegaron. En un cuarto oscuro, solo y sin agua. Todavía recuerdo que pasó toda la noche gritando y llorando. Llamaba a Doug, porque nunca los separaban, incluso dormían en la misma habitación. Suplicó a su amigo que le ayudara...

Nora apretó los labios.

—Pero Doug no lo hizo, ¿verdad?

Máanu lo confirmó con un gesto negativo.

—Dejó a Akwasi en la estacada —respondió con desdén—. Lo traicionó.

4

Las declaraciones de Máanu enturbiaron la relación de Nora con su hijastro, lo que ella lamentó profundamente. Douglas le había parecido muy simpático, y por primera vez se lo había pasado bien en una de esas fiestas. A partir de entonces se mantenía reservada cuando él la invitaba a salir juntos a caballo o descubría alguna planta extraña cuyo nombre, para admiración de ella, conocía. Al principio la joven había abrigado la esperanza de haber encontrado por fin a un aliado. La actitud del muchacho frente a los esclavos era claramente distinta de la de su padre; fuera lo que fuese que hubiese ocurrido entre él y Akwasi, eso pertenecía al pasado. Durante las primeras semanas, Doug había acompañado a su padre en las salidas a caballo, la primera vez justo el día después de Navidad, cuando Elias envió a sus esclavos de nuevo a los campos.

—¿Solo un día? ¿Les das un único día libre para que celebren la fiesta cristiana más importante? ¡No me extraña que vayan tan a disgusto a misa y que perseveren en sus prácticas obeah! ¡Y los esclavos domésticos no disfrutaron ni de un día de vacaciones!

Elias, sin embargo, fue implacable. Había que sembrar los plantones y punto, como si la conservación de sus propiedades dependiera de que las plantas, que necesitaban dos años para madurar, se sembraran ese día o el siguiente.

Doug se enfureció y Nora se resignó. Tampoco había creído

en el éxito de la intervención, pero le llamó la atención que se mencionara la palabra obeah, que por vez primera escuchaba en boca de un blanco. Solo se había pronunciado en su presencia cuando acababa de llegar a la plantación y, si recordaba bien, en relación con la asistencia médica. Desde que ella misma se ocupaba de los enfermos de sus propiedades, tanto Máanu como el resto de los esclavos se cuidaban de no aludir al hombre obeah. Nora no sabía por qué, pero hasta el momento no se le había presentado la oportunidad de informarse al respecto. Tampoco le mencionó a Douglas el asunto, igual que evitaba hablar con él de asuntos referidos a los esclavos. Y puesto que era difícil hablar de algo en Jamaica sin abordar el tema de los negros libres o los esclavizados, sus conversaciones se mantenían, al menos al principio, en un nivel bastante superficial.

De todos modos, Nora no podía evitar observarlo y muy pronto lo compadeció. Era evidente que a Doug le costaba volver a adaptarse a la plantación. Fuera lo que fuese lo que emprendiese, no había ninguna ocupación apropiada para el joven patrón, pese a que estaba dispuesto a realizar cualquier tarea que Elias le encomendase. Por el momento, sin embargo, no se requerían sus conocimientos sobre negociaciones y derecho mercantil. Habían cosechado la caña de azúcar, la habían cocido y vendido, y hasta el próximo año no se establecerían nuevos acuerdos con compradores y armadores. Además, Doug no tenía experiencia práctica para colaborar realmente en la plantación. De todos modos, Nora no dejaba de sorprenderse de la cantidad de datos sobre el cultivo de la caña de azúcar y su explotación que el joven recordaba pese a haberse ausentado tantos años. No obstante, en la práctica le resultaba difícil determinar el momento exacto en que había que segar un campo o decidir si ya era hora de cambiar una vela del molino.

Elias no hacía nada por ayudarlo, al contrario, se mofaba de su ineptitud.

—Demasiado vago para estudiar y demasiado tonto para ser

hacendado. Tendremos que comprarte un escaño para sacar algún provecho de ti.

Doug, con una imperturbabilidad sorprendente, hacía caso omiso de tales burlas. Acompañaba tercamente a su padre en sus salidas a caballo para inspeccionar la plantación, al principio con la esperanza de aprender algo. De hecho, sin embargo, siempre acababan en peleas. El joven no sabía demasiado sobre las condiciones del viento, cuándo soplaba demasiado fuerte o demasiado flojo para accionar de forma correcta los molinos. No obstante, él mismo había conducido yuntas de bueyes alrededor de una almazara y sabía que el negro que la dirigía no era el responsable de que los animales trabajaran con desgana al calor del mediodía y que incluso se escapasen.

—La culpa es de las moscas, vuelven locos a los animales —explicó mientras Elias descargaba su cólera sobre dos jóvenes negros que intentaban desesperadamente remendar los arreos después de que los bueyes se hubiesen desprendido de ellos, derribaran la cerca del área circular en que trabajaban y escaparan al establo—. Se los puede frotar con hojas de calabaza o atar estas a los arreos, o preparar una tintura con aceite de eucalipto, vinagre y hojas de té hervidas. Pero no hay nada que funcione al cien por cien, lo mejor es que a mediodía los bueyes se queden en el establo.

Naturalmente, Elias reaccionaba frente a esas observaciones con renovados arrebatos de ira contra su hijo. No estaba previsto que ni hombres ni animales hicieran un descanso de varias horas al mediodía. Elias insistió en que los esclavos volvieran a enganchar los bueyes y que siguieran obligándoles a dar vueltas en ese día de calor abrasador en que no soplaba ni una pizca de viento. Por la tarde ya se encargarían de reparar las cuerdas rotas. Además impuso un castigo de cinco bastonazos.

Doug soportaba en silencio los reproches de su padre, cuya insensatez le desconcertaba e indignaba. Tenía que contenerse para no ir a quejarse a Nora, cuyo compromiso a favor de los esclavos hacía tiempo que le impresionaba. De hecho, la joven esposa de su padre cada vez le gustaba más: a su indiscutible atractivo físico se sumaban su entusiasmo por la naturaleza y sus esfuerzos por mantener buenas relaciones con los trabajadores. Sus conocimientos médicos eran sorprendentes y nunca se cansaba de observarla cuando por las mañanas se ocupaba de los enfermos, aunque también eso fuese motivo de disputa. Máanu y, curiosamente, también Akwasi, quien siempre andaba ayudando a las dos mujeres en alguna tarea y por eso solía llegar tarde al trabajo, lo miraban con mala cara cuando la observaba mientras los vigilantes intentaban que declarase que ese o aquel negro no estaba tan enfermo como afirmaba la señora. Doug siempre le daba la razón a Nora, lo que no parecía despertar la menor gratitud en ella, ni aumentaba precisamente el aprecio que los vigilantes le profesaban.

Así y todo, no tardó en darse cuenta de que Nora tampoco sentía ninguna simpatía por los Truman, los McAllister e incluso su esposo Elias. Se preguntaba por qué esa muchacha rica y bonita se había decidido justo por un hacendado de las colonias mucho mayor que ella, pero sí sabía que no había sido por amor. Doug reconocía la repugnancia y a veces algo similar al odio en los ojos de la joven cuando debía presenciar un castigo que su marido imponía con toda tranquilidad. A continuación, casi siempre se producían unas desagradables escenas entre los cónyuges, ya que Nora insistía en curar las heridas de los hombres y a veces también de las mujeres. Elias se contenía delante del servicio, pero en la cena le hacía oír sus reproches. Ella los soportaba con calma y luego hacía lo que quería.

Nora fascinaba a Doug, aunque para él era un libro cerrado bajo siete llaves, sobre todo porque ella se negaba obstinadamente a abrirse. Evitaba cualquier conversación personal y la mayoría de actividades comunes. Doug no lo entendía, pero tampoco quería forzar la situación. A fin de cuentas, establecer una relación más estrecha con ella solo causaría complicaciones, y complicaciones era lo último que necesitaba en ese momento.

Por su parte, Nora era cada vez más consciente de que vivir con su hijastro era como bailar sobre un volcán. Sabía por propia experiencia lo rápido que Elias Fortnam era capaz de explotar cuando las cosas no sucedían a su gusto, y en esos momentos se hallaba a punto de sufrir un fuerte estallido frente a su descastado hijo. Sin embargo, Nora encontraba razonables las sugerencias que el joven aportaba de vez en cuando a las horas de las comidas. Por ejemplo, no llenar toneles de zumo de azúcar para después acarrearlos fatigosamente al establecimiento donde se hervían, sino conducirlos allí directamente desde el molino por medio de un canal de madera.

—Se tarda una semana como mucho en construirlo y después todo avanza más deprisa, se ahorra mano de obra...

—¿Otra vez con el mismo tema? —replicó Elias—. Para proteger a tus queridos negros y que no trabajen más de lo que toca, ¿verdad? Lo que más te gustaría sería ponerlos entre algodones, tal como Nora haría con sus enfermos. Pero ella al menos hace algo de provecho, desde que se ocupa de este asunto hay menos absentismo laboral. Deberías tomar ejemplo. Pero tú...

Ante tales monsergas, Nora no podía hacer más que bajar la cabeza y concentrarse en su plato. Odiaba las encendidas discusiones entre padre e hijo, hacían que las comidas, que hasta el momento había soportado con indiferencia, le resultaran repulsivas. Y se odiaba a sí misma por no defender a Doug. Algo que, naturalmente, no habría servido para nada. Al contrario, Elias todavía se habría enfadado más y habría reñido también a su esposa por defender a los esclavos. Sin embargo, ella seguía legitimando su ayuda a los negros con el argumento de la hija del comerciante, como solía decir Elias entre el orgullo y la ironía: cuando la asistencia médica era mejor, morían menos esclavos y no debían sustituirse gastando un montón de dinero.

Doug no conseguía argumentar con la misma habilidad. La terquedad de su padre lo sacaba de quicio, pero solía callar antes que gritar. Sin embargo, Doug tenía facilidad de palabra y la carrera de Derecho le debía de haber preparado también para el debate. Pero su padre siempre conseguía intimidarlo con tres palabras. La situación fue agravándose de verdad y el estallido se produjo precisamente delante de todos los vigilantes de la plantación.

Elias había comprado nuevos esclavos y en ese momento se explayaba sobre lo tontos y vagos que eran los africanos y cómo había que hacer para conseguir la efectividad acostumbrada en la siguiente cosecha. A Doug le desesperaba la cerrazón de los escoceses y de su padre.

—¿Cómo van a trabajar correcta y rápidamente si ni siquiera entienden de qué se trata? —preguntó al final—. Hasta ahora no han aprendido a decir nada más que «Sí, *backra*», y lo dicen cuando se les azota con el látigo. Es probable que ni siquiera sepan que significa lo contrario de «No, *backra*», la respuesta correcta a «Tú, negro idiota que no mueves ni un dedo, ¿estás sordo o qué?». Es una observación, señor Truman, que ayer le oí decir veinte veces en sus diversas variantes. También el trabajador, pero no le entiende.

Un par de vigilantes rieron, pero Truman se ofendió y Elias tampoco fue capaz de entender.

—¡Pues si tanto sabes, hazlo tú mismo, pedazo de listillo! —increpó a su hijo—. Dele un látigo, McNeil, y cédale una cuadrilla de negros. ¡Mañana ya veremos cuántos plantones ha sembrado!

Doug no apareció en la cena, pero Elias, entre indignado e irónico, le contó a Nora que lo había humillado.

Ella decidió poner por vez primera una objeción.

—¿Ha sido una medida inteligente, Elias? Pensaba que los miembros de la familia no nos peleábamos delante de los vigilantes. Son... Cielos, no seré yo quien tenga que decirte que la mayoría son tipos agresivos que aprovechan cualquier debilidad. Incluso del *backra*.

Elias quitó hierro al asunto.

—Y qué más da, en algún momento hay que bajarle los humos al chico. Se reirán un poco de él y luego...

—Nunca más lo tomarán en serio —objetó Nora.

Elias resopló.

—Cuando herede la plantación —respondió— podrá despedirlos a todos y que los negros hagan lo que quieran. Pero mientras sea mía, hará lo que yo decida.

A la mañana siguiente, Doug se convirtió en el hazmerreír de todos cuando se inclinó para sembrar un plantón, al tiempo que iba explicando con palabras sencillas a qué profundidad había que colocarlo y cómo se distribuía y apretaba la tierra alrededor. Los nuevos esclavos observaron interesados y comprendieron a la primera. Pero los vigilantes se reían del nuevo plantador e incluso los trabajadores experimentados sonreían burlones.

Hardy, el anciano esclavo de campo, quiso echarle una mano a su señor:

—No es correcto, *backra*. No crecerá, cortar muy corto el tallo. Un nudo no suficiente, tiene que ser dos, mejor tres, mejor cuatro. Y no tan cerca uno de otro.

Doug se irguió con la cara como un tomate y Hardy dio un paso atrás, asustado.

El muchacho forzó una sonrisa.

—¡Muchas gracias, Hardy! Pero ¿no podías haberlo dicho antes? Ahora tenemos que enseñar a los nuevos que también su *backra* se equivoca. —Hardy compuso una expresión contrita y Doug volvió a respirar hondo—. Lo mejor es que lo hagas tú ahora. Hoy no tienes que sembrar ningún plantón. Ocúpate de que los demás lo hagan bien y, si es preciso, enséñales hasta diez veces con el ejemplo.

Doug se esforzó por defender su dignidad mientras Hardy adiestraba con afán a los nuevos. Al acabar la jornada, la cuadrilla tenía el trabajo por la mano, los nuevos esclavos trabajaban casi tan deprisa como los otros y además sabían contar hasta cuatro en inglés.

Aun así, Elias Fortnam se enfureció cuando se enteró de las dificultades iniciales de Doug y volvió a privarle de su nueva tarea.

Nora, que soportó una vez más en silencio el arrebato, encontró a su hijastro al mediodía del día siguiente en el jardín. Quería evitarlo con un breve saludo, pero él la siguió. El joven parecía desanimado, casi presa de la desesperación.

—Nora, ¿no puede decirme qué le he hecho yo? ¿Tiene celos mi padre y le ha prohibido que hable conmigo? ¿O cuál es la causa? Pensé que al menos podría hacerle algo de compañía, ya que no tengo nada en que ocuparme, pero...

—¿Es cierto que ya no quiere que usted siga con ese trabajo? —preguntó Nora—. Creí que se tranquilizaría. Al final tuvo usted éxito. Los esclavos dicen que ayer su cuadrilla fue la mejor de las formadas por los nuevos.

Doug hizo un ademán de indiferencia.

—Aquí no importa tanto el resultado, sino la disciplina, lo que para mí es un error. Los hombres no trabajan mejor con el miedo al látigo. Al contrario. Se escapan en cuanto pueden, huyen cuando ven la mínima posibilidad.

Nora asintió con disgusto. Pero las palabras del joven rozaban un asunto que en las últimas noches le había quitado el sueño. Necesitaba pedirle información.

—¿Sabe algo de los esclavos de los Hollister? —preguntó—. ¿Los han atrapado?

Un par de días atrás, dos negros se habían escapado de la plantación del vecino. Un hombre y una mujer a la que Nora conocía. La había ayudado después de su último «aborto» y sabía que los dos vivían juntos. Ahora habían osado fugarse, posiblemente porque ella volvía a estar embarazada. Nora no se atrevía a pensar en las consecuencias.

—Todavía no —respondió Doug—. Pero es cuestión de tiempo. Han ido a buscar los perros de Keensley y ya están siguiéndoles el rastro. Según mi padre, ahí podría haber hecho algo «de provecho». Buscaban más hombres para la cacería.

—Pero usted no quería...

El joven sacudió la cabeza.

—Eso no. A mí no se me caen los anillos. Pero eso...

—Ojalá no tuviésemos esclavos —soltó Nora de repente; tenía lágrimas en los ojos—. ¿Por qué no se contentan con traer trabajadores blancos y pagarles como en Europa? ¿Dijo usted que había estado en la vendimia?

Doug asintió y la condujo a su lugar favorito: la glorieta.

—Tranquilícese, Nora. O tranquilízate. Somos parientes próximos y creo... creo que nos entendemos bastante bien. Deberíamos tutearnos.

—Tanto si nos tuteamos como si no, no deberíamos tener esclavos. ¡No es cristiano! —Nora quería saber cuál era la postura del hijo de Elias y heredero de la plantación respecto a ese asunto.

Él suspiró.

—Nadie vendría —respondió—. Ningún trabajador de Europa, quiero decir. Se intentó al principio. Tal vez hayas oído hablar de «esclavos recompensados»; se engatusó con eso a unos escoceses e irlandeses que estaban tan desesperados que lo habrían hecho todo por un pedazo de tierra.

La muchacha asintió y buscó su pañuelo. En ese instante sus ojos se humedecían por otras razones. Pensaba en Simon y en su esperanza naciente cuando McArrow, el lord de Fennyloch recién salido del horno, le había hablado de ello.

—Pero el intento fracasó —prosiguió Doug—. Y no solo porque los hacendados no querían deshacerse de ningún terreno, sino también porque ninguno de los esclavos recompensados sobrevivió a los cinco años de trabajo en los campos. Ni hablar de siete años. Los blancos son incapaces de trabajar con este clima. Caen como moscas.

—¡Tampoco los negros viven mucho más tiempo! —protestó Nora.

El joven gimió.

—Es cierto. Pero eso podría cambiarse. Por ejemplo, no obligándoles a trabajar hasta que desfallecen. A grandes rasgos tienen mejor predisposición que los blancos. Son fuertes, están acostumbrados al clima desde pequeños. El sol no les quema tanto la piel.

—¡Pues razón de más para pagarles! —insistió Nora—. Entonces a lo mejor vendrían voluntariamente de África.

Doug rio.

—No lo creo. Tampoco creo que allí trabajen por un sueldo, la esclavitud no es ajena a los negros. Al contrario, en África hay pueblos enteros que viven a costa del comercio de esclavos. Por eso los blancos no tienen que secuestrar ellos mismos su mano de obra, ya lo hacen entre ellos. Y así, sucede que algunos de los que ahora gimen bajo el látigo se habían dedicado antes a cazar aplicadamente a otros negros para venderlos o hacerlos trabajar como bestias en sus propios campos. En ese sentido podrían conformarse con el cautiverio, ¡si no les priváramos de toda la alegría de vivir! Pero no tal como lo manejan mi padre y los otros. No pueden casarse, un hombre y una mujer no pueden convivir abiertamente, ¡por el amor de Dios, no pueden crear una familia! No tienen tiempo libre, no celebran fiestas, no tienen religión... Asisten a las ceremonias obeah, o como se llamen, por las noches, cuando el *backra* duerme. El asunto debería plantearse de una forma totalmente distinta. Si en las plantaciones estuvieran bien, entonces... entonces tal vez se quedaran de forma voluntaria.

Nora lo dudaba. Ella misma nunca había acabado de conformarse con la esclavitud. Pero la forma de concebirla de Doug era mejor que la de su padre, desde luego. Y de nuevo le pudo la curiosidad.

—¿Qué son las ceremonias obeah? —preguntó.

Doug se encogió de hombros.

—Una especie de... vudú.

Nora frunció el ceño. Había oído hablar y leído acerca de esta palabra, pero no sabía su significado.

—La gente se reúne para invocar a los espíritus —explicó Doug.

—¿Algo parecido a una... misa negra? —preguntó horrorizada Nora.

El joven sonrió.

—En el sentido más amplio de la palabra. Pero creo que no se excluye a Dios Padre, el Espíritu Santo y Jesucristo. En África rezan a muchos dioses y espíritus, no les importa uno más o menos. En cualquier caso, es todo un espectáculo.

—¿Alguna vez lo has visto? —Tenía horror a tal sacrilegio, pero, por otra parte, la idea de conjurar a los dioses la atraía como un hechizo.

Doug asintió.

—De niño... a escondidas... —respondió. Acto seguido se levantó—. En cualquier caso, Nora, quería preguntarte si quieres salir a caballo conmigo. Hoy tal vez sea un poco tarde, pero ¿qué tal mañana, después de que hayas atendido a los esclavos? Los dos tenemos mucho tiempo... —Sonrió con tristeza—. Naturalmente, siempre que... bueno, si realmente lo quieres. Si no tienes nada contra... contra mí, porque siempre... —De repente parecía muy joven y vulnerable.

Nora hizo un gesto negativo.

—Te acompañaré de buen grado —dijo decidida y apartando de su mente a Máanu. Sus decisiones no debían depender de lo que pensara su doncella.

5

Las semanas siguientes, Nora y Doug pasaron mucho tiempo juntos. Aunque Máanu ponía mala cara cuando su señora le pedía que le recogiera el cabello para salir a cabalgar o que la arreglase para ir a Kingston, Nora disfrutaba de la compañía del joven. Era un buen narrador, algo que tenía en común con su padre. A fin de cuentas, también Elias se había ganado a la muchacha con sus relatos sobre Jamaica. Sin embargo, Doug no perseguía ningún objetivo, salvo, quizás, hacer reír a Nora. Le contaba con franqueza éxitos y fracasos tanto de sus estudios como de sus viajes, y la entretenía con vívidas descripciones de fiestas y espectáculos sobre los cuales la intrépida hija del comerciante había oído hablar pero nunca había llegado a imaginarse.

—Sí, sí, el carnaval de Venecia es espléndido. Pero también un poco decadente, podría decirse. Las fiestas de disfraces se van sucediendo y bajo la protección de las máscaras... bueno, todo adquiere mucho desenfreno. Está todo permitido, se actúa como si no se supiera con quién se coquetea, y así el marido en cuestión tampoco puede retarlo a uno. Y a veces no se sabe realmente... La última noche me encontré en brazos de una delicada muchacha, pero cuando se quitó la máscara... Te ahorraré los detalles...

Nora rio. Ignoraba si todas las aventuras de las que Doug hablaba habían sucedido de verdad o si se las estaba inventando, pero daba igual. En cualquier caso, hacía tiempo que no se sentía tan joven y relajada como al charlar y cabalgar con su hijastro. Disfrutaba en especial de esto último, pues a diferencia de su padre —y de los mozos de cuadra que se sentaban con torpeza a lomos de los mulos cuando la acompañaban—, Doug Fortnam era un excelente jinete. Hacía carreras en la playa con Nora y se reía cuando *Aurora*, la yegua árabe, derrotaba ampliamente a su semental español.

—¡Y mira que se esfuerza! —se lamentaba, dando unos golpecitos al cuello de *Amigo* cuando por fin se reunía con la triunfal vencedora—. Pero no hay nada que hacer, amigo mío, algunas mujeres son de una casta demasiado buena para nosotros.

Y al decirlo guiñaba alegremente el ojo a Nora, que tenía que dominarse para no devolverle una sonrisa y bajaba la mirada pudorosamente. Ya hacía tiempo que sabía que Doug le hacía la corte, y ni siquiera se reprimía en público. Nora le reprendía por esta razón, pero él fingía no entender a qué se refería.

—¡Todos lo hacéis! —replicó ella, y señaló el salón de baile de los Hollister, donde se habían reunido varias parejas que en su mayoría no estaban casadas.

Las mujeres no tenían reparos en estimular a sus acompañantes y, como por descuido, dejaban entrever sus tobillos bajo los vestidos. Sonreían y pestañeaban y algunas no podían desprenderse de la mano de su acompañante.

—Es que con la sonrisa que le has dirigido antes a Keensley... casi me pongo celoso.

—¡Salvo tú, gracias a Dios, en general no hay nadie que pueda sentir celos del anciano lord Keensley! —resopló Nora—. Aquí el coqueteo es una especie de juego de sociedad, y sí, también se practica con los solteros, o no habría nada para cotillear. Pero mañana, cada una de estas señoras estará de nuevo en su plantación, muriéndose de aburrimiento. Tú, por el contrario, vives en la misma casa que yo y salimos juntos a pasear a caballo. Más de uno podría desconfiar, ¡y sobre todo uno en especial!

Buscó con la mirada a Elias, pero ya se había retirado con los demás caballeros a la sala de fumadores. Hasta el momento no había comentado nada sobre la estrecha relación entre Nora y Doug, parecía darle igual cómo pasaban ambos los días. Aunque pronto cambiaría si la sociedad de Kingston empezaba a hablar de Nora y su hijastro. Elias se lo permitía casi todo mientras su reputación de dama ejemplar y virtuosa señora de su casa no corriera peligro.

Nora creía que cumplía a rajatabla con las exigencias de su esposo. Puede que Doug a veces coqueteara con ella, pero ella nunca le devolvía los cumplidos y las bromas. Claro que le gustaba el joven, pero ¡jamás se enamoraría de él! Cómo iba a hacerlo si no tenía nada en común con Simon, exceptuando quizás el talento para contar historias; pero Simon había atraído a Nora a sus sueños, mientras que Doug únicamente la entretenía. Además, si se hubiese enamorado de este último, seguro que se habría olvidado de Simon, y ese no era el caso. Al contrario, ahora pensaba con más frecuencia en su amado cuando veía ante ella el cuerpo delgado de Doug a lomos del caballo o contemplaba sus músculos cuando trepaba por las rocas. Por la noche evocaba las caricias que había intercambiado con Simon, la sensación de estrecharse contra él, de que la abrazara y la besara.

Al principio había intentado revivir esas sensaciones cuando Elias acudía a ella, pero desde que consideraba a su marido un avaro y un explotador había dejado de hacerlo. Habría sido como traicionar a su amado, como ensuciar el recuerdo de los días pasados con él. Y ahora había vuelto ese recuerdo, unido a un anhelo que desde el tiempo transcurrido con Simon no había vuelto a sentir. Pero no tenía nada que ver con Doug. Nunca tendría que ver con él, ella soñaba con Simon.

En cambio, Akwasi soñaba con Nora. Todavía más, mucho más, desde que Doug Fortnam había reaparecido y, en especial, desde que a Nora y Doug se les veía juntos. Sin embargo, no eran celos lo que sentía, sino una confirmación: la señora no amaba al *backra*, no tenía nada en común con Elias Fortnam. Estaba con Doug y eso significaba que también podía estar con él, con Akwasi. No había nada en que Doug lo aventajase, exceptuando, naturalmente, que él era el hijo del *backra*, pero Akwasi no quería pensar en ello. Prefería recordar las muchas veces que él había vencido a su amigo de antaño. En carreras, en peleas, incluso en las matemáticas. No había ninguna disciplina en la que él no se sintiera capaz de derrotar a Doug Fortnam. Akwasi no encontraba ningún motivo por el cual Nora tuviera que preferir al hijo del *backra* antes que a él.

Naturalmente, no había nadie a quien pudiera confiar tales pensamientos. Solo podía imaginar lo que dirían al respecto Mama Adwe, Hardy o Toby: Nora era blanca, él era negro; ella era la señora, él el esclavo... Pero contra todo razonamiento, Akwasi creía que el amor era capaz de vencer todas esas barreras. Él deseaba a Nora con todo su corazón. Si ella lo amase, aunque solo fuese la mitad de lo que él la amaba a ella... Eso sucedería cuando Nora lo viese como a un hombre, un hombre fuerte que podía protegerla y luchar por ella, que podía amarla intensa y verdaderamente. ¡Ya debía de estar harta del cuerpo viejo y marchito del *backra*! Y Doug... bueno, Akwasi también lo superaba, Nora no tenía más que considerarlo de la forma adecuada.

Sin embargo, la joven señora nunca contemplaba a Akwasi de la forma que él anhelaba. Su cordial mirada no se detenía en él, ni siquiera cuando lo saludaba o intercambiaba unas palabras con el esclavo. Eso tenía que cambiar. Pero todos sus esfuerzos por presentarse ante ella y demostrarle su fuerza y destreza fracasaban. Al final, Akwasi tuvo que aceptar que para despertar el interés de Nora necesitaría ayuda. Su propio atractivo no era suficiente, necesitaba el apoyo de los espíritus.

Akwasi temblaba al pensar en las consecuencias que eso tendría si los blancos lo descubrían, pero valía la pena correr ese riesgo por Nora. Por la noche se deslizó fuera del barrio, se encaminó hacia los establos, alerta a todos los sonidos que oía, y abrió sigilosamente el gallinero. Los animales descansaban en sus perchas en lugar de andar picoteando por el corral. Eso le facilitaría la tarea. Con el corazón latiéndole con fuerza, agarró un pollo y lo metió en un saco sin darle tiempo a cacarear. Ahora tenía que mantenerlo escondido hasta el día siguiente, y entonces podría dirigirse al hombre obeah. Akwasi regresó aliviado a su cabaña. Ya había dado el primer paso, tenía el pollo.

Máanu soñaba con Akwasi. Siempre lo había amado, pero desde que la relación con su señora se había enfriado todavía ansiaba más la cercanía del hombre. No alcanzaba a entender por qué él no la besaba o no llamaba a su choza por la noche. A fin de cuentas se veían cada día y él buscaba la proximidad de ella, de eso estaba segura. ¿Por qué, si no, se arriesgaba a que lo azotaran con el látigo permaneciendo más rato con ella y la señora para ayudarlas en el cuidado de los enfermos? ¿Por qué acudía al huerto de la cocina cuando la señora hablaba con Adwea? ¿Por qué le llevaba flores y hierbas para que la missis las clasificase y luego las secase? Máanu no tenía la menor duda de que Akwasi buscaba sus favores. Sin embargo, en cuanto ella le enviaba señales de que estaba preparada para él, el joven no las tomaba en cuenta.

Al final, Máanu empezó a pensar que había algo en Akwasi que no encajaba. Tal vez un espíritu se había adueñado de él y dañaba su virilidad, o le impedía ver que Máanu le sonreía y balanceaba las caderas delante de él. Según Mama Adwe, cabía esa posibilidad. Un hombre podía ser hechizado, y tras este hecho había siempre otra mujer.

Pero quién, se preguntaba Máanu desesperada.

Mama Adwe le había advertido en diversas ocasiones que tal vez se tratara simplemente de que él estaba enamorado de otra. La cocinera no se sentía del todo feliz ante el deseo de su hija de unirse a un esclavo del campo. Habría preferido un mozo de cuadra o un criado doméstico, caso en el que probablemente el *backra* y con toda seguridad la señora habrían dado su conformidad. Hasta el momento, Elias Fortnam nunca había casado a dos de sus esclavos, pero por lo general los esclavos domésticos tenían un empleo seguro. Tal vez se dignaría esta vez a regalarles una cabaña para los dos y a celebrar una pequeña fiesta. Adwea soñaba con un casamiento así para su hija, pero con Akwasi eso no sucedería. Por mucho que Adwea quisiera a su hijo adoptivo, no le daba un futuro muy prometedor al siempre obstinado esclavo del campo. Algún día lo matarían o lo venderían, o bien convencería a Máanu de que se fugaran, y eso era muy grave. Habían apresado a los dos esclavos de los Hollister una semana después de su huida y el lord les había dado un terrible escarmiento. Delante de todos los esclavos —también Fortnam había hecho desfilar a toda su gente, aunque tanto su hijo como la señora se habían mostrado indignados— había mandado cortar un pie al hombre y azotar con el látigo a la mujer. El hombre había sobrevivido, pero la mujer había muerto pocos días después, y con ella su hijo nonato.

—Puede que quiera a otra —fue la vaga respuesta de Adwea a la pregunta de su hija. La cocinera tenía una sospecha absurda respecto a Akwasi, pero en ningún caso la expresaría, y nunca se atrevería a decir que la señora tal vez había hechizado a Akwasi—. Solo una cosa es segura: a ti, Máanu, no te quiere. Lo ve todo el que tiene ojos en la cara. Olvídate de él, Máanu. Hay muchos negros en la plantación. Muchos negros guapos y fuertes.

Adwea se lo repetía sin cesar, pero Máanu quería a Akwasi y a nadie más. Además, estaba convencida de que él solo necesitaba un empujoncito para llegar a amarla. Tal vez un encantamiento que lo liberase si es que estaba poseído por otra. Lentamente, Máanu se quedó sin recursos. Lo que estaba en su mano para atraer a Akwasi ya lo había hecho. ¡Necesitaba la ayuda de los espíritus!

Para invocarlos tendría que luchar contra sus propios principios, ya que Adwea consideraba que el robo era el peor de los pecados. Poco importaba lo que hicieran los *backras* o cómo trataran a los esclavos: sus propiedades eran sus propiedades, no se debían robar. Ninguno de los esclavos de la cocina se lo tomaba al pie de la letra, y siempre se pillaba alguna exquisitez para regalarla a un amigo o a un familiar. Pero nadie se apoderaba de cosas más importantes.

De ahí que Máanu también tuviera muy mala conciencia cuando por la noche salió de la cabaña de su madre con un saco. Pero la acalló y fue decidida hasta el gallinero. Abrió con manos temblorosas el saco y llamó a los pollos, que se acercaron de buen grado, pues la joven les daba de comer con frecuencia. Esta vez, sin embargo, estaba ahí para cometer un delito irreparable.

Máanu robó un pollo.

6

El hombre obeah se hallaba sentado delante de su cabaña cuando Máanu, envuelta en las sombras del anochecer, se acercó a él. Como era habitual, Kwadwo estaba ocupado, removiendo con sus manos negras y fuertes el contenido de un cazo en el que calentaba grasa de cerdo como base para elaborar un ungüento. No le había hecho falta encender el fuego a escondidas, Kwadwo no necesitaba robar los ingredientes de sus pócimas y masas. Lo que no podía reunir o cultivar él mismo, se lo facilitaba gustosamente el *backra*. A fin de cuentas, oficialmente era en provecho de los caballos del establo: los blancos conocían al hombre obeah, Kwadwo, por el nombre de Peter, el cochero y caballerizo.

Entre sus semejantes, no obstante, Kwadwo insistía en hacerse llamar por su verdadero nombre, aunque unos cazadores blancos lo habían capturado en Costa de Marfil siendo muy joven. Desde luego, los negros no habrían osado tocar al hijo del curandero. En aquel entonces, Kwadwo todavía no era muy poderoso. Su padre había empezado a transmitir al niño sus conocimientos arcanos, al igual que había hecho su propio padre muchos años atrás. Los miembros de la familia de Kwadwo hablaban con los espíritus desde el origen de los tiempos y él estaba convencido de que ni siquiera en cautiverio podría romperse esa tradición.

Encontró muy pronto a un hombre obeah que le enseñara.

Proceso en que al principio se había sentido desconcertado, pues en la isla los espíritus tenían otros nombres y muchos conjuros diferían de los que realizaba su padre. Sin embargo, era evidente que el barco de los blancos lo había conducido muy lejos de su tierra natal. Tal vez cada país tuviera sus propios espíritus. En cualquier caso, Kwadwo lo aceptaba así y desde la muerte de su maestro hacía las veces de sacerdote obeah para los esclavos de la plantación de los Fortnam. Escuchaba las necesidades de los hombres, daba consejos e intentaba curar sus dolencias, si bien en esto último tenía más éxito con los caballos que con los esclavos. En el fondo, Kwadwo se alegraba de que la señora se ocupara de ese ámbito, él prefería hablar con los espíritus antes que preparar bebedizos y ungüentos.

Aun así, no era partidario de celebrar imprudentemente rituales para invocar a los espíritus. Según su propia experiencia, había muchas cosas que podían salir mal, y así se lo dijo a la muchacha que le insistía en que realizara un encantamiento después de haber depositado ante él un saco con un pollo que protestaba cacareando.

—¡Los dioses han de conseguir que Akwasi me ame! —La pequeña esclava no se andaba con rodeos. Sabía lo que quería.

—No es tan sencillo —advirtió Kwadwo—. Es imposible forzarlo.

—¿Pides un pollo pero no ofreces ninguna garantía? —replicó Máanu airada.

Kwadwo hizo un gesto de impotencia.

—Podemos realizar el ritual, ya ha llegado el momento. Llevamos mucho tiempo sin reunirnos para invocar a los espíritus. Llamaré a un *duppy* que comparta tu anhelo. Se reunirá contigo, y si consigues fijar un encuentro con el joven después de la ceremonia, ocupará su cuerpo. El muchacho arderá de amor... al menos por una noche.

—¿Solo una noche? —inquirió Máanu con desconfianza. Para eso no hubiera necesitado arriesgarse a robar un pollo. Seguramente habría conseguido el mismo resultado con una botella de aguardiente de caña de azúcar—. Pero yo quiero que me ame eternamente... en cuerpo y alma.

Kwadwo sacudió la cabeza.

—No te lo puedo prometer, muchacha. Únicamente puedo obligar a un espíritu ansioso de amor que entre en el cuerpo de tu amigo y te satisfaga. Pero solo los dioses saben si encontrará allí morada para siempre, o si el alma del hombre se inflamará después de que su cuerpo haya conocido el tuyo.

Máanu gimió. No parecía muy prometedor, aunque ofrecía un rayo de esperanza: Akwasi se fijaría en ella y al menos por una vez experimentaría el amor que ella sentía por él. ¡Y la muchacha lo haría todo para que él nunca la olvidara! ¡Máanu lo conseguiría, tenía que conseguirlo!

—Está bien —aceptó—. ¿Cuándo lo haremos?

Kwadwo sonrió.

—El sábado. El *backra* pasará el fin de semana en Kingston, sin la missis. Es una reunión de caballeros o algo así.

Kwadwo solía estar al corriente de los planes de los señores. En su puesto de caballerizo se enteraba de muchas cosas, y los cocheros todavía recibían más información. Además, el hombre obeah hablaba tan bien inglés como Máanu y Akwasi, si bien no lo demostraba delante de los blancos. Mantenía en secreto dónde había aprendido el idioma, y eso imponía respeto a muchos esclavos. A Máanu no la sorprendía. Kwadwo había llegado de África siendo un niño, era posible que hubiera crecido en la casa de su primer *backra* y antes, cuando había menos esclavos en Jamaica, los hacendados no eran tan severos. Por lo demás, el hombre obeah escuchaba atentamente cada domingo al predicador cristiano. Prestaba atención reconcentrada cuando el reverendo leía en voz alta la Biblia, y era de los pocos que tras la misa se sentaban a sus pies y le hacían preguntas. Máanu se preguntaba si lo hacía como camuflaje —a nadie se le habría ocurrido pensar que el piadoso Peter realizara por las noches rituales obeah— o porque realmente sentía interés. Kwadwo habría confirmado esto último: todo lo concerniente a dioses y espíritus le importaba, y Dios Padre y Jesucristo parecían espíritus poderosos.

—La missis no es problema —señaló Máanu—. No nos espía y tampoco nos delataría. Pero el joven *backra*...

—Acompañará a su padre —dijo Kwadwo—. No harán más que pelearse, pero el *backra* no puede dejarlo de lado sin que los otros le interroguen al respecto. En esa reunión, los señores hablarán de los cimarrones. Quieren apresar a la Reina Nanny. Y necesitan a todos los hombres.

—No lo conseguirán —replicó sonriendo Máanu—. Entonces, de acuerdo, el sábado. Se lo diré a los criados de la casa.

Poco después de que Máanu se marchara, Akwasi se acercó a la cabaña del hombre obeah. Era tarde, la mayoría de los esclavos ya estaban en las cabañas, así que había aprovechado el amparo que le brindaba la oscuridad para sacar el saco con el pollo de su escondite. Por fortuna, el animal seguía vivo.

—Gran hombre obeah, señor de los espíritus, desearía que celebraras un ritual —pidió Akwasi respetuosamente.

Kwadwo frunció el ceño.

—Nadie domina a los espíritus —contestó—. Pero puedo invocarlos para ti si presentas un animal de sacrificio. ¿Vas a darme a conocer tu deseo?

Akwasi asintió con vehemencia.

—Muero de amor por una mujer —dijo—. Pero ella está ciega, parece que no me ve. Quiero destruir ese encantamiento. Quiero que me ame.

Kwadwo casi sonrió.

—No es tan sencillo —explicó también a este solicitante—. No puedo forzar nada. Pero llamaré a un *duppy* que también se consuma de deseo. Te acompañará, y si consigues fijar una cita con la joven tras la ceremonia, se apoderará de su cuerpo. La muchacha arderá de amor por ti... al menos por una noche.

Akwasi asintió.

—Es suficiente —concluyó—. Si me siente una vez, si está conmigo en la intimidad, entonces quedará a mi merced. ¡Estoy seguro!

Kwadwo sonrió satisfecho esta vez. Ese corpulento esclavo del campo tenía seguridad en sí mismo, al menos. Pero en este caso no se vería decepcionado. Era muy extraño que la muchacha y él no se hubiesen encontrado sin ayuda de los espíritus.

Kwadwo lo consideró obra del destino: los espíritus querían un conjuro, ya hacía tiempo que estaba pendiente. A pesar de ello, Kwadwo no convocaba en secreto a los esclavos para que se reunieran hasta que uno de ellos presentaba un animal de sacrificio. Él mismo no robaba pollos.

—El sábado por la noche —dijo.

Akwasi mostró su acuerdo.

—Se lo diré a los negros del campo.

7

Con el tiempo que llevaba allí, Nora ya conocía a su personal doméstico lo suficiente bien para darse cuenta de que algo ocurría entre los negros. En la cocina se cuchicheaba mucho más que antes y, sobre todo, las sirvientas y criados se callaban de repente en cuanto veían a la señora. Nora no les prohibía cantar y charlar mientras trabajaban, así que no había ninguna razón para disimular. Al final decidió sonsacar diplomáticamente a Máanu. Tal vez se tratase de los cimarrones y de la expedición de castigo que los hacendados planeaban.

—¿Os preocupan los negros libres? —preguntó.

Como era propio de ella, Máanu se encogió de hombros.

—Ya tenemos nuestros propios problemas —respondió reservada—. ¿Por qué íbamos a preocuparnos por una gente que vive lejos y con la que no tenemos nada que ver?

Nora se sorprendió.

—Pero ellos... ellos interceden a favor vuestro. Creo que la Abuela Nanny libera esclavos.

Máanu soltó una risa ronca.

—Missis, dicen que ha liberado a ochocientos esclavos. Puede que sea cierto, pero quién puede asegurarlo. Incluso si lo fuera: solo en esta plantación hay doscientos setenta, en la de los Hollister y los Keensley, otros tantos. Con tres asaltos ya habría liberado a ochocientos. Y emprenden muchos más...

—¿Qué significa? —preguntó Nora perpleja. Máanu tenía

razón. Hasta el momento no lo había pensado, pero para la cantidad de asaltos que se atribuía a los cimarrones de Barlovento, ochocientos esclavos libres era una cantidad ridícula.

Máanu volvió a hacer su gesto de «no sé» o «no quiero saber».

—Muchos no se fían. Tienen más miedo de los cimarrones que de los *backras*. Y a los esclavos domésticos ni les preguntan, los matan al igual que a los señores, missis. Se quedan un par de negros del campo. Pero para cuando los negros han entendido que están ante la oportunidad de su vida, los cimarrones ya se han ido. Como mucho, pueden correr tras ellos, y es casi seguro que los apresen.

Con estos nuevos conocimientos en torno a los cimarrones, Nora casi se olvidó de los cuchicheos y secretos de la cocina. El sábado por la mañana sacó el tema en el desayuno con la esperanza de que Doug y Elias estuvieran de acuerdo al menos esta vez, o que al menos fueran capaces de mantener una conversación sensata.

—¿Va a formarse realmente una especie de... humm... milicia civil contra los negros libres? —preguntó Nora—. ¿Y vosotros queréis participar?

—¡Yo desde luego no! —gruñó Elias—. Bastante tengo con conservar a mis propios negros donde están, no voy a ir persiguiendo a los demás. Pero ese —señaló a Doug—, ese podría hacer de una vez algo de provecho.

Doug se frotó la frente, un gesto muy propio de él y que a Nora a veces le recordaba a su padre. Thomas Reed solía masajearse las sienes cuando pensaba. El joven hacía ese gesto para tranquilizarse, cosa que ahora a duras penas conseguía.

—Me ofrezco gustosamente como mediador —respondió—. En general, la gente no es reacia a las negociaciones, y yo, como abogado...

—¡Abogado! —resopló Elias.

—Los cimarrones no solicitarán un diploma, pero sí a alguien que pueda redactar un contrato que satisfaga a todas las partes.

Doug echó azúcar y leche al té. Había aprendido a apreciar esa clase de infusión gracias a Nora. Sobre todo su efecto relajante cuando se endulzaba lo suficiente.

—¡Contratos! —exclamó Elias iracundo—. ¡Negociaciones con ladrones y asesinos! Habría que matar a esa pandilla, en eso tienen razón los hacendados del norte. Si no fuera tan difícil... ¡Espero que te comportes como un valiente, Doug! Tendrás que ser capaz de disparar un fusil... ¿O te da pena ese hatajo de negros?

Nora suspiró. El resto de la comida la conversación entre padre e hijo se desarrolló como de costumbre. Pero al menos Elias parecía haber encontrado una misión para el descastado de su hijo. Nora, sin embargo, sentía pavor. No quería que Doug participara en la contienda por temor a que lo hiriesen o matasen.

—¿Quieres... quieres realmente ir a las Blue Mountains a disparar contra los cimarrones? —preguntó vacilante, cuando se encontró después con el joven en el establo.

Doug estaba cargando a *Amigo* con unas alforjas adicionales, así que pensaba estar ausente por un tiempo más largo. El joven arqueó las cejas.

—Sí y no. Es decir, no podré evitar llegar a las Blue Mountains (que deben de ser bonitas, también a ti te gustarían), excepto si los otros hacendados son más razonables que mi padre. Pero es probable que se emborrachen juntos y acaben soñando con alcanzar una gran victoria. Y si no les acompaño, seré declarado cobarde irrecuperable.

—Pero... pero...

Nora no sabía exactamente qué decir, pero su rostro lo expresaba todo. En cualquier caso, Doug sonrió de forma audaz cuando se percató de su palidez y de sus ojos abiertos de par en par. Estaba irresistible, ahí de pie y sin saber qué decir. Lo que más le hubiera gustado habría sido llevársela con él. Ya iba vestida de la forma adecuada, con traje de montar, y acababa de pedir al caballerizo que ensillara la yegua. Sin duda aprovecharía la ausencia de Elias para cabalgar hasta la playa. El padre de Doug había partido hacia Kingston justo después del desayuno, tenía algún asunto que solucionar antes de la reunión.

—No tendrás miedo por mí, ¿verdad? —preguntó complacido.

Nora se mordió el labio.

—Claro que no...

—Sí, sí, no lo niegues, es natural. —Sus ojos brillaban con expresión divertida—. En cierto modo eres mi madre y...

—¡No digas tonterías! —se le escapó a Nora—. Me refiero a... a que... —Jugueteaba turbada con la fusta de montar—. A que es peligroso.

Doug se puso serio, aunque sus rasgos se suavizaron a causa de la sincera preocupación de la muchacha.

—No es muy peligroso —la tranquilizó—. Por eso te contesté que sí y no. Cabalgaremos por la montaña, pero la posibilidad de que abatamos a un cimarrón es mínima. Me sorprendería incluso que viéramos alguno. Si se cruza uno con nosotros es solo porque quiere. Esa gente conoce cada piedra del terreno, Nora, mientras que nosotros vagaremos sin un objetivo preciso. —Repasó los arreos de *Amigo*.

—Entonces todavía es más grande el riesgo de caer en una emboscada, ¿no?

Nora no las tenía todas consigo y abandonó su actitud reservada. De acuerdo, sentía miedo por él, pero eso no significaba nada. Él estaba en lo cierto, era su hijastro, su pariente. Estaba permitido que temiera por él.

Doug asintió, de nuevo con una leve sonrisa. Le alegraba que Nora se preocupara por él, que abandonase esa contención que en ocasiones le había hecho dudar de su virilidad. Hasta ahora nunca había tenido que cortejar a una mujer tanto tiempo, si bien con casadas lo había intentado pocas veces, y, naturalmente, nunca con una madrastra...

—Los cimarrones podrían tendernos una emboscada y matarnos a machetazos —respondió—. Pero no lo harán. Sería excesivamente torpe.

—¿Torpe? —repitió Nora irritada.

Doug rio.

—¿Alguna vez has oído hablar del pensamiento estratégico, preciosa madrastra? Mira, Nora, mi padre y los otros hacendados describen a los cimarrones como si fueran bestias salvajes y asesinas, pero si se mira de forma desapasionada, su intención no es ir matando blancos y liberando esclavos. Cuando asaltan las plantaciones, lo que quieren antes que nada es el botín. De acuerdo, asesinan a los propietarios, no cabe duda de que sienten odio hacia los hacendados. Pero para ellos es más importante saquear las casas y robar el ganado que perpetrar un baño de sangre.

—Lo que tampoco parece muy amable —musitó Nora.

—La Abuela Nanny seguramente diría que no les queda otro remedio —observó Doug—. Según todo lo que cuentan, allí arriba tienen una comunidad que funciona. Trabajan sus campos y estarían dispuestos a vender sus productos. Con el dinero, podrían adquirir herramientas, animales de cría, ropa... lo que necesiten. Pero no pueden. Si aparecieran en la ciudad con sus artículos, los encarcelarían, los esclavizarían o los lincharían de inmediato. Así pues, se dedican al pillaje y roban lo que precisan. A regañadientes, si te interesa mi opinión. Es cierto que habrá algún antiguo esclavo que clame venganza, pero la gran mayoría de esa gente preferiría vivir del trabajo de sus manos. Son campesinos, Nora, no guerreros. A los comerciantes de la ciudad les daría igual con quién negociar, y algún que otro trueque debe hacerse, pues en algún lugar cambian el dinero y los objetos de valor que roban en los asaltos. ¡Y los encubridores son granujas blancos! ¡Yo me ocuparía antes de estos que de los cimarrones!

—¿Crees que estarían dispuestos a pactar? —preguntó Nora. No le interesaban demasiado los encubridores blancos de Kingston, esos no representaban una amenaza para la vida de Doug—. Supongo que no lo has dicho sin recapacitar.

El joven negó con un gesto.

—Siempre se han realizado intentos de negociar con los cimarrones. Incluso exitosos. Por ejemplo, durante mucho tiempo no acogían a los esclavos huidos sino que los devolvían.

Nora empezó a comprender por qué Máanu y los otros esclavos no tenían a los cimarrones en tan buena consideración.

—De todos modos, la situación ha cambiado desde que Nanny y sus hermanos son los que mandan en las montañas —puntualizó Doug—. Con ellos nunca se ha negociado. Entre otros motivos, porque al principio los asaltos fueron muy crueles y porque era obvio que lo que les interesaba era aumentar su población, admitiendo también a negros de las plantaciones. Existen muchas razones para ello. Pero esto no significa que no sea posible llegar a un acuerdo de paz. Estoy seguro de que Cudjoe y Accompong no rechazan por principio las negociaciones. Por eso evitan tender una emboscada a todos los blancos que llegan a sus montañas y cortarlos en rodajas. Al contrario, si son listos no se dejarán ver. No hay nada más desalentador para una partida como la nuestra que andar vagando por las montañas durante días y días sin saber qué hacer y luego volver con las manos vacías. Hazme caso, Nora, no va a pasarme nada. No obstante, podrías darme una especie de... de beso de despedida. Solo por si acaso. Para que no me muera sin haber probado la dulzura de tus labios.

Nora quiso retroceder, pero Doug la atrajo y le plantó un beso en los labios.

—¡Piensa en mí hasta que volvamos a vernos! —exclamó riendo, montó de un salto y partió al trote.

Nora se quedó patidifusa.

La joven también mandó ensillar su caballo y se alegró de que Peter no se preocupara por asignarle un acompañante. El anciano caballerizo no parecía muy concentrado esa mañana y la joven tuvo que prender ella misma las últimas hebillas de los arreos de *Aurora*. En realidad tendría que haber reprendido al viejo por ello, pero estaba demasiado agitada para pensar en algo más que en el beso de Doug, sus labios firmes pero sin embargo tiernos, y la risa traviesa cuando se separó de ella. Por todos los cielos, ¿qué estaba sucediendo? ¿Qué le ocurría a ella, qué estaba haciendo él con ella?

Nora galopó hacia la playa, se cercioró de que estaba desierta como casi siempre y se metió entre las olas como tantas otras veces. El agua del mar lavaría el beso y la extraña sensación que el joven le había despertado. Cuando se tendiera en la arena, volvería a pensar en Simon...

Pero de hecho, al zambullirse en el agua, apareció ante sus ojos la imagen de su última visita a la playa. Había estado ahí con Doug, habían hecho una carrera y a continuación, mientras ella sacaba la merienda, Doug se había quitado sin el menor pudor las botas y la camisa y se había metido en el agua con los pantalones de montar. Acto que había acompañado con un grito salvaje, como si fuera un capitán pirata tomando un barco al abordaje. Nora se había reído y lo había envidiado un poco. Una dama tenía prohibido, por supuesto, quitarse siquiera las medias en presencia de un caballero para chapotear en el agua. Pero luego se abandonó al placer de contemplar el cuerpo flexible de Doug, su musculatura, la pelea con el mar, realmente agitado aquel día... Había sido bonito observarlo. Y ahora lo recordó, mientras flotaba en el agua y ansiaba notar el cuerpo de él al lado del suyo tras nadar juntos, tras jugar juntos con el agua y la arena.

Nora se había sentido inquieta al dirigirse a la playa, pero su corazón todavía latía más al regresar a casa. No sabía cómo calificar los sentimientos que la agitaban. Por una parte se sentía más joven, más despierta y veía el mundo con ojos más nítidos. Por otra parte, en su interior palpitaba algo así como una culpa. Como si hubiese traicionado a Simon...

8

Nora ignoraba si eran imaginaciones suyas o si tenía algo que ver con esa extraña y alterada percepción que creía tener desde que Doug la había besado, pero cuando llegó a Cascarilla Gardens notó algo extraño en el ambiente de la casa. Los sirvientes parecían atolondrados y sin concentración y de nuevo se callaban cuando ella pasaba. Al final decidió tomar cartas en el asunto. Despidió a Máanu y pasó la tarde en el jardín, pero no en su lugar favorito, en la glorieta, donde a veces oía por azar retazos de palabras o alguna conversación procedente de la cocina. En lugar de ello, se dirigió a la terraza que cubría la entrada a la cocina y escuchó con atención. No tuvo que esperar mucho. En efecto, algo tenía nerviosos a los sirvientes, que bajaban la voz al referirse a ello y empleaban alusiones.

Tú enviar maldición a Jimmy si él no preguntar a ti si ir contigo —bromeaba entre risas una de las chicas de la cocina.

—Bah... yo enviar encantamiento a Jimmy y luego venir conmigo —respondió la otra.

—¡Para buen encantamiento necesitar pollo!

—¡Haber pollo!

—¿Sabes quién llevar pollo?

—¡No sé, a lo mejor Jimmy llevar pollo para casarse conmigo!

Nora oyó risas. Frunció el ceño. Maldiciones y pollos, también Máanu había mencionado algo así en una ocasión. Y magia. ¿Estaba por fin sobre la pista de una de esas misteriosas ceremonias obeah de las que Doug le había hablado? ¿La celebrarían ahora? A fin de cuentas, el *backra* estaba fuera y Doug, de quien al menos Máanu y Akwasi desconfiaban, también se había ausentado.

De la conversación entre dos criados Nora creyó poder deducir la hora: «Cuando la luna esté sobre el mar.» Naturalmente, la luna estaría ahí la mitad de la noche y Nora tampoco llegó a discernir cuál sería el lugar del encuentro. Pero eso daba igual, tan solo tenía que seguir a los esclavos. No podía ser tan difícil, se limitaría a fingir que quería acostarse temprano y dejaría marchar a Máanu en cuanto le hubiera soltado y cepillado el cabello para la noche. Luego bastaría con que volviera a vestirse y se dirigiese sigilosamente al caserío de los esclavos. Los arbustos y árboles que ocultaban las cabañas de la casa ofrecían suficiente protección incluso si alguien pasaba por allí. No era algo imposible. Si la reunión se celebraba en el caserío, los mozos de cuadra que dormían en los establos tendrían que pasar junto a la casa.

De todos modos, Nora pensaba que la asamblea se efectuaría en otro lugar. Si la sesión obeah guardaba alguna semejanza con las misas cristianas, se cantaría y se rezaría en voz alta. En el caserío, en el límite del cual vivían los vigilantes, eso era demasiado arriesgado. Los descubrirían enseguida.

Nora pasó el resto de la tarde y la noche con los nervios en tensión, y diría que lo mismo le sucedía a Máanu. La joven estaba torpe y descuidada, se le caían las cosas, y fue tal la impaciencia con que pasó el peine y el cepillo por el largo cabello de su señora que hasta le hizo daño. Nora tuvo que dominarse para no increpar a su doncella, pero no deseaba disgustarla. Tal vez necesitara su ayuda para colarse furtivamente en la reunión.

Al final, ambas respiraron aliviadas cuando Máanu se despidió con un amable «Buenas noches, missis». Nora esperó hasta estar segura de que la joven había abandonado la casa. Luego se recogió el cabello en la nuca y se puso un cómodo vestido de andar por casa. Nada de corsés ni de blusas de puntillas, tenía prisa y necesitaba moverse con la mayor libertad posible. De todos modos, necesitaba un chal, mejor uno oscuro. El vestido era verde oscuro, pero la luna tal vez le iluminara el cabello. Cogió un chal de seda granate. Tras pensarlo un momento, renunció al calzado. Echaría a perder las finas zapatillas de seda si tenía que internarse en la jungla, y los pesados zapatos de montar probablemente harían ruido.

Salió por la cocina y disfrutó por un momento del aire nocturno en el huerto de la cocina. Olía a tomillo, romero y albahaca, y en el aire húmedo y cálido las fragancias embriagantes se mezclaban con el perfume de las orquídeas y rosas. Después se internó en la oscuridad del bosque, que le ofreció otros aromas telúricos y densos, al tiempo que insinuaba el olor salado del mar. Avanzó en paralelo al camino por la vegetación poco densa y no le resultó difícil orientarse. La luna llena brillaba sobre el mar que se entreveía tras la espesura de los mangles y las palmeras. No había viento, pero tampoco silencio: los grillos cantaban, el monte bajo crujía y las aves nocturnas emitían sonidos singulares. Nora sabía que eran lechuzas, pero nunca las había visto.

Sin embargo, no tenía miedo; antes al contrario, disfrutaba de la aventura. Tampoco era un trayecto largo. En pocos minutos alcanzó el caserío de los esclavos, que a la luz de la luna parecía espectral y desierto. Por el momento, ahí no ocurría nada. Todo estaba oscuro y en silencio, y la joven se preguntó con un ligero estremecimiento cómo sería tener que vivir sin velas ni lámparas. Ningún esclavo podía convertir la noche en día, como hacían los blancos en sus fiestas y también en los días corrientes con las lámparas de aceite y los candiles. A lo sumo podían encender una hoguera delante de las cabañas o iluminar un camino con antorchas. Nora creyó recordar que así lo hacían con frecuencia.

En cualquier caso, esa noche la luna era la única fuente luminosa y de ninguna cabaña surgía el menor sonido. Tras esperar unos minutos en el bosque contiguo a las cabañas, temió que la gente ya se hubiera marchado. Pero entonces se abrió la puerta de la primera cabaña. Silenciosamente, como esos zombis de los que hablaban los relatos de fantasmas, los esclavos de la plantación Fortnam salieron de sus casas y se alejaron en pequeños grupos. Tomaron el camino que recorrían para trabajar en los campos, de modo que el lugar de la reunión debía hallarse en los campos de caña de azúcar. Nora aguardó todo el tiempo que fue capaz. Adwea y Máanu, así como la pequeña Mansah, cuya choza divisaba perfectamente desde su escondite, se habían marchado con uno de los primeros grupos. Al final, siguió a Toby y al viejo Hardy, sorprendida de que ambos participaran en ese ritual pagano. Hasta el momento los había considerado, así como al caballerizo Peter, unos cristianos sumamente fervientes.

Nora había temido que si mantenía demasiada distancia los esclavos se perderían de vista entre los campos, pero pronto comprobó que era sencillo seguirles la pista. No se extraviaban en los interminables senderos, entre los extensos e idénticos campos de caña de azúcar, sino que avanzaban sin vacilar por el sendero, tan transitado durante el día, que conducía al molino de viento y desde ahí descendía a los cobertizos donde se hervía y destilaba el azúcar. También se encontraban allí los establos de los bueyes y mulos, y un gran pajar en el que se almacenaba el heno. En la actualidad estaba casi vacío, Nora recordaba que el día anterior Elias había ordenado de malas maneras al caballerizo que repusiera el heno.

«Cuando *backra* volver, lleno», había contestado Peter.

Nora se había preguntado por qué el anciano sirviente se había arriesgado a recibir una reprimenda. Habitualmente, Peter era un esclavo de extrema confianza y jamás habría permitido que se agotara el forraje de ningún animal. Ahora descubría la razón. El pajar era esa noche la sala donde se celebraría la ceremonia obeah y el caballerizo había contribuido a ello.

Nora encontró el lugar perfectamente elegido, incluso para sus propios objetivos. Les tenía algo de miedo a los bueyes, que a veces coceaban al asustarse, pero los mulos no le producían ningún temor. Así pues, se encaminó hacia los establos y se escondió en un cobertizo donde había dos mulos mascando heno. Si bien desde ahí no veía nada, oía las voces que se filtraban del pajar. Hasta entonces, los esclavos habían permanecido callados, pero ahí se sentían más seguros y hablaban con nerviosismo, casi histéricos. Para ellos era una aventura peligrosa. El *backra* no los haría azotar ni los vendería si los descubría, naturalmente, pero los castigaría. Y al hombre obeah, o como se llamara el sacerdote, lo echarían de la plantación.

Nora esperó pacientemente a que todos se hubieran reunido y tranquilizado. Abandonó entonces su escondite y se dirigió a hurtadillas a la puerta que unía el establo con el pajar. No había contado con ello, pero, por desgracia, estaba cerrada. ¡Nadie cerraba una puerta entre un establo y un pajar! Accionó la manivela y sacudió la pesada puerta con la esperanza de que al otro lado nadie se percatara.

Sin embargo, la puerta se abrió de repente como si el cerrojo se hubiese roto. La presión con que estaba empujando la catapultó al granero y casi cayó en los brazos de la cocinera Adwea.

Las dos mujeres se quedaron mirando, paralizadas por el susto. Sin duda Adwea había pensado que se trataba de uno de los suyos; por lo visto estaba sentada delante de la puerta, bloqueándola. Al notar que alguien la sacudía, se había levantado y dejado libre el acceso. La mujer se habría esperado a cualquiera, pero ¡no a la señora blanca!

—Missis... por favor, missis... —titubeó.

Nora se llevó el dedo a los labios.

—¡Chis! No te preocupes. No diré nada, solo quiero mirar.

Adwea frunció el ceño, pero luego una amplia sonrisa se dibujó en su semblante.

—¿Missis curiosa? —Era una mezcla de pregunta y reproche.

Nora le guiñó el ojo.

—¡Terriblemente curiosa! —susurró—. No os molestaré. Deja que me siente a tu lado. Nadie me verá.

—¡Los espíritus ver! —objetó Adwea.

La joven señora arqueó las cejas.

—No me harán nada —contestó.

La cocinera lo confirmó.

—No. No hacer nada, espíritus buenos. Normalmente, Kwadwo llamar espíritus buenos.

Dicho esto, señaló el lugar libre a su lado y Nora se envolvió cuanto pudo en el chal. Con la oscuridad no llamaría la atención en el rincón más alejado del pajar. Se preguntó por qué razón Adwea, quien gozaba de un rango elevado entre los esclavos, se había sentado tan al fondo. Máanu y Mansah no estaban con ella, sino en el centro del círculo que habían dibujado los esclavos en torno a un espacio despejado. Máanu se había buscado un lugar frente a Akwasi. No apartaba la vista de él.

En el centro del pajar había una hoguera y dos hombres cerca de la entrada sostenían antorchas para señalar el camino a la gente.

Ambos cerraron la puerta del recinto detrás de los últimos rezagados y uno de ellos comenzó a cantar. Nora se sobresaltó cuando Adwea se sumó con voz alta y grave, al igual que los demás esclavos. Era una melodía conmovedora y triste, pero la joven blanca no entendía las palabras. Tampoco era inglés, debía de ser una canción en lengua africana.

—¿Qué significa? —susurró Nora cuando Adwea y los demás repitieron varias veces una sucesión de sílabas.

La cocinera hizo una mueca.

—Yo no saber, nadie saber, llamar espíritus... Lengua de espíritus.

Nora supuso que en su origen esas palabras debían de haber tenido un significado, pero ahora, escuchando con mayor atención, comprobó que cada cantante pronunciaba algo distinto y que algunos improvisaban. Nadie sabía qué estaba cantando, pero los versos se entonaban cada vez más alto y con un creciente matiz suplicante. En ese momento resonaron unos tambores.

Y entonces un hombre se colocó en el centro del pajar, junto al fuego. Alto y corpulento, iba desnudo salvo por un taparrabo y entonaba conjuros. El hombre obeah. Nora se quedó atónita al reconocer a su diligente caballerizo. Peter, quien cada domingo estaba pendiente de las palabras del reverendo...

—Kwadwo —dijo Adwea.

—¿Ese es su nombre verdadero? —preguntó Nora.

La cocinera asintió.

—Hechicero poderoso. Hijo de curandero.

Nora se frotó la frente, sin percatarse de que estaba imitando el gesto de Doug. Kwadwo arrojó más madera al fuego. No era extraño que hubiera evitado prudentemente almacenar más paja en el pajar. Colgó una marmita sobre las llamas y vertió en su interior un líquido claro de una calabaza. A continuación bebió un trago de la calabaza y se la tendió a los esclavos sentados cerca de él. Sus ayudantes pusieron en circulación más recipientes, uno de los cuales llegó a Adwea. Nora percibió el olor del aguardiente de caña de azúcar. La cocinera se llevó el cuenco a los labios y luego, tras una breve vacilación, se lo tendió a su señora. La joven dudó. ¿Haría bien en beber con los esclavos? En Inglaterra nunca se habría reunido así con los sirvientes.

—Acercar a los espíritus —le explicó Adwea.

Nora se mordió el labio y a continuación bebió un buen trago. Tal vez era un ritual similar al de las comunidades cristianas cuando compartían el pan y el vino. Y, tradicionalmente, los señores y el servicio celebraban juntos la misa.

Los cánticos aumentaron de volumen y se volvieron más suplicantes cuando los cántaros, botellas y calabazas circularon por segunda y tercera vez. Los presentes se balanceaban al ritmo de los cánticos y los tambores parecían imponer su ritmo. Nora tenía la sensación de que le golpeaban directamente en la cabeza. Algunos jóvenes de delante bailaban, al igual que el hombre obeah, pero Nora se sobresaltó al distinguir un machete en su mano. La melodía iba *in crescendo*, pero el grito de Kwadwo la superó cuando sacó un pollo de un saco, lanzó el animal al aire y con un machetazo veloz y certero separó la cabeza del cuerpo. Un surtidor de sangre se derramó sobre los que se hallaban más cerca. El cuerpo del animal todavía se agitaba, tal vez habría corrido unos pasos como en las truculentas historias de fantasmas que Nora había leído, pero el hombre obeah lo levantó rápidamente y lo lanzó en medio de los creyentes. Nora creyó que en dirección a Máanu. En efecto, la joven levantó el ave decapitada, la sostuvo encima de la marmita y dejó que se desangrara. Del recipiente ascendió un olor apestoso cuando el hombre obeah removió y echó unas especias.

Esto pareció excitar a quienes estaban sentados cerca del fuego, que se pusieron a cantar, gritar y bailar con más frenesí. Adwea volvió a tender a su señora el cántaro con el aguardiente. Nora lo recibió como en trance. Nunca había bebido tanto, pero no se sentía cansada, sino más bien excitada. Sin embargo, ese ritual debería haberle repugnado, y le repugnó cuando el hombre obeah repitió el sacrificio con un segundo pollo y lanzó el animal agonizante hacia Akwasi. También el joven lo agarró y dejó que la sangre se derramase en la marmita acompañado por los cánticos y los conjuros del hechicero.

Por un momento, Nora se preguntó asqueada si tal vez estaba asistiendo a una ceremonia de matrimonio. ¿Había conseguido Máanu por fin que Akwasi pidiera su mano y los prometidos se unían de esa forma sangrienta? Máanu mostraba una expresión más de estupefacción que de novia feliz. Parecía sorprendida de que hubiera un segundo pollo y de que Akwasi participara en la ceremonia. Pero luego cantó y bailó de manera tan extasiada como el resto de los esclavos. Por el pajar se extendieron el humo y el hedor de la sangre y las especias. A Nora esto le impedía respirar y pensar. Solo era sentimiento, cántico y tambor, parecía encontrarse fuera de su cuerpo. Adwea volvía a pasarle el cántaro.

El hombre obeah sacó del fuego su brebaje, metió una especie de escoba de ramas y salpicó a los creyentes. Algunos se retorcieron convulsamente en el suelo.

—Espíritus en ellos. Tomar posesión de ellos —explicó Adwea con serenidad.

La vieja cocinera observaba lo que acontecía con bastante

indiferencia, no parecía tener interés por entrar en contacto con el líquido mágico. De todos modos, se bebía el aguardiente de caña de azúcar como si fuera agua.

Nora vio con ojos desorbitados, sin moverse, cómo uno de sus criados domésticos caía al suelo aullando y una de las chicas de la cocina lloraba histérica. La joven estaba como paralizada, desgarrada entre la curandera que quería poner punto final a eso y ocuparse de las personas que estaban sufriendo y el ser incorpóreo que estaba pendiente de los labios del hombre obeah y aceptaba la locura de la gente como algo natural. Y una tercera parte de ella buscaba desesperada a su propio espíritu, aquel al que había invocado tantas veces. Simon había prometido permanecer junto a ella. Pero ¿dónde estaba ahora que lo necesitaba? Era evidente que a los otros muertos les resultaba fácil materializarse delante de los vivos. Algunos hombres y mujeres parecían ver los *duppies* de sus familiares muertos. Los saludaban en trance después de haberse frotado los ojos con algo y de mirar por encima del hombro izquierdo.

—Agua del ojo del perro —explicó Adwea sin inmutarse.

A Nora le pasó por la cabeza pedirle un poco a alguien, pero luego se le escapó una risa histérica. Estaba loca, tenía que estar loca. Era demencial invocar a los espíritus, y todavía era peor no poder apartar de su mente el rostro de Doug Fortnam... Bebió otro sorbo del cántaro que Adwea le tendía y se percató de que lloraba.

—¡Ahora! —dijo el hombre obeah, acercándose a Máanu—. Ahora, muchacha, di tu deseo a los espíritus.

—¡Quiero que Akwasi me posea! —susurró Máanu—. Quiero ser suya.

Kwadwo se dirigió a Akwasi.

—¡Di qué anhelas, joven!

—¡Quiero poseer a Nora Fortnam! —declaró Akwasi con resolución, esperando que, por encima de los gritos y cánticos, los espíritus lo oyeran—. Tiene que ser mía hasta en la muerte.

Los presentes todavía danzaban y cantaban, pero los sonidos de los tambores, los ruidos y rumores se iban apagando lentamente. Las llamas se consumían, los posesos se enderezaban mareados mientras los espíritus abandonaban sus cuerpos. Todos, salvo los que Akwasi y Máanu habían invocado. Ahora llegaba su momento.

9

La mayor dificultad con que se enfrentaba Akwasi tras la ceremonia era reunirse con Nora. En ese punto, Kwadwo no había dejado lugar a la duda: el *duppy* anhelante de amor solo podría introducirse en el cuerpo de su adorada si se la mostraba.

Akwasi había postergado el problema hasta entonces, pero en ese momento, embriagado y alentado por la magia y el alcohol, sabía lo que había de hacer. Nora estaba sola en la casa grande y ya era plena noche. Ya debía de llevar tiempo durmiendo y no lo oiría llegar. Era posible que la cocina no estuviera cerrada, y si lo estaba bastaría con una simple herramienta para forzarla. Akwasi conocía bien la casa, sabía dónde estaba la habitación de Doug y dónde dormía Elias. A Nora seguramente le habían asignado los aposentos de la madre del joven. Akwasi también había estado allí mucho tiempo atrás, con Doug, en busca de aventuras y tal vez de espíritus. Todo eso se le antojó ahora como una feliz coincidencia, seguramente su *duppy* lo guiaría.

Fuera como fuese, necesitaba una palanca u otro utensilio que pudiera utilizar como tal. Lo encontraría en los corrales. Akwasi se encaminó hacia la puerta que unía el pajar con el establo.

Nora había vuelto en sí a medias cuando Adwea empezó a levantarse. También los otros esclavos se encaminaban lentamente a sus casas. Nora se obligó a volver a razonar. Debía desaparecer antes de que alguien la reconociera. Hasta entonces todos habían estado mirando al frente, pero al salir alguno podía descubrirla.

Nora le susurró las gracias a la cocinera y regresó al establo. Esperaría un rato junto a los afables mulos hasta que reinara la calma. Tras la larga jornada de trabajo y la noche obeah, los esclavos regresarían a casa deprisa y dormirían profundamente. Nora pasaría por el caserío de los esclavos sin correr riesgo ninguno. Ir a dormir no era mala idea... Todavía le retumbaban los tambores en la cabeza, se tambaleaba a causa del alcohol y le costaba hacer cualquier movimiento. ¿Realmente quería abrir ahora la puerta del cobertizo de los mulos? La paja que veía delante tenía un aspecto acogedor. Si se sentaba ahí y se calmaba un poco y cerraba unos segundos los ojos...

Máanu vio que Akwasi se ponía en pie con movimientos vacilantes y se dirigía al establo. Se preguntó qué querría hacer ahí, pero, de todos modos, era una feliz coincidencia. Nadie les molestaría allí, un lugar tranquilo y a cubierto junto a los animales. Dudó en seguirlo de inmediato o esperar un poco. En el último caso cabía la posibilidad de que Akwasi desapareciera entre los corrales. Sin embargo, si uno quería estar solo después de la ceremonia obeah era porque se sentía mal. Era fácil que ocurriera con todo el alcohol, el calor, el humo y la danza. Y no tendría nada de romántico encontrar a Akwasi vomitando o haciendo sus necesidades en el establo de los bueyes.

Máanu esperó, pues, antes de seguirlo. Así tampoco vería a Adwea, que se había sentado delante de la puerta del establo. La cocinera siempre se mantenía alejada del lugar de sacrificio. Solía decir que ya tenía bastantes espíritus para ir invocando otros más. Adwea prefería que el mundo de los espíritus la dejara en paz. Con toda seguridad desaprobaría el intento de Máanu por conquistar a Akwasi, y no solamente a causa del pollo robado.

Akwasi abrió la puerta que daba a los establos. Sus ojos necesitaron unos segundos para adaptarse a la oscuridad, aunque no estaba tan oscuro como en el pajar: los establos estaban abiertos por un lado y la luna llena los iluminaba. En condiciones normales, a Akwasi le habría resultado fácil orientarse, pero ahora sufría los efectos secundarios del trance en que había estado bailando y bebiendo. Así que casi tropezó con la figura que, medio envuelta en un pañuelo oscuro, dormía tendida sobre un montón de paja. Alguien que había bebido demasiado licor de caña. El joven iba a seguir su camino, pero de pronto decidió despertar a esa persona. En caso contrario, podía pasar toda la noche durmiendo allí y al día siguiente un vigilante podría descubrirla.

Akwasi se inclinó y retiró el pañuelo del rostro del durmiente.

Nora abrió los ojos cuando él susurró su nombre incrédulo, pero no reconoció la cara que se hallaba inclinada sobre ella. Ante sus ojos se confundían muchos rostros. ¿Simon? ¿El esclavo Akwasi? ¿O era Doug?

—Doug —susurró Nora. Fue un sonido vago, ininteligible—. ¿Qué...? ¿Cómo...?

El corazón del joven esclavo latió con fuerza. «Akwasi.» ¡No cabía duda de que había pronunciado su nombre! La tomó entre sus brazos.

Nora sintió que alguien la abrazaba y la estrechaba contra su pecho. Qué raro que la piel de ese alguien pareciese negra. Una voz grave susurraba palabras tiernas. Unas manos grandes y fuertes palparon de repente su espalda, provocándole escalofríos. Había percibido una pizca de esa emoción cuando estaba tendida junto a Simon, y por la tarde cuando, sintiéndose culpable, había soñado con que Doug volviera a despertarla. ¿Lo estaba haciendo ahora? ¿Era también esto un sueño? Pero los labios que la acariciaban, una vez que el hombre la hubo acostado de nuevo sobre la paja, eran oscuros, y las manos que le abrían el vestido eran negras. ¿Akwasi? ¿Un esclavo?

En la mente de Nora surgió el recuerdo de Eileen MacDougal, que se había enamorado de un mozo de cuadra. Una dama no hacía algo así... Pero probablemente era un sueño. Y era bonito... Nora estaba extasiada cuando se irguió hacia Akwasi con los ojos cerrados, ignorando quién la excitaba. En cualquier caso, el hombre sabía lo que se hacía. Tras unos pocos besos y caricias, la muchacha ardía como nunca antes de deseo. Las tímidas caricias de Simon, las anodinas de Elias... Nada la había preparado para tal estallido de sensaciones.

—Nora, mi Nora...

Akwasi susurraba palabras cariñosas, pero no le sorprendía que la joven no reaccionara. Por fin el *duppy* estaba en ella, solo cuando hubiera satisfecho su deseo de amor ella volvería en sí. Y él tenía que hacerlo bien. No solo para no enfadar al *duppy* y provocar su huida prematura, también para dejar su impronta en el cuerpo de Nora, despertar el deseo en su corazón y ahí abajo, en un lugar profundo que solo su sexo alcanzaría. Akwasi la acariciaba y la besaba, aplicándose mucho más que con las esclavas con las que había gozado antes.

Al final, Akwasi penetró suave pero poderosamente en Nora. Él habría preferido que fuera más rápido y seco, no tan húmedo. Los hombres de África decían que cuanto más seca estuviera la mujer, más virtuoso sería el acto. Pero el muchacho sabía que las muchachas apreciaban una preparación más larga. Además, en este caso, la conducta de Nora no decía nada sobre su virtud, sino, como mucho, sobre la del *duppy* que se había introducido en ella. Akwasi hizo lo que pudo por complacer tanto al espíritu como a la mujer. Al día siguiente, Nora suspiraría por él.

Máanu entró en el establo justo cuando Nora se incorporaba hacia Akwasi. No a la defensiva, no, sino llena de voluptuosidad. Las luces del pajar se habían apagado y la muchacha salió de la oscuridad al establo iluminado por la luna, por lo que sus ojos no necesitaron un tiempo para adaptarse y ver. De todos modos, la mente de la muchacha necesitó unos segundos para entender lo que estaba ocurriendo. El cuerpo fuerte y negro de Akwasi era inconfundible. Pero ¿con quién la estaba engañando? ¿Qué mujer se había adelantado a ella?

Máanu fue presa de la ira. No había muchas jóvenes en la plantación y la mayoría conocía sus intenciones. Así que si una de ellas había espiado a Akwasi o lo había seguido antes que Máanu, era con el propósito de renovar un encantamiento o de seducirlo. ¡Sin haber corrido el riesgo de robar un pollo! Máanu se dispuso a apartar de un empellón a aquella traidora, pero entonces vio quién era. Se tapó la boca con la mano.

Era la señora... ¡La missis había hechizado a Akwasi! Era inconcebible... era infame, de una infinita maldad. Máanu sabía que no se podía confiar en los blancos. Sabía que necesitaban a los negros para sus jueguecitos... y no solo el *backra*, como ahora comprobaba. No solo el maldito *backra*, sino también su esposa, a la que ella había considerado una amiga.

Máanu experimentó una profunda repugnancia. Se retiró antes de que pudieran verla y corrió al pajar, que ya se había quedado vacío. Mejor así. Nadie tenía que ver cómo se sentía. Nadie tenía que saber cuánto la había humillado Akwasi... aunque él era seguramente una víctima inocente. La joven esclava apaciguó su agitado corazón. Claro, debía de haber indicado al *duppy* el camino para llegar a él, al fin y al cabo no había dejado de mirarlo durante la ceremonia. ¡Y ahora el espíritu estaba en él y Nora se aprovechaba descaradamente de ello!

Máanu nunca hubiera imaginado que su señora supiera tanto de sus ritos. Pero probablemente ella no era la única esclava a quien sonsacaba. Tal vez cuchicheaba también con los enfermos, posiblemente con mujeres de otras plantaciones que no deseaban nada bueno para Máanu. La mente de la esclava cavilaba febril, barajando todas las posibilidades. Pero poco importaba cómo se había enterado Nora y cómo había conseguido tener a Akwasi bajo su poder. Era el abuso más tenebroso y una traición inimaginable.

Nora se incorporó cuando Akwasi se retiró de ella. La sangre palpitaba en su interior, el corazón le latía con fuerza... lentamente despertaba de la somnolencia en que había yacido. Abrió los ojos y vio a... Akwasi.

—¿Tú? —preguntó sin dar crédito.

El recuerdo de lo que había hecho o, mejor dicho, permitido hacer pasó veloz por su cabeza.

El joven asintió orgulloso.

—¿Te ha gustado? —preguntó—. Ah, sí, te ha gustado, ahora te conozco, el espíritu se ha separado de ti. ¿Me amarás a partir de ahora? ¿Estaremos juntos?

Nora se frotó la frente, empezaba a dolerle la cabeza. Eso no podía ser verdad, ese esclavo solo decía tonterías. Pero sin embargo parecía algo absolutamente real. El sudor de él en su piel, el lecho de paja, el rostro reluciente y triunfal de él. Akwasi no se sentía culpable. Probablemente él había bebido al menos tanto como ella, y además había danzado en medio del círculo, había aspirado todos los vapores...

Nora se enderezó. Tenía que aclarar sus pensamientos y no tenía que hacer una montaña de ese... ¿incidente? ¿Accidente? ¿Desliz? ¿Sueño? Fuera lo que fuese, los dos tenían que olvidar lo ocurrido. No sabía qué castigos se aplicaban por la violación de una mujer blanca, pero era muy posible que se colgara a los esclavos. Sin embargo, Akwasi ni siquiera la había forzado...

Nora sintió que la invadía la vergüenza y un vago sentimiento de culpa. Al no defenderse, había animado al joven. No importaba. Fingiría que nada había ocurrido. Nadie tenía que saberlo y, sobre todo, nadie tenía que morir por ello.

—Escucha, Akwasi, no sé qué me ha pasado —empezó.

Él sonrió.

—Pero yo sí, missis, Nora. Era un espíritu, un *duppy*. Ha tomado posesión de tu cuerpo porque yo le pedí que lo hiciera, pero ya se ha marchado. Si quieres, volvemos a hacerlo. O mañana por la noche, o...

—¡Calla, Akwasi, estás loco! —exclamó Nora—. Esto a ti puede costarte la cabeza y a mí mi reputación. No quiero ni pensar en lo que el *backra* nos haría... Así que márchate ahora a tu choza. ¡Yo me quedo un poco más aquí, pero te prohíbo que me sigas! Nadie nos verá juntos, y por supuesto que esto no volverá a repetirse. *¡Duppies!* En el futuro no hablaremos ni de espíritus ni de pollos robados. ¡No volveremos a hablar, Akwasi! En el futuro, ¡no te cruces en mi camino!

El muchacho quería contestar algo, pero Nora lo fulminó con la mirada.

—¡No quiero amenazarte, Akwasi! —dijo con severidad—. Pero con que solo le diga al *backra* que me miras con lujuria...

El negro se levantó.

—La amo, missis...

Nora suspiró aliviada: al menos volvía a tratarla de usted.

—Eso cambiará —le respondió sin perder la calma—. No es amor, Akwasi, son sueños... —Se detuvo al tomar conciencia de que estaba repitiendo las palabras de su padre. Prosiguió—: Olvídame, Akwasi. Enamórate de Máanu, hace tiempo que se consume por ti.

Dicho esto, también ella se levantó y, como Akwasi no hacía ningún gesto de abandonar el establo, se marchó primero. Sintió cierto temor al dejarlo así. Las mujeres de los hacendados solían murmurar entre ellas acerca de muchachas y mujeres que habían sido violadas e incluso asesinadas por esclavos enloquecidos. Pero Akwasi era un ser civilizado, sabía leer y escribir, no se dejaría dominar completamente por sus deseos y su decepción.

Akwasi permaneció en el establo como si aquellas palabras lo hubiesen aniquilado. No había servido de nada. No había ocurrido como se esperaba. Para ella, él nunca había sido un hombre. Nora lo consideraba igual que a los demás, como una propiedad, un esclavo cuyo amor no era nada más que un sueño infantil. Y ahora se había ido, lo había amenazado y se había comportado por vez primera como cualquier otra señora. No obstante, a Akwasi no se le ocurrió vengarse de ella. Todavía no. No sintió cólera, sino una desesperación profunda y oscura.

El joven esclavo volvió a tenderse en la paja. Ahora no podía volver a su cabaña. No podía permitir que los otros chicos vieran cómo los sollozos sacudían su cuerpo.

Akwasi lloraba. Por primera vez desde que Doug lo había traicionado.

Nora regresó a la casa temblando y agitada. En el jardín de la cocina encontró un cubo, lo llenó en el arroyo y se quitó el vestido para limpiarse el olor de Akwasi de su cuerpo. No lo encontraba repulsivo como el de Elias, pero quería borrar cualquier recuerdo de algo que no tenía que haber sucedido. También tiraría el vestido.

Solo se tranquilizó cuando, enfundada en un camisón limpio, se tendió entre las sábanas de seda de su cama. No quería seguir pensando en cómo podía haber sucedido aquello, en si realmente un espíritu había entrado en su cuerpo o si había querido liberarse de su obsesión por Doug Fortnam entregándose a Akwasi. Expulsar a un espíritu por medio de otro... En circunstancias normales, Nora se habría echado a reír. En todo caso, cualquiera que fuera su causa, un espíritu, el sonido de los tambores o el aguardiente, lo olvidaría. Daba gracias a Dios de que al menos no hubiera habido ningún testigo.

TRAICIÓN

Jamaica

Primavera - Otoño de 1733

1

Doug Fortnam llevaba casi dos semanas cabalgando por las Blue Mountains y ya estaba harto. Sin embargo, en otras circunstancias habría disfrutado plenamente de aquella incursión al interior de la isla. Ya de niño soñaba con explorar la cadena montañosa sobre la que casi cada mañana se asentaba una niebla azulada que se despejaba a lo largo del día. Le cautivaban la vegetación cambiante, los ríos y arroyos que discurrían por la superficie y por debajo de la tierra, los desfiladeros y peñascos, cavernas y cascadas, y con frecuencia lamentaba no saber dibujar. Nora se habría alegrado de ver plasmadas en papel las flores silvestres y las exuberantes plantas de la jungla, así como los helechos y musgos que crecían en las cumbres. Recordaba la expresión grave de la muchacha cuando estudiaba los libros sobre la flora de la isla, y su sonrisa resplandeciente cuando encontraba una planta y podía clasificarla. También se imaginaba que hacían juntos esa excursión a caballo, pero con buen tiempo, con el sol filtrándose entre la densa vegetación y arrojando sombras en el camino.

La extraña «expedición de castigo» en que participaba a regañadientes se realizaba, por el contrario, en plena estación de las lluvias. Doug no había conseguido que los hacendados la postergaran un par de meses. Ahora era inútil explorar aquella zona, al menos en lo que a la finalidad de la operación se refería. Si el joven hubiese pensado que existía alguna posibilidad de encontrarse con los cimarrones, se habría preocupado. El subsuelo cenagoso, sobre el cual los caballos a veces avanzaban tanteando el camino, dificultaba la cabalgada e imposibilitaba un ataque o una huida veloz. Por añadidura, una llovizna casi continua entorpecía la visibilidad, ya de por sí mala. Probablemente ninguno de los hombres que se habían obstinado en emprender esa incursión había estado nunca en el interior y todos confiaban en el clima estable de Kingston y la brisa marina que pocas veces dejaba que persistiera la lluvia, incluso en la estación húmeda.

En las Blue Mountains —sobre todo en la parte oriental— llovía casi cada día, incluso en los meses de la estación seca. La zona debía a ese generoso riego la paradisíaca variedad de su exuberante flora. Pero eso significaba para los jinetes que la humedad era constante. Incluso cuando no llovía, el agua goteaba sobre sus cabezas de las hojas anchas y carnosas de los árboles. *Amigo*, el semental español de Doug, parecía tomárselo mal. Avanzaba con desgana e intentando bajar la cabeza para que se le escurriera el agua del flequillo. Su jinete lo comprendía bien, también su sombrero de fieltro estaba empapado y desde el ala le caía agua sobre el rostro. Además, *Amigo* también tenía que soportar la lluvia durante la noche, ya que los caballos se ataban a la intemperie. Doug y los otros hombres contaban al menos con tiendas, que tampoco se secaban después de las tormentas nocturnas y antes de plegar las lonas. Así pues, la segunda noche ya estaban húmedas y en la tercera empezaron a enmohecerse. Al igual que las mantas y las provisiones.

Únicamente la abundante provisión de botellas de ron permanecía impermeable al agua y permitía que los hombres conservaran el calor. Los miembros de la expedición celebraban la aventura bebiendo cada noche y Doug era el único que permanecía más o menos sobrio. No esperaba que los atacaran los cimarrones, pero si los señores de las montañas decidían hacerlo por la noche, quería poner un alto precio a su cabeza. En un caso así, las posibilidades de sobrevivir serían nulas. Quien cabalgaba por allí, lo hacía con el consentimiento o al menos la tolerancia de los cimarrones, fuera lo que fuese lo que los demás hombres se imaginasen.

De cualquier modo, esa expedición contradecía todo lo que Doug había oído decir sobre estrategia, que no era poco. Durante un breve período había pensado en cambiar la odiada carrera de Derecho por la militar, pero luego había dado marcha atrás. Al fin y al cabo, él volvía a Jamaica, una región donde Inglaterra no libraba ninguna guerra. Aquella incursión contra los cimarrones no se guiaba precisamente por *El arte de la guerra*. No era más que un ir dando palos de ciego ideado por un par de hacendados aficionados al ron. Los jinetes que acompañaban a Doug eran en su mayoría cuidadores de las plantaciones que se ufanaban de no tener ningún miedo de los negros. Parecían considerar la incursión como una especie de vacaciones y se desplazaban por la jungla haciendo tantas fanfarronadas y tanto ruido que cualquier cimarrón tendría tiempo de huir o de preparar sus armas mucho antes de que los blancos aparecieran. Los fusiles de los hombres iban a buen resguardo en las alforjas, por lo que no habrían logrado reaccionar a tiempo y de forma más o menos eficaz a una emboscada.

Doug esperaba terminar pronto el cometido. No solo porque en dos semanas no habían visto ni un solo semblante negro, sino también porque las provisiones de ron se estaban agotando.

—Tendremos que repetirlo otra vez —dijo un vigilante de la plantación Hollister, como si hubieran salido a pescar—. Pero lo mismo nos traemos algún guía que conozca el terreno.

Doug puso los ojos en blanco, pues él había sugerido reclutar a un guía. Había blancos que comerciaban con los cimarrones, la mayoría pequeños timadores que cada dos semanas subían a las montañas con un mulo cargado hasta los topes y con la esperanza de ganar un buen dinero a cambio de herramientas de escaso valor. También en la prisión de Kingston había negros «libres», en general porque los habían pillado robando. El gobernador solía ahorcarlos, pero Doug estaba seguro de que estarían encantados de salvar su vida guiando por las montañas a los blancos. Aun así, no había propuesto esto último. El peligro de que los condujeran a una emboscada era demasiado grande. Pese a todo, los hacendados sostenían la opinión de que Nanny Town, como los cimarrones llamaban al poblado de montaña donde se atrincheraban, se encontraba detrás de la siguiente bifurcación del camino y que incluso había señales indicadoras.

—Por cierto, ¿sabe alguno de vosotros cómo saldremos de aquí? —preguntó el vigilante en tono burlón, mientras descorchaba la última botella de aguardiente.

Doug se llevó la mano a la frente y, acto seguido, sacó su brújula. ¿Había salido esa gente alguna vez de sus plantaciones o, antes, de sus pueblos escoceses?

Al final, dejaron que los caballos rastrearan el camino. Al menos *Amigo* tenía claro cómo volver a su establo de Cascarilla Gardens, y también los demás caballos avanzaron más deprisa una vez que el grupo hubo emprendido el regreso. En apenas tres días llegaron a Kingston, donde los hombres se dejaron vitorear como héroes.

—Matar no hemos matado a ninguno, pero ¡les hemos metido el miedo en el cuerpo! —se jactaba el vigilante de los Hollister—. En el futuro no se dejarán ver por aquí.

Pero tampoco había sucedido eso antes: los cimarrones asaltaban granjas retiradas en las faldas de la montaña; si bien a nadie le preocupaba. Así y todo, Doug encontró al menos cierto reconocimiento en Kingston. En una de las «celebraciones de la victoria» que tan rápidamente se organizaban, conoció a un par de comerciantes de artículos de importación-exportación y, mientras los demás miembros de la expedición empinaban el codo, habló con ellos como un auténtico entendido en derecho mercantil. Convencidos de que el joven tenía conocimientos suficientes, los comerciantes no le exigieron el diploma antes de pedirle que se encargara de revisar contratos ya firmados o redactara otros nuevos. Después de que ayudara a un comerciante en las negociaciones con Inglaterra y señalara vacíos legales que facilitaban la introducción de sus productos en la metrópoli, el nombre de Doug estaba en boca de todo el mundo. En el futuro no tendría que andar mano sobre mano en la plantación de su padre, sino que iría casi cada día a Kingston y se ganaría su propio sustento.

Así pues, el muchacho regresó contento a casa.

Nora despertó el día después de la ceremonia obeah con un terrible dolor de cabeza. Nunca había bebido tanto como esa noche, y tampoco había probado bebidas más fuertes que el vino o una copa de ponche de ron. La mala experiencia con Akwasi casi palidecía ante los martillazos que sentía en el cráneo, y encima Máanu no se presentó para ayudarla. A instancias de Adwea, la pequeña Mansah le llevó sus sales de olor y le puso un paño húmedo sobre la frente.

—Mañana Máanu otra vez aquí —prometió la niña.

Nora supuso que esa mañana Máanu estaría igual que ella, lo que no la disculpaba del abandono de sus obligaciones, pero al menos lo explicaba. Sí se sorprendió cuando la chica apareció a la mañana siguiente y se comportó tan arisca y parca en palabras como el primer día. Incluso peor, porque entonces Máanu se había limitado a mostrarse indiferente, y ahora parecía realmente enfadada con Nora.

—¿Me viste en la ceremonia obeah? —preguntó Nora, intentando descubrir las razones de su comportamiento—. ¿No te pareció correcto? ¿Crees que los blancos no deberíamos asistir?

—Missis hace lo que missis quiere —contestó con insolencia Máanu.

Y salió de la habitación, supuestamente para hacer o recoger algo. Claro que Nora podría haberle exigido que justificara su conducta, pero no quería enfadarla más aún. Esperaba que en algún momento Máanu abandonara su reserva malhumorada. Tal vez la presencia de Nora en la reunión había herido sus sentimientos religiosos. La doncella había estado sentada en primera fila, probablemente formaba parte de los seguidores más fervorosos de Kwadwo. Nora solo se preguntó cómo se habría enterado de que su señora había asistido. Debería haber obligado a Adwea a mantener el secreto.

En cuanto a Akwasi, se atuvo a las indicaciones de Nora y no volvió a acercarse a ella. Al principio, también Nora se apartaba de su camino, pero luego comprobó que eso no era necesario, pues Akwasi la evitaba.

Pocos días después del incidente del pajar, Nora constató aliviada que tenía el período. No quería ni pensar en lo que habría sucedido de haberse quedado encinta. De todos modos, habría sabido a qué *baarm madda* dirigirse en caso de embarazo. La curandera y comadrona pertenecía a la plantación de Keensley y se contaba que también «trataba» a mujeres blancas de Kingston. Además, ninguna esclava que hubiese acudido a ella había muerto, era la mejor de la región. No obstante, Nora se habría muerto de vergüenza si hubiera tenido que admitir ante la anciana esclava que estaba esperando un mestizo, o que no quería al hijo de su marido. Cualquiera de las dos opciones le habría resultado igual de desagradable. De todos modos, ahora podía olvidarse del desagradable suceso con Akwasi, y se veía capaz de conseguirlo.

Hasta que Doug Fortnam regresó a la plantación.

—¿Qué tal? ¿Cómo le va a mi maravillosa madrastra?

Entró en la casa poco antes de la hora de la cena y se encontró con Nora en el recibidor. Quiso darle un beso cordial en la mejilla. Suponía que también su padre bajaría por la escalera en cualquier momento, así que su saludo fue irreprochable: nadie habría pensado jamás que hubiera sucedido algo entre los dos. Pese a ello, Nora se apartó. Doug la miró desconcertado, pero entonces apareció Elias y tuvo que reprimir cualquier pregunta.

—¿Qué, habéis vaciado la madriguera de los negros?

Nora suspiró. Ya la primera pregunta de Elias no prometía nada nuevo, y la cena transcurrió como era de esperar. Doug no tenía nada que comunicar acerca de los cimarrones, pero Elias tampoco permitía que le contara a Nora los detalles de la incursión con sus coloridas descripciones. En cuanto el hijo empezaba a hablar de pájaros, helechos y mariposas, el padre lo interrumpía.

—¿Qué dices, muchacho? ¿Acaso has ido de excursión como un herborista? Tenías que librarnos de los cimarrones, no hacer un ramito de flores. —Y luego se burló de las descripciones de Doug acerca de la vida en el campamento con la lluvia—. ¿Qué pasa, muchacho, te da miedo la lluvia? Así pasa en la guerra, Douglas, el viento te zumba en las orejas y las olas rompen en la cubierta. Pero ahí nadie se queja, ¡sino que empuña la espada!

—No podía combatir con el tiempo —observó Doug—. Lo habría hecho gustoso si hubiese logrado encontrar al menos al *duppy* responsable de él. —Se percató de que Nora se estremecía al oír la alusión al espíritu. ¿Habría herido algún tipo de sentimiento religioso con sus palabras?—. Pero se dejaba ver tan poco como los cimarrones de Barlovento. Lo siento, padre, pero si quieres obtener resultados debes enviar a otra gente, no a ese par de atontados que creen que someterse ante su mera presencia es propio de la naturaleza de los negros. Esa gente se habría caído del caballo del susto si se hubiera plantado ante ellos un negro con un fusil. Sé que me repito, pero para sacar de su madriguera a Cudjoe o limpiar Nanny Town, necesitarías medio ejército o, mejor aún, uno entero. Bien adiestrado, preparado para todo y armado hasta los dientes. Además de un par de guías que sepan dónde diablos están los poblados. En lo que a expediciones de castigo se refiere, podemos dar gracias a Dios de que allí arriba no hayamos visto más que florecillas y pajaritos.

Doug se levantó y se retiró a su habitación. Con Nora ya hablaría más tarde.

Para decepción del joven, su primera impresión no lo había engañado. Nora se comportaba con él de forma más reservada que antes de la expedición; al parecer se había tomado a mal que la besara.

Doug se maldijo por su precipitación. Debería haber ido

más despacio antes de darle a conocer lo que sentía por ella. Ahora tendría que volver a empezar desde el principio y contaba con menos tiempo para ella que antes, ya que casi cada día debía ir a Kingston. Aun así, seguía viéndose con la joven, le describía detalladamente las plantas y animales de las montañas y siempre la invitaba a que le acompañase a Kingston. En algún momento, Nora aceptó, deprimida por tanta soledad, pero se mantuvo alerta. No debía ceder a sus extraños sentimientos hacia Doug, habría sido del todo improcedente sentir por el hijo de su marido... No, ¡no iba ni a pensar en la palabra «amor»!

A ello se añadía el hecho de que la actitud de Máanu tampoco variaba con el tiempo. Se había disgustado por algo que había hecho Nora. Cumplía con sus tareas pero no hablaba de nada personal con su señora. Esto ensombrecía todas las actividades de Nora. Era agotador visitar y atender a los enfermos por la mañana con Máanu siempre callada y arrastrándose detrás de ella como un perro apaleado cuando iban camino de las cabañas. La muchacha tampoco hacía nada por propia iniciativa y Nora tenía que ordenarle todas sus tareas. Esa mala relación la sacaba de quicio.

—¿Por qué no la echas, simplemente? —preguntó Doug cuando ella se quejó mediante una alusión—. Puedes coger otra doncella, ¿a quién le importa?

Nora lo fulminó con la mirada.

—¿Igual como tú echaste a Akwasi?

—Eso fue distinto —respondió el joven, abatido, y se calló.

Nora se habría dado un bofetón. Ahora también se enturbiaría la atmósfera entre ella y el hijo de Elias.

El mal ambiente entre Nora, Máanu y Akwasi, así como entre Doug y Elias, reinó todo el verano. Nora no entendía lo de su marido y Doug, pues este hacía justamente aquello para lo que su padre le había mandado estudiar. En Kingston se ganó pronto una buena reputación como abogado, y nadie le pedía el título. Pero sucedía lo que había descubierto la primera noche:

Elias Fortnam nunca había esperado que su hijo volviera a Jamaica, al menos mientras él viviera. Tal vez había abrigado la esperanza de tener otro heredero con Nora. Al viejo Fortnam le resultaba inconcebible una dirección conjunta de la plantación.

—¡En un barco no puede haber más de un capitán! —contestó cuando Nora le habló al respecto—. Y Doug no tiene madera para dirigir una plantación, es demasiado blando. Es amigo de los negros. Tendría que haberme buscado otra esposa, fue un error dejar que se criara en la cocina.

Nora no hizo comentarios respecto a que para Elias una mujer no era más que un medio para alcanzar un objetivo. A fin de cuentas, ya lo sabía cuando se casó, y se alegraba de que llevara meses sin tocarla. De todos modos, a veces se preguntaba si tendría algo que ver con su figura. Nora no estaba tan delgada como a los diecinueve años. Se había hecho más mujer y más fuerte. Los paseos periódicos hasta las cabañas, la playa y las pozas donde se bañaba en la jungla la fortalecían, y nadaba y montaba a caballo. Sin embargo, a ella le gustaba estar así, estaba contenta con su cuerpo firme y flexible. Ahora Elias parecía encasillarla en la categoría «vacas gordas», como llamaba a las esposas de los hacendados cuando no estaba demasiado sobrio. Pero Nora tampoco creía que tuviese una amante entre las mujeres negras. Había llegado a pensar que su esposo acudía a un burdel de Kingston cuando tenía que satisfacer sus necesidades.

Por el contrario, Doug se la comía con los ojos cada vez que paseaban juntos a pie o a caballo. No tardaron en aproximarse de nuevo, al menos en sus conversaciones. Ambos necesitaban a alguien con quien desahogarse.

Últimamente, las peleas entre padre e hijo se centraban en un tema que Doug había expuesto un día, tras regresar de Kingston.

—Tienes que hablar con Hollister —señaló el joven mientras le servían el primer plato—. Ignoro por qué él mismo no lo sabe, pero tampoco destaca por su inteligencia. En cualquier caso, está desmontando la jungla para establecer campos de caña de azúcar. Entre su plantación y el mar. Eso no está bien.

Elias resopló.

—Él sabrá lo que hace. Y yo lo entiendo, su propiedad no se extiende hacia el interior y quiere crecer. A todos nos sucede igual.

Los precios del azúcar se mantenían al alza y además aumentaba la demanda. El té había emprendido por fin su marcha triunfal y en ningún servicio de té faltaba un azucarero. Desde que se habían abierto recientemente teterías en Inglaterra y se habían convertido en puntos de encuentro habituales de mujeres —las anteriores *coffee shops* seguían reservadas para los hombres—, la nueva infusión se había ganado también a los estratos medios y bajos. Eso sí, nadie lo bebía sin endulzar: los barones del azúcar triunfaban.

—Pero es inútil tan cerca del mar —objetó Doug—. Al siguiente huracán quedará todo destruido.

—¿Hay que contar con eso? —preguntó Nora—. Desde que estoy aquí todavía no hemos sufrido ningún ciclón.

—Ya puedes estar contenta... —refunfuñó Elias.

Doug, por el contrario, parecía preocupado.

—Precisamente —advirtió—. Hace demasiado que las cosas van bien. Antes o después el viento barrerá lo que nos rodea. En cualquier caso, seguro que sucede en los próximos veinte años. Y supongo que durante ese tiempo lord Hollister querrá ir cosechando.

La caña de azúcar era extremadamente longeva. Aunque había que esperar dos años para hacer la primera cosecha, después era seguro que se les sacaba provecho durante dos décadas.

Elias sonrió irónico.

—Querrá y podrá. El viejo Hollister no es idiota. Desviará el agua.

Doug frunció el ceño.

—¿Hacia dónde? —preguntó.

Elias hizo un gesto de indiferencia.

—Yo qué sé. Construirán diques y canales. Para eso ha hecho venir a un experto de Inglaterra. No pasa nada, muchacho, no te metas. Sabe más de plantaciones que tú.

Doug no añadió nada más, pero al día siguiente se tomó tiempo para inspeccionar a fondo la nueva plantación de Hollister. Por la noche apareció más inquieto que el día anterior en la cena.

—Padre, no podemos tolerar lo que Hollister planea hacer. ¡Está llevando el agua por nuestras tierras!

Elias tomó un trago de vino.

—¿Y? Es la jungla. Si en algún momento arrastran algún árbol, podremos resistirlo. Siempre es importante estar a bien con los vecinos.

Doug se frotó las sienes.

—¡No es solo jungla! Ahí están las cabañas de nuestros esclavos. Cuando el agua pase se inundarán.

Elias no perdió la calma.

—Siempre se inundan. No es nada nuevo.

—Pero ¡esta vez el agua subirá más! —insistió Doug, ansioso por provocarle alguna reacción—. Puede arrastrar las chozas, son...

—Tampoco es nada nuevo —respondió Elias—. Ya nos ha pasado dos o tres veces. Luego se vuelven a construir. ¿A quién le preocupa eso?

Nora quiso replicar que a los esclavos seguro que les preocuparía que sus pocas pertenencias fueran arrastradas por el agua, quedarse sin refugio hasta que las nuevas chozas estuvieran construidas, y más si tenían que ocuparse de eso además del trabajo diario. No le parecía que Elias fuese a dar días libres a sus esclavos para ese fin. Doug se le adelantó.

—Pues a ti te preocupará cuando los trabajadores se ahoguen como ratas —increpó a su padre—. Ya sabes qué rápido crece el agua cuando llueve y el mar se embravece. ¡Es muy difícil escapar a tiempo!

Doug recordaba una tormenta que les había sorprendido a Akwasi y a él en el camino entre la playa y el caserío de los esclavos. Se habían salvado por los pelos subiéndose a un árbol.

Habían permanecido dos emocionantes horas allí, hasta que el agua se había retirado. Ellos lo habían vivido más como una aventura que como un peligro, pero Adwea había creído que su hijo adoptivo y el hijo del *backra* se habían ahogado. Así que había rezado y dado las gracias a Dios y a todos los espíritus, antes de atizarles una tunda. «¿Es que no podíais haber vuelto a casa antes de que estallara la tormenta?», les había gritado.

—Y ahora imagínatelo con doble cantidad de agua y el doble de velocidad. La gente no podrá salvarse a tiempo.

Elias sacudió la cabeza.

—Tienes todo mi respeto, Doug —dijo entonces con sarcasmo—. No solo un jurisconsulto en ciernes, no, también un estratega militar y ahora un ingeniero en construcciones hidráulicas. ¿Qué no te habrán enseñado a ti en Inglaterra? ¿Y no podías haberte quedado allí y sacar provecho sensatamente de ello? Pero no, te vienes aquí a sembrar cizaña. No seré yo quien eche a perder el negocio del viejo Hollister porque un par de negros se mojen los pies. Pero bien, si insistes, hablaré con él. A ver qué dice.

Doug no fue invitado a participar en la conversación de los hacendados. Sin embargo, el constructor de diques y especialista en conducción de aguas inglés era muy persuasivo.

—No existe ningún peligro —dijo Elias cuando llegó a casa achispado del mejor ron de Hollister—. Ya lo había dicho yo. No puede pasar nada.

Doug volvió a frotarse las sienes.

—Doy por supuesto —dijo, igual de irónico que su padre el día anterior— que vuestro especialista inglés nunca ha visto un huracán, ¿me equivoco? Pero espero que se quede aquí hasta que se desencadene el próximo. Tal vez tenga algo que aprender.

2

A la mayoría de los blancos le resultaba extraordinariamente difícil acostumbrarse al clima de Jamaica y las demás islas. La ausencia casi total de estaciones afectaba a los europeos. Incluso Nora, que soportaba bien el calor, apenas podía creer que la temperatura no bajase en todo el año. Sin embargo, la cantidad de lluvia sí variaba. No había ninguna estación seca propiamente dicha como en el sur de Europa —donde, según Doug, a menudo no llovía nada durante tres meses—, pero en verano e invierno, especialmente en la costa, había días de sol sin nubes. En primavera y otoño, por el contrario, llovía diariamente y con frecuencia diluviaba. Por las tardes y las noches caían cantidades de agua que convertían las calles pavimentadas en ríos, y las sin pavimentar en pistas de barro rojizo.

Esto último también afectaba a los caseríos de los esclavos en las plantaciones. Tan solo unos pocos hacendados permitían a su gente que construyeran las cabañas en lugares elevados, donde solían instalarse edificios de la explotación, como los molinos, las destilerías, las instalaciones para hervir la caña y los establos. Desde agosto, Adwea, Máanu y los demás esclavos domésticos tenían que atravesar cada mañana un barrizal que les llegaba hasta los tobillos para acudir al trabajo.

—Este año peor que nunca —suspiraba Adwea mientras se lavaba los pies en el arroyo antes de entrar en la cocina. La discreta corriente de agua había crecido y parecía un pequeño y caudaloso río—. Pero yo no notar más lluvia. ¿Usted, missis?

Nora tampoco había observado que hubiesen aumentado las lluvias, pero sí podía imaginar la causa de la inundación del caserío. La construcción de las instalaciones para canalizar el agua en la plantación Hollister avanzaba a buen ritmo. Por la noche fue ella, para variar, quien abordó el tema.

—Tal vez Doug no ande del todo desencaminado, Elias —empezó cautelosamente—. Esta mañana estuve en el caserío y tuve que trasladarme al molino para las revisiones de los esclavos. Está todo inundado, el agua ya está entrando en las chozas. Dentro de poco, la gente no podrá dormir ahí dentro. En cualquier caso, no sobre el suelo.

—Pues entonces que se hagan unos camastros —farfulló Elias—. Como cristianos decentes.

Doug se abstuvo de comentar que todavía podría ser mucho peor. En lugar de ello, repartió picos y palas entre los hombres, a espaldas de Elias, para que cavaran zanjas de desagüe.

—No servirán de nada si estalla una tormenta fuerte —observó temerosa Nora, cuando inspeccionó el sistema en una cabalgada con Doug.

—En una auténtica tormenta no hay nada que sirva —admitió él—. Salvo una huida a tiempo.

—Pero ¿no deberíamos advertir a esta gente? No tienen ni idea de lo que está haciendo Hollister.

—Es probable que tampoco lo entendieran —respondió Doug con pesimismo—. ¡Si ni siquiera mi padre acaba de entenderlo! El problema no es solo el agua en sí, sino su irrupción repentina, no te puedes imaginar la rapidez y violencia con que sucede. Y no basta con repetir advertencias, es necesario trazar un plan metódico: todo el mundo debe saber exactamente hacia dónde ir si estalla una tormenta, y si se produjera una falsa alarma tampoco sería tan grave. Se daría gracias al cielo y se enviaría de nuevo a los esclavos a sus cabañas o a trabajar. Pero mi padre pondría el grito en el cielo si dejaran de trabajar una hora. Y nunca aprobaría que el asunto se gestionara con los negros.

Nora movió la cabeza, cansada.

—Se lo dije en una ocasión y me contestó que eso provocaría el pánico...

Doug asintió.

—También a mí me dijo lo mismo. Y algo de razón tiene. Muchos negros son como niños, si se les infunde el miedo, cada vez que sople un poco de viento treparán al árbol más cercano. Y luego los vigilantes los harán bajar a latigazos. Sería desastroso.

—No, si se organizaran ellos mismos —objetó Nora, recordando la silenciosa y tan disciplinada caminata de los esclavos la noche de la ceremonia obeah—. ¿Y si habláramos con alguien como... humm... el hombre obeah?

Doug esbozó una sonrisa irónica.

—¿Lo conoces?

Poco después, estaban hablando con Peter, el caballerizo.

—¿No delatarme?

Peter necesitó un buen rato para sobreponerse a que lo hubiesen descubierto. La sangre se le había agolpado en la cara, cuando Nora se dirigió a él por su nombre africano.

—No —respondió Doug—. A mí me da igual qué dioses veneréis por las noches.

—Y yo tampoco reclamaré un par de pollos... —añadió Nora, pese a que el sacrificio ritual le había resultado sumamente desagradable—. Pero tienes que explicarle a la gente que en la plantación Hollister...

Doug la interrumpió con un leve gesto.

—Nos tememos, Kwadwo —dijo con expresión grave—, que lord Hollister ha enfurecido a los dioses de su plantación. Podrían protestar con la siguiente tormenta y caer sobre vuestras chozas.

—Nosotros no relación con Hollister —señaló el hombre obeah—. Espíritus vengarse con sus negros.

—En este caso los espíritus no harán diferencias —objetó Doug, aunque las cabañas de los esclavos de Hollister no estaban amenazadas. Se hallaban en el interior, detrás de la mansión. Como los Hollister residían en Kingston, les daba igual que las cabañas se vieran o no desde sus ventanas—. Estoy muy preocupado, Peter... Kwadwo. Es posible que las aguas suban mucho cuando se desencadene la próxima tormenta.

Kwadwo frunció el ceño.

—¿Qué hacer yo, *backra*? ¿Querer encantamiento? Entonces necesitar pollo...

Doug se frotó las sienes y Nora casi se echó a reír.

—Solo tienes que advertir a la gente, Kwadwo. Diles que cuando llegue la tormenta no tienen que gritar ni rezar ni subirse al techo de sus casas, como suelen hacer. Tampoco a los árboles. Deben dirigirse al molino de viento, o a la casa, pero lo mejor es que vayan al molino, el agua podría subir hasta la casa, especialmente si hay olas gigantes porque el dios del mar esté furioso. Elige a gente que ayude a los débiles y enfermos, que controle si todos se han marchado de las cabañas. Establece un lugar donde reuniros...

—Di a la gente que en caso de duda deben reunirse en el pajar —intervino Nora—. No almacenes demasiada paja, ya sabes...

Kwadwo examinó a la muchacha.

—Missis... saber mucho... —observó con un asomo de miedo.

Ella puso los ojos en blanco y afirmó:

—La missis lo sabe todo. Así pues, esta es tu comunidad y tú eres el responsable de ella. Y esta vez se trata de algo más que de retorcerle el pescuezo a un pollo.

—¡Estoy impresionado! —exclamó Doug, divertido, mientras regresaban a casa.

No tenían prisa, a ninguno de los dos le atraía la cena con Elias, a la que también estaban invitados los Hollister. Al joven le costaría horrores conservar la compostura y Elias había prohibido expresamente a Nora que abordara el tema de la canalización de las aguas. En cuanto a Doug, sin duda hacía semanas que le habían dictado esa misma prohibición.

—No lo niegues, Nora: has presenciado una ceremonia.

Ella le dio la razón.

—Me colé —confesó—. Pero no lo entendí todo. Por el amor de Dios, ¿qué pasa con los pollos?

Doug rio.

—Son animales de sacrificio —respondió—. El hombre obeah invoca a los espíritus con ayuda de su sangre. Y satisface deseos especiales. Quien quiere echar una maldición a alguien, o hacer un hechizo de amor, lleva un pollo...

Nora mostró una expresión incrédula.

—Pero ¿quién va a creerse algo así? No puede funcionar. Me refiero a que... no habría más *backras* si las maldiciones de los esclavos se hicieran realidad.

—No es tan sencillo —contestó Doug con un gesto de resignación—. A veces dan con el *duppy* adecuado, que al día siguiente asusta al caballo del *backra*, y este se cae y se rompe el cuello. La mayoría de las veces, no. Pero esta gente tiene paciencia, no les ponen a los *duppies* ningún plazo: si el *backra* se muere cinco años después a causa de una enfermedad, es visto como un logro.

Nora suspiró.

—Preferiría que nadie me echara una maldición —murmuró—. Y de verdad que me he esforzado. Pero...

—A ti nadie te echaría una maldición —la tranquilizó Doug—. Al contrario, la mayoría te adora...

Nora resopló.

—Tal vez Máanu...

—Máanu es rara —convino Doug—. Muy rencorosa, muy... amargada. Y no sé por qué. A ella no le pasó nada. Bueno, y Akwasi...

—¿Por qué traicionaste a Akwasi? —se le escapó a Nora—. Me refiero a que tú... tú no eres así, tú... tú...

—¿Que yo hice qué? —preguntó Doug sorprendido—. ¿Traicionar? ¿Quién te ha contado eso?

—¡Lo dejaste en la estacada! —aclaró Nora—. Es lo que me contó Máanu y no parecía mentir. Te fuiste a Inglaterra y...

—¡A mí Inglaterra no me atraía para nada! —exclamó Doug con vehemencia.

Nora recordó que ya había reaccionado una vez con ímpetu frente a una alusión similar.

—Yo no me marché por propia iniciativa.

—Pero tampoco protestaste. Y tampoco hiciste nada por Akwasi. Aunque... aunque te pertenecía... —Las últimas palabras sonaron sofocadas.

Doug movió la cabeza. Luego tomó a Nora de la mano y la condujo por una vereda. Esa conversación duraría más tiempo que el que tardarían en recorrer el breve camino a casa. Su corazón, sin embargo, latía con fuerza. Tal vez esa fuera la causa de la reserva de Nora. Tenía que averiguar qué le habían contado Máanu y Akwasi.

—Cielos, Nora, ¿qué se supone que debería haber hecho? —preguntó. Todavía sostenía la mano de ella entre las suyas y esperaba que no la retirase—. Akwasi y Máanu pensaban que yo era todopoderoso. Yo podía hacer todo lo que ellos no podían, a mí me daban todo lo que yo deseaba, yo era blanco...

—Eras propietario de un esclavo —le recordó Nora—. ¡Tenías una responsabilidad!

Doug volvió a frotarse las sienes, esta vez con mayor fuerza.

—¿Nunca te regaló tu padre un poni? —preguntó con vehemencia—. ¿O un perrito? ¿Con la seria advertencia de que a partir de entonces eras responsable de él? —Nora asintió y quiso señalar algo, pero Doug siguió hablando enfáticamente—. Si ese caballo te hubiese tirado cada día, o el perro te mordiera, lo verías todo de otra manera, ¿no? Entonces tu padre habría vendido al animal por mucho que lo quisieras...

—¡Akwasi no era un animal! —protestó Nora indignada.

—No, era un niño. Y yo también. Tenía diez años. A mí no podía pertenecerme ningún esclavo, igual que a ti sola no podía pertenecerte un poni o un perro. ¿Qué tenía que haber hecho, Nora?

—¿Tenías diez años? —Lo miró estupefacta—. Pero yo

pensaba que... Te enviaron a Oxford, a la universidad. Pensaba que al menos tenías dieciséis años. Máanu...

Se interrumpió. Algo no encajaba. Máanu no había dicho nada respecto a qué edad tenían los chicos cuando sucedió el incidente. Tampoco nada falso, al contrario. Nora habría podido deducir que los dos todavía eran niños. La chica había hablado de que aprendían a leer. «Yo todavía era muy pequeña.» Máanu era seis años más joven que Akwasi y Doug, así que debía tener diez años si hubiesen separado a los dos chicos con los dieciséis cumplidos. A los diez años, Nora ya hacía tiempo que sabía leer...

—¡Dieciséis! —Habían tomado asiento en un tocón, pero el joven se había puesto en pie y daba vueltas enojado—. ¿Cómo has podido creerlo? ¡Dios mío, con dieciséis años no habríamos sido tan tontos! No nos habríamos dejado atrapar. Y si hubiera sucedido, nos habríamos largado los dos. A las montañas, con los cimarrones. Pero así... Mi padre nos pilló cuando yo estaba enfermo. Como Máanu, probablemente habíamos cogido el resfriado al mismo tiempo, solo que yo estaba acostado en mi habitación, cómo no, y Mama Adwe tenía a su hija en la cocina. Akwasi estaba conmigo y me leía en voz alta una historia de piratas. Podríamos haber hecho algo si hubiésemos sospechado la que nos caería encima. Podría haber fingido que leía, pero que en realidad se inventaba el cuento. Pero cuando mi padre entró y le preguntó, respondió orgulloso que claro que sabía leer, y enseguida se lo demostró. Y entonces se produjo el desastre. Yo partí en el siguiente barco hacia un internado en Inglaterra. Y Akwasi... pensé que mi padre lo vendería. Lo habían educado para esclavo doméstico, habrían pagado un buen precio por él. Y yo me consolaba pensando que los negros no lo pasaban tan mal en el servicio doméstico. Pero enviarlo a los campos... con diez años... Tiene que haber sufrido un horror, es un milagro que haya sobrevivido. Pero... yo no tuve la culpa. No puedo evitar el color de mi piel. No puedo hacer nada contra las decisiones que mi padre tomó. Y juro por Dios que desde mi regreso, desde que vi las cicatrices en su espalda y desde que me trata como si fuera su... su enemigo, cada día pienso en lo que podría haber hecho, en cómo podría haberlo ayudado. —Ocultó el rostro entre sus manos.

Nora fue incapaz de contenerse, se acercó y le pasó un brazo por los hombros.

—Y yo que había pensado que tú...

Doug la estrechó.

—Pero ¿me crees? —preguntó suavemente.

Ella asintió. Claro que lo creía, y ahora también ella sentía remordimientos. Había interpretado la explicación de Máanu —y su enfado— de forma totalmente equivocada.

—Eras un niño, Doug, no te hagas más reproches. Tú no tuviste la culpa. El culpable es este maldito sistema, la esclavitud. Y...

«Y Elias», pensó.

No sintió el menor remordimiento por su marido y, por una vez, no pensó en Simon cuando acto seguido permitió que Doug la besara tiernamente.

3

Si tal como creía Kwadwo, el estallido de una tormenta era consecuencia de la furia de los espíritus, la propia furia de Akwasi habría desatado la gran tormenta primigenia cuando vio a Doug y Nora abrazándose dulcemente.

La pareja no se había percatado de la cuadrilla de leñadores que estaba en el bosque, muy cerca del camino que conducía al mar, ocupada en talar y trocear dos viejas caobas. Elias Fortnam había decidido que los árboles no resistirían la siguiente tormenta de verano y se proponía vender la madera mientras aún tuviera algo de valor. Entre los esclavos a quienes se había encomendado esa tarea se hallaba Akwasi, que se había encaramado a un árbol para serrar las ramas más gruesas antes de que cortasen el tronco. Desde allí tenía una vista excelente sobre la pareja y su odio hacia el viejo rival creció de forma tan veloz que a su lado un huracán habría resultado amable. Ningún *duppy*, ningún dios y ningún espíritu podía quedar impertérrito ante una furia tan intensa; pero, como siempre, los poderes celestiales no intervinieron en el destino de los humanos. Ni cayó ningún rayo ni la tierra se abrió para tragarse al adversario de Akwasi.

De hecho, el único que reaccionó ante la repentina parálisis de Akwasi fue el vigilante, que le gritó que prosiguiera con su trabajo de una vez.

El joven negro así lo hizo. En su imaginación, sin embargo,

la sierra no se desplazaba por la rama de la caoba, sino por la carne y los huesos del hombre al que una vez había creído su amigo.

Nora Fortnam percibió el primer soplo de viento un domingo por la mañana, mientras se aburría sentada al lado de Ruth Stevens oyendo el sermón del marido de esta. Era tradicional que también los vigilantes y los hacendados asistieran al servicio que el reverendo oficiaba para los esclavos: como si a los ojos de Dios todos fueran iguales. Los vigilantes ponían cuidado en que no faltara ningún negro, pues la asistencia a la ceremonia era obligatoria. Y los hacendados como Elias Fortnam también supervisaban lo que el reverendo predicaba. A fin de cuentas, había algunas agrupaciones cristianas que tendían a considerar iguales a negros y blancos, es decir, a censurar la esclavitud. Los sermones de sus partidarios invitaban a la revolución, pero, a este respecto, no había nada que temer de Stevens.

Ese día, por ejemplo, citó enfáticamente la parábola del buen pastor y encontró abundantes paralelismos entre un abnegado pastor y el buen propietario de una plantación de caña de azúcar que sacrificadamente velaba por sus esclavos. Elias parecía contento, mientras que Doug apretaba los labios. Nora lo vio e intentó hacerle señas de que le entendía, pero luego prefirió dejarlo. Sabía que la consideraba una caprichosa, pero desde aquel primer beso en el bosque ella lo había vuelto a evitar con la intención de ser consecuente. Aquello no podía repetirse nunca más, Nora no era una mujer libre. De acuerdo, Doug no tenía por qué saber que Simon era el dueño de su corazón, pero Elias tenía derecho sobre su cuerpo. ¡Mejor no imaginar qué sucedería si se enteraba de que lo engañaba con su propio hijo!

Mientras Ruth Stevens maullaba horriblemente los cánticos religiosos, Nora rezó en silencio una oración por Simon. Siempre lo hacía durante el servicio, aunque últimamente su plegaria se enredaba con pensamientos sobre Doug. Si Nora no se dominaba, y Doug comprendía a su vez en qué locura podían caer ambos con su naciente afecto, pronto necesitaría con mucha urgencia la ayuda de Dios.

Doug Fortnam tampoco cantaba con los demás ni prestaba atención al reverendo, que en ese momento alzaba las manos para la bendición, ni a los devotos y pacientes esclavos de la plaza enfangada. En lugar de ello, miraba hacia el mar por encima de la congregación. Estaba sentado frente a Nora; se habían colocado sillas para los señores de la plantación en primera fila, mientras que las damas habían tomado asiento algo alejadas del centro, a la sombra de una amplia cascarilla, tal vez para que los hijos del reverendo no molestasen (Ruth Stevens lo había conseguido: en un año y medio en Jamaica había dado a luz a dos retoños) y, desde luego, con la idea de que no jugasen con los hijos de los esclavos de Cascarilla Gardens, pese a que no había ninguno. Ruth también odiaba que las madres negras como Adwea se acercaran susurrando a sus hijos para acariciarlos o hacerles carantoñas. Tenía miedo de los negros, de ahí su aspecto agotado, pues no permitía que en la parroquia de Kingston entrara una criada negra. Contratar a una blanca era imposible, no había sirvientes blancos en Jamaica. Ruth aprovechaba cualquier oportunidad para criticar el país al que había sido desterrada por culpa del reverendo. Lo encontraba demasiado caluroso, demasiado húmedo, demasiado ruidoso y demasiado pagano, fuera lo que fuese lo que eso significara.

—Bueno, hoy no se quejará del calor —señaló Nora exponiendo su rostro al viento. Soplaba del mar con más fuerza y era más fresco que de costumbre.

—En cambio lloverá —vaticinó Ruth, pesimista, señalando hacia la costa.

En efecto, se cernían allí unas nubes muy oscuras que se acercaban veloces. Doug también las había visto. Nora lo buscaba con la mirada, pero el joven no se daba cuenta. Hablaba excitado con su padre, mientras el reverendo concluía su oración más deprisa de lo habitual. Entretanto empezaron a caer las primeras gotas y el viento a soplar más fuerte. Al reverendo Stevens esto le incitó a guarecerse en la casa, donde por supuesto le esperaba una buena comida. Los Fortnam solían invitar a comer al religioso y su familia después de la misa, mientras los esclavos volvían al trabajo.

Elias intercambiaba unas palabras airadas con Doug, y a Nora le habría gustado reunirse con ellos. Pero Ruth se tambaleó al ponerse en pie.

—Me encuentro mal... —murmuró—. Este tiempo... Siempre tanto calor y de repente...

La joven tenía razón: el aire se estaba enfriando notablemente después de haber soplado caliente por la mañana. Los truenos ya resonaban con tanta fuerza que apenas se oía la voz del reverendo.

Nora cogió al hijo pequeño de Ruth, que había estado sentado en el regazo de su madre, y miró alrededor. Los esclavos se estaban dispersando o reuniéndose con sus vigilantes: parecía haber dos órdenes contradictorias. En realidad tenían que regresar a sus puestos de trabajo de inmediato, pero nadie podía ignorar que la tormenta era inminente. ¿Se convertiría en el huracán del que con tanta frecuencia hablaban? Nora pensó en su plan de emergencia.

Ruth gimió y se llevó las manos al vientre.

—Creo que voy a vomitar.

Adwea y el resto de los esclavos domésticos se encaminaban, en apariencia algo reticentes, hacia la casa grande, pero la cocina esperaba. Y también Elias y el reverendo partieron deprisa y ensimismados. Stevens ni siquiera buscó con la mirada a su familia, supuso que las mujeres ya los seguirían.

Doug, por el contrario, hablaba con los vigilantes. Discutió con McAllister, seguramente acerca de los planes de evacuación. No cabía esperar ayuda alguna de su parte, Nora estaba sola con Ruth y sus hijos. Aguantó la cabeza de la joven mientras esta vomitaba el desayuno detrás de una cascarilla. La niña mayor, agarrada a la falda de Nora, empezó a chillar, mientras que el pequeño berreaba en sus brazos.

—Tengo que darle de mamar —balbuceó Ruth.

Apenas se tenía en pie. Nora descartó la idea de llevarlos a la casa pues el aguacero era inminente.

—Venga a la cocina —invitó a la joven, señalando la construcción que lindaba con la plaza de reuniones—. Tengo ahí una habitación en la que atiendo a los enfermos cuando llueve. Puede descansar un momento y le llevaré un refresco.

—Los enfermos... ¿negros? —preguntó Ruth con cara de espanto.

Debía de haber oído hablar de los esfuerzos de Nora por asistir a los esclavos, pero nunca lo había mencionado. Nora tuvo que morderse la lengua para no contestarle que la camilla no desteñía.

—También a los vigilantes cuando se lastiman o enferman —afirmó.

Esto no sucedía casi nunca, pero pareció tranquilizar a la esposa del reverendo. Se dejó llevar por Nora al edificio abierto donde se cocinaba para los esclavos. Unas semanas antes, Nora había insistido en que construyeran al lado una pequeña enfermería. Con el paso del tiempo había adquirido mayor destreza en la preparación de hierbas curativas y ungüentos, y quería dejar de cargarlos cada día, junto con los vendajes, apósitos y remedios, de las cabañas a la casa y viceversa. Además, se negaba a hacer las consultas en el barro. Ya era desgracia suficiente que tuviera que vérselas con más diarreas y fiebres desde que las chozas se inundaban casi continuamente. Los hombres mantenían más o menos seca la plaza de reuniones mediante unas precarias zanjas de desagüe, que en ese momento ya estaban llenas de agua.

La lluvia amenazaba con arreciar mientras Nora acompañaba a Ruth a la cocina. Si no hubiera soplado el viento, no se habría preocupado especialmente, pero decidió guarecer a Ruth lo más deprisa posible y luego, a la fuerza si era necesario, llevársela a la casa. Recordó las advertencias de Doug: sería muy difícil protegerse de la tormenta en la cocina de los esclavos, pese a que era una construcción más sólida que las chozas. En esos momentos ya vadeaban por el agua sucia y teñida de rojo. Sucedía tan deprisa... Si realmente se trataba de una marea viva, no tendrían más de una hora para ponerse a salvo.

Nora se apresuró a llegar al refugio y humedeció un trapo con agua limpia. Ruth se lo puso en la frente y luego dio de mamar al bebé, lamentando no tener leche suficiente. Nora le ofreció un zumo de frutas a la niña mayor. El bebé no quedó saciado y se puso a berrear. Ruth lo cambió de pecho. Nora preparó rápidamente algo de té para ella y añadió una cuchara de jarabe de cascarilla —una sustancia que se obtenía de la corteza de la planta— y algo de miel para combatir los dolores de estómago. También obraría un efecto calmante. Nora se puso una pizca de miel en los dedos y dejó que el bebé la chupara. Luego dijo:

—Ruth, en cuanto se sienta un poco mejor tendremos que salir corriendo de aquí... Cuando la tormenta llegue, puede arrastrar todas las cabañas.

La joven madre se frotó la nuca con el paño húmedo.

—Esto me está sentando bien. Gracias, Nora... pero ¿habla en serio? ¿La tormenta pueda llevarse por delante toda una casa? Dios mío, ¿qué clase de país es este?

Nora intentó que se abrochara el vestido y se pusiese en marcha, pero la joven reaccionaba con una parsimonia exasperante. Solo cuando entró agua en el interior de la habitación pareció despertar. Nora se asustó de verdad. El agua subía a una velocidad vertiginosa.

—¡Vamos, Ruth, muévase de una vez!

Nora cogió al bebé en brazos.

—¿Hay alguien ahí?

Una voz masculina sonó en el exterior. Nora abrió la puerta, haciendo que penetrara más agua en la precaria enfermería. Conocía esa voz y experimentó una oleada de alivio.

—Doug, ¡estamos aquí!

Nora levantó a Ruth mientras el joven se precipitaba en la habitación. Cogió a la niña en brazos y arrastró a todos fuera de la cabaña, donde caía una cerrada cortina de lluvia y una especie de lago de barro. El agua ya les llegaba hasta la cintura y el viento los zarandeaba. Tiraba violentamente del cabello de Doug y ya le había deshecho la coleta. En un segundo, los bucles de Nora quedaron empapados y pegados a su rostro.

—Nora, por el amor de Dios... Tenemos que salir de aquí, rápido.

El joven cogió a Ruth del brazo para avanzar más rápidamente.

—Pero... ¿y los negros? —Nora miraba alrededor.

En un abrir y cerrar de ojos se había quedado calada hasta los huesos.

—Se han ido todos, Kwadwo ha hecho un buen trabajo, aunque los vigilantes han puesto objeciones al principio... Antes no te vi con mi padre... Agárrese a mí con fuerza, señora Stevens, y camine...

Ruth apenas si podía mantenerse en pie y a Nora no le iba mucho mejor. Ambas mujeres llevaban vestidos de domingo, aunque el de Ruth era modesto. Sin duda le pesaba la falda de paño oscuro y le entorpecía los movimientos, pero no tanto como el voluminoso miriñaque de Nora.

Doug enseguida se percató.

—¡Quítate esa cosa, te empuja hacia abajo!

Nora rebuscó en la falda, mientras avanzaba con esfuerzo junto a Doug hacia el molino de viento. Ruth se quejó de que ese no era el camino hacia la casa, pero para Nora y Doug estaba claro que nunca conseguirían llegar a Cascarilla Gardens. El camino a la mansión ascendía suavemente y el agua los atraparía. El sendero que conducía a los edificios de la explotación, por el contrario, era escarpado y en pendiente. Si al menos avanzaran... El viento y el agua tiraba de las ropas, pesadas como plomo, de Nora.

—¡Quédate quieta, Nora! —Doug tuvo que gritar para hacerse oír por encima del viento—. ¡Te ayudo!

Soltó a Ruth un momento, sacó un cuchillo del bolsillo y en una fracción de segundo ya había cortado la tela por debajo de la cintura.

Ruth soltó un gritito escandalizado, al parecer aun en aquellas circunstancias se preocupaba por la decencia. Nora, a su vez, se sintió liberada tras desprenderse de los restos de la falda. Por fin lograba avanzar con el bebé firmemente sujeto contra ella. Doug no solo trataba de sostener a la niña por encima del agua, sino de arrastrar a la madre. La mujer gritaba y suplicaba, lo que sumado a los chillidos de los niños y al viento huracanado formaba una cacofonía desquiciante. Nora quería decirle que se callara. Tanteó el suelo resbaladizo; el camino que llevaba al molino estaba pavimentado, pero no demasiado bien. Al final, se desprendió de los zapatos, estrechó al bebé todavía más fuerte y avanzó como pudo. Entretanto, el agua ya le llegaba al pecho y la empujaba por la espalda, lo que le facilitaba avanzar más rápido, además de que el viento soplaba a su favor. Pero el bebé... y Doug con Ruth...

En ese momento divisaron las primeras instalaciones de la explotación, aún lejanas. La techumbre de la destilería sobresalía del agua como una isla. ¿Una isla salvadora? Nora pensó en encaminarse hacia allí, pero bien podría ser que el agua siguiera subiendo y que también inundase la techumbre.

Doug parecía estar pensando lo mismo, pues veía que no solo Ruth, sino también Nora, estaban quedándose sin fuerzas. Tenían que salir urgentemente del agua. Trozos de techumbres, sencillos muebles de las cabañas de los esclavos y árboles arrancados pasaban flotando a su lado. Corrían el peligro de que algo los matara de un golpe. El agua tenía una fuerza tremenda y la tormenta seguía recrudeciéndose.

—¡Tenemos que salir, Nora! —gritó Doug entre jadeos—. ¡Sigue avanzando!

Nora reunió una vez más todas sus fuerzas para que la corriente no la desviara. Gimiendo, al final consiguió agarrarse al borde del techo de la destilería. Intentó poner al bebé encima, pero no lo consiguió. Necesitaba toda su energía para mantener la cabeza del niño fuera del agua. Mientras avanzaba, no siempre lo había logrado y era posible que el bebé se hubiera ahogado hacía rato. Fuera como fuese, ya no lloraba.

Tras lo que le pareció una eternidad, en medio de una tormenta infernal y con una lluvia que había sumergido el mundo circundante en una oscuridad casi total, Nora oyó la voz de Doug a su lado.

—¡Agárrese, señora Stevens, agárrese! ¡Demonios, agárrese de una vez!

—Los niños... Mary, Sam... —gemía Ruth.

Doug depositó un bulto mojado sobre la techumbre. Tampoco la niña que él había llevado se movía. El joven intentaba liberarse de Ruth, que estaba prendida a él.

—Por el amor de Dios, señora Stevens, sujétese fuerte al remate de la techumbre hasta que yo haya subido y pueda ayudarla... El viento todavía tirará a la niña...

De repente, una sombra surgió encima de Nora, que oyó gritar y suplicar a Ruth, que seguía con vida y abrazaba a su hija. Y por fin Doug le cogió al bebé de los brazos.

—¿Resistes todavía, Nora? ¡Dios mío, no abandones ahora!

Nora sacudió la cabeza, lo que seguramente nadie percibió en medio del viento y la lluvia, pero sintió que Doug la agarraba por las axilas. La subió a la techumbre, como había hecho antes con Ruth y los pequeños. Permaneció un segundo con ella entre sus brazos.

—Nora... Nora... —susurró su nombre antes de desplomarse con ella.

Ella vio su rostro entre penumbras, tenso y exhausto, pero él enseguida sacó fuerzas de flaqueza y siguió luchando contra la tormenta.

—Tenemos que sujetarnos a algún sitio. Si esto empeora...

Doug daba traspiés hacia la chimenea de la destilería, que al menos ofrecería un pequeño reparo contra el viento. Arrastró a Ruth y los niños hacia allí.

—El árbol... —jadeó Nora. Tenía la sensación de que el viento le arrancaba las palabras de los labios.

Detrás del edificio había un majestuoso guayacán. Los esclavos solían atar bajo su sombra las yuntas de bueyes. El tronco era extraordinariamente grueso: la tormenta no lo arrancaría de la tierra. Y las ramas superaban la altura de la destilería.

Doug estuvo de acuerdo.

—Podemos atarnos ahí, al menos a los niños. Tal vez encontrar un poco de protección en el follaje... ¡Vamos, señora Stevens! ¡Dese prisa!

Ruth apenas reaccionaba. Doug tiró de ella y los niños hasta el árbol, mientras que Nora se arrastró por sí misma. Una sucia agua rojiza ya lamía la techumbre.

Doug desgarró la falda de Ruth y la cortó en tiras, con las que ató a los niños a las ramas más gruesas del árbol.

—Si el agua sigue subiendo —advirtió Nora—, se ahogarán.

—¡Entonces nos ahogaremos todos! —gritó Doug, e hizo un nudo más. El viento casi le arrancaba la tela de la mano.

Nora se aferró a las ramas. Podían trepar un poco más alto todavía. Agotados y abatidos, Doug y ella contemplaban cómo los restos del caserío pasaban flotando a su lado. Trozos de techumbres, enseres, animales domésticos muertos y... uno vivo: con un rápido movimiento, Doug salvó de las aguas un gato calado hasta los huesos que le hincó las garras en el dorso de la mano. Acto seguido escaló raudo hasta la cima del guayacán.

—Desagradecido —resopló Doug, frotándose la mano.

Nora rompió en sollozos cuando la corriente lanzó contra su refugio los primeros cuerpos humanos. El anciano Hardy.

—¡Oh, Dios mío! —gimió. Ella misma le había permitido quedarse en su cabaña esa mañana. Al parecer, nadie había recordado ir a recogerlo y la marea debía de haberlo sorprendido ahí.

—Se ha subido a algún techo —dijo Doug—. Así lo han hecho siempre los esclavos, y seguro que él también cuando advirtió que estaba solo. Pero esta vez... ¡Que Dios condene a ese maldito Hollister! —bramó al viento.

—No... ¡No tome el nombre de Dios en vano! —Ruth pareció volver en sí.

—¡Suelta más improperios, a lo mejor eso la mantiene despierta y se agarra fuerte! —gritó Nora.

Le dolían los brazos, pero Doug todavía debía de sentirse peor. No solo se abrazaba a una rama para mantenerse a salvo, sino que sujetaba también a la apática Ruth. Ninguno sabía cómo estaban los niños; o no emitían el menor sonido o no se los oía en medio del enfurecido vendaval.

El diluvio no cesaba. El viento impulsaba el agua y la corriente se ensañaba con los restos del caserío de los esclavos. Nora nunca había imaginado que el mar podía desbordarse como un río, y tampoco que existiera un viento tan fuerte. Ya hacía tiempo que le había arrancado el tocado y dejado a Ruth sin su severa cofia. Pero no daba muestras de lograr mover el árbol en que se hallaban, antes habría tenido que derribar la destilería. Era como si el árbol y el edificio se sujetasen mutuamente. El viento, no obstante, desnudaba las ramas de sus hojas y quebró la copa. El gato huyó hacia abajo y se quedó justo por encima de Nora. Doug pareció asustarse de golpe, pero el felino clavó las garras en la corteza del tronco.

Ruth consiguió sujetarse por sí misma y llamaba enloquecida a sus hijos. Intentaba desatarlos y aproximárselos. Consiguió acercarse al más pequeño, pero al cogerlo comenzó a gritar de nuevo.

—¡Está muerto!... ¡Oh, Dios, está muerto!

Doug y Nora se miraron desvalidos. No podían comprobarlo, pero era posible, incluso muy probable.

—¡Quiero estar con él! ¡Yo también quiero morir! —Desesperada, Ruth soltó el diminuto bulto.

Doug intentó cogerlo, pero el cuerpo del pequeño cayó a la vorágine del agua que corría desbocada. Ruth emitió un alarido casi inhumano e intentó agarrar al gato.

—¡Vive, este maldito animal está vivo, y mi pequeño Sam...!

Nora trató de acercarse a ella. A su pesar, propinó dos sonoras bofetadas a la mujer. Ruth se quedó callada y se abandonó de nuevo a la apatía.

—¡Átala! —gritó Nora contra el viento—. ¡Átala fuerte antes de que se mate y mate a su hija!

Doug se enderezó trabajosamente, hizo más jirones del vestido de Ruth y le ató las manos a una rama. Dio gracias al cielo por los meses que había pasado en el mar, donde había aprendido a afianzar nudos en medio del viento y la lluvia, colgado de las velas.

Nora vio que se acercaba un nuevo horror. Junto a los perros y bueyes sin vida, los árboles y arbustos, se aproximaba un nuevo cadáver. ¿O no? El bulto de cabello corto y crespo se agarraba desesperado a una gruesa rama y pedía socorro a gritos.

Doug Fortnam no se lo pensó dos veces. Habían perdido un niño, pero ahí había otro a punto de ahogarse. Se metió en el agua y con dos brazadas alcanzó a la chica. Pero no fue tan sencillo volver con ella. La corriente tiraba sin piedad de él...

—Aquí, ¡agárrate!

Nora había abandonado la techumbre y había descendido un poco por el tronco. En ese momento estaba en una rama y la inclinaba con todo su peso hacia el agua. Rogaba a Dios que no se rompiera. Doug se sujetó desesperado, con la chica en el brazo. Nora ayudó a la pequeña a subirse y Doug lo consiguió solo. Jadeando y tosiendo permaneció en una horquilla del árbol. Nora percibió aliviada que en los últimos minutos en la techumbre no había subido el agua. Un rayo de esperanza. La niña lloraba. Nora reconoció a Sally, una de las doncellas más jóvenes.

—Sally, cómo... cómo has llegado...

—Estar con Annie... Hablar en el bosque... —Nora no necesitó saber más. Dos crías cuchicheando en lugar de meterse corriendo en casa después de la misa y ponerse a trabajar—. Venir ola. Muy fuerte...

Nora no preguntó por Annie. Estrechó a Sally, que lloraba y temblaba, y la meció entre sus brazos. Doug las rodeó a las dos con el brazo y se abrazó a la gruesa rama del árbol. Nora cerró los ojos para no ver más el agua y los objetos, algunos espantosos, que arrastraba. No sabía cuánto tiempo permanecieron así. Qué agradable era sentir el pecho firme y protector de Doug contra su espalda; parecía darle calor aunque él mismo temblaba de frío y agotamiento. Él susurraba su nombre y a veces ella creía notar en la nuca unos besos tiernos y sosegantes, como de otro mundo. Se habría entregado totalmente a ellos si no hubiese estado Sally, que sollozaba y balbuceaba incoherencias.

—Solo mi culpa. Espíritus enfadados, Sally hacer cosas malas. Reverendo decir no enfadar a Dios, no hacer...

—Sally, no es tan grave —intentó consolarla Nora—. Solo has tardado un poco. Los espíritus no castigan por algo así, estoy segura...

—Mucho más malo. Sally hacer mucho mal...

Al final, la muchacha enmudeció y, como sumida en un estado de trance, se quedó dormida pese al infierno circundante.

Y entonces el cielo se despejó de golpe. Con la misma rapidez con que había caído sobre ellos, la cortina de lluvia desapareció. Casi no soplaba el viento, apenas se veían nubes y un pálido sol iluminó el espantoso escenario.

Doug se apartó de Nora.

—¿Ya ha acabado? —preguntó ella con la voz ronca.

El joven se inquietó.

—No. Por el amor de Dios, quédate aquí. Esto es el ojo, ¿entiendes? El ojo del huracán, una zona sin viento ni precipitaciones. Enseguida volverá a empezar. Y es posible que sea peor. No te muevas, Nora, voy a ver a la señora Stevens.

Nora enseguida supo que Ruth vivía. Gritaba a Doug que la desatara, decidida a arrojarse al agua para ir tras su hijo. Doug buscó a la hija mayor, Mary: por fin una buena noticia.

—¡Señora Stevens, señora Stevens, escúcheme! El bebé ha muerto, no hay esperanza aunque lo encuentre. Pero todavía tiene otro hijo. Aquí, mire, la niña está viva.

A continuación, Doug desató una mano de la mujer para que pudiera estrechar contra sí a la pequeña, que gimoteaba quedamente.

—A saber por cuánto tiempo —susurró a Nora—. Está pálida como la cera y tiene el cuerpecito helado. Y ahora todavía hará más frío.

El ojo del huracán, como Doug explicó brevemente, era una zona fría. Todos pasaron un frío horrible. Y luego, de nuevo arreció el viento.

—Dámela, yo la calentaré —dijo Nora, tirando de la niña hacia ella y Sally y abrazando a las dos, mientras Ruth se debatía tenazmente contra Doug, que volvía a atarla inmisericorde.

—¡Es por su propio bien, señora Stevens, no puede sostener sola a la niña!

La idea de incluir a la esposa del reverendo en la maraña humana que Nora y Doug formaban con las pequeñas era inadmisible. Ruth nunca se avendría a algo así... Empezó a gritar cuando la tormenta estalló otra vez, y luego fue alternando en voz baja alabanzas y maldiciones dirigidas a Dios. Parecía haber perdido el juicio. También Sally volvía a lamentarse. Las plegarias se transformaban en reproches a sí misma, convencida de que los dioses habían enviado esa tormenta solo para castigarla por sus faltas.

Nora no contaba las horas, pero cuando por fin cesó la tormenta comprobó que había atardecido. Primero dejó de llover, luego cesó el viento y el agua se retiró lentamente. Nora y Doug se sentaron agotados sobre la techumbre ya sin agua e hicieron balance. Tanto Sally como la hija de Ruth estaban vivas, aunque esta última necesitaba urgentemente un lugar seco y caliente. Y ellos dos habían salido ilesos salvo por unos rasguños.

—¡Y los peores son de tus garras! —le reprochó Doug al gato, que estaba en una rama lamiéndose. El animal lo miró casi ofendido.

Ruth Stevens parecía dormir. Nora la habría imitado con gusto, pero aún no podía abandonarse.

—¿Cómo salimos de aquí? ¿Bajará del todo el agua? —preguntó.

Doug no supo qué contestar.

—Por el momento va deprisa —observó. El agua llegaba ahora hasta la mitad de la altura de la casa—. Pero también puede detenerse. No cabe duda de que el mar está retirándose. Pero no sé qué pasará con la inundación provocada por la lluvia... El caserío de los esclavos tardará días en secarse.

—Pero la niña necesita cuidados inmediatos —advirtió Nora angustiada.

Esas palabras parecieron devolver a la realidad a Ruth, que se irguió. Doug la había desatado después de la tormenta.

—¿Mary... dónde está Mary... Sam?

Rompió en sollozos cuando recordó que el niño había muerto. Nora le puso a la pequeña Mary entre los brazos. La niña volvía a gemir.

—Aquí está Mary.

Ruth apretó a su hija contra sí y de inmediato la cambió de posición, parecía dolerle el pecho. Al verlo, a Nora se le ocurrió una idea.

—A lo mejor podría darle de mamar —sugirió—. Necesita comida y calor urgentemente. Tampoco ha pasado tanto tiempo desde que... —No podía hacer tanto desde que la niña había dejado de mamar antes de que su hermanito llegara al mundo. Tal vez todavía recordara cómo hacerlo.

Ruth miró a Nora iracunda.

—¡No! ¡No! La leche es de Sam... y Sam... —La mirada llameante de Ruth se posó en Sally, que con ojos vidriosos miraba el agua que los rodeaba—. ¡Ella...! ¡Ese... ese pellejo negro! ¿Por qué está viva? ¿Por qué está viva y Sam está muerto?

Sally empezó a hacerse reproches.

—Es porque dioses enfadados, Sally mala...

¡Y entonces oyeron las voces!

—¡No tan rápido, Joe! ¡Ir despacio!

—¡Pero más rápido abajo, Billy. ¡Cobardica tú!

—¡Yo no querer ahogarme! Tú no sabes guiar.

Entonces apareció una balsa arrastrada por el agua, ocupada por dos mozos de cuadra de Kwadwo que, al parecer, se lo estaban pasando estupendamente. Intentaban impulsar la precaria embarcación con dos tablas, aunque no tenían que esforzarse nada: el agua se retiraba y llevaba la balsa en dirección al caserío de los esclavos. Ambos solo debían vigilar que no los arrastrase al mar, pero a lo mejor eso les convenía. Más tarde serían arrojados a una playa que no pertenecería a ningún *backra*...

Sin embargo, ambos reaccionaron con gritos de júbilo cuando reconocieron a Nora y los demás sobre la techumbre de la destilería. Intentaron acercar la balsa hacia ellos. Doug tiró de uno de los improvisados remos.

—¿Cómo habéis llegado hasta aquí? ¿Os envía Peter?

—¿Kwadwo? —intervino Nora tratando de cubrir su desnudez.

Durante la tormenta no había prestado atención a sus piernas desnudas, pero ella y Doug vieron en ese momento las sonrisas maliciosas de los chicos. Doug se quitó la camisa desgarrada y mojada y se la tendió.

Los muchachos apretaron los labios.

—Tener que mirar cómo estar caserío. Y decir a *backra* dónde estar nosotros antes que cortarnos el pie por huir —dijo Joe.

—¿Así que todos os habéis refugiado en el pajar? —se alegró Nora.

Billy levantó las manos.

—No sé, missis —contestó—. Muchos sí. Pero ninguno sabe qué pasar con los negros de la casa. Y falta Hardy, falta Emma, falta Toby...

—¡Oh, no! —Nora gimió. Toby y la esclava del campo Emma, que recientemente compartían cabaña, eran cristianos creyentes. Probablemente habían seguido al reverendo para que los bendijera. O habían imaginado que la tormenta perdonaría a un sacerdote y a todos los que creían en Dios y no en los espíritus.

—Luego toda la cuadrilla del señor Truman. *Backra* enviarlos para cavar zanjas y que agua no llegar a las cabañas...

Doug se tocó la frente.

—Claro —suspiró—. Intenté disuadirle, pero pensaban que cavando un par de zanjas de desagüe antes del huracán algo se salvaría. Si la suerte no los ha acompañado, no quedará ningún hombre con vida...

En la techumbre, Ruth volvió a dar señales de vida.

—¡Todos los negros están vivos! —lamentó—. Todos esos tipos negros. Pero Sam, mi pequeño Sam...

Joe y Billy se miraron dubitativos. Nora preguntó:

—¿Cabemos todos en la balsa? ¿Podrás guiarla, Doug?

Doug dijo que sí, siempre que encontraran más tablas arrastradas por la corriente. Dijo que si todos remaban, podrían avanzar contra una corriente suave y desembarcar por encima de la casa. Ruth no se enteró de las explicaciones del joven, pues seguía lamentándose e insultando a los negros. Nora necesitó de todas sus fuerzas para arrastrarla a la balsa y mantenerla allí; lo consiguió con la ayuda de Billy y Joe. La mujer tenía tanto miedo de que los negros la tocaran que pasó la travesía gimiendo con desamparo. Sally sostuvo contra sí a la pequeña Mary, y los jóvenes condujeron su embarcación salvadora a contracorriente. Finalmente, llegaron hasta la casa. El gato fue el primero en saltar a tierra. Nada más reconocer a Billy, se había refugiado en los brazos del mozo de cuadra. «¡Es *Bessie*, la gata del establo! —había dicho el joven negro—. Caza bien ratones... Pero no sabía que poder nadar.»

Nora se quedó mirando al minino correr hacia el establo.

—Y yo que pensaba que el dicho de que tienen siete vidas era una tontería... —murmuró—. Bien, no hay que perder la esperanza. A lo mejor los otros también han conseguido salvarse.

Entrada la tarde, el agua había bajado tanto que pudieron hacer balance. Hardy, Toby, Annie y Emma habían muerto, además de cuatro hombres de la cuadrilla del vigilante Truman. Los demás, Akwasi entre ellos, habían logrado salvarse a nado y con mucha suerte en lo alto de techumbres y árboles, como Nora y Doug. En general eran muchachos fuertes, que no se rendían tan pronto. También Truman había sobrevivido. Todo el servicio doméstico, salvo Sally y Annie, había llegado a la cocina con tiempo suficiente para escapar de la tormenta, y la marea no había penetrado en la casa, aunque había faltado muy poco, lo que el reverendo Stevens atribuía a la influencia divina. No advirtió que no había sido suficiente para salvar a los dos únicos esclavos realmente creyentes (Toby y Emma habían seguido, en efecto, al reverendo). En cambio, reaccionó con relativa serenidad ante la noticia de la muerte de su hijo y concedió un poco de consuelo a Ruth, rezando con ella.

Nora llevó a la joven esposa a la cama y le preparó una gran taza de infusión sedante. Habría dejado que Adwea se encargara de ello, pero Ruth reaccionó con un ataque de histeria en cuanto vio a la cocinera negra.

—Lo mejor habría sido llamar a una *baarm madda*, por si acaso está otra vez embarazada. Si vuelve a perder a un niño... —Nora compartió sus preocupaciones con Máanu, que perseveraba en su mutismo—. Pero si no quiere... Dime, ¿es posible preparar algo de comida? Temo que me voy a morir de hambre si no me duermo antes...

Máanu se inclinó ligeramente, un gesto que, como ella bien sabía, sacaba de quicio a su señora.

—Lo mejor sería que se cambiara usted de ropa, dentro de media hora se servirá la comida.

—¿Cómo? —preguntó Nora—. ¿Me estás diciendo que... que el mundo se derrumba a nuestro alrededor, que tenemos nueve muertos que lamentar, pero que... pero que mi marido ha pedido que se sirva la cena como cada día?

Máanu hizo una reverencia.

—Un muerto, missis. Los demás solo son esclavos. Por lo demás, también han muerto cuatro bueyes, missis. El *backra* está muy enojado, hará que azoten a los pastores por no haber recogido a los animales del prado.

Nora apoyó la frente en las manos.

—Máanu, me gustaría que cambiaras de actitud —musitó—. Al menos por hoy. Pero bien, si ha de ser así, sea: ayúdame a vestir y arréglame el pelo. Debería lavarlo, está muy sucio y reseco a causa del agua sucia. Pero no quiero obligarte a cargar con más agua de un sitio a otro. Así que te pido por favor que me facilites las cosas. O te comportas con normalidad o te quedas callada.

Máanu retiró montones de polvo rojo al cepillar el cabello, que recogió luego en la nuca. El pelo se había quedado sin brillo y tenía un aspecto apelmazado. Nora se sobresaltó al verse en el espejo. Estaba pálida, ojerosa y con las mejillas chupadas. Pensó en recurrir al maquillaje, pero luego rechazó esa idea. Su aspecto simplemente respondía a lo agotada y cansada que se sentía, nadie se atrevería a criticarla por ello. Máanu mantuvo la boca cerrada y dejó de provocar a su señora. Le sacó un sencillo vestido negro, con un chal del mismo color. Nora pensó que era la ropa adecuada para la ocasión. En la escalera se cruzó con Doug, que también parecía derrengado. Su cabello rubio seguía rojo, a él nadie se lo había cepillado.

—Mañana te lo tendrás que lavar, o te confundirán con un irlandés —intentó bromear Nora.

Doug le sonrió.

—Podemos ir juntos al mar y lavarnos a fondo —respondió—. Ahora que me he enterado de que sabes nadar...

Ella se ruborizó.

—Hoy no le encuentro ninguna gracia al agua, ni siquiera a la del mar. Y ahora esta cena. ¿No lo encuentras... macabro?

Doug hizo una mueca.

—No más dioses y espíritus... Si el reverendo reza una oración en la mesa y da gracias al Señor por nuestra salvación, me pondré a gritar.

Naturalmente, Doug no gritó, se limitó a aguantar con aparente tranquilidad la breve y sentida oración del reverendo por las almas de los muertos. A continuación se abalanzó sobre los platos con la misma avidez que Nora. No hicieron ni caso de la mirada de desaprobación del reverendo, que se sirvió con una contención inhabitual en él. El único que subió de tono durante la cena fue Elias, quien por fin había entendido lo que su hijo intentaba que comprendiese desde hacía semanas.

—¡Ese maldito Hollister! Su plantación apenas ha sufrido daños, la he ido a ver. En cambio nuestro caserío ha desaparecido totalmente. Pero me las pagará, y también las pérdidas. ¡Ocho esclavos, entre ellos cinco negros del campo en sus mejores años! ¡Y dos yuntas de bueyes! Le voy a cantar las cuarenta a ese experto de Inglaterra... —Elias protestaba a voz en cuello y bebía un vaso de ron tras otro. Tampoco él parecía tener hambre—. Solo lo que cuesta volver a levantar todo esto... La destilería también está destruida.

Doug y Nora lo dejaron rabiar, y se disculparon justo después de la comida, al igual que el reverendo. Este último quería ir a ver a su esposa y rezar con ella un par de oraciones más por su hijito. Nora se percató de que no dedicaba ni una palabra a su hija, que se había salvado. Probablemente habría preferido que fuera ella la víctima.

Elias también se vio forzado a levantarse, llamó a Adwea, que llegó para recoger la mesa, y le pidió algo más.

—Addy... que me suban luego una bebida para antes de dormir.

Nora percibió el sobresalto de Adwea.

—¿Hoy, *backra*? —preguntó la esclava—. Señor, por favor... La chica está agotada...

—¡Claro que hoy! Si hubiera querido decir mañana, habría dicho mañana.

Adwea lanzó a su señor una mirada que sobrecogió a Nora. ¿Había visto el mismo destello de odio que tantas veces resplandecía en los ojos de Máanu?

—Muy bien, señor. Como *backra* ordenar...

Nora subió fatigosamente las escaleras: le dolía todo, y por la mañana todavía se sentiría peor. Estaba algo sorprendida por la reacción de Adwea. La madre de Máanu ocupaba un lugar privilegiado en la casa como cocinera, pero no era vanidosa. ¿Por qué no se limitaba a subir ella el ponche de ron a Elias cuando Mansah y Sally ya estuvieran durmiendo? Le pasó por la cabeza ir ella misma a la cocina, recoger la bebida y subírsela a su marido. Pero quizá se le ocurriría algo absurdo, y ella no habría aguantado esa noche yacer con él. Así que subió... y encontró a Doug delante de sus aposentos.

—Quería tenerte otra vez entre mis brazos —se disculpó él en un susurro—. Nora, hoy hemos estado tan unidos el uno al otro...

Ella asintió. Estaba demasiado cansada para coquetear... y tampoco habría tenido nada en contra de dormir entre los brazos de Doug. Entonces no la perseguirían las imágenes y las voces que ahora ya la atormentaban. Suspiró.

—Sí, yo también quiero que me abracen. Antes... antes de que nos olvidemos de todo esto.

Se dejó estrechar por los brazos de Doug y sintió otra vez su fuerza y su protección. Corrían un riesgo terrible, pero Nora nunca se había sentido tan protegida como cobijada por el amplio torso de Doug.

Nadie protegió a otra persona. Esperó temblorosa en la escalera hasta que la pareja se separó, y ni Doug ni Nora oyeron los sigilosos pasos de sus pies descalzos por el pasillo que llevaba a la habitación de Elias Fortnam. Cuando más tarde Nora oyó su llanto, creyó que era el eco de un mal sueño.

4

El día después se inició con un panorama desolador ante la ventana. Lo primero que Nora solía hacer era mirar el mar y disfrutar de esa cinta azul tras el intenso verde del bosque. Pero esa mañana, lo único que se divisaba de la línea de la jungla que separaba el jardín de la playa eran las copas de los árboles que surgían del agua embarrada. La tierra que se extendía hasta poco antes de la colina donde se erigía la casa señorial de Cascarilla Gardens seguía inundada. Los alojamientos de los esclavos, o lo que había quedado de ellos, debían de estar totalmente cubiertos de agua. Hasta el jardín ofrecía una imagen deprimente. La tormenta había arrancado de cuajo la mayoría de los árboles y la lluvia había arrastrado parte de los parterres. Incluso la querida glorieta de Nora había sufrido grandes desperfectos. Pensó con un amago de sarcasmo que se veía tan destrozada como ella misma se sentía. Todos sus músculos se rebelaban contra sus intenciones de ponerse en pie y vestirse, hubiera preferido quedarse en la cama. Sin embargo, la aguardaba un largo y duro día de trabajo y pena.

Máanu se hallaba diligentemente en su puesto, para ayudarla a lavarse el pelo y vestirse, pero parecía casi más soliviantada que de costumbre. Cuando Nora le preguntó al respecto, no contestó.

—¿Y cómo están el reverendo y su esposa? —se interesó Nora por sus invitados. Máanu sí respondería a esa pregunta.

—La mujer llora —contestó la doncella— y quiere salir a buscar al niño. Cuenta que por la noche un ángel le ha dicho que todavía está con vida...

—Es imposible.

Máanu volvió a encogerse de hombros.

—Pero ella lo cree. El reverendo ha pedido al *backra* que vayan a buscar el cuerpo. Hay veinte negros ocupados en ello...

—Pero eso es una locura —opinó Nora.

Todavía resultaba peligroso andar por los terrenos inundados el día anterior. El suelo estaba blando y fangoso. Podían producirse corrimientos de tierra en los declives donde había llegado flotando todo lo que la tormenta había arrastrado, arrancado o matado.

Pero de nada servía lamentarse. El reverendo Stevens y su esposa no se marcharían sin haber encontrado al niño. Así las cosas, tal vez ella misma habría puesto los empleados a su disposición, aunque fuera para librarse de los invitados.

—El reverendo puede oficiar una misa esta mañana —señaló a continuación—. No nos queda otro remedio, tenemos que enterrar a los muertos.

Máanu esbozó una sonrisa torcida.

—El cementerio de los esclavos está inundado —observó.

Nora tuvo la sensación de que iba a explotar.

—¡Entonces tendremos que construir otro! Y deberíamos pensar en situar el nuevo caserío en otro lugar. El viejo se inunda siempre que hay tormenta, ¿no? Lo sensato sería construirlo por encima de la casa.

—El *backra* Doug ya se ha peleado esta mañana con el *backra* Elias por esta razón —apuntó Máanu.

Nora suspiró. Se imaginaba cómo habría discurrido la discusión.

Durante el desayuno reinaba el previsible ambiente tenso. Doug había sugerido instalar el nuevo caserío junto a los establos. Allí solo habría que mover de sitio un único campo de caña de azúcar, además de otro recién plantado. Se tardaría pocos días en arrancar los plantones y sembrarlos en otro sitio.

Sin embargo, Elias se negaba, probablemente porque la sugerencia procedía de Doug. Nora decidió volver a jugar la carta de la hija del comerciante.

—Naturalmente, el lugar donde se encontraba hasta ahora era más práctico —admitió, dando en principio la razón a Elias—. Igual de cerca del acceso a la cocina que de los edificios de la explotación. En los establos, la gente estaría algo más lejos del molino...

—Pero... —Doug quiso objetar que eso no era relevante, pero Nora le pidió con una mirada que la dejara hablar.

—Sin embargo, piensa en los costes —añadió conservando la calma—. En lo que costará en trabajo y tiempo reconstruir el antiguo caserío...

—¡Lo pagará Hollister! —bramó Elias.

Esa mañana tenía aspecto de estar rendido y de mal humor. ¿Estaba más afectado por el drama del día anterior de lo que Nora creía posible?

—Es posible. Pero ¿también cuando se repita lo mismo el año próximo? Entonces te reprochará no haber instalado las cabañas en otro lugar. Además, hasta ahora, casi todos los huracanes han provocado daños en el caserío, ¿no es así? Cada año ha habido que hacer labores de reparación. No creo que salga a cuenta, Elias. La única solución consistiría en construir diques y zanjas como los Hollister e instalar las chozas en un lugar seco.

—¡Pero eso vale una fortuna! —objetó Elias—. Solo ese tipejo de Inglaterra...

—Deberías calcularlo con calma —indicó Nora amablemente—. No tienes que decidirlo hoy mismo. Solo solucionar lo del cementerio...

La mañana era lluviosa, pero volvía a hacer calor. Había que sepultar los cadáveres depositados en el establo. Elias cedió en construir un nuevo cementerio de esclavos detrás de los establos. Era el primer paso para construir el nuevo caserío en las proximidades. Doug y Nora se miraron con un suspiro de alivio.

—Justo al lado del cementerio de los animales, ¿verdad, missis? —observó Máanu en cambio cuando Nora le informó sobre la decisión del *backra*.

Por primera vez en su vida, Nora sintió el impulso de abofetear a una criada.

El reverendo celebró un servicio fúnebre mientras Nora arropaba a la llorosa Ruth. Los hombres que estaban buscando al niño todavía no habían regresado. Nora esperaba que no fueran amigos de los fallecidos a quienes tal vez les habría gustado asistir a la ceremonia; aunque quizá Kwadwo se encargara de organizar una ceremonia secreta. El hombre obeah formaba parte de la cuadrilla de búsqueda y, de hecho, fue él quien encontró al bebé muerto a primeras horas de la tarde. Nora no preguntó si lo había logrado con o sin ayuda de los espíritus.

Ruth se desmoronó al ver el pequeño cadáver, era imposible esperar que ese día regresara a su casa. El reverendo se retiró a rezar con ella, después de que Nora le hubiese preparado una infusión de hipérico y jarabe sedante de cascarilla. Luego se ocupó de las heridas, por fortuna leves en general, que habían sufrido los esclavos en su lucha contra la marea. Solo Akwasi padecía contusiones graves: se había sujetado a un árbol contra el cual el viento había lanzado otro. Nora mandó a Máanu que lo frotara con alcanfor y ungüento curativo, y por su actitud pareció que les hubiese ordenado azotarse mutuamente. Nora se preguntó, no por primera vez, qué habría sucedido entre ambos y si su incidente con Akwasi la noche obeah tenía algo que ver con ello. Pero ¡Akwasi no podía haber sido tan loco como para contárselo a la doncella! Y desechó que Máanu se hubiese enterado por otra vía.

Doug, por su parte, se dedicó a organizar el alojamiento provisional de los esclavos. Daba igual dónde se construyera el caserío, lo primero era que tuvieran un sitio donde cobijarse, más aún cuando de nuevo llovía sin cesar. Finalmente, resolvió que una parte de los establos y el pajar junto a los edificios de la explotación hicieran las veces de refugio de emergencia; siempre corriendo el riesgo de que su padre por la noche anulara esa decisión. Elias no estaba, pues al terminar la misa se había ido a caballo a Kingston para «pedir cuentas» a Hollister.

—Es posible que hoy no vuelva —dijo Doug como de paso a Nora cuando al mediodía comían algo con los criados. Habría que organizar también una cocina provisional para los esclavos. Al principio, Adwea y los cocineros del barrio prepararon la comida en la zona de servicios de la casa, pero el huerto de la cocina era demasiado pequeño para dar de comer a doscientos cincuenta hombres—. Estoy casi seguro de que la carretera de Kingston estará inundada en gran parte, si no arrasada.

Nora se ruborizó. Comprendía la mirada del joven y la pregunta que planteaba entre líneas.

—Pero entonces Elias dará media vuelta —señaló indecisa—. Y además... seguimos teniendo a los Stevens en casa y en la cocina duermen los negros. No puedo...

No sabía si no podía o si no quería, pero de lo que estaba segura era de que ese día estaba demasiado agotada para tomar una decisión. Claro que pensaba en Doug... constantemente, incluso sin proponérselo. Pero si cedía a sus deseos —si admitía que había empezado a amarlo—, las consecuencias serían imprevisibles. Y si se entregaba a él, sería una noche de bodas. Y eso no debería suceder así, de forma furtiva, en secreto y con miedo.

Nora recordó los sueños que había compartido con Simon, la cabaña en la playa... Y pensó que todavía no había despedido al espíritu de su primer amor.

Doug asintió dándose por vencido. Quizás hubiese insistido para convencerla, pero McAllister se acercó con nuevos problemas. Las casas de los vigilantes, en el linde del caserío de los esclavos, también habían resultado destruidas. Y sus hombres, les explicó el capataz McAllister, en ningún caso iban a dormir con los esclavos en un pajar. No querían arriesgarse a que los matasen mientras dormían. O bien los alojaban en la casa, o bien se encontraba otra solución.

Doug se ocupó del asunto. En los edificios de la explotación debía de haber espacios adecuados...

Al final del día, Doug y Nora aguantaron una cena horrible con los Stevens: el reverendo había obligado a Ruth a que se levantara y bajara a comer. Nora no consideraba que fuera una idea inteligente, pero el religioso insistió en que la vida debía continuar.

—¡Dios da y Dios quita! —declaró con énfasis—. Y seguro que tenía motivos en su insondable voluntad para quitarnos a ese hijo. Debemos aceptarlo con la misma dignidad con que Abraham, cuando le pidieron que sacrificara a Isaac...

Nora, al límite de sus fuerzas, recordó las criaturas sacrificadas en la ceremonia obeah y tuvo ganas de echarse a reír. Necesitaba urgentemente algo de tranquilidad o también ella sufriría un colapso. Por fortuna, la pequeña Mary al menos estaba bien, según le había dicho Adwea. Nora se preguntó si Sally seguía ocupándose de ella; no había visto a la doncella en todo el día. Ruth y el reverendo no preguntaron por su hija, lo que resultó un alivio. Nora tampoco podría haberse ocupado de una niña cuya madre se ponía histérica cuando la tocaban unas manos negras.

En efecto, Elias no regresó por la noche y Nora —demasiado agotada para dormir, un estado desconocido para ella— luchaba con su decisión de no ir a la habitación de Doug. Evocó su abrazo durante la tormenta, la sensación de seguridad que le había transmitido... Hasta el momento siempre la había consolado imaginarse a Simon entre sus brazos, pero ahora era ella quien en sueños se estrechaba contra el recio pecho del joven...

Al día siguiente, los Stevens por fin se marcharon, con Mary sentada entre ellos en el pescante del carruaje y el pequeño Sam envuelto en una tela en la parte de atrás. Ruth no había querido separarse de él, pero el reverendo había vuelto a imponer su autoridad. Nora sentía compasión por la joven. Fiel y audazmente, Ruth Stevens había seguido a su esposo cruzando medio mundo, pero ahora él no la arropaba en su infinito dolor. Nora se preguntaba cómo era posible que un clérigo tuviera tan poca empatía.

El agua había seguido bajando, pero todavía no podían empezar a construir los alojamientos de los esclavos porque no se había decidido el emplazamiento. Así pues, los vigilantes siguieron el orden del día y llevaron a los negros a los campos.

Elias regresó por la tarde, de mejor humor a ojos vistas. Hollister se había mostrado dispuesto a entregarle tres de sus propios esclavos y dos bueyes, y a cargar además con los gastos de los desperfectos.

—Tres no son suficientes, desde luego —se lamentó Elias mientras cenaban—, pero dice que no puede privarse de más. Así que necesitaremos algunos del próximo barco que llegue, a los que tendremos que instruir. ¡Qué cruz!

Nora esperó que Hollister enviara al menos hombres jóvenes y sin vínculos, y no aquellos que vivían con mujeres e hijos en la plantación. Se prohibió pensar en padres de familia. Pero probablemente había un tira y afloja. Era seguro que el hacendado no estaría de acuerdo con la elección de Hollister, así que posiblemente se movería varias veces a unos esclavos, para enviarlos de vuelta y sustituirlos por otros.

Elias se levantó temprano de la mesa esa noche. Sin duda había estado empinando el codo con Hollister y necesitaba descansar. Doug y Nora se encontraron brevemente en la escalera, pero solo se estrecharon las manos deprisa. Todavía había personal trajinando en los pasillos: Adwea estaba ordenando, el ayuda de cámara de Elias le llevaba agua para que se lavase y Máanu esperaba a Nora. No podían correr el riesgo de abrazarse.

—¡Ha dado su autorización para el lugar en que se construirá el nuevo caserío de esclavos! —comunicó brevemente Doug a Nora—. Mañana empezarán a roturar y cambiar de sitio el campo de caña de azúcar. Ha sido gracias a tu intervención, conmigo hubiera estado discutiendo toda la vida.

—Lo enfocas mal. —Nora iba a explayarse, pero el criado de Elias andaba cerca y ambos tuvieron que separarse.

—¡Buenas noches, Nora! —susurró Doug como una caricia.

—Buenas noches, Doug —dijo ella dulcemente, y se sorprendió de que de pronto su voz sonara tan suave y tierna.

¿Había hablado así a Simon? En aquel entonces creía entonar la melodía que cantaban sus corazones. ¿Le sucedía ahora lo mismo?

No iba a ser ninguna buena noche. Nora había dormido apenas un par de horas —esta vez profundamente y sin sueños—, cuando alguien llamó a su puerta. ¿Doug? Se levantó y atravesó tanteando la habitación a oscuras. Era Adwea.

—Missis... Yo enviar Máanu, pero ella no querer. Ella no querer, yo buscar a usted. Pero missis... Usted a lo mejor ayudar. A lo mejor medicina. Es muy pequeña, niña. Es muy joven...

Nora se frotó los ojos para despabilarse.

—¿Un... parto fallido? —preguntó incrédula.

En medio del caos provocado por la tormenta ninguna esclava acudiría a la *baarm madda*.

Adwea asintió.

—Yo buscar *baarm madda*. Pero no poder ayudar. Yo, no; ella, no. Pero a lo mejor missis sí.

Así que no era un aborto voluntario, probablemente la agotadora huida ante el huracán había provocado un parto espontáneo. Nora no sabía de qué mujer se trataba. Hasta el momento no se había percatado de que ninguna estuviera embarazada. ¿Podría ella hacer algo, cuando la curandera negra había fracasado?

Se puso un vestido ligero. La moda de la época recomendaba modelos más sueltos, no todos los vestidos confeccionados para la nueva temporada exigían corsé. A Nora esto le hacía la vida extraordinariamente más fácil. Pero sus pensamientos regresaron a la esclava. ¿Qué estaría pasando?

—¿Dónde está? ¿Quién es?

Nora ya conocía a todos los esclavos de Cascarilla Gardens por su nombre.

—Sally —gimió Adwea—. Y está aquí, en cobertizo de cocina.

—¿Sally? —preguntó Nora horrorizada—. Pero ¡si... si es una niña todavía! ¿Y por qué en el cobertizo, Adwea? Está oscuro y húmedo. ¿Por qué no la has llevado a la cocina?

—Ella no querer, ella vergüenza. Yo encontrar ayer en cobertizo, muy enferma, mucha sangre... Llamado a *baarm madda*. Pero no mejor. No...

Nora cogió los pocos apósitos y medicamentos que tenía en casa. La mayoría de los remedios habían sido arrastrados con la cocina de los esclavos. Pero tras los abortos se necesitaban más lavados y masajes que medicamentos. ¡Si realmente era un nacimiento fallido! Por muy versadas que fueran las mujeres negras, en ese caso tenían que estar equivocadas. Sally todavía no tenía amante. Como mucho habría cumplido los trece años. Mientras descendía tras la cocinera, Nora repasó brevemente otros motivos para que se produjera una hemorragia.

Cuando Nora entró, dos mujeres, una de ellas ayudante de cocina y la otra la *baarm madda* de la plantación de los Hollister, iluminaban el cobertizo con velas y lámparas de aceite. La *baarm madda* entonaba unos extraños cánticos. Eran raros pero en cierto modo relajantes. Sin embargo, la muchacha que descansaba sobre unas mantas empapadas en sangre no los escuchaba. Sally estaba pálida y tenía el rostro demacrado. Nora todavía recordaba muy bien el aspecto que tenía la muerte, en Londres había visto mucho dolor: todos aquellos niños tísicos que escupían sangre hasta morir. También esa adolescente podía perder la vida debido a una hemorragia. ¿O tal vez era fiebre?

El cuerpo de Sally ardía. Nora se arrodilló a su lado tras dirigir un breve saludo a la *baarm madda*. La mujer corría un riesgo enorme intentando prestar allí su ayuda. De vez en cuando se veía durante el día a las herbolarias ayudando en otras plantaciones, pero por la noche eso se consideraba un intento de huida.

—¿Qué tiene? ¿Qué ha sucedido? —preguntó Nora.

La curandera negra —algo mayor que Adwea— levantó resignada los paños que había extendido sobre el bajo vientre de Sally.

—Ha perdido niño —respondió—. Pero no ser yo. No ser ninguna de nosotras... —Al parecer pretendía exculparse a sí misma y a su gremio.

—Pero cómo puede ser... si todavía es una cría...

Nora, abrumada, se concentró en la tarea de cortar la hemorragia, pero sin grandes esperanzas. La curandera negra había estado intentándolo desde hacía horas y nada había funcionado.

La *baarm madda* se encogió de hombros.

—Ella doce. Sangrar cada mes. El hombre poder hacer bebé. Pero ella no poder conservar. Todavía demasiado pequeña.

—Pero ¿qué hombre hace algo así? —preguntó Nora espantada y mirando el cuerpo delgado, infantil y todavía sin desarrollar—. ¿A quién le excita una niña así de joven? Debe de haberla forzado. Todavía es... Me parecía que todavía es muy inocente...

Se interrumpió cuando acudieron a su mente los lamentos de Sally durante la tormenta: «Sally mala... Sally hacer cosas malas.» Debía de referirse a lo que por la noche le había hecho ese monstruo.

—Pero a ese lo vamos a pillar —declaró Nora decidida—. ¡Voy a aclarar este asunto! —Empezó a preparar un lavado de jabón y una solución de hierbas. Era poco probable que tuviera éxito, pero al menos quería intentarlo. Necesitaba vino tinto para parar la hemorragia.

—Prepara una infusión de hierbas y ve a buscar vino tinto de casa. Luego se lo dais a la niña —ordenó Nora a Adwea, mientras ella misma lavaba a la pequeña.

A sus espaldas oyó una risa amarga.

—¿Missis aclarará el asunto? ¡Seguro! Missis muy preocupada por los pobres negros...

Máanu. Nora ya iba a reprenderla, pero se contuvo. ¿Sabría algo acerca de lo sucedido? Hablaría con ella más tarde...

—¿Cuándo ha ocurrido? —preguntó a Adwea.

La cocinera titubeó.

—Yo no saber... ayer... el día antes de ayer.

—¡Anteayer por la noche! —señaló Máanu—. Y no ocurrió porque sí. —Y dicho esto, desapareció.

Nora no la detuvo, pero tomó nota. La niña no había perdido el hijo por sí misma. ¿A causa del huracán, entonces? ¿O habría vuelto a abusar de ella el hombre la noche en cuestión? Lanzó a Adwea una mirada interrogativa. Lo que Máanu sabía, también debía saberlo la cocinera. Pero tenía miedo de hablar. ¿Sería un vigilante?

Nora se aplicó con denuedo para detener la hemorragia y en algún momento lo logró.

—Va mejor... va...

Nora casi sintió algo parecido a la esperanza, pero se detuvo al ver el rostro de Sally.

La *baarm madda* sacudió la cabeza.

—Nunca más volver a sangrar —dijo en voz baja. Y Adwea y la otra criada de la cocina rompieron a llorar. También Nora luchó por contener las lágrimas—. No llorar, Addy... ahora libre, muchacha. Ahora feliz, ahora libre...

—¡Te lo ruego, Nora, este no es un asunto para discutir en la mesa! —Elias bajó disgustado el tenedor con el que acababa de pinchar un trozo de bacalao con quingombó asado—. No es propio de una dama.

Nora había llegado tarde al desayuno y no le importó que los hombres fueran a perder el apetito a causa de lo que iba a contarles. Casi le repugnaba echarse azúcar en el té. Sin la avaricia de los blancos por el azúcar, Sally quizá seguiría viva en su aldea africana.

—Vaya, de eso no se hablaría entre hombres —observó Doug—. Al final, tú y yo no nos habríamos enterado de nada. ¿Crees que Máanu sabe algo, Nora? Se lo preguntaremos muy seriamente. Yo no soy de los que amenazan con el látigo, pero hemos de lograr que tenga más miedo de nosotros que del hombre que le ha hecho eso a la niña.

—Debe de ser un vigilante —dijo Nora—. Adwea no teme a nadie del caserío, pero tenía un miedo de muerte a dar la más mínima explicación.

—Aunque yo no me atrevería a amenazar a Adwea con un látigo —bromeó Doug—. Podría envenenarnos si la tratamos con demasiada dureza...

Nora fue incapaz de reír. Pero entonces Elias hizo una observación sorprendente.

—¡Aquí a nadie se le amenaza con un látigo! —declaró—. Sea lo que sea lo que esas mujeres dicen saber. Aquí no se le pide a nadie que culpe a nadie. Solo faltaría que los negros pudieran denunciar a sus vigilantes por lo que fuera. Esto lo aclararemos entre nosotros. Hablaré con los vigilantes y si averiguo quién fue, le restaré del salario lo que me costó Sally.

—¿Lo que te costó Sally? —se horrorizó Nora—. ¡Tenía doce años! ¡Y un hombre adulto y despreciable la violó y la dejó embarazada! ¡No creerás en serio que su pérdida se compensará cuando ese criminal te pague lo que te costó!

—¡Era una esclava! —replicó Elias con dureza—. Y ya que hablamos de costes... ¡por cincuenta libras tienes una niña como ella! Así que no hagas una montaña de esto.

Nora ardía de indignación. Le habría gustado arañarle la cara a su marido. En cambio, Doug permaneció sereno.

—Padre, esto no se soluciona así. Hay leyes sobre cómo debe tratarse a los esclavos, y está claro que no permiten que uno compre niños para torturarlos hasta la muerte.

Elias esbozó una mueca.

—¡No exageremos! A la chica no se la torturó hasta matarla, solo estaba embarazada. De acuerdo, la montaron un poco temprano... Pero ¿quién va a condenarnos por algo así? ¡Seguro que en los burdeles de Kingston ocurren cosas peores! También allí compran esclavas.

—¿Que la montaron?

Nora quería replicar algo, pero se quedó sin palabras.

—No deja de ser una buena observación —dijo Doug, que se esforzaba por conservar la calma—. La próxima vez que vaya a Kingston me informaré. A lo mejor alguno de nuestros vigilantes es tristemente célebre debido a su preferencia por putas muy jóvenes. Disculpa, Nora...

—No importa, Doug, no irás a creer que las damas de Kingston nunca han oído hablar de burdeles. Sea como sea, Elias, tienes que despedirlo cuando lo descubramos. —Le resultaba difícil hablar con su marido.

—Y no solo eso —añadió Doug—. Tienes que denunciarlo a las autoridades. La niña ha muerto, padre. ¡Ese hombre debería ser ahorcado!

Elias aceptó de mala gana que despediría al hombre cuando Doug y Nora le dieran su nombre.

—Pero solo cuando se confiese culpable —puntualizó—. ¡O nos lloverán denuncias por todas partes! Dales un dedo a los negros y se llevarán toda la mano...

Doug hizo una mueca.

—No te preocupes, padre. Cuando le haya ajustado las cuentas a ese tipo, lo confesará todo.

—Pero ¿por qué no lo dices, Máanu? Lo sabes. Y Doug y yo estamos a favor vuestro, nosotros...

Nora llevaba media hora tratando de convencer a su doncella, pero Máanu reaccionaba simplemente con risitas groseras y desagradables.

—La missis no querer saberlo —respondió en el inglés básico que sacaba de quicio a su señora—. Mejor cuando missis olvidar. Y *backra* Doug también...

No hubo manera de sonsacar a Máanu, que permanecía impertérrita. Por el contrario, el intento de que Adwea hablara acabó en lágrimas y lamentos.

—Yo no decir... A mí no poder forzar... tampoco cuando pegar... Por favor, no pegar, missis. Equivocada, missis, yo no tener que llamar a missis...

Nora se esforzaba por tranquilizar a la cocinera y aclararle que no tenía la intención de pegarle ni maltratarla.

—Adwea, piensa que ese hombre podría volver a hacerlo. ¡Por Dios, tienes una hija pequeña...!

Mencionar que el delito podía repetirse fue la gota que colmó el vaso. Adwea lloró y gritó aterrada de tal modo que Nora no pudo más que permanecer sentada a su lado, atónita, y acariciarle la espalda. La cocinera no parecía ni percatarse de que la tocaba. Se lamentó y lloró hasta que la voz furiosa de Elias preguntó por la siguiente comida. Entonces se controló y se dirigió a los fogones. Nora no había logrado nada.

—Adwea lo sabe todo y Máanu también. Pero se dejarían

azotar antes que decir algo, porque están muy asustadas —le contó a Doug cuando los dos pudieron por fin salir a pasear a caballo.

Aun así, no disfrutaban de ninguna intimidad: la playa seguía inundada y en la plantación pululaban los esclavos que construían los nuevos alojamientos y realizaban los trabajos habituales, así como los blancos, que los obligaban a levantar primero las casas de los vigilantes.

Doug frunció el ceño.

—En los burdeles de Kingston tampoco saben nada —informó acerca de sus pesquisas—. Por supuesto hay clientes que maltratan a las chicas, pero ninguno de nuestra plantación.

—Ese comete sus desmanes aquí —observó Nora—. Me he enterado de que Sally no ha sido la única. La *baarm madda* dice que han muerto varias niñas en Cascarilla Gardens. Tres en los últimos... bueno, es difícil de calcular, las mujeres negras no se rigen por los años del calendario, pero yo diría que en los últimos diez años... Una por un parto fallido como Sally; otra se ahogó en el estanque, y otra se colgó.

—¿Diez años? —preguntó Doug—. Bien, entonces las sospechas no reacaerán en mí.

Nora lo miró desconcertada

—¡Nadie habría sospechado de ti! —contestó.

Doug se frotó la frente.

—¿Por qué no? Mira cómo se comporta Máanu. Parece ver en mí la encarnación de todo lo malo.

Nora rio.

—Tú solo eres el segundo malo —se burló de él—. La encarnación absoluta del mal es el *backra*...

Más tarde recordaría esas palabras, pero en ese momento las dijo solo con intención sarcástica. A fin de cuentas, Elias se había casado con ella, y antes con la madre de Doug. Era un hombre tosco, pero a ella siempre la había tratado con respeto. Nunca le quedaban hematomas después de que la poseyera, aparte de que había sido él quien la había desvirgado. Elias no podía ser... ni hablar.

Después del fracaso de las pesquisas de Doug y Nora, la calma volvió a reinar en Cascarilla Gardens a la semana siguiente. El nuevo caserío de los esclavos se elevó en un lugar más alto y los criados se mudaron de las casas y los establos a sus propias cabañas. Nora reemprendió la asistencia a los enfermos e hizo levantar en el nuevo asentamiento una pequeña enfermería de verdad. Cada día iba al caserío y echaba un vistazo a las escasas muchachas jóvenes que vivían en la plantación. Una de ellas eras Mansah, la hija menor de Adwea, pero Nora no temía por ella, ya que la pequeña estaba casi continuamente con su madre. Se preveía instruirla para que se convirtiese en la sucesora de Adwea y todo el día la ayudaba en la cocina.

Unas semanas después de la muerte de Sally, Nora se encontró con Mansah dando brillo a los muebles del salón.

—¡Qué bien lo haces! —la elogió amistosamente, y era cierto que la mesilla auxiliar que la pequeña acababa de pulir pocas veces había brillado tanto—. En adelante, ¿quieres ayudar también en casa?

Mansah negó con seriedad.

—Solo Mama Adwe dice tener que hacer. Porque si no ninguna doncella...

Parecía triste. Con la muerte de Sally y Annie, que se había ahogado, se había quedado sin sus amigas y compañeras de juegos.

—Ya —respondió Nora—. Hablaré con el *backra* y Mama Adwe. Seguro que alguna esclava del campo se alegraría de trabajar en casa.

En los campos de caña de azúcar había menos mujeres que en los de tabaco o algodón, pues el trabajo era muy duro. Los hombres morían jóvenes, y las mujeres no aguantaban más de un par de años. En Jamaica todavía faltaba mano de obra negra, pues los tratantes de esclavos solían aprovisionar mejor a las islas más grandes, como Barbados. Allí se enviaba a mujeres jóvenes y fuertes a los campos, que naturalmente aprovechaban cualquier oportunidad de ascender a esclava doméstica. En tales casos, los servidores domésticos antiguos defendían sus prerrogativas. Los cocineros y ayudas de cámara, orgullosos de su nivel, no admitían a «un vagabundo africano cualquiera», según sus propias palabras. Nora esperó que Adwea no pensara igual.

Decidió fijarse en si alguna de las mujeres del caserío de los esclavos mostraba aptitudes para sirvienta doméstica, para que Mansah volviera lo antes posible al lado de su madre. Pero alguien habló con Adwea antes que ella.

Esa vez, Nora no estaba espiando a propósito, pero era imposible no oír la voz airada de Máanu desde la glorieta del jardín. La joven estaba discutiendo con su madre. Nora se dirigió a la terraza sobre la cocina para escuchar.

—¡Mansah no! ¡Debe quedarse en la cocina, estaba ya estipulado! Será cocinera, no... Mama Adwe, ¡no puedes permitirlo! ¡Mansah no!

—¿Qué deber hacer, Máanu? ¿Desobedecer al *backra*?

La voz de Adwea no sonaba tan furiosa como cuando discutía con su hija por alguna razón. Parecía más bien abatida y resignada.

—Algo podrás hacer. No la envíes a la casa, simplemente. Pregunta a la missis si puede enviarte dos negros del campo para la casa, tampoco será tan difícil enseñarles a pulir los muebles. Pero ¡no pierdas de vista a Mansah! ¡Mansah no, Mama Adwe! ¡Mansah no!

—¿Y si insistir? ¿Si querer? Nosotros nada poder hacer, Máanu, nada de nada... —repuso Adwea con voz ahogada.

Nora se alarmó. No parecía que Máanu se hubiera enfurecido por un asunto de celos o competencia entre las esclavas. Se diría más bien que temía por su hermana. Se trataba, pues, del hombre que había abusado de Sally. ¿Uno de los criados domésticos? ¿Uno que tenía acceso a las chicas cuando Adwea no podía vigilarlas? Pero las mujeres habrían delatado a un negro. Así pues, ¿se trataba de un hombre blanco? En la casa solo vivían dos blancos...

Nora volvió agitada a su libro, pero no consiguió leer. ¿Debía llamar a Máanu de inmediato? La chica tenía que hablar, Nora le hablaría de su sospecha sin rodeos. Pero en primer lugar tenía que tranquilizarse. Decidió hablar con Máanu por la noche. Hasta entonces pensaría en cómo decírselo a Doug, si es que era capaz de ello. Y qué había que hacer.

Nora pasó el día sumamente tensa y por la noche no consiguió probar bocado. Elias no se percató, pero Doug la miró preocupado, hasta que ella se disculpó diciendo que se sentía indispuesta.

—Me voy a la cama —anunció con una extraña sonrisa forzada—. Que Adwea me envíe a Máanu para que me ayude. No me siento muy bien.

Y no mentía. Tenía la sensación de que iba a ahogarse si seguía sentada en la misma mesa que Elias.

Sin embargo, cuando poco después llamaron a su puerta, no apareció Máanu, sino Mansah, que le hizo una reverencia.

—Mama Adwe dice que ayudar a missis. Máanu no siente bien.

Nora frunció el ceño. ¿Sería verdad? Por la tarde le había parecido que su doncella estaba en perfecto estado. Además, Máanu no podía saber que Nora pensaba interrogarla. Tal vez en la cocina había surgido algo que requería la ayuda de la chica. Nora pensó si debía insistir en que Máanu se presentara de todas maneras. Pero entonces razonó que no era tan importante hablar en ese momento con Máanu, y que así podría proteger a Mansah, al menos por esa noche.

—Estupendo, entonces ayúdame a soltarme el pelo —pidió a la niña—. Y después me traes un vaso de leche caliente de la cocina y te vienes con una esterilla de dormir. Esta noche te quedarás aquí, por si necesito algo.

Mansah asintió obedientemente y puso complacida manos a la obra. Era evidente que la pequeña se sentía importante como representante de su hermana mayor y se esforzaba por ocuparse del pelo y la ropa de Nora como una profesional. Nora guardó paciente silencio cuando la niña le tiraba de los cabellos al peinárselos, compensada por la alegre voz de Mansah. A diferencia de la actitud arisca de Máanu en los últimos tiempos, su hermana menor parloteaba despreocupadamente y casi consiguió levantar el ánimo a su señora.

Y por la mañana, cuando el sol ya brillaba en la habitación, el buen humor de Mansah casi desterró las oscuras sospechas que torturaban a Nora desde el día anterior. Resultaba inconcebible que alguien estuviera acechando para hacerle algo a esa niña bonita y vivaz. En cualquier caso, no un hombre normal como Elias. Debía de ser un monstruo, un engendro, un loco. Nora se devanaba los sesos pensando dónde estaría agazapado un hombre así. Tenía que hablar con Máanu.

Sin embargo, la doncella tampoco apareció en la «consulta» matinal de Nora en el caserío; la sustituyó Mansah. Pese a que su compañía era más agradable, Nora estaba disgustada. De nuevo en casa, se dirigió a Adwea.

La cocinera parecía asustada.

—Yo sé, Máanu... chica mala, no cumplir sus deberes. Pero no sentirse bien, missis, estar enferma, estar...

Nora sacudió la cabeza.

—Adwea, si Máanu estuviera enferma, tendría que haberme informado esta mañana. Más bien parece que ha desatendido sus obligaciones.

Cada mañana, los trabajadores del campo tenían que formar ante los vigilantes y una ausencia solo se disculpaba, de mala gana, cuando Nora confirmaba que el esclavo estaba enfermo. Los servidores domésticos y mozos de cuadra no eran tratados con tanta severidad, la mayoría de las veces eran Kwadwo y Adwea quienes los controlaban. Si la última disculpaba la ausencia de una ayudante de cocina, Nora no solía comprobar nada, pues la cocinera conocía bien las hierbas curativas y el cuidado de los enfermos. Sin embargo, el caso de Máanu era sospechoso.

—Ella... ella... estar avergonzada. Pero mañana seguro que...

—¿Ha estado con la *baarm madda*?

Un aborto era la única causa para avergonzarse de una indisposición. Pero Máanu... En lo que iba de tiempo, Nora se había vuelto muy sensible en lo referido a síntomas de embarazo. Ya había hablado varias veces al respecto con las mujeres negras y les había advertido. A veces no mataban al niño que llevaban en su vientre si su señora lo sabía. Cuando las descubrían, las esperaban duros castigos, y los hacendados recurrían a métodos severos para evitar que las mujeres acudieran a la *baarm madda*. Aun así, Nora nunca había delatado a ninguna esclava a Elias. Y Máanu no tenía aspecto de estar embarazada. Adwea asintió rápidamente con la cabeza, aferrándose a ese pretexto servido en bandeja.

—Sí, missis. ¿Cómo saber missis? Por favor, no decir a *backra*, missis, o él azotar. Mañana aquí, missis, seguro, missis...

Nora no se creyó ni una palabra, estaba segura de que la desaparición de la muchacha guardaba relación con la discusión que había mantenido con su madre sobre Mansah.

—Adwea, ¿tiene esto algo que ver con... Sally? —preguntó—. ¿Con lo que le sucedió? ¿Está relacionado con Mansah?

Le asustaba la idea de que Máanu tal vez se hubiera puesto en manos de aquel monstruo para proteger a su hermana pequeña.

A Adwea le salieron los colores y empezó a sudar, pero lo negó con vehemencia.

—¿Qué relación poder haber, missis? Sally muerta. Mansah con missis...

—¿Está Máanu en peligro, Adwea? —insistió Nora.

La cocinera hizo un gesto negativo y firme.

—No, solo enferma. Mañana seguro ella regresar...

¿Regresar? Nora dejó tranquila a la asustada cocinera, pero siguió cavilando. ¿Se había marchado Máanu? ¿Buscaba ayuda en otras plantaciones? ¿Tal vez un encantamiento?

Pero no, Máanu no creía en esas cosas. O al menos no lo suficiente como para correr riesgos.

—¿Te refieres a que se ha marchado? —preguntó Doug, cuando por la tarde Nora le habló del asunto—. ¿Ha huido?

—¿Huido?

Nora no había pensado en ello. Estaba atravesando el bosque a caballo con Doug, camino de la playa, pero ese día no nadarían. Nora mantenía las distancias —o mejor dicho, había vuelto a mantener las distancias— con su hijastro. Sin embargo, cada día le resultaba más difícil no ceder a sus miradas suplicantes. Ansiaba besarlo, abrazarlo, y con frecuencia Doug suplantaba a Simon en sus fantasías sobre la noche de bodas en el mar. Pero Nora se sentía culpable por todo ello. Y hasta el momento tampoco le había contado nada de la sospecha que tanto la abrumaba.

—Cuando los esclavos desaparecen de repente, suele ser porque han huido —señaló Doug divertido—. ¿Ha habido algún motivo? ¿Has discutido con ella?

Nora se mordió el labio.

—Discutió con su madre —contestó, y le hizo un relato pormenorizado de lo que había espiado en la cocina—. Parecía tan urgente, Doug. Como si Mansah estuviera en peligro de muerte... ¡en nuestra casa, Doug!

El joven frunció el ceño.

—¿No habrás entendido mal? A fin de cuentas, ¿qué podría pasarle?

—¡Lo mismo que a Sally! —respondió Nora.

Doug se frotó la frente.

—Pero Nora, eso es imposible. Máanu habría delatado a un criado doméstico. Y aparte de mí...

Nora no respondió, miraba fijamente el camino que recorría el caballo. Ya no había árboles derribados por la lluvia. Elias había mandado que retirasen los troncos y había vendido las maderas de más valor en Kingston. El paisaje tampoco parecía muerto, como tras la tormenta. En los tocones de los árboles desgajados y en los sitios donde estaban las plantas arrancadas volvían a asomar brotes verdes.

Doug sacudió la cabeza.

—¡No fue mi padre! —exclamó con énfasis—. No debes atribuirle algo así, es... es monstruoso. Escucha, Nora, tenemos nuestras diferencias, puede ser cruel y duro. Pero de ahí a violar a una niña... Pese a todo, es humano...

—¿Y entonces quién? —replicó Nora, mirándolo a los ojos—. Si tuviésemos un ogro en casa, sería fácil identificarlo. Sea quien sea el culpable, es un monstruo, pero tiene el mismo aspecto que tú y que yo...

—Pero mi padre...

Cuando llegaron a la playa, Nora detuvo su caballo y desmontó. En ese momento no llovía, así que podían caminar un poco por la orilla. Nora sentía el deseo imperioso de acercarse a su acompañante.

—Mira, Doug, yo tampoco quiero creérmelo —dijo cuando él, de forma natural, le pasó el brazo por el hombro—. Pero tiene que ser un blanco, y si es verdad que eso sucede en casa...

—¡Entonces es que no pasa en casa! —afirmó el joven—. Te estás imaginando una historia, a saber qué te habrá contado Máanu. A lo mejor le preocupa que Mansah no esté todo el rato pegada a su madre. Eso le impide una protección absoluta. Pero no puede referirse a que en casa corra peligro. Es imposible.

—Queda por resolver dónde se ha metido Máanu —señaló Nora—. Y qué hago si mañana no aparece. ¿Debo informar al respecto?

Doug se encogió de hombros.

—Tendrás que hacerlo, pero te advierto que se plantearán otras preguntas. Los vigilantes también controlan a los esclavos de la cocina. Si la chica ha huido...

—Podría decir que le he dado un par de días libres —reflexionó Nora.

Doug la miró con gravedad.

—¿Quieres encubrirla? ¿Afirmar que le has dado un permiso o algo así?

Nora sonrió.

—Es una buena idea —respondió—. Para que fuera a ver a una *baarm madda*... No... Hollister está demasiado cerca... pero no Keensley. Una herborista de la plantación Keensley. Diré que la mandé a buscar unas hierbas especiales que no crecen en ningún otro sitio.

Doug estrechó a Nora entre sus brazos y ella se apretó contra él, feliz por un momento.

—Pero ¿y si la encuentran? —objetó el joven—. En tal caso saldría a la luz. Y se haría público que ayudaste a huir a una esclava... ¡Sería un escándalo que sacudiría a toda la isla!

Nora se apartó de sus brazos, miró a Doug y pensó si debía contarle lo de Simon. Pero rechazó la idea, por ese día ya había revelado demasiados secretos.

—Los escándalos —concluyó— siempre me han dado igual.

6

Máanu sabía que nunca encontraría a los cimarrones. Aunque supiera orientarse en las Blue Mountains o tuviera una noción de dónde se hallaba el río Stony. De todos modos, tenía la certeza de que los negros libres la capturarían. Los cimarrones de Barlovento tenían fama de estar estupendamente organizados, detrás de cada árbol podía esconderse un vigía. Solo se preguntaba si entonces la llevarían ante la Abuela Nanny o si tal vez la entregarían al *backra*. Seguro que los propietarios de las plantaciones pagaban una recompensa cuando los cimarrones les devolvían un fugitivo. Por otra parte, también podía acabar en el territorio gobernado por Cudjoe o en el área de Accompong.

Pese a ello, Máanu esperaba que los espíritus la guiaran hacia el camino del pueblo y luego al corazón de la Reina Nanny ashanti. No quería ni pensar en los peligros que correría entre los cimarrones. Se había sentido segura una vez abandonado Kingston. Había plantaciones en torno a la ciudad y ella no tenía que desviarse de la dirección que la conduciría hacia las oscuras montañas. Pero la primera noche ya estaba muerta de miedo de que la descubriesen y apresasen. Un vigilante que estuviera patrullando; un hacendado de vuelta de una visita a Kingston; en el peor de los casos una cuadrilla de búsqueda que fuera detrás de otro esclavo huido... y lo peor: una partida de jinetes que fuera tras ella. Nora debía de haberse percatado de su ausencia por la tarde. Si había informado enseguida al *backra*...

Pero Máanu tenía suerte. Al despuntar el día dejó las plantaciones a sus espaldas y llegó a las faldas de las Blue Mountains. A partir de ahí no paró de avanzar cuesta arriba. Se abrió paso entre las palmeras y los bambúes; en lo alto, más lejos, dominaban los líquenes y el monte bajo. Vadeó arroyos y nadó por ríos, pero no se detuvo a admirar la belleza de la montaña. Debía darse prisa, su misión era la última esperanza para Mansah. Así pues, avanzó siempre hacia el norte o el noreste. En algún punto de esa zona estaba Portland Parish, y por allí se hallaba Nanny Town.

Los cimarrones encontraron a la agotada muchacha el segundo día de su viaje. Máanu se alegró de ello, estaba cansada y hambrienta. Las pocas provisiones que había llevado para su precipitada huida hacía tiempo que se habían agotado. Sin embargo, se sobresaltó cuando oyó el sonido de un cuerno y dos negros fornidos salieron de la maleza.

—¿Quién eres? ¿Dónde ir? ¿Qué quieres? —preguntó el de mayor edad.

—Soy Máanu —se presentó la joven—. Me he marchado de Cascarilla Gardens, una plantación que está detrás de Spanish Town...

—Gran plantación —señaló el hombre con un gesto de asentimiento—. Fortnam. Elias Fortnam.

La chica asintió.

—Quiero ir a Nanny Town. Tengo que hablar con la Reina.

Los hombres rieron.

—A saber si la Reina querrá hablar con una pequeña esclava —se burló el más joven.

—Basta con que me llevéis —respondió Máanu decidida—. ¿Esto... esto es Portland Parish?

—Es la tierra de la Reina Nanny y el Rey Quao —confirmó el de más edad—. Pero nosotros no saber, ¿estás sola? ¿No traer cazadores aquí? Raro, una niña sola...

—No soy una niña —protestó Máanu—. Soy una mujer y he venido a ver a la Reina. Dicen que es *baarm madda*...

Se decía que la Abuela Nanny disponía de conocimientos sobre la medicina de las plantas.

Los hombres rieron.

—¿Y vosotros no tenéis ninguna en vuestra plantación? —preguntó el joven.

Máanu le sostuvo la mirada.

—Ninguna que mande sobre espíritus tan poderosos —respondió.

—¿Te envía hombre obeah? —preguntó el mayor, dubitativo.

—¡A mí no me envía nadie! O sí. Me envían... me envían cuatro *duppies*. Cuatro *duppies* que piden venganza. Ellos... ellos pueden ponerse muy furiosos cuando alguien se cruza en su camino.

Máanu intentaba imprimir todo su poder de convicción en las palabras, aunque no creía que los espíritus de cuatro niñas tuvieran mucho peso. Pero hasta ahí, la habían guiado con éxito.

—Nosotros llevarlos a Nanny Town —decidió el mayor—. Tener que decir lo que quieren...

Máanu suspiró aliviada, aunque bien es cierto que a los hombres no les quedaba otro remedio. Claro que podían limitarse a dejar que la joven siguiera vagando por ahí o matarla, pero Máanu no concebía que alguien enviase al bosque a los guardianes de Nanny Town con ese cometido.

Luego constató que casi podría haber llegado por sí misma a la población. Siguió a los hombres durante una media hora a través de los senderos cubiertos de vegetación hasta el río Stony. Desde allí, la población se veía con nitidez, nadie se había tomado la molestia de camuflarla. Pero en el fondo tampoco era necesario. No había que ser un gran estratega para reconocer que era más una defensa que un escondite. Nanny Town estaba situada en la cresta de una montaña con unas vistas espléndidas al río. Nadie podía acercarse al poblado o cruzar el río sin ser visto. Máanu comprendió entonces por qué se referían a ese asentamiento como si fuera una ciudad. Era, en efecto, mucho más grande que los caseríos de los esclavos en las plantaciones. En la colina se extendían más de cien cabañas y casas, algunas realmente grandes, alrededor de las cuales se desplegaban huertos y campos.

Máanu y sus guías cruzaron el río en una balsa y subieron a la cresta por escarpados senderos. Un atacante no tendría ahí oportunidad ninguna. Nadie podría tomar por asalto esa fortaleza, pues continuamente se necesitaba de las dos manos para agarrarse a las paredes de piedra. A Máanu casi le faltaba el aliento cuando llegaron a lo alto.

—¿Y ahora? —preguntó uno de los hombres al otro—. ¿Llevarla de verdad a la Reina?

Máanu hizo acopio de paciencia. Los hombres se daban aires de importantes, pero estaban obligados a informar de la presencia de una intrusa. Seguro que encontraban a menudo esclavos fugitivos y sin duda se los interrogaba antes de permitirles quedarse o asentarse allí. Tal vez no fuera la misma Nanny o su hermano Quao quienes se encargaran en persona de ello, pero seguro que eran personajes importantes. Máanu podría presentar su solicitud.

En efecto, al final la condujeron a una casa en el centro del poblado. Era una cabaña redonda, muy distinta de las de los caseríos de los esclavos, probablemente la habían construido al estilo africano. Máanu sintió crecer sus esperanzas. A lo mejor llegaba realmente a conocer a la Reina. Si consiguiera convencerla, si escuchara la súplica de una desesperada y andrajosa esclava...

Máanu estaba muy nerviosa, pero tenía que ser fuerte. Lanzó una mirada furtiva por encima del hombro y halló consuelo en la sonrisa de un espíritu pequeño y de pelo crespo.

Elias Fortnam se puso furioso cuando Nora acabó por comunicarle que su doncella llevaba cuatro días sin aparecer.

—La envié a Keensley porque una curandera tiene unas hierbas especiales, pero no ha vuelto —resumió.

—¿Y has esperado tantos días antes de informarme? —vociferó Fortnam—. Por todos los santos, mujer, de la plantación Keensley se llega en un día. Se va y se viene en un día.

—Supuse que seguiría con la *baarm madda* —se disculpó Nora—. No siempre tiene las hierbas en casa y...

—¿Tu doncella tenía que quedarse sentada a esperar a que crecieran o qué? Pero ¿dónde se ha visto algo así? Enviarla a Keensley por unas hierbas... ¿Acaso en la tierra de Keensley crece algo que no crezca aquí? ¿Y no se podía enviar a un mozo de cuadra? Máanu es una doncella, Nora, ¡una doncella! Su tarea es peinar, mantener la ropa en buen estado, ayudarte a vestir. Es valiosa, Nora, a una doncella no se la envía a buscar un par de hierbajos y sin decirle cuándo ha de estar de vuelta. —Elias se paseaba por la habitación encolerizado.

—Precisamente porque es una criada doméstica —prosiguió Nora—, confié en que...

—Bueno, ¡al menos habrás aprendido algo! —bufó Elias—. ¡Nunca confíes en un negro! Aunque podría habernos salido más barato. ¡Tu lección me cuesta doscientas libras!

—Si es que no vuelve —terció Doug—. Y en ese caso, la encontraremos. Pero seguro que regresa por voluntad propia.

—¡Seguro! La chica solo se ha demorado porque quería visitar a su tía —se rio Elias—. ¿Y con qué más sueñan los amigos de los negros por la noche?

—En todo caso, es mi esclava —intervino Nora con gravedad—. Me pertenece a mí, y si se ha marchado es mi pérdida. Yo...

—Ah, ¿así que te la has pagado tú misma, no? —La voz de Elias adquirió un matiz amenazador—. Nora, cariño mío, al parecer todavía te queda mucho que aprender. ¡Tuyo, aquí, no hay nada! Solo faltaría que tuvieras poder de disposición sobre los negros: los mimarías y les darías tres comidas al día. Esa negra es mía y solo mía, ¿entiendes? Bien, ahora intentaremos recuperarla. Después de media semana la cosa pinta mal, pero ahora mismo informaré a los Keensley. Que sus perros busquen el rastro, si es que realmente visitó a esa bruja negra.

Se precipitó al exterior dejando plantada a Nora, quien de repente supo exactamente cómo debía de haberse sentido Doug catorce años atrás, cuando le quitaron a Akwasi. Para el joven debía de haber sido todavía peor. A fin de cuentas, Máanu estaba en libertad y Elias, por más enfadado que estuviera, no podía castigar a su esposa. Doug, por el contrario, debía de haber visto cómo encerraban y azotaban a Akwasi.

El joven le puso una mano en el hombro. No se atrevieron a un gesto más íntimo.

—No te preocupes, no la encontrarán —dijo tranquilizador—. En cualquier caso, no si no ha hecho ninguna locura, como ocultarse con un amante de otra plantación o algo similar. Suele ocurrir cuando las mujeres huyen. Pero no creo que Máanu haya actuado así.

Nora sacudió la cabeza.

—Yo tampoco. Ak... Akwasi sigue aquí, ¿no?

Por lo que ella sabía, Akwasi era el único de quien Máanu había estado enamorada.

—Claro —respondió Doug—. Si falta un negro del campo enseguida se dan cuenta. No tienen ninguna posibilidad.

—Pero ¿la tiene Máanu? ¿Adónde... adónde crees que habrá ido?

Doug sonrió.

—¿Pues adónde va a ser, Nora? A las montañas, por supuesto. Si todo ha ido bien, ya hace tiempo que estará con los cimarrones.

—¿Y por qué crees que tengo que ayudarte?

La voz de la mujer era fría, pero aun así había indicado a Máanu que tomara asiento en una de las alfombras tejidas que había bajo su trono y la había escuchado. La Abuela Nanny, la Reina, se hallaba sentada en una banqueta artísticamente tallada. El asiento descansaba sobre patas similares a sólidas columnas con símbolos tallados. Se había erigido una especie de estrado para la líder de los cimarrones. Era una mujer delgada y nervuda, cuya vestimenta occidental contrastaba con el *kraal* que se había hecho construir. Era oscura, muy menuda para ser una mujer ashanti, y de rostro impasible. Sus ojos eran peculiares: negros como el carbón, tras ellos parecía arder un fuego, y su mirada era tan penetrante que Máanu se sentía desnuda.

—Porque... porque es mi hermana, Reina Nanny. Es una niña bonita y cariñosa. Y con ella pasará lo mismo que con las otras. Como con... conmigo...

Máanu bajó la vista al suelo.

—Tú has sobrevivido —respondió Nanny lacónica.

Hablaba un inglés muy correcto, aunque con un deje de acento extranjero. Máanu recordó que la habían llevado a Jamaica siendo una niña. Había aprendido la lengua en la isla, pero no se había limitado al idioma elemental de los esclavos.

—También yo perdí a un niño —contestó Máanu con voz ahogada—, y casi morí. Todavía conservo la cicatriz.

—Todas la llevamos —señaló Nanny—. Tu hermana no es la primera ni será la última a la que posea un hombre blanco.

—Pero... pero ¡no así! —replicó Máanu—. ¡No tan pronto!

Se sentía al borde del llanto, aunque no recordaba cuándo había llorado por última vez.

Nanny arqueó las cejas.

—Así o de otra forma, hoy o mañana. Yo no puedo cambiarlo y tú tampoco. Asúmelo. O dame una razón más sólida por la que deba asaltar una plantación situada a casi cincuenta kilómetros de aquí.

La Reina cogió una de las frutas que había en un cesto junto a su trono.

—¡Asaltáis continuamente plantaciones! —exclamó Máanu—. Y Cascarilla es rica. Tus guardianes la conocen. Es...

—Todo el mundo conoce la plantación —dijo Nanny mientras pelaba la fruta—. Pero está muy lejos. Sería demasiado arriesgado. No podemos enviar cincuenta guerreros hasta allí para que saqueen la plantación. Es probable que no pasaran desapercibidos, pero bueno, podrían llegar. Sin embargo, ¡nunca lograrían regresar si arde Cascarilla Gardens! Nos cazarían como conejos. No es posible, muchacha, lo siento.

Máanu pensó compungida. Luego se inclinó hacia delante.

—No se necesitan cincuenta hombres, Reina Nanny. Dame... ¡dame solo cinco!

Los perros no encontraron ningún rastro en los caseríos de los esclavos, ni en el de los Keensley ni en el de los Hollister. Christopher Keensley se mostró sumamente colaborador e hizo cuanto pudo por ayudar a Elias. Incluso azotó a la *baarm madda* a quien, se suponía, había visitado la muchacha. La mujer, claro está, no sabía nada y se mantuvo firme en su negativa pese al castigo.

Elias lo intentó en su propia plantación, pero ya había pasado una semana desde la huida de la esclava y había llovido cada día. Ningún perro podría seguir su rastro.

—Si se dirigió a las montañas, ya habrá encontrado a los cimarrones —concluyó disgustado tras tres días de búsqueda. Había dado por terminada la caza y estaba cenando con su esposa y su hijo—. Ya podemos dar por perdida a esa desgraciada. Tú eres la culpable, Nora. Espero que seas consciente de ello.

—Claro —respondió Nora sumisa, sin levantar la vista del plato. De ninguna manera iba a permitir que Elias descubriera la chispa de triunfo que brillaba en sus ojos—. Lo siento mucho, fui muy descuidada. No hace falta que me compres ninguna doncella. Formaré a la pequeña Mansah.

Elias resopló y retiró su plato. No había tocado el ligero entrante, pero ya olía a ron. Era probable que hubiera aplacado su enfado por la frustrada cacería bebiendo con Keensley.

—¿Mandy? ¿La hermana? No lo permitiré, la misma sangre, los mismos modales. Tendría que haber enviado antes a Kitty a los campos...

—¿Cuando enviaste a Akwasi? —preguntó Doug, peligrosamente sereno.

Solo había participado en la búsqueda de Máanu el primer día, o al menos eso fingió. Había pasado los dos últimos días en Kingston.

Elias lo miró irritado.

—Sí, cuando envié con un buen motivo a tu amigo negro a los campos. Al menos, ese sigue aquí. Con el látigo es como se los controla mejor. Y ahora no quiero oír hablar más de esto. Nora, me encargaré de buscarte una doncella en Kingston. Y no hay peros que valgan, dispondrás del servicio que corresponde a tu rango. Y en adelante te comportarás como una dama. Que cuides un poco de los enfermos es bonito y está bien. Pero ni una visita más a las brujas negras. Y si necesitas ayuda en el caserío de los esclavos, ya encontraremos a alguna chica de la cocina o del campo. La doncella se queda en casa. Solo faltaría que le echase el ojo a uno de los negros del campo y volvamos a tener problemas.

—Pero... —Nora quiso protestar, pero Elias se levantó sin esperar el plato principal.

—Voy arriba —anunció, y se volvió hacia el criado que acaba de entrar con la comida—. Dile a Addy que me envíe más tarde una bebida para antes de dormir.

Nora estrujó la servilleta en la mano. No debía perder la calma. Fuera lo que fuese lo que ella adujera, Elias no iba a tranquilizarse esa noche. Por lo general, solía estar de mejor humor al día siguiente. Nora se preguntó qué debía echarle Adwea en el ponche de ron. Después de esa bebida nocturna se lo veía más pacífico y sereno.

El criado pareció algo confuso, pero se repuso y empezó a servir a Nora y Doug. Ambos se conformaron con poco. Ya antes de la cena, Nora no tenía apetito, y la atmósfera tensa de la mesa había empeorado la situación. Abatida, sacó el pañuelo del bolsillo y se secó la frente antes de coger sin gran entusiasmo la cuchara de la sopa. Doug, que estaba sentado frente a ella, le sonrió por encima de las copas de vino.

—La cacería ha terminado —señaló animado—. Pinta bien para Máanu. Espero que sea feliz.

—Yo también —musitó Nora—. Pero...

Se había reprimido hasta ese momento, pero ahora las lágrimas pugnaban por salir. Era demasiado, Máanu, el nuevo rapapolvo de Elias y la conciencia de no poder seguir protegiendo a Mansah. Hasta entonces había evitado pensar demasiado en su futuro. Amaba la isla, se las apañaba con su esposo, pero este cada vez se mostraba más insoportable. No podría pasar diez o veinte años más con él, ¡y tampoco quería perder a Doug!

Nora ya no podía negarlo: sentía más por su hijastro de lo que podría disimular a la larga; si no permitía que de vez en cuando la abrazara y la besara, si no se lo permitía ¡se marchitaría! Y él tampoco soportaría no tocarla nunca más. En algún momento él se marcharía y ella no lo soportaría. Intentó llevarse una cucharada a la boca, pero su estómago se rebelaba. A la larga, su relación terminaría en una aventura ilícita. Y si Elias los descubría...

Doug pareció leerle el pensamiento. Apoyó con dulzura su mano sobre la de ella.

—No te preocupes tanto —dijo con ternura—. Deja simplemente que suceda...

Su voz era seductora y tierna. Nora apenas era capaz de contener las lágrimas.

—Pero ¡no puedo! —susurró—. Si nos ven...

Doug le tomó la mano y se la besó.

—Entonces nos marcharemos. —Sonrió—. Como Máanu.

—Pero es imposible... La gente...

Nora sabía que no era más que un pretexto. En el fondo no tenía miedo a los cotilleos, sino de Elias. Aunque se había ido, su presencia todavía se percibía en la habitación. Sin embargo, las dulces caricias de Doug en su mano desterraron a los espíritus agoreros. Nora sentía que algo en su interior se ablandaba.

—¿No estás ya acostumbrada a los escándalos? —musitó el joven—. Ven conmigo, Nora. Cuidaré de ti. Ahora y siempre...

Doug la condujo escaleras arriba, sin encender ninguna luz, y la amó lenta y tiernamente en la oscuridad de su habitación. Apagaron las velas y el propio Doug se encargó de desvestirla, hábil y cuidadosamente, a la luz de la luna llena que entraba por la ventana.

—Lo mejor es que te tenga a ti de doncella. —Nora sonrió cuando él le soltó el cabello y se lo cepilló suavemente, besándola una y otra vez en la nuca.

—Estoy a tu servicio —murmuró él, deslizando los labios por sus hombros.

A continuación, la llevó a la cama, la acarició y le susurró palabras cariñosas mientras la penetraba. Tiempo atrás, Nora había sentido con Simon una pizca de lo que podía significar ser amada. Pero en esos momentos, la calidez y el dulce deseo que había experimentado con su primer amor crecieron hasta formar un torbellino de sensaciones.

—Me has llevado hasta la luna —murmuró cuando lentamente, como mecida por ángeles, volvió a la realidad.

Doug rio.

—Siempre te ha gustado viajar. Podemos probar si llegamos hasta Venus... Pero antes me contarás esos escándalos en que te viste envuelta en Inglaterra. Nada de objeciones, Nora Fortnam, de soltera Reed. ¡Quiero saberlo todo!

Ella se ruborizó. Descansaba en sus brazos y se sentía confiada y segura. ¿Tenía realmente que despertar al espíritu de Simon? ¿O ya hacía tiempo que estaba ahí y sonreía...? Buscó a tientas el colgante con el anillo del muchacho, que llevaba como casi siempre. No ardía en su piel.

—De acuerdo... —murmuró, intentando no pensar en los espíritus, ni en el bueno de Simon, ni en el malo de Elias—. Yo... —No sabía exactamente por dónde empezar—. Había una vez un hombre —dijo al final—. Un... un lord. No un barón del azúcar, sino un auténtico lord. Y sabía... sabía contar historias preciosas...

Nora parecía embelesada al invocar el espíritu de su amado. Con una voz cantarina unas veces y otras ahogada, describió el carácter tierno y dulce de Simon, los sueños que habían compartido y, finalmente, la muerte del muchacho entre sus brazos.

—Así que por eso te casaste con mi padre —dijo Doug en voz baja, cuando ella hubo terminado—. Querías venir aquí. Buscabas la isla de Simon.

Ella asintió.

—Y te he encontrado a ti —murmuró—. Pero no sé si... si...

El joven sonrió.

—¿Si Simon bendecirá nuestra unión? Bien, si esto te tranquiliza, mañana iremos a ver al hombre obeah con un pollo. ¿O nos arriesgamos? ¿Probamos a ver si cae un rayo mientras hacemos otra vez el amor?

Naturalmente, no cayó ningún rayo, si bien su segunda unión les condujo a un éxtasis y un placer todavía mayores que la primera. Después de haber contado su historia, Nora se sentía liberada, y también Doug parecía haberse quitado un peso de encima. Tal vez traicionaba al espíritu de Simon con Nora Fortnam, pero seguro que no a su padre.

Al final, la joven yació en sus brazos y ambos dejaron vagar sus pensamientos.

—¿Te quedas conmigo esta noche? —preguntó Nora.

Doug asintió.

—Si así lo deseas. Basta con que me vaya antes de que venga Adwea. En esta casa no hay secretos. Y tampoco me fío de ese Terry, el ayuda de cámara de mi padre. Por las noches anda por aquí a hurtadillas. Y eso que yo pensaba que mi padre no permitía a ningún negro dormir en la casa.

También a Nora le sorprendió esto. Había dejado que Máanu pernoctara alguna noche en la casa, cuando la relación entre ella y la doncella era mejor, pero Elias siempre lo había censurado duramente.

Doug se incorporó y cogió la botella de vino que había subido anteriormente.

—Todavía está medio llena —observó—. Ven, cariño. Bebamos un sorbo antes de dormir.

Nora lo miró despreocupada y notó una extraña sensación. En realidad, esa noche todo iba bien. El vino resplandecía en las copas, la luna se reflejaba en él... Sin embargo, de repente la asaltó un vago temor. Una bebida para antes de dormir. «Dile a Addy que me envíe más tarde una bebida para antes de dormir...» ¿Se trataba solo de una inocente frase que tantas veces oía en labios de Elias? ¿O se trataba de algo más? ¿Había algo allí que hacía tiempo que debería haber entendido, pero que durante meses había pasado por alto?

«Dile a Addy que me envíe más tarde una bebida para antes de dormir...» Elias lo había repetido esa misma noche. Y el criado había reaccionado dejando casi caer la bandeja. ¿Y no había sido la misma frase que había pronunciado la noche anterior a que Sally perdiera su hijo? ¿La indirecta de Máanu como consecuencia de otro aborto? Nora recordó la respuesta de Adwea: «¿Hoy, *backra*?» A Nora la había asombrado. Y luego la pelea de Máanu con su madre, la desaparición de Máanu, y al final la exagerada reacción de Elias cuando Nora eligió a Mansah como doncella...

Las sospechas de Nora se trocaron en una certeza horrible. Agarró a Doug del brazo, hincándole las uñas, fuera de sí, en busca de un punto de apoyo.

—Doug, ven, ¡tenemos que intervenir! —lo apremió, y se maravilló de lo segura que sonaba su voz—. Ahora no puedo explicártelo, pero si no me equivoco, tu padre le está haciendo algo horroroso a Mansah.

7

Nora no respondió a las preguntas perplejas de Doug. Se echó la bata por encima; de repente le daba igual lo que Elias pensara cuando la viera aparecer tan ligera de ropa en compañía de su hijo. Si ella estaba en lo cierto, todo cambiaría a partir de ese momento. Pero si se equivocaba...

Doug se puso los calzones. No entendía nada, pero percibió la urgencia en el extraño comportamiento de Nora. Ella nunca se dejaba llevar por la histeria o los arrebatos, al contrario, era una joven muy sensata. Nora encendió una vela.

—¡Ven! —exclamó, tirando de él hacia la puerta.

Con cada segundo que pasaba las piezas de la historia parecían encajar mejor. Ahora entendía por qué no había bastardos en Cascarilla Gardens: las muchachas en las cuales ponía sus miras eran demasiado jóvenes para quedar encintas. ¿Y acaso no había desaparecido el interés de Elias por su joven esposa a partir del momento en que ella había adquirido formas de mujer? Incluso su matrimonio mismo: las miradas de los otros hacendados y sus esposas que en su primera época en Jamaica siempre la habían desconcertado... La sociedad de Kingston tenía que haber comentado acerca de que en Cascarilla Gardens de vez en cuando desaparecían niñas. Para escapar de los rumores, Elias se había casado con ella...

—¡Hace tiempo que debería haberme dado cuenta! —murmuró—. Estaba ciega, Doug. Y ahora... Ojalá no sea demasiado tarde.

El joven la seguía descalzo y con el torso desnudo. Mejor no pensar en lo que haría su padre si lo descubría así por el pasillo. Y Nora iba directamente hacia sus aposentos...

Cuando se aproximaban a la habitación, al joven le pareció oír un leve llanto. Él se habría parado a escuchar con atención, pero Nora no se detuvo. Corrió por el pasillo y abrió la puerta de las habitaciones de Elias de par en par. La vivienda del señor estaba distribuida igual que la de Nora. Una sala de estar y también de recepción, el vestidor y el dormitorio. Nora entró seguida por Doug. En el vestidor estaba Terry, el ayuda de cámara de Elias.

—*Backra* Doug, missis —dijo el criado, atónito—. Ustedes no poder entrar aquí...

Parecía dispuesto a cerrarles el paso al dormitorio. Nora lo empujó a un lado.

—¡Vaya si podemos! —respondió, y abrió la puerta. Se quedó helada ante lo que vio.

La pequeña Mansah se ovillaba gimoteando contra un rincón de la habitación. Estrechaba contra sí un cojín, como si fuera un escudo o un punto de apoyo. Elias estaba ante ella medio desnudo y en actitud amenazante.

—¡Levántate y desnúdate!

Mansah se quedó paralizada. Los ojos de la pequeña se habían abierto de par en par y miraba horrorizada al hombre que se erigía ante ella como un ogro.

Nora escuchó a Doug respirar hondo. Para él, esa visión debía de resultar todavía más espantosa: se trataba de su propio padre.

—¡No, *backra*, no hacer con Mansah igual que con Sally! —suplicó Mansah con un hilillo de voz.

Ni ella ni su torturador se habían percatado de la presencia de Nora y Doug. Como Elias no reaccionaba, la niña hundió la cabeza en el voluminoso cojín que más tarde habría ahogado sus gritos.

Elias, sin embargo, no tuvo la oportunidad de arrancárselo. Doug se adelantó a Nora y separó a su padre de la niña y le propinó un puñetazo en la barbilla, haciéndolo tambalearse hacia atrás.

—¡Tú! ¡Eras tú el maldito cabrón!

La voz del joven surgía ahogada por la vergüenza y el horror. Nora corrió hacia Mansah y la sacó del rincón. La pequeña se cobijó en sus brazos y rompió a llorar.

—Él... él ha...

La niña no encontraba palabras para explicar lo que le había ocurrido. Nora constató aliviada que todavía llevaba el vestido, y sin manchas de sangre. Elias le había dado un susto de muerte, pero aún no la había violado.

—¡Tú, maldito cabrón, abusas de niñas pequeñas! —Doug había cogido a su padre por la pechera y le espetaba a la cara sus acusaciones—. Y luego las matas... —Parecía que tenía que verbalizarlo para creérselo.

Elias se rehízo como pudo.

—¡¿Y qué?! —se burló—. ¿Ya lo has olvidado? ¡Son mías! Se compran por docenas a buen precio en el mercado de Kingston.

—Eres... —la expresión de Doug era de asco— eres... ¡un monstruo! Voy... voy a llamar a los guardias...

Elias contrajo su semblante en una malévola carcajada.

—¡Los guardias! Y ¿qué se supone que harán? De acuerdo, la niña es un poco joven. Pero las putas negras maduran antes. El *constable* será de mi misma opinión. No es tan sensible. Nadie lo es. Solo vosotros... ¿De dónde venís los dos medio desnudos? —Su mirada se volvió recelosa.

Doug temblaba y sus ojos reflejaban un ansia asesina. Instintivamente quiso desenvainar su sable, que estaba en su habitación. En ese momento, sus manos se cerraron como por impulso propio en torno al cuello de su padre. Apretó y oyó la respiración ronca de Elias. No aflojó. Mataría a ese engendro, le haría lo que él había hecho a aquellas niñas...

—¡No! —El grito de Nora lo sacó de su enajenamiento—. Suéltalo, Doug, vas a matarlo...

—¿Y qué? —replicó Doug iracundo—. ¿Acaso no haría de este mundo un lugar mejor?

—¡Y a ti probablemente te llevaría a la horca! Doug, sea lo que sea que haya hecho, ¡es tu padre!

Elias se defendía con sus últimas fuerzas. Cayó al suelo cuando su hijo lo soltó.

—Ni siquiera para esto ha tenido valor mi delicado hijo —graznó Elias. En realidad, en ningún momento había sentido miedo.

Los ojos de Doug se cubrieron de un velo rojo. Se inclinó hacia su padre, que en ese momento se levantaba. Pero Nora se interpuso entre ambos.

—¡Sal, Doug! —ordenó—. ¡Desaparece de aquí y tranquilízate! ¡Ya no sabes lo que haces!

—Pero... Nora, él...

Doug intentó protestar, pero Nora lo empujó decidida hacia la puerta. Elias le dirigió una risa burlona, y el joven también creyó ver una mueca irónica en el rostro del ayuda de cámara que vigilaba la entrada.

—¡Vete! —gritó Nora al verlo vacilar.

De repente, Doug creyó que no lograría soportar más todo aquello. Se precipitó fuera de la habitación, no sin asestar un golpe inesperado y brutal al criado, derribándolo. Seguro que sabía lo que Elias les hacía a las niñas.

Pero ¿quién, salvo Nora y Doug, no lo sabía perfectamente?

La joven suspiró aliviada cuando su hijastro se marchó. No quería ni pensar en las repercusiones que tendría un parricidio. Pero luego miró horrorizada alrededor. Elias no estaba herido, y ya se estaba levantando. Y ella estaba sola con él en una habitación. Con él y Mansah. La pequeña se apartó de Nora y corrió de nuevo horrorizada al rincón. Era poco probable que pudiese huir con ella antes de que Elias recuperase la sensatez. Nora se percató por primera vez de que también ella estaba en peligro. ¿Qué sucedería si su marido las mataba a ella y Mansah? Se inventaría cualquier historia, incluso culparía al criado Terry, que yacía inconsciente sobre el suelo del vestidor. Elias también podía matarlo, sostener que lo había pillado in fraganti. Entonces sería su palabra contra la de Doug...

Miró el rostro furioso de su marido y buscó alrededor algo con que defenderse... Y entonces vio la espada de Elias, apoyada en la pared junto a la cama. Sin vacilar, empujó a Elias y cogió el arma. La desenvainó y se colocó protectora delante de Mansah.

—¡No te acerques! —advirtió con determinación—. ¡No te atrevas!

Doug corrió como alma que lleva el diablo fuera de la casa en la que había nacido. En esos momentos no había nada que deseara más que clavar su espada en el corazón de Elias Fortnam, fueran cuales fuesen las consecuencias que ello acarrease y sin importar la opinión de Nora al respecto. Por añadidura, su padre tenía razón: era casi seguro que no le pasara nada por haber violado a un par de esclavas. Por supuesto habría un escándalo, socialmente sería catastrófico para Cascarilla Gardens, pero probablemente eso perjudicaría más a Nora que a Elias. Los demás hacendados no tardarían en disculparlo y seguirían bebiendo y negociando con él. Los Fortnam solo estarían proscritos públicamente, ya no participarían en actos sociales y bailes. Nora quedaría enclaustrada en Cascarilla Gardens. Con su despótico marido. Claro que él podía raptarla y huir con ella. Elias no se lo impediría. Después podría sostener que todo había sido una mentira elaborada por su infiel esposa y su hijo. Y otras niñas esclavas seguirían siendo violadas y morirían...

Ciego de indignación y desespero, Doug se dirigió a los establos. Tenía que hacer algo para recobrar el autodominio, para ordenar su mente. *Amigo* lo saludó con un relincho. El joven le colocó unos arreos y condujo al sorprendido caballo fuera del establo, donde montó en la grupa sin ensillar. Cabalgar le sentaba bien. Se alejaría de ese lugar y aclararía su mente. Nora tenía razón, debía rehacerse. Más tarde hablaría con ella... Más tarde hallaría una solución... Más tarde...

Azuzó al caballo y *Amigo* se adentró galopando en la noche. Hacia la playa, hacia el mar. Doug sentía el deseo imperativo de purificarse.

Máanu se deslizó hasta la cabaña en que dormía Akwasi. Hasta ese momento había tomado todas las precauciones para no hacer ningún ruido, ayudada por la destreza de los cinco hombres que la acompañaban. Los cimarrones que la Abuela Nanny había puesto a su disposición eran guerreros experimentados. Ya en África debían de haber aprendido a aparecer sigilosa y rápidamente y desaparecer con la misma presteza. Además, habían acelerado la marcha notablemente: en solo un día habían llegado a Cascarilla Gardens desde Porland Parish, siempre cobijándose en la jungla, lo que les había obligado a dar bastantes rodeos. Acababan de atravesar, envueltos en la oscuridad de la noche, las plantaciones de los Hollister y al fin habían llegado al nuevo caserío de esclavos de Fortnam. Máanu quería indicarles que la esperasen en el bosque, cuando el jefe tomó la palabra.

—¿Dónde vigilantes? —susurró con calma.

Máanu señaló cuatro casas más grandes al borde del asentamiento.

—Ahí dentro. Pero... ¿no creéis que sois muy pocos?

El negro sacudió la cabeza y sacó un gran cuchillo.

—Tú despertar esclavos, nosotros vigilantes... —Hizo un gesto inequívoco.

Máanu asintió con el corazón desbocado. Esperaba que aquel negro supiera lo que se hacía. Pero de nada le serviría discutir con ellos, y el jefe posiblemente tuviera razón: si sorprendían a los vigilantes durmiendo, sería muy fácil acabar con ellos. No obstante, si se despertaban por un ataque convencional, habría disparos y se prevendría a los Fortnam en casa.

Máanu se deslizó en silencio en la cabaña de Akwasi.

—¡Akwasi! ¡Bobbo! ¡Coffee! ¡Fiddler!

Llamó a los jóvenes que compartían la cabaña y zarandeó a

Akwasi para despertarlo. Tras el duro trabajo en los campos, los esclavos dormían profundamente.

Bobbo, un joven siempre dispuesto a bromear, fue el primero en enderezarse.

—¡Increíble! ¡Máanu! —exclamó atónito sin alzar la voz—. ¿Qué hacer tú aquí? ¡Tú libre! ¡Venir a liberar a Akwasi! ¡Ser amor, también ser locura!

—¡Vengo a liberaros a todos! —contestó la muchacha. También los demás iban despertándose lentamente y se frotaban los ojos somnolientos. Solo Akwasi parecía haberse despabilado de golpe al ver a la joven—. He venido con un grupo de cimarrones. ¡Esta noche prenderemos fuego a Cascarilla Gardens! Pero necesitamos ayuda. ¡Tenéis que luchar! Si colaboráis, seréis hombres libres.

—O muertos —objetó Coffee—. Siempre atrapan a los esclavos...

—No siempre... —Fiddler parecía dispuesto a participar.

—¡A nosotros no nos atraparán! —vaticinó Máanu, muy segura—. Y ahora venid. Tenemos que despertar al resto. Primero a los jóvenes del campo, los demás son demasiado lentos. ¡Esto también va por vosotros! Akwasi, Coffee, Bobbo, Fiddler, ¡que cada uno vaya a una choza!

Akwasi se negó.

—Yo no soy un recadero, ¡yo peleo! —declaró con firmeza—. ¿Dónde están esos cimarrones, Máanu? Si son listos, ya deben de estar matando a los vigilantes.

La muchacha asintió.

—Es justo lo que están haciendo. Pero tú...

Akwasi empuñó el cuchillo que ella llevaba al cinto.

—¡Yo mato a Truman!

Akwasi sabía en qué cabaña dormía su torturador y se dirigió a ella sin titubeos. Aguzó el oído tratando de oír a los cimarrones, pero estos cumplían su misión en silencio. El esclavo solo distinguió una sombra que se deslizaba dentro justo cuando él se aproximaba a la cabaña de Truman. Al parecer llegaba demasiado tarde, un cimarrón se le había adelantado. De repente un grito espantoso y el ruido de un violento forcejeo procedentes de la choza rompieron el silencio nocturno. Un escalofrío recorrió a Akwasi. Los demás vigilantes tenían que haberlo oído, debía de haberse escuchado hasta en la casa señorial, y sin duda en todas las cabañas de los esclavos. Y si a algún negro se le ocurría ganarse las simpatías del *backra* traicionándolos...

Akwasi no se lo pensó mucho. Empuñó el cuchillo y abrió la puerta del vigilante. A la luz de la luna, vio a Truman luchando con un cimarrón. El negro a duras penas conseguía taparle la boca, pero Truman logró gritar:

—¡Socorro! ¡Una rebelión! ¡Un asalto!

Akwasi se acercó de un salto a la espalda del hombre, le tiró la cabeza hacia atrás y le cercenó la garganta con un rápido movimiento. El grito se desvaneció en un sonido gutural. Truman se desplomó.

—¡No grites, perro! —farfulló Akwasi al moribundo.

El cimarrón sonrió.

—Muy bien. El tipo despierto cuando yo entrar. Pero hacerse el dormido cuando yo atacar. Luego lucha. Tú ayudar. ¿Tú venir con nosotros?

Akwasi asintió.

—¡Yo soy Akwasi! ¡Y deseo hacer lo mismo con la gente que está en la casa! ¿Qué sucede con el resto?

—Tener que estar todos muertos. Lo último la casa. Cimarrones tener que buscar oro y armas...

Los vigilantes no eran ricos, pero algunos debían de tener un par de monedas en su alojamiento. Y, por supuesto, armas. El corazón de Akwasi palpitó con fuerza cuando descubrió el rifle de Truman apoyado en la pared.

—¿Puedo...? —preguntó al cimarrón.

—Claro. Yo tener arma. —Mostró el rifle que colgaba de su hombro—. Pero no disparar cuando no ser necesario. No hacer ruido. Nadie tener que descubrir asalto.

—Pero al final quemaremos la casa, ¿no? —preguntó Akwasi esperanzado.

El cimarrón asintió.

—Más tarde. Primero oro. Primero...

Recorrió su garganta con la mano. Primero matarían a los propietarios de la plantación. Era la forma de actuar habitual en los asaltos de los cimarrones.

Cuando Akwasi y su nuevo compañero salieron de la choza del vigilante, Máanu ya había reunido a una cincuentena de esclavos en la plaza del caserío. Prácticamente todos eran jóvenes que llevaban sus espaldas marcadas por el látigo y estaban sedientos de venganza.

Los cimarrones los miraron con aprobación.

—Nosotros todos en casa. Pero sin ruido. Si no haber traidores, encontrar a todos dormidos. Ser lo mejor. Pero a veces traidores...

Eso era lo que también la Abuela Nanny había objetado al plan de Máanu. Los cimarrones habían tenido malas experiencias a la hora de involucrar a los esclavos de las plantaciones asaltadas. Por supuesto, había muchos hombres y mujeres que anhelaban vengarse de los *backras*, pero otros esclavos les guardaban lealtad. Los esclavos domésticos en particular tenían escrúpulos ante el hecho de matar a sus señores y reducir a cenizas la casa donde a menudo habían crecido. Era muy frecuente que revelaran que iban a producirse ataques y de esa forma estropearan el efecto sorpresa. Básicamente, eso no solía cambiar nada, por regla general los cimarrones eran mayoría y siempre mataban a los propietarios. De vez en cuando, sin embargo, también tenían pérdidas que lamentar, lo que la Abuela Nanny intentaba evitar en lo posible.

—¡Aquí no traidor! —Akwasi reconoció la voz de Adwea—. Pero *backra* no dormir. *Backra* tener niña.

Máanu gritó.

—¿Tiene a Mansah? ¿Hemos llegado demasiado tarde? ¿Cómo has podido, Mama Adwe, cómo has podido? ¿No te había dicho...? ¡Venid! ¡Deprisa! Trataremos de salvarla. ¡Y si no la salvamos, al menos la vengaremos! —El ansia de matar se reflejaba en los ojos de la joven. Blandió un machete—. ¡Seguidme! —ordenó a los hombres—. Y no os preocupéis. Puede que esté vivo, pero está en su propio mundo. ¡No verá ni oirá más que la sangre y los gritos de mi hermana!

Elias Fortnam vio confuso que su esposa empuñaba la espada, sus ojos centelleantes y rabiosos y la niña que se escondía tras ella. Necesitó un momento para tomar conciencia de cómo había llegado a ese punto. Sin embargo, siempre había sido prudente; nunca hubiera creído que Nora y Doug sospechaban algo. Claro que los negros de la casa lo sabían, era inevitable, pero los tenía bajo su control. Y Máanu, la única que le había demostrado odio, se había marchado. Pese a ello, ahora era su propia esposa quien lo amenazaba; tal vez había sido un error traer a Nora a Jamaica... Pensó unos segundos si ella sería realmente capaz de apuntar el arma contra él. Seguro que nunca había manejado una espada. Pero esa era afilada y Nora no le temía a la sangre, en el caserío de los esclavos cortaba abscesos y curaba heridas que los hombres se causaban con los machetes.

—Deja eso, Nora —farfulló—. No le he hecho nada a la niña. Y no ibas a creerte que yo vivía aquí como un santo.

—Nunca lo he pedido —respondió Nora—. No has venido a mi cama por tu propia decisión, supongo que desde que perdí el aspecto de niña. Y no se trata de que metas a una esclava en tu cama. Otros también lo hacen. Se trata de que estás abusando de niñas. ¡Matando niñas!

Mansah soltó un sollozo. Elias lanzó una mirada a la pequeña.

—Está bien, Nora, te la regalo. Con el certificado de propiedad y todo el papeleo, te la puedes quedar. Conviértela en una doncella, envíala a los cimarrones o haz lo que te apetezca. Pero compórtate ahora, vete a tu habitación y olvídate de esta noche.

—¿Para que salgas en busca de otra criatura?

La espada en la mano le infundía valor y Elias se mostraba dispuesto a dejarla ir. Pero ¿qué debía hacer, qué era lo correcto? Tendría que hablar con Doug. Su marido tenía razón: los guardias no intervendrían. Incluso el escándalo público se mantendría dentro de ciertos límites. En el fondo no tenía opción: debería hacer lo que Elias le indicaba. Quedarse con él, no perder la calma y tener a su esposo bajo férreo control. Podía evitar que se dejase llevar por sus tendencias más oscuras. Al menos en su casa. Quizás él encontrara otros sitios donde desahogarse, pero al menos podía proteger a las niñas de su plantación. Se sintió mareada ante la idea de años de vigilancia. Y en las otras consecuencias que tendría esa decisión. Nunca podría estar con Doug. Nunca, en ninguna circunstancia, debería dar a Elias una razón para divorciarse. El sueño de huir con Doug se había disipado. Pero primero tenía que salir de la habitación.

Nora se desplazó lentamente hacia la puerta mientras Mansah se pegaba a su bata. Al hacerlo, casi le quitó la ligera indumentaria ante la mueca insultante de Elias.

Pero entonces oyó un ruido procedente de la sala de estar. La puerta se había abierto repentinamente. ¿Doug? ¿Ya estaba de vuelta? ¿Calmado o aún sediento de sangre? Pero la voz que resonó en la habitación no era masculina.

—¡Terry, tú, miserable traidor! ¡Deja el paso libre o te mato!

Un golpe y el horrorizado alarido de dolor del criado dejaron constancia de que Máanu había llevado a término su amenaza. El grito se convirtió en un gemido. Y entonces todo ocurrió de golpe. Mientras Terry moría bajo el machete de un cimarrón, Máanu abrió la puerta del dormitorio de Elias.

Atónitos, la joven y Akwasi, que apareció tras ella, contemplaron a los señores.

—¿Usted, missis? —preguntó sorprendida Máanu—. ¿Usted... sabía?

—¡Ella salvarme a mí!

Mansah, que había recuperado la voz, se apartó de Nora y corrió a los brazos de su hermana. Elias pareció entender en un instante lo que estaba sucediendo. Lanzó una mirada desesperada a la espada que aún empuñaba Nora.

—¡Dame la espada, Nora! ¡Tíramela! —pidió.

Nora no le hizo caso.

—Lo he sabido esta noche —respondió a Máanu—. Lo lamento. Pero a tu hermana no... no le ha sucedido nada.

Akwasi vio cómo Elias, con expresión despavorida, retrocedía hacia un rincón de la habitación. ¿O hacia la ventana? ¡No tenía que huir!

—¡Date prisa, Máanu, mátalo! —gritó Akwasi señalando al *backra*—. ¿O debo hacerlo yo?

Detrás de él entraron los cimarrones, dispuestos a acabar con todos los blancos presentes y con otros esclavos domésticos si los había. A sus espaldas, Terry yacía sobre un charco de sangre.

Máanu miró a Elias llena de odio.

—¡Cortadlo en pedazos! —ordenó a su gente—. Sé que hay que darse prisa, pero que no sea demasiada.

Nora cerró los ojos para no ver el terrible final de Elias Fortnam. Oyó la negativa horrorizada de Mansah cuando su hermana la exhortó a participar en la carnicería. Y cogió a la niña en sus brazos cuando esta volvió a buscar su protección.

—No mires, Mansah, no mires. Y no escuches... —Nora estrechó a la pequeña contra sí y oyó abrumada cómo Máanu reprochaba a Elias, entre machetazos, todas las crueldades que antes le había hecho sufrir. Así pues, ella había sido también una de sus víctimas—. Piensa en algo bonito —le susurró a Mansah al oído—. Tienes que olvidarlo... Nosotras... nosotras tenemos que olvidarnos de esto...

Meció a la niña en sus brazos, hasta que se oyó el último gemido de Elias. Luego miró a Máanu. Las manos de su doncella estaban manchadas de sangre.

—¿Y ahora, Máanu? —preguntó con voz ronca—. ¿Soy yo la próxima?

La chica alzó el cuchillo.

—¡No! —gritó Akwasi. Aún llevaba el taparrabo con que dormía, ahora también empapado de sangre—. ¡No, el próximo es Doug Fortnam! —Escupió el nombre de su viejo amigo—. Ella...

—¡Matadla deprisa! —dijo Máanu decidida.

Miró a Nora casi como disculpándose. Tal vez recordó que su señora nunca le había hecho nada malo. Pero los cimarrones jamás dejaban a alguien con vida.

—¡No! —De nuevo resonó la voz de Akwasi. El fuerte negro se puso al lado de Nora—. No la mataremos. Me pertenece. Nos la llevaremos. ¡La quiero!

Nora lo miró desconcertada y Máanu con odio.

—¿La quieres? —replicó—. ¿Todavía sigues queriéndola? ¿No... no fue el... *duppy*?

Nora no entendía. ¿O sí? ¿La había visto Máanu cuando en el delirio de la ceremonia obeah se había entregado a Akwasi?

—¡La quiero! —respondió él lacónicamente—. ¡Como mujer! ¡Me pertenece a mí! —Lanzó a Nora una mirada triunfal y lasciva. Antes de que la hubiera visto con Doug todavía había amor en sus ojos, pero ahora...—. ¡Será mi esclava! —añadió.

El jefe de los cimarrones terció:

—Esto no bien. No querer blancos en Nanny Town. La Reina no permitir.

Akwasi alzó la cabeza.

—Entonces iré a Cudjoe Town. Tanto me da Saint James Parish que Portland Parish... Alguien nos aceptará.

Máanu quiso replicar iracunda, pero la entrada de otros negros interrumpió la discusión.

—Nadie más aquí, Máanu —informó uno de los cimarrones—. Nosotros matado dos negros que querían traicionar. Uno enseñarnos dónde vivir tercer blanco. Pero él no estar.

—¿Doug Fortnam ha escapado? —Akwasi se encolerizó, al igual que Máanu—. Pero él... —El rostro del negro mostraba una decepción casi infantil.

Los cimarrones, por el contrario, estaban alarmados.

—Él buscar ayuda. ¡Nosotros deprisa! —El jefe empezó a registrar los cajones y armarios de las habitaciones de Elias Fortnam. Los hombres que seguían a los atacantes, esclavos del campo que se habían unido a los cimarrones, miraban sin dar crédito el cadáver despedazado del que fuera su *backra*—. Buscar botín, luego incendiar casa —los urgió el cimarrón. Se notaba que estaba nervioso. Si alguien había huido en busca de ayuda, hombres con armas, perros, caballos... Si se organizaba una persecución, sería difícil escapar.

—Nosotros no creemos él escapar —dijo uno de los esclavos perteneciente al servicio doméstico. Nora lo reconoció como uno de los jardineros—. Hoy nadie dormir en su habitación. A lo mejor estaba en Kingston.

—Traidor decir él comer aquí —replicó el cimarrón que acababa de informar de la desaparición de Doug—. Mejor ir deprisa.

Todos parecieron olvidarse de Nora cuando se pusieron a registrar la casa a toda velocidad en busca de objetos valiosos. La joven se dejó caer sobre la alfombra empapada de sangre de la habitación de su esposo. Mansah no se despegaba de ella.

—Quiero ir con Mama Adwe —susurró la pequeña, tan afectada como la propia Nora—. ¿Missis creer que ellos dejar ir con Mama Adwe?

Nora no lo creía, y además no sabía qué había sucedido con Adwea y las demás esclavas. En la casa, salvo Máanu, no parecía haber más que hombres. Y Máanu le parecía tan llena de odio que era posible que hubiese matado también a su madre. Al fin y al cabo, la cocinera había entregado a sus dos hijas al *backra*. En cualquier caso, Máanu no dejaría a su hermana. Sin duda se llevaría a la niña con los cimarrones.

—Tú te quedas conmigo —consoló Nora a la pequeña—. Ya has oído, Akwasi quiere llevarme con él.

Su mirada se posó en el cuerpo de Elias y por una vez no le pareció tan terrible que la raptaran. Era mejor que morir de esa manera. Tal vez fuera posible huir. Y Doug... Doug estaba libre. ¡Él la ayudaría!

Sobresaltada, alzó la mirada cuando se proyectó sobre ella la sombra del jefe de los cimarrones.

—¿Y ahora esta blanca? —preguntó—. ¿Matar deprisa, acabar con ella?

Nora se encogió al ver brillar un cuchillo. Pero de nuevo intervino Akwasi.

—¡He dicho que me pertenece! Viene conmigo, es mi botín. ¡Ella es todo lo que quiero!

—Tú no querer mucho —señaló el negro corpulento—. Tú nuevo, tú no cimarrón.

Akwasi le lanzó una mirada amenazante.

—¡Oh, sí, claro que lo soy! He matado al *backra*. Y soy fuerte. Seré un gran guerrero para vuestra Nanny. O para Cudjoe. O me construiré yo mismo una cabaña en las montañas. Me iré con vosotros o solo. Pero ¡ella viene conmigo!

El cimarrón hizo un gesto de indiferencia.

—Tú no ir solo —decidió—. Peligroso. Si atraparte, hablar mucho y peligro para cimarrones. Tú venir con nosotros, puedes llevar mujer blanca. Nanny juzgará.

Akwasi asintió y posó la mirada en la escasa ropa de Nora.

—¿Qué has hecho? —preguntó con dureza—. ¿Cómo es que corres medio desnuda por aquí? ¿Estabas en la cama con tu Doug?

Akwasi era inteligente. Lo había deducido al enterarse de que la cama de Doug estaba sin tocar y ver la ligera vestimenta de Nora. Sin embargo, le parecía raro que hubiera ido a los aposentos de su marido sola para pedirle cuentas.

Nora lo miró con rabia.

—¡Eso a ti no te importa! —respondió con frialdad.

La bofetada de Akwasi la pilló desprevenida. No fue un golpe fuerte, pero en su mano había cuajado la sangre de Elias.

—¡No hables así a tu señor! —le advirtió—. Ya aprenderás a obedecer.

—¿Quieres oír un «Sí, *backra*»? —La intervención irónica procedía de Máanu—. Pues la señora tendrá que practicar...

—Lo primero que tiene que hacer la señora es vestirse adecuadamente —observó Akwasi—. Así no puede ir por la montaña. Ve con ella y ayúdala, Máanu.

—¿Soy ahora tu esclava? —replicó la muchacha negra.

—No necesito ayuda —contestó Nora.

—¡Tampoco la tendrás! —respondió Máanu con dureza—. Pero te acompaño para coger las joyas. Date prisa, tenemos que irnos.

En los aposentos de Nora varios esclavos estaban desvalijando sus joyeros. Ya habían metido en sacos una parte de sus vestidos, solo los más suntuosos, que tal vez lograran venderlos en Kingston o en otra población más alejada, y no la ropa sencilla de andar por casa.

—¡Aprisa! —apremió Máanu a la que antes era su señora, cuando esta dudó en si desnudarse delante de los hombres—. Todos han visto ya mujeres desnudas. Al azotarlas con látigos, por ejemplo. ¿Te acuerdas? Nos llevan al patíbulo y nos arrancan la ropa. Tendrás que perder la costumbre de considerar que eres mejor que las demás.

Con un rápido movimiento arrancó la bata de Nora, abrió uno de los cajones y le lanzó ropa interior. A Nora se le saltaron lágrimas de vergüenza al quedarse desnuda delante de los hombres y tuvo que mostrar sus pechos y su pubis para ponerse la camisa y los pantalones. Deprisa y sin que nadie se diera cuenta, se quitó el colgante del cuello; la delgada cinta de seda se había desgarrado ligeramente. Escondió la joya en su mano antes de que los hombres se la quitaran para añadirla al botín. Finalmente, Máanu se compadeció y echó a los hombres fuera, pues se entretenían en mirar a la blanca desnuda.

—Si no, no acabaremos nunca —gruñó la chica, y no impidió que Nora cogiera un par de vestidos más e hiciera un hatillo con ellos, pero cuando quiso llevarse las botas de montar, Máanu se las arrancó de la mano—. ¡Ya es suficiente! Los esclavos van descalzos. Con el tiempo que lleva aquí, la señora ya debe de haberse dado cuenta. ¡Vamos!

Nora obedeció. No miró atrás cuando Máanu la entregó a Akwasi, que la cogió con fuerza de la mano. Con dolor en el corazón, Nora dejó caer el colgante mientras Akwasi la arrastraba a través del jardín. La condujo hacia un grupo de esclavos que hablaban entre sí excitados. Eran unos ochenta o noventa, jóvenes casi todos. No se atrevió a preguntar qué había pasado con el resto.

Máanu y dos cimarrones condujeron al nutrido grupo a través de las plantaciones en dirección a las tierras de los Hollister.

Los otros tres se quedaron atrás, y Nora averiguó la razón una hora más tarde. Con la cabeza baja, había seguido a Akwasi dando trompicones, pero alzó la vista cuando los esclavos liberados gritaron de júbilo. Y entonces vio el resplandor del fuego. Cascarilla Gardens ardía envuelta en llamas.

VENGANZA

*Blue Mountains, Nanny Town,
Cascarilla Gardens*

Otoño de 1733 - Otoño de 1735

1

Doug galopó con *Amigo* a lo largo de la playa, hasta que el cansancio los invadió. Hizo una parada en lo alto de un acantilado lejos del mar, ya hacía tiempo que había dejado la arena de la playa a sus espaldas. Jadeante, contempló el mar iluminado por el claro de luna: la cabalgada a pelo había sido agotadora, pero todavía no le había permitido pensar. Ahora que había puesto varios kilómetros entre él y Cascarilla Gardens, empezaba a recuperarse. De nuevo visualizaba aquella terrible escena en los aposentos de su padre. ¡Jamás, ni en sus peores pesadillas, habría relacionado al monstruo de Cascarilla Gardens con su progenitor! Pero en ese momento, a posteriori, percibió las señales que deberían haberlo alertado. La falta de disposición de Elias para salir en busca del violador de Sally; su desinterés en la muerte de las niñas negras, pese a que ponía el grito en el cielo por cada penique que le costaba la pérdida de un esclavo; el extraño comportamiento de Máanu, su desaparición: ¡todos los esclavos domésticos debían tener conocimiento de los crímenes de Elias! Y era posible que Máanu y Akwasi creyeran que Nora y Doug también estaban enterados.

Desmontó del caballo y caminó despacio junto a *Amigo* hacia la jungla de manglares que había más allá. Había estado varias veces en ese lugar con Akwasi. A pie, naturalmente, en excursiones de todo un día. Pero habían explorado la selva tan emocionados que ni se atrevían a respirar y al final se habían visto recompensados por el descubrimiento de una espectacular cascada. Sumido en sus pensamientos, Doug siguió corriente arriba un arroyo hasta que la encontró: iluminada por la luna todavía producía un efecto más mágico e irreal que a la luz diurna. El agua caía en forma de cascada sobre unas piedras de pulida redondez. Akwasi y Doug habían intentado escalar la pared y se habían reído cada vez que resbalaban y volvían a caer en el arroyo. Doug dejó que el caballo abrevara y él mismo bebió un poco de agua. Algún día tendría que enseñarle esa cascada a Nora...

En ese momento, cuando pausadamente empezaba a relajarse, pensó en la desagradable situación en que había dejado a Nora y Mansah en la habitación de su padre. ¡Maldita sea, ojalá no les hubiera ocurrido nada! No creía que Elias le hiciera daño a Nora, y aún menos siendo Doug otro testigo de sus vilezas. No obstante, hubiese sido mejor quedarse. Aunque Nora lo había echado de la habitación, no lo había expulsado de la casa. Tendría que haberla esperado y hablar con ella. Encontrar una solución... algo mejor que una cobarde huida.

El joven tenía el corazón en un puño cuando, dándose impulso desde una piedra, saltó a lomos de su caballo. Condujo a *Amigo* despacio por la jungla. Cuando alcanzó de nuevo el acantilado divisó una extraña luz en el horizonte. ¿No era ahí donde se encontraba Cascarilla Gardens?

Alarmado, oteó hacia el este. ¿Había un incendio? Solía pasar que alguna de las cabañas de los esclavos prendiera fuego cuando los negros encendían delante una hoguera. Pero ¿ahora, durante la noche? Y a esa distancia era imposible distinguir una choza ardiendo, lo que allí ardía era una casa grande. Hincó los talones en los flancos de *Amigo*. ¡Lo que se estaba incendiando era Cascarilla Gardens!

—Por lo que sabemos hasta ahora, en la casa hay aproximadamente cuatro muertos, señor.

Benson, un vigilante de la plantación Keensley, informaba a

Doug tras haber echado una mirada a su escasa indumentaria. Es probable que en otros momentos le hubiera preguntado si solía pasear a caballo por la noche medio desnudo, pero dadas las circunstancias pospondría sus inquietudes al respecto.

—¿Aproximadamente? —repitió Doug, y contempló atónito y todavía incrédulo las ruinas humeantes de Cascarilla Gardens.

La casa había ardido casi en su totalidad, si bien todavía quedaban en pie las paredes maestras. Los esclavos que no habían huido se habían esforzado en apagar el fuego en cuanto los cimarrones partieron. Además, los Hollister y los Keensley se habían enterado enseguida. Después de que los cimarrones matasen a los vigilantes y reunieran a los esclavos dispuestos a huir, un par de sirvientes domésticos ya mayores se habían dirigido a las otras plantaciones. Esto sucedía en contadas ocasiones durante los ataques de los cimarrones, ya que por regla general los negros libres no reclutaban a los esclavos de las plantaciones, sino que saqueaban ellos mismos las casas. Los esclavos se percataban del asalto cuando ardía la residencia señorial.

—Es difícil de concretar, señor —respondió con cierto embarazo el vigilante—. Los... los cuerpos están totalmente quemados. Y en parte... bueno, en parte...

—No importune ahora al joven con detalles. —Christopher Keensley había divisado a Doug y empujó a su vigilante a un lado—. Tome, Douglas, échese un trago...

Keensley le tendió una petaca. El joven fue a rehusar, pero luego se la llevó a los labios y bebió un excelente aguardiente de caña de azúcar. No es que se sintiera mejor a continuación, pero al menos se despejó un poco.

—Usted mismo sabe, joven —empezó a explicar—, cómo esos... esos animales matan. Y si he entendido bien, esta vez también participaron negros del campo, que todavía son peores. Al parecer sorprendieron a su padre y su madrastra en el dormitorio. Y tenían machetes...

Doug buscó apoyo en el flanco de su caballo.

—¿Los... los han descuartizado? —preguntó con voz ronca.

Keensley asintió y volvió a tenderle la petaca.

—Y luego prendido fuego. El único consuelo es que no murieron presas de las llamas. Pero es imposible identificar los cadáveres, lo siento, Doug. No debería usted verlo...

—¿Seguro que es Nora? —susurró Doug.

Keensley volvió a asentir.

—Por todo lo que se deduce, sí. ¿Quién iba a ser si no? También sospechábamos que usted estaría entre las víctimas...

—¡Quiero verlos! —exclamó Doug, al tiempo que devolvía a Keensley la petaca—. Tengo... tengo que verlo con mis propios ojos, yo...

Soltó las riendas de *Amigo* y se dirigió dando traspiés hacia la casa. Habían colocado los cadáveres sobre unas mantas. En ese momento dos esclavos arrastraban los cuerpos de Truman y McAllister

—Todos los vigilantes también han muerto, señor —informó Benson a su patrón.

Keensley no le prestó atención.

—¡No debería hacerlo! —exclamó, mirando la espalda de Doug—. Nunca logrará quitárselo de la cabeza...

Doug se volvió para lanzarle una mirada encendida.

—Han sucedido muchas cosas esta noche que permanecerán para siempre en mi memoria. Pero esto... Yo...

Keensley lo siguió, moviendo la cabeza, al lugar donde se hallaban los cadáveres.

—Informe al reverendo —indicó con voz cansina a Benson—. Deberíamos... deberíamos sepultar... los restos... lo antes posible.

Doug no se derrumbó cuando vio los cuerpos y miembros carbonizados. Tal vez habría perdido la compostura si hubiese reconocido a Nora, pero eso... La visión era espantosa, pero no despertaba ningún recuerdo de lo que esas personas habían sido. De hecho, era imposible reconocer si eran negros o blancos, hombres o mujeres, adultos o niños. Doug se preguntó si Mansah estaba entre ellos o si los cimarrones se la habrían llevado, aunque solían matar a los criados domésticos. Dio media vuelta y Keensley le tendió la petaca.

—Venga ahora... Aquí ya no puede hacer más, se ha apagado el fuego, hemos puesto bajo la vigilancia de uno de nuestros empleados a los esclavos que se han quedado.

—¿Vigilancia? —repitió Doug—. ¿Vigilancia para qué? Si hasta este momento no se han marchado, ¿por qué habrían de hacerlo ahora?

Keensley soltó una risita incongruente.

—Usted sabe bien que uno no puede fiarse de esa pandilla.

Doug se frotó la frente.

—Quiero... quiero ir al caserío de los esclavos —anunció—. Al nuestro... al mío.

Era una sensación extraña, pero tenía que tomar conciencia de que era el heredero de su padre. De que lo que quedaba de Cascarilla Gardens, algún animal todavía vivo y los esclavos que aún estaban ahí, le pertenecían.

—No es una buena idea, Douglas. Primero debería venir con nosotros. Aquí ya podrá mañana...

El joven sacudió la cabeza.

—Tengo que hablar con ellos esta noche. Con... ¿Sabe usted si Mama Adwe...?

Keensley le dijo que no sabía nada y Doug volvió en busca de su caballo. *Amigo* todavía seguía donde lo había dejado. El semental parecía tan confuso y vacilante como su amo. Doug le dio unos golpecitos en el cuello y se impulsó en las raíces de un árbol para montar en él.

—Llévanos... llévanos a los establos... Puede que al menos tú encuentres allí un hogar.

De hecho, los cimarrones no habían quemado los establos, algo también inusual. La mayoría de las veces solían prender fuego a los edificios de la explotación. Pero ahí probablemente se habrían encargado del saqueo los esclavos, no los mismos asaltantes. Faltaban todos los caballos y mulos, pero se habían respetado los edificios, tal vez porque estaban cerca del caserío, donde el fuego enseguida se habría extendido. Kwadwo, el hombre obeah, salió de entre las sombras.

—Kwadwo... —dijo Doug en un susurro—. ¿No... no te has ido?

El caballerizo sacudió la cabeza.

—No, *backra*, yo no marchar. Muchos no partir, todos los viejos, los enfermos y los miedosos. Todos ellos necesitar hombre obeah. Ellos no solo tus negros, *backra*, también mis negros. —El anciano se irguió con dignidad.

Doug asintió.

—Nosotros... nosotros dos nos ocuparemos de ellos —musitó—. ¿Sabes... sabes algo de la señora? ¿Estabas... estaban en la casa?

Kwadwo hizo un gesto negativo.

—No, yo aquí, *backra*. Ayudar a ensillar caballos. Los tontos negros del campo poner silla del caballo de missis en mulo tonto... Yo no querer dar, claro, pero... —Kwadwo se mostró abatido. A lo mejor el *backra* lo castigaba por haber colaborado en el robo de los animales.

Doug escuchó las palabras de Kwadwo, pero no le dio muchas vueltas. Mañana ya tendría tiempo de pensar en por qué los cimarrones habían atacado tan lejos de las Blue Mountains, y por qué habían reclutado a los esclavos del campo. Pero ahora...

—¿La missis en casa? —preguntó el hombre negro para llamar la atención del *backra*. También él lanzó una mirada interrogativa a la ropa de Doug—. ¿O ella con usted...?

El viejo hombre obeah tenía unos ojos penetrantes, no le había pasado por alto el amor incipiente entre Nora y Doug.

El joven sacudió la cabeza.

—Estaba en casa... —respondió cansado.

Kwadwo contrajo los labios.

—Entonces ella... Lo siento, *backra* Doug, pero en casa todos muertos.

Doug dejó al hombre obeah y fue tambaleándose al caserío de los esclavos. Un agotamiento increíble, que casi apagaba el dolor, se iba apoderando paulatinamente de él. Pero no quería ir a la casa de los Keensley. Prefería tumbarse en la paja junto a su caballo.

Los negros que habían permanecido allí estaban reunidos y miraban al *backra* con una expresión entre aliviada y temerosa. En el fondo, para ellos era una buena noticia que alguien de la familia hubiese sobrevivido. De lo contrario, la plantación habría pasado a manos de algún vecino o se la hubiesen repartido entre los Hollister y los Keensley. En cualquier caso, el caserío habría desaparecido y los esclavos se habrían vendido por separado.

Sin embargo, el joven *backra* tal vez deseaba vengarse. Tal vez se resarciera por el asesinato de sus allegados en los esclavos que se habían quedado. Los hombres se inclinaron temblorosos ante su señor.

—¿Dónde está Adwea? —preguntó Doug—. ¿Está...?

—Yo aquí, *backra* Doug. —La rolliza cocinera salió de una cabaña—. Yo no marchar. Akwasi marchar. Máanu marchar. Mansah no sé. A lo mejor muerta. Pero yo no marchar. Yo quedar. Y tú...

Doug se acercó a ella vacilante. Adwea abrió los brazos.

—Yo tener cinco hijos —susurró Adwea—. El primero vendido, luego Máanu, Akwasi y tú. Y Mansah. Yo mala mujer, yo darlas a *backra*. Tú el último. Ven. ¡Ven, con Mama Adwe!

Doug se arrojó a sus brazos y sollozó sobre el pecho de su nodriza, su Mama Adwe, su madre.

Aunque Keensley y Hollister lo tacharan de loco, Doug pasó la noche en el caserío de los esclavos. Sacó fuerzas de flaqueza y despidió al vigilante de Keensley. Acto seguido, Kwadwo reunió a su comunidad y los cantos fúnebres, en los que se mezclaron alabanzas y sin duda ruegos por los jóvenes negros que se habían unido a los cimarrones en libertad, acompañaron el sueño de Doug. Adwea lo meció como a un niño y lloró por sus hijas. Nadie se había tomado la molestia de contarle que Mansah había sido salvada. Creía que la menor habría muerto junto con su verdugo o antes, a manos de este. Y Máanu la odiaría por ello durante el resto de su vida.

Al día siguiente, un denso silencio y un aire cargado de humo flotaban sobre los restos de Cascarilla Gardens. Christopher Keensley y lord Hollister habían obligado a los esclavos con conocimientos de carpintería a construir durante la noche unos ataúdes precarios: Doug Fortnam se ahorraría ver de nuevo a las víctimas del fuego. Sin embargo, apenas lograba apartar la vista de las modestas cajas de madera cuando al final se sobrepuso e inspeccionó las ruinas de la casa. Seguía sin dar crédito al hecho de que Nora yaciera en uno de esos ataúdes. Era tan vivaz, tan delicada, tan despierta y cariñosa... Doug estaba enfadado con Dios y con los espíritus. ¿Se había vengado Simon Greenborough por su amor perdido? ¿O era este el golpe que Dios tendría que haber propinado a Elias Fortnam mucho tiempo atrás?

Doug intentó dirigir la atención hacia la casa. No sería demasiado difícil volver a levantarla, si era eso lo que quería. Pero en realidad nunca le había gustado. Esa arquitectura severa de casa señorial inglesa, con sus columnas y escalinatas... todo eso no casaba con Jamaica. Pero ahora tampoco le atraían esas torrecillas y terrazas, herencia de la arquitectura colonial española. Al principio bastaría con una cabaña... Oyó la voz de Nora: «Y nos construimos una cabaña de bambú y la cubrimos con hojas de palma. Yo tejí una hamaca, donde él me amó a la luz de la luna...»

De buen grado le habría construido la cabaña. En la playa, junto al mar... ¿Por qué la había dejado sola? Maldijo el pánico y la rabia que lo habían alejado de la casa, aunque bien era cierto que no habría podido hacer nada por Nora. Hasta el momento ningún propietario de una plantación había sobrevivido a un ataque de los cimarrones. Siempre contaban con superioridad numérica, eran excelentes guerreros y carecían totalmente de escrúpulos. Doug solo habría podido morir con Nora.

Pensó que habría sido una buena alternativa a la abrumadora sensación de vacío y oscuridad que lo paralizaba por completo. Se dejó caer abatido en uno de los peldaños ennegrecidos de la escalinata de acceso. Lo que más deseaba era esconderse en algún lugar y abandonarse a su dolor, pero el mundo que lo rodeaba era inmisericorde y exigente. Tendría que ocuparse de inmediato de los esclavos y de las exequias...

Doug se quedó mirando la gravilla rastrillada y limpia de la entrada que había escapado ilesa del fuego y que parecía tan ordenada y normal como el día antes. Allí había algo que brillaba al sol y que no podía ser un guijarro... Se levantó con esfuerzo. Húmedo de rocío, pero ya caldeado por el sol, era el colgante de Nora. Recogió la alhaja y tuvo la sensación de que ella acababa de quitárselo del cuello.

El corazón le dio un vuelco. Nora lo llevaba la noche anterior, mientras hacían el amor. Y había jugueteado con él mientras le hablaba de Simon.

Doug rogó que ese hallazgo tuviera algún significado, aunque sabía que no. La cinta de seda de la que colgaba la joya estaba rasgada. Sin duda alguien la había arrancado del cuello de Nora antes de matarla. Los cimarrones eran conocidos por sus saqueos. En las casas señoriales que asaltaban no ardía nada de valor. Seguro que no habrían dejado ninguna joya. Pero uno de los asesinos debía de haber perdido esa en su huida precipitada... Doug lo apretó en el puño y casi sintió consuelo. Nora había amado esa pieza y ahora siempre le recordaría a ella.

Con energía renovada, se encaminó hacia el caserío de los esclavos.

Por la mañana, Keensley le había vuelto a enviar dos vigilantes. Pensaba que ya habría recuperado el sentido común y estaría dispuesto a aceptar ayuda para supervisar a los esclavos. Sin embargo, el joven volvió a despedirlos. En su lugar, nombró a Kwadwo *busha*, nombre que se daba a los jefes negros.

—Ahora no hay trabajo —dijo fatigado—. Yo... vosotros... nosotros no iremos hoy a los campos. Y en casa... en casa tampoco hay nada que hacer.

—¿No quiere volver a construirla, *backra*? —preguntó Kwadwo asombrado. No supo qué lo empujaba, pero dejó de hablar con su *backra* en inglés básico—. ¿No deberíamos...?

—¿Para quién voy a construirla, Kwadwo? —Doug se frotó la frente—. Pero podéis limpiar una de las casas de los vigilantes, para mí bastará. Adwea se encargará de prepararme la comida.

—Entonces ¿usted vender todos los esclavos domésticos, *backra*? —preguntó Adwea consternada—. ¿Chicas, mozos...?

Doug suspiró. Pensó si debería mencionar aquel tema sobre el que todos los criados domésticos habían callado. Habría preferido no tener a ninguno de ellos en torno a él. Pero por otra parte, no les había quedado otro remedio. Ni siquiera a Adwea...

—Claro que no —tranquilizó a la cocinera—. Yo... yo no vendo a nadie. No os preocupéis. Tampoco voy a enviar a los campos a ninguno de los sirvientes de la casa.

Esa angustiosa pregunta se reflejaba en el rostro de todos los esclavos domésticos, nadie tenía que formularla.

—Ya veremos qué hacemos. Hoy, en cualquier caso...

—¿Y qué pasa con reverendo?

Adwea señaló el carruaje de los Stevens, que avanzaba en ese momento por el caserío de los esclavos. A Doug le desagradaba el reencuentro con ese hombre. Esperaba que al menos esta vez no viniese con la esposa y la hija. Seguro que Ruth todavía estaba de duelo.

—Arreglad otra casa de los vigilantes —decidió Doug—. Si es que el reverendo está de acuerdo. Es posible que duerma en casa de los Hollister o los Keensley. Pero tendremos... tendremos que preparar los funerales. Mama Adwe, tú...

La cocinera asintió.

—¡Yo hacer comida, *backra*! —respondió tranquilizándolo—. Podemos preparar en cocina de esclavos. Barbacoa...

Doug se encontró mal solo de pensar en carbón ardiendo y olor a carne asada, pero dejaría ese asunto en manos de Adwea. Desfallecido, se dirigió al reverendo, cuya larga y flaca figura enfundada en un traje negro y cerrado descendía en ese momento del vehículo.

—¡Señor Fortnam! —Estrechó la mano de Doug entre las suyas—. Poco pueden expresar las palabras ante su enorme dolor...

Doug se armó para aguantar el sermón.

2

Nora se arrastraba agotada por la escarpada pendiente de las Blue Mountains. Siempre había creído tener buenas piernas, pero esa marcha forzada la estaba llevando al límite de sus fuerzas. Sin embargo, para los negros, la caravana no avanzaba con suficiente celeridad. Los tres hombres que habían permanecido en la plantación para quemar Cascarilla Gardens habían alcanzado al grupo principal al cabo de pocas horas. A partir de entonces habían apretado el paso. Durante la noche debían dejar atrás Kingston y poner la mayor distancia posible con la plantación saqueada. El único modo consistía en trasladarse rápidamente hacia el interior, un territorio aún sin colonizar y donde prácticamente no había caminos. El jefe de los cimarrones les precedía y abría camino con el machete. Los hombres tropezaban tras él con las raíces y las plantas trepadoras, aunque debían dar gracias al cielo porque esa noche había luna llena.

Pese a ello, Nora no veía casi nada. Antes de llegar a las zonas altas de montaña, casi siempre se cernía sobre ellos una cubierta de hojas. Aunque Akwasi la llevaba fuertemente agarrada de la mano, tan fuerte que le hacía daño en lugar de ofrecerle apoyo, tropezaba sin cesar. Además de a ella, esto les ocurría a Máanu, Mansah y la única esclava doméstica que las había seguido. Los esclavos del campo se movían con una seguridad pasmosa y tampoco parecían percatarse de las raíces y espinas que hacían sangrar los pies de la joven blanca.

Al poco rato, cada paso que daba le producía un dolor terrible, pese a que Nora siempre había alardeado de tener durezas en las plantas de los pies de tanto ir descalza. A fin de cuentas, solía correr sin calzado por la arena de la playa o por el camino que conducía al laguito del bosque. Pero, según parecía, eso no era nada comparado con las fatigas que sufrían cada día los negros del campo. En cualquier caso, estos se tomaban a risa las quejas que soltaba a voz en cuello la esclava doméstica. Máanu, a quien no le iba mejor, callaba. Avanzaba con determinación, tirando de la gimoteante Mansah.

Nora estaba preocupada por la pequeña, a quien no solo se exigía demasiado con esa marcha tan veloz, sino que además tenía que superar lo vivido esa horrible noche. Siempre que tenía la posibilidad, la niña corría a esconder la cabeza en la falda de Nora. Aunque disfrutaba de pocas oportunidades para hacerlo, pues los cimarrones no dejaban descansar al grupo. No podían cruzarse con ningún blanco y, si eso sucedía, no debían dejarlo escapar. No obstante, un grupo tan numeroso y con tantos animales robados llamaría la atención y no podría defenderse si los hacendados arremetían contra ellos a campo abierto. Así que siguieron apretando el paso hasta que amaneció y los vientos alisios empujaron la famosa niebla matutina azulada de las montañas. Sin embargo, Nora no prestaba atención a ese espectáculo de la naturaleza. Estaba, simplemente, muerta de cansancio y cada paso que daba era un martirio.

Para más inri, empezó a hacer un calor terrible que no disminuyó cuando alcanzaron zonas más elevadas. Ahí cambiaba un poco la vegetación: la jungla espesa mudaba en matorrales y acacias, con sus flores de vivos colores alrededor de las cuales revoloteaban mariposas y colibríes. Nora pensó con tristeza que nunca llegaría a clasificar esas plantas. Y que ahora eso tampoco le importaba.

A partir de cierto momento, todo empezó a darle igual. Mientras los esclavos liberados que la rodeaban se quejaban porque tenían hambre, ella lo único que quería era morir. La caminata en sí no parecía fatigar a los demás. Ahora que ya empezaban a sentirse seguros, los jóvenes incluso entonaron canciones, si bien ello no agradó al jefe.

—Vosotros callar. Todavía faltar para Nanny Town. Aquí poder haber comerciantes, ellos traicionar.

Nora sintió un punto de rabia hacia los comerciantes blancos que negociaban con los cimarrones sin que nadie les dijera nada. Seguro que sabían que el dinero y las mercancías procedían de plantaciones saqueadas. De ahí que al jefe tampoco le importara mucho que lo delataran o no. Todo el mundo sabía que los autores del asalto de Cascarilla Gardens eran los cimarrones.

—Pero no saber cuáles cimarrones —señaló el jefe cuando la joven esclava doméstica se lo reprochó—. Puede ser Nanny, también puede ser Cudjoe o Accompong de Saint Elizabeth Parish. No saber a quién atacar para venganza. Atacar a todos (y no tener tanta gente) o no atacar a nadie. Mejor último.

—¿Hay muchos ataques? —preguntó recelosa la muchacha.

El jefe se puso en pie. Habían hecho un breve descanso junto a un río para beber, pero ya quería proseguir.

—A veces más, a veces menos. Pero no tener miedo. Nada pasar. ¡Nanny Town es inexpugnable! —Pronunció la última frase con orgullo y en un inglés correcto.

Nora suspiró. Doug no lo tendría fácil para encontrarla.

Los esclavos liberados se movían por senderos más trillados, aunque a simple vista no se distinguían en el suelo. Sin embargo, ya no tropezaban con raíces ni espinos y los hombres que iban en cabeza parecían orientarse perfectamente. Nora esperaba que Nanny Town ya estuviera cerca, pero parecía que el camino se prolongaba hasta el infinito. Llegó un momento en que cada valle, cada colina y cada montaña eran idénticos a la vista, así que no levantó la mirada del suelo para intentar apoyar sus maltratados pies sobre la tierra y no sobre piedras. Akwasi seguía sujetándola con firmeza, sin dirigirle la palabra. Casi resultaba tétrico arrastrarse a sus espaldas en un silencio prolongado durante horas.

Tampoco el resto de los esclavos dirigía la palabra a Akwasi, ni por supuesto a Nora. El tozudo empeño del joven en llevarse a la mujer blanca había chocado con el desacuerdo general. El muchacho se convertía así en un marginado. Además, corría el rumor de que era él quien había matado al *backra*. Con eso se había ganado el respeto de los demás, pero también una especie de temor supersticioso. Si a alguien le alcanzaba el rayo justiciero que cada domingo el reverendo pronosticaba para los servidores desleales, sin duda sería a él.

En algún momento, Mansah dejó de llorar. Con rostro impertérrito seguía a Máanu, ni siquiera había que tirar de ella. Estaba demasiado agotada para oponer resistencia. Al final, cuando de nuevo anocheció, el jefe de los cimarrones se detuvo.

—Descansar dos horas —anunció—. Nada para comer, pero comer mañana en Nanny Town. Aquí dormir si querer. Hombre blanco seguro no venir por la noche.

Nora se desplomó en el suelo. Dormir... cerrar los ojos... recobrar el aliento... Pero Akwasi tiró de ella hacia arriba en cuanto su espalda tocó el suelo.

—¡Ven conmigo! —dijo con dureza—. Quiero poseerte. Antes de que mañana tal vez te aparten de mí.

¿Apartar? Nora no interpretó el significado de la palabra, aunque bien podía ser que los cimarrones la descuartizaran o le dieran en público una paliza de muerte. No se imaginaba qué podía ocurrírseles a los negros libres para castigar a la esposa de un hacendado, pero había llegado a tal estado que le resultaba indiferente con tal que la dejaran en paz. Pero no era precisamente eso lo que Akwasi tenía en mente.

—Ven ya. ¿O quieres que nos vean todos?

Tiró de ella y la alejó del camino. No mucho, pues no quería separarse demasiado del grupo. Para sorpresa de Nora, el negro dejó que se tendiese mientras cortaba rápidamente un par de helechos y preparaba con ellos una especie de jergón.

—Mira. ¡Tu lecho nupcial! —anunció sarcástico—. No quiero que nadie pueda decir que Akwasi se porta mal con su esclava. Es más blando que la playa, ¿verdad? ¡Es más bonito que el bosque donde Doug te besó!

Nora se preguntó cómo lo habría averiguado, pero no le quedaban fuerzas para pensar en ello. El colchón de helechos era realmente blando. Además, los arbustos y flores del lugar impregnaban la noche de una fragancia embriagadora. En otras circunstancias habría disfrutado de ese «lecho nupcial». Resignada, permitió que Akwasi la tendiera boca arriba, pero con las últimas fuerzas que le quedaban impidió que le rasgara el vestido.

—No lo rompas —dijo—. O... o todos los demás me verán desnuda.

Nora no sintió ningún temor, antes bien tedio e indiferencia, cuando se levantó el vestido. Nunca había sentido un dolor especial cuando Elias la penetraba. El modo rápido y poco estimulante con que le sobaba los pechos y el sexo bastaba para humedecerla un poco. Y Nora no tardaba en excitarse si le dejaban unos segundos para ver el rostro de Simon ante sus ojos cerrados. No moría de dicha, como pocas horas antes, cuando se encontraba en brazos de Doug, pero tampoco sufría. A veces se quedaba casi medio dormida cuando Elias se esforzaba encima de ella. Y ahora que estaba exhausta...

Akwasi apenas esperó a que se hubiera levantado la falda. Le agarró los pechos con brusquedad, no parecía el mismo de aquellas caricias rudas pero amorosas en el pajar. Aquella noche él quería amarla, pero al parecer ahora solo trataba de humillarla. Nora gritó cuando él separó sus muslos y la penetró sin prepararla. Y gimió de dolor con cada embestida brutal. Le parecía que había transcurrido una eternidad cuando por fin él se separó de ella.

—¡Ha estado bien! —dijo el negro, sonriendo irónico—. Mucho mejor que última vez.

—¿Mejor? —repuso Nora enojada—. Pero yo... Me hacía daño.

Akwasi asintió.

—Tiene que ser así —aseguró—. Así se hace en África. Una mujer buena no se moja. Solo las putas disfrutan...

Se tendió junto a ella y pareció dormirse al momento. Nora

permaneció despierta, intentando mitigar el dolor de su sexo, herido y sangrante, y el temor de lo que la aguardaba en Nanny Town.

Salvo la anterior sirvienta doméstica y la pequeña Mansah, que empezó a llorar cuando los cimarrones la arrancaron de un sueño profundo pocas horas después, a nadie del grupo le molestó reanudar muy pronto el camino. Al contrario, los hombres estaban animados. Por fin llegarían a Nanny Town, una ciudad de negros libres, un lugar con el que muchos de ellos habían soñado durante años. Solo allí se sentirían totalmente seguros y por lo visto también su jefe. Volvía a avanzar casi corriendo. Tras unos pocos pasos, Nora volvía a estar sin respiración y luchando no solo con el dolor de pies, sino con la irritación en la ingle. Además, caminaban siempre cuesta arriba. Nanny Town estaba en lo alto de las montañas.

Cuando alcanzaron el río Stony, los hombres estallaron en gritos de júbilo. El río ofrecía un panorama arrebatador a la última luz de la luna y la primera del sol, que reflejaba como una cinta plateada. Los cimarrones siguieron su curso unos kilómetros más y por fin Nanny Town se alzó ante ellos. Al principio, los recién llegados apenas distinguieron el pueblo. Las construcciones de los ashanti se insertaban con tal armonía en el paisaje que apenas se reconocían a la tenue luz del amanecer. No obstante, los centinelas vieron la caravana de hombres y animales casi a un kilómetro de distancia y anunciaron su presencia haciendo sonar los cuernos. Los recién llegados se sobresaltaron, creyendo que se trataba de una emboscada.

De repente, de la maleza que flanqueaba el río salieron varios hombres que antes habían permanecido invisibles de tan inmóviles, vigilando los caminos. Los negros, fuertes y bien provistos de armas, saludaron dando muestras de alegría y respeto a Máanu y sus cinco acompañantes. Esa aventura elevaría la reputación de los hombres como guerreros y también la consideración en que ya tenían a Máanu.

Nora se arrastró con las últimas fuerzas que le quedaban por el empinado sendero hacia la ciudad. Soñaba con un sitio donde dejarse caer. Si Akwasi quería volver a poseerla, que lo hiciera; a esas alturas creía estar demasiado agotada hasta para sentir dolor. Se conformaba con que después la dejara descansar. El corazón le palpitaba y jadeaba casi sin resuello cuando por fin llegaron al poblado.

Pero su martirio no había concluido aún. El sol había salido por completo y las calles y caminos de Nanny Town estaban llenos de hombres, mujeres y niños que miraban a Akwasi y su extraño trofeo de guerra. Un par de mujeres negras lanzaron insultos a la blanca y una le escupió. Nora intentó no hacer caso. Todo lo que quería era dormir. Ya pensaría luego acerca de todo lo demás.

Los cimarrones condujeron triunfalmente a sus protegidos, junto a los animales cargados con el abundante botín, y detuvieron la caravana en la plaza. La mayoría de los antiguos esclavos, agotados por la dura marcha y abrumados por tantas impresiones, se desplomaron en el suelo apisonado. Los habitantes de la ciudad, atraídos por las historias de los exitosos guerreros, les suministraron agua, fruta y pan ácimo untado con una especie de papilla de mijo. Los recién llegados devoraban la comida, pero a Nora no le dieron nada. A la mujer blanca solo le dedicaban miradas incrédulas o malvadas.

Entonces una mujer menuda, de apariencia insignificante, salió de una de las cabañas circulares que rodeaban la plaza. Nora apenas la distinguía. Se había desplomado algo alejada de los esclavos liberados, vigilada por Akwasi, cuyo fornido cuerpo le impedía la visión de los acontecimientos. Los recién llegados reaccionaron con susurros emocionados y los habitantes de Nanny Town con vivas. Así pues, aquella mujer menuda era la Abuela Nanny, la Reina. Nora observó atónita que el bullicio de la plaza cesó cuando la mujer alzó la voz.

—Así que has regresado, Máanu, ¡hija!

Un rumor apenas audible. «Hija» debía de ser un título honorífico.

—Tal como te anuncié, Reina Nanny. ¡Con un valioso botín y refuerzos para la tribu! —Las palabras de Máanu tenían un tono triunfal.

—¿Y conseguiste liberar a tu hermana?

Nora contuvo el aliento. A pesar suyo, su respeto por Máanu creció. El odio de la joven hacia el *backra*, junto con el amor que sentía por su hermana, le habían permitido planear esa expedición. Una sola muchacha había vencido a Elias.

—¡Sí! —exclamó Máanu.

Nora supuso que empujaba hacia delante a su hermana. Mansah volvía a llorar.

—¿Esta? —preguntó Nanny, sarcástica—. ¿Esta llorona? ¿Valía la pena el esfuerzo? Bueno, tú sabrás. ¿Arde ese hombre en el infierno?

—¡En el más profundo y oscuro infierno! —respondió Máanu.

—Bien, mañana celebraremos una ceremonia para conjurar a su *duppy*. Y tú... Los hombres han de construir una casa para ti y tu hermana... y tu hombre, si es que eliges alguno. —Un nuevo rumor se dejó oír entre la gente. También esto parecía una recompensa. Máanu había ascendido en la jerarquía de Nanny Town—. ¿Dónde está el esclavo que ha traído una mujer blanca?

Nora aguzó el oído, asustada, y Akwasi se sobresaltó. ¿Cómo lo sabía la Reina? Era probable que en los últimos kilómetros antes de llegar a Nanny Town todos los arbustos tuvieran ojos y oídos.

Uno de los cimarrones señaló a Akwasi y Nora y la muchedumbre se separó frente a ellos. Nora se encogió. No quería mostrarse ante esa gente. No estaba preparada para presentarse ante la Reina y su voz afilada e irónica. Tenía el vestido arrugado, desgarrado y empapado en sudor, los pies le sangraban y tenía los brazos y la cara surcados de magulladuras y arañazos. El cabello sucio, húmedo y enredado colgaba alrededor del rostro agotado y demacrado. Nora quería dormir o morir, pero no presentarse ante una reina.

Un guerrero tiró de ella para levantarla. Akwasi ya estaba delante de la Abuela Nanny.

—¡Soy yo! —respondió con orgullo—. Akwasi. La quiero, siempre la he querido. Y yo he matado a su señor.

—¿Tú has matado al *backra*? —preguntó Nanny con respeto.

Conocía los escrúpulos de muchos esclavos a la hora de actuar contra sus odiados señores.

Akwasi asintió.

—Lo hemos hecho juntos —aclaró—. Pero yo fui el que le arrancó la cabeza del cuerpo. De lo que todavía quedaba de él. Así que ella me pertenece.

Nora se estremeció de horror.

—No estés tan seguro, Akwasi —señaló Nanny—. Aquí el botín pertenece a todos. Y por regla general no tomamos cautivos.

—¿Está prohibido tener esclavos en tu ciudad? —preguntó Akwasi—. Tú eres ashanti.

Nanny resopló.

—Yo era ashanti —respondió—. Y es cierto, siempre tuvimos esclavos. Vivíamos del comercio de esclavos. Pero esta es mi tribu. Y hasta ahora no hemos tenido ninguno.

En Nora despertó algo parecido a la esperanza. Si Nanny rechazaba que se tuvieran esclavos...

—¿Porque lo prohíben los dioses? —preguntó Akwasi con ironía—. ¿Tal como solía decir nuestro hombre obeah?

Nanny rio, pero sonó como el graznido de un pájaro en la jungla.

—Los dioses no me importan —dijo—. Ellos se ocupan de sus asuntos; yo, de los míos. Pero aquí formamos una tribu. Me pertenece a mí, a Quao, Cudjoe y Accompong. Las montañas son demasiado pequeñas para albergar distintas tribus. Si luchamos entre nosotros y cogemos esclavos nos debilitaremos. Por eso ya no enviamos de regreso a nadie, ni siquiera a cambio de un rescate. Nos debilita.

Nora se desanimó. Nanny hablaba de estrategia, no de humanidad ni de un rechazo moral de la esclavitud.

—Es blanca —indicó Akwasi.

—Eso complica el asunto... —Nanny suspiró—. Si fuera negra, en algún momento se resignaría a su destino. La quieres para yacer con ella, ¿no? —Akwasi asintió—. Y eres un hombre apuesto, una negra acabaría apreciando lo que vales. Pero ¿una blanca? Surgirán problemas, joven.

Akwasi se enderezó.

—¡Me las apañaré! —dijo con vehemencia.

Nanny rio.

—Yo no hablaba de problemas nocturnos. Pero ¿qué hará durante el día? ¿Cultivar tu campo? ¿Ocuparse de tu casa como una mujer negra? ¿Mientras las otras cotillean porque no quieres a una de ellas? Tenemos muchos más hombres que mujeres, Akwasi.

—Reina Nanny, cuando te trajeron de África, ¿te preguntó alguien si querías cultivar los campos de los blancos? —inquirió Akwasi—. ¿Y lo que dirían las mujeres blancas cuando el *backra* te forzara a yacer con él?

Nanny volvió a graznar y sus ojos centellearon. La discusión con Akwasi parecía divertirla.

—Tienes respuesta para todo, joven guerrero. ¡Enséñame a la muchacha!

Miró a Nora, que tenía la cabeza baja e intentaba esconder el rostro tras la melena. El guerrero que la sostenía le tiró del pelo para que alzara el semblante y la Reina pudiera verle la cara.

—¿Qué dices tú, missis blanca? —preguntó—. ¿Quieres servirlo o morir?

Nora miró sus ojos vivaces y penetrantes, su pequeña cara negra, que podría haber sido la de un gnomo o un hada. Pensó en lo que debía hacer o decir.

—¡Nunca le he hecho nada! —salió de sus labios—. ¡No he hecho absolutamente nada malo a nadie...!

Oyó una fuerte carcajada. Máanu.

—Esa no era la pregunta —respondió con calma Nanny—. Pero por si quieres saberlo: tampoco yo había hecho nada a nadie cuando me sacaron de mi aldea.

—Yo siempre he ayudado, siempre he hecho por vuestra

gente lo que he podido. Yo siempre... siempre he estado contra la esclavitud...

Todos rieron. Nora bajó la vista avergonzada. Debía detenerse, estaba haciendo el ridículo. Era mejor responder a las preguntas de Nanny. A nadie le interesaba que se justificara.

—Quiero vivir —respondió.

Nanny asintió.

—Una buena contestación. Es posible que te arrepientas. Ya has oído, Akwasi, quiere servirte. ¿La quieres como esposa o como esclava?

Akwasi miró a Nora, que le sostuvo la mirada. Akwasi dudó. Había amado a Nora con todo su corazón, pero ella le había engañado. Igual que Doug. Todos eran iguales.

—¡Como esclava! —declaró inmisericorde.

Nora volvió a bajar la vista.

Nanny arqueó las cejas.

—Entonces quédatela. Pero no quiero oír quejas. De ninguno de vosotros. Vete ahora. Se asignarán los nuevos alojamientos, pero tu esclava se queda fuera, no quiero que nadie se sienta forzado a compartir la cabaña con una blanca. Mañana le construyes una. O preocúpate de que ella te construya una. Haz con ella lo que se te antoje.

3

Akwasi construyó la choza siguiendo el modelo de las cabañas de esclavos de Cascarilla Gardens. Tenía experiencia en ello y, además, acababan de edificar el nuevo caserío. Las chozas circulares de los africanos, cuyas paredes estaban compuestas en parte de estiércol de vaca, no acababan de convencerlo y prefería la construcción de barro y madera. Nora había dormido el día y la primera noche tras su llegada a Nanny Town en un rincón de la plaza del pueblo, a merced del sol. Pero después se puso diligentemente a ayudar a Akwasi. Tenía la imperiosa voluntad de escapar no solo del calor y los insectos, sino sobre todo de las miradas y burlas de los lugareños, que llegaban uno tras otro para contemplar a la esclava blanca con la boca abierta o para molestarla.

También Máanu apareció por ahí mientras Nora aplicaba barro a los muros de su cabaña.

—Bueno, ¿qué tal te va, missis blanca? —preguntó con una sonrisa maliciosa—. ¿Y a ti, Akwasi? ¿Estás construyendo una cabaña únicamente para ella o piensas compartirla?

El hombre hizo un gesto de indiferencia.

—No era mi casa lo que yo odiaba, sino a los *backras* que me tenían cautivo en ella —respondió—. Nunca he aprendido a construir de otro modo. ¡Y ella tiene que aceptar lo que le den!

Y al decirlo dirigió a Nora una mirada de interés que Máanu advirtió con una punzada de dolor. Akwasi seguía sin mostrar el menor interés por la joven negra. Ni siquiera se había dignado contemplar la hermosa cabaña circular que le habían concedido muy cerca de la residencia de la Abuela Nanny.

—Me pregunto por qué me odias, Máanu —intervino Nora, cansada—. ¿Qué te he hecho yo? Yo ignoraba lo que hacía Elias. Me interpuse cuando lo descubrí y pude proteger a Mansah. Y algo habría hecho antes si me lo hubieras contado. Si alguien era capaz de evitar la muerte de Sally eras tú, Máanu, no yo.

La joven la fulminó con la mirada.

—¿Quién está hablando de Sally? —preguntó airada.

Nora se llevó la mano a la frente, pero la retiró por una punzada de dolor. Para diversión de los negros del lugar, le ardía el rostro, expuesto al sol sin protección durante días. El intento de protegerse con una especie de sombrero que había entretejido con hojas se vio desbaratado por las mujeres que pasaban. Se limitaban a arrancarle el sombrero y pisotear las hojas en el polvo.

—¿No quieres volverte como nosotras, missis blanca?

Nora luchaba contra el dolor de cabeza y rogaba que la piel se le acostumbrara al sol. Siempre se había bronceado deprisa, lo que había sido una de sus preocupaciones desde que estaba en Jamaica. Elias concedía mucha importancia al hecho de que su esposa, una lady perfecta, luciera una tez blanca como el mármol al igual que las demás esposas de los hacendados, mujeres que prácticamente nunca salían de casa. Ahora podía ser de importancia crucial conseguir una protección natural contra el sol. Y una artificial: tenía que acabar la choza lo antes posible. Nora arrojó con renovado impulso barro contra las paredes.

Las cabañas de esclavos normales se construían pronto: Nora solo tendría que dormir una noche más al raso antes de que su casa estuviera lista para ser habitada. Se preparó para que Akwasi volviera a abusar de ella, pero para su alivio esa noche la dejó tranquila, lo que sin duda obedecía a su propia intranquilidad. La mayoría de los negros de Nanny Town desaprobaban su «trofeo de guerra» de piel blanca, si bien por razones diversas. Los había que rechazaban la esclavitud después de haberla sufrido en carne propia; otros consideraban que meterse en la cama con una blanca denigraba a un esclavo libre y criticaban a Akwasi por ello. Pero la gran mayoría temía simplemente las consecuencias negativas que podría acarrear al poblado.

—Los *backras* no dejarán correr este asunto —oyó decir Nora a dos mujeres que molían grano—. Prescindirán de un par de caballos y mulos, pero ¿de una mujer? Intentarán recuperarla y si de paso arrasan nuestro pueblo, ¡tanto mejor para ellos!

El temor de causar la desgracia de los cimarrones por culpa de su obstinación también llegó a oídos de Akwasi. La posesión de Nora menoscabaría la reputación del joven en su nueva tribu. Por eso no quería llamar todavía más la atención sobre su persona durmiendo con la blanca al aire libre y a la vista de medio poblado.

Durante la primera noche en la nueva casa se satisfizo y dejó a Nora llorosa y magullada. Ella no había querido llorar o gritar, pero ¡tampoco perder la dignidad! Sin embargo, las embestidas de Akwasi era dolorosas, no tenía ninguna consideración a la hora de penetrarla y lo hacía con violencia, mientras con sus fuertes manos le mantenía sujetos los brazos y los presionaba contra el duro suelo de barro. Nora todavía no había podido tejer una esterilla y el lecho en la cabaña era más duro que el de vegetación de la primera noche. Al final también le dolía la espalda. Pero todavía era más doloroso que Akwasi ni siquiera la mirase durante el acto. Tenía la mirada clavada lejos de ella y Nora se sentía como una muñeca apaleada que un niño malcriado zarandeaba de un lado a otro.

Por la mañana consiguió levantarse con esfuerzo y moler el maíz para las tortas del desayuno. Al menos eso le resultaba fácil. Las mujeres que se asomaban curiosas por allí para recrearse con la visión de la torpe blanca sufrían una decepción. Nora llevaba meses desmenuzando hierbas curativas con el mortero, mezclando ungüentos y lavando vendajes. Moler el grano y hacer la masa, así como hornear las tortas de maíz en un fuego abierto hasta podría haberla divertido, si su destinatario no hubiera sido un hombre que quería poseerla aun odiándola.

Algo más difícil resultó tejer la esterilla para dormir. Las mujeres solían hacerlas de hojas de palma y Nora la había considerado una tarea fácil. Recordaba nostálgica sus sueños con Simon, mientras la labor se desmontaba con cada nuevo intento que emprendía. Habría necesitado a alguien que le enseñara, pero la única que la visitaba tímidamente era la pequeña Mansah. La niña estaba atemorizada y triste. Máanu y las otras mujeres de Nanny Town no podían sustituir a la madre, pese a que todas se mostraban cariñosas con ella, aunque fuera para granjearse las simpatías de Máanu, la nueva persona de confianza de la Reina. Era evidente que a la Abuela Nanny le agradaba la joven Máanu y con frecuencia la invitaba a su cabaña para hablar sobre algún que otro asunto. Las otras mujeres afirmaban respetuosamente que pedía consejo a la muchacha.

Mansah tenía mayor información.

—La Reina no pedir consejo a nadie —contó a Nora mientras trataba de ayudarla a tejer, con tanta torpeza como la joven blanca. Debía de haber un truco que ninguna de las dos conocía—. Ella hablar inglés con Máanu. Y quiere aprender a leer. Máanu dice que ella misma no saber bien, que tener que pedir a Akwasi. Pero Abuela Nanny no hablar con Akwasi, estar enfadada porque él traer missis. Después tener que hacerlo, dice Máanu, porque ella no saber leer acuerdo.

—¿Un acuerdo? —preguntó Nora, perpleja—. ¿Quieren los cimarrones firmar acuerdos con los *backras*?

Mansah se encogió de hombros.

—No sé, missis, Máanu dice que Abuela no querer porque los contratos dicen que devolver esclavos cuando escapar. Pero Cudjoe sí quiere...

Cudjoe parecía ser el hermano mayor de Nanny. Nora había oído contar en Kingston que en los primeros años él había iniciado los saqueos y alzamientos de los cimarrones. Ahora, sin embargo, estaba cómodamente instalado en Saint James Parish, al noroeste de la isla. Tal vez quisiera legalizar su poblado...

—Quao estaba con él —siguió explicando Mansah—. Pero ahora otra vez aquí. Y pelear con Nanny.

—¿Sobre un acuerdo de paz? —preguntó Nora.

Mansah volvió a encogerse de hombros, pero ese gesto tan propio de Máanu no era enervante en ella, sino más bien gracioso.

—No sé, missis —repitió—. Nanny y Quao hablan lengua extranjera. Ashanti. Máanu dice que le gustaría aprender. ¡Aprender lengua digna de pueblo digno!

Nora se apartó el pelo de la cara, con lo que de nuevo se desmontó la labor. Las hojas eran demasiado lisas y sin un marco no se sujetaban. Resignada, miró el pequeño y solícito rostro de la niña.

—Máanu no es ashanti —observó—. Por lo que sé, su madre es dogón. Y los ashanti han estado años esclavizando a los dogones. ¿Qué tiene su lengua mejor que el inglés? Que por cierto tú deberías hablar correctamente, Mansah. No hay ninguna razón para que sigas hablando como un bebé ahora que no tienes a ningún *backra* que insista en ello. Eres libre, ¡intenta entonces construir frases correctas!

Durante las horas siguientes, ambas se esforzaron en sus tareas. Nora luchaba con hacer una especie de marco para la esterilla y Mansah trataba de formular giros correctos en inglés. Lo segundo salió mucho mejor que lo primero. Nora ya estaba harta y decidida a amontonar las hojas unas sobre otras para descansar de noche sobre algo más blando, cuando llegó una visita inesperada. Mansah se escondió detrás de Nora al ver que la sombra de una persona se proyectaba sobre ella. Las mujeres no dejaban de pasar para mofarse de la falta de destreza de Nora y Mansah hacía lo que podía para impedirles que se burlasen, pero el recién llegado no tenía ninguna curiosidad por el trabajo de Nora. Miró sin cumplidos a la mujer blanca.

—Así que eres tú —dijo el hombre—. Hasta ahora no podía creerlo. Pensaba que a lo mejor eras mulata o algo así. Blanca. Pero... pero no una missis blanca...

Nora alzó la mirada, furiosa.

—¡Entonces, bienvenido a la feria de ganado! —observó—.

Aunque tú no eres el primero, tal vez Akwasi debería cobrar dinero por exponerme.

Sabía que era insolente, pero le devolvió altanera una mirada escrutadora. El negro que se hallaba de pie ante ella era pequeño pero fornido. Tenía un rostro ancho y ojos igual de penetrantes, negros y brillantes que los de la Reina.

—De mí no cobrará nada, missis, tengo todo el derecho del mundo para venir a mirarte. Soy Quao, el rey.

Así que era el hermano de Nanny. Claro, era igual que ella, aunque más joven.

—¿Y? ¿Te gusto? —replicó Nora—. ¿O tengo que enseñarte antes los dientes? —Era lo que siempre se pedía a los esclavos en los mercados.

Quao rio.

—No deberías morderme —advirtió—. Pero... la verdad, no me gustas nada. Aquí solo crearás complicaciones.

Nora resopló.

—Yo no he venido por propia voluntad.

Quao suspiró.

—Pero algo debe de haber habido entre tú y ese joven que tanto te ama y tanto te odia. ¿Le has alentado? ¿Eres una de esas blancas a las que les gusta probar un poco de carne negra?

Nora lo miró iracunda.

—Nunca... —Pero se acordó de la noche de la ceremonia obeah y bajó la mirada—. Yo no empecé...

—Ah... —Quao alzó las manos como a punto de conjurar a los espíritus—. Así que algo ocurrió. Lo sospechaba, y Nanny también. Sin embargo, todo podría ser más fácil si Máanu y ese joven... En fin, missis... ¿cómo te llamas?

La joven respondió.

—Vaya, así que Nora...

La joven se sintió reconfortada. Nadie le había preguntado por su nombre desde que la habían sacado de Cascarilla Gardens.

—Pues bien, Nora, ni a la Reina ni a mí nos gusta que estés aquí. Hemos hablado incluso de... sí, de liquidarte. Pero ese

Akwasi te quiere, y parece que lo necesitaremos. ¿Es cierto que sabe leer y escribir?

Nora hizo un gesto de ignorancia.

—Se crio con el hijo del *backra*. Ambos eran amigos, aunque ahora Akwasi lo odie...

Quao la observó con atención. Con los años había aprendido a leer un rostro.

—También eso, pues... —murmuró—. ¿Está muerto el hijo del *backra*?

Nora sacudió la cabeza.

—Esto no pinta bien —suspiró Quao—. Es posible que te busque... Pero lo dicho, necesitamos a Akwasi. Ha de tener lo que desea. No obstante, hablaré con él sobre esclavitud, sobre cómo la interpretamos los ashanti. No tengas miedo, no te tratará mal. Y si tiene hijos contigo, deberá tomarte como esposa para que puedan recibir su herencia. Además, me gustaría saber en qué basa su derecho a tenerte de esclava. A fin de cuentas, no has hecho nada malo.

De esta conversación, Nora dedujo varias cosas: que los ashanti esclavizaban a criminales y presos de guerra, que perseguían a los hombres de las tribus enemigas y que la esclavitud no tenía nada que ver con el color de la piel.

—¡Pero es una prisionera de guerra! —protestó Akwasi cuando, poco después, Quao le dijo que tal vez no tenía ningún derecho de poseer a una mujer blanca—. ¡Su tribu es mi enemiga!

El hermano de la Abuela Nanny volvió a suspirar.

—Sí, ya lo he entendido de sus alusiones. Pero sabes que no puedes conservarla como si fuera un animal. Tienes la obligación de cuidar de ella, de vestirla, no debes golpearla ni abusar de ella.

Nora miraba al suelo.

—¿Se ha quejado? —preguntó Akwasi—. La poseo como un hombre posee a su mujer en África. Yo...

—¡Yo soy una dama en mi país! —le interrumpió Nora—. Y no hablo de las noches con mi... señor... delante de extraños.

Se había ruborizado al oír hablar a los hombres de ella con tanta naturalidad, pero ahora su pudor se convertía en ira.

Quao agitó la mano como si estuviera ante niños peleándose.

—¡Haced lo que queráis! —dijo lacónico—. Pero Akwasi, recuerda que tienes que hacerla tu esposa si tiene un hijo tuyo. Insisto en ello. Aquí no permitimos que crezcan hijos de esclavos como en las plantaciones de los blancos. Y tú, Nora, guárdate esa lengua tan afilada. La necesitarás. Tu señor está obligado a tratarte bien. Pero no es válido para la tribu que...

Nora pronto notaría las consecuencias de esas palabras. En Nanny Town no solo se vivía de los asaltos. Como Doug ya había dicho en una ocasión, los ashanti eran campesinos. Si bien las tareas del campo las realizaban las mujeres, que las desempeñaban juntas. Tampoco Akwasi iba solo a labrar la tierra que le habían concedido. Si bien a él le correspondía roturarla —se prefería el fuego para esta tarea—, luego las mujeres empezarían a removerla para sembrar. Así pues, Nora no podría seguir escondiéndose de las otras mujeres como hasta entonces. Escuchó asombrada cómo uno de los cimarrones indicaba a Akwasi que prendiera fuego a los arbustos de su terreno.

—¡Se verá a kilómetros de distancia! —dijo a Akwasi en parte sin comprender y en parte esperanzada—. El humo y las llamas: ya podríais colgar un mapa en Kingston con la indicación de Nanny Town.

El otro cimarrón se echó a reír.

—Esto no es un secreto, mujer blanca. El gobernador sabe dónde están Cudjoe Town, Nanny Town, Accompong...

Akwasi se sintió orgulloso. Acababa de hablar alegremente con el guerrero, los cimarrones sencillos no lo habían dejado mucho tiempo al margen. Antes al contrario, muchos lo envidiaban en silencio. Al fin y al cabo, él no era el único que siendo esclavo había mirado alguna vez con deseo la lechosa piel de las esposas de los hacendados.

—Claro que sí —confirmó—. El gobernador lo sabe perfectamente. Y sus tropas han tratado muchas veces de tomar las ciudades. Pero en vano. Todos los ataques fueron rechazados. No es algo que le guste recordar, y por eso finge ignorar dónde nos escondemos.

Nora sintió algo similar a la cólera. Era inconcebible que esa pequeña Reina Nanny y sus hermanos desafiaran a todo el Imperio británico. Pero también Doug y los demás hacendados habían vagado sin éxito por la montaña el año anterior. Por otra parte, tal vez fuera inteligente por parte del gobernador no compartir con los barones del azúcar sus informaciones. Según lo que Doug había contado sobre la expedición de castigo, el silencio de la Corona era incluso redentor: no era necesario ser un gran estratega para saber que los defensores de Nanny Town habrían exterminado a ese variopinto destacamento. Los cimarrones también lo habrían hecho con gran maestría, por supuesto, no les habría costado organizar una emboscada en cualquier lugar de las montañas. Pero lentamente iba comprendiendo las múltiples relaciones y los acuerdos tácitos que, pese a todo el odio hereditario, había entre los negros libres y el gobierno de Jamaica. Por ejemplo, las expediciones de castigo de los hacendados: el gobernador no las apoyaba y los cimarrones no las atacaban.

Y mientras Nora ayudaba a su nuevo «señor» a extinguir el fuego y superaba luego la fatiga de despejar la tierra de raíces quemadas, también comprendió por qué Nanny y Quao se preocupaban por el papel de la blanca en esa querella. El gobernador toleraba con rabia sorda asaltos esporádicos, incluso el robo y el asesinato. Pero si los negros empezaban a coger esclavos blancos, la presión se haría demasiado fuerte. Nora tenía puestas sus esperanzas en Doug. Era capaz de movilizar a los barones del azúcar para que la Corona concentrara todo su poder en liberar a la viuda de un hacendado de manos de los cimarrones. ¡Si es que no era tan tonto e irreflexivo como los demás hacendados y no intentaba vengarse organizando una absurda expedición de castigo!

4

Lord Hollister, Keensley y los demás hacendados de la zona insistieron en formar una expedición de castigo contra los cimarrones en cuanto hubieron concluido los funerales en Cascarilla Gardens. Y se llevaron una decepción inesperada cuando Doug Fortnam se negó a participar.

—¡Ahí tendría la posibilidad de vengarse, joven! —le reprochó Keensley—. ¿O es que va a aceptar que esos tipos maten a nuestros hombres e incendien nuestras propiedades?

Doug iba a recordarle que también lloraban la pérdida de una mujer, pero se contuvo. Lo último que le interesaba en ese momento era hacer pública su relación con Nora. Así que apretó los puños en silencio y sacudió la cabeza.

—¿Alguna vez se han obtenido resultados con este tipo de acciones de castigo? —preguntó—. Sí, de acuerdo, en ocasiones atrapan a un pobre diablo negro y lo cuelgan en Kingston. Pero esos no son los cimarrones, son esclavos huidos que van camino de las montañas...

—¡No se cuelga a nadie por equivocación! —replicó lord Hollister envalentonado.

Doug se frotó la frente.

—Pero tampoco a los responsables de los asaltos. Las expediciones de castigo no sirven para combatir a los cimarrones. No viven en campamentos, sino en poblados con instalaciones de defensa. Deberíamos enrolar tropas y declarar una guerra. Y yo al menos no tengo ni la necesidad ni las ganas. Ejerza su influencia sobre el gobernador, si cree que eso promete. Pero yo tengo cosas más importantes que hacer. No dispongo de tiempo para ir vagando por las montañas para matar a unos pocos negros mientras aquí todo está patas arriba.

—¡Se lo debemos al recuerdo de Elias! —exclamó Hollister.

Doug volvió a apretar los puños bajo la mesa. Él no sentía ninguna necesidad de vengar la muerte de su padre. Le habían dado su merecido. Si no hubiera estado Nora...

—Haga lo que usted quiera —respondió a su vecino—. Pero creo que como mejor cumplo con mi deber de hijo es conservando Cascarilla Gardens.

«Y mostrando un poco de arrepentimiento por lo que ha hecho mi padre», pensó, una reflexión que regía su comportamiento desde la noche del incendio. Esto le preservaba un poco de evocar solo a Nora, lo que ella había pensado y sentido cuando los cimarrones hundían los machetes en su cuerpo, su miedo y su dolor.

Doug se concentró en evaluar la situación y reorganizar el trabajo en Cascarilla Gardens. Estaba decidido a intentarlo sin látigos y sin vigilantes, y reunió a sus negros justo después de que los funerales concluyeran y el reverendo y los vecinos se hubieran ido.

—No necesito explicaros en qué situación estamos —empezó pausadamente—. Nos encontramos en medio de la cosecha, hay que cortar la caña de azúcar de dos tercios de la plantación. Pero se han marchado ochenta trabajadores, casi todos del campo. ¿Quedan todavía algunos entre nosotros?

Unos pocos esclavos de mayor edad alzaron las manos. Doug se dirigió a ellos.

—Me alegro de que os hayáis quedado. Y no puedo imponeros que trabajéis ahora noche y día en los campos. Aún menos cuando han robado una gran parte de los animales de tiro. Cascarilla Gardens todavía conserva dos yuntas de bueyes, que habíamos prestado a los Keensley, y tres caballos. El mío y dos yeguas que estaban con el nuevo semental bereber de los Hollister...

A Doug casi se le quebró la voz cuando recordó la admiración de Nora por el hermoso ruano que el caballero había hecho traer de Oriente por una pequeña fortuna. En Inglaterra se estaban poniendo de moda las carreras de caballos en hipódromos especialmente construidos para ese fin y lord Hollister había pensado introducir con el tiempo algo similar en Jamaica. Además, le disgustaba que *Aurora* ganara en cada competición a su propio caballo. Fuera como fuese, había importado el semental a la isla y solo admitía yeguas que cubrir. Los Fortnam habían presentado a *Aurora* y una de las otras yeguas que Nora había traído de Inglaterra. Eso había salvado a los animales del pillaje.

—De todos modos, ninguno es caballo de tiro. Mañana iré a Kingston y trataré de comprar un par de animales de carga (no va a ser fácil) y también... también algunos esclavos. —Le costó pronunciar esa palabra, pero los negros no se lo tomaron mal. Parecían más alegres por descargarse trabajo que ofendidos por la esclavitud de otros africanos—. Vosotros... —añadió señalando a los viejos esclavos del campo— vosotros seréis los responsables de ponerlos al corriente de sus deberes. Y por mucho que lo sienta, al principio todos los esclavos y artesanos que todavía estéis aquí deberéis apoyaros. No necesitamos por el momento ningún carpintero, herrero ni criado domésticos.

Un murmullo indignado se elevó de la muchedumbre de negros.

Doug suspiró.

—Sí, lo sé, había prometido que nadie se vería degradado. Pero para conservar una casa con muchos criados necesito los ingresos de la caña de azúcar. Así que al principio tendréis que arrimar el hombro.

Lanzó una mirada preocupada al grupo de los esclavos domésticos. Si no colaboraban de forma voluntaria, tendría que emplear a un vigilante. Y entonces no tardarían en volver a restallar los látigos. Doug miró ceñudo a Kwadwo cuando este se adelantó. El hombre obeah y caballerizo sin duda consideraba que cortar la caña desmerecía su posición.

Sin embargo, las palabras del anciano conjurador de espíritus lo tranquilizaron.

—Yo haré todo lo que esté en mi mano, y también mis mozos de cuadra —dijo con orgullo.

La próxima en tomar la palabra fue Adwea.

—¡Yo también! —anunció—. Y mis ayudantes de cocina. Pero no conseguiremos tantos resultados como los negros del campo, *backra* Doug. ¿También nos darás latigazos? —La pregunta oscilaba entre la ironía y el miedo.

Doug sacudió la cabeza.

—¡En Cascarilla Gardens nunca más se azotará a nadie con un látigo! —afirmó—. A no ser que haya robado o cometido un delito. Pero eso no lo comprobará un vigilante, seré yo mismo quien lo haga. En el futuro, no trabajaréis los domingos, y en Navidad y Pascua tendréis varios días de fiesta... —Se alzaron vítores—. A cambio de ello, espero lealtad y buena disposición para el trabajo. Mañana por la mañana os pondréis a disposición de Kwadwo y escucharéis las indicaciones de los negros del campo. Todos, menos Adwea y sus ayudantes de cocina. A fin de cuentas, los trabajadores del campo no deben pasar hambre.

Cuando al día siguiente Doug se marchó a caballo hacia Kingston, los negros se habían reunido y, tras proveerse de machetes, dejaron que los antes tan menospreciados trabajadores del campo los distribuyeran en grupos. Al menos eso se desarrolló bien. Pero Doug no se sentía contento. Cada palmera del camino, cada recodo, cada paisaje bonito de un poblado o más tarde de la playa le recordaban a Nora. A ella le gustaban tanto el paisaje, el sol, los colores de la jungla y el mar... ¿Cómo podía estar muerta? ¿Y por qué había algo en él que no quería admitirlo? Palpaba sin cesar el colgante que llevaba en el bolsillo y se obligaba a mirar por encima del hombro izquierdo. Pero ningún *duppy* —ni un Simon vengativo ni una cariñosa Nora ni un iracundo Elias— se mostraba.

En los meses siguientes, Doug Fortnam reestructuró la vida de Cascarilla Gardens y no hizo nada que sus vecinos no considerasen una insensatez.

—¡La pérdida le ha perjudicado el juicio! —suspiró lady Hollister cuando el joven se negó a emprender la reconstrucción de su casa—. ¡No puede vivir en la casa de un vigilante!

—¡Y está poniendo en peligro su vida! —exclamó Christopher Keensley—. Tan cerca del barrio de los negros y siendo el único blanco. ¡Si no lo matan los viejos, lo matarán los nuevos!

En efecto, Doug había comprado cincuenta nuevos trabajadores para los campos, hombres recién llegados de África en un barco negrero. Se hallaban en el espantoso estado con que solían desembarcar, y Doug, para horror de sus vecinos, les dio la primera semana libre para que se adaptaran. Su personal los cuidó y les enseñó los rudimentos del inglés... y para su propia sorpresa la experiencia salió bien. A ninguno de los nuevos negros le resultaba extraña la idea de la esclavitud. Pese a que se afligían por su destino, nunca les había resultado inconcebible convertirse en propiedad de otro hombre. Doug se había congraciado con ellos al comprar a una mujer y su hija, aunque esta última todavía era muy joven para sacar provecho de ella. También adquirió dos parejas y una familia y les permitió ocupar juntos una cabaña.

Los antiguos negros de Cascarilla Gardens se sintieron animados y tres parejas pidieron permiso para casarse. Doug les regaló una cabra y tres pollos y les dio dos días libres para construir una cabaña más grande, aunque no fue posible celebrar un enlace formal con el reverendo.

—Lo he pedido, Tiny —informó con mala conciencia a un corpulento trabajador del campo y a su esposa, que era muy creyente. Solía emocionarse con las palabras que Stevens pronunciaba en la misa—. El reverendo no os puede casar porque no estáis bautizados. Y tampoco puede bautizaros porque... —Doug se interrumpió, no podía mencionar que los negros no tenían alma—. No sé por qué —prosiguió—. Además, la ley prohíbe que los esclavos se casen entre sí. Los esclavos se consideran menores de edad como los niños, y no pueden firmar ningún contrato. Y dado que el matrimonio es un contrato...

Tiny y Leonie lo miraron sin comprender. Doug pensó en cómo habría solucionado Nora este problema. Siempre había sido pragmática.

—Escuchad, coged un pollo más —dijo a los esclavos— y se lo dais a Kwadwo. Él conjurará a cualquier espíritu.

—¿Y con eso basta? —preguntó vacilante Leonie.

Ya no era joven, Cascarilla Gardens era la tercera plantación en que servía desde que la habían raptado a los diecisiete años. Doug sabía que Nora la había atendido varias veces, probablemente después de visitar a la *baarm madda*.

Doug asintió animoso.

—¡En Cascarilla Gardens, sí! —le aseguró—. No os separaré a ti y a Tiny, y si vuestra unión se ve bendecida con hijos, tenéis mi palabra de que tampoco los venderé.

Un año después había tres recién nacidos en Cascarilla Gardens.

También en Nanny Town bullían los niños, aunque apenas había curanderas. La Abuela Nanny casi era la única que sabía algo a la hora de atender un parto y asistir a los enfermos, pero no alcanzaba el nivel de conocimientos de las *baarm maddas* de las plantaciones. Nora lo advirtió muy pronto, si bien ninguna mujer negra iba a confiar, por supuesto, en una blanca. Disponía de mucho tiempo para observar a las mujeres, pues Akwasi la enviaba con ellas a construir cercados y limpiar el campo. Y de ese modo, el martirio de Nora en Nanny Town entró en una nueva fase, pues ahora las mujeres no se limitaban a observarla y reírse de su torpeza en las labores cotidianas, como tejer una esterilla. En vez de ello se esforzaban en que la blanca tomara conciencia de su estatus de esclava.

—¡Ya no tenemos que cortar nosotras mismas la caña de azúcar! —anunció una hermosísima ashanti, al parecer la representante de las jóvenes solteras—. ¡Para eso tenemos una esclava!

Riendo, entregó a Nora un machete romo y señaló el campo de caña. También en Nanny Town se cultivaba la caña de azúcar, aunque no en la misma cantidad que en las plantaciones, sino solo para cubrir las propias necesidades de azúcar y alcohol. Respecto a este último, Nanny y Quao controlaban prudentemente la destilería y solo repartían pequeñas cantidades de aguardiente entre la población. La mayor parte de los campos de Nanny Town estaba destinada al cultivo de alimentos, desde ñame hasta mandioca, pasando por cereales y frutas. Labrar los campos era tradicionalmente una labor de las mujeres y no resultaba demasiado pesada, siempre que una estuviera acostumbrada al trabajo físico con el calor típico del país y la elevada humedad ambiente. Los orgullosos hombres ashanti no consideraban que ellos tuvieran que ayudar a cosechar la caña. Dejaban esta tarea a las mujeres, quienes a su vez se la cedían a las más jóvenes. Y estas forzaban ahora a Nora a blandir el machete.

—¡Espabila, esclava! —reían las muchachas, mientras la azotaban con hojas de palma.

No dejaba cardenales, pero hacía daño y era humillante. Y más, por cuanto Nora hacía lo que podía. Al principio había abrigado la esperanza de ganarse el respeto de las mujeres trabajando sin cesar. Tendrían que aceptarla cuando vieran que no intentaba eludir las tareas más bajas. Pese a ello, pronto tuvo que reconocer que no había sido educada para esa labor. El sol de justicia reinante le provocaba dolores de cabeza y tenía que luchar para no desmayarse a causa del calor. Con el clima de Jamaica, salir a pasear a pie o a caballo y cuidar de los enfermos era muy distinto de andar cortando caña, dura, rebelde y de la altura de un hombre.

A los pocos minutos Nora estaba empapada de sudor, el vestido se le pegaba al cuerpo y se enredaba con la falda, lo que la salvó en varias ocasiones de golpearse las piernas en lugar de las cañas con el machete. Nunca había pensado que los esclavos se produjeran ellos mismos las heridas que tantas veces había cuidado en Cascarilla Gardens, pero nunca había tomado conciencia de lo fácil que un machetazo erraba el blanco. En algún momento casi se alegró de que las muchachas le hubieran dado un machete romo. Hacía más agotador el trabajo, pero reducía el riesgo de herirse.

Nora se esforzaba por mantener su actitud y, a partir de cierto momento, también su conciencia, mientras el sol subía y las muchachas la insultaban y denostaban entre risas. Ya hacía tiempo que tenía las manos llenas de ampollas, los pies de nuevo lastimados y, tras la última noche con Akwasi, el sexo le dolía con cada paso que daba. En contra de lo esperado, eso no mejoraba. Todos los intentos por frotarse ella misma y excitarse un poco antes de que él la embistiera fracasaban. Cuando Akwasi se le acercaba, se encogía de miedo, tanto dolor le causaba. Podría haberlo mitigado poniéndose un ungüento, pero no encontraba el momento para prepararlo. Sin contar con que no tenía libertad suficiente para ir a recoger los ingredientes. Aunque en Nanny Town había huertos de plantas curativas, Nora desconocía sus cualidades. Los conocimientos al respecto debían de haberse introducido en Jamaica desde África, no desde Europa.

Aun así, había plantas silvestres, como el aloe vera, que se encontraban en todos los rincones de Cascarilla Gardens y que eran adecuadas para la elaboración de ungüentos medicinales. No crecían, sin embargo, directamente en Nanny Town, y Akwasi nunca le hubiera permitido que abandonara el poblado para ir a recogerlas. Al final, hizo acopio de fuerzas y preguntó a las demás mujeres por una *baarm madda*, si bien solo consiguió que todavía la mortificaran más.

—¿Qué te pasa, mujer blanca, estás embarazada? ¿Es que no quieres un hijo? Pero ¡eso no te solucionará nada! A mí tampoco me lo solucionó.

Julie, una de las mujeres casadas de más edad, que hablaba muy bien en inglés, miró a Nora con ira. Esta no entendió por qué, ya que no había hecho nada para enfadarla. Pero Julie tenía ganas de explayarse.

—¡Mi *backra* me forzó a yacer con él y yo no quería dar a luz! —le espetó a la cara—. Pero la missis quería niños esclavos.

Me descubrió y mandó azotarme. Y luego me tuvieron encadenada hasta que el niño nació. Por desgracia era claro, casi blanco, enseguida se vio quién me lo había hecho. Entonces la missis se lo llevó... Nunca más he vuelto a saber de él.

Nora estaba sobrecogida, pero Julie lo explicaba inmutable. Era evidente que ya no le quedaban más lágrimas que derramar, ni compasión por las penas de una mujer blanca.

Al final fue Mansah quien salvó a Nora del aprieto cuando pidió a Nanny un ungüento para una pequeña herida. Máanu seguía visitando con frecuencia a la Reina, así que Mansah también la veía a menudo pese a que no se caían bien. Nanny desaprobaba que Mansah siguiera llorando y alicaída. Reprochaba a Máanu que mimara demasiado a su hermana.

—¡Envía a la niña al campo, que trabaje, así dejará de lloriquear! —decía con dureza la ashanti.

Su pueblo educaba a hombres y mujeres desde pequeños para soportar orgullosa y estoicamente las dificultades. Máanu, por el contrario, había crecido con la división entre esclavos del campo y domésticos. Enviar a su hermana al campo significaba para ella humillarla, pero cedió a las peticiones de la Reina y Mansah lloró amargamente. Aun así, los trabajos del campo de las mujeres de Nanny Town no eran ni de lejos comparables a los tormentos que se sufrían en las plantaciones de caña de azúcar de los hacendados. Si no se era una esclava blanca menospreciada y difamada, hasta era divertido sembrar y cosechar verduras y cereales. Las mujeres cantaban y se contaban historias, descansaban con frecuencia y charlaban las unas con las otras. La mayoría de los niños del poblado participaban de forma voluntaria, ayudaban un poco, jugaban entre los sembrados o se hacían juguetes con leña y restos de las huertas.

Pese a su desesperación, Mansah cogió la azada con saña. La pequeña nunca había sido una niña que viviera despreocupadamente, sino una esclava de nacimiento, alguien que solo se admitía cuando servía para algo. A Nora le daba pena. Hasta entonces nunca había reflexionado sobre la pequeña esclava doméstica, al menos no más que sobre las chicas de la cocina en

Inglaterra. Pero en ese momento se percataba de lo distinto que era todo para Mansah, Sally y antes Máanu. Cuando las ayudantes de cocina inglesas no se comportaban bien, en el peor de los casos perdían su trabajo. A Mansah y los otros niños esclavos les amenazaban con venderlos para trabajar en el campo.

Así y todo, los habitantes de Nanny Town hablaban con la pequeña y Nora estaba segura de que podía contar con que la ayudaría a encontrar una *baarm madda*. La niña le llevó el ungüento de la Reina Nanny.

—Aquí no tener *baarm madda* —le dijo—. Solo Nanny que sabe de África...

Nora olisqueó con desconfianza el recipiente de ungüento. La mezcla olía de forma peculiar y el color marrón y la consistencia fangosa no le resultaban familiares ni le daban confianza. Además, las siguientes palabras de Mansah la hicieron dudar de la capacidad de Nanny como herborista.

—Pero no sé si buena medicina. La noche pasada en cabaña de al lado...

—En la cabaña de al lado... —corrigió Nora.

—En la cabaña de al lado ayer murió mujer —prosiguió Mansah, sobresaltando a Nora, que ya no la corrigió—. Pretty. Ella embarazada... humm... estaba embarazada y ayer llegó niño. Su marido buscó Nanny y ella... también llegó.

Mansah hizo una graciosa mueca como siempre que se esforzaba por hablar bien el inglés, pero esta vez Nora no sonrió. Recordaba a Pretty, una muchacha hermosa que hacía honor a su nombre: «Preciosa.»

—Pero no poder ayudar. Máanu...

—¿Qué tuvo que ver Máanu con eso? —preguntó Nora alarmada.

—Máanu intentó dar vuelta al niño en Pretty. Como hacer missis. Pero no salió bien...

Nora se apartó el cabello de la cara. Había vuelto a escaparse del pañuelo que llevaba recientemente como un turbante a la manera de algunas mujeres negras. Tampoco era muy diestra en ello, al contrario que cuando asistía en los partos. El gesto para hacer girar a un niño en una posición errónea no era difícil, la *baarm madda* de los Keensley se lo había enseñado a Nora y Máanu había estado presente. Pero esta nunca lo había probado. Ayudaba en el cuidado de los enfermos, pero no ambicionaba convertirse en una *baarm madda*. Y ahora se le había muerto Pretty sin que ella pudiera evitarlo.

—¿Y a tu hermana no se le ocurrió venir a buscarme? —preguntó abatida Nora.

Mansah sacudió la cabeza.

—Después ella con pena. Ha dicho que tendría haber hecho. Pero no quería, no quería... una palabra muy difícil, missis, algo con lento. No quería *lentar* a Nanny.

—Violentar, Mansah —dijo Nora con tono cansino—. Es probable que no quisiera violentar a Nanny. No tiene nada que ver con lentitud, significa que no quieres forzarla a hacer algo que no le gusta. Y sin duda tampoco quería que la Reina supiese que la esclava blanca sirve para algo. Por eso tuvo que morir Pretty... Un día Máanu se ahogará en su propio odio.

5

—Lo superará.

Doug Fortnam había escuchado estas palabras infinidad de veces, de labios del reverendo, de sus amigos y vecinos, incluso de los esclavos de Cascarilla Gardens.

Las damas de Kingston y Spanish Town expresaban una y otra vez su preocupación por el duelo prolongado del joven, así como por su vivienda cuando lo visitaban. Lo hacían con frecuencia, a fin de cuentas había hijas, hermanas más jóvenes y primas que con agrado se habrían casado con el joven heredero de una gran plantación. Y el mismo Doug casi no hacía vida social desde que «la desgracia había caído sobre su casa», una expresión que las señoras gustaban de utilizar para referirse al asalto de los cimarrones, tal vez porque les parecía menos amenazadora y no ponía tanto en cuestión su propia seguridad. Al fin y al cabo, el gobernador no mostraba intenciones de tomar los poblados de los cimarrones en las Blue Mountains, de donde ya había salido malparado en suficientes ocasiones entre 1729 y 1734. En ese momento prefería negociar e intentaba ignorar en lo posible contratiempos como el saqueo de Cascarilla Gardens.

—¿Cuándo reconstruirá la casa? —preguntó con cierto reproche lady Hollister. Había pasado para invitar a Doug al baile de primavera y estaba sentada en una de las modestas sillas con que se había amueblado la que antes había sido la cabaña de un vigilante. La proximidad del caserío de los esclavos le resultaba inquietante—. La... la desgracia ocurrió ya hace un año, tiene que ir superándola poco a poco.

Doug intentó esbozar una sonrisa.

—Hay cosas que no se superan tan fácilmente —murmuró, y consiguió serenarse—. Pero ahora pienso iniciar la construcción del edificio. Tengo en mente una nueva casa, no tanto al estilo de una casa de campo inglesa, sino más parecida a su residencia de Kingston.

Lady Hollister resplandeció.

—¡Qué buena idea! —exclamó satisfecha.

Su sobrina, que acababa de regresar a Jamaica procedente de un internado inglés, había declarado que de ninguna manera quería vivir en una arrogante caja de piedra. La joven Lucille prefería el estilo juguetón de la arquitectura colonial.

—Podríamos recomendarle un arquitecto.

Doug asintió, sonrió y dejó que la mujer siguiera parloteando. En el fondo carecía de interés en el nuevo edificio, pero reconocía que a la larga tendría que hacer concesiones. No podía mantenerse totalmente al margen de la sociedad de Kingston, sobre todo porque sería poco inteligente para los negocios. Cascarilla Gardens había obtenido unos buenos beneficios ese último año, pero los otros hacendados le habían dado a entender que no aprobaban la gestión tan poco convencional de su plantación. En ella, el propietario apenas vivía en mejores condiciones que los negros, no había vigilantes y los esclavos podían decidir si asistir o no a misa los domingos, además de que se casaban saltando una escoba, una costumbre que Doug había oído que se practicaba en Virginia y había adoptado para sus trabajadores. El enlace se convertía de esta manera en una fiesta muy divertida para todos los esclavos.

Hasta el momento habían disculpado al heredero de Fortnam tales extravagancias. Pero ya había pasado el período de duelo y tendría que volver a adoptar una conducta más convencional. Si no lo hacía, le amenazaba la marginación. Los hacendados ya no lo consultarían en las negociaciones de los precios y tampoco fletarían con él barcos para transportar las mercancías a Inglaterra.

Así que a Doug no le quedó otro remedio que emplear a un joven escocés de vigilante. Ian McCloud era un noble venido a menos, su historia le recordaba a la del amado de Nora, Simon. De todos modos, mister Ian, como se hacía llamar por los esclavos, poniendo énfasis en la pronunciación correcta o en que no acabaran de estropearlo con un *backra* Ian, era un soñador. El muchacho era la excepción de la regla según la cual los pelirrojos en general y los escoceses en particular eran vivaces y coléricos. McCloud, por el contrario, era de carácter ensimismado y le gustaba pasar el tiempo leyendo debajo de una palmera mientras los esclavos se organizaban ellos mismos el trabajo de manera eficaz. A él jamás se le hubiera ocurrido azotar con un látigo a nadie, y los domingos escuchaba el servicio divino con devoción cristiana, en lugar de estar contando las cabezas de los esclavos que se hallaban presentes.

Lo acompañaba su esposa Priscilla, médium innata, como se apresuró a aclarar a Doug. Sin que nadie se lo pidiera, estableció contacto con Elias y Nora Fortnam y transmitió al joven hacendado sus cordiales saludos desde el más allá. Doug no sabía si reírse o enfadarse con ella, y luchaba con el deseo nada realista de pedirle que invocara al espíritu de Nora. Pero conservó la mente clara: sin duda habrían tenido que morir tres pollos para que el hombre obeah conjurase el *duppy* de Elias Fortnam. Pese a todo, Kwadwo negaría firmemente que todavía pudiera aparecérsele a alguien. Y si lo hacía, no le enviaría saludos formales, sino que antes montaría en cólera por la peculiar forma de actuar de su hijo. Doug catalogó las actividades paranormales de Priscilla como excentricidades y procuró mantenerse apartado de su camino.

Eso sería más fácil, obviamente, cuando la residencia señorial estuviera construida. Doug suspiró. A Nora le habría gustado una casa de estilo colonial. Decidió pintarla del color que ella prefería. Se lo preguntaría al señor Reed. Desde que Doug había cumplido la triste tarea de informar a Thomas Reed del fallecimiento de su hija, el comerciante y el joven hacendado mantenían un fluido contacto epistolar. A ambos parecía ayudarles hablar de Nora. Doug le informaba de que las mujeres negras cuidaban de la tumba de su hija y Reed le contaba la infancia de la muchacha en Londres. En lo que iba de tiempo, ya debía de intuir que a Doug y Nora les había unido algo más que un parentesco político, pues sus cartas con frecuencia tenían un tono extrañamente consolador. Pero, por supuesto, nunca mencionaría ese asunto. Como tampoco Doug le hablaría del infeliz matrimonio de Nora. Bastante difícil le resultaba ya a Thomas Reed hacerse a la idea de que su única hija había muerto en ultramar.

Y Doug Fortnam también estaba muy lejos de superar la pérdida de Nora.

6

Tras un año de cautiverio en Nanny Town, Nora rayaba en la desesperación. Al principio había esperado que los blancos atacasen el poblado, aún más cuando se percató de los esfuerzos de Nanny y Quao por aumentar sus defensas. Los hermanos esperaban una represalia más dura que las habituales expediciones de castigo de los propietarios de las plantaciones. Nora observó que ponían más guardias, elevaban el cercado de la población y enviaban a los guerreros a los campos para que protegieran a las mujeres y niños que trabajaban en ellos. Tampoco desatendían la instrucción de los recién llegados. Akwasi y los demás esclavos de Cascarilla Gardens se entrenaban con celo en disparar armas, arrojar lanzas y utilizar los cuchillos y bastones en la lucha cuerpo a cuerpo tan diestramente como sus antepasados en África. Akwasi, fuerte e inteligente como era, destacaba en todas esas disciplinas. Nanny y Quao lo habían convocado y él les había confirmado que sabía leer y escribir. Mucho mejor que cualquier otro cimarrón. Tampoco los negros libres de nacimiento y que descendían de los esclavos de los españoles habían ido nunca a una escuela. Ahora todos honraban al joven, y a Máanu incluso la idolatraban, por sus conocimientos.

Nora se preguntaba por qué no les pedían que enseñasen a los demás sus habilidades. Habría sido más sencillo fundar una escuela que adorar a dos miembros de la tribu como si fueran taumaturgos. En este punto la perspicacia habitual de Nanny fallaba. No le entraba en la cabeza que leer y escribir eran tan fáciles de aprender y enseñar como las labores del campo y el arte de la guerra. Seguía refiriéndose a libros y contratos como a papeles que hablaban.

Nora luchaba consigo misma. Mientras se deslomaba en el campo, pensaba más de una vez en ofrecerse como profesora a Nanny. No pretendía fraternizar con el enemigo, pero le habría resultado más agradable trabajar en una escuela que ahí, fastidiada por las otras mujeres y cortando caña. Las antes esclavas seguían obligándola a realizar las tareas más duras y Nora no se acostumbraba del todo a ello. Si bien tenía la piel bronceada y el turbante evitaba que sus cabellos se destiñeran al sol, el calor seguía agobiándola. Ahora entendía los argumentos que utilizaban los hacendados contra el empleo de trabajadores blancos en las plantaciones. Jamás habrían soportado tanto tiempo como los negros ese tormento, ni hablar de diez horas al día y con una sola mañana libre a la semana.

Pese a todo, Nora adquirió más destreza en el empleo del machete y la azada, y ya no se lastimaba pies ni manos. El ungüento de Nanny había hecho milagros. En realidad se trataba más de una especie de tierra curativa que de una crema a base de grasa. Aun así no resultó de gran ayuda a la hora de resolver su problema más acuciante: el dolor que le producía mantener relaciones casi cada noche con Akwasi.

La esperanza de que en algún momento el joven negro se cansara de una mujer que no lo estimulaba desde ningún punto de vista, sino que yacía bajo él rígida y amedrentada, no se cumplió. De hecho, Akwasi parecía ver realizados todos sus sueños. Y Máanu no cesaba de odiar a Nora por eso.

Fueron transcurriendo las semanas y Nora perdió la esperanza de que los ingleses acudieran en su rescate. Doug Fortnam no parecía tomarse ninguna molestia para salir en su busca. Al principio lo disculpaba por la conmoción que le habría causado el asalto, seguramente se sentía culpable por haberla dejado sola con su padre. Después supuso que haría valer su influencia con el gobernador. Confiaba en que su amado no organizaría insensatas expediciones, sino que intervendría enérgicamente en los lugares adecuados. Tal vez era posible que se emprendieran negociaciones. A esas alturas, Nora sabía algo más sobre la relación entre el gobernador y los cimarrones y podía evaluar el comportamiento de Nanny. Con toda seguridad la Reina no se arriesgaría a que estallara una guerra o su propia gente se rebelara, solo porque Akwasi quería conservar a su esclava blanca.

Lo cierto es que parecía que en Kingston todos se habían olvidado de Nora. Y tampoco interesaba lo suficiente a Doug como para emprender una expedición de rescate privada. Los Fortnam eran ricos, podría haber ofrecido una generosa recompensa a uno de los comerciantes blancos para que la raptase. Estos solían aparecer con frecuencia por Nanny Town y Nora siempre alimentaba esperanzas cuando veía los caballos y los carros tirados por los mulos delante de la cabaña de Nanny. Pese a ello, siempre acababa decepcionada, y sus propios intentos por relacionarse con alguno de ellos se veían frustrados por la celosa vigilancia de Akwasi. Ni siquiera conseguía aproximarse a los comerciantes.

Empezó entonces a dudar del amor de Doug. Tal vez ella había sido un simple juguete para él, aún más por cuanto era ahora el heredero de la plantación y podía contraer matrimonio con casi todas las jóvenes que se encontraban entre Kingston y Montego Bay. Nora trataba de alejar sus pensamientos en torno al joven hacendado y de evocar de nuevo el espíritu de Simon. Él nunca la había engañado, pero ahora no se mostraba. Nora no hallaba ensoñaciones que la consolaran. Los recuerdos de la playa y el mar se desvanecían. El sueño se estaba convirtiendo en una pesadilla, el sol que tanto había amado amenazaba ahora con quemarla.

Y entonces ocurrió algo que todavía empeoró más las cosas, ya que ataría a Nora para siempre a Nanny Town. Ya hacía un tiempo que los pechos le dolían y se le hinchaban, se sentía mal al levantarse y los pies le pesaban como el plomo cuando iba a trabajar. Cuando se mareó mientras quemaba un terreno para roturarlo y perdió brevemente el sentido no pudo seguir negando el hecho. Estaba embarazada, no había otro motivo para sufrir esos síntomas. Y sin embargo se había sentido casi segura. Elias no la había fecundado y tampoco la feliz noche con Doug había tenido consecuencias. Nora había estado convencida de que no era fértil. Pero ahora...

Se levantó con esfuerzo y se puso a salvo de las llamas que devoraban los arbustos del nuevo campo de labranza. Era probable que el olor del humo hubiese provocado el malestar, o tal vez la visión del fuego le había recordado las llamas de Cascarilla Gardens.

Pero en el fondo, el fuego era su baza. Nora estaba sola en ese lado del campo y las demás mujeres seguramente no se habían percatado de su breve vahído. Trató de respirar hondo para vencer sus miedos. Había asistido a tantas negras que habían abortado... alguien en ese lugar debía saber cómo hacerlo. No dudó en asumir ese riesgo; la alternativa era demasiado espantosa. ¡De ningún modo quería dar a luz un hijo de Akwasi! Mansah enseguida comprendió lo que Nora le exponía con prudentes palabras.

—¿Esperar niño, missis? ¿De quién? ¿*Backra* Doug?

Al parecer a los esclavos de Cascarilla Gardens no les había pasado por alto la incipiente relación entre la señora y el joven *backra*. Nora se ruborizó y se abandonó a una fugaz ensoñación. ¿Y si ese niño que llevaba fuera fruto del amor y no del miedo y el dolor? Por supuesto, eso era imposible. Había pasado más de un año desde aquella maravillosa noche con Doug.

—¡Eso no tiene importancia! —respondió a la niña—. Lo que necesito sin falta es una *baarm madda*. No a la Abuela Nanny.

—Pero yo no sé, no hay.

Mansah estuvo dándole más vueltas, pero no llegó a un resultado distinto al de unos meses antes. La asistencia médica de los cimarrones estaba exclusivamente en manos de la Reina, que no instruía a ninguna sucesora. Asimismo, tampoco había curanderas entre las mujeres antes esclavas. A las Blue Mountains solían llegar trabajadores del campo jóvenes, y las *baarm maddas*, por el contrario, solían trabajar en las casas de sus señores y eran más ancianas. Tal vez la Abuela Nanny tampoco las habría tolerado a su lado. En la actualidad, cuando Nora recordaba las altivas personalidades de las *baarm maddas* de las plantaciones Keensley y Hollister, se le antojaban casi como versiones más reducidas y menos poderosas de la Reina Nanny. Si en libertad ganaban en consideración, envidiarían la influencia de Nanny sobre su gente.

—Tiene que haber una mujer que practique abortos —dijo Nora con dureza—. Y yo la necesito.

Mansah no siguió interrogándola. Por muy joven que fuera, esta idea no resultaba extraña a la pequeña esclava.

Pero pasaban los días y la pequeña no comunicaba los resultados de sus pesquisas a Nora, que esperaba impaciente. Sabía por sus anteriores pacientes que la interrupción de un embarazo era más sencilla y menos peligrosa cuanto antes se practicara. Pensó que quizá conseguiría provocarse un parto fallido si trabajaba todavía más intensamente. Así que arrancaba raíces hasta quedar agotada e intentaba no comer nada y beber muy poco. A veces estaba tan exhausta que sentía palpitaciones. Se le marcaban los huesos y luchaba contra el mareo y los sofocos, pero sus pechos seguían hinchándose y no le venía la regla. El niño que llevaba en el vientre superó también las embestidas nocturnas de Akwasi, aunque Nora gemía de dolor y a veces pensaba que iba a morir. En los últimos meses había encontrado un par de recetas básicas: extraía aceite de plantas y se untaba con él, o machacaba aloe vera. Pero esas semanas renunció a todo eso. Tal vez el dolor y la rabia acabarían con el niño, o quizás Akwasi lo matara si castigaba a Nora cuando ella, animada por la desesperación, se defendía de él.

De hecho, sin embargo, solo se ganó unos cuantos morados y heridas. A veces comprobaba aliviada que por fin sangraba, pero al final siempre se trataba de heridas externas. No tenía contracciones. Se sentía mental y físicamente enferma, pero aun así seguía embarazada... A partir de cierto momento empezó a sentir una especie de respeto por ese ser que luchaba tan tenazmente por su existencia.

Así que casi lamentó que Mansah apareciera una mañana, mientras ella molía mijo y hacía una papilla con mandioca. Luchó contra el mareo y las náuseas al poner al fuego la olla con el guisado de lentejas que había preparado la noche anterior. Akwasi lo comería con la papilla. Ella, por el contrario, se sentía mal solo de pensarlo. No le gustaba la papilla de cereales y suspiraba por un trozo de pan o queso.

—¡Huele bien! —dijo Mansah, y metió la punta del dedo en la olla y probó el guisado—. ¡Mucha pimienta, me gusta!

Nora tragó saliva, pero luego recordó que debía ser amable y, sobre todo, que nadie tenía que darse cuenta de que estaba embarazada. De todos modos, Akwasi había empezado a observar a su esclava con desconfianza.

—Tómate un poco —invitó a la pequeña.

Akwasi pensaría que ella misma habría probado si la comida estaba buena. Eso lo tranquilizaría. Mansah no esperó a que se lo dijera dos veces. Se puso en la mano un poco de papilla y luego un poco de guiso y los engulló. Nora volvió a sentir náuseas. Pero a continuación, Mansah se acordó de su misión.

—¡Yo encontrado *baarm madda*! —susurró a Nora con expresión cómplice—. Era difícil. No quiere que Nanny saber lo que hacer. Nanny quiere ser única. Pero Tolo hacerlo antes que Nanny venir con cimarrones.

Así que no se trataba de una esclava, sino de una negra nacida en libertad. Esto tranquilizó a Nora. Las mujeres cimarrones la trataban mucho mejor que las esclavas liberadas. No albergaban un odio tan arraigado contra los blancos. De todos modos, eran minoría en Nanny Town.

Nora frunció el ceño.

—¿Quién es Tolo? —preguntó. No recordaba a ninguna mujer con ese nombre.

Mansah volvió a servirse papilla de mijo.

—Tolo no vive aquí —respondió con la boca llena—. No en pueblo. La gente dice ella bruja...

Nora sonrió.

—Es lo que dicen los blancos de todas las *baarm maddas* —apuntó.

—Y ella una vez pelear con Nanny. Vive en selva, río arriba. Una hora. —Mansah probó de la olla de lentejas—. Muy bueno. ¡Muy bueno para ser missis blanca! —Sonrió con picardía a quien antes fuera su señora.

Nora se obligó a sonreír.

—¿Me ayudará? —preguntó nerviosa—. ¿Has hablado con ella? Será difícil ir hasta allí, estaré fuera medio día.

Tenía miedo del trayecto por la selva, sobre todo del regreso. La mayoría de las *baarm maddas* ayudaban a las embarazadas raspándoles el embrión con una especie de cuchara, por lo que luego tenían que descansar. En cambio, las mujeres a quienes Nora había visto morir tras una interrupción del embarazo le explicaban que habían tenido que andar largo rato hasta llegar a la curandera de una o dos plantaciones más allá y a continuación trabajar en el campo.

Mansah intentó mover la cabeza diciendo que sí y que no al mismo tiempo mientras comía.

—No hablado con ella, solo con las otras mujeres. Pero ella siempre ayudar. Tolo es pobre, necesita cosas. Mujeres enfermas pagan con mijo, frutas... lo que sea. Pero cuando sacar niño, quiere pollo.

Y encima eso. Nora se frotó las sienes. Tendría que robar un pollo, como los esclavos para la ceremonia obeah. Si su situación no fuera tan desesperada, se habría echado a reír.

—Missis puede ir mañana —señaló Mansah, pragmática—. Mañana roturan tierra para gente nueva...

En efecto, los cimarrones de Nanny habían vuelto a saquear una plantación la semana anterior y, además de un abundante botín, se habían llevado dos docenas de esclavos liberados. Desde entonces reinaba la inquietud en Nanny Town. Al parecer, Quao y Nanny tenían opiniones distintas respecto a si habían de emprender nuevos saqueos o no, y el día anterior había llegado una comisión de Cudjoe Town cuyo jefe estaba muy disgustado. Nora suponía que se trataba del propio Cudjoe, es decir, del hermano mayor de Nanny. Al menos los tres líderes discutían desde entonces a voz en grito en su lengua materna africana.

—Y con tanto fuego y tanta gente, es fácil para missis marcharse. Encontrar Tolo no es difícil, dice Antonia. El río hacer curva, arroyo desemboca allí, missis sigue el arroyo hasta la laguna al lado de la fuente, allí choza de Tolo.

Mansah quería proseguir, pero la imponente silueta de Akwasi asomó por la puerta de la cabaña.

—¿Está ya preparado el desayuno? —preguntó a Nora fríamente—. Después puedes marcharte al campo.

Akwasi nunca desayunaba con Nora. Al menos en algunas tribus africanas no era corriente que hombres y mujeres comieran juntos. Por supuesto, Akwasi no había crecido en contacto con esas tradiciones, pero deseaba volver a sus raíces.

Nora se levantó obediente.

—Gracias por tu visita, Mansah —dijo formalmente—. Y claro que mañana ayudaré a roturar. No tienes que tener miedo del fuego, los hombres ya tendrán cuidado. Y si no es así, basta con que te quedes a mi lado...

Mansah le guiñó complacida un ojo. Había entendido el ardid.

—¡Yo no apartar de faldas de missis! —aseguró con seriedad.

Cuando le preguntaran al día siguiente, juraría que había pasado todo el día con Nora.

A la mañana siguiente soplaba un fuerte viento que dificultaba el desbroce mediante el fuego. Por eso había más hombres que de costumbre ayudando en los campos y Mansah tenía razón: todo estaba un poco revuelto. Para empezar, las mujeres todavía solteras lanzaban miradas a los hombres y bromeaban con ellos. Los hombres que llevaban tiempo en Nanny Town observaban recelosos cómo las mujeres abordaban, más o menos tímidamente, a los recién llegados. Los nuevos bailaban y reían entusiasmados por su recién adquirida libertad, que culminaría con la adquisición de una tierra «propia». Cuando las llamas se alzaron, a Nora le resultó fácil desaparecer. Camino del gallinero encontró el pueblo casi vacío. Mejor así, pues el pollo que había escogido para Tolo se negaba a dejarse atrapar. Nora no tenía la menor experiencia con aves de corral. Tardó un montón en coger a su presa, y no precisamente en silencio. Los animales cloquearon indignados y el pollo protestó agudamente cuando Nora lo metió en un saco.

—También yo lo siento —se disculpó mientras ataba el saco de yute y se lo echaba al hombro. Ignoraba si Tolo quería al animal vivo, pero nunca había matado uno y se sentía incapaz de retorcerle el pescuezo a ese allí mismo.

Finalmente se dirigió al río. Había distintos senderos, más o menos difíciles de transitar, y Nora optó por los más empinados y peligrosos. Esperaba que no estuvieran tan bien vigilados como los otros, si bien los centinelas se concentraban más en quienes llegaban que en quienes se marchaban de Nanny Town. Eso no le estaba prohibido a nadie, excepto a Nora. Entre las mujeres africanas había varias que se cubrían casi totalmente cuando salían de casa. Nora había oído decir que seguían una religión que así lo ordenaba; pero eso les estaba prohibido en las plantaciones, claro. Ahí, sin embargo, se tapaban el cabello con pañuelos de colores, en lugar de envolverse simplemente con un turbante, y solían llevar la cabeza gacha casi siempre. Si Nora las imitaba, los centinelas no la controlarían.

Sin embargo, no se hacía ilusiones respecto a pasar inadvertida camino de la choza de Tolo. El sistema defensivo de Nanny Town funcionaba de manera impecable y, aunque a Nanny no le gustase, la «bruja», sin duda se hallaba bajo la protección de los cimarrones de Barlovento. El río tal vez pareciese solitario, pero Nora estaba convencida de que unos ojos la vigilaban mientras seguía su curso. Llena de vergüenza, pensó en si los hombres también conocerían el significado del pollo en el saco.

Con toda certeza, aquel animal rebelde y revoltoso no les pasaría desapercibido.

La choza de Tolo no estaba muy lejos. Había que caminar una hora más o menos, pero se debía a que no había un sendero junto al río; únicamente a veces, cuando en la orilla había arena, Nora distinguía huellas de pies de mujeres. Se abrió camino a través de helechos y líquenes en los que se escondía una gran variedad de insectos. Pese a su triste misión, se deleitó con la visión de las mariposas de colores, pero sufrió las picaduras de varios insectos que se cebaron en sus pantorrillas. Recordó que en Jamaica había caimanes, una especie de cocodrilos, aunque sería en el oeste, junto al río Black, y no ahí, en la parte oriental de la isla. Pese a ello acechó con una mezcla de preocupación e intrépida curiosidad los recodos del río. Las acacias y los helechos daban sombra a las riberas y en la penumbra verdosa tomó con frecuencia una rama o sombra por un caimán. En sí, le hubiera gustado contemplar uno de esos animales, pero no justamente ese día en que iba indefensa y sola. Recordó con nostalgia los planes que había trazado con Doug. Un día quería enseñarle la isla. Con él no se habría asustado de los caimanes... Pero Doug la había dejado en la estacada. Nora tenía que olvidarlo.

Pese a que la orilla estaba en sombra, Nora se encontraba empapada de sudor cuando consiguió llegar al recodo del río y desde allí remontó el arroyo que desembocaba en él. Se lavó la cara y las manos, y osó también quitarse el pañuelo que le cubría la cabeza. Los centinelas debían de saber que se encaminaba hacia Tolo y, al menos en principio, se mantendrían al margen de los asuntos femeninos. Claro que luego le contarían a Akwasi que su esclava se había escapado, pero a Nora le daba igual. Que Akwasi la castigase. Cuando regresara, al menos habría solucionado el más urgente de sus problemas.

La choza de Tolo estaba bien camuflada al borde de una pequeña laguna que alimentaba un impetuoso manantial. Era un rinconcito idílico, las mujeres de Nanny Town decían que también a los espíritus buenos les gustaba permanecer en un entorno así. Tal vez por esa razón había elegido Tolo ese lugar. La anciana estaba sentada delante de la choza, junto al fuego, y miró a Nora con ojos vivaces y despejados. La joven se quedó atónita, nunca había visto a una negra con una mirada tan resplandeciente.

—¿Tolo? —preguntó tímidamente.

La mujer contrajo el rostro en una mueca que Nora no supo si calificar de sonrisa. Era más gruesa que Nanny y sin duda mucho más vieja, pero no más alta. Era muy probable que no fuese una ashanti, debía de proceder de otra zona de África, no de la de los orgullosos hombres de Costa de Marfil.

—¿Y quién si no? —respondió—. Y tú... Había oído que Nanny tenía a una mujer blanca, pero no quería creérmelo.

—No estoy aquí por voluntad propia —puntualizó Nora.

Volvía a encontrarse mal. La curandera estaba quemando alguna hierba en la hoguera, seguramente para ahuyentar insectos. Además preparaba en un cazo una masa pestilente.

Tolo sonrió en ese momento.

—Yo tampoco —observó—. Ninguna de nosotras está voluntariamente en esta tierra, pero al menos a ti no te trajeron encadenada en un barco. Con esas quejas, hija mía, no te ganarás simpatías. —La mujer hablaba un inglés fluido.

—Pero usted siempre ha estado aquí —señaló, sin tutearla. Tolo se imponía, irradiaba tanta majestuosidad como Nanny—. Ha nacido usted aquí, ¿no es cierto?

Tolo asintió.

—Pero raptaron a mi madre —apuntó—. Y yo... digamos que ocupaba una mejor posición antes de que Cudjoe, Accompong, Nanny y Quao reunieran a los cimarrones. Pero no debería quejarme, en el fondo es mejor así... en cualquier caso para los cimarrones. Para los esclavos será peor, cuando Cudjoe cierre los acuerdos...

—Nanny Town los acoge en masa —señaló Nora. Debería haber encauzado la conversación hacia su problema, pero era interesante hablar con esa mujer, a ojos vistas inteligente, sobre los cimarrones, los blancos y los esclavos de Jamaica.

—Todavía. Pero si quieren hacer las paces con el gobernador tendrán que comprometerse a entregarlos. Nanny se niega... También tiene sus cosas buenas... aunque no creo que se interese demasiado por los esclavos liberados. A ella lo que le divierte son los asaltos y matar *backras* blancos. Si fuera por ella, todo Kingston ardería en llamas. Está llena de odio.

«Como Máanu», pensó con tristeza Nora.

—A lo mejor también me entregan a mí —señaló esperanzada.

Tolo hizo un gesto de incredulidad.

—Si alguien en Kingston se interesara por ti, mujer blanca, ya haría tiempo que lo habrían hecho... Pero no parece ser el caso. Y si pares ese niño...

Nora la miró sobresaltada.

—¿Cómo lo sabe?

La anciana rio.

—Con un poco de experiencia, se nota enseguida, muchacha. Seguro que Nanny también lo sabe y debe de estar dando gracias a sus dioses porque hayas encontrado el camino para visitarme. El niño solo te traerá problemas. Si das a luz, tu negro tendrá que hacerte su esposa. Una sirvienta blanca para un guerrero de excepción puede pasar, pero Nanny no tolerará que haya niños creciendo como esclavos. Así pues, el matrimonio es obligado, pero podrían surgir complicaciones con los ingleses. En caso de que alguien te reclame, el negro tendría que devolver a la esclava. A su esposa, no.

—¡Yo no quiero este niño! —declaró Nora con firmeza.

—¿Estás segura? Tu situación en el pueblo mejoraría.

—¡Yo no quiero una mejor situación en Nanny Town! Quiero irme. Quiero... —Apretó los puños.

—Y es tu hijo. El primero, ¿no es así? ¿Nunca has querido tener hijos?

Nora vaciló. No podía negarlo de verdad. Sí que hubo épocas en que había anhelado tener hijos. Tanto con Simon como después con Doug. Incluso en los primeros meses de su matrimonio habría aceptado con agrado un hijo de Elias. Al menos no habría pensado en interrumpir el embarazo. Pero ahí, en la esclavitud, en medio de todas esas mujeres tan hostiles...

—No quieres dar a luz a un esclavo —dijo Tolo, resumiendo los pensamientos de Nora como si los hubiese leído—. Pero no lo sería. El niño sería libre, sería el heredero de tu esposo.

—¿Y qué va a heredar? —preguntó Nora con amargura—. ¿El trozo de tierra que yo he arado como sierva?

—Entre los blancos sería un trozo de tierra cultivada por esclavos —replicó irónica Tolo—. ¿Acaso no es lo mismo? Pero bien, tú debes saber lo que haces. Aunque el precio es elevado. Siempre se paga un alto precio, soñarás con ese niño.

Nora quiso contestar que hacía meses que no soñaba, pero no era cierto. Lo que no tenía eran sueños bonitos. Por las noches la perseguían visiones de sangre, miedo y lamentos. Y ahora iba a crear un *duppy* que iría tras ella...

—Robaré un pollo para el hombre obeah —dijo con firmeza— y desterraré su espíritu.

La anciana rio.

—Al menos conoces las reglas básicas. De acuerdo, mujer blanca. Quédate aquí sentada, piensa un poco más en ello y yo te prepararé una pócima. La tomas esta noche y mañana sangrarás. Y si algún blanco todavía te reclama, podrás regresar.

Nora ocultó la cara entre sus manos. Pensar era lo último que quería hacer en ese instante. Lo que quería por encima de todo era dejar de pensar. Sobre todo en Doug.

Tolo regresó con un frasco tapado con un corcho que contenía un líquido oscuro. Nora dio las gracias, cogió la pócima y la metió en un bolsillo de la falda.

—¿Moriré? —preguntó.

La sanadora hizo un gesto de ignorancia.

—¿Acaso conozco yo la voluntad de los dioses? Toda mujer que mata a un niño en su seno, puede morir con él. También este es un precio que pagamos. Pero conmigo suele pasar pocas veces. No te preocupes.

Al principio, Nora se preocupó por regresar a Nanny Town sin que la vieran, pero al parecer el destino era clemente con ella.

Ya a medio camino del poblado, percibió olor a humo y vio llamas en la cresta de la montaña. En los nuevos campos se había perdido el control del fuego del desbroce y mujeres y hombres estaban ocupados en contenerlo. Incluso algunos guerreros de rango superior luchaban con las llamas, y ni siquiera las muchachas jóvenes tenían tiempo para meterse con Nora ese día. Discretamente se unió al grupo de mujeres que sacaban agua de un arroyo y se iban pasando cubos. Era un trabajo extenuante y el fuego se sumaba al calor del mediodía. El viento arrastraba partículas de brasas que quemaban la piel y perforaban los vestidos de las mujeres. Los habitantes de Nanny Town solo lograron dominar el incendio cuando por la tarde cayó la habitual lluvia tropical.

Al anochecer se extinguió el último rescoldo y los hombres y mujeres, muertos de cansancio y sucios de sudor y ceniza, se arrastraron hasta sus cabañas. Muchos se bañaron en el río o en los arroyos. Por Nanny Town discurrían varios e incluso brotaban dos manantiales de la cresta montañosa. También eso daba autonomía al poblado. Pretender dejarlo sin agua era tan inútil como pretender dejarlo morir de hambre.

Nora renunció al baño. Era demasiado arriesgado. Si Tolo se había dado cuenta a simple vista de que estaba embarazada, seguro que algunas mujeres también se percatarían al verla desnuda. Concluir con ese juego del escondite a la mañana siguiente produjo alivio a la joven. Había tomado la decisión correcta. No quería un hijo de Akwasi y no lo tendría.

Nora solo esperaba a que se hiciera de noche mientras preparaba en un fuego la comida de Akwasi. Este no había presenciado la lucha contra el fuego y había regresado limpio y relajado a la cabaña. Había estado con la Reina. Cudjoe, Nanny y Quao seguían discutiendo en el *kraal* de Nanny, pero al mismo tiempo hablaban sobre los posibles tratados con los blancos. Akwasi debía tomar nota de los términos de cualquier acuerdo. Por desgracia no había consenso entre las ideas de los hermanos, salvo respecto a que el gobernador debía reconocer la legalidad de sus poblados y permitirles el comercio con Kingston, Spanish Town y otras poblaciones inglesas. Lo que ofrecerían a cambio era objeto de una agitada discusión. Akwasi había pasado la mayor parte del día mortalmente aburrido, mientras los hermanos hablaban entre sí en ashanti.

Nora gimió cuando percibió su enojo. Seguro que esa noche se desquitaría con ella. Pero esta vez le daba igual. Probablemente por la mañana caería en la cuenta de que estaba enferma. Tanto mejor si lo atribuía al maltrato nocturno.

Nora lo dejó con la comida al fuego y se metió en la cabaña. No encendió ninguna luz, casi nadie en Nanny Town empleaba velas o lámparas de aceite. Nadie estaba acostumbrado a la iluminación artificial. Además, la luna proyectaba su pálida luz en la habitación. Nora alzó la vista al cielo y advirtió que casi había luna llena. Otra luna llena más... El rostro blanquecino del cuerpo celeste la miraba desde lo alto de forma casi consoladora. Nora no experimentó ningún remordimiento, ninguno de sus espíritus se opuso a lo que pensaba hacer. Rezó una oración y abrió el tarro.

Justamente cuando se lo llevaba a los labios, se abrió la puerta.

—¡No lo bebas! —rugió Akwasi al tiempo que le arrancaba de la mano la pócima. Acto seguido le dio un bofetón y le hundió el puño en el vientre—. ¿Ya tienes en ti...? Tú... tú... —Nora intentaba tomar aire, no podía responder. Akwasi la arrastró delante de la cabaña y volvió a pegarle—. ¡Vomítalo, mala mujer! —le gritó.

Sollozando, Nora vomitó junto al fuego. Akwasi la tenía cogida con fuerza de la muñeca. Cuando levantó la vista y consiguió tener la mente un poco despejada, distinguió a Máanu entre las sombras de la cabaña. La joven parecía descansada y por lo visto llevaba ropa nueva: una luminosa falda roja y la parte superior tejida con los colores de los ashanti: rojo como la sangre, amarillo como el oro y verde como la tierra.

—Tú...

Máanu estaba hermosísima, pero su rostro aristocrático volvía a reflejar odio al volverse hacia Nora.

—Sí, yo. ¿Quién si no? Me lo han dicho, Mansah hacía preguntas extrañas para ser tan joven. Investigué el asunto. Y entonces...

—Pero...

Nora quería objetar que Máanu sería la última en estar interesada en salvar a su hijo. Al fin y al cabo, siempre había querido a Akwasi para sí misma, y si Tolo tenía razón y Nanny insistía en que Nora y él debían casarse, Máanu habría perdido cualquier posibilidad. Pero bastó un simple vistazo al rostro de su anterior doncella para saber que eso a Máanu le daba igual. Quería perjudicar a Nora a cualquier precio. Aunque fuera al precio de su propia felicidad.

—¡No matarás a mi hijo! —declaró Akwasi—. ¡No lo permitiré!

—¿Y qué harás para impedírmelo? —preguntó Nora.

Sabía que su voz no era firme, por el momento era imposible sublevarse, pero rechazaba la resignación. Seguro que al día siguiente se le ocurriría algo nuevo.

Akwasi rio.

—¡Te lo voy a decir! ¿Sabes cómo se lo impidió el *backra* a mi madre? —respondió—. ¿No? Pues te lo voy a contar. ¿Recuerdas el cobertizo que había junto a la cocina? ¿El cuarto de las escobas?

Nora asintió con el corazón desbocado. En ese cobertizo había muerto Sally.

—Yo nací allí. Después de que mi madre estuviera encadenada seis meses a la pared, en la oscuridad. No quería tenerme, estaba firmemente decidida. En cuanto le dejaban una mano libre, intentaba matarse y matarme. Cuando nací, me separaron de ella. Al día siguiente se ahogó. Una princesa ashanti. ¿Y tú has pensado que yo no voy a poder con una muñeca blanca?

Nora miró a Akwasi y su rabia dejó sitio a una especie de compasión, por aquella indomable princesa ashanti y todavía más por un niño que se esforzaba por estar orgulloso de una madre que, en realidad, no deseaba otra cosa que matarlo. A continuación respiró hondo para tranquilizarse.

—Mi hijo tiene su sangre —prosiguió Akwasi—, la sangre

de los jefes de tribu. Se convertirá en un gran guerrero, los dioses lo bendecirán.

«Tú le enseñarás a leer y escribir —pensó Nora con tristeza—. Y harás creer a los ingenuos africanos que son dones de los dioses...»

—Y la gente lo llamará bastardo o mestizo —soltó de repente—. Puede que también «sucio bastardo». Y todos lo llamarán así, tanto negros como blancos. No hay lugar en este mundo para un niño así. ¿Por qué no le dejas simplemente morir, Akwasi? ¿Por qué no me dejas marchar y te buscas una mujer negra?

Akwasi la miró iracundo.

—¿Para que puedas volver con Doug Fortnam? Pero tú me perteneces, Nora, y el niño también. ¡Si lleva una deshonra, es tu deshonra!

Nora suspiró.

—Llevará su deshonra en la cara: para unos será negra; para otros, blanca. Pero al menos aquí no será un niño esclavo, Akwasi —dijo—. Nanny insistirá en ello. Tienes que hacerme tu esposa y el niño me pertenecerá tanto a mí como a ti. Espero que seas feliz, tan feliz como tú, Máanu. Déjame ir, Akwasi. Iré al baño y me lavaré. Y si todavía hay mujeres allí, les diré que la esposa de Akwasi lleva a su hijo en el vientre. A partir de ahora, nadie más me llamará esclava.

Akwasi paseó la mirada vacilante de Nora a Máanu. Era evidente que dudaba en si dejar marchar a Nora.

—¿Qué pasa si se mata? —preguntó a Máanu con una expresión casi infantil.

Nora se acercó a él antes de que la joven pudiera responder.

—No voy a matarme, Akwasi, no te preocupes. No soy una princesa, pero tampoco una cobarde. Nora Reed no se escapa como tu maravillosa madre, Akwasi. Si me obligan a dar a luz a un niño en un mundo hostil, yo le enseñaré qué camino seguir. ¡Y si es necesario, cogeré un cuchillo y abriré paso para mi hijo! Sea quien sea quien se oponga a mí. Y ahora déjame ir. Tengo calor y me encuentro mal. Esto es lo que les pasa a las embarazadas cuando se las golpea en el vientre. Con un poco de suerte, Akwasi, acabas de matar a tu hijo.

Nora se dio media vuelta y se alejó de la hoguera con la cabeza erguida. Akwasi y Máanu se la quedaron mirando, pero ninguno la detuvo.

Máanu no podía menos que sentir cierta admiración por su antigua señora. ¡Esa blanca tenía dignidad! Máanu tomó conciencia de que no se sentía orgullosa de su propio comportamiento. Nora Fortnam nunca había delatado a ninguna de las mujeres de Cascarilla Gardens a quienes había asistido tras un aborto, y en el último período tenía sin duda experiencia suficiente para reconocer cuándo una mujer estaba embarazada. Habría podido informar a Elias cuando una esclava llevaba un hijo en su vientre; pero nunca lo había hecho. Y Nora no era culpable del destino sufrido por la madre de Akwasi. Castigarla por eso era absurdo.

Máanu también había vacilado antes de comunicar a Akwasi sus sospechas sobre Nora. Y esta estaba en lo cierto: Máanu se perjudicaba a sí misma. En las últimas semanas había estado más unida a Akwasi que nunca antes en Cascarilla Gardens. Allí, ella siempre había sido la esclava doméstica y él el despreciado esclavo del campo. En Nanny Town, por el contrario, ambos eran los apreciados consejeros de la Reina, capaces de dominar las artes de la lectura y la escritura que los africanos consideraban mágicos. Habría sido lógico que Nanny y Quao los agasajaran generosamente si Akwasi y Máanu decidieran casarse. Por añadidura, Máanu creía percibir que el poder de atracción de Nora sobre Akwasi disminuía. Ignoraba si se trataba de un encantamiento que se diluía o de una pasión terrenal alimentada durante años por su insatisfacción.

La misma Nora tampoco parecía desear a Akwasi, ya en Cascarilla Gardens había coqueteado con Doug Fortnam. Probablemente no fuera más que una de esas mujeres que se contentaba con irse a la cama un par de veces con cada hombre y luego se hartaba pronto de él. Sin duda una puta, sin duda una tentación para un hombre que había sido esclavo. Pero ninguna rival a la larga para una mujer como Máanu. Sin embargo, acababa de ayudarla a consolidar su situación. La muchacha sabía que lo que estaba haciendo era una locura, pero no le quedaba otro remedio: Nora le había robado a Akwasi, había utilizado el encantamiento en su propio provecho, había traicionado su confianza... La joven negra seguía experimentando una rabia ciega solo con pensar en Nora Fortnam. Quería herir a la blanca, destrozar su vida del mismo modo que ella le había robado sus sueños.

Lo que no impedía que Máanu continuara con sus planes. Mientras Akwasi seguía a Nora con la mirada, cogió con despreocupación un trozo de pan ácimo y lo mojó en el guisado que seguía hirviendo al fuego.

—Así que serás padre, Akwasi —señaló.

El joven asintió aturdido.

—Estoy en deuda contigo —reconoció de mala gana.

—Sí —convino Máanu—. Me debes un hijo.

Akwasi fue a protestar, pero la serenidad de la joven lo detuvo. Ella mordisqueaba impasible el pedazo de pan.

—¿A qué te refieres? —preguntó con rudeza—. ¿Acaso quieres el hijo de la mujer blanca?

Nora movió la cabeza en un gesto de rechazo.

—¿Qué podría hacer yo con su bastardo? —replicó con una sonrisa torcida—. Tiene razón, nadie respetará a ese niño. Quiero un hijo propio, Akwasi. Quiero el hijo de un jefe, un niño que juegue a los pies de la Reina y que la llame abuela... Por si acaso todavía no te has dado cuenta, la Abuela Nanny no tiene herederos.

Akwasi reflexionó unos segundos.

—Pero para eso tendría que tomarte como esposa —señaló.

Máanu se encogió de hombros.

—¿Y qué te lo impide?

Él frunció el ceño.

—Bueno... Nora... Ella... tiene razón, la Reina insistirá en que...

Máanu le dirigió una mirada firme.

—¿Eres cristiano, Akwasi?

Él la miró airado.

—¡Claro que no! Ese maldito reverendo Stevens... ¿Cómo iba a venerar yo a su Dios?

—¿Tienes otra religión? —prosiguió Máanu. Su expresión era casi pícara, similar a la de su hermana Mansah.

—Una vez robé un pollo para el hombre obeah —confesó Akwasi sin ahondar en las circunstancias.

—Eso no cuenta. Obeah es... Obeah solo es un poco de magia. Pero Nanny, ella sí tiene una auténtica religión. Me ha hablado de ello. Los ashanti tienen dioses poderosos.

—¿Y qué?

Máanu rio.

—Los dioses de nuestros antecesores permiten a sus guerreros tener varias mujeres...

—¿Has cambiado de idea? —preguntó Tolo al tiempo que se sentaba junto a Nora.

La habían invitado a la gran ceremonia en que la Abuela Nanny pensaba unir a Akwasi y Máanu según la tradición ashanti. Máanu seguía estando entre las personas de confianza de la Reina y por nada se hubiera perdido una fiesta en su honor a la que asistiría todo Nanny Town.

—Todavía estás embarazada, ¿verdad?

Nora asintió de mala gana y, para esconderse de las miradas de las demás mujeres, se sentó entre las sombras de los arbustos bajo los cuales Tolo se protegía del candente sol. Hacía días que le exigían otra vez trabajar como una esclava, día y noche había que hornear y cocinar, sacrificar animales, asarlos, condimentarlos para la boda. Nora no descansaba y, sobre todo, no escapaba ni un segundo de la vigilancia a que era sometida. A esas alturas, todas las mujeres de Nanny Town sabían que la esclava de Akwasi estaba encinta. Había querido abortar, pero él había insistido en que diera a luz al hijo. En especial las ex esclavas, que conocían por propia experiencia lo que hacían los *backras* para forzarlas a «criar», estaban más que dispuestas a apoyarlo. Por supuesto, se chismorreaba acerca de que, en aquellas circunstancias, él hubiese tomado otra esposa; solo los africanos de tribus en que la poligamia era habitual y los musulmanes encontraron normal el comportamiento de Akwasi. La primera esposa siempre disfrutaba de más derechos que la segunda. Era inconcebible que Akwasi elevara primero de nivel a una esclava y luego se casara con una igual.

Nora estaba de acuerdo: consideraba que el matrimonio forzado con un ex esclavo no era legal y esperaba que próximamente la liberasen para volver a su propio mundo. La posibilidad de que las autoridades en Kingston lo vieran así aumentaba con el estatus de segunda esposa.

—No fue decisión mía —respondió—. Me equivoqué, tendría que haber bebido la pócima inmediatamente. Ahora no apartan la vista de mí.

Nora suspiró cuando una de las mujeres separó una rama del arbusto, la descubrió y le lanzó una mirada de reproche.

Tolo hizo un gesto de impotencia.

—Asúmelo como la voluntad de los dioses —dijo con resignación—. ¿Todavía no espera un hijo?

Señaló a Máanu, que en ese momento era conducida entre canciones y deseos de felicidad a la cabaña circular de Nanny.

La joven blanca sacudió la cabeza.

—Por ahora no. Mañana se unirán. Pero quiere uno... Y al parecer siempre obtiene lo que desea. —Lanzó una mirada indignada a Máanu.

—Esto no la hará forzosamente feliz —señaló relajadamente Tolo—. En especial cuando se tienen deseos tan raros. Hoy estoy aquí porque ella me lo ha pedido. Soy dogón, como la madre de Máanu. Quiere que la prepare para la boda según nuestras costumbres. También él, su marido, aunque Nanny seguro que ha tratado de disuadirlo. Entre los ashanti no es lo normal. Pero ese negro querría restaurar todas las costumbres africanas que solo recuerdan unos pocos, da igual de dónde procedan y de qué tribu sean. En eso, Akwasi es en su interior más blanco que tú. —Y con estas enigmáticas palabras, Tolo se puso en pie—. Voy a cumplir con mis deberes... y tú reza por Máanu.

La anciana comadrona y sanadora se introdujo en la cabaña de Nanny. Nora se quedó perpleja. ¿Por qué iba a rezar por Máanu? Resignada, volvió a su fatigoso trabajo: se le había encargado que diera vueltas al espetón en que se asaba todo un buey. Ya el olor le quitaba las ganas de comer en el banquete posterior. Seguía luchando con las náuseas.

Sorprendentemente, a la Abuela Nanny parecía sucederle igual. La reina ashanti parecía pálida y abatida cuando, una hora más tarde, salió de su cabaña: el vapor de las hierbas y el ruido infernal que se oía en la cabaña desde la entrada de Tolo parecían haberla aturdido. Las mujeres entonaban canciones tradicionales que, al menos a oídos de Nora, parecían mezclarse con gritos. Casi como si alguien chillase de dolor. Pero bastante tenía Nora con su propio malestar para ponerse a analizar la liturgia africana de los ritos de boda. Ya llevaban días sonando casi incesantemente los tambores, cuyo monótono repiqueteo arruinaba cualquier facultad auditiva normal.

Así pues, Nora no prestó mayor atención a la Reina; además, la fiesta acababa de empezar y les correspondía a ella y las otras chicas solteras servir a los festejados. Nora llevó a Akwasi, que estaba allí como abstraído, carne, pan ácimo, pastas y guisados de legumbres con especias picantes. La Reina trataba de serenar a Quao y otras mujeres ashanti procedentes de África. Los africanos volvían a pelearse entre sí. Nora no hizo caso. Estaba cansada, le dolía la espalda y lo único que deseaba era algo de tranquilidad y charlar un rato con Tolo. Seguro que la anciana sanadora conocería algún remedio contra el mareo. Pero la curandera seguía dentro de la cabaña de Nanny. Nora acabó preguntándose qué estaría haciendo ahí y por qué Máanu tampoco salía. Pero tal vez fuera habitual en África separar a hombre y mujer. Nora tenía mucho que hacer para darle vueltas a eso.

Ya avanzada la tarde, encontró un rincón algo tranquilo y creyó poder tolerar algo de papilla y guiso. En cuanto puso la cuchara en el plato, oyó un llanto débil y alguien le tiró de la falda.

—Missis... missis... tener que ir con Máanu. La mujer bruja ha hecho a ella algo terrible, gritar y llorar y sangrar. Todos decir que no malo que yo tener que quedar porque hermana. Pero creo algo mal, yo querer enseñar a missis... por favor, missis...

La pequeña parecía muy turbada, estaba pálida como la cal y muerta de miedo.

Nora la abrazó.

—Máanu no querrá que la ayude, da igual lo que le haya sucedido —dijo—. Y si Tolo está con ella, seguro que la atenderá bien.

Mansah movió la cabeza con vehemencia.

—¡Ella misma cortar, bruja Tolo! Con cuchillo. Máanu dice debe ser así. Parte de boda. Pero no es, ¿verdad, missis? ¡Yo siempre pensar boda bonita!

—Al menos tendría que serlo —suspiró Nora.

Se le había despertado la curiosidad. ¿Qué habría hecho Tolo? ¿O qué había querido Máanu que le hiciera? La anciana había ido de mala gana a cumplir su misión, eso sí lo sabía.

—Está bien, Mansah, iré allí y ofreceré a Máanu mi ayuda. Pero me echará, lo sé. Lo hago únicamente para que no te asustes.

Nora esperaba que una de las mujeres o algún hombre de los que celebraban la fiesta en la plaza de reuniones la llamase o la detuviese. Sin embargo, todos habían bebido abundantemente la cerveza recién preparada y el aguardiente de caña de azúcar. La mayoría de los cantos se habían apagado y muchos de los asistentes parecían somnolientos. Tan solo un par de incansables seguían danzando alrededor del fuego, pero nadie se fijó en la medrosa niña y la mujer blanca que se aproximaban a la choza de Nanny. Mansah apartó a un lado la cortina de la entrada.

—¿Máanu? —llamó temerosa—. ¡Máanu! ¡Está muerta, missis, seguro que está muerta!

Nora vio a Máanu en el fondo de la choza, a la luz de las velas, sobre una esterilla. La joven tenía los ojos cerrados y estaba pálida, pero no muerta.

—Chis, ahora duerme. ¡No la despiertes! —Tolo se acercó a la puerta y pidió a la asustada niña que callara—. Es lo que necesita, pequeña, lo ha superado bien. Le he dado un sedante, pero fuera había tanto escándalo que no podía tranquilizarse y... claro está, duele.

—¿Qué ha pasado? —preguntó Nora introduciéndose con resolución en la choza. Había temido la reacción de Máanu, pero Tolo no la asustaba.

La anciana la dejó entrar sin vacilar.

—La he cortado como es costumbre en nuestros pueblos —le explicó con expresión sombría—. Le he dicho que no tenía que hacerlo. No cabe duda de que es mujer. Ha concebido hijos, aunque no haya dado a luz. Y esto se hace mucho antes, más bien a su edad. —Señaló a Mansah, que se escondió temblorosa detrás de Nora.

—¿Qué se hace? —Nora no entendía.

Se acercó a la esterilla y comprobó que la joven respiraba pausadamente. Había manchas de sangre en la sábana. Sin preguntar más, levantó la tela y vio un grueso vendaje entre las piernas de Máanu.

—Pero si no estaba embarazada —apuntó sin comprender. Hasta ese momento solo había visto algo así en mujeres que habían visitado poco antes a una *baarm madda* para abortar.

Tolo sacudió la cabeza.

—No, claro que no. Y no le he cortado mucho. Solo lo imprescindible. Porque me lo pedía con desesperación...

De repente Nora recordó. Algunas esclavas que había visto bañándose en Cascarilla Gardens estaban mutiladas entre las piernas, algunas más, algunas menos. «Se hace cuando una niña crece», le había explicado una de ellas. Adwea se lo había explicado más claramente cuando Nora descubrió sus cicatrices. «Es la marca de ser mujer adulta», había dicho. Pero las mujeres le daban pena. Precisamente esas eran las partes sensuales y de las que solía provenir el deseo y el placer cuando un hombre yacía con una mujer.

—Pero eso es... ¿Por qué diablos ha querido hacerse eso?

—Nora miró desconcertada a Máanu y Tolo. Mansah se agachó junto a su hermana y lloró quedamente.

—Es una costumbre de los dogón —contestó Tolo—. Significa que todo ser humano nace hombre y mujer. Y para serlo totalmente, cuando crecen se corta la parte femenina del hombre y la masculina de la mujer.

Nora se llevó las manos a la frente.

—Pero ¡es absurdo!

Tolo respondió con un ademán de impotencia.

—También se lo ha dicho la Reina; los ashanti no lo hacen y a pesar de todo tienen hijos.

«Que luego abortan...» Nora sintió que se mareaba. ¡Parecía estar en un mundo que se había vuelto loco! Entonces recordó que nunca había asistido a una mujer mutilada. Solo los orgullosos y combativos ashanti rechazaban tener hijos en la esclavitud. Pero los dogones no mataban a sus descendientes.

—Pero ¡Akwasi es ashanti! —replicó Nora—. ¿Cómo apoya algo así?

Tolo arqueó las cejas.

—Akwasi es blanco en su interior —señaló desdeñosa—. Ya te lo dije. No quiere una reina, quiere una obediente cristiana, que haga lo que él disponga y que no disfrute del amor. De esta forma ella tampoco le será infiel. Y ese es su gran miedo. Así que no le demuestres jamás que sientes placer. En caso contrario te obligará también a ti a hacerlo. —Señaló a Máanu y la volvió a cubrir cuidadosamente.

Nora suspiró. Ya conocía lo suficiente a Akwasi. Y no podía sentir el menor desagravio por el hecho de que tampoco Máanu fuera a disfrutar de su noche de bodas.

7

Al día siguiente, Máanu apareció con el semblante pálido a la ceremonia de su boda. Tomó asiento con las piernas separadas en la banqueta que, siguiendo la tradición, Akwasi le había regalado, y necesitó ayuda para transportar los otros regalos que le habían llevado. La mañana después de la boda no se dejó ver, y Mansah contó preocupada que no podía levantarse. A Nora no le sorprendió: la noche con Akwasi debía de haber sido horrorosa. Pese a ello, Tolo aseguró que no corría peligro de muerte.

—No corté demasiado, solo lo suficiente para que ambos, él y ella, estuvieran contentos. Todavía puede sentir algo, aunque ahora, claro está, las heridas están abiertas y no puede disfrutar de su marido. Además, como ya he dicho, esto suele hacerse mucho, mucho antes de que se penetre a la mujer.

Tolo lanzó una mirada interrogativa a Mansah, pero esta volvió a buscar protección en las faldas de Nora.

—¡Ella no cortar a mí, missis! ¡Missis, tú vigilar! —suplicó.

—Nadie te obliga, niña, tienes suerte —la tranquilizó Tolo—. La Abuela Nanny también está en contra. Sin embargo... Ahí de donde venimos nadie nos protege y, hazme caso, el corte es más profundo que el que yo he practicado a tu hermana. Ahora ve con Máanu, pequeña, y cuida un poco de ella. En un par de días volverá a ser la misma, no sufras.

Naturalmente, Nora conocía bien la situación. Poco importaba lo bien que cicatrizaran las heridas, con el clima jamaicano siempre era factible que volvieran a infectarse. En aquel lugar las personas morían de heridas leves. Pero no quería asustar a Mansah, y Máanu habría rechazado su ayuda. Por otra parte, su antigua doncella la había acompañado en suficientes ocasiones durante sus visitas a los enfermos y ella misma sabía cómo mantener limpias las heridas.

En efecto, Máanu se curó sin complicaciones, a lo que seguramente contribuyó el hecho de que Akwasi no tocara a su nueva esposa en los siguientes días y volviera con Nora. Se casó asimismo con ella, aunque sin tanta ceremonia. La Abuela Nanny invocó tan solo a un par de dioses y espíritus para que bendijeran la unión e informó al poblado de que Nora ya no era una esclava.

La posición de esta entre las mujeres mejoró enseguida. Las muchachas solteras dejaron de humillarla, mientras que las adultas la aceptaron, reticentes pero sin vejarla, en su grupo. Nora solía trabajar algo apartada de ellas, pero ya no tenía que encargarse de las tareas más difíciles; antes al contrario, cuando su embarazo ya fue manifiesto, la trataron con consideración. Le daba igual que las mujeres no hablaran con ella, a fin de cuentas tenía a Mansah, que se sentía tan mal con las chicas jóvenes como ella con las mujeres. Últimamente, la pequeña incluso dormía en su casa, con la bendición expresa de Máanu y Akwasi. Ambos suponían que Nora no intentaría desprenderse del niño ni matarse en presencia de Mansah. Así pues, no solo la vigilaban las otras mujeres durante el día, sino también por las noches, cuando Akwasi se iba con Máanu. Desde que esta se había repuesto, la visitaba cada noche: era evidente que hacía cuanto podía para concebir otro niño, esta vez un purasangre.

A Nora todo eso le resultaba indiferente. Ya hacía tiempo que había asumido su embarazo y daba gracias al cielo de que Akwasi no le prestara atención. Que Máanu fuera feliz con él. Nora les deseaba a ambos lo mejor... mientras la dejaran tranquila. Por el contrario, disfrutaba de la compañía de Mansah. La pequeña por fin estaba aprendiendo a hablar bien en inglés y, para su sorpresa, también a leer y a escribir.

—¿De verdad que todo el mundo puede, missis? ¿No es necesaria la bendición de los dioses?

Y entonces, cuando quedaban unas pocas semanas para el parto, su relación con las otras mujeres, o al menos con una parte de ellas, cambió. Últimamente había aprovechado su tiempo libre para cultivar un jardín de hierbas curativas. Mansah la ayudaba diligente, se interesaba mucho más por el arte de sanar que su hermana. Puesto que podía moverse por el pueblo con total libertad, les pedía semillas a los comerciantes blancos que pasaban por ahí y Nora pronto pudo enviarla fuera del asentamiento a buscar plantas y raíces de utilidad.

Nora seguía teniendo prohibido emprender tales expediciones: las mujeres controlaban cada paso que daba fuera del poblado. Pero ahora, alrededor de su cabaña crecía mucho más perejil, manzanilla, salvia y milenrama de lo que ella y Mansah jamás iban a necesitar. Nora añoraba su trabajo con los enfermos, y cuando un mediodía escuchó la conversación de dos mujeres, no logró contenerse. Una de ellas se quejaba de los dolores y la fuerte hemorragia que padecía con la menstruación.

—Tengo que ver a Tolo, pero camino muy largo —gimió.

—¿Y Nanny? —preguntó su amiga.

La primera puso los ojos en blanco.

—Nanny dice no ser malo. Esperar y luego pasar. Pero Nanny mujer fuerte, Reina. Yo solo pequeña cimarrón, no tan valiente.

Nora suspiró. Todo eso reforzaba su opinión de que los conocimientos de Nanny no eran demasiado amplios. Por lo que contaban, la habían sacado de África siendo todavía muy joven. Incluso si tal como se suponía su madre había sido una gran chamana, tampoco habría tenido tiempo para enseñarle tanto, y en todos esos años Nanny seguro que había olvidado muchas cosas.

Nora metió la mano en el bolsillo y sacó un puñado de hierbas. Las tenía siempre preparadas para Mansah, que hacía tres meses que era mujer y también sentía fuertes dolores. Nora solía prepararle una infusión cuando le sucedía mientras trabajaba. Intentaba que las demás mujeres no se percataran de que Mansah ya tenía el período. Daba igual lo que Nanny dijera: Akwasi y Máanu eran capaces de insistir para que también la niña cumpliera los ritos de los dogones.

—Toma —le dijo a la mujer, que respondía al nombre de María. Era un nombre poco usual para una esclava, pero en lo que iba de tiempo Nora había aprendido que los auténticos cimarrones, los negros nacidos en libertad, tenían frecuentemente nombres españoles—. Hierve estas hierbas y déjalas reposar un rato no muy largo. Luego te bebes tres tazas al día, eso te ayudará.

María miró con desconfiada curiosidad las plantas.

—¿Tú no querer envenenarme, mujer blanca?

Sin pronunciar palabra, Nora encendió un fuego, pese a que las mujeres se sorprendieron de que lo hiciera con el calor del mediodía. Calentó el agua, echó las hierbas dentro, las dejó reposar un momento y ella misma tomó un par de sorbos cuando el brebaje se hubo enfriado. También Mansah bebió de él. Se estremeció, pero lo tragó obedientemente.

—Es asquerosamente amargo, pero sienta bien —explicó la pequeña.

Nora llenó otro cuenco para María. También esta contrajo el rostro cuando bebió vacilante el líquido. No estaba convencida del todo, pero supuso que la mujer blanca no intentaría envenenar a Mansah. Media hora después los rasgos de su cara se relajaron y sonrió incrédula a Nora.

—¡Ha parado! —anunció atónita—. ¡Tener efecto! ¿Qué querer por las hierbas, mujer blanca? Tolo pedir saco de grano o huevo.

—Ya tengo suficiente grano y pollos —dijo Nora con un gesto de rechazo.

Entre los regalos de Nanny había tres gallinas. La Reina había hecho el mismo regalo a las dos mujeres, aunque a Máanu le habían regalado muebles, telas, vestidos e incluso alguna joya.

—Yo... bueno, yo me alegraría mucho si dejarais de llamarme missis blanca o mujer blanca. También los ingleses tenemos nombre, ¿sabéis? —Nora enrojeció a pesar suyo—. El mío es Nora.

María no fue la única paciente de Nora. En los siguientes días, cada vez más mujeres cimarrones acudieron a ella, casi todas nacidas en libertad y la mayoría con dolencias leves. Los esclavos liberados desconfiaban de una sanadora blanca y Nora no se lo reprochaba. Esa gente odiaba todo lo que les recordara, aunque fuera vagamente, a sus tiempos en las plantaciones. Los auténticos cimarrones, por el contrario, no rehusaban el contacto con los blancos. Sin embargo, sí temían sus ataques. Contaron que unos años antes el gobernador había realizado muy serios intentos de conquistar Nanny Town. No obstante, se alegraban de que los visitaran los comerciantes blancos, con los que trocaban utensilios domésticos o pequeños objetos de lujo por productos del campo. Nunca habían visto a mujeres blancas antes de que secuestraran a Nora, y ahora que se había roto el hielo se mostraron más curiosas que negativas. Muchas de ellas se habrían adaptado a la forma de vida de los ingleses de Kingston y Montego Bay, en lugar de emular el estilo de vida africano como Nanny y la mayoría de esclavos liberados. Hasta les sorprendían algunas decisiones de la Reina, como la de casar a Akwasi con dos mujeres a la vez. Algunas también eran cristianas o afines a una variante obeah muy influida por el cristianismo. Nora no se asombró demasiado de que antaño Tolo hubiera sido mujer obeah.

—Nosotros a veces todavía hacer ceremonias —informó María a su nueva amiga—. Pero a Nanny no gustar en poblado, y en bosque tener miedo por la noche. Nanny dice mejor que Reina también mujer obeah. En los ashanti normal.

Entre los ashanti, las mujeres parecían disfrutar de mucha libertad. Nora se enteró de que en la política tribal tenían casi los mismos derechos que los hombres y que incluso participaban en los combates cuando sus aldeas corrían peligro.

—Nosotras siempre gritar y tirar piedras cuando ingleses venir —contó María—. Antes hombres escondernos, pero ahora pueblo fuerte, inexpugnable.

Todo el mundo en Nanny Town conocía esta palabra tan difícil y a Nora se le encogía el corazón cada vez que la oía. Tampoco era muy probable que en la ciudad se produjeran levantamientos o cambios de poder. Si bien los cimarrones originales no estaban de acuerdo con todas las decisiones que tomaban los hermanos, sabían apreciar el hecho de que Nanny y Quao, Cudjoe y Accompong hubiesen reunido a los esclavos liberados y formado con ellos unidades de combate. Antes de que llegaran los hermanos ashanti, los primeros cimarrones habían vivido en pequeños grupos, errando sin cesar. En general, María y las demás preferían el nuevo estilo de vida.

—Pero Nanny no nos hace esclavos —matizó María, después de haberse quejado de que las canciones africanas de los ashanti no le gustaban y no le servía de mucho que Nanny adorase al dios Onyame—. No prohibir cuando Tolo hace ceremonia en el bosque, no prohibir cuando nosotros rezar Niño Jesús y tampoco cuando musulmanes rezar.

En realidad, nadie sabía exactamente qué hacían los musulmanes. El pequeño grupo de ex esclavos llegados de África pertenecían en su mayoría al pueblo mandinga, siempre estaban juntos y tenían sus propias prácticas religiosas. Para alivio de María —la joven se ocupaba del cuidado de uno de los gallineros que utilizaba la comunidad—, no necesitaban pollos en sus ceremonias. Las mujeres no llamaban la atención, salvo porque no participaban de la cháchara, a menudo algo picante, de las mujeres cimarrones sobre el desempeño nocturno de sus maridos. Pero solían rezar cinco veces al día y cubrirse totalmente el cabello con pañuelos o turbantes de preciosos colores. Nanny toleraba a las tres o cuatro familias y a los cinco o seis hombres que vivían solos, que no habían abandonado sus creencias africanas y que las conservaban pese a las misas obligatorias de las plantaciones y a los intentos de que participasen en las alegres reuniones obeah. Valoraba en especial a los hombres, que nunca se emborrachaban: estaban destinados en los puestos de vigilancia más retirados, pues con ellos no corría el riesgo de que elaborasen cerveza o aguardiente a escondidas y luego durmieran la borrachera durante una incursión de los blancos.

Las nuevas compañeras de Nora no se cansaban de compadecerla por su existencia como segunda esposa de Akwasi, pero a ella ya le iba bien así. Estaba mucho mejor que en sus primeros tiempos en Nanny Town. Incluso empezaba a alegrarse un poco de la llegada del niño, que se movía en su vientre y pateaba con vigor. Al parecer, ni la falta de alimentación del principio del embarazo ni los golpes que Akwasi le había propinado en la barriga lo habían dañado, y Nora tampoco temía que tuviera que crecer solo. María y las otras mujeres cimarrones tenían hijos y seguro que los dejarían jugar con el hijo de Nora... o con su hija; si bien eso a Akwasi le parecía inconcebible. No parecía contar con la posibilidad de tener descendientes femeninos, lo que confirmaba la tesis de Tolo de que pensaba y sentía más como un blanco que como un ashanti. Entre estos una mujer valía casi lo mismo que un hombre. Aun así, Akwasi jugaba a dos bandas, como señaló la curandera con ironía una vez que Nora la visitó. Pocos meses después de la boda, también Máanu se había quedado embarazada y lucía con orgullo el vientre, todavía casi plano, como si hubiera logrado algo que hasta entonces ninguna mujer había conseguido.

—¿Vendrá cuando mi hijo vaya a nacer? —preguntó Nora a la anciana mujer obeah cuando esta volvió a encaminarse hacia su choza en la jungla.

Tolo hizo un gesto negativo.

—¡Qué va! Para cuando yo pueda llegar, el niño ya llevará un buen rato aquí fuera. Estás sana y eres fuerte, lo harás bien. Y Nanny te ayudará.

Nora pensó que en el caso de Pretty, Nanny no había servido para gran cosa, pero confiaba en que sus nuevas amigas cimarrones, Elena y Sophia, no la abandonarían. Las tres tenían hijos y, con toda certeza, sabrían reconocer si surgía alguna complicación para, en tal caso, enviar a Mansah en busca de Tolo.

De hecho, todo fue bien. Nora sufrió las contracciones durante horas. Era de constitución menuda y tardó mucho en dilatar lo suficiente. Pero también el bebé era menudo y estaba bien colocado. Tras doce horas de dolor no totalmente insoportable, en las cuales María, Elena y Sophia se ocuparon de ella, mientras Mansah gemía sentada en un rincón, una niña pequeñita, de rostro enrojecido, pelo negro y piel marrón claro se deslizó en las manos de la Abuela Nanny.

—¡Bienvenida al mundo y que la bendición de Onyame y todos los espíritus del cielo y la tierra te acompañen! —saludó cariñosamente la Reina a la recién nacida, la limpió y la depositó en los brazos de la madre—. Una niña bonita, mujer blanca, ojalá sea fuerte como su padre y hermosa como su madre.

A esas alturas, Nora ya sabía que los ashanti creían que el padre daba a sus hijos el espíritu y la fuerza, y la madre el cuerpo. Esto último tenía más valor y por eso los niños pertenecían antes a la familia materna que a la paterna; también la realeza se heredaba por línea materna.

Como era de esperar, Akwasi no mostró tanto entusiasmo, pero cogió a su hija como era su deber, la sacó de la cabaña y la presentó a las estrellas.

—Se llamará Dede —dijo—, el nombre de mi madre.

Nora no hizo ningún comentario, pero al día siguiente bautizó a su hija con el nombre de Deirdre, acto en el que participaron las amigas afines al cristianismo. Todas estaban convencidas de que ese nombre se hallaba en la Biblia.

—Seguro que este nombre le da suerte —señaló alegre María, dando un beso al bebé. Las mujeres de Nanny Town eran muy cariñosas con los niños.

Nora consideró que ya era una suerte que ni Akwasi ni Máanu se dispusieran a quitarle a la niña. Se lo había temido, pues, a fin de cuentas, en las plantaciones era habitual que a las mujeres negras las separasen de sus bebés. Eso se habría ajustado a las ansias de venganza, preñadas de odio, de Máanu. Pero Akwasi había perdido interés y Máanu ya estaba lo bastante ocupada con la espera de su propio hijo. Aseguró a Akwasi que ella le daría el hijo deseado.

—Será un niño grande —vaticinó Nora a la orgullosa Máanu cuando esta les hizo la visita obligada a ella y Dede. La joven negra estaba bellísima con los trajes africanos de colores que solía llevar durante el embarazo porque eran más cómodos que los de los blancos. Máanu seguía muy delgada y se mantenía erguida, le brillaban el cabello y la piel, y su vientre sobresalía con vigor aunque todavía faltaban tres meses para el nacimiento—. Pero no será un parto fácil —prosiguió Nora—. Deberías pedirle a Nanny que llamara con tiempo a Tolo. Más teniendo en cuenta que... —Enrojeció.

—La ablación no es un obstáculo para el parto —respondió airada Máanu—. Me lo aseguró Tolo. Nanny me asistirá y con ella todos los espíritus de los ashanti y los dogones.

—No me refería a la ablación. —A Nora le resultaba difícil mencionar el tema, pero todavía se acordaba de Sally y recordaba lo que Tolo había observado. «Ha tenido hijos...» Así que Máanu había tenido partos fallidos, aunque no por ello se había desangrado. Pese a ello, le quedarían cicatrices y adherencias—. Al menos deberías pedirle a Tolo que te explorase antes del nacimiento. Los espíritus... bueno, seguro que pueden ser de gran ayuda, pero en general... Ya tienes experiencia en cómo van las cosas.

Nora recordó los cínicos comentarios de Máanu sobre religión, oración y Dios.

—Traeré al mundo al hijo de Akwasi con ayuda de la Reina —respondió una Máanu mayestática—. Y tú no vas a atemorizarme, missis blanca. Soy fuerte.

Nora no añadió nada más. Desvió la conversación hacia Dede, y hacia lo bonita que era y la energía con que chupaba la leche de los pechos de su madre. El bebé no causaba ningún problema, lo único que llamaba la atención y provocaba comentarios entre encantados, asombrados y recelosos eran sus ojos azules. Pero la piel de Dede no era tan oscura para que este legado de sus ancestros blancos resultara incongruente. Sin embargo, la mayoría de las mujeres de Nanny Town nunca habían visto un bebé de ojos azules y entre algunas tribus eso era señal de mal augurio.

—¡Tonterías! —exclamó burlona Tolo, y con un gesto de la mano acalló el rumor de que había nacido un demonio—. Claro que es malo que una mujer negra dé a luz a un niño blanco. Sucede entonces que tenga los ojos azules o, en muy contadas ocasiones, rojos incluso. Y en general no viven mucho tiempo. Pero el color de los ojos es normal en tu hija. Cuando sea mayor será bonita.

—Es posible que cambien a verdes —observó Nora para prevenir más rumores sobre un sobrenatural cambio de color en los ojos del bebé—. Yo misma tuve los ojos azules hasta los dos meses. Todos los niños blancos vienen al mundo con los ojos azules.

Tolo asintió.

—Tu Dede es preciosa y normal, es bueno que sea niña. Para un mestizo nunca es fácil, pero una niña guapa lo tiene más fácil que una fea, y una niña mestiza lo tiene más fácil que un niño mestizo.

Nora no se sorprendió de que, tres meses después del nacimiento de Deirdre, Mansah volviera a estar sollozando delante de su puerta. La niña había vuelto a cambiar de cabaña desde que Akwasi dedicaba de nuevo sus favores a Nora. Al fin y al cabo, Máanu estaba al final del embarazo, mientras que Nora ya se había recuperado del parto y estaba más bonita que antes. A esas alturas, su cuerpo se había acostumbrado a trabajar más y estar más expuesto al sol, y esa vida incluso le sentaba bien desde que no la martirizaban ni la forzaban a hacer las tareas más duras. Nora era delgada y nervuda, pero desde el parto había adquirido formas más femeninas. Además, daba de mamar y sus pechos estaban llenos y duros. El sol había dado a su piel un matiz dorado que resaltaban las telas de colores con que se envolvía su cabello claro, a la manera de las africanas. Su imagen volvía a excitar a Akwasi, y su rabia hacia Nora y Doug iba disminuyendo lentamente. Ella le había traicionado, él se había vengado: pero ahora ella era suya, en cuerpo y alma. Había dado a luz a un hijo suyo.

Akwasi empezó a tratar a Nora con más cuidado. No era que supiese amarla tiernamente —todavía seguía creyendo que una mujer virtuosa no debía gozar del amor—, pero hablaba con ella de forma cordial y no volvió a golpearla. Pese a ello, Nora odiaba y temía las noches en que la visitaba. Estaba decidida a no darle más hijos, por mucho que ella ahora quisiera a Dede. Seguía conservando el tarro de Tolo discretamente entre los bebedizos y ungüentos que ella misma elaboraba. Al menor signo de embarazo, lo utilizaría.

Nora empujó a Akwasi, que estaba montándola, cuando oyó llamar a la puerta y unos gemidos. Ella casi siempre se revolvía y él estaba acostumbrado a no hacerle caso, como en esa ocasión.

—¡Basta, Akwasi! —Nora luchaba con todas sus fuerzas, procurando no hacer ruido para no despertar a Dede. Por fortuna, la niña tenía un sueño profundo—. Ya oyes que pasa algo, debe de ser Mansah. Quizá se trata de Máanu. Su parto es inminente. A lo mejor...

Se irguió y se cubrió a toda prisa con un paño cuando Akwasi se dejó caer a un lado de mala gana. Luego fue a abrir la puerta. Tal como esperaba, Mansah se apoyaba gimiendo contra la pared contigua a la puerta.

—Tienes que venir, missis. Máanu... Está llegando el niño.

Nora hizo pasar a la niña.

—Eso es bueno, Mansah —la tranquilizó—. ¿Has llamado a Nanny? Quería que la atendiera. Y además vive al lado.

La cabaña de Nora se hallaba en el linde de Nanny Town, lo

que no le gustaba a Akwasi. Era habitual que las distintas mujeres de los guerreros tuvieran casa propia, pero en las aldeas africanas estaban, por regla general, una al lado de la otra. Pese a
ello, las chozas circulares del centro estaban todas ocupadas y
Máanu no pensaba en absoluto cambiar su privilegiada situación, vecina de la Reina, por una choza de esclava en la periferia
del poblado.

—Nanny lleva horas con ella. Dice que todo normal pero el
bebé viene y no viene. Máanu da gritos horribles...

—Te lo parece a ti, Mansah —la tranquilizó Nora—. Mira,
yo también gritaba y tuviste miedo, pero luego llegó Dede y
todo salió bien.

—Pero este bebé no viene, missis. Nanny dice que a lo mejor es demasiado grande. No pasa... no pasa por... —Mansah en-
ronqueció de horror— . Y Máanu está sangrando mucho...

Nora suspiró. Algo así se había temido. De todos modos, no
podría hacer mucho más que Nanny. No era comadrona y, además, en Cascarilla Gardens apenas había habido niños. Lo que
sí sabía hacer era detener las hemorragias después de los abortos. Una vez llegara el niño, tal vez podría ayudar a Máanu, pero
ahora...

—Ven, missis, ¡por favor!

Nora empezó a meter de mala gana medicinas en su bolsa.

—Máanu no me querrá y Nanny mucho menos —vaticinó.

Pero Akwasi intervino entonces. Se había vestido y se irguió
delante de la llorosa Mansah.

—¿Qué dices, chica? ¿Que no viene el niño? ¿Va a morir mi
hijo en el vientre de Máanu?

—Antes moriría Máanu —observó Nora—. Y con ella, a la
fuerza, el niño, si es que no sucede un milagro.

—Nanny invoca a los dioses —dijo Mansah—. Quema hierbas...

—Eso seguro que ayuda —apuntó sarcástica Nora—. Intentaré hacer algo, Akwasi, pero tienes que acompañarme y obligar
a Máanu a que me deje acercarme a ella. Y explicar a Nanny que
los dioses me han lanzado una estrella a la cabeza para llamarme

o algo así. A lo mejor se lo cree. Haré todo lo que pueda, Akwasi, pero no me culpes si a pesar de todo tu hijo o tu hija muere.

Akwasi estaba dispuesto a realizar y conseguir todo lo que fuera con tal de brindar una posibilidad a su tan ansiado heredero. Incluso llevó la bolsa de Nora cuando la siguió para que pudiese andar más deprisa. Cuando camino de la cabaña de Máanu se enrolló el turbante en la cabeza, Akwasi censuró su vanidad.

—No me lo pongo para estar bonita, sino para que no me caigan los mechones de pelo en la cara —contestó altiva—. Y tú, Mansah, ¿por qué nos sigues? Con Máanu no puedes hacer nada, pero Dede está sola en la cabaña. Ve y cuida de ella o, por el amor de Dios, tráetela si no quieres estar sola. ¡Y deja ya de llorar! Sé que te resulta difícil, pero tendrás que aprender a comportarte como una adulta.

Mansah dio media vuelta gimoteando y Nora apretó el paso. Esperaba que realmente vigilara al bebé. Mansah se llevaba bien con la hija de Nora y era posible que la pequeña pasara toda la noche durmiendo tranquilamente.

En la cabaña de Máanu olía a sangre y hierbas quemadas. Nanny estaba sentada junto a una bandeja con incienso o lo que fuera que ardía sin llama y emitía un olor agradable, pero también calor y humo. Nora tosió. En su esterilla, la parturienta estaba empapada en sudor.

—No puedo más —se quejaba—. ¡Nanny, haz algo!

Entonces sufrió otra contracción y empezó a gemir y quejarse a gritos. Mansah tenía razón, Máanu llevaba luchando muchas horas. Su cuerpo se arqueaba de dolor, pero la cabecita del niño todavía no asomaba.

Akwasi se arrodilló junto a su quejumbrosa esposa.

—Máanu, he traído a la missis. Quiero que te vea. Lo quiero, así que no protestes. Ella únicamente desea ayudarte.

La mirada llameante de Máanu buscó la de su marido, tenía los ojos inyectados en sangre.

—Si consigue que esto acabe, hasta el diablo será bien recibido —soltó, antes de ponerse a gemir y gritar de nuevo.

Nora empujó a Nanny hacia un lado. La Reina parecía haber caído en trance mientras cantaba: en esos momentos estaba más cerca de los dioses que de su paciente.

Nora separó bien las piernas de Máanu. Debía de haber roto aguas hacía tiempo: estaba seca y, efectivamente, sangraba. Aunque no tanto como había dicho Mansah.

Nora cogió una cazuela con ungüento de aloe vera y manteca de cerdo para suavizarse las manos. Palpó el vientre de la joven antes de explorar la vagina.

—La Reina acierta, el niño está bien colocado —confirmó—. Pero es demasiado grande. Máanu tarda en dilatarse lo suficiente y es posible que no sea bastante. Quizás haya también algo dentro, después... después de lo que el *backra* te hizo... Voy a intentar palparlo. Y tienes que ayudar, a mí y al niño... Pero antes...

Nora buscó una botellita en su bolsillo. Otro bebedizo de Tolo para calmar los dolores. Desconocía cómo lo elaboraba, pero sospechaba que la vieja curandera cultivaba plantas de las que se extraía el láudano.

En efecto, tras beber el brebaje, Máanu se tranquilizó un poco y entonces Nora logró palpar la cabeza del niño. Estaba encallada.

—No sé si todavía vive —dijo Nora, inquieta—. En cualquier caso tiene que salir pronto, así no sobrevivirá. Tienes que ayudarme, Akwasi. Y tú tienes que empujar, Máanu, no es tan horrible. Akwasi, enderézala para que quede acuclillada y le aprietas el vientre cuando llegue la próxima contracción.

Nora tenía manos pequeñas y finas, pero resbalaban en la cabeza del bebé cuando intentaba cogerlo y tirar de él. Aun así, la grasa con que se había embadurnado las manos facilitaba el trabajo. El canal de nacimiento se distendió y el niño por fin empezó a moverse. Mientras Máanu gritaba de un modo casi inhumano, el bebé resbaló. Se trataba en verdad de un niño, y era inusualmente grande. Cuando lo sostuvo por los pies en el aire para darle una palmada, protestó berreando.

De la vagina de Máanu salía sangre, pero era algo que Nora ya conocía. Entregó el bebé al desvalido padre y a la Abuela Nanny, que lentamente volvía en sí. La sacerdotisa empezó a conjurar a los dioses para que fueran bondadosos con el niño. Nora se ocupó de Máanu, que lloraba de agotamiento. Sangraba, pero no era una sangre rojo brillante y espumosa ni tampoco brotaba desde dentro. No parecía que en el interior hubiera algo dañado. Poco después, salió la placenta y la hemorragia disminuyó notablemente.

Cuando media hora más tarde Mansah apareció con Dede llorando —no había aguantado más tiempo sola con la niña durmiendo y esta se había despertado a la mitad del camino—, el recién nacido estaba limpio y envuelto en los brazos de su madre.

—Ven, Mansah —dijo Nora, cansada, cogiendo a su hija de los brazos de la niña—. Tienes un sobrinito. No te preocupes por tu hermana, los dos sobrevivirán.

Se sorprendió de que Máanu hablara a continuación, pero no a su hermana, sino a ella.

—Gracias —susurró—. Gracias, missis.

Nora suspiró.

—Ya no eres mi esclava, Máanu, como has insistido en confirmar en los últimos meses. Llámame Nora...

AMOR

*Cascarilla Gardens, Nanny Town,
Spanish Town*

Otoño de 1738 - Otoño de 1739

1

—Aquí trabajan muchas chicas, señor Fortnam, y todas dan la impresión de estar bien instruidas. ¿No podría cederme una para que me sirviera como doncella?

Lady Hollister se abanicaba. Para las condiciones jamaicanas, en la nueva terraza de Doug Fortnam el ambiente era agradablemente fresco, pero la dama, algo corpulenta, se había acalorado con el baile. Doug no había reparado en esfuerzos ni gastos. Después de haberse decidido a diseñar y construir la nueva casa, el baile de inauguración transcurría en todo su esplendor con un maestro de danza expresamente contratado para mantener a los invitados en movimiento. Para lady Hollister era casi demasiado. Doug acompañó atentamente a la jadeante dama a la mesa de su esposo e indicó a una doncella que le sirviera un *julep*.

—Sí, si puedo convencer a alguna de ellas —respondió Doug, risueño—. Tiene usted razón, en realidad tengo demasiados esclavos domésticos. Pero Adwea los maneja a todos estupendamente, incluso a los niños de África.

—¿Introduce importaciones de África entre los esclavos domésticos? —inquirió asombrado lord Hollister, mientras su esposa fruncía el ceño ante la intención de Doug de consultar primero a la muchacha—. Los esclavos de... de segunda generación suelen ser reacios.

Doug reprimió una sonrisa irónica cuando pensó en el pertinaz método de lord Hollister de educar diligentes sirvientes domésticos. Ninguna esclava de la casa del hacendado se sentía a salvo de él.

—¿Cómo debo actuar? —planteó tras hacer un gesto de impotencia—. Tengo a muchos negros demasiado jóvenes. Aún no los puedo enviar a los campos, así que trabajan de aprendices con los artesanos. Tengo muy buenos carpinteros, como puede ver... —Señaló el terreno en torno a la terraza de su nueva casa, la glorieta de madera y las torrecillas y balcones adornados con tallas ornamentales—. Y un destilador extraordinario. —Doug tomó su copa y brindó con su vecino—. Pero para las chicas no hay labores en el exterior, todas se quedan con Adwea en la cocina y en casa.

—Debería vender un par —apuntó con envidia lady Hollister—. Son tantas que se tropiezan las unas con las otras y hay lugares en los que buscan desesperadamente buenas sirvientas.

Doug apretó los labios.

—Cascarilla Gardens no vende esclavos —afirmó conciso—. Aquí la gente forma familias y tienen mi palabra de que no voy a separarlas.

Lord Hollister rio, y Christopher Keensley, quien acababa de tomar asiento junto a la mesa y jadeaba tanto como lady Hollister, intervino de inmediato.

—¡Por eso tiene usted tantos glotones negros que no aportan nada! —bromeó—. Los tratantes de esclavos siempre se alegran al verle. ¡Se dice que Doug Fortnam les quita de encima el género invendible!

Doug se rascó la frente. No quería pelearse con sus vecinos y sabía, por supuesto, que en Kingston se reían de él. Sin embargo, a esas alturas ya no compraba más esclavos y se mantenía alejado de los mercados: ya no necesitaba acudir a ningún tratante de esclavos. Sin embargo, cuando tras el asalto de los cimarrones se había visto forzado a adquirir unos cuantos, había sentido escrúpulos a la hora de separar a hombres y mujeres y, sobre todo, a las madres de sus hijos. Había comprado a toda una familia y a tres o cuatro mujeres con sus hijos. No se había arrepentido, de hecho, pues esas personas se contaban entre sus trabajadores más abnegados. Estaban agradecidos y no pensaban en fugarse.

En su opinión, no había hecho ningún negocio con pérdidas. Desde el asalto de los cimarrones, casi cinco años atrás, Cascarilla Gardens tenía un único vigilante. Solo por los sueldos que se ahorraba con eso, compensaba por diez el ridículo precio que costaba un puñado de niños. De todos modos, ya hacía tiempo que había dejado de intentar que Hollister y Keensley también comprendieran ese tipo de cálculo. Ambos seguían aferrados a los latigazos y la disciplina severa.

—Como pueden ver, el género inservible demuestra una eficacia sorprendente —apuntó Doug, tomando un vaso de una bandeja que una doncella sostenía cortésmente ante él, haciendo una grácil reverencia—. Esta, por ejemplo, es Alima.

La joven bajó la vista recatadamente; sus padres eran musulmanes y vigilaban que ella no fuera coqueteando por ahí como algunas de las chicas de su edad del caserío de los esclavos.

—Alima debe de tener ahora unos dieciséis años, llegó con diez u once de África. Adwea dice que es diestra y aplicada, sobre todo muy obediente. Seguro que le gustaría un puesto de doncella, ¿verdad, Alima?

La muchacha lo miró. Se había despertado su curiosidad. Doug le sonrió. Alima tenía un rostro de rasgos delicados, pómulos altos y ojos redondos color avellana, que todavía contemplaban el mundo con ingenuidad. Combinaba el uniforme adornado de puntillas —Doug se había esforzado por que la fiesta estuviera correctamente organizada— con un turbante azul cielo que ocultaba su pelo corto y crespo.

—A mí gustar mucho las cosas bonitas, *backra* Doug —respondió con voz dulce. Hablaba el inglés con un cantarín acento africano—. Me gusta sacar brillo a los muebles nuevos.

Alima paseó una mirada admirativa por los asientos, mesas y cómodas de formas delicadas y sinuosas que Doug había hecho transportar desde Inglaterra para su nueva casa. La mayor parte los habían elegido lady Hollister y su sobrina. Doug no tenía gran interés por el mobiliario, se habría contentado con unas sillas y mesas sencillas de la misma carpintería de la plantación, pero se esforzaba por no distinguirse demasiado de los demás, ya había suficiente diferencia de opiniones entre él y los otros hacendados y no debía gobernar la casa de forma totalmente distinta. A la larga, eso también significaría que tendría que buscarse una esposa.

Doug temblaba solo de pensarlo. La pérdida de Nora ya formaba parte del pasado, pero todavía se despertaba cada día pensando en ella y cada noche necesitaba un vaso de ron para no sentir tan cerca el espíritu de su amada y echarse a llorar. Solía pensar que hubiese preferido morir con ella a vivir sin ella; pero, por otra parte, creía que a su amada le habría gustado ver en qué había convertido Cascarilla Gardens. Nadie lo sabía, pero la casa, el caserío de los esclavos y las nuevas costumbres adoptadas en el trato de los trabajadores y el cuidado de sus hijos eran un homenaje a Nora Fortnam. Incluso había construido cerca del mar con sus propias manos una cabaña de madera y hojas de palma. Cuando la nostalgia le embargaba, cogía la yegua de Nora, *Aurora*, y cabalgaba hacia la playa, la ataba en el lugar habitual y caminaba por la arena que había pisado Nora, nadaba donde ella había nadado y se abandonaba a su pena en la cabaña que ella había soñado. Se preguntaba si el espíritu de Simon Greenborough estaría riéndose de ello... Tal vez había construido un altar para él y no para su amada. Pero se sentía más cerca de ella allí que en el cementerio de la familia Fortnam, donde se habían sepultado los horribles restos de los fallecidos aquella noche fatal.

—A lo mejor también te gustaría ocuparte de vestidos bonitos. —Doug volvió a dirigirse a Alima.

No debía dejar vagar sus pensamientos. Esa era su fiesta, sus vecinos y compañeros de negocios tenían que saber que la plantación Fortnam era de nuevo lo que siempre había sido: una potente empresa con un patrón que sabía lo que se hacía. Incluso si lo hacía de manera muy personal.

Alima resplandeció.

—¡Me encanta, *backra*! —exclamó ilusionada.

Doug hizo un gesto de conformidad.

—Entonces tendremos que hablar de este tema —dijo, y despidió a la muchacha una vez que los Hollister y Keensley también se hubieron servido.

Hollister se quedó mirando a la chica de una forma extraña, que a Doug no le gustó. Tal vez no era tan buena idea que Alima ingresara en su servicio doméstico.

—Ya lo ha oído, lady Hollister —añadió pese a todo animadamente—. La pequeña estaría dispuesta. Pero debo hablar antes con sus padres, claro.

—De lo que tendríamos que hablar, sobre todo, es del precio —intervino lord Hollister—. No queremos regalos y esta monada de niña no debe de ser barata.

Doug volvió a apretar los labios.

—Ya les he dicho que no pongo a nadie a la venta —explicó. Luego miró a lady Hollister—. Si le envío a Alima, milady, es solo en «préstamo». Estará dos años a su disposición y usted me devolverá a una doncella perfectamente formada.

Christopher Keensley sonrió mordaz.

—¿Pues qué quiere hacer usted con esa criadita? —preguntó—. ¿Es que no puede ponerse solo los calzones? ¿O sacárselos?

Los hombres lanzaron una sonora carcajada.

Doug se esforzó por no demostrar la ira que sintió.

—Prefiero los pantalones de montar —observó, mientras lady Hollister esbozaba una sonrisa cómplice.

—El señor Fortnam no necesita a la pequeña —señaló como en un ronroneo—. Pero seguro que sí a una señora Fortnam...

El joven le sonrió incómodo.

—Justo en eso había estado pensando —contestó—. Y puesto que tratamos un tema tan interesante, ¿dónde se esconde su hermosísima sobrina, lady Hollister? Creo que hoy no me ha reservado ni un solo baile. ¿Encontrará tal vez al maestro de baile más atractivo que a mí?

Un rayo luminoso pasó por el rostro regordete de lady Hollister.

—Debería salir a buscarla —ronroneó—. No vaya a ser que se le adelante otro.

Doug se levantó tranquilamente, sabía que nadie estaría haciendo cola para cortejar a Lucille Hornby; la joven no solo era regordeta e insulsa, sino que además procedía de una familia londinense de empleados sin patrimonio.

—Ya lo han oído, señores. Seguro que me disculparán.

Doug se ajustó el elegante chaleco azul cielo y los puños de encaje mientras atravesaba la bien aireada sala de baile. Era lo suficiente grande para veladas como esa, pero no se veía sobrecargada, sino más bien como un patio de luces despejado y unido a terrazas y habitaciones laterales. A Nora le habría encantado... Doug se contuvo. Debía dejar de pensar en ella incesantemente. Al menos para ver en las hijas y sobrinas de los otros hacendados algo más que una fila de niñas tontitas e insulsas vestidas de blanco que no sabían hablar más que del calor y las incomodidades de la vida en la colonia. En caso contrario, era posible que se quedara para siempre con Lucille Hornby.

Doug se irguió y sacó a bailar a la primera chica que encontró.

Tenía que dejar de pensar de una vez en Nora.

La joven Alima lloró un poco cuando Doug le propuso que los años siguientes entrara en el servicio de lady Hollister. Pero sobre todo lloró Jadiya, la madre, para quien era inimaginable separarse de su hija. El padre, un africano fuerte y achaparrado, de nombre Maalik, lo veía de modo más relajado.

—Cuando casarse, también irse —razonó—. Y aquí no hay hombre para ella. Hollister más Kingston, Kingston más musulmanes.

Doug vio que se le venían encima los problemas. Si un joven se interesara por Alima posiblemente tendría que comprarlo. En principio no creía que al servicio de los Hollister se encontraran miembros del mismo credo que Maalik. La mayoría de los esclavos domésticos de Kingston no tenían origen árabe-africano y en la plantación Hollister la muchacha casi no tendría contacto con los esclavos de los campos. Sin contar con que el reverendo Stevens visitaba a los Hollister tanto como a Doug, aunque en casa de los primeros era obligatorio asistir a misa. Si realmente había un esclavo de la edad de Alima y adepto a una religión nada extendida en África, debía de serlo en secreto. En cualquier caso, el reverendo Stevens consideraba el islam un invento del diablo. Doug había aludido a ese tema solo en una ocasión, breve y cautelosamente, y Stevens lo torturó con un sermón de varias horas. Al final seguía sin saber en qué creían realmente Maalik y su familia, pero imaginaba muy bien al reverendo como predicador del odio en una cruzada.

—Alima no desaparecerá —tranquilizó Doug a la llorosa madre—. Cuando los Hollister estén en la plantación o me visiten, la señora traerá a su doncella, naturalmente. Y los domingos también podréis ir a verla a Kingston. No creo que la señora le dé todo el día libre y el trayecto hasta allí es largo (pasaríais solo una hora con ella), pero yo no tengo nada en contra. Por mí parte, cada domingo os daré pases.

—¿Tampoco la venderán?

Era Kwadwo. Seguía desempeñando las funciones de *busha* de la comunidad de esclavos y Doug solía consultarlo siempre que había que hablar de algo importante. Al anciano hombre obeah solía resultarle fácil explicar las cosas a los recién llegados de África. Hablaban entre sí ese inglés básico y sencillo de los esclavos, y Doug ignoraba si realmente entendían contextos complicados. Kwadwo conocía mejor su forma de pensar.

—No, Alima no se venderá —respondió—. Sigue siendo propiedad mía y en algún momento la recuperaremos. Cuando... cuando yo... —No pudo continuar.

Kwadwo lo miró comprensivo. En sus ojos había piedad, sabía lo que había habido entre su señor y Nora.

—No debería haber construido una casa para su *duppy* —dijo pensativo—. Así nunca se marchará...

Kwadwo había contemplado con escéptico interés la construcción de la cabaña en la playa. Desde que las ceremonias obeah ya no estaban prohibidas en Cascarilla Gardens, había pequeñas construcciones en torno a su propia casa que invitaban a los espíritus a vivir junto a él. A Doug le recordaban las casetas para perros, pero no comentaba nada al respecto.

—A lo mejor no quiero que se vaya, Kwadwo —murmuró—. Pero dejemos este tema, centrémonos en Alima. Hablaré con lady Hollister para dejarle bien claro que no será de su propiedad y que tiene que tratarla bien y respetar su virtud. —La voz de Doug casi sonó furiosa al pronunciar la última frase. Insistiría en ello también delante del marido de lady Hollister—. Sería conveniente para conservar la buena armonía que asistiera a los servicios del reverendo, pero también pueden encontrarse pretextos si no se ve capaz. La señora no le impedirá rezar siempre que no sea en horas de trabajo. Pero esto ya lo sabéis.

Los musulmanes debían postergar sus oraciones hasta después de trabajar también en Cascarilla Gardens

—¿Qué, cómo lo ves, Alima, tienes ganas? —preguntó Doug.

La muchacha volvió a bajar la vista.

—Si mamá no se pone triste y papá no se enfada, sí. A mí gusta vestidos bonitos, lady Hollister una lady bonita. Y missy Hornby muuuuuuy bonita...

Doug pensó que respecto a esto último tenía otra opinión, pero si a Alima le gustaba su nueva señora, tanto mejor.

De hecho, el acuerdo se cerró en principio de forma satisfactoria para todas las partes. Doug llevó a la muchacha a Kingston y trató de todo lo importante con la señora. El señor se hallaba ausente. Doug, sin embargo, fue claro al hablar sobre el tema de la virtud de la joven.

—¡Pues claro, señor Fortnam, dónde se ha pensado que está! —sonrió lady Hollister—. La chica estará conmigo a buen recaudo. Aunque es cierto que tenemos un par de criados muy guapos. —Soltó una risita.

Doug tuvo que hacer un esfuerzo para no alzar la vista al cielo. ¿Acaso esa mujer no se daba cuenta de lo mucho que se parecían todos esos mulatos a su marido?

—No me cabe duda de que Alima adoptará una actitud reservada —señaló sin responder a la risita de su interlocutora—. Pero es su deber garantizarme que todos los hombres de la casa serán igual de comedidos.

La señora asintió, al parecer todavía divertida. Doug suspiró. Más claro no podía ser. No obstante, una semana después se tomó la molestia de ir a ver a Alima a su nuevo hogar y encontró que la satisfacción era general. Lady Hollister estaba encantada con la prudencia y habilidad de la chica, y Alima estaba entusiasmada con el vestido de encaje con delantalito que debía llevar a diario en esa casa. No dejaba de alabar las cosas tan bonitas de lady Hollister y parloteaba de maquillajes y peinados. Si eso seguía así, pronto hablaría como Lucille, pensó Doug con cierta pena. Encontraba a la mayoría de jóvenes esclavas más interesantes que las jóvenes damiselas de la buena sociedad, aunque naturalmente nunca les habría puesto un dedo encima.

Una semana más tarde, Maalik y Jadiya viajaron a Kingston: Doug siempre se sorprendía de lo poco que les importaban a los nativos africanos los largos trayectos bajo un sol de justicia. Ambos regresaron resplandecientes. Jadiya no cabía en sí de alegría de lo mucho que Alima disfrutaba con su nuevo empleo.

—Poner cosa blanca en la cara de señora. —Fue la forma en que describió el maquillaje diario a un divertido Doug—. ¿Para qué hacer eso, *backra*? ¡Ya es blanca!

Doug dejó que Kwadwo le explicara la moda que imperaba entre los blancos y escuchó algo preocupado las noticias del no menos maravillado Maalik. En el mercado se había encontrado con un hermano musulmán negro que pertenecía a la misma tribu de su familia

—A lo mejor hombre para Alima. Dice *backra* bueno. A lo mejor compra a Alima...

Doug se frotó la frente. De repente, el antes tan consternado padre ya no tenía nada en contra de desprenderse de su hija. Lástima que Nora no estuviera ahí para oírlo.

Durante unas semanas no le llegaron más noticias sobre Alima, salvo comentarios puntuales de Adwea de los que se deducía que a la chica le iba bien. En cualquier caso, la cocinera la ponía a ella y su nuevo trabajo como luminoso ejemplo para las otras esclavas domésticas. Frases como «Si no esforzarte, nunca tener vestidos bonitos como Alima» y «Tú hacer bien y luego a lo mejor doncella de dama bonita como Alima» pasaron a formar parte de sus advertencias y estímulos habituales. Cada dos o tres domingos, Maalik y Jadiya solicitaban pases y cuando Doug organizaba alguna velada Alima volvía a Cascarilla Gardens y pasaba horas contando a sus envidiosas amigas las maravillas de su vida con lady Hollister.

La dama y su sobrina, por su parte, se deshacían en elogios sobre Alima y no se cansaban de darle las gracias a Doug en las diversas fiestas y bailes de Navidad que reunía a la buena sociedad de Kingston tras la cosecha de la caña de azúcar.

—En esta ocasión hemos contentado a todo el mundo —señaló a su vigilante, el afable mister McCloud, con quien bebía un ponche de ron la noche de Navidad—. Compruebe que mañana también Alima tenga un regalo preparado. —Doug solía hacer un pequeño obsequio en Navidad a sus empleados, en general un aguardiente de caña de azúcar y granos de café o té para los musulmanes—. Aunque los Hollister estén en Kingston, es importante que los padres vean que no nos olvidamos de la niña. Al fin y al cabo, todavía pertenece a Cascarilla Gardens.

Ian McCloud asintió.

—Vendrá la semana próxima —señaló—. Me lo ha contado Maalik contentísimo, los Hollister pasarán un par de días en su plantación.

Doug sonrió.

—Claro, es la época en que se destila el ron. El viejo no se lo quiere perder. —Alzó su copa y guiñó el ojo—. Admito que también les cedí a Alima cuando llegaron un par de toneles de contrapartida.

McCloud rio.

—Le he dicho al padre que su hija puede volver a instalarse en la cabaña de la familia. Espero que le parezca bien.

—Si lady Hollister no insiste en que duerma en el umbral de su puerta... —respondió Doug—. Algunas damas son incapaces de separarse de sus doncellas ni siquiera por tres minutos. Pero si no es por eso...

McCloud se puso serio.

—No deseo expresarme de forma irrespetuosa respecto a lord Hollister —observó—, pero yo no consideraría aconsejable que la pequeña pasara la noche en el umbral de su señora. Los Hollister tienen en Kingston una gran mansión, pero aquí...

Doug compartió su opinión.

—Aquí el umbral de la dama también lo es del caballero. Entendido, mister Ian. Tiene usted razón. Si surge cualquier problema, daré a los Hollister una razón creíble. No debemos poner en peligro la virtud de la muchacha.

2

En efecto, una semana más tarde, Alima se instaló en la cabaña de sus padres pese a las reticencias de lady Hollister. Esta insistía en que la muchacha debería recorrer un trayecto muy largo a altas horas de la noche y que para eso también podía pernoctar en el caserío de los esclavos de los Hollister.

—Pero allí no conoce a nadie —objetó Doug—. Y todavía estaría más en peligro sola entre negros del campo que camino de su casa cuando todos estén dormidos. Si bien cabe también preguntarse cómo es que tiene que trabajar para usted hasta medianoche. Deje que la muchacha acabe sus tareas cuando se ponga el sol, así llegará aquí con la última luz del día y todo el mundo estará contento.

Lady Hollister aceptó de mala gana, si bien Alima llegaba casi siempre tarde, a pesar de todo, a Cascarilla Gardens. Su aparición robaba horas de descanso a Maalik y Jadiya, quienes, naturalmente, querían hablar y comer algo con ella. Doug no lo aprobaba, pero lo toleró para no alterar las buenas relaciones con los Hollister.

Hasta que un día Alima llegó mucho antes de lo habitual: la catástrofe había acontecido.

Doug ya se encontraba en la sala de caballeros con el batín, leyendo un libro, cuando oyó unos golpes tan fuertes en la puerta de entrada que resonaron en todas las habitaciones contiguas.

El criado doméstico que atendió a la llamada discutía excitado con varios hombres. Doug reconoció la voz de su vigilante. Se puso en pie resignado para ver qué sucedía, pero el criado ya había dejado pasar a los recién llegados. Cuando Doug acudió a su amplia sala de recepciones, vio a McCloud, Kwadwo y Maalik; los tres estaban muy inquietos. El esclavo del campo se arrojó a los pies de Doug.

—Buena chica. Ella buena chica. No matar, no querer, no...

El hombre gemía y parecía que iba a aferrarse a los tobillos de Doug. Kwadwo se lo impidió.

—Déjalo, Maalik, aquí esto no se hace.

McCloud parecía muy afectado por el estado de consternación del trabajador.

—Ella buena. No colgar. Ella...

—¿Puede alguien explicarme qué ha sucedido? —preguntó Doug—. Levántate, Maalik, y cuéntamelo bien o deja que uno de los otros me lo diga. Mister Ian...

—Yo tampoco lo he entendido del todo, señor Fortnam —respondió el vigilante—. Solo he oído que los otros esclavos decían que Alima ha regresado. Al principio pensé que lady Hollister la había dejado marchar un poco antes. Pero entonces llegó Maalik... Conmigo ha actuado del mismo modo que con usted, así que he llamado a Kwadwo. Él ha hablado con Maalik. Yo entretanto he ido a su cabaña en busca de la chica, pero ella también se comporta de esta forma tan rara. Cuando he entrado se ha acuclillado en un rincón y ha empezado a gritar. Que ella no quería y que seguro que la colgarían. La madre chillaba y se lamentaba. En cualquier caso, lo único que he sacado en claro de todo ello es que Alima se ha escapado.

—Ya —dijo Doug, aún sereno—. Debe de ser un malentendido. Mañana ya lo aclararemos. Comprendo a la chica, debe de haber cometido alguna equivocación y la señora la ha amenazado con azotarla. Es lo primero a lo que recurren los Hollister. Y ahora encima se ha escapado. Pero que no se preocupe, pertenece aquí por derecho. Las autoridades no le harán nada, incluso si lady Hollister la denuncia. Respecto a colgarla... —Se rio.

McCloud sacudió la cabeza.

—Lo siento, señor Fortnam, pero al parecer este asunto es muy serio. Por lo que Kwadwo acaba de contarme, es posible que la muchacha pueda realmente ser condenada a la horca. En cualquier caso, esto no puede esperar hasta mañana, por mucho que lamente tener que molestarle.

Ian McCloud era a veces algo retórico, pero solía tomar las decisiones correctas. Doug se armó de paciencia.

—Cuéntame entonces, Kwadwo —animó al anciano—. O no, venid a mi habitación y sentaos todos allí. Os serviré un vaso de ron también, y a Maalik uno especialmente grande diga lo que diga su dios. Es medicina, este hombre tiene que tranquilizarse.

Kwadwo tomó asiento, impresionado por los imponentes muebles y la ingente cantidad de botellas del armario, así como por el número de alfombras. Cogió dignamente un vaso de ron y le colocó otro en la mano a Maalik, que no cesaba de lamentarse.

—Bueno, si lo he entendido bien, esto es lo que le ha sucedido a la muchacha esta tarde —empezó a contar el caballerizo y hombre obeah—. Alima estaba... ¿Cómo se dice cuando se aplana la ropa con un hierro...?

—Planchar —intervino McCloud.

Kwadwo asintió.

—La muchacha estaba planchando...

Alima estaba realizando sus labores en el vestidor de su señora, como solía hacer siempre. Contaba con menos espacio que en Kingston, pues la granja de los Hollister era más pequeña que las mansiones señoriales de Cascarilla Gardens o la plantación Keensley. No había habitaciones para invitados ni tampoco salón de baile, y lord y lady Hollister compartían vestidor. Esto no tenía especial importancia: a lady Hollister le gustaba dormir hasta tarde. Cuando Alima aparecía por las mañanas para llevar el té a su señora, peinarla, maquillarla y ayudarla a vestirse, el señor ya hacía tiempo que estaba en la destilería ocupándose de su famoso ron.

Alima no sospechó nada malo cuando lord Hollister apareció de forma inesperada. Bajó púdicamente la vista, como siempre hacía al encontrarse con el *backra,* y musitó un saludo cortés. Algo extraño notó, sin embargo, cuando el señor no se dirigió a su dormitorio, sino que se quedó parado mirándola. El vestidor, que hacía las veces de habitación de la plancha, no invitaba a demorarse. Alima calentaba el hierro de planchar llenándolo de brasas de carbón que había llevado en un cubo de la cocina. Las ascuas quemaban sin llama debajo de la ventana que la doncella tenía delante y propagaban, al igual que la plancha, un intenso calor en un día ya de por sí abrasador. Pese a que Alima estaba acostumbrada a esas temperaturas, tenía la frente perlada de sudor.

—Eres una chica muy bonita —dijo lord Hollister.

Alima se ruborizó, sin saber cómo reaccionar.

—Creo que te gustaría tener un vestido nuevo.

Alima se sorprendió. ¿Por qué quería regalarle el señor un vestido nuevo? Pero justamente era Navidad. En Cascarilla Gardens siempre se obsequiaba a los esclavos con vestidos nuevos. ¿Les darían regalos los Hollister más tarde?

—Contesta, chocolate. —La voz del señor resonaba con un tono urgente y en cierto modo sofocado—. Así tendrías que llamarte, chocolate. Con lo negra que eres... Nunca había tenido a una tan negra como tú.

Alima habría salido de allí corriendo, sobre todo cuando lord Hollister empezó a acercarse a ella. Por supuesto era negra, venía de África. Toda su tribu era negra. En cambio, los criados domésticos de los Hollister eran todos de un marrón claro. Pero ¿qué importancia tenía eso?

—¿Qué dices, chocolate?

—A mí gustar vestidos bonitos —respondió Alima cediendo.

El hombre sonrió.

—A mí también —observó con una voz extrañamente enronquecida y ahogada, como si le estuviera contando un secreto—. Pero a veces... cuando hace tanto calor... tenemos ganas de desnudarnos.

Alima observó con el rabillo del ojo, horrorizada, que lord Hollister se quitaba las medias de seda y se soltaba las cintas de los calzones. Pero estaba en el vestidor. Tenía derecho a hacerlo... aunque si la hubiese dejado marchar antes...

La doncella se esforzó por no mirarlo. Si actuaba como si no ocurriese nada tal vez él se pondría otros pantalones y se iría... Se dio media vuelta y llenó con otros carbones candentes la plancha. Ahora estaba muy caliente y tenía que concentrarse para no quemar la blusa de puntillas de su señora. La muchacha tenía toda su atención puesta en su tarea y cuando el viejo la agarró por detrás se llevó un susto de muerte.

—Ven, chocolatito, quítate la ropa. Espera, ya te ayudo yo.

El hombre giró a la muchacha poniéndola de frente y Alima se quedó mirando aterrorizada el vientre desnudo del señor. Claro que ya había visto hombres sin ropa, en África y, de reojo, también en Cascarilla Gardens, cuando se bañaban. De todos modos, nunca le había parecido algo tan... agresivo. El sexo de los jóvenes nunca estaba tieso como un palo que iba a clavarse en ella. Y esa justamente parecía ser la intención del *backra*. Se aproximaba a Alima. Ella lo evitó atemorizada.

—No, *backra*. No quiero vestido nuevo...

Alima siguió retrocediendo. Trataba de no mirar el sexo de su agresor. Pero ya no había ninguna posibilidad de escapar, salvo meterse en la habitación de la señora. El hombre la agarró por el brazo y tiró de ella...

La joven todavía sostenía la plancha, bien alejada para no quemarse la falda. Pero ahora... El hierro era la única arma con que contaba. Desquiciada por el miedo, la muchacha se defendió. El hierro candente y pesado dio a lord Hollister entre las piernas, justo ahí donde se erguía el palo. Alima siguió sujetando la plancha uno o dos segundos hasta que los gritos del hombre la devolvieron a la realidad. Hollister se desplomó delante de ella chillando de dolor y Alima dejó caer la plancha, que se abrió. Los carbones cayeron encima del agresor, que todavía aulló más. Alima salió huyendo y se tropezó en la puerta con su señora, que también se puso a chillar al ver al *backra* en el suelo. Entretanto, la camisa de lord Hollister había prendido fuego. Alima escapó a toda prisa. Y después la muchacha ya no supo qué más ocurrió. Siguió corriendo, primero escaleras abajo, luego fuera de la casa y hacia Cascarilla Gardens. Lo único que resonaba en sus oídos todavía era el chillido de su señora:

—¡Te colgarán por esto!

—¿Que le ha planchado sus partes blandas? —preguntó Doug.

Pese a la gravedad de la situación, tuvo que reprimir una sonrisa. En el fondo, le había dado su merecido a ese viejo verde.

—Eso es lo que he entendido de lo que ha contado el padre —respondió Kwadwo.

Señaló a Maalik, que estaba acuclillado a su lado. Kwadwo parecía sumamente preocupado.

—Y la muchacha ha contado también algo similar —intervino McCloud—. Al principio no lo había entendido bien, pero ahora...

Doug se rascó la frente.

—No pinta bien para ella —susurró, y se dirigió a Maalik, que después de haber bebido un vaso de ron veía el futuro con más esperanza. Una esperanza que su señor iba a enturbiarle en ese momento—. Lo siento, Maalik, pero si Alima ha herido a ese hombre de gravedad, si muere, no podré protegerla.

Maalik soltó un gemido desgarrador.

Doug suspiró.

—Es de mi propiedad, puedo defenderla de castigos arbitrarios, pero en caso de asesinato la ley actúa tanto si uno es esclavo como hombre libre.

—Ella buena chica... —gimió Maalik.

—Lo único que ha hecho es defenderse —señaló McCloud.

Doug esbozó una mueca.

—Primero tienen que creerla. Aún más, debería demostrar

que él quería agredirla. E incluso en ese caso, ¡no preciso recordaros el valor que tiene aquí el honor de una negra!

McCloud dejó caer la cabeza. Kwadwo intentaba explicarle algo a Maalik en un inglés básico totalmente incomprensible.

Doug se irguió.

—Sea como sea, tenemos que controlar la situación. Mañana iré a casa de los Hollister para comprobar qué ocurre. A lo mejor no es tan grave. Y si lo es... La niña debe empaquetar sus cosas y... Kwadwo, le explicas cómo rodear Kingston y llegar a las montañas.

—¿Pretende...? ¿Tiene que...? ¿Quiere desprenderse de ella?

Ian McCloud miraba atónito a Doug, y Kwadwo otro tanto. Doug hizo un gesto de impotencia.

—Si la cuelgan también me habré desprendido de ella —respondió pragmático—. Y además tendré mala conciencia. A fin de cuentas, yo tengo la culpa, no debería haberla enviado jamás a esa casa.

—Pero si eso sienta un precedente...

Ian McCloud no era un intransigente, pero de ahí a permitir que los esclavos se escaparan, es más, animarles a que huyeran...

—No se irá —objetó Kwadwo—. Piénselo, *backra*, una chica tan joven, totalmente sola en las Blue Mountains...

Doug puso los ojos en blanco.

—Máanu también...

—Pero Alima no es Máanu. —Kwadwo sacudió la cabeza—. Alima siempre ha estado protegida, siempre con su familia... y, además, con ese dios tan raro que tienen... —En lo que al islam se refería, el reverendo y el hombre obeah coincidían al menos vagamente—. Si ni siquiera podía asistir a las ceremonias obeah. No es capaz de mirar a un hombre. ¿Qué va a hacer en las montañas... a expensas de los cimarrones?

Doug suspiró. ¿Acaso no había temido que el acuerdo con los Hollister podía salirle caro?

—De acuerdo, Kwadwo. Explícale el trayecto a Maalik. Que se vayan todos juntos, la familia entera. Pero solo si no queda más remedio. —Se puso en pie.

Ian McCloud todavía no salía de su asombro. Kwadwo contemplaba a su señor con renovado respeto, casi con veneración.

—¿Qué hacemos si esta noche ocurre algo más? —logró preguntar McCloud—. Si los guardias...

Doug hizo un gesto de rechazo.

—Me parece poco probable. Lady Hollister tendrá otras cosas en la cabeza que ir a denunciar a la chica, y su esposo, todavía más. Hasta mañana, como muy temprano, los casacas rojas no vendrán por aquí. Pero en caso de que alguien se dejara caer, la niña no ha pasado nunca por aquí. Tal vez esté escondida, pero aquí no ha venido. ¡No ponga esa cara de susto, McCloud! Nos creerán, tengo fama de hombre honesto. Si el gobernador duda de ello, ya registrará el caserío de los esclavos más tarde...

Y más tarde, Alima y su familia ya estarían lejos. Esclavos por valor de más de quinientas libras. En realidad, Doug no sentía ninguna lástima por lord Hollister.

Como era de prever, hasta la mañana siguiente no ocurrió nada, pero Kwadwo ya tenía ensillado a *Amigo* cuando Doug apareció temprano en el establo. Se le veía muy preocupado. Alima y Jadiya habían pasado toda la noche llorando. Las mujeres no querían irse a las montañas y Maalik, en el fondo, tampoco. Doug se llevó las manos a la frente. Otra experiencia más que le habría gustado compartir con Nora. «Entonces tal vez se quedaran de forma voluntaria...» Cuando él mencionó esa posibilidad, Nora había dudado de ella.

Mientras cubría a caballo los más de tres kilómetros que separaban su casa de la de los Hollister, Doug se torturaba haciéndose reproches. Tendría que haberlo sabido. No debería haber enviado a ninguna chica a esa casa, en especial a ninguna tan tímida ni virtuosa como Alima. Una joven más atrevida habría sido capaz de evitar al lord o incluso de entregarse a él. A fin de cuentas, Hollister había querido recompensar a la muchacha por el favor y un vestido nuevo era un generoso regalo para una joven esclava. En tal caso, Doug habría tenido que vérselas, en el peor de los casos, con un pequeño bastardo en sus propiedades que exhibiría los rasgos de su vecino.

Cuando detuvo el caballo en la granja de los Hollister, ya esperaba allí el carruaje del médico de Kingston. No era buena señal, sobre todo teniendo en cuenta que el doctor Walton no era la gloria de su gremio. Al médico le encantaba el ron y por las tardes apenas si se podía hablar con él. Tampoco a esas horas parecía hacerle ningún bien al herido. Los gritos de dolor de Hollister resonaban por toda la casa.

Un criado abrió amedrentado la puerta cuando Doug llamó. Justo detrás de él apareció lady Hollister.

—¡Señor Fortnam! ¡Cómo se atreve! —soltó como una furia. Parecía pálida pese a que no se había maquillado. El cabello le caía desgreñado y era evidente que había pasado la noche en blanco—. ¡Qué monstruo nos ha enviado aquí! Esa chica... Irá a la horca, ya se lo aseguro yo. Aunque se merece algo peor. ¡Si por mí fuera, la quemaría en la hoguera! Lo que le ha hecho a mi marido... Escuche, lleva toda la noche así. Sufre unos dolores terribles. Está... —Prorrumpió en unos aparatosos sollozos.

—Le dije que tenía que cuidar de la chica. —Doug estaba decidido a defender a su esclava—. Es muy tímida y su marido la ha asustado.

—¿Tímida? ¡No me haga reír! ¡Seguro que trató de seducirlo! De lo contrario, él nunca...

Doug volvió a preguntarse si lady Hollister nunca había visto realmente la cara que tenían sus criados...

—Dice que es ella quien le ha provocado. Y luego... Ay, ¡pobre maridito mío, mi pobre Ronald...! —Más sollozos.

El joven hacendado ignoraba qué decir. Solo le interesaba averiguar cuál era el estado de Hollister. Su voz, al menos, resonaba con fuerza. No obstante, seguramente no sería buena idea ir a verlo. Mientras todavía estaba indeciso, esperando alguna reacción más de la señora, el médico descendió por las escaleras. También él estaba bastante pálido, pese a que había sacado la petaca y bebido un par de tragos.

—¿Cómo está el paciente, doctor? —preguntó Doug—. Me

han llegado noticias y, naturalmente, este asunto me resulta lamentable en extremo...

El doctor Walton asintió con gravedad.

—Una historia horripilante —respondió—. Si sobrevive, lord Hollister no volverá a ser... el que fue.

Lady Hollister gimió.

—¿Corre peligro de muerte? —se interesó Doug.

El médico hizo una mueca de ignorancia.

—Con una quemadura tan importante... y además en esas... humm... partes sensibles... cabe esperarlo todo, señor Fortnam. Le acabo de aplicar compresas de harina y aceite. Ya veremos cómo evoluciona. Lamento comunicarle que es muy grave, milady. ¿Han... han... atrapado ya a la puta negra?

Doug se mordió el labio.

—La muchacha... —empezó.

—¡El gobernador será informado hoy mismo! —farfulló lady Hollister—. Si bien el señor Fortnam no se muestra muy dispuesto a ayudarnos. ¿O es que ya ha atrapado a la chica, Fortnam?

Doug negó con un gesto.

—Hasta esta mañana no me ha contado el caballerizo lo sucedido —afirmó—. Ya sabe, el tamtan de la selva... Los negros se enteran de todo antes que nosotros. Pero la muchacha no ha aparecido. Los padres estaban preocupados. Por eso se han dirigido a...

—Los casacas rojas ya la encontrarán —intervino el doctor Walton—. Y le darán el castigo que le corresponde. Por una cosa así creo que son setenta latigazos, si no me equivoco. No sobrevivirá...

El benévolo médico cogió su tricornio, se lo puso bajo el brazo y saludó a lady Hollister y a Doug con una inclinación.

—Volveré mañana. Su marido... Dele ron y láudano, eso mitigará los dolores.

El doctor Walton abandonó la casa y Doug le siguió. Pero la señora, que tenía ganas de pelea, todavía no había terminado con él.

—Por supuesto tendrá que entregar a la esclava, si es que se refugia en su plantación —dijo con severidad lady Hollister.

Doug asintió.

—Por supuesto —respondió ceremoniosamente.

Puso al galope a *Amigo* en dirección a Cascarilla Gardens. Kwadwo debía enganchar los caballos al carro para ir a Kingston: bajo los toldos del vehículo habría un escondite para tres personas. La familia de Alima debía desaparecer cuanto antes.

3

—No, Jefe, ahora tienes que ir a casa. Tu mamá te está esperando. Y si se lo pides a la abuela como es debido, seguro que te cuenta una historia de África.

Nora levantó al protestón hermanastro de su hija y lo puso en los brazos de su amiga María.

—Llévatelo al pueblo, María, por favor, o Máanu se enfadará. Ya va diciendo que lo acaparo demasiado.

Dede, de tres años, solía acompañar a su madre al campo, como casi todos los niños del poblado. Jefe, casi de la misma edad, podría haber permanecido con Máanu. A la Abuela Nanny no le molestaba que jugara en su cabaña mientras Máanu trabajaba. De forma oficial, esta hacía las veces de secretaria y, efectivamente, la Reina la llamaba cuando había que negociar con los comerciantes y representantes de sus hermanos. De todos modos, las mujeres de Nanny Town la llamaban burlonas «esclava» o «doncella». Máanu cocinaba y limpiaba para Nanny y Quao, arreglaba los trajes de Nanny y la ayudaba a preparar sus medicinas. En el fondo hacía lo mismo para la reina de los cimarrones que había hecho tiempo atrás para Nora, y de nuevo sin percibir salario, aparte del prestigio de que disfrutaba y del que disponía como esposa primera de Akwasi.

Los conocimientos de lectura y escritura de Akwasi eran cada vez más importantes para Nanny y sus hermanos. A esas alturas se pasaba el tiempo viajando entre Nanny Town, Cudjoe

Town y el asentimiento de Accompong en el suroeste. También su pequeño hijo, Jefe, era un privilegiado: la Abuela Nanny lo mimaba mucho. Pero a Jefe no le gustaba jugar solo en la cabaña de la abuela. En lugar de ello, se colgaba casi cada día de los bordes de la falda de alguna de las mujeres que iban a trabajar en los campos y se reunía luego con Nora y Dede. Los niños se querían tiernamente. Nora no se cansaba de contemplar cómo el fuerte y corpulento Jefe corría en pos de su etérea y delicada hermana. El niño le llevaba frutas y flores de colores e incluso la defendía de los demás niños cuando se producía una pelea.

A Máanu le entusiasmaba menos esa estrecha amistad entre los hermanastros, pero consultó a Nanny y esta la encontró totalmente normal. En África era corriente que los niños de las mujeres del mismo padre las llamaran a todas «mamá». Y si Jefe prefería ir con Nora al campo en lugar de quedarse con Máanu en el pueblo, ella no veía ningún impedimento.

Tampoco a Nora le molestaba el pequeño. Como todas las comadronas, se sentía orgullosa de cada niño a cuyo nacimiento había contribuido. La primera vez que habían solicitado su ayuda en Nanny Town fue al nacer Jefe. Desde que Nora había salvado la vida a Máanu, todo el pueblo la consideraba sanadora y comadrona. La Abuela Nanny la apoyaba siempre que no realizara ningún encantamiento ni intentara evangelizar a los cimarrones. La Reina se mantenía firme en cuanto a la orientación espiritual de su gente, así como en que África fuera su punto de referencia. Nanny Town debía funcionar igual que una aldea ashanti. La Reina rechazaba todo lo que llevara la impronta inglesa, incluso trataba de reducir a lo imprescindible el trueque con los comerciantes blancos. Nora sabía que algunos cimarrones de origen, así como ciertos esclavos liberados, se quejaban de ello. Los hombres, sobre todo, no querían tejer y trabajar con la arcilla como sus antepasados africanos, solo se veían como cazadores y guerreros, pero habrían aceptado trabajar en el campo. En África esa labor les correspondía a las mujeres, de lo que a veces se quejaban algunas que por nacimiento eran libres.

—¡Yo corto caña y el negro tumbado al sol hacer guardia!

—lo resumió una vez María en uno de los días más calurosos del año, cuando las mujeres se sentaron al mediodía a la sombra de un árbol—. Yo también poder subir a torre, mirar y tocar el cuerno. Pero trabajar con machete mucho más duro.

—Y la tela que tejer el mío, mala —añadió Elena. Al igual que la familia de María, ella y su marido habían deambulado por las montañas durante generaciones antes de unirse a Nanny y Quao. El marido estaba bastante descontento con sus nuevas tareas artesanales—. Él odiar esto, mucho más gustar cazar. Ser siempre cazador, y a veces también robar un poco en plantaciones, pero tejer no sabe. Dice ser trabajo de mujeres.

—Y lo es —convino Millie, una esclava doméstica liberada que se desenvolvía muy mal con el trabajo en el campo—. Yo buena en tejer, buena en coser.

Las demás estuvieron de acuerdo. Todas habrían preferido un rinconcito a la sombra junto a un bastidor para tejer que estar cosechando caña de azúcar.

—¡Cuando contrato cerrado y comercio libre, comprar tela y coser vestidos! —fue el consenso general, por lo que muchachas como Mansah todavía añadieron:

—¡Comprar sedas y coser vestidos como tienen las missis blancas finas!

A la Abuela Nanny le resultaría difícil conservar su pequeña África en las Blue Mountains si los blancos levantaban la prohibición de comerciar.

A Nora no le importaba trabajar en el campo. Con el tiempo, su cuerpo se había acostumbrado a los quehaceres duros y siempre había disfrutado de los trabajos al aire libre. Mientras desherbaba y sembraba, charlaba con otras mujeres, animaba a los niños a que se lo pasaran bien ayudando y encontraba momentos para estar sola y dejar vagar sus pensamientos. Ya llevaba cinco largos años de cautiverio en Nanny Town y se había adaptado bastante. Máanu y ella no se habían hecho amigas después de que ayudara a nacer a Jefe, pero al menos reinaba una especie de tregua. También se las apañaba con Akwasi, que repartía sus «favores» entre ambas mujeres tal como, según él, dictaba la ley. No obstante, prefería a Nora por mucho que a ella le pesara. Con el tiempo, esta se había convencido de que el hecho de que la hubiera raptado no estaba relacionado simplemente con quitarle la mujer a Doug Fortnam. Tal vez el absurdo encuentro sexual que había seguido a la ceremonia obeah no se había producido por azar, tal vez Akwasi ya la hubiera amado entonces, o al menos deseado.

Nora se desenvolvía mejor con ese extraño tipo de amor que con el odio y la cólera que habían caracterizado los primeros meses de su relación. Seguía sin sentir nada por Akwasi y temía las noches que pasaba con él, pero ya no era tan horrible como al principio y de vez en cuando hasta se establecía una especie de conversación entre los dos. Nora se enteró parcialmente de las negociaciones entre el gobernador y los cimarrones de Barlovento. Los representantes de la Corona, el gobernador Edward Trelawny y el coronel Guthrie, habían admitido que había negros libres en Jamaica y que siempre los habría. Era más sensato reconocer su territorio como colonia autónoma y garantizar su lugar como ciudadanos antes que pelear constantemente con ellos. Las bases del convenio ya estaban establecidas: el gobernador renunciaría a sus pretensiones respecto a la tierra de los cimarrones y se la transferiría de forma oficial. Se permitiría el comercio libre y los cimarrones podrían moverse por las poblaciones de los blancos sin que los importunaran. Como contrapartida, ya no se saquearían más las plantaciones y no se liberaría a ningún esclavo. No obstante, todavía se estaba discutiendo sobre la formulación correcta del último punto y las opiniones eran encontradas. El gobernador insistía en que los cimarrones tenían la obligación de entregar a los esclavos huidos que habían acogido. Ya antes se habían establecido acuerdos de este tipo entre hacendados y negros libres, y a ellos se remitía ahora Trelawny. Cudjoe y Accompong estaban dispuestos a aceptar el convenio así, pero Nanny se oponía rotundamente. Se comprometía a no liberar a ningún esclavo más en el futuro, pero ¿entregar a unos seres indefensos que por fin habían encontrado refugio tras una huida desesperada? La reina negra se negaba firmemente a ello.

—¡Y encima los blancos todavía quieren más! —explicó encolerizado Akwasi, que estaba de acuerdo con Nanny—. Dado que conocemos tan bien las montañas, podríamos obtener una bonita ganancia adicional ¡cazando periódicamente esclavos huidos! Pagarían una prima por cabeza por cada uno que les entregáramos. ¡Es increíble que Cudjoe se avenga a eso!

Nora se había limitado a arquear las cejas. No era que considerase a Nanny una heroína, pero por Cudjoe solo sentía menosprecio. Bien podía ser, por supuesto, que tuviera su comunidad en Saint James Parish tan bien organizada como Nanny Town, pero al final su fama se fundaba sobre todo en las brutales incursiones que emprendía en los alrededores. En ningún lugar los hacendados padecían tanto los ataques de los cimarrones como en el noroeste, lo que había conducido en los últimos años a crear auténticos ejércitos privados. De ahí que los asaltos de Cudjoe fueran a ojos vistas cada vez menos exitosos. Lo estaban arrinconando en las montañas y cada vez controlaba menos territorio. Nora suponía que ahí se encontraba el origen de su repentina disposición a negociar. Desde luego, estaría encantado de enviar patrullas a las montañas para cazar esclavos huidos y entregarlos a cambio de dinero. Sus antepasados africanos no habían actuado de forma muy distinta. El comercio de esclavos estaba considerado entre los ashanti una actividad totalmente honorable.

En principio Nanny no estaba dispuesta a ceder a los deseos de su hermano, pero a la larga se llegaría a un acuerdo, Akwasi estaba seguro. Nora aguardaba el día con tristeza, para ella significaba la promulgación definitiva de su propia esclavitud. Por lo visto, los blancos toleraban que los cimarrones mantuvieran cautivo a uno de los suyos; tras los primeros meses de esperanza se había amoldado a la situación. Probablemente pasaría el resto de su vida en aquella cabaña, dedicada a las tareas del campo y cumpliendo la voluntad de un hombre al que no amaba.

Nora se consolaba pensando que compartía esa suerte con miles de mujeres de todo el mundo. Tampoco las muchachas africanas solían escoger a sus maridos, y, además, la terrible costumbre de la ablación les impedía gozar con el amor. Justamente amor era lo que más echaba Nora en falta. No añoraba el lujo de Cascarilla Gardens; su vida actual no difería tanto de lo que había soñado años atrás con Simon. De acuerdo, su cabaña no se hallaba junto al mar, sino en las montañas, pero era un lugar cálido y los alrededores de Nanny Town eran de una belleza de ensueño. Desde hacía tres años tenía permiso para moverse sin vigilancia y exploraba maravillada la variedad de plantas, los arroyos y cascadas que la naturaleza solía crear de forma más juguetona y más interesante que cualquier surtidor de los parques ingleses. Acompañada de Dede y Jefe, contemplaba mariposas y aves a cual más colorida y grácil. Recogía flores, hojas y raíces, por sus propiedades curativas pero también por su belleza, simplemente. Y, por supuesto, amaba a su hija, que tan bien respondía a ese entorno.

La pequeña Deirdre era tan graciosa como una elfina. Cuando Nora le adornaba el pelo con flores parecía sacada de un libro de cuentos. La piel de la niña era de un marrón tirando más a rojo que a negro, no mucho más oscura que Nora, pero más reluciente. Además, había heredado los brillantes ojos verdes de su madre y su delicada estructura ósea. Los rasgos de Akwasi no se distinguían en el rostro de la niña, mientras que Jefe era idéntico a su padre. Dede unía sus herencias blanca y negra en una peculiar y exótica apariencia. También su cabello plasmaba una insólita mezcla: negro y brillante como el de su padre, pero fino y ondulado como el de Nora, que estaba convencida de que su pequeña se convertiría en una belleza fuera de lo común. Lástima que quedara sepultada en esa retirada aldea, casada con un guerrero cualquiera cuyos campos estaría condenada a trabajar.

Pero por el momento, Nora prefería no pensar en ello. Rechazaba la resignación, no quería darse por vencida, tanto por ella como por su hija. Cuanto más tranquila transcurría su vida, con mayor frecuencia volvía a sus ensoñaciones. Se imaginaba la huida con Deirdre y un futuro feliz. En cuanto la niña fue lo suficiente mayor para entender cuentos, Nora empezó a contarle historias que ella misma inventaba. Un día le contó que llegaría un príncipe a Nanny Town que se enamoraría de Dede a primera vista. Se la llevaría a una lejana isla, construiría allí su hogar y se amarían por siempre jamás.

—Y allí, en esa isla, todos los seres humanos son libres. No cultivan la tierra, se alimentan de lo que crece en los árboles y son felices con lo que tienen, no necesitan comerciar...

—¿Y qué hacen todo el día...? —preguntó Dede, hincándole el diente a un mango. Le encantaba la fruta fresca; renunciar a las alubias y al pan ácimo no le importaría, por lo visto.

Nora rio.

—Ah, tocan instrumentos, se cuentas historias... Nadan en el mar... Un día te enseñaré el mar, cariño, ¡ni te imaginas lo grande que es! ¡Y cuando se refleja la luna...!

Dede se echaba en sus brazos y se dejaba acunar por las palabras de su madre.

—Y a veces el príncipe te llevará en su barco, a lo mejor queréis llegar hasta Inglaterra y asistir a los bailes de los reyes...

Dede sonreía. Le gustaba bailar. Pero una cosa tenía que estar clara:

—¿Puede ser Jefe el príncipe?

Nora callaba. Prefería no responder a esta pregunta de su hija.

Mientras Nora pintaba con colores luminosos el futuro de Dede, evocaba escenas del pasado. No obstante, dejaba de lado la época de Doug Fortnam, le dolía demasiado pensar en cómo la había traicionado. Cuando se permitía dar rienda suelta a su cólera, hasta llegaba a entender a Akwasi. ¿Realmente no había podido hacer nada Doug para salvar a su amigo? ¿O acaso se había persuadido de ello como ahora sin duda se había convencido de que no podía ayudar a Nora? Doug había sobrevivido al asalto de los cimarrones. Nora estaba segura de que Akwasi se hubiese jactado de su muerte si hubiera caído en las redes de los rezagados. Así que debía de saber que Nora vivía, y ella sabía que no le faltaban recursos para intentar rescatarla. Doug había heredado la fortuna de Elias y la productiva plantación; podría haber formado todo un ejército para atacar Nanny Town. Nora así lo habría hecho si hubiera sabido que él se encontraba en peligro.

Pero a Doug parecía resultarle indiferente el destino de ella. Todavía ahora luchaba por contener las lágrimas cuando se permitía pensar en ello. Era mejor dejar las cosas tal como estaban y olvidar todo lo relacionado con el joven hacendado. Su rostro, su figura fuerte, sus hoyuelos al reír, su audaz estilo de montar y su forma vigorosa de nadar, sus abrazos en la playa, sus besos... la última noche en Cascarilla Gardens...

Era mejor volver a invocar el espíritu fiel de Simon. Nora recordaba sus paseos por los parques londinenses, sus sueños con los mares del Sur, y los introducía en su a veces tan triste vida en Nanny Town. Era más sencillo cuando Akwasi no estaba cerca; como era comprensible, el espíritu de Simon huía ante su presencia ruidosa y siempre desconsiderada. Pero las semanas que Akwasi viajaba por las Blue Mountains o en las escasas noches en que dormía con Máanu, Nora soñaba que Simon estaba a su lado. Se imaginaba que Dede era hija de ambos y que la contemplaban jugar. Él le insistía en lo bonita que era la niña y lo mucho que se parecía a ella, y Nora repetía a la pequeña los relatos que él le contaba. Por las noches, Simon se acostaba a su lado y ella recordaba sus prudentes y dulces abrazos. A veces conseguía evocar la noche con Doug, pero sustituido por Simon. Luego siempre se sentía culpable, como si los hubiese traicionado a ambos. Pero los sueños daban color y belleza a su vida. Había días en que casi se habría calificado de persona feliz.

—¿Toda una familia? —preguntó Mansah con la boca llena.

También a ella le gustaban los mangos que a esas horas, en el descanso del mediodía, mitigaban la sed de forma tan agradable. Las mujeres acababan de cosecharlos y estaban sentadas a la sombra de su árbol favorito mientras hablaban de una novedad.

—Sí —confirmó Keitha, la corpulenta negra que escondía todo su cabello bajo un turbante rojo.

No solía intervenir en las conversaciones de las otras mujeres. Era una esclava del campo liberada y raptada en África tres años antes del asalto de los cimarrones a su plantación. Como todos los que procedían de su lugar de origen, era musulmana y se había emparejado en la plantación con un hombre de su fe que había llegado en el mismo barco a Jamaica. Ahora ambos vivían en Nanny Town, tolerados como los pocos musulmanes restantes, pero algo alejados de la comunidad. Ese día, sin embargo, tenía algo que contar y se incorporó al grupo de Nora y sus amigas, con las que tenía más confianza. Nora la había ayudado hacía poco a dar a luz a su hijo.

—Todos de plantación cerca de Spanish Town. Chica atacar a *backra* y *backra* dejarla marchar.

—¿La hija ha atacado al *backra* y por eso la han dejado en libertad?

Nora frunció el ceño. Era incapaz de imaginárselo. Pero Keitha hablaba muy mal el inglés, a lo mejor no había entendido bien. O no conseguía reproducir bien la historia porque hablaba su propia lengua con los recién llegados. Se decía que la Reina había llamado a Keitha y su esposo para que tradujesen.

Una patrulla había encontrado a los esclavos huidos a unos pocos kilómetros al oeste del poblado, junto al río, y los había conducido ante la Reina. Se habían presentado como musulmanes originarios de una aldea no muy alejada del lugar de nacimiento de Keitha.

—No iguales *backras* —intentó explicar Keitha—. Distintos. Compra todos, del barco. Hombre, mujer, hijo. *Backra* bueno...

Las demás mujeres rieron.

—¡No hay *backras* buenos! —aseveró Millie—. Hay malos, muy malos y malos del todo. Pero ¡ninguno bueno!

—¡Los nuevos dicen sí! —insistió Keitha.

María reflexionó.

—Una plantación al lado de Spanish Town... Es la zona de donde venís. —Se volvió hacia Mansah. Nora no quería hablar del lugar de donde procedían—. ¡A lo mejor conocer a *backra* maravilla!

Mansah comenzó a contar con los dedos las plantaciones.

—Está Herbert Park y Lawrence Park entre Kingston y Spanish Town, luego Peaks Garden y Hollister y Keensley y... —Lanzó una mirada compungida a Nora.

—Y Cascarilla Gardens —concluyó esta.

Keitha se mordió el labio.

—Pequeña hablar de Holl... Holl...

Nora suspiró.

—Si dice que lord Hollister es un buen *backra*, es que no es nada exigente —observó—. No puede ser, Keitha, debes confundirte en algo. Tendremos que esperar a que las mujeres mismas vengan al campo. Se quedan, ¿no?

Keitha asintió.

—Niña buen inglés —señaló—. Hombre, mujer, no.

Sin embargo, el recién llegado reveló ser un instruido y entusiasta alfarero. Había ejercido esa profesión en África y estaba feliz de volver a tener en sus manos un torno en lugar de un machete. Carecía, asimismo, de ambiciones guerreras. Nanny se alegró de tener ese nuevo trocito de África en su ciudad, tanto más por cuanto los productos de Maalik también gustaron a las mujeres cimarrones, que en general tendían más hacia lo occidental. Concedió de buen grado a los nuevos una parcela grande, que hacía poco se había roturado, y Jadiya, la esposa de Maalik, puso enseguida manos a la obra para hacerla cultivable. Era muy diestra, probablemente porque ya tenía experiencia en África. La muchacha que la acompañaba luchaba con el azadón y el rastrillo, no cabía duda de que no estaba acostumbrada a trabajar en el campo. La preciosa jovencita también parecía enfurruñada cuando madre e hija se reunieron con las otras mujeres durante la pausa del mediodía. La madre charlaba con Keitha en su propia lengua. La muchacha, por el contrario, se sentía atraída hacia las otras mujeres, maduras y jóvenes. Tal vez hubiese olvidado gran parte del lenguaje materno y prefiriese hablar en inglés.

Mansah enseguida se acercó a ella.

—¡Tienes que contárnoslo todo! —le pidió—. Toda tu historia. Keitha nos ha despertado la curiosidad, pero su inglés no es suficiente.

—Todos nosotros no buen inglés —susurró la chica, que se presentó con el nombre de Alima y bajó la cabeza.

Alima había dado la impresión de ser muy abierta, pero Mansah la había intimidado con sus imperiosas preguntas. Mansah le miró las manos: tenía los dedos con ampollas.

—Serías la primera sirvienta doméstica que no sabe inglés —se burló—. ¡Estabas en la casa, admítelo! Si estuvieras acostumbrada a trabajar en el campo tendrías callos.

Alima se ruborizó y Nora decidió intervenir.

—Deja de incordiarla, Mansah. Lo primero que vamos a hacer es darle un ungüento para las manos y vendarle las heridas. Luego nos ayudarás a coger mango, pequeña. Si sigues trabajando con la azada mañana tendrás las manos en carne viva y no podrás hacer nada.

Nora quiso coger las manos de Alima, pero la muchacha las apartó de inmediato. Ya había parecido sobresaltada al ver la piel blanca de Nora, y también su madre la miraba con desconfianza. Fuera como fuese, Keitha parecía estar contándole la historia de la mujer blanca en ese momento. Ambas desviaban la mirada hacia Nora de vez en cuando.

—No voy a hacerte nada, Alima —intentó sosegarla, pero la muchacha tenía tanto miedo que al final María cogió el tarro de ungüento y atendió a la pequeña.

—Un poco tú tener que contar —la animó entretanto—. O Mansah reventar de curiosidad. Y nosotras no querer niñas reventadas bajo un árbol.

Alima sonrió tímidamente. María era simpática y tampoco falló esta vez.

—Tú no querer contarnos qué pasarte con *backra*, ¿verdad? —preguntó María. Nora admiró una vez más su sagacidad. Sin duda ese era el asunto que más afectaba a la muchacha—. Pero contarnos por qué toda la familia y todos huir. Keitha decir toda la familia de África, *backra* comprar toda la familia. Pero ¿después *backra*...?

—¡*Backras* culpa...! —declaró categóricamente Millie.

Alima negó resuelta.

—¡No! —respondió—. *Backra* Doug bueno. *Backra* en el barco cuando nosotros llegar. Y mamá llorar, yo llorar y...

Nora necesitó un instante para reponerse. La simple mención del nombre le dolía, mucho más de lo que había pensado, más de lo que había creído poder volver a sentir.

—¿Doug... Doug Fortnam? —preguntó con un hilo de voz.

Alima asintió de nuevo.

—Sí, *backra* Fortnam. *Backra* bueno. ¡*Backra* bueno, bueno! Mamá llorar, yo llorar, papá llorar: el comprar todos. Llevar a mamá y papá al campo. A mí a casa. Con Mama Adwe... Casa buena.

Mansah gimió al escuchar el nombre de su madre. Y Nora dio gracias al cielo de que las mujeres se quedaran prendadas con las historias de Mansah y Alima y que ninguna le prestara atención, pues estaba más pálida que de costumbre. Así que Doug estaba allí, no cabía duda de que estaba con vida, pero en el fondo ella nunca había dudado de eso. Dirigía Cascarilla Gardens, al parecer de forma modélica. Alima les habló de un caserío de los esclavos casi gestionado por ellos mismos, de los domingos libres, de las bodas entre esclavos... y al final, de forma algo atolondrada, de su puesto con los Hollister y de su huida.

—Yo no marchar sola. *Backra* Doug enviar conmigo a papá

y mamá. Kwadwo llevarnos a Kingston y enseñar el camino de las montañas. ¡*Backra* Doug muy, muy bueno *backra*!

La muchacha concluyó su relato y las otras mujeres le dieron fruta y pan en abundancia, mientras Mansah le seguía preguntando por su madre y sus amigas.

De golpe, María se acordó de Nora.

—¿No era esa tu plantación? —preguntó, dirigiéndole una mirada escrutadora. Seguro que se había percatado de lo trastornada que estaba—. Pero ¿*backra* Doug no tu marido?

Nora sacudió la cabeza, decidida a no dejarse arrastrar por el alud de sentimientos que casi la hacían temblar.

—Mi marido está muerto. Ya lo sabes.

—¿Y su hijo? —preguntó María.

Nora se forzó, nerviosa, a sonreír.

—No, no, claro que no. Doug es, Doug era... —Su tez iba pasando del rojo al blanco y viceversa.

Alima había oído sus últimas palabras. Había ganado confianza. La confesión delante de las mujeres la había soltado, también frente a la mujer blanca.

—¿Mujer blanca... conocer *backra* Doug? —preguntó tímidamente.

Nora no sabía qué responder.

—Ella casi tu missis —intervino María—. ¿Tu *backra* nunca explicar? ¿Padre, muerto; esposa, aquí?

Nora ya estaba temblando. Ignoraba si María sabía lo que estaba haciendo, pero su amiga la conocía bien. Seguro que había leído en su expresión angustiada que había existido algo entre Nora y el *backra* de Alima.

La niña no parecía entender. Levantó confusa la vista hacia María.

—Sí. Casa toda quemada cuando venir. Año pasado construir una nueva. Pero missy Nora no aquí. No posible. Missy Nora muerta.

4

Doug Fortnam salió airoso del escrupuloso registro que llevaron a cabo los dos *constables* enviados por el gobernador. Culminó en el caserío de los esclavos, pues lady Hollister expresó la grave sospecha de que ofrecía asilo a los fugitivos. Desde que había informado de la desaparición de Maalik y Jadiya, también ellos estaban en la lista de buscados.

—¡No entiendo tanta desconfianza! —exclamó Doug una vez que los hombres no hubiesen encontrado nada—. Yo también soy uno de los perjudicados. La muchacha era doncella, los padres unos buenos esclavos del campo. ¡Y ya no los tengo!

El agente de mayor edad resopló.

—Constato cierta negligencia —dijo—. Cuando se enteró de que la pequeña había huido debería haber encerrado a los padres. Además, ¿por qué deja que las familias estén juntas? Eso no trae más que complicaciones, hágame usted caso.

—Si lord Hollister se hubiera mantenido alejado de mi esclava todo esto no habría pasado —replicó Doug—. ¿Qué tenía que hacer él con la doncella de su esposa? Y más aún habiéndoles avisado yo a los dos que quería que me devolvieran virgen a la muchacha. En buenas condiciones, por así decirlo.

Los hombres rieron por lo bajo.

—¡No se lo tome así! —terció el agente más joven.

—Una membrana virginal desgarrada no va en detrimento

del precio. ¿O es que tenía usted sus propios planes? —El hombre sonrió irónico.

Doug se obligó a callar, lo que los hombres tomaron como un asentimiento.

—Vamos a ver —intervino el otro—. Mirémoslo tal como es, la chica es una esclava. Tiene que obedecer a sus señores. Ya sea el uno o el otro, ¿qué más da?

—Yo lo veo de otra manera —dijo Doug con firmeza, y apretó en su mano la alhaja que llevaba en el bolsillo como amuleto. Nora habría esperado que en una situación así él tomara partido—. Claro que es una esclava, pero también es un ser humano. He comprado su fuerza de trabajo, que es lo que me incumbe. Pero no me da el derecho a maltratarla, asustarla o humillarla.

Nuevas risitas.

—Debería buscarse una parroquia, señor Fortnam. Habla usted como un reverendo. Y ahora que se van los Stevens...

Después de que el tercer hijo de Ruth hubiera muerto a causa de unas fiebres, el reverendo había tirado la toalla. Su esposa odiaba la isla y sin su ayuda no podía mantener el puesto en la parroquia. A esas alturas se limitaba a esperar a su sustituto. Después los Stevens regresarían a Inglaterra.

—¡Y lo mismo hacen los negros cuando se les deja! —agregó el joven—. ¡Corren rumores de que los negros tienen ahora esclavos blancos! Sobre todo mujeres. ¿Para qué cree usted que las utilizan, eh? ¿Para ir a sacar agua del pozo?

Los hombres rieron.

—¿Mujeres blancas? —Doug frunció el ceño—. ¿Con los cimarrones?

El agente mayor asintió.

—Increíble, ¿verdad? Inaudito, en realidad. El gobernador debería tomar medidas, pero ahora está más suave que un guante porque espera poder cerrar el acuerdo. Eso, para usted, es positivo. Si esos tipos tienen que devolver a los esclavos huidos, a lo mejor recupera a sus fugitivos. —El hombre sonrió con cinismo y reprodujo el gesto de cortarle el cuello a alguien.

Doug no volvió a hablar, pero esperó que no llegaran a ese punto. Además, era incapaz de imaginarse que los cimarrones pactaran un acuerdo con efecto retroactivo. Eso provocaría un levantamiento en Cudjoe Town y Nanny Town. No, fuera lo que fuese lo que sucediese, Alima y su familia estaban a buen resguardo.

Sin embargo, la mención del *constable* acerca de que los cimarrones ahora tenían esclavos blancos le quedó en la cabeza. El hombre tenía razón: si eso era cierto sería algo monstruoso. Y el gobernador tenía que hacer algo para solucionarlo, la sociedad no podía permanecer indiferente a tal tropelía. Doug decidió averiguar más sobre ese asunto la próxima vez que fuera a Kingston y, llegado el caso, informar al respecto en la próxima reunión de hacendados. Su reputación se había visto muy menoscabada entre la alta sociedad de Kingston a causa del suceso con Alima. Dos semanas después de lo ocurrido, lord Hollister todavía se encontraba muy mal. En su plantación, yacía en cama con fiebre y presa de grandes dolores. Su vida todavía corría peligro. Lady Hollister se ocupaba de las visitas de amigos y conocidos, pues el convaleciente no podía atenderlas. La mujer no se cansaba de explicar cuánto la había engañado el «amigo de los negros», como le gustaba llamar a Doug Fortnam, y su diabólica esclava. La mayoría de los propietarios de las plantaciones podían sin duda deducir cuál era la auténtica historia, pero opinaban como los agentes: lord Hollister penaba demasiado por un delito de caballero. La muchacha tendría que haberse sometido o haberse marchado. Su reacción de pánico había sido totalmente irracional.

Doug había dejado entonces de defender a Alima. En vez de ello, para no quedar mal del todo delante de los blancos, se mostraba colérico por la pérdida de Maalik y Jadiya. Si atacaba públicamente una monstruosidad como la deshonra de una mujer blanca en un poblado de cimarrones, volvería a ganarse la confianza y la credibilidad. Y esperaba no desencadenar ninguna guerra de la cual fueran de nuevo víctimas Alima y su familia, Máanu y Akwasi. Doug no guardaba rencor a sus esclavos huidos. Máanu había tenido buenos motivos para marcharse, y Akwasi... ¿quién no hubiera aprovechado el asalto de los cimarrones para liberarse de la esclavitud?

Pero ya podía darle todas las vueltas que quisiera, no podía arriesgarse a romper con la sociedad de los hacendados de Kingston. Se cerraban muchas negociaciones en colectivo, se fletaban muchos barcos... incluso para controlar un poco al gobernador los propietarios de las plantaciones debían mantenerse unidos. Tal vez lograría conservar sin ayuda Cascarilla Gardens, pero los ingresos disminuirían drásticamente y entonces no podría permitirse dar a sus esclavos tanta libertad y privilegios como hasta el momento.

A veces se sentía haciendo equilibrios en la cuerda floja e infinitamente solo. No había nadie con quien pudiera hablar sobre sus reflexiones y sentimientos. La nostalgia que sentía por Nora le dolía. Mientras *Amigo* trotaba una vez más por la carretera que conducía a Kingston —Doug estaba decidido a no postergar sus pesquisas—, su jinete luchaba con el deseo de desviarse hacia la playa y buscar en la cabaña el espíritu de Nora. O el de Simon, que probablemente habría sido un interlocutor más agradable que la gente con quien planeaba reunirse ese día.

Pese a todo, Doug dirigió a su caballo hacia la ciudad, en primer lugar hacia Spanish Town, hacia el mercado más antiguo. Ahí tenían sus oficinas, siempre que pudiera llamarse así a unos destartalados almacenes, los comerciantes de quienes se rumoreaba que negociaban con los cimarrones. Las dirigían con ayuda de uno o dos esclavos, por lo general mujeres, a las que también sometían a su voluntad por las noches. Eran individuos turbios con los que Doug no solía tener tratos. En rigor, ni siquiera habría conocido sus nombres si no se hubiesen dejado caer de forma esporádica en las reuniones de los hacendados, en general en circunstancias desfavorables. Además, de vez en cuando oía comentarios de sus esclavos. Algunos de ellos habían pedido permiso para vender verduras y huevos en el lugar. Muchas mujeres cultivaban huertecitos en torno a sus casas y mantenían ganado menor para el uso personal. La venta de excedentes podía aportarles algún penique.

Doug les había preguntado con cierto recelo quién se los compraba, razón por la cual habían llegado a sus oídos los nombres de Whistler y Barefoot.

El joven ignoraba si los sujetos se llamaban realmente así, pero, por lo visto, en ciertas zonas de Spanish Town todo el mundo se conocía. En esos momentos, Doug guiaba al caballo por las estrechas callejuelas de la ciudad vieja y tropezó con la tienda de Barefoot junto a una taberna. Una tienducha, tal como esperaba, en la que un par de toneles de ron barato y unos sacos de legumbres e higos secos esperaban compradores. En los rincones se amontonaban artículos domésticos de hierro, ollas, sartenes y otros utensilios. Cuando Doug miró hacia el interior por una pequeña ventana, le abrió una mujer negra. Mantenía la mirada temerosamente baja.

—¿Desea comprar, *backra*? —preguntó con voz tenue—. Provisiones para el barco...

Doug negó con la cabeza.

—No tengo barco —respondió—. Pero me gustaría hablar con tu *backra*. Barefoot. Es él, ¿verdad?

La mujer asintió. Era muy joven y hermosa, pero daba la impresión de estar asustada.

—Es él. Está al lado —le informó.

—¿En la taberna?

La joven volvió a asentir. Doug le dio un penique y ella quiso besarle las manos.

—Yo ahorrar —dijo en voz baja—. En algún momento comprar libertad, luego cimarrones...

Doug sonrió. Incluso si nunca llegara a reunir las cien libras que sin duda debía costar, la esperanza la reconfortaba. El joven entró en la taberna. Barefoot no podía ser un auténtico cabrón si al menos dejaba creer a su esclava que algún día sería libre.

Reconoció al hombre por su apellido: Barefoots, «descalzo»,

vestía pantalones hasta la rodilla, pero no llevaba zapatos ni medias.

—¿Señor Barefoot? —dijo Doug, acercándose a la mesa tambaleante y las tres sillas poco fiables que la rodeaban.

El local solo tenía dos mesas. Olía a ron y grasa rancia y el suelo estaba salpicado de restos de tabaco de mascar.

El rubicundo comerciante asintió.

—Siéntese. Roberta, un ron para el señor. No suele ocurrir que un *backra* tan elegante acuda a mi despacho.

—¿Su despacho? —repuso Doug con un ademán incrédulo.

Barefoot abarcó con un gesto la taberna.

—¿No le gusta?

Doug sonrió.

—No los he visto mejores —observó, brindando con el comerciante. La camarera, una criolla delgada, le había servido de inmediato—. Me llamo Doug Fortnam.

Barefoot bebió un trago.

—¿Fortnam de Cascarilla Gardens?

Doug asintió.

El comerciante posó en él sus acuosos pero despiertos ojos azul claro.

—¿Qué desea usted del viejo Barefoot? —preguntó receloso—. No querrá aparejar un barco, ¿eh? Y artículos de ferretería tampoco necesitará usted.

—Pues no. —El joven sonrió—. Pero sí necesito información. Llegado el caso estaría dispuesto a pagar por ella, aunque, naturalmente, esto debe quedar entre nosotros. Al menos yo no revelaré a nadie quién me la ha dado.

El comerciante arqueó las cejas.

—En Jamaica no hay tantos secretos, señor. Y yo no guardo ninguno. En mi caso todo es legal, señor Fortnam, no tengo nada que esconder. —Se esforzó por dar franqueza a su mirada.

—Salvo por los viajes que de vez en cuando emprende usted a las Blue Mountains. No lo niegue, todo el mundo lo sabe. Y por mi parte... tiene usted mi beneplácito. Prefiero mil veces más que negocie usted con sus artículos que nos los roben a nosotros.

El comerciante se lo quedó mirando con desconfianza.

—Ha tenido usted una mala experiencia, ¿no es cierto?

—En efecto —confirmó Doug—. Hace unos años saquearon Cascarilla Gardens. Mi padre y mi madrastra murieron.

Barefoot lo miró con ceño.

—¿También la mujer? —preguntó—. Qué raro, creía... Pero bien, usted lo sabrá mejor que yo. Mi... mi más sentido pésame.

—Gracias —contestó Doug, luchando contra la angustia que siempre lo paralizaba cuando pensaba en Nora.

—¿Qué desea saber? —preguntó Barefoot después de que ambos hubiesen bebido otro trago de ron—. Se trata de los cimarrones, ¿verdad? ¿Otra expedición de castigo? Que tenga claro que yo no lo llevaré. Y le desaconsejo que se meta ahí. Quien se acerca, ya sea amigo o enemigo, está en su punto de mira una hora antes de haber logrado ver el asentamiento. Olvídese, más de un gobernador ha salido escaldado.

Doug volvió a darle la razón.

—Lo sé —dijo—. Conozco las montañas. Pero quisiera saber otra cosa. ¿Qué hay de ese rumor sobre que los cimarrones tienen esclavos blancos?

Los ojos de Barefoot reflejaron auténtica sorpresa.

—¿Esclavos blancos? ¿De dónde ha sacado eso? Como usted mismo ha dicho, no debe de ser más que un rumor. ¿Para qué necesitarían esclavos? Cultivan un poco de caña de azúcar, pero solo para uso propio. Ahí arriba tampoco crece tan bien. En cualquier caso, mandan a las mujeres al campo, es lo normal en África. Y de las verduras también se encargan ellas. A unos esclavos, por el contrario, tendrían que vigilarlos, algo que no les apetecería, y además los blancos caerían como moscas. Usted mismo sabe que la raza no está hecha para trabajar duro con este clima.

Doug se frotó la frente.

—Mi informante me habló de... esclavas blancas —precisó.

Barefoot hizo una mueca.

—Ah, se refiere a eso... Son rumores absurdos. En realidad ahí arriba solo hay una...

—¿Hay una entonces? —Doug lo miró alarmado—. ¿Una...?

—En Nanny Town —contestó Barefoot con toda tranquilidad—. Apareció poco después de que asaltaran su plantación. Por eso pensé... Pero ¡olvídese! De hecho yo nunca la he visto. Pero la hay, los negros estuvieron dándole muchas vueltas a ese asunto. En cualquier caso, pertenece a un guerrero de grandes méritos, lo que no debe entenderse en sentido literal. El muchacho va armado de un lugar a otro, para lo que más lo necesitan es para negociar. Se supone que sabe leer y escribir.

Doug notó una oleada de calor.

—¿Y? —preguntó sofocado—. ¿Sabe?

Barefoot se encogió de hombros.

—Ni idea, yo tampoco sé —admitió—. Pero ese tipo es allí alguien especial, la Reina y el Rey lo tienen en alta estima. Pues sí, no querían negarle lo que pedía. Así que tiene una esclava blanca. O tenía, pues debe de haberse casado. Otro asunto más que inquieta a los viejos cimarrones. Por lo visto se ha casado también con una negra. Sea como sea, la blanca debería ser ahora libre, es importante si dentro de poco se firman los grandes acuerdos. Al gobernador no le gustaría que estuvieran deshonrando a muchachas blancas.

Doug tragó saliva.

—¿Está... está allí voluntariamente? —preguntó con voz ronca.

Barefoot puso los ojos en blanco.

—¿Cómo voy a saberlo? Cuando yo llego, la esconden. No es precisamente señal de que esté ahí por propia voluntad, pero lo dicho, no tengo ni idea. Lo que sí es seguro es que es la única de su raza. De esclavizar a blancos en grandes cantidades no puede hablarse.

Doug se separó el cuello de la camisa con la mano, tenía la sensación de que iba a ahogarse.

—No habrá oído nunca el nombre de esa mujer, ¿verdad? —musitó—. Pero... ¿tal vez el del guerrero?

Barefoot asintió.

—Sí, muchas, a ver si lo recuerdo. Es como africano... otra

de esas cosas que tanto le gustan a la vieja Nanny. Espere, es algo así como... Ak... o Ab... ¡Abwasi!

—Akwasi —corrigió Doug. Tenía la voz velada. Apenas si podía creer lo que Barefoot le estaba revelando—. Y la mujer... la mujer es... ¡No sabe usted cuánto me ha ayudado, Barefoot! —Sintió de golpe como si se hubiera quitado una carga de encima que había estado oprimiéndolo durante años—. Nunca he creído que estaba muerta. Nunca. Era una simple sensación, sabe...

Se puso en pie y entregó una moneda de oro al estupefacto Barefoot. Luego abandonó la taberna y regaló otra moneda a la joven negra de la tienda del comerciante.

—Por haber cuidado de mi caballo...

Amigo aguardaba obediente delante de la tienda y no necesitaba ningún vigilante. La muchacha se quedó mirando a Doug desconcertada.

—¡Bendición de Dios, *backra*! —musitó—. ¡Bendición de Dios!

Doug se aupó al caballo y le sonrió.

—La necesitaré —dijo.

—¿Tiene alguna información sobre la mujer blanca de Nanny Town? —Doug había cumplido todas las formalidades para obtener una audiencia urgente con el gobernador. Y fue directo al grano, sin preámbulos.

Edward Trelawny asintió.

—Algo ha llegado a nuestros oídos —admitió—. Pero nuestros mediadores nunca la han visto, lo que tampoco significa nada. Por lo general, negociamos en Cudjoe Town.

Trelawny juntó sus pequeñas manos blancas sobre el regazo. Era hijo de un obispo y tenía fama de amante de las artes. Los ciudadanos lo apreciaban por su disposición a negociar y comprometerse, gobernaba con un espíritu cercano al pueblo y era manifiesto que trataba de complacer a todo el mundo. También había recibido de inmediato a Doug y si le resultaba extraña su forma directa de hablar, no se lo tomaba a mal.

—¿Cree usted que está allí por su propia voluntad? —siguió preguntando Doug. No le interesaba dónde negociaba con los cimarrones.

Trelawny alzó las manos.

—Puede resultarnos incomprensible, señor Fortnam —contestó con su suave voz—, pero usted mismo es consciente: muchos hombres blancos se sienten... humm... atraídos por mujeres negras, por decirlo de algún modo. ¿Por qué no iba suceder lo mismo al revés? Por lo que sabemos, esa dama vive allí como esposa de un respetado guerrero.

—O como su esclava —objetó Doug—. ¿Sabe usted de quién se trata?

El gobernador alzó los hombros bajo el chaleco de brocado. Iba vestido con esmero y en otras circunstancias Doug casi se habría avergonzado de sus pantalones de montar. Estaba abrumando al gobernador con su premura... Tal vez, pensó, debía tratarlo con más calma y prudencia.

—No se ha registrado denuncia por ninguna desaparecida, si es que se refiere a eso —observó Trelawny—. Suponemos que se trata de una, bueno, de una mujer del barrio portuario. A lo mejor una de las presidiarias que a veces desembarcan aquí pese a que ya les hemos pedido varias veces que... —Hizo un gesto de desamparo.

Doug sacudió la cabeza.

—Existen indicios de que no es ese el caso —señaló—. La mujer de quien hablamos fue raptada. Es muy probable que se trate de Nora Fortnam, la... la esposa de mi padre asesinado.

Trelawny levantó interesado la cabeza. Su peluca estaba impecable, su rostro empolvado de blanco mostraba una ligera expresión de sorpresa.

—Pero la señora Fortnam fue asesinada. ¿No se encontró su cadáver?

Doug se rascó la frente.

—Se encontraron varios cadáveres horriblemente descuartizados y carbonizados —respondió, intentando olvidar la imagen que volvía a sus ojos—. Totalmente irreconocibles. Nosotros supusimos que Nora era uno de ellos. Los cimarrones no hacen prisioneros.

—¿Y qué es lo que ahora le hace pensar que ocurrió de otro modo? —preguntó Trelawny.

Doug se lo contó.

—Akwasi siente un enorme odio hacia mí —concluyó—. Aunque no soy yo, sino mi padre, quien le dio motivos para ello... Bien, en el fondo esto da igual. Pero Akwasi siempre quería lo que yo quería. O lo que yo tenía... Así que se llevó a Nora...

El rostro empolvado de Trelawny reflejaba cierta desaprobación.

—¿Admite usted que había, por así decirlo, una relación sentimental entre usted y su... humm... madrastra?

—Por así decirlo —confirmó Doug—. Yo más bien lo llamaría amor. Pero esto no tiene nada que ver con el problema actual. ¿Qué piensa hacer usted, excelencia? Nora Fortnam no sentía debilidad por los hombres negros. Con toda certeza no permanece en las Blue Mountains por propia voluntad. La raptaron y la tienen cautiva dede hace más de cinco años. ¿No cree que ya ha llegado el momento de liberarla?

El gobernador se mordisqueó el labio inferior emborronando el maquillaje rojo tan cuidadosamente aplicado.

—Eso es, señor Fortnam... humm... mucho tiempo.

Doug pugnó por conservar la calma.

—Demasiado, excelencia. Y le ruego que no intente insinuar que Nora tal vez se haya enamorado entretanto de su torturador. Es absurdo. Ella es... muy fiel...

Trelawny sonrió casi compasivo. Doug era consciente de que en ese momento no sería de mucha ayuda mencionar a un espíritu llamado Simon Greenborough...

El gobernador carraspeó.

—Mire usted, señor Fortnam, con todos mis respetos por su aprecio y confianza hacia su... humm... madrastra, yo debo ocuparme de asuntos más generales. Como usted bien sabe, nos hallamos ante la conclusión de un acuerdo entre la Corona y los cimarrones de Barlovento. Reconocerá el poblado de los negros, legitimará el comercio con nuestras ciudades y evitará asaltos con resultados tan trágicos como el ataque a su plantación. Además, los cimarrones entregarán los esclavos huidos. Y, en fin, están dispuestos a comprometerse a mantener la paz. Y ¿precisamente ahora usted me pide que envíe a mis tropas, poco antes de la firma del convenio, para liberar a una mujer que quizá no quiere ser liberada? ¿Debo considerar sospechosos de rapto y privación de libertad a mis interlocutores?

—Pero ¡ellos son culpables! —saltó Doug—. No querrá exonerarlos de todos sus crímenes, supongo.

Trelawny volvió a hacer un ademán de disculpa con las manos.

—Sin amnistía esto no saldrá adelante, señor Fortnam. Usted es un hombre sensato... Dejemos que los muertos descansen en paz.

—Pero ¡Nora Fortnam no está muerta! —Doug sabía que no era correcto hablarle así al gobernador, pero no podía contenerse—. Está cautiva allí arriba ¿y usted me está diciendo que quiere sacrificarla en aras de una improbable paz?

—Una paz de hecho —replicó Trelawny. Era realmente un hombre tolerante—. Y ahora, modérese, señor Fortnam. Piense: ¿qué podría hacer yo?

Doug se encogió de hombros.

—Ponga como condición que la dejen en libertad —propuso—. ¡Escriba el nombre de Nora Fortnam en el tratado de paz!

Trelawny movió la cabeza negativamente.

—No puedo. No puedo exigir la entrega de la esposa de uno de sus jefes. ¿Qué vendría después? Cada uno de los cimarrones que vive allí exigiría que le dieran a una esclava de una de las plantaciones. Es gente muy sensible, señor Fortnam. Los ashanti. Por lo que he oído decir, un pueblo muy poderoso allá en sus tierras. Muy... humm... orgulloso...

Doug no señaló la paradoja de que Trelawny considerase a los ashanti como orgullosos interlocutores, y por otro lado los esclavizara sin escrúpulos cuando se los entregaban no en las Blue Mountains, sino encadenados. Una discusión no conduciría a nada, para el gobernador era más importante su «misión de paz» que la libertad de Nora Fortnam. Total, una esclava más, una esclava menos... En esta ocasión era una blanca, pero nadie la había visto.

—No dejaré este asunto en sus manos —anunció Doug, controlándose a duras penas—. Aunque usted abandone a Nora a su suerte, yo no lo haré. Yo mismo la pondré en libertad.

Trelawny hizo un gesto de resignación.

—Haga lo que estime oportuno —concluyó—. Pero no desencadene ninguna guerra. No me opongo a que le acompañen un par de hombres armados, aunque dudo que encuentre a alguien que se atreva a emprender esa misión. Si en algún momento me entero de que ha reunido una tropa numerosa, le haré apresar.

Doug asintió y se puso en pie.

—Entendido —dijo con frialdad—. Iré solo. Y regresaré con Nora o no volveré. En cualquier caso, su problema conmigo, excelencia, ya está resuelto.

5

—¿Muerta? —susurró Nora—. ¿Él... él piensa que estoy muerta?

Ya no podía controlar el temblor de sus manos. Miraba a Alima sin dar crédito.

—¡Missy Nora muerta! —insistió con total convencimiento la muchacha—. Mamá también saber, ¿verdad? Mamá, tú saber dónde tumba de missy Nora...

Keitha tradujo la pregunta. Jadiya asintió y respondió en su lengua.

—Claro, mujeres siempre llevar flores —volvió a traducir Keitha.

—Y reverendo siempre rezar por missy Nora y *backra* Elias —añadió Alima—. Nosotros también rezar. Porque *backra* Doug hombre bueno. Y Mama Adwe decir missy Nora buena mujer. Pero muerta.

La muchacha no cejaba. Nora tuvo tiempo de reponerse mientras Mansah convencía a Alima.

—Esta es missy Nora. Seguro. No está muerta, ¡te lo juro! María miró a Nora.

—Tú pensar él olvidarte —dijo con calma—. Tú pensar él... Nora se mordió el labio.

—No puedo seguir pensando —susurró—. Me... me avergüenzo tanto... Debería haberlo sabido. Él nunca habría...
—María la estrechó entre sus brazos.

Entretanto, Mansah había convencido a Alima, lo cual tuvo como sorprendente efecto que su nueva amiga se pusiera en pie de un brinco y quisiera salir corriendo hacia el pueblo.

—¡Missy Nora vivir! ¡Seguro! ¡Mamá, tener que decir a papá! Él tener que ir a Cascarilla. O enviar alguien. Tener que decir a *backra* Doug. ¡Entonces ya no estar triste!

Doug Fortnam planeó su marcha ligero de equipaje. Iría solo a las montañas, tal como le había dicho al gobernador. Le parecía que era la única idea que podría tener éxito. Una pequeña tropa nunca podría atacar Nanny Town sin ser vista, caería víctima de la superioridad de los cimarrones. Y un contingente numeroso... Doug creía capaz al gobernador de cumplir su amenaza. Sin contar con que los antecesores de este ya habían enviado medio ejército a Nanny Town. La ciudad se consideraba inexpugnable. Solo un valiente solitario tendría alguna posibilidad.

Eso era al menos lo que opinaba Kenneth Leisure, un veterano que había participado en las anteriores campañas contra los cimarrones. Doug había vuelto a contactar con su nuevo amigo Barefoot, quien, si bien rehusó ayudarle, le facilitó los nombres de algunos soldados que habían luchado contra Nanny Town.

—Nos rechazaron sin esfuerzo —contó Leisure, un hombre fuerte y acerado, mientras bebía un vaso de ron en la taberna contigua a la «oficina» de Barefoot—. No sufrieron ninguna pérdida, y nosotros muy pocas, había que ser muy tonto para ponerse a tiro. En serio, ni nuestro sargento era tan bobo para arriesgarse a un ataque, y eso que éramos dos mil hombres.

—¿Dos mil? —preguntó Doug atónito.

Leisure asintió.

—Pero para llegar allí habría necesitado diez mil... o más, al final habría dependido de cuánta munición llevaran. Entre nosotros y el poblado estaba el río, y los negros practicaron el tiro al blanco mientras nosotros lo vadeábamos. Luego hay un terreno despejado de solo unos metros, pero hay que cruzarlo sin que lo alcancen a uno. Y luego una pendiente muy escarpada. Sin ninguna seguri-dad, pues hay que disparar de abajo arriba, y esos tipos tienen toda la cobertura del mundo. Vaya, hombre, para tomar ese poblado hay que sufrir unas pérdidas enormes. Por suerte no era esa la in-tención del gobernador. De lo contrario, yo no estaría aquí.

Doug pidió otro ron para el hombre y este fue respondien-do a sus preguntas.

—Pues bien, si yo quisiera sacar a alguien de ahí —dijo Lei-sure tras el tercer trago— enviaría a un negro...

Doug prestó atención.

—¿A un esclavo? ¿A qué se refiere?

—También puede ser uno libre, lo principal es que sea ne-gro. No tiene más que dar unas vueltas por ahí como un esclavo fugitivo, y listo. Nanny lo recogerá. Eso seguro. Y cuando ya esté dentro del poblado, que busque a esa mujer y se largue con ella. Así de simple.

—Salvo por los centinelas —objetó Doug.

Leisure hizo un gesto de despreocupación.

—De noche todos los negros son grises —caviló—. Y a veces las chicas se van a la selva con un hombre, o a donde sea. Funcio-naría. Para un blanco, lo veo negro. —Se rio de su propio chiste.

Barefoot sacudió la cabeza.

Doug reflexionó.

—La idea no es mala —señaló—. Solo que no encontraré ningún voluntario. ¿Quién querría ir a las montañas para una misión así? Seguro que ninguno de los esclavos. Y hablar con un negro libre... El riesgo de que nos delate es demasiado grande. Pero podría hacerse de otro modo... Barefoot, viejo colega, to-do lo que tiene está a la venta, ¿verdad?

El comerciante sonrió.

—Por mí hay que pagar un buen suplemento —bromeó.

Doug sonrió para animarlo.

—Me parece usted demasiado gordo —dijo—. Pero la chica que tiene ahí... ¿Qué le parece? ¿Me vende a su esclava?

La tímida esclava negra de la tienda de Barefoot no cabía en sí de alegría.

—¿Usted comprarme libre? ¿Yo a las montañas? —Hizo ademán de arrojarse al suelo ante Doug—. Usted ya dar moneda de oro. Yo ya rica, pronto comprarme sola...

—Mañana puedes irte a las montañas, Princess —repitió Doug, preguntándose quién le habría puesto ese nombre tan bobo—. Pero no es de balde. Tendrás que hacerme un pequeño favor.

Princess lo miró algo confusa. Debía de pensar que en el puerto había chicas más guapas que ella, y seguramente también en la plantación de Fortnam. Para poseer a una chica como Princess no era necesario pagar su libertad.

—No es lo que piensas —la tranquilizó Doug—. Es algo distinto. Cuando vayas a las Blue Mountains, yo te seguiré. No te darás cuenta, y espero que tampoco los cimarrones cuando te recojan. Pero yo estaré allí y me esconderé. Hay una fuente, a tres kilómetros río arriba de Nanny Town... —Al menos Leisure afirmaba que había descubierto ese lugar yendo con una avanzadilla de reconocimiento. Los hombres habían cruzado la corriente unos kilómetros más abajo de Nanny Town e intentado acercarse al poblado lateralmente. No había servido de nada, también ahí estaban vigilados los caminos, que eran demasiado angostos para un ejército—. Yo esperaré en la fuente y tú buscarás a una mujer en el pueblo. A una blanca que se llama Nora Fortnam. Y si... y si todavía... bueno, si no quiere quedarse con los cimarrones, si quiere huir, deberá ir allí. A la fuente. No es necesario que se apresure, yo la esperaré todo el tiempo necesario.

Doug habría estado dispuesto a esperarla toda la vida, pero su razón le decía que bastaba con dar a Nora un mes de plazo.

—Esperaré cuatro... no, seis semanas. En ese tiempo debería encontrar una oportunidad de escapar.

—¿Y si ella no creer historia? —preguntó Princess—. Yo solo negra escapada. ¿Y si creer yo miento?

El joven frunció el ceño.

—¿Por qué no habría de creerte? —Entonces rebuscó en el

bolsillo, sacó el colgante de Nora y, con todo el dolor de su corazón, se lo entregó a la muchacha—. Le darás esto. Entonces te creerá. Ella... ella puede quedárselo, decida lo que decida. Lo... lo apreciaba mucho.

—¿Y entonces yo libre? —preguntó de nuevo Princess, recelosa.

Doug suspiró y la miró fijamente.

—Princess, cuando salgas de Spanish Town serás libre, aunque durante los primeros kilómetros debes tener cuidado de no caer en manos de ningún cazador de esclavos. Yo tampoco puedo obligarte a que cumplas lo que te pido. Pero te ruego...

Princess asintió y levantó la mano.

—Lo juro, señor. ¡Lo juro por Dios!

Doug recordó que la muchacha era creyente. Y por primera vez en muchos años se sorprendió rezando fervientemente.

Princess estaba impaciente por partir, pero Doug todavía necesitaba unos días para reunir todas las provisiones. Iría a las montañas con poco equipaje y armas ligeras: a fin de cuentas, si se veía obligado a enfrentarse a un ataque, estaría perdido de todos modos. Lo único que esperaba era que no se percataran de su presencia en el trayecto de ida, porque avanzaría justo detrás de Princess. Ella se movería abiertamente por las Blue Mountains y sin duda llamaría la atención de los centinelas. Doug esperaba que entonces los hombres la siguieran y no creyeran que hubiera alguien más. Era probable que la Abuela Nanny no contase con que fueran a atacar el poblado cuando faltaba tan poco para concluir el acuerdo con el gobernador, por ello los puestos de vigilancia no estarían demasiado alerta. Y en cuanto al trayecto de vuelta... No podía suponer que pasaría inadvertido, pero no le quedaba otra elección que confiar en que hubiera pocos centinelas. A uno o dos seguro que podría eliminarlos. Y tal vez a Nora se le ocurriese también alguna idea. Ya llevaba cinco años viviendo con los cimarrones, era imposible que todavía estuviera sometida a un control tan rígido.

Así pues, Doug únicamente se llevó una pistola y confió en su habilidad con el sable y el cuchillo de monte. Tanto en la defensa como en el ataque, debía ser lo más silencioso posible. Al primer disparo, los cimarrones ya estarían advertidos. Por lo demás, se aprovisionó de alimentos duraderos, sobre todo galletas y carne seca de la tienda de Barefoot. Claro que podía pescar y poner trampas mientras esperaba a Nora, pero esto último, en especial, era arriesgado. Si los cimarrones detectaban una trampa, estaría perdido. Su baza consistía en que no lo buscaban. En cuanto sospecharan de la presencia de un intruso en su territorio, lo descubrirían.

Finalmente, Princess siguió las vagas indicaciones de Barefoot sobre el camino que la conduciría hasta Nanny Town.

—Llegará al asentamiento correcto, ¿verdad? —preguntó Doug, intranquilo, pero Barefoot se limitó a sonreír.

—Cudjoe Town está a docenas de kilómetros de distancia, en el extremo noroeste. Accompong, en Elizabeth Parish. Para cuando haya llegado allí, la gente de Nanny la tendrá más que vista. Deje que Princess deambule por ahí y usted cuídese de sí mismo.

De hecho, era posible llegar a Nanny Town en veinticuatro horas de marcha si uno conocía la ruta. Princess, que no se caracterizaba por su rapidez y que además avanzaba con cautela, como si cada planta fuera a envenenarla y cada mariposa a comérsela, necesitó hasta la noche antes de dar con los centinelas cimarrones. Lanzó un agudo grito cuando un guerrero armado con lanza y cuchillo salió de la maleza y se plantó frente a ella. Doug, que caminaba a unos cincuenta metros detrás de ella, se escondió a toda prisa detrás de un arbusto. Rogó que ni ese ni otro centinela hubiera advertido su presencia. Él mismo se había sobresaltado tanto como Princess ante la repentina aparición del corpulento negro.

Oculto, escuchó las voces y sintió que la ira se apoderaba de él cuando el presunto salvador de Princess se le insinuó. Claro que llevaría a la esclava liberada a Nanny Town, pero primero podían disfrutar un rato los dos. Al fin y al cabo, caminar por la noche hasta el poblado no era nada agradable...

Doug rezó para que Princess rechazara la invitación y que el hombre no tuviera intenciones de forzarla. Una caminata nocturna era mucho más segura, la oscuridad le brindaría más protección. Pero ¿qué ocurriría si el hombre intentaba violar a la muchacha? ¿Debería Doug socorrerla?

Por fortuna, sus temores no se hicieron realidad. Princess rechazó horrorizada la propuesta. Seguro que no era virgen, Barefoot no la habría conservado solo como dependienta, pero era cristiana y quería vivir según los preceptos divinos. Soñaba con un marido, a ser posible con un casamiento como es debido, y así se lo dijo al rudo cimarrón. El hombre entendió probablemente solo la mitad del caudal de palabras de aclaración y disculpa, pero sabía respetar una negativa. Se dispuso resignado a escoltar a Princess hasta Nanny Town y apenas unos metros más allá tropezó con el siguiente centinela. Al parecer, tampoco este tenía muchas ganas de pasar toda la noche en la selva. Enseguida se mostró dispuesto a acompañarlos y ninguno de los dos se tomó la molestia de no hacer ruido o al menos de bajar la voz. Camino del río, atrajeron la atención de cinco vigilantes más. Doug intentó memorizar dónde se hallaban sus escondites, pero con la oscuridad era un esfuerzo inútil.

Los hombres reían y charlaban con la joven fugitiva, y empezaron a tontear con ella. Era evidente que en Nanny Town había más hombres que mujeres. Dos centinelas más se unieron a la escolta de Princess, probablemente para ganarse también la simpatía de la nueva muchacha. Doug se preguntaba si no tenían miedo de que los castigaran. Sin duda estaría sancionado abandonar las guardias sin un motivo importante. Por lo demás, el lugar estaba repleto de centinelas, la mitad habría bastado para garantizar la seguridad del poblado. Doug no sabía qué pensar de ello pero, fuera como fuese, nadie se percató de él.

Después de seguir a los hombres y la muchacha durante dos horas, Doug llegó al río Stony y divisó al otro lado las hogueras de Nanny Town. Los negros cruzaron el río; según las explicaciones de Leisure, ya les quedaba solo el ascenso por las rocas. Sin embargo, condujeron a Princess por el camino más fácil dando un rodeo. Doug contuvo el impulso de seguirlos y averiguar una vía de escapatoria para Nora. Pero era una tontería, Nora llevaba tiempo suficiente viviendo ahí para conocer los senderos. Y él mismo no se atrevía a meterse en las fauces del león Akwasi. Así que los guerreros se llevaron a Princess y él siguió corriente arriba, con extrema cautela y siempre alerta por si había más centinelas. Vadeó el río en un sitio que le pareció poco profundo y dio con un sendero que se alejaba de Nanny Town. Su corazón casi dejó de latir cuando de repente oyó unos pasos. Por lo visto, alguien se aproximaba a él. Doug se agazapó entre la maleza y percibió una voz desde arriba.

—¡Eh, vosotras dos! ¿Todo bien? ¡Vosotras tarde! Dice la Reina que vosotras no tener que ir de noche.

Una gruñona voz masculina, sin duda otro centinela aburrido en un árbol. Pero no parecía sorprendido por nada inusual, sino que le hablaba a vecinas de Nanny Town.

Una risa femenina sonó como respuesta.

—¡No asustar caballo, Jimmy, tú no tener! O no hacer efecto la magia de Tillie. ¡Tú no decir, Jimmy, para quién hacer magia! —Más risitas. Al parecer, dos muchachas jóvenes.

Doug intentó confundirse con la sombra de una palmera mientras las chicas pasaban de largo, pero no tenía motivos para preocuparse. Una de las dos y el centinela, Jimmy, solo tenían ojos el uno para el otro. Para sorpresa de Doug, también él dejó su puesto, bajó del árbol y se unió a las paseantes. Cortejando abiertamente a la joven Tillie desapareció en dirección a Nanny Town. Estaba claro que la disciplina de los centinelas dejaba mucho que desear.

Al ver a las muchachas envueltas en oscuros y amplios vestidos, a Doug se le ocurrió una nueva idea. Por lo visto ese sendero conducía a un santuario donde las mujeres y las chicas realizaban sus pequeñas ceremonias obeah. En las plantaciones existía algo similar y las mujeres realizaban sus encantamientos de amor y fertilidad por la noche. Los centinelas estaban habituados, por consiguiente, a visitantes inesperados. Doug sacó una manta de su mochila y se envolvió con ella como si fuera un velo. En la oscuridad se confundiría con una mujer que salía furtivamente en busca de sus espíritus.

Camuflado de ese modo, caminó por la orilla del río y le pareció asombrosamente trillada. Leisure se había referido a la fuente y las cuevas que se encontraban en sus proximidades como si fueran un lugar oculto... Pero, en fin, desde las campañas militares de los distintos gobernadores habrían pasado muchas cosas en ese poblado. Tal vez se había ampliado la población y el refugio de Doug quedaba ahora más cerca de las cabañas. Para él sería más peligroso, pero para Nora más fácil, si es que quería reunirse con él.

Aun así, no divisó ni las casas ni las hogueras que le habían descrito. Salvo por la lívida luz de la luna, todo estaba oscuro como boca de lobo cuando llegó al recodo donde se suponía que un arroyo desembocaba en el río Stony. Enseguida lo vio. Los últimos días había llovido mucho y llevaba mucha agua. Doug lo siguió tal como había indicado Leisure. El camino transcurría por la espesura y luego la jungla se aclaraba. El manantial reflejaba el resplandor y se desplegaba ante él como el escenario de una obra de teatro iluminado por el claro de luna. El agua saltaba en luminosas cascadas sobre piedras planas y redondas... Pese a su agotamiento, Doug no podía dejar de contemplar esa escena. Y a la izquierda debían de encontrarse las cuevas... Se cubrió con la manta y se puso a buscarlas.

—¡No te muevas! ¡Aparta las manos del sable! ¡Tengo un arma!

La voz cortante procedía de la izquierda, tal vez de una de las cuevas. Doug se volvió asustado y enfadado consigo mismo. ¿Era tan tonto que se había entregado casi en bandeja? ¿No tendría que haberse cerciorado primero de que no había nadie en el claro?

—¿Quién eres? ¿De dónde vienes? ¡No eres negro!

Doug reconoció la voz de una mujer que hablaba inglés correctamente.

—*Madam*... —Todavía no se distinguía nada, la voz procedía de la oscuridad, pero alguien quitó el seguro de un fusil. Luego resonó una especie de risa.

—¡Todavía nadie me había llamado *madam*!

—No quiero hacerle ningún daño, *madam*, le pido... —Tal vez lograra sosegarla y pudiera escapar antes de que llamara a los centinelas. Si es que ella misma no estaba escondiéndose allí. Doug no vio ningún camino por donde huir.

—Yo no tengo nada que puedas robarme. Y si lo que quieres es desflorarme... —De nuevo resonó una risa casi espectral—. Ha pasado tanto tiempo que a lo mejor hasta me resulta divertido...

Tras estas palabras, la mujer salió a la luz de la luna. Doug distinguió a una negra gruesa y de edad avanzada, que le recordó un poco a su cocinera Adwea. Al sonreír mostraba una boca desdentada.

—Mi nombre es Tolo —se presentó—. Bienvenido a mi reino.

Doug distinguió una cabaña que estaba a medias empotrada en una de las cuevas. Parecía como si la montaña la cortara en dos. Delante de la choza había unas construcciones más pequeñas. Un gallinero cercado con esmero y algunas cabañas en miniatura, abiertas para los espíritus.

Una cosa tuvo clara.

—Eres la mujer obeah —dijo. Por eso el camino estaba trillado. Las mujeres acudían para que las ayudara con sus rituales.

Tolo rio.

—Lo fui en una ocasión. Pero ahora ven, ¿o es que quieres que te atrapen los centinelas? Basta con que dispare este fusil y aparecerán. Y si hacemos mucho ruido también. No estoy sola aquí, hombre blanco...

La advertencia era clara. Pero era extraño que la hechicera viviera tan lejos del poblado.

Doug la siguió al interior de la cabaña, semicircular y sin ventanas; por un orificio del techo penetraba un poco de luz.

Olía a hierbas y moho, en las cuevas debía de haber mucha humedad.

—¿Qué buscas aquí? —preguntó Tolo—. ¿Planea el gobernador atacarnos otra vez y tú eres un espía? No creo, ¡eres demasiado torpe! Pero, de todos modos, has llegado hasta aquí sin que nadie te haya visto...

Tolo le indicó que se sentara en el suelo y le tendió un cojín. Doug le dio las gracias y tomó asiento.

—Los centinelas no son especialmente observadores —comentó.

Tolo soltó una risita.

—Esto pasa porque Nanny no está —dijo—. A Akwasi no se lo toman tan en serio...

—¿Es Akwasi su sustituto?

Tolo lo escrutó con la mirada.

—¿Conoces a Akwasi? —preguntó.

Doug asintió. Y dijo:

—En realidad no... no me extraña. Es muy listo.

Tolo frunció el ceño.

—¿Sí? Puede que los hombres juzguen de forma distinta a como lo hago yo... Pero habla. ¿Qué te trae por aquí?

—¿Dónde está la Abuela Nanny, entonces? —preguntó Doug a su vez—. Pensaba...

—La Reina y el Rey se reúnen con Cudjoe y Accompong en las montañas. Para conjurar a sus dioses con motivo del acuerdo con el gobernador. Espero que los dioses los oigan. África está lejos... —Tolo no parecía demasiado optimista.

Doug sonrió.

—¿Es que Dios no nos oye siempre? —inquirió.

Tolo alzó las cejas.

—Depende de qué dios —respondió—. Los dioses africanos nunca han viajado mucho... ¿Y ahora qué pasa contigo? ¿Tengo que apuntarte con mi arma para que hables?

Doug sonrió. Habría reducido a la mujer mucho antes de que ella le quitara el seguro al fusil, pero no había nada más lejos de sus intenciones.

—Mi nombre es Doug Fortnam —se presentó—. De Cascarilla Gardens. ¿Conoces a una tal... Nora Fortnam?

Hablaba pausadamente, pero estaba temblando por dentro. Cabía la posibilidad de que estuviera equivocándose. La mujer blanca no tenía que ser Nora necesariamente.

En el ancho y negro rostro de Tolo se dibujó una sonrisa.

—Llegas tarde —observó.

Doug no entendió.

—Ella te esperaba antes —puntualizó la anciana—. Si ahora todavía te quiere... No sé, no sé...

Parecía broma, pero a Doug se le clavó como un cuchillo en el corazón.

—Pensaba que había muerto. Pensaba que la había perdido. Si yo lo hubiera sabido... habría venido al día siguiente. Yo...

—Entonces estarías probablemente muerto. De vez en cuando los espíritus se divierten con nosotros. ¿Y ahora quieres llevártela? Eso no le gustará a Akwasi.

Doug se indignó.

—Me da igual que le guste o no le guste. Yo nunca le he hecho nada. Si tiene que ser así, lucharé por ella, yo...

—¿Quieres presentarte ante la Reina y proponerle un duelo? —Tolo soltó una risa—. Suena como una de esas leyendas que todavía contaremos a nuestros hijos dentro de cien años.

Doug se mordió el labio.

—Bueno, no eso exactamente —contestó—. El gobernador... no quiere ningún problema diplomático. Nada de esclavas blancas, nada de rescates espectaculares. Así que pensé que si ella todavía me quiere... Basta con que venga aquí y nos vayamos los dos.

Tolo volvió a reír.

—¿Así que ya le has enviado una carta de amor? ¿Con una paloma blanca? La hija de mi antigua missis pintaba cosas así en sus cartas. Con corazoncitos en el pico...

El joven también rio.

—Antes con una corneja negra. Pero ella sabrá que la espero aquí. Si es que puedo...

Tolo asintió serena.

—Si los espíritus te han enviado, ¿quién soy yo para impedírtelo? Pero ¡no dejes tu escondite! En las colinas de alrededor hay más cuevas. Y no te creas que es sencillo. De aquí no sale nadie si la Reina no lo quiere. Y Akwasi es muy respetado. —Tolo se puso en pie y apartó a un lado la cortina que cerraba su cabaña—. Tú también debes estar seguro de si amas todavía a Nora —dijo para concluir, casi a disgusto—. Si viene, no vendrá sola, hombre blanco. Tiene un hijo.

6

La noticia de que los centinelas habían encontrado una esclava huida pronto se propagó, y cuando condujeron a Princess en presencia de Akwasi, casualmente Nora se hallaba ahí. Era domingo y Dede había pedido que la llevaran a ver a Jefe a su cabaña. A la pequeña le gustaba sentarse en el suelo como los africanos, comer con los dedos y tocar los tambores que había por todas partes. A Dede le encantaban los escudos pintados de colores, las espadas, las lanzas y los alegres cojines y alfombras. Máanu no omitía ningún esfuerzo para que su cabaña tuviera el aspecto más parecido posible a un hogar africano; Nora, por el contrario, se esforzaba en que su hija supiera lo que eran los muebles y aprendiera a comer con cubiertos. Una visita a su segunda mamá era un cambio bien recibido.

Naturalmente, Nora se había sentido compungida la primera vez que oyó que Dede llamaba así a Máanu, pero después entendió que debía de haber aprendido la expresión de Nanny. A la Reina le gustaba jugar con ambos niños cuando Dede visitaba a Jefe, y en esas ocasiones era condescendiente y desempeñaba el papel de abuela tanto con el hijo de Máanu como con la hija de Nora. A veces, Nora se preguntaba si sufría por no haber tenido ella misma hijos, pero quizá se tratara de algo normal en una reina ashanti. También en África había jefas tribales, como la dicharachera María había averiguado hablando con algunas esclavas liberadas. Entre los ashanti, la hermana o la tía del jefe dirigía un consejo propio y, después del jefe, era la persona más influyente de la tribu. Tal vez esas mujeres no podían casarse. O quizás el hecho de no tener hijos obedeciera, en el caso de Nanny, a algo que el *backra* hubiera hecho con ella. También corrían rumores al respecto. Ciertamente, los excesos que había sufrido la niña habían sido el motivo para que los hermanos huyeran de la plantación. Y se decía que la misma Nanny había dado una muerte cruel al *backra*.

Pero esos días, Nanny y Quao imploraban en las montañas la bendición de los dioses para un acuerdo que por fin se había negociado y Akwasi se encargaba del poblado. Nora observó que tomaba asiento en la banqueta del jefe dándose aires de importancia cuando le llevaron a la chica encontrada.

La esclava huida contó la historia acostumbrada. El *backra* había abusado de ella, tanto en el trabajo como en el trato. Se había escapado mientras él dormía. Había tenido suerte de que no la hubiesen pillado.

—¿Y no lo has matado? —preguntó Akwasi.

Parecía como si esto fuera a adquirir importancia en el futuro. El acuerdo preveía la entrega de los esclavos huidos, al menos en determinadas circunstancias.

Princess sacudió la cabeza.

—Yo no matar. ¡Yo cristiana! —Le mostró la cruz de hojalata que llevaba colgada al cuello—. ¡Yo bautizada! —dijo con orgullo—. Nuevo reverendo bautiza esclavos. Decir que delante de Dios y el dulce Jesús todos iguales.

El sucesor del reverendo Stevens había llegado por fin y tenía otra opinión que su antecesor en cuanto al alma de los negros. Estos acudían en tropel a que los bautizara.

Akwasi no se dejó impresionar.

—Bien. Puedes quedarte. Pero debes tomar marido. —Paseó la mirada por el grupo de hombres que habían acompañado a Princess—. ¡Tally! ¿Te la quedas?

Princess lanzó una mirada asustada al centinela que la había interceptado durante la noche, un joven corpulento.

—Yo no cualquier hombre —protestó la muchacha—. Cristia...

—¡Tally no es un hombre cualquiera! —replicó Akwasi—. Es uno de nuestros mejores guerreros. Posee mucha tierra pero a ninguna mujer que la cultive. ¿Te la quedas, Tally?

Nora y María observaban la escena estupefactas. Por supuesto que la chica tenía que tomar marido, eso era normal, pero no tan deprisa ni tan de sopetón. En África, las muchachas eran casadas por sus padres, en general sin que se les pidiera opinión. Las mujeres también habían averiguado esto. Pero en el poblado se habían implantado las costumbres de las plantaciones: cuando llegaba una mujer sola, los hombres solteros la cortejaban hasta que ella decidía a quién meter en su cama. Para eso las mujeres jóvenes de Nanny Town tenían en cuenta el prestigio de que disfrutaba el hombre y cuánta tierra poseía. Pero no se debía forzar a Princess. Si para ella era importante la religión de su marido...

Sorprendentemente, fue Máanu quien intervino.

—Akwasi, ¿acaso eres su padre para casarla? —preguntó burlona—. ¿O su *backra* para venderla? ¿Qué te ha ofrecido Tally por ella? No tienes que tomar a ningún hombre, Princess. Puedes construirte una cabaña y buscarte uno después.

—Pero yo no saber construir cabaña —repuso Princess, nerviosa. Era obvio que se veía superada por las circunstancias. Esa no era su idea de la libertad.

—Ya lo ves —señaló Akwasi a su esposa—. Quiere a Tally. ¿O mejor a Robby?

Otro hombre, más menudo y miembro también de la escolta nocturna de Princess, se adelantó y se relamió los labios.

—Yo quiero cristiano —insistió la joven, desconcertada—. ¿Uno de los dos cristiano?

Los presentes rieron. Entre los originales esclavos españoles había muchos que rezaban a la Santísima Trinidad, pero siempre junto con otros dioses y espíritus obeah. Ninguno se hubiera calificado de cristiano.

—Puede esperar hasta que regrese Nanny —insistió Máanu—. Y entretanto que Tally y Robby vayan construyendo la cabaña.

¡Después podrá elegir al que tenga la cabaña más bonita! —Por lo visto, eso también era un criterio válido en algunas tribus africanas a la hora de elegir marido.

—¡Yo quiero cristiano! —repitió Princess—. Pero ¿dónde dormir mientras no tener casa?

Nora frunció el ceño. No sabía qué pensar de esa chica. Princess había sido una esclava doméstica, aunque solo hubiese tenido un señor y no hubiera vivido en una casa con mujer e hijos. Era seguro que no procedía de una plantación, allí nadie habría tenido miedo de pasar un par de noches al raso. Pero había dicho que procedía de Kingston... A Nora le habría gustado conocer a ese nuevo reverendo que bautizaba a los esclavos. Pero ahora debía ocuparse de esa chica que a todas luces necesitaba ayuda. Y esperar que Máanu la apoyara.

—Puedes quedarte conmigo —intervino pausadamente—. Hasta que vuelva Nanny...

Princess resplandeció y en su rostro asomó algo así como un feliz reconocimiento. A Nora le sorprendió; por lo general, las esclavas liberadas sentían desconfianza hacia una mujer blanca.

—¿Tu marido nada en contra? —preguntó.

Nora lanzó una mirada firme a Akwasi.

—Mi marido se ocupa de los asuntos de la Reina... —espetó—. Aunque de una manera muy personal. Hasta que Nanny regrese, se quedará en el pueblo con su otra mujer...

Princess se santiguó.

—Pero ¿tú cristiana? —quiso cerciorarse.

Nora asintió, pese a que ya tenía sus dudas. Ni Dios ni su Hijo habían atendido jamás sus oraciones.

—Estoy bautizada —contestó.

Princess sonrió dichosa.

—¡Entonces ir con missis! —informó a Akwasi y sus pretendientes.

Tally y Robby intentaron que Akwasi lo prohibiera, pero el resto de los varones solteros presentes pensaron que tendrían alguna oportunidad y sonrieron esperanzados a Princess cuando fue tras Nora. La joven no les hizo ningún caso.

—¡Yo también noticia para missis! —susurró a Nora, quien no estaba prestando atención porque buscaba a su hija—. Por eso acompañar. Dios dispone para que se cumpla su voluntad. Decir reverendo.

Nora suspiró.

—Esperemos, entonces, que tenga razón —respondió a la chica, y sonrió al descubrir a la pequeña. Jugaba con Jefe a maquillarse para la guerra y estaba totalmente cubierta de barro rojo—. ¡Aquí estás, Dede! Pero casi no te he reconocido. Ven, tenemos que irnos. Tenemos visita, Dede, ¿a ver si sabes cómo se llama? ¡Princess! ¿A que es bonito ese nombre? —Cogió en brazos a la niña y la recién llegada se quedó mirando estupefacta los brillantes ojos de Dede, idénticos a los de la madre—. Princess, esta es mi hija Deirdre.

No comprendió por qué Princess volvió a santiguarse.

Durante la noche, Akwasi no apareció, algo con lo que ya había contado Nora. Princess, agotada, se había quedado dormida en el suelo de la cabaña mientras ella estaba en el arroyo con la niña, lavándole la pintura de guerra. Nora la dejó dormir y esperó a la mañana siguiente, cuando despertó con el olor del desayuno. Había decidido ofrecer a su invitada un «desayuno blanco». No tenía bacalao, pero podía asar unos quingombós, pues ella misma prefería el desayuno tradicional de los blancos de Jamaica al de legumbres que gustaba a los africanos. Asimismo, reunió un poco de café. Cultivaba café en su parcela de tierra y luego tostaba los granos.

Tal como se esperaba, el olor atrajo a Princess fuera de la cabaña. Adormecida, salió dando traspiés y se acuclilló junto a la hoguera de Nora. No parecía estar acostumbrada a sentarse en el suelo; no debía de proceder de África. Era probable que ya hubiera nacido en esclavitud. Mientras estaba tomando a sorbos su café, apareció inesperadamente Máanu. Nora se sorprendió, Máanu pocas veces la honraba con su visita y nunca a horas tan tempranas. Nora se puso en guardia, mientras Princess miraba fascinada a la recién llegada. Máanu impresionaba por su exotismo. Llevaba un caftán de colores y alguien le había recogido en trencitas sus largos cabellos. Esto todavía resaltaba más la forma estilizada y aristocrática de su cabeza. Nora volvió a pensar en la legendaria reina Cleopatra. Máanu no parecía muy contenta y tampoco presentaba su habitual actitud orgullosa y altiva.

—Quería preguntar cómo está —dijo a Nora señalando a Princess, tras haberla saludado brevemente.

Nora se encogió de hombros.

—Pregúntale a ella, puede expresarse por sí misma —señaló—. No soy muy hábil leyendo el pensamiento. Ya lo sabes... —Llenó otro cuenco de café para Máanu.

Máanu no dedicó ni una mirada a Princess. Sus preguntas iban dirigidas a Nora.

—No... no le contarás nada a la Reina, ¿verdad? —preguntó en voz baja.

Nora frunció el ceño.

—¿Qué? —preguntó—. ¿Sobre Akwasi? ¿Su intento de otorgar a una recién llegada como un trofeo a guerreros meritorios? La Reina debería estar al corriente. Pero como bien sabes, yo no formo parte de sus predilectos.

Máanu jugueteó con su brazalete. Llevaba alhajas de colores que un par de mujeres africanas hacían en su tiempo libre.

—Él... él no es así... —musitó con vaguedad—. Solo está...

Nora buscó su mirada.

—Máanu, no necesitas justificarlo. Sé exactamente cómo es. Nuestro marido huye de la autocompasión porque a los diez años lo trataron en una ocasión injustamente mal. Para vengarse, va dando manotazos desde hace años, aunque ya no tenga razones para ello. Es muy respetado y obtiene todo lo que quiere; pero no, todavía necesita ufanarse de su autoridad...

—Quiere contar con la lealtad de esos hombres —explicó Máanu—. Deben sentirse obligados hacia él si en algún momento... en algún momento...

—¿En algún momento qué? ¿Está planeando un levantamiento contra la Abuela Nanny? ¿O teme que el gobernador envíe tropas y que tenga que huir y fundar una ciudad en otro lugar? ¿O simplemente quiere comprarse amigos porque no los tiene?

Máanu escondió el rostro entre las manos.

—Tiene miedo de que te entreguen —dijo con voz ahogada—. Si se firma el contrato, entonces no podrá tenerte escondida por más tiempo, y cuando el gobernador sepa que estás aquí... podría exigir tu vuelta.

Nora dejó en el suelo el cuenco de café y se quedó mirando a Máanu sin dar crédito.

—¿Akwasi se arriesgaría a provocar un levantamiento contra Nanny para conservarme a su lado? —preguntó atónita—. Pero... ¡Dios mío, Máanu, yo no soy tan importante para él! Es imposible, él...

—Él te ama —respondió lacónicamente Máanu—. No sé cómo lo has conseguido... —Suspiró y miró a la inquieta Princess—. ¿Qué hace una joven cristiana cuando ama a un hombre más que a nada en el mundo? —inquirió en tono cansino—. ¿Qué magia tenéis vosotras que yo no tengo?

De repente, Nora la compadeció. Pero Máanu no debía obsesionarse con un asunto que al final podría tacharse de brujería.

—Lo único que yo pude hacer por el hombre al que amaba —respondió con dureza Nora— fue rezar. Pero no sirvió de nada. Murió pese a todo. Y, lo siento, Máanu, pero después he dejado de preocuparme de tanta seducción. Antes, claro está, probé con un par de estrategias. Como balancear el miriñaque al caminar para que los jóvenes entrevieran mis piernas. O repartir los encajes del escote para permitirles que adivinaran mis pechos... Eso no tiene nada que ver con la magia.

—¡Cristianos no hacer encantamientos! —declaró categórica Princess.

Nora hizo un gesto de indiferencia.

—Yo no lo diría así. Todavía recuerdo las historias de la corte francesa. Las amantes de Luis XIV... algo de brujería se practicaba allí. Se juzgaron a algunas personas, ¿no fue a Madame de

Montespan? En cualquier caso, se trataba de asuntos feos, sacrificios de sangre, niños asesinados.

Princess volvió a santiguarse. Máanu se quedó con la mirada ausente.

—Yo solo robé un pollo —admitió—. Para el hombre obeah. Me prometió un encantamiento. Pero ¡la que lo consiguió fuiste tú! —La antigua mirada llena de odio volvió a alcanzar a Nora.

La joven blanca se mordió el labio. Entendía, por fin entendía.

—¿Sacrificaste un pollo para obtener a Akwasi? —preguntó—. Y en lugar de eso... Nos viste, ¿verdad? Y creíste que tu *duppy* o su *duppy* o... —Se interrumpió. No era capaz de comprender del todo el asunto—. Pero Máanu, ¡yo no hice ningún encantamiento! Solo estaba bebida... y sola... Por eso no lo rechacé. Y estaba enamorada, pero no de Akwasi.

Princess no dejaba de santiguarse.

—Akwasi también había robado un pollo —prosiguió Máanu con voz casi inaudible, pero se puso en pie de golpe y cambió de tema—. Por favor, no lo traiciones ante la Reina. Un día se dará cuenta...

Nora asintió.

—No seré yo quien le diga nada. Pero tú también tienes que prometerme algo. Ya llevas tiempo suficiente vengándote de mí. Si llega el momento en que Nanny quiera entregarme, no la disuadas.

En cuanto Máanu se hubo ido, Princess se acercó a Nora.

—Tú no tener que esperar Nanny entregarte —susurró en tono conspirador—. Yo no aquí porque escapar. Mucho miedo de escapar. *Backras* cortar pie, tú saber... —Se estremeció—. Y reverendo dice buenos cristianos, buenos sirvientes...

Nora la escuchaba a medias. Todavía estaba demasiado agitada por lo que Máanu le había contado. De hecho había descubierto la casual relación de Nora con Akwasi y sentía que otra se había aprovechado de su encantamiento. No era extraño que hubiera estado furiosa. Había arriesgado su vida al robar el pollo. Pero el amor no se podía forzar...

—Yo aquí porque comprarme *backra* Fortnám —prosiguió Princess, y al instante acaparó toda la atención de Nora—. Él enviarme aquí para decir missis blanca que él espera. En la fuente a tres kilómetros de aquí. Tú ir, missis blanca, si todavía quererlo. ¡Él llevarte a casa! ¡Aquí la prueba!

El colgante con el antiguo sello de Simon cayó en las manos de Nora.

Lo miró incrédula. Luego rompió a llorar.

7

Nora siguió el camino del río con el corazón desbocado. Confiaba en que esa noche Akwasi tampoco la visitara y se marchó al abrigo del crepúsculo. De todos modos, nadie la detendría. La cabaña de Tolo se hallaba en el claro junto al río. Los centinelas no impedirían a ninguna mujer que se dirigiese allí. Pero Doug no habría podido esconderse junto a la fuente sin que lo sorprendiera la anciana *baarm madda*. Así que había tres posibilidades: que Princess se hubiese equivocado y por tanto nunca encontraría a Doug; que él hubiese visto la cabaña de Tolo a tiempo y hubiera escapado antes de que la anciana lo descubriese, con lo que tampoco se reuniría con él, o que Tolo le hubiese dado cobijo...

Este último pensamiento aceleró su corazón. Tolo siempre había estado de su parte. Tal vez incluso la ayudaría a escapar. Debía de conocer todos los senderos en torno a su cabaña. Seguro que había posibilidades de rodear Nanny Town por encima del poblado y luego deslizarse hacia la costa noreste. Había pequeñas poblaciones allí, como Port Antonio y Port Maria, donde encontrarían hospedaje. Nora no consideraba viable ir directamente a Kingston. El bosque estaba lleno de centinelas que no querían tener que trabajar de tejedores o alfareros. Era imposible que un hombre, una mujer y una niña cruzaran delante de sus narices.

Pero ¿se la llevaría Doug con Dede? Desesperada, intentó

no hacerse grandes ilusiones. Tal vez él se había ido al enterarse de que hacía tiempo que era la esposa de Akwasi.

Doug Fortnam observaba el claro desde una de las cuevas situadas por encima de la cabaña de Tolo. La anciana —y anteriormente Leisure— no había exagerado. El entorno estaba lleno de escondites ideales. Si se escalaba un poco se encontraban incluso grutas desde las que otear. En una de ellas se había instalado Doug hacía dos días y con cada hora que pasaba crecía su impaciencia. Tampoco debería resultarle tan difícil a Nora simular que visitaba a Tolo. ¿A qué estaba esperando? ¿Tal vez Princess todavía no se había reunido con ella? ¿La tenían encarcelada? ¿O es que no quería volver a verlo? El asunto del hijo no le resultaba fácil de digerir. Nora tendría que decidir si se lo llevaba o lo dejaba en Nanny Town. No importaba lo que Tolo afirmase: quizás había aprendido a amar a Akwasi...

En sus horas más oscuras, Doug pensaba en el arrebato de lady Hollister. También ella había tenido con su marido experiencias odiosas. Y sin embargo se ponía de su parte incondicionalmente. Debía de amarlo... Doug se rascó la frente. Le dolía la cabeza de tanto cavilar. Si realmente tenía que quedarse allí cuatro o incluso seis semanas se volvería loco.

Pero entonces una mujer apareció por el claro del bosque y miró alrededor. Procedía de Nanny Town, pero no se encaminó directamente a la cabaña de Tolo, como el joven había visto hacer a otras visitantes. Y era más menuda que la mayoría de mujeres negras. Era delicada...

El corazón le dio un vuelco. Concentró sus cinco sentidos en espiar a la recién llegada a la luz del crepúsculo. Ella se inclinó hacia la laguna bajo la fuente. Bebió. Doug vio unas manos finas y pequeñas... Y a continuación se desató el turbante con que se envolvía la cabeza como las demás mujeres, liberando una cascada de bucles. Doug no reconoció exactamente el color, pero el cabello era más claro que el de las negras, y la piel también.

—¡Nora!

Doug logró sofocar el grito, pero pronunció su nombre a media voz. La mujer levantó la cabeza, como si lo hubiese oído. Él se puso en pie, golpeándose con el techo de la cueva. A continuación empezó a bajar por las rocas, algo muy trabajoso. ¡Ahora no debía arriesgarse a que ella huyera asustada! Así que respiró hondo, se acercó al borde y se lanzó a la laguna en que Nora acababa de beber. Cuando salió a la superficie resoplando, lo primero que vio fue el rostro estupefacto y al momento resplandeciente de la mujer.

—He rezado a los dioses para que vinieras —dijo Nora—. Has tardado mucho tiempo. Pero ¡que llegaras realmente como caído del cielo...!

Doug salió del agua y la estrechó entre sus brazos.

—El cielo está donde tú estés —susurró—. Dios mío, Nora, ¡cuánto te he echado de menos! Pensé que estabas muerta...

La besó y ella respondió como si lo hubiera tenido entre sus brazos el día antes. Experimentó una increíble sensación de totalidad y ligereza. Él había llegado, por fin. Un ser humano. No un espíritu, no un sueño, no un producto de su añoranza. Finalmente lo miraba y distinguía su rostro, que se había hecho más maduro y delgado. Doug parecía más enjuto que antes, las arrugas de la risa habían dado paso a arrugas de preocupación y tensión. Pero tal vez eso también se debiera a la marcha a través de la selva y a la inquieta espera. Su cabello seguía siendo espeso y claro y le caía ondulado sobre los hombros. Y su sonrisa mostraba los hoyuelos que Nora tanto había añorado. Como antaño, no pudo evitar sonreír a su vez.

Doug contemplaba con ternura su rostro fino de elfina, ahora tostado, casi como de mulata. Y en medio aquellos relucientes ojos verdes que había visto cada noche en sus sueños. Estaba más delgada que antes, pero su cuerpo era esbelto y femenino, Doug sintió sus pequeños y turgentes pechos bajo una sencilla blusa. Iba vestida como todas las mujeres humildes y esclavas de Jamaica: una falda raída y una blusa gastada por el uso. Akwasi no parecía mimar a su «esposa».

—¡Has venido! Pero ¿querrás marcharte conmigo? —preguntó anhelante tras besarla una vez más.

Nora asintió.

—Si quieres llevarme... No estoy sola, Doug. Tolo ya te lo habrá contado. Tengo una hija.

Doug también se habría llevado a Nora con tres hijos. Nunca se había sentido tan feliz y satisfecho como esa noche en aquel claro. En realidad había esperado que Tolo apareciera para saludar a su amiga, pero la anciana no hizo nada que pudiera perturbar el reencuentro de Nora y Doug, que resultó más largo e íntimo de lo que él había esperado. Nora lo siguió casi con toda naturalidad hasta su escondite en la pared de piedra. La joven trepaba con los pies descalzos con muchísima habilidad, como una nativa. No sería fácil que volviera a acostumbrarse a la vida de una señora blanca, ya solo el polvo que necesitaría para cubrirse la tez tostada por el sol...

Doug sonrió al pensarlo. Pero luego ya no pensó más, le invadieron los sentimientos. Se sumergió en su amor, se dio tiempo para explorar de nuevo el cuerpo de Nora y despertarlo. Debía ser mucho más prudente que aquella primera noche en Cascarilla Gardens. Nora se asustaba cuando hacía gestos de querer tocarla, de yacer sobre ella... Doug pasó horas acariciándola, besándola, hasta que por fin ella se ofreció confiada a él.

—Debería matar a Akwasi por lo que te ha hecho —susurró.

Nora se apretó contra él.

—Tal vez tengas que hacerlo —susurró junto al suave vello pectoral de Doug. Y entonces le contó la historia de Akwasi y Máanu—. Nunca aceptará voluntariamente que me marche —concluyó.

Doug asintió. Estaba dispuesto a luchar.

No se separaron hasta que llegó la mañana. Doug observó, con las primeras luces del alba, cómo Nora volvía a ponerse la falda y la blusa.

—¿Dónde está el colgante? —preguntó—. ¿No te lo ha dado la muchacha?

Nora asintió.

—Me ha causado una inmensa alegría. Pero no... no tenía que estar entre nosotros.

Doug frunció el ceño.

Nora sonrió.

—Ya te lo he contado —musitó—. Lo de Simon...

—¿Y?

Nora sacó la alhaja de un bolsillo. Naturalmente la llevaba consigo, nunca más se separaría de él.

—¿No ves que es un sello? —inquirió con dulzura—. ¿Qué crees que significa la ge?

Nora no entendió por qué, tras una breve reflexión, Doug lanzó una carcajada.

—¡Ay, Nora! —No podía contenerse y la atrajo, travieso, de nuevo hacia sí—. Nora, cariño mío. ¡He estado cinco años conjurando al espíritu equivocado!

Cuando Nora por fin se encaminó hacia el poblado, danzaba de alegría. ¡Todo iría bien! Doug aceptaba llevarse también a Deirdre y Tolo había confirmado lo que ella sospechaba: no sería fácil, pero había senderos a través de los cuales se podía rodear Nanny Town por encima del poblado. Por supuesto, deberían tener cuidado de no tropezar con los centinelas de Cudjoe o Accompong por el camino que llevaba a la costa noreste, pero Nanny no esperaba ningún ataque por la retaguardia. Por encima del asentamiento no había centinelas o había muy pocos. Lo único que preocupaba a Nora era lo acelerado de la partida. A partir de lo visto cuando había seguido a Princess y por la explicación de Tolo, Doug había decidido emprender la huida ya al día siguiente. Mientras Nanny y Quao estuvieran fuera, los centinelas estarían más relajados. Nora sospechaba que los astutos reyes de los cimarrones ordenaban controles periódicos, lo que Akwasi prescindía de hacer.

Nora y Dede tenían que prepararse en un día para el viaje, lo que le parecía precipitado, aunque no tenían mucho equipaje. Se llevaría un hatillo con la ropa más necesaria y sobre todo provisiones para el camino. La cabaña y lo que contenía, así lo planificó durante la vuelta a Nanny Town, se lo quedaría Princess. Lo más difícil sería convencer a Dede de que dejara el poblado sin despedirse de Jefe. Lo mejor sería decirle a la niña que se trataba de una breve excursión.

En cualquier caso, encontraría solución: esa mañana, Nora no concebía que algo no saliera según sus propósitos. Su vida ya había sido lo suficientemente complicada, ahora daría por fin un giro positivo.

No obstante, esos proyectos se desvanecieron una hora después de su regreso a Nanny Town. Estaba sentada con Princess delante de la cabaña, comiendo un poco de fruta y contando a su nueva amiga sobre la noche con Doug, y no prestó atención a Dede, que estaba jugando por ahí cerca.

—Pero os casaréis, ¿no? —preguntaba Princess, siempre gazmoña, cuando Akwasi se acercó a ellas con expresión furibunda.

Se plantó ante Nora con actitud amenazadora y la miró.

—¿Qué has hecho? ¿Qué has hecho toda la noche con la bruja? ¿Un conjuro, un hechizo? ¿O es otro... otro niño? ¡Desnúdate, mala mujer, quiero ver si sangras!

Nora temblaba por dentro. Los centinelas, claro. La habían visto tanto cuando había ido como cuando había vuelto por el camino que conducía a la cabaña de Tolo, y se lo habían comunicado a Akwasi. Si bien, por suerte, solo se habían temido que realizara algún ritual secreto. Hasta el momento, por lo menos, a nadie se le había ocurrido la causa verdadera. Eso debía permanecer así. Y solo sucedería si Nora pasaba desapercibida. Con toda la impasibilidad de que fue capaz, dejó caer la falda y esperó que Akwasi no quisiera ver sus pechos. Tal vez allí hubieran dejado su rastro los apasionados besos y caricias de Doug. Pero en el vientre no había nada que llamara la atención. Doug y Nora se habían bañado un buen rato en el lago, debajo de la cascada, antes de que ella regresara al poblado. Además, habían estado sentados alrededor de la hoguera de Tolo y las ropas y el cabello de Nora todavía llevaban el olor de las hierbas que quemaba la hechicera. Princess había arrugado la nariz cuando se había sentado junto a ella. La chica se volvió abochornada cuando Nora se desprendió de la ropa.

—¿Satisfecho? —preguntó Nora a su esposo—. ¿O es que también quieres ver las hierbas que hay que recolectar las noches de luna llena según dice Tolo? Lamento decepcionarte, pero han de secarse encima de la hoguera. Aunque seguro que puedes olerlas.

Desafiante, le tendió la falda a Akwasi. Como ferviente partidario de la Reina Nanny, seguramente todavía no habría visitado a la mujer obeah y no sabía que alrededor de su hoguera y de las casas de sus espíritus siempre había un intenso olor.

Akwasi se estremeció al percibirlo.

—¿Qué se hace con esto? —preguntó con repugnancia—. ¿Despertar a los muertos? ¿O preparar veneno? No me gusta verte con esa bruja, Nora, ¡mantente alejada de ella!

Dicho esto, Akwasi dio media vuelta, seguro que algo avergonzado por su arrebato. Nora volvió a ponerse la falda y lo miró iracunda. El que Akwasi le prohibiera reunirse con Tolo hacía la partida del día siguiente más difícil, sobre todo si su esposo ordenaba a los centinelas que la vigilasen. Lo único que podía esperar era que no le informaran de inmediato cuando ella pasara por su lado, y que Doug y ella estuvieran muy lejos cuando Akwasi saliera en su busca. Por unos minutos pensó en aplazar la huida. En una o dos semanas Akwasi no habría olvidado la prohibición, pero los centinelas seguramente sí. Nanny solía cambiar las guardias con frecuencia y el riesgo sería menor, pero entonces los centinelas estarían más atentos.

Nora siguió dándole vueltas, pero en el fondo estaba decidida. Ya estaba harta de Akwasi, de sus imposiciones y sus ataques de celos. Quería marcharse, ¡hoy mejor que mañana!

Nora no solo recogía hierbas curativas con Tolo, en realidad, solía hacerlo con mayor frecuencia sola y durante el día, cuando podía distinguir mejor las pequeñas raíces, bayas y hojas y diferenciarlas de otras plantas similares. Así que el día de su huida se despidió de las mujeres que iban al campo.

—Me voy al bosque, ayer descubrí con Tolo un par de árboles de pimienta de Jamaica que ya tienen frutos. Lo mejor es que recoja unos cuantos antes de que olvide dónde están.

Las mujeres se limitaron a asentir. Solo Jefe protestó cuando Nora hizo gesto de llevarse a Dede.

—¡Yo también quiero ir! —pidió el pequeño—. ¡Yo también quiero comer en bosque!

Para que la excursión le resultara más apetecible, Nora acababa de contarle a su hija que comerían en el camino, algo que también justificaba el hatillo con las provisiones que en esos momentos llenaba de fruta fresca.

—Tardaremos mucho, Jefe —dijo al niño—. A lo mejor nos quedamos hasta que oscurezca y tu madre se enfadará. La próxima vez, ¡la próxima vez, te lo prometo!

Aunque el niño se puso a llorar, Nora se marchó con Dede y fue saludando cordialmente a los centinelas. A todos les regaló mangos frescos y les contó lo que iba a hacer. No mencionó a Tolo y los hombres no parecieron recelar. Probablemente consideraban exagerado que Akwasi prohibiera a su esposa visitar a la curandera. Advertir a uno de los suyos de los posibles encantamientos que hacía su esposa era una cosa; limitar la libertad de las mujeres era otra. Nora perdió bastante tiempo charlando con los centinelas, pero pensaba que valía la pena.

De hecho, la huida habría pasado inadvertida si Jefe no se hubiera enfadado tanto por la marcha de Dede. Pero el niño estaba en una fase en que se rebelaba contra cualquier negativa y no se resignó cuando Nora lo separó de su hermana. En lugar de ello, lloriqueó y se portó mal, intentó incluso arrancar los plantones de caña de azúcar que las mujeres acababan de sembrar y pisotear otras plantas. Al final, hasta sacó de quicio a la tolerante María. Decidida, esta levantó al crío, que no dejaba de patalear, y se lo dio a Mansah.

—Aquí tienes, coger y llevar a su mamá. Molestar a Máanu. A nosotras no nos deja trabajar.

Mansah no se lo hizo repetir dos veces. Seguía detestando los quehaceres del campo y aprovechaba cualquier oportunidad para evitarlos. Así que cogió al protestón Jefe y se lo llevó hacia el pueblo, a casa de sus padres. Akwasi estaba arbitrando una pelea entre dos alfareros y Máanu regañaba a un tejedor porque la labor no estaba limpia. Le cogió el niño a Mansah de mala gana.

—¿Cómo es que Nora no puede calmarlo? Siempre lo consigue, en cuanto está con Dede está tranquilo —dijo sorprendida.

Akwasi levantó la vista.

—Nora está en el bosque recogiendo frutos —respondió Mansah—. Algo cerca de la cabaña de Tolo. Vendrá por la tarde, y seguramente tampoco tiene ganas de cargar con este protestón. Yo le daría una azotaina de vez en cuando, Máanu. A lo mejor no es habitual en África, pero si no lo haces nunca se convertirá en un negro útil...

Mientras Máanu se mostraba enfadada porque ella no pensaba educar a ningún «negro útil», sino a un gran guerrero, Akwasi finalizó sus gestiones.

—¿Está con Tolo, Mansah? —preguntó a la hermana de su primera esposa—. ¿Otra vez?

Mansah se encogió de hombros. No se había enterado de que Akwasi y Nora habían discutido.

—Está recogiendo frutos y hojas de un árbol que ha descubierto. Hará un aceite que va bien para los dolores —informó sin rodeos—. No sé si ha ido con Tolo o no, pero sí que han encontrado juntas esos árboles.

La pimienta dioica solía crecer cerca de la costa. Nora consideraba que era una suerte haberla descubierto en los alrededores y era la única que elaboraba aceite con los frutos. Ni Nanny ni Tolo conocían sus aplicaciones. De saberlo, tal vez Akwasi se hubiera tranquilizado. Pero la observación «cerca de la cabaña de Tolo» había despertado su desconfianza.

—Haz marchar a la gente que quiera consultarme algo —indicó a Máanu—. Voy a la cascada. Tengo que ver qué están urdiendo esas dos brujas todo el día. ¡Salir a buscar pimienta de Jamaica! ¡Que le vaya a otro con ese cuento!

8

Doug Fortnam ya había concluido sus preparativos cuando vio aparecer en el claro a Nora y Dede a primeras horas de la tarde. Había reunido sus armas y sus escasos pertrechos, y había memorizado las explicaciones que Tolo le había dado respecto al sendero que rodeaba Nanny Town. A los blancos eso solía resultarles difícil, las africanas empleaban imágenes y descripciones del paisaje totalmente distintas de lo habitual, y con el mapa que él había desplegado en el suelo, delante de la cabaña, la mujer negra no sabía qué hacer. Finalmente, creía haberlo entendido más o menos todo, y no resultaba demasiado enrevesado. Cuanto más subieran la montaña antes de girar al este para evitar Nanny Town, más seguros estarían. Pero mejor no descender por el otro lado, pues corrían el peligro de encontrarse con la gente de Cudjoe o Accompong.

Había pasado las últimas horas en anhelante espera, contando con que Nora volvería hacia el atardecer. Su aparición antes de lo previsto supuso una alegre sorpresa y tuvo que dominarse para no estrecharla entre sus brazos. Nora le previno frunciendo el ceño y mirando de reojo a la niñita que dócilmente avanzaba de su mano.

—Esta es Deirdre —la presentó.

Doug sonrió a la pequeña. No había esperado encontrarse con una belleza tan semejante a Nora.

—Pero tú no llevarás la desdicha a Irlanda, ¿verdad? —bromeó.

Dede le dirigió una mirada sorprendida con sus ojos verdes y frunció el ceño como era propio de Nora. Doug quedó prendado de inmediato.

—Tendré que contarte la historia —añadió—. Deirdre era el nombre de una princesa, ¿sabes? Una niña preciosa, pero cuando nació se auguró que una desdicha caería sobre Irlanda.

—¿Y cayó? —preguntó Dede curiosa. Le encantaban los cuentos.

—En cierto modo. Pero no fue por culpa de Deirdre. El mismo monarca...

—Nuestro amigo Doug te contará la historia mientras andamos —lo interrumpió Nora, mirando preocupada el camino por el que habían llegado—. Marchémonos, aquí no estamos a salvo de Akwasi. Debería haber dicho que iba a recoger los frutos a otro lugar... En cualquier caso debemos partir. —Se puso el hatillo al hombro.

—¡No os mováis! —Una voz imperiosa resonó al borde del claro.

Doug buscó la pistola, pero había metido el arma en la mochila y el sable que desenvainó de nada le serviría contra tantos adversarios. Akwasi y tres centinelas negros, no menos corpulentos que él, salían en ese momento del bosque.

—Vaya, vaya, ¡y yo que había pensado que la brujería era superstición! —dijo Akwasi, sarcástico—. Pero no, por lo visto la anciana Tolo tiene poderes para que aparezcan amantes largo tiempo relegados al olvido. ¿Cómo has llegado aquí, Fortnam?

Doug se encogió de hombros y lo apuntó con el sable. Quizá podría desviar una lanza si Akwasi se la arrojaba. Pero no cuatro...

—Siempre regreso, Akwasi —respondió—. Deberías haber confiado en ello. Ha ido despacio, pero hoy serías *busha* en Cascarilla Gardens.

Akwasi se echó a reír.

—¡Jefe negro con *backra*! Justo lo que yo deseaba... Pero ni siquiera pudiste deshacerte tú solo de tu viejo. Si yo no lo hubiera hecho...

—¡Tenía diez años, Akwasi!

Doug tenía la sensación de estar discutiendo eternamente de lo mismo. Pero al menos ahora sabía quién había matado a Elias Fortnam. En realidad no podía culpar a Akwasi. El modo en que había muerto su padre no le permitía sospechar que su propio futuro fuera mejor.

—¡Déjanos marchar, Akwasi! —Era Nora. Sabía que no serviría de nada, pero al menos tenía que recurrir a la razón de Akwasi... y a su amor—. Si todavía sientes algo por mí, Akwasi, déjanos marchar. Yo pertenezco a Doug, no a ti. Quiero irme a casa. Y tú perteneces a Máanu. Ella te ama...

—Máanu está obedientemente en casa, como conviene a cualquier buena esposa —señaló Akwasi—. Mientras tú me engañas. Sería interesante saber cómo se castiga esto en África. Uno de los musulmanes me contó en una ocasión que lapidan a las esposas...

—Si me matas, también me habrás perdido —observó Nora—. En cualquiera de los casos, me pierdes, Akwasi. Y respecto a Doug... Fuisteis amigos. ¿No queda realmente nada que os una?

Los ojos de Akwasi indicaban que había algo, sí: odio. Un odio desnudo.

—Déjalo correr, Nora, no nos dejará marchar en paz —apuntó Doug—. Pero hagámoslo de otro modo, Akwasi. Hoy estamos aquí dos hombres libres. Peleemos por ella...

Akwasi volvió a reír.

—¿Sugieres un combate?

—Los caballeros blancos lo llaman duelo. Y sí, me gustaría pelear contigo. Puedes elegir el arma.

Nora sacudió la cabeza. Akwasi era más alto y pesaba más que Doug, le superaba en media cabeza. Y llevaba años entrenando para la guerra con las armas tradicionales de su pueblo. Con la lanza y el cuchillo mataría sin el menor esfuerzo a Doug. Pero Akwasi no estaba dispuesto a aceptar el reto.

—Oh, no, *backra*, no vas a engatusarme con eso. No soy un caballero, conmigo no tienes que gastar cumplidos. Si acaso un noble que en un futuro tal vez sea rey... —Los hombres que estaban a su espalda cuchichearon sorprendidos, quizás asustados—. Y tú, amigo mío, tampoco eres ahora un *backra*. Te haré mi cautivo y te convertirás en esclavo. ¡Es una antigua costumbre que se practica en África, tanto si se es negro como blanco! —Sonrió—. Y ella es de todos modos mi esclava... —Señaló a Nora—. ¿Cómo se castiga la huida, querida? En el caso de las mujeres, setenta latigazos, ¿no es así?

Nora lo miró iracunda.

—¡Ni te atrevas! ¡Soy tu esposa, Akwasi!

—De acuerdo, ya hablaremos de la lapidación. Tenemos tiempo. Primero llevaremos al prisionero al pueblo. Me imagino que debe de haber mucha gente con ganas de resarcirse de un *backra* blanco.

Con un veloz movimiento de su lanza, Akwasi arrancó el sable de la mano de Doug. Todo fue tan rápido que este último no tuvo tiempo de reaccionar. Los otros negros lo atraparon de inmediato y le pusieron los brazos a la espalda.

—¡Atadlo! —ordenó Akwasi—. Y a la mujer y a la bruja. —Señaló la cabaña de Tolo—. Esa les ha ayudado, también debe ser castigada. Los llevaremos a Nanny Town.

—Papá... —se oyó de repente una vocecita. Dede había visto atónita la aparición de su padre como fiero guerrero. Ahora se agarraba a su madre cuando los hombres se disponían a atarla—. ¿Estás enfadado?

Akwasi le dirigió una sonrisa.

—¡Dede, pequeña, no tengas miedo! No estoy enfadado, y menos contigo. Un día me darás las gracias por lo que estoy haciendo. Tu madre quería llevarte a vivir entre los blancos. ¿Y sabes lo que serías allí? Una esclava. Los niños negros tienen que trabajar duramente cuando están con los blancos y les prohíben jugar. Si no eres buena, te fustigan con el látigo. Tu madre...

—Akwasi, ¡no digas eso! —gritó Nora exasperada—. No es verdad, Dede, yo no te haría nada malo. Y tampoco Doug...

—¡Para los blancos yo soy una princesa! —Dede se irguió

tan confiada en sí misma y decidida como su padre acababa de hacerlo frente a los cautivos—. Deirdre. ¡Y si no vigilan, haré caer la desdicha sobre Irlanda!

Pese a su miserable estado, Doug casi se echó a reír de esa personita diminuta y elfina que plantaba cara al gran guerrero. Akwasi la escuchó atónito. Naturalmente, ignoraba la leyenda y hasta ese día no se había enterado de que Nora había bautizado a su hija con el nombre de Deirdre.

—¡Tu nombre es Dede! —dijo, lanzando una iracunda mirada de soslayo a Nora—. Un único nombre, bueno, africano, que no lleva desdicha a nadie.

—¡Y si no es así, robas un pollo para el hombre obeah! —Nora respondió con la misma ira a la mirada de Akwasi—. Eso hace realidad todos los sueños. Mientras te lo creas.

Dede parecía tan desconcertada como furioso su padre.

—¿Cómo lo sabes? —farfulló—. Pero sí, es cierto, te hechicé. Debías pertenecerme. ¡Y todavía me perteneces!

Nora escupió delante de él.

—Ya ves lo que valgo para él, Deirdre. Una esclava negra vale en el mercado unas doscientas cincuenta libras. Un pollo vale como mucho un chelín.

La niña rompió a llorar. Doug creyó que había llegado el momento de poner punto final a esa disputa cruel delante de la pequeña. Y más todavía porque los contendientes estaban lo suficiente enzarzados y concitaban la atención de los centinelas. Los hombres todavía no habían afianzado del todo las ataduras. Doug se movió con rapidez, le arrebató a uno el cuchillo del cinturón y corrió en busca del sable, que había caído en un arbusto. Seguía allí, como listo para que lo recogiera, y con un armonioso movimiento Doug lo empuñó y lo clavó en el hombro del guerrero que en ese instante se disponía a arrojarse sobre él. No obstante, el intento de huida fue inútil. Ya tenía encima a los otros dos y uno de ellos le propinó dolorosos golpes con un palo en el brazo y en la cadera, haciendo que soltara el sable.

—¡Un intento de huida! —Akwasi esbozó una sonrisa radiante—. Un esclavo ha tratado de huir. Me lo pones muy fácil,

Doug Fortnam. Celebraremos un juicio. Lástima que no tengamos ningún reverendo que te explique por qué hay que servir lealmente al *backra* antes de rezar a tu lado mientras te amputan un pie.

Doug quería decir algo, pero Nora le lanzó una mirada suplicante. Era absurdo, su única oportunidad residía en acompañar a los guerreros y confiar en la sensatez de Máanu y el resto. ¡Y en el pronto regreso de la Reina! La Abuela Nanny no permitiría que poco antes de firmar el acuerdo se azotara y mutilara a un blanco.

Antes de que los hombres se aproximaran para maniatarla, Nora cogió a su hija en brazos.

—¡Os sigo voluntariamente! —declaró—. Y él también. —Señaló a Doug—. Akwasi no es nuestro juez. Nosotros nos sometemos a la jurisdicción de la Reina.

Seguro que aquellos negros nunca habían oído la palabra jurisdicción, pero soltaron a Nora. A Doug, por el contrario, le ataron con violencia las manos a la espalda. Nora percibió que le hacían daño, era probable que tras los golpes tuviera un fuerte hematoma en el brazo.

En ese momento, Tolo salió de la cabaña.

—¡Akwasi, te burlas de los espíritus! —señaló con firmeza—. La mujer no te pertenece, has poseído su cuerpo pero jamás su espíritu. En una ocasión fue excusable, entonces te engañó un *duppy*. Después la intención ha sido mala. No tienes ningún derecho sobre ella. ¡Déjala marchar!

—Claro que tengo derecho sobre ella. ¡La Reina me lo ha concedido! —insistió Akwasi—. ¡Con la bendición de los espíritus! —Se vanaglorió, y Nora recordó los conjuros de Nanny.

Tolo hizo un gesto de indiferencia.

—Ya veremos con el tiempo quién tiene el apoyo del espíritu más fuerte —respondió—. Pero ¡a mí no me tocáis! —Se volvió con voz de mando al séquito de Akwasi—. Todavía tengo poder suficiente para...

—¿Los puedes convertir en ranas? —preguntó vacilante Dede.

Tolo sonrió a la pequeña y luego dejó vagar la mirada en la lejanía.

—No sé dónde está Irlanda —dijo entonces—. Pero esta niña hará caer una gran desgracia en la sangre de tu sangre, Akwasi. Y vosotros... —Hizo un movimiento de rechazo con la mano y los centinelas retrocedieron amedrentados.

Akwasi rio burlón.

—Ella misma es sangre de mi sangre —dijo.

Tolo asintió.

—Eso ya fue un error. Y ahora abandona mi tierra. Comete tus faltas en otro lugar, Akwasi, aquí perturbas la tranquilidad de los espíritus. Y algunos de ellos no son muy pacientes...

Los acompañantes de Akwasi decidieron alejarse de allí de inmediato. Empujaron a Doug por delante de ellos con las lanzas, seguidos por el guerrero herido, que se cogía el hombro sangrante. Luego avanzaba Nora con la niña y al final Akwasi. En el camino de vuelta a Nanny Town no se pronunció ni una palabra. Akwasi meditaba en silencio y Nora ya tenía suficiente con contener el miedo que iba apoderándose de ella. Miedo por ella misma, miedo por Doug y también por su hija. ¿Qué significaban esos absurdos presagios de Tolo? ¿Podían tal vez provocar que Akwasi matase a su hija?

Akwasi hizo encerrar a Doug en una cabaña circular que solía utilizarse como almacén. No tenía cerrojos, pero dos hombres montaron guardia delante de ella. Para esa tarea se ofreció un buen número de voluntarios. Nora cayó en el desánimo al ver cuántos negros que habían sido esclavos anhelaban vengarse de un *backra* blanco. El juicio, que se debía celebrar al siguiente día, se aguardaba con emoción. Nora pudo volver a su cabaña, si bien Akwasi la «vigiló» personalmente y la dejó tan dolorida e indignada como en los primeros tiempos.

Por la mañana, un par de guardianes la despertaron con la noticia de que el prisionero se había escapado. Doug había abierto un agujero en las paredes de paja y estiércol de vaca de la cabaña. Para ello no se necesitaban grandes herramientas, había bastado con una pala que se encontraba en el almacén. El fugitivo se la había llevado como arma. Akwasi amenazó a los descuidados centinelas con terribles castigos. No obstante, antes de que pudiera tomar medidas, sonaron los cuernos: los centinelas emplazados alrededor del poblado habían apresado a Doug. Se podía rodear Nanny Town si se llegaba a un puesto alejado como la cabaña de Tolo, pero era imposible salir o entrar del poblado sin ser visto.

Doug parecía tan derrotado como se sentía Nora cuando los hombres lo llevaron de nuevo a Nanny Town. Debía de haberse defendido para que no lo apresasen, pero los cimarrones seguramente le habían enseñado sus habilidades con el palo. Los hombres lo arrastraron a la plataforma improvisada para el castigo que los partidarios de Akwasi habían construido el día anterior en medio del entusiasmo causado por la captura de Doug. Nora se puso enferma al verlo: el «escenario», ligeramente elevado y construido alrededor de un árbol en el que se podía colgar al acusado para azotarlo, era similar a las tarimas de las plazas de reuniones de las plantaciones. Era poco probable que alguien «administrara justicia» en ese lugar. Se trataba de una venganza primitiva que alimentaban seres que odiaban a los blancos. Un par de esclavos liberados bebía de botellas de aguardiente de caña. Akwasi debía de haber distribuido raciones extras.

Nora sintió que sus últimas esperanzas se disipaban, aún más por cuanto el espectáculo no se desarrollaba donde realmente habría sido de esperar, en la plaza de reuniones, sino en la plaza de ejercicios de los guerreros, alejada del poblado. Quien no quisiera, no se enteraría de lo que allí ocurriera. Por consiguiente, el público congregado estaba formado casi exclusivamente por hombres, la gran mayoría de los cuales, además, habían sido esclavos del campo.

Muchos llegaban con el torso desnudo. Cuando Doug pasó entre ellos, le mostraron las cicatrices de los latigazos en la espalda. Por el contrario, los auténticos cimarrones, las familias y los antiguos habitantes del poblado, de los cuales Nora había esperado una influencia moderadora, permanecían en sus cabañas. No sentían ninguna compasión por los *backras,* como tampoco tenían ningún tipo de escrúpulo cuando asaltaban y mataban hacendados. Pero no disfrutaban torturando a alguien en público hasta la muerte. Si Akwasi y su gente pretendían hacerlo, ellos no intervendrían ni serían testigos.

Así pues, solo eran unos cincuenta de los más de dos mil habitantes de Nanny Town los que se reunieron alrededor de la plataforma y el árbol de la horca. Dieron voces y silbaron cuando colgaron a Doug atándole los brazos a una rama. Nora no entendía cómo podían disfrutar de eso. Todos debían recordar cómo se sentía uno en una situación así. Pese a todo, Doug no les daba la satisfacción de reaccionar a sus improperios. Había pasado estoicamente entre la muchedumbre y no se había resistido. Nora recordó la actitud de Akwasi cuando por primera vez ella asistió a un castigo de ese tipo, y volvió a preguntarse cómo podían odiarse tanto cuando en el fondo eran tan parecidos.

Akwasi arrastró a Nora hasta la plataforma.

—¡Cimarrones! —anunció. Siguieron unos vítores. Entre los esclavos liberados ese nombre era considerado un título de honor, aún más por cuanto los negros nacidos en libertad con frecuencia los miraban como ciudadanos de segunda clase en Nanny Town—. ¡Nos hemos reunido hoy aquí para juzgar a un esclavo! Lo he apresado tal como hacían con nosotros en África. Como prisionero de guerra después de que entrara en nuestro territorio con la intención de robar algo que me pertenece. ¡Yo a él no le he raptado!

Un par de hombres aplaudieron, los pocos que distinguían la diferencia. A la mayoría, por el contrario, les daba igual si la víctima era culpable de algún delito o simplemente estaba en el lugar equivocado y en el momento equivocado.

—¡Yo no te pertenezco! —gritó Nora.

Sus brillantes ojos verdes parecían soltar chispas. Doug alzó la cabeza y la miró. Estaba tan bonita... si al menos pudiera contemplarla mientras moría...

Los hombres no hicieron caso de Nora. Se limitaron a reír cuando Akwasi reanudó su discurso.

—¿Qué nos debe este esclavo? —gritó a la muchedumbre.

—¡Caña de azúcar! —respondieron algunos.

—¡Trabajo! —gritaron otros.

—¡Debe ser un buen siervo! —se burló uno de las advertencias del reverendo Stevens.

—¡Exacto! —respondió Akwasi con gesto de aparente gravedad—. Pero ¿qué hizo este esclavo? Intentó escapar. Una primera vez... ¿Qué castigo se aplica a los que huyen por primera vez?

—¡Cincuenta latigazos!

—¡Treinta!

—¡Setenta!

Por lo visto, los castigos diferían en cada plantación. Solo unos pocos hacendados habían impuesto la cifra de setenta, la mayoría quería seguir sacando rendimiento de la mano de obra.

—¡Dejémoslo en cincuenta! —declaró Akwasi—. ¡Centinelas!

Uno de los hombres más fuertes, un negro fornido que Nora solo conocía de vista, cogió el látigo. No venía de Cascarilla Gardens, sino de una plantación al este de Kingston. Entre los presentes se encontraban solo unos pocos de los anteriores esclavos de Fortnam. La mayoría consciente de la diferencia entre Elias y Doug. Tal vez se avergonzaran de la cruel venganza de Akwasi, pero, al igual que los cimarrones, no iban a tomar partido. Un blanco en Nanny Town era un proscrito.

Entre los gritos de júbilo de los ex esclavos, resonaron los primeros restallidos del látigo sobre la espalda desnuda de Doug. Se arqueaba con cada fustazo, pero no gritó. En ese nivel casi todos los esclavos que Nora había visto colgar de un árbol conseguían dominarse. Solo cuando la piel se desgarraba y el látigo abría heridas cada vez más profundas no podían aguantarlo. El primer gemido brotó de los labios de Doug después de diecisiete latigazos, cuando la sangre ya le corría por la espalda. Nora buscó desesperada su mirada para infundirle ánimos.

Doug, que mantenía la cabeza baja y parecía inmerso en su

propio mundo, pareció percibirlo. Levantó la cabeza, la miró a los ojos y sonrió.

Akwasi no podía contener su cólera.

—¿Y tú a qué esperas? —gritó al vigilante—. ¿Ya te has cansado? El esclavo se está burlando de ti. ¿Alguien quiere relevarlo?

Entre el vocerío de los presentes, otro hombre agarró el látigo. Los siguientes golpes se propinaron con renovado ímpetu. Doug ya no se sostenía sobre sus piernas. Ahora realmente colgaba del soberbio campeche que la gente de Akwasi había elegido para el castigo. A la luz del sol, las hojas del árbol emitían un brillo purpúreo, como la sangre de Doug. Nora sentía que la cabeza le daba vueltas, pero tenía que ser fuerte. Debía conservar las fuerzas por si más tarde ella corría el mismo destino. Con toda seguridad, Akwasi tampoco tendría piedad cuando la castigara por su huida.

Doug intentaba reprimir los gritos mordiéndose los labios. Pronto estarían tan ensangrentados como su espalda. Pero conseguía privar a Akwasi de la satisfacción. Con un esfuerzo casi sobrehumano reprimía cualquier muestra de dolor. Cuando ya había recibido treinta y seis azotes, perdió el sentido.

—¿Y ahora? —preguntó Akwasi sonriendo al público.

—¡Agua! —respondieron los hombres al unísono.

Todavía recordaban muy bien cómo era en las plantaciones. Nora se horrorizó de sus caras inmisericordes. Akwasi vació un cubo de agua sobre el cuerpo inerte de Doug.

El joven volvió en sí tosiendo.

—¿Seguimos? —preguntó el centinela, tanto a Akwasi como a su víctima.

Doug apenas conseguía erguirse, pero volvió la cabeza hacia él.

—Estoy esperando —respondió con los labios apretados.

A Akwasi le rechinaron los dientes. Fueron cincuenta latigazos. Doug colgaba de sus ataduras cubierto de sangre y sudor; también su verdugo parecía agotado.

Akwasi les dio tiempo para recuperarse y el público se tranquilizó. Luego se cercioró con un vistazo de que el prisionero estuviese consciente.

—Nuestro esclavo ya ha sido castigado —declaró relajadamente ante la multitud—. Pero ¿qué más hizo? Aprovechó la siguiente oportunidad que se le brindó para emprender otra vez la huida.

Nora gimió. No había esperado que Akwasi se diera por satisfecho tan fácilmente, pero eso... eso era demasiado perverso. ¿Por qué no le había castigado con setenta latigazos y acabado con todo?

—¿Qué castigo se impone a una segunda huida?

Nora sentía náuseas. De repente visualizó la plaza de los castigos de la plantación Hollister. A los dos esclavos que habían atrapado...

—¡Cortar una pierna! —gritó uno de los hombres.

—¡Cortar un pie! —exclamaron los demás. Por lo visto era el castigo más frecuente.

A Nora todo le daba vueltas. Doug la miró buscando ayuda. Por primera vez distinguió el pánico en los ojos del joven. Algunos esclavos de Hollister habían sobrevivido a una amputación, pero era la excepción a la regla. La mayoría moría días después víctima de la fiebre y el dolor. Eso era lo que se proponía Akwasi, que sonrió irónico.

—¿A lo mejor basta con un par de dedos del pie? ¿Tú qué crees, esclavo? Si nos lo pides con amabilidad...

Doug ya no tenía saliva suficiente para escupirle, pero su mirada ya decía bastante: no iba a suplicar.

—¡Medio pie! —decidió Akwasi riendo.

Alguien puso el pie de Doug sobre un tajo. Ya hacía tiempo que le habían quitado las botas. Los ex esclavos lo habían conducido al patíbulo como solía hacerse con uno de los suyos: el torso desnudo, los pies descalzos y provisto tan solo de unos pantalones de algodón claro ahora ensangrentados. Doug gritó y se defendió como mejor pudo contra los hombres que lo sujetaban, mientras sus verdugos lo ataban con una cuerda al árbol.

—¿Quién sabe manejar un machete? —preguntó Akwasi a la muchedumbre.

Nora siguió su mirada. ¿Es que no había nadie que protestara? Pero solo vio rostros negros y sonrientes mirando el espectáculo y un punto de color que se acercaba desde el pueblo. Una mujer. ¿Nanny? No, imposible, esta mujer era alta y joven. La Reina nunca se habría movido con tanta agilidad. Mientras un joven empuñaba el machete, Nora reconoció a Máanu.

Akwasi y el verdugo discutieron brevemente sobre dónde iban a asestar el golpe. El corte separaría los dedos de los metatarsos. Doug levantó el rostro, blanco como un muerto, y buscó algún sentimiento en la mirada de Akwasi. Movió los labios.

—Akwasi, éramos...

Nora leyó, más que oír, las palabras en sus labios.

Akwasi hizo un ademán de rechazo.

—Nosotros nunca fuimos amigos —escupió.

Máanu se abrió camino entre las últimas filas de espectadores increpando en voz alta y con los puños levantados.

—¡Adelante! —ordenó Akwasi.

El joven verdugo golpeó y Doug se arqueó cuando el machete cayó sobre su pie. Pero no fue un golpe diestro: dejó una profunda herida pero no cercenó el pie. Y entonces Máanu llegó a la tarima, subió y arrancó el machete de la mano del hombre.

—¿Qué pasa aquí? ¿Os habéis vuelto locos? —La joven sostuvo el arma como si quisiera blandirla contra Akwasi y su ayudante—. Había pensado que todavía lo estabais buscando. He estado con Tolo... Mansah está herida. ¡Y ahora me entero de esto! Sois... Esto es increíble.

Máanu se volvió hacia Doug y cortó las cuerdas que lo sujetaban al árbol. Incrédula, miró la corteza manchada de sangre. Doug permaneció colgado de los brazos, totalmente indefenso, no podía sostenerse con una pierna y no se atrevía a mover el pie herido.

—¡Estamos en nuestro derecho! —se justificó Akwasi—. Hasta en la Biblia lo pone: «Ojo por ojo...»

—¿Desde cuándo citas la Biblia? —replicó Máanu encolerizada—. El Akwasi que yo conocía robaba pollos para el hombre obeah. ¿Y ahora habla como un reverendo blanco? Tolo tiene razón, ¡Akwasi, eres más blanco que los *backras*!

—¡Retira lo dicho!

Akwasi pareció querer abalanzarse sobre ella. Máanu le propinó un sonoro bofetón.

—¡Piensa que aún debes poner la otra mejilla! —se burló de él.

Akwasi se había quedado sin habla. Otro hombre, un corpulento ashanti seguramente nacido en África, habló por él.

—¡Basta, mujer! Nosotros orgullosos. ¡Nosotros venganza!

—¡Nosotros cimarrones! —exclamó otro, golpeándose el pecho.

Los demás vocearon mientras agitaban sus lanzas en el aire como guerreros africanos. Máanu los miró desde lo alto como si fueran niños malcriados.

—¿Cimarrones? —preguntó—. Yo aquí no veo cimarrones. ¡Ni por supuesto nada de orgullo!

Máanu volvió a levantar el machete. Sin preocuparse por las protestas de los hombres, dejó libre el brazo derecho de Doug.

—Solo veo lo que he estado viendo durante años en las plantaciones: hombres a los que les divierte torturar a otro hasta matarlo.

Cortó la segunda ligadura de Doug. El joven se desplomó gimiendo en el suelo. Nora quiso correr hacia él, pero Akwasi se lo impidió. Máanu lo miró.

—Y no veo a ningún ashanti. Solo a negros del campo quejumbrosos y poco valerosos que fuerzan a las mujeres a someterse a su voluntad y a darles niños sin que haya nada de amor entre ellos, sino únicamente odio.

Akwasi soltó a Nora y se acercó amenazador de nuevo a su primera esposa. Máanu levantó hacia él una mirada arrogante, e incluso Nora, que solo tenía ojos para Doug, sintió su fuerza. Akwasi quería ser visto como el administrador de Quao, pero Máanu representaba el poder de la Reina. Nadie osaría hacerle nada. En ese momento se acercaban otros habitantes de Nanny Town. Mujeres, pero también hombres armados, cimarrones auténticos. Alima los dirigía.

—¡No hacer nada a *backra*! —gritaba desde lejos—. *Backra*

bueno. Y Nanny aquí. ¡Nanny enfadada! ¡No hacer daño a *backra*!

El turbante de Alima había resbalado y su cabello ondeaba al viento. Maalik, su padre, no dijo nada al respecto. Se abrió paso entre los otros hombres armado con un machete.

—¿Cuántos latigazos se dan por sedición? —preguntó Máanu burlona a su marido—. Baja ahora mismo y acude en presencia de la Reina. ¡Algo tendrá que decir sobre todo esto!

Más tarde, Nora solo recordaría fragmentos de lo acontecido en las horas que siguieron. Se había desmoronado junto a Doug, pero había tenido fuerzas para cerciorarse de que todavía vivía. Por otra parte, ignoraba cómo los habían llevado a ambos a una de las cabañas circulares y encerrado allí. Cuando recobró el conocimiento, la puerta estaba cerrada. La estancia estaba totalmente vacía, posiblemente era una nueva construcción. Los hombres habían arrojado a Nora y Doug sobre la tierra desnuda y apisonada.

Una antigua imagen surgió cuando Nora vio a Doug a su lado: Akwasi tendido en el suelo de su cabaña, con la espalda desgarrada, y Máanu, que detenía la hemorragia con su nuevo vestido del domingo. Ahora, ella misma rompía la enagua para vendar al menos provisionalmente el pie de Doug. La herida era profunda, pero podría sanar. Si se mantenía limpia, cuidada y vendada y si el herido reposaba... Nora no se hacía ilusiones. Incluso si todo iba bien había peligro de que se infectara. Si no se atendía la herida, era probable que Doug muriese.

Mansah llevó a Nora un cántaro de agua y un cuenco para beber.

—¡Nanny está muy enfadada con Akwasi! —le dijo en voz baja—. ¡Yo fui a buscar a Nanny! Los tambores decían que se quedaría una noche más en las montañas rezando, pero subí corriendo y la busqué...

—¡Tú ahora venir...!

El guardián malhumorado que había acompañado a la muchacha era uno de los hombres del patíbulo. Nora le lanzó una mirada de odio y la niña se marchó de mala gana. Nora ayudó fatigosamente a Doug a erguirse para ponerle el cuenco de agua en los labios. Estaba sediento y bebió con avidez.

—Estas cabañas —musitó—. Las paredes no son firmes. Ni siquiera necesitaremos herramientas. Podemos... podemos huir esta noche...

—¿Para que vuelvan a cogernos? —repuso Nora con dulzura, retirándole con una caricia el cabello sudoroso de la frente—. Tú mismo has comprobado lo bien vigilado que está el poblado.

«Y no podrías dar tres pasos seguidos.» No pronunció esto último, Doug no admitiría su debilidad. Pero de hecho le era imposible recorrer más de treinta kilómetros huyendo por la selva. Incluso si los centinelas los dejaran pasar.

—Tienes que escapar —dijo Doug—. Al menos tú. Cuando cuentes en Kingston...

Nora sacudió la cabeza.

—Sola tampoco lo conseguiré. Como mucho llegaría a la costa noreste. Para cuando hubiese avisado al gobernador, ya haría tiempo que te habrían matado. Además, no quiero irme. Estoy en el lugar donde quiero estar.

Recostó a Doug con cuidado sobre su regazo después de haber desgarrado el resto de su enagua en tiras para vendarle la espalda. Incluso si no podía hacer nada por él, al menos las heridas no debían tocar el suelo y seguir ensuciándose.

—Veo que pretendes enseñarme la pierna —intentó bromear Doug, cuando ella empezó a romper también su amplia falda—. Es... es lo que haces siempre... acuérdate, acuérdate del huracán.

Nora se obligó a sonreír.

—Fui y sigo siendo una coqueta. ¿Cómo pudiste enamorarte de una mujer tan frívola?

—Me enamoré de una sirena —susurró Doug—. Te vi en la playa... con tu caballo. ¿Sabes que todavía lo conservo? Y tengo un potro. Cuando... cuando regresemos, galoparemos a la orilla del mar...

Nora le acarició el rostro. Notaba que le subía la fiebre.

—*Aurora* volverá a ganar a *Amigo* —le dijo.

Doug sacudió la cabeza.

—Pero no a su hijo. No al árabe. ¿No sabes? Estuvo con el semental de Keensley. Ese potro... ese potro podría hasta ganar carreras... Cuando volvamos a casa... —Doug perdía la voz.

Nora lo puso cómodo e intentó no pensar en Simon. Era lo mismo que había ocurrido entonces. Sostenía entre sus brazos a un hombre que contaba historias. No tenía nada a su alcance para ahuyentar la muerte, solo sus sueños. En algún momento se durmió. Tal vez también eso era un sueño, una pesadilla enviada por un espíritu celoso.

9

Cuando Nora despertó, la pesadilla no había concluido. Doug seguía tendido entre sus brazos, ardiendo a causa de la fiebre. Intentó que bebiera agua, pero apenas lograba tragarla. Probablemente tampoco sería capaz de comer nada, si es que en Nanny Town había alguien que les proporcionara algo de comida.

La cabaña estaba a media luz, así que el sol ya debería de estar bastante alto en el exterior. Entonces se abrió la sencilla puerta de bambú y un centinela malhumorado dejó pasar a Máanu. Llevaba una olla con guisado de lentejas, un poco de pan ácimo y un tarro de ungüento. Nora distinguió el olor del bálsamo que preparaba Nanny. Confiaba poco en él, pero la había ayudado cuando tenía sus dolores más molestos.

—Es todo lo que tenía —se disculpó Máanu—. No tengo talento como *baarm madda*, ya sabes.

Nora asintió.

—Te debemos mucho —dijo solemne—. ¿Qué pasa con Nanny?

La Reina tendría más remedios. Sobre todo habría posibilitado a Nora el acceso a sus propias reservas. Máanu se encogió de hombros, un gesto muy suyo.

—Nanny y Quao todavía están deliberando —respondió—. Sobre lo que ha sucedido con vosotros.

Nora arqueó las cejas.

—¿Acerca de si Akwasi puede concluir la tarea que ha empezado? —ironizó amargamente.

Máanu sacudió la cabeza. Sus ojos reflejaban preocupación.

—Akwasi ha sido desterrado de Nanny Town —dijo en voz baja—. Yo quería marcharme con él, pero estaba tan encolerizado que pensé que me haría algo. Y los niños... —Cuando distinguió la mirada aterrada de Nora, enseguida concluyó—: Jefe está con Nanny; Dede, con Princess. No te preocupes.

—¿Nanny ha proscrito a Akwasi?

A Nora le resultaba inconcebible. En sus brazos, Doug levantó con esfuerzo los párpados. Al parecer, seguía la conversación, buena señal. Durante la noche Nora había pensado que ya lo había perdido en los delirios de la fiebre.

—Desterrado —repitió Máanu—. No puede regresar nunca más. Cudjoe y Accompong tampoco lo acogerán, ya han partido emisarios para informarles. Pero quizá puede sobrevivir solo, él... —Se mordió el labio.

—¿Por... por qué? —Doug pronunciaba con gran dificultad. Nora mojó un trapo con agua y le humedeció los labios.

—Muchas razones —respondió Máanu—. Insubordinación, usurpación de funciones, amenaza a la paz... Si llegara a oídos del gobernador que aquí se tortura a blancos, se habría acabado con el reconocimiento de los cimarrones.

—Entonces no entiendo por qué nos dejan aquí...

Nora se interrumpió, pero la forma en que miró al hombre que yacía entre sus brazos fue suficientemente significativa.

Máanu volvió a encogerse de hombros.

—Todavía están discutiendo al respecto. Puede ser que os hagan desaparecer.

—¿Qué? —preguntó Nora horrorizada. Doug contrajo el rostro de dolor cuando ella se irguió indignada—. ¿Quieren matarnos? ¿Después de todo esto?

—Pueden mataros o dejaros marchar. Pero si llega así a Kingston dará mala impresión. —Máanu señaló a Doug—. Y si muere, a ti no te dejarán marchar. Después se dirá que Akwasi se fue con su fulana blanca, y que de Nora y Doug Fortnam, Nanny Town nunca ha oído hablar.

Nora se frotó las sienes.

—¿Por qué no dejan que le cure las heridas? —preguntó.

Máanu levantó las cejas.

—Están negociándolo —repitió.

La mujer blanca suspiró.

—Pero yo os dejaría marchar —dijo Máanu—. Los musulmanes, esa familia a la que socorriste, Doug, te ayudarían. Corriendo el peligro de que vuelvan a atraparlos y castigarlos. Pero el hombre afirma que te echaría una mano o te llevaría.

El joven intentó incorporarse, pero Nora lo impidió.

—¿Y los centinelas? —preguntó.

—Fingiríamos llevarle un herido a Tolo, con la camilla tapada... Entonces podríais rodear Nanny Town...

Se interrumpió. A Máanu no le interesaba demasiado la asistencia a los enfermos, pero sabía lo suficiente para evaluar el estado de Doug. Por el camino directo se tardaba de uno a dos días en llegar a Kingston. Pero por la montaña necesitarían al menos una semana. Estaban en la estación de las lluvias. Tras pocas horas en la camilla, el enfermo estaría calado hasta los huesos, además de agitado y febril... Doug nunca llegaría vivo a Kingston.

—Olvídalo —dijo Nora en voz baja—. Ve con tu reina y dile que acataremos su decisión. Si tenemos que morir para que se firme el tratado, sea. Pero pregúntale si de verdad desea un acuerdo escrito con sangre. Si realmente se quiere establecer en Jamaica la paz entre blancos y cimarrones, entonces ambas partes han de hacer concesiones. Los blancos han privado de la libertad a miles de personas, los han matado a latigazos y los han reprimido. Los cimarrones han robado y han incendiado... y propinado latigazos y mutilado.

—El gobernador —susurró Doug— es un hombre razonable. Él... nosotros...

—Le explicaremos lo que ha sucedido —concluyó Nora, y le secó el sudor del rostro.

Máanu se levantó.

—Voy a ver qué puedo hacer —dijo—. Nanny está...

Nora se mordió el labio. No quería suplicar, sino mostrarse orgullosa, como Doug en el patíbulo. Pero no tuvo elección.

—Es una mujer —señaló—. Dile que no haré nada que pueda perjudicarla si me deja al hombre que amo.

Máanu sonrió levemente.

—Es una reina. Piensan de otro modo, aunque alguna vez fue una mujer joven. Y puede que en alguna ocasión robara un pollo para un hombre obeah...

En las horas que siguieron, Nora aguardó mientras Doug se debilitaba entre sus brazos. Alrededor de la herida, el pie se hinchó y se infectó, la fiebre subió. Si Nora no actuaba pronto, la herida supuraría. Doug podía llegar a perder la pierna. Ahora apenas conservaba la conciencia y Nora solo podía intentar que lo acompañaran imágenes hermosas. Como entonces en Londres, hablaba del amor, la playa y el mar cuando creía que él la oía. Hablaba a su amado con una voz cargada de dulzura y maldecía en silencio a Akwasi, la Reina, Dios y todos los espíritus. Tal vez un ser superior encontrara raro que su vida girase en círculos, tal vez ella no podría rebelarse nunca contra su destino. El frío en el East End londinense, ahora ese aire candente y pegajoso en una cabaña de bambú de Jamaica. Había recorrido la mitad del mundo para ver de nuevo cómo se escapaba una vida entre sus manos.

En algún momento, dejó de saber si estaba despierta o si soñaba, si imaginaba la luz que apareció de repente en plena noche o si estaba realmente ahí. Y si las manos negras que levantaban el cuerpo febril de Doug y lo separaban de su lado eran de espíritus o de seres humanos.

—¿Está muerto? —murmuró exhausta.

Alguien le apartó el cabello de la cara, en un gesto tranquilizador.

—No. Pero quiero sacarlo. Aquí hace calor, bochorno, huele mal.

La voz de Tolo. A la parte de Nora que había tomado conciencia le hizo gracia que fuera justamente la anciana obeah quien se refiriese a malos olores. Pero era cierto, el excremento de vaca con que se había reforzado la prisión de Nora y Doug era reciente y todavía desprendía un fuerte hedor. Hasta ese momento, Nora apenas se había percatado...

—¿Te ha llamado Máanu? —preguntó.

Tenía que ponerse en pie y seguir a Doug, a quien alguien llevaba lejos de allí, pero no sabía si lo conseguiría. Había estado ahí sentada sin moverse casi dos días para evitar que Doug yaciera en el suelo sucio. Se había quedado aterida y le dolían los miembros.

—Nanny me ha llamado —dijo Tolo, ayudándola a levantarse—. Ven. Lo llevaremos a tu cabaña. Ahí se está mejor...

—¿Puedes ayudarlo?

Nora se apoyó insegura en el brazo de Tolo al salir. Era de noche, pero la luna resplandecía y no se veían nubes pese a que era la estación de las lluvias. Dos hombres transportaban a Doug en una camilla. Nora distinguió que tenía los ojos abiertos. Miraba el cielo.

Tolo se encogió de hombros.

—Lo intentaré. Tú lo intentarás, Nanny lo intentará. Si los dioses lo permiten, vivirá. Si no...

Nora había vuelto en sí a medias cuando llegaron a su cabaña. Princess, quien había dormido ahí con Dede, estaba arreglando el camastro que Nora con tanto esfuerzo se había construido con bambú unos años antes. No quería dormir sobre el suelo con esterillas como los negros, y a Princess tampoco le gustaba. Pero se afanó en buscar más cojines y cubiertas cuando los hombres depositaron al herido. Nora abrazó a su hija y se puso a llorar, pero se recuperó en cuanto Tolo se dispuso a untar con un ungüento maloliente las heridas de Doug.

—¡Hay que lavarlo primero, Tolo! —indicó decidida—. Sé que no le das importancia a eso y puede que en África el agua sea nociva, pero aquí es agua de manantial, es fresca y está limpia. Y tengo jabón...

—¿Puedo ayudar? —preguntó Princess. Miraba con pena y sin demasiadas esperanzas al hombre acostado, su bienhechor.

Nora asintió.

—Enciende una hoguera y calienta agua. Necesitamos jabón de lejía. E infusión... La corteza de sauce baja la fiebre.

Miró abatida a Tolo. Ahí en Nanny Town no había sauces. Se había hecho llevar ese remedio a Cascarilla Gardens desde Inglaterra.

—Nosotros tomamos corteza de cuasia —apuntó Tolo—. Tengo un poco aquí... —Sacó una tintura del cesto.

—¿Y tenemos aguardiente de caña de azúcar? —quiso saber Nora.

Cuando recordaba las botellas que tenían los hombres congregados junto al patíbulo, se le revolvía el estómago, pero la receta del doctor Mason de regar con alcohol en abundancia las heridas abiertas había demostrado miles de veces su eficacia.

Tolo sonrió.

—Tengo siempre —respondió—. Nanny reparte, pero yo elaboro el mío. De lo contrario, las noches son demasiado solitarias...

Mientras Nora limpiaba las heridas de Doug y Tolo le administraba tintura de cuasia, apareció la Reina. Nora la miró sorprendida. Salvo la noche en que había nacido Jefe, siempre había visto a Nanny en su cabaña o en la plaza de las reuniones.

—Reina, te doy las gracias...

—No te preocupes —repuso Nanny—. Os ayudaré. Los espíritus dicen que puedo curarle.

Nora contempló con recelo la vasija de barro en que la curandera africana quemaba hierbas mientras rezaba y susurraba.

—Esparcimos las cenizas por las heridas y... —La Reina se inclinó sobre la espalda de Doug.

—Nanny —la interrumpió Tolo con calma antes de que Nora soltara un grito—. Una de nosotras debería invocar a los espíritus. Necesitamos su fuerza, pero la pequeña no puede... —Señaló a Nora—. Y yo... bueno, yo he oído al dios Onyame hablar contigo. Tienes espíritus poderosos. Los dioses de tu pueblo te han seguido a través del océano...

Nanny sonrió ante tantos cumplidos.

—Solo soy su recipiente. Les doy forma.

—Como todos nosotros —dijo la mujer obeah—. Pero prefieren visitarte a ti. ¡Por favor, Nanny, invoca por nosotras a los espíritus!

Nora se acostumbró al monótono cántico de la Reina, de vez en cuando interrumpido por algún grito estridente, mientras ella luchaba junto a Tolo para salvar la vida de Doug. Las mujeres vendaron las heridas, las limpiaron siguiendo la receta de Nora y las cubrieron con compresas de hojas cuya eficacia confirmó Tolo. Le administraron tintura de cuasia contra la fiebre y una infusión de corteza de pimienta dioica que debía producir un efecto vigorizante. Pese a las protestas de Nora, Tolo quemó madera de cuasia y otras hierbas para ahuyentar las moscas que atormentaban al paciente. Nora tuvo que admitir que eran más eficaces que Dede abanicando con palmas, actividad con que Princess mantenía entretenida a la niña.

—¡Yo también lo hacía cuando era pequeña como tú! —le contó a la pequeña.

Dede se hinchó de orgullo.

—¿Lo hacen todas las princesas?

Nadie le explicó que esta solía ser la primera tarea que solían encomendar a un niño esclavo.

Todo eso iba acompañado de los conjuros a los espíritus de Nanny y las oraciones no menos inspiradas, pero sí menos ruidosas, a la Santísima Trinidad. Nora esperaba que todo ese rumor de fondo la mantuviera al menos despierta. Pese a su agotamiento, no quería descansar. Simon la había abandonado cuando ella dormía, y ahora, que por fin tenía la sensación de poder romper el círculo vicioso, no quería correr ese riesgo.

De repente, la fiebre de Doug bajó y las heridas parecieron empezar a cerrarse lentamente. El pie no supuraba. Y en algún momento del tercer día, cuando Nanny dejó escapar un grito escalofriante, Doug volvió en sí.

—Esto... esto no puede ser el infierno —susurró cuando contempló los brillantes y verdes ojos de Nora—. Aunque huele como si tal y suena parecido...

Nora le sonrió.

—Son las hierbas de Tolo y los espíritus de Nanny. No deberías menospreciarlos. Sin ellas dos no estarías con vida.

—He soñado que estaba en nuestra cabaña de la playa...

—¿Tenemos una cabaña ahí? —preguntó Nora, sorprendida. La cabaña de la playa había sido un sueño de Simon, a Doug le correspondían los caballos.

Él asintió débilmente.

—Si... si la deja libre...

Doug permaneció dos semanas en la cabaña de Nora antes de que ella le permitiera levantarse y volver a apoyar, con prudencia, el pie. Unos días después consiguió llegar a la cabaña de Nanny, en el centro del pueblo, apoyándose en Nora. La Reina los había llamado a los dos. No se cruzaron con nadie en el recorrido por Nanny Town. Nora lo atribuyó a que todos estaban trabajando, pero también la vergüenza de los cimarrones tenía que ver. Sus líderes les habían dejado bien claro que no deberían haber permitido que Akwasi hiciera lo que hizo.

Nanny esperaba a Nora y Doug sentada en su banqueta. Una vez más mordisqueó una fruta e invitó a los dos a tomar asiento sobre unos cojines.

—Sé que todavía estás débil —se dirigió a Doug sin preámbulos ni fórmulas de saludo—. Pero ¿podrás caminar?

—Si no debo abrirme paso corriendo por montañas durante días... —respondió Doug— conseguiría llegar hasta Kingston.

—Entonces, marchaos —indicó la Reina—. Os envío como mensajeros al gobernador. Podéis decirle que aceptamos el acuerdo. Todos los cimarrones de las montañas, al menos los que dependen de mis hermanos y de mí.

No pronunció el nombre de Akwasi, pero era posible que en las Blue Mountains hubiera otros como él.

—Pero ¿no había diferencias de opiniones al respecto?

Nora no pudo evitar plantear esta pregunta. En el pueblo se rumoreaba que, pese a que Nanny y Cudjoe habían conjurado juntos a los espíritus, sus distintas formas de ver la cuestión de la esclavitud no habían cambiado mucho. Cudjoe quería entregar los esclavos huidos de las plantaciones como exigía el gobernador, y Nanny se negaba a firmar algo así. Hasta entonces, Nanny Town ofrecía asilo a todo el mundo.

—No más —dijo—. No más desde... —Lanzó una mirada a Doug y su pie vendado—. Cudjoe siempre había opinado que un hombre que se deja coger por cazadores de esclavos merece su suerte... —Meditabunda, dejó vagar la mirada más allá de Nora y Doug, como si siguiera conversando consigo misma—. Pero yo...

—Cudjoe también se dejó apresar —se le escapó a Doug.

En realidad esa discusión le importaba bastante poco, lo único que deseaba era marcharse de Nanny Town. Pero el argumento del líder negro le parecía absurdo.

—En nuestro caso fue diferente —respondió Nanny sin mirar a nadie—. Los blancos tomaron nuestro pueblo por asalto. Cogieron a todos... a esclavos y a ashanti... Cudjoe no era más que un niño.

Nora escuchaba con atención. Así pues, ese era el origen del rumor de que la Abuela Nanny había sido ella misma una tratante de esclavos antes de que la apresasen. Nora lo había dado por poco probable. Entonces Nanny era demasiado joven. Pero por lo visto, su pueblo había vivido realmente en la Costa de Marfil del comercio de esclavos. Hasta que unos blancos inescrupulosos no quisieron pagar y se llevaron a todos: cazadores y cazados.

—¿Así que todos se ganaron lo que se merecían, salvo Cudjoe y sus hermanos? —siguió preguntando Doug—. Me parece un criterio peculiar...

Nanny asintió.

—Yo no lo he visto así —dijo—. Cuando unos tienen mosquetes y otros lanzas, la batalla no puede ganarse. Esto no dice nada de orgullo y divinidad. Así pues, acogí esclavos. Quería devolverles su orgullo y dignidad. Quería volver a despertar a África, pero ellos...

Nora asintió, entendía sus sentimientos. Comprendía de repente los intentos de Nanny por mantener a sus cimarrones alejados de los blancos y remitirse a las viejas costumbres. Y el que se sintiera decepcionada porque prefiriesen telas de colores y artículos de ferretería en lugar de vestidos tejidos por ellos mismos y piezas de alfarería. Pero eso no era nada frente a la decepción que le habían deparado Akwasi y sus hombres.

—Durante algún tiempo, Akwasi fue un hijo para mí —dijo en voz baja—. Lo veía como un gran guerrero. Naturalmente, necesitaba ayuda para convertirse en aquello para lo que estaba destinado. No aprobé todo lo que hizo al principio con su esclava. —Miró a Nora, pero sus ojos no pedían perdón. Un guerrero tenía el derecho de poseer esclavos y la Reina no lo ponía en cuestión—. Pero luego mejoró... Todos lo veíamos como un futuro monarca, tal vez habría podido fundar en algún lugar de las montañas un Akwasi Town. Y de repente... —Nanny se frotó los ojos; nadie se hubiera imaginado que ella era capaz de llorar—. ¡De repente empezó a comportarse como un *backra*! ¡Todos, todos se portaron como... como los blancos!

—A lo mejor es que no hay diferencias —intervino Nora con serenidad—. A lo mejor todos los hombres son iguales, negros y blancos. La cuestión siempre es quién lleva el látigo en la mano.

—Pero ¡el orgullo existe! —protestó la Reina—. Hay dignidad. ¡Hay cosas que no se hacen!

Nora sonrió.

—Hay cosas que un ser humano no debería hacer —corrigió—. Hay bondad y maldad, Reina. No negro y blanco.

Doug se incorporó de los cojines. Le dolía todo en esa incómoda posición; por su parte, habría puesto punto final a la reunión, aunque Nora y Nanny parecían disfrutar de esa filosófica discusión.

—Llegar a un acuerdo entre la Corona y los cimarrones seguro que es algo bueno —intervino—. Ya tendréis tiempo de pensar en las particularidades.

—Pero no puede ser que luego devuelvan a personas como Princess —se inquietó Nora—. O Maalik, Jadiya y Alima... ¡No puede hacerlo, Reina!

Nanny rio.

—¿La missis blanca pretende liberar esclavos? —preguntó—. ¿Quién le ceñirá entonces su corsé, señora Fortnam?

—¡En Londres no es que fuera desnuda! —replicó Nora—. Todavía no ha huido de mí ningún sirviente. Salvo... —Sintiéndose culpable, pensó en Máanu. Si la joven no hubiera sido tan cerrada...

Nanny puso una mueca.

—Esa no cuenta —dijo—. También a mí se me ha escapado.

—¿Máanu se ha marchado? —preguntó sobresaltada Nora.

La Reina asintió.

—Detrás de su Akwasi. Solo ha aguantado dos días sin él.

—Lo ama... —apuntó Nora con un gesto de impotencia.

Doug se frotó la frente. Esperaba que las mujeres no empezaran ahora a discutir al respecto.

—Un tratado de paz entre la Corona y los cimarrones es, en cualquier caso, un buen comienzo —declaró, volviendo al tema y recordando sus lejanos estudios de Derecho. A lo mejor podía aprovecharlos ahora para algo—. Deme el acuerdo, Reina Nanny, quiero leerlo. Creo que se puede formular la cuestión de la entrega de los esclavos de modo que quede abierta. Se lo escribiré de tal manera que todos estén contentos pero que nadie pueda poner objeciones cuando, pese a todo, siga usted dando asilo a esclavos fugitivos.

Nanny frunció el ceño.

—Pero... un tratado así es sagrado. Cuando algo queda por escrito... cuando se hace una promesa...

Doug sonrió.

—El truco consiste en no prometer demasiado.

La partida de Doug y Nora se demoró dos días más.

El tratado entre la Corona y los cimarrones estaba, pulcramente presentado y redactado con toda precisión, delante de la Reina Nanny. En sus disposiciones, los cimarrones se mostraban conformes con la idea de que un criado debía lealtad a su señor. Y se declaraban expresamente dispuestos a influir sobre los esclavos huidos para que volvieran al lugar que Dios les había asignado.

—¿Cómo saben el lugar que les ha asignado Dios? —preguntó extrañada Princess cuando Doug leyó en voz alta el párrafo.

Nora rio.

—De eso se trata, Princess. Nanny y el gobernador pueden tener opiniones opuestas.

—E influir define todo lo que se encuentra entre convencer con buenas palabras y atar de manos y pies —explicó Doug—. Me temo que Cudjoe hará esto último, pero Nanny podrá ofrecer asilo a tantos esclavos como quiera.

Nanny escuchó el borrador modificado del tratado con el rostro demudado.

—Tú sí que sabes hacer magia con las palabras —dijo al final, agradecida.

Doug se encogió de hombros.

—Es un arte que he aprendido. Akwasi y yo hemos tenido que hacer un sacrificio para ello... ¿Le presento el tratado así al gobernador?

Nanny asintió.

—Dile que iremos a Spanish Town para firmarlo. Un tratado de paz exige una celebración.

Doug sonrió.

—¡Dispararemos una salva en el puerto de Kingston! —prometió.

Nanny se volvió hacia Nora.

—Todavía tenemos que hablar de los niños —dijo con calma.

Nora levantó la mirada, recelosa.

—No me marcharé sin Dede, y el gobernador...

—¿No habíamos hecho un tratado de paz? —repuso Nanny, cansada—. No solo estamos hablando de tu hija, mujer blanca. También hablamos de tu hijo Jefe.

—¡Pero Jefe es hijo de Máanu! —protestó Nora.

—Ahora que Máanu se ha ido, es como si fuera tuyo. También tú eras la esposa de su padre. Así pues, ¿qué ocurre con los niños, missis blanca? Sabes qué destino les espera si te los llevas. Los blancos los considerarán negros.

—Deirdre tiene la piel muy clara —murmuró Nora.

La Reina resopló.

—Eso no la ayudará. Pero dejando eso aparte: Jefe es negro como la noche. Entonces, ¿qué quieres hacer?

—¡Nos llevaremos a los dos! —terció Doug—. Tal vez pueda reparar con Jefe lo que ocurrió con Akwasi.

Nanny cerró los ojos.

—¿Quieres repetir la historia? —apuntó—. Bien, no es mi problema. Son tus hijos, mujer blanca. Espero que los dioses te guíen.

Se levantó majestuosamente y les indicó el camino de salida de su cabaña. Doug entendió de golpe por qué los cimarrones llamaban «Reina» a esa mujer menuda.

10

Nora y Doug tardaron cuatro días en llegar a Kingston. Doug se desplazaba con dos muletas porque Nora le había prohibido que apoyara el pie herido, así que necesitaba muchos descansos. Los niños, a su vez, también enlentecían el avance. Dede y Jefe se alegraron mucho cuando se enteraron de que iban juntos de viaje, pero también se cansaron muy pronto. Nora podía cargar con su hija, pero no con Jefe, más corpulento y robusto. Sin embargo, este lloriqueaba mucho más que su hermana, tres meses mayor pero más menuda. Máanu y Akwasi lo habían mimado demasiado y el niño se ponía insoportable en cuanto no se hacía lo que él quería.

—Mama Adwe lo pondrá en vereda —señaló Doug después de que el crío hubiera pasado una hora quejándose y haciendo pucheros—. Estará contentísima de encargarse de los niños. Nunca tiene suficientes. Pero recuerdo la sensación que me dejaba el cucharón en el trasero. No era nada agradable.

—¿No queríamos arrebatarles los látigos a los vigilantes? —preguntó Nora sonriendo.

A Doug se le escapó una risita.

—¿Y sustituirlo por un cucharón? Buena idea, tendríamos que añadirlo a las condiciones de los negros en el tratado de paz.

A Nora le habría gustado refrescarse antes de visitar a Trelawny, pero no encontraron ningún hotel en Kingston —al menos uno decente—, y Doug prefería no pasar por la casa de los Hollister. Lo único que habría visitado era la tienda de Barefoot. ¿Encontrarían allí ropa adecuada? Al final Doug logró cubrir los últimos kilómetros hasta Spanish Town y llevó a sus acompañantes directamente a casa del gobernador. A esas alturas todo le daba igual, se moría de cansancio y, después de tantos días desplazándose por caminos irregulares, le dolía todo el cuerpo.

Los guardias del Palacio del Gobernador parecieron dudar si dejar pasar o no a aquella joven pareja de aspecto andrajoso que, además, iba con dos niños negros. El secretario del gobernador, al que consultaron, los autorizó a entrar cuando Doug se presentó como el señor y la señora Fortnam. Trelawny los recibió de inmediato.

—Ha encontrado... ¿Es ella de verdad su... humm... madrastra desaparecida? —preguntó.

Como siempre, iba hecho un pincel, y Nora, que en cinco años no había visto ningún hombre maquillado y con peluca, encontró su indumentaria casi absurda. No obstante, permitió que él le besara ceremoniosamente la mano.

—Es mi prometida —dijo Doug—. Nos casaremos dentro de poco. Pero por lo demás... Sí, le dije que liberaría a la señora Fortnam.

El gobernador se arregló un rizo de la impecable peluca.

—Con eso ha ido usted más lejos que todos los ejércitos de la Corona que mis antecesores enviaron a ese nido de bandidos. ¡Merece usted todo mi respeto, señor Fortnam! Y además se ha traído a dos niños negros. —Miró paternalmente a Dede y Jefe, que contemplaban con reverencia el mobiliario y las alfombras de la residencia—. Siempre pensando en las nuevas generaciones... La niña será una hermosura. —Por lo visto, el gobernador no se percató del parecido entre Dede y Nora—. Pero usted... —Señaló afligido las muletas de Doug y sus vendas sucias—. ¿Necesita asistencia médica?

—He tenido un pequeño contratiempo con un par de cimarrones —comentó Doug—. Pero no se moleste, la Reina ya se ha ocupado de ello. La señora Nanny me ha encargado además que, como su abogado, le presente este texto del tratado. Si sus asesores tuvieran a bien revisarlo... La señora Nanny y el señor Cudjoe (que entre sus semejantes llevan el título de «Reina» y «Rey» respectivamente, lo que nos parece algo exagerado, pero debería ser considerado en interés de una positiva colaboración) estarían dispuestos de buen grado a aceptar su invitación a Spanish Town. Para la firma del tratado y en el marco de las festividades convenientes. Ah, sí, y no sería favorable para este asunto que siguiera refiriéndose a los ciudadanos de Nanny Town o al color de su piel de forma despectiva. A mis hijos tampoco les gusta. Si me permite, excelencia, le presento a mi hijo Jeffrey y mi hija Deirdre.

El gobernador abrió unos ojos como platos y Nora lanzó a Doug una mirada de admiración.

—En fin, me gustaría tomar un baño —terció ella antes de que Trelawny tuviera tiempo de responder—. A lo mejor es posible hacerlo. Y Doug necesita descanso. Sobre los detalles del tratado, se podrá discutir más tarde.

Ese mismo día, el gobernador envió mensajeros a Cascarilla Gardens y Kwadwo se negó a que alguien fuera en su lugar a recoger a su señor y su señora a Spanish Town. Doug estaba tan contento de verlo que lo recibió con un abrazo.

—¿Todo en orden en la plantación? —preguntó.

Kwadwo asintió, pero se pellizcó los labios.

—Todo bien, sí, pero corren rumores... —El capataz parecía preocupado—. No debería decírselo, pero estoy convencido de que a mister Ian también le habrán llegado noticias. Parece que esa muchacha, Máanu, ha sido vista por los alrededores. Y la gente habla de Akwasi...

—Akwasi está en las montañas —dijo Doug—. No se atreverá a acercarse. Si Máanu...

—Si Máanu quiere ver a su madre, no se lo vamos a impedir —convino Nora—. Nos limitaremos a... humm... no tomar nota de ello. Doug, ¿crees que ese mister Ian lo entenderá? ¿Quién es? ¿Un vigilante? Pero ¿los esclavos le cuentan los rumores del pueblo?

Al presenciar el emotivo saludo entre Doug y Kwadwo, Nora supo que necesitaría algo de tiempo para acostumbrarse a los cambios introducidos en Cascarilla Gardens. Se enamoró al instante de la nueva casa. En sus pesadillas siempre había visto unas ruinas humeantes y llenas de malos recuerdos en medio de las palmeras y las caobas. Casi había temido volver a verlo. Sus ojos resplandecieron ante la casa pintada de colores, con balcones y torrecillas, tallas de madera y adornada de estuco que había construido Doug.

—¿Vive el príncipe aquí? —preguntó Dede admirada. Ya en Kingston y Spanish Town no se cansaba de contemplar las residencias señoriales, pero la casa principal de la plantación, apartada a la sombra de grandes árboles, todavía le gustó más.

Doug la rodeó con un brazo.

—¡Aquí vivirá la princesa! —contestó.

—¿Y el rey? —quiso saber Jefe—. ¿Dónde vive el rey?

—Aquí no hay rey —le contestó Nora, atrayéndole hacia sí—. Solo la princesa Deirdre y el príncipe Jeffrey. ¡Ese eres tú!

Doug y Nora se habían puesto de acuerdo en dar también al niño un nombre inglés y hacerlo bautizar. El nuevo reverendo se prestaría a ello. El gobernador había apremiado a Doug para que redactara de inmediato un salvoconducto para Jefe.

—Oficialmente, el niño es su esclavo, señor Fortnam. Los padres se han escapado, pero si se los captura, le siguen perteneciendo a usted. Igual el niño... Y en lo que respecta a sus intenciones de criarlo como si fuera su hijo... lo considero poco inteligente, señor Fortnam. ¡Muy poco inteligente!

Doug había reaccionado con indiferencia.

—Bien, no es más que una opinión, excelencia —dijo sin perder la calma—, que por cierto comparte la Reina Nanny.

—¡Mi papá será rey! —declaró Jefe.

Nora intercambió una mirada con Doug. Ambos no podían más que esperar que el niño se olvidara lo antes posible de Akwasi y de los grandes objetivos que al parecer había inculcado a su hijo.

Hasta la conclusión definitiva del tratado entre la Corona y los cimarrones pasaron todavía unos meses, un período en el que Nora volvió a acostumbrarse lentamente a su vida de esposa desocupada de hacendado. Claro que reemprendió la asistencia de los esclavos y restableció su amistad con las *baarm maddas* de los alrededores, pero ya no comprendía cómo iba a pasar años sin hacer nada más que leer, escribir cartas y clasificar flores. Al final creó un jardín de orquídeas y rechazó la ayuda que le ofrecían los atónitos esclavos.

Que los niños se adaptaran a su nueva vida en Cascarilla Gardens requirió de mucho tiempo y, sobre todo, energía, si bien Dede no dio grandes problemas. Como de costumbre, la niña se acomodaba fácilmente y era dócil, adoptó con toda naturalidad el papel de princesa y de vez en cuando había que recordarle que no necesitaba llamar a una sirvienta cada vez que necesitaba algo.

—¡Ya sabías vestirte sola! —la reprendía Nora cuando tres adolescentes trajinaban alrededor de la presumida niña para peinarla y anudarle los zapatos.

—Pero ¡entonces no tenía zapatos! —se defendía Dede—. ¡Ni lazos para el pelo! ¡Ni vestido de encaje! —La niña parecía encantada con su nueva situación.

—¡Y a nosotras gustar, missis! —decían las chicas.

Dede se había ganado a todo el personal en un abrir y cerrar de ojos. Nora sonreía y recordaba que su padre había afirmado lo mismo de ella tiempo atrás. Por otra parte, se preguntaba qué pensaría de su nieta. Bien, ella misma podría preguntárselo en un futuro no muy lejano. Thomas Reed estaba tan contento de que su hija se hubiera salvado que planeaba visitar Jamaica al año siguiente.

—¡El vestido de encajes es solo para los domingos! —exclamó Nora, y tendió a la niña un vestido sencillo—. No para ayudar a Mama Adwea en la cocina. —Luego se dirigió a las muchachas—. En cuanto a vosotras, ¡Dede no es una muñeca! Si algún día se comporta como la sobrina del *backra* Hollister, os haré azotar.

Con un ademán, ahuyentó tanto a la princesita como a sus complacientes sirvientas. Las cuatro pasaron corriendo por su lado, risueñas.

Jefe era un problema mayor, más por cuanto no estaba seguro de si debía presumir de ser el hijo del rey o del libertador. Por una parte se dejaba adular con agrado, pero por otra parte su padre le había inculcado un profundo desdén hacia los negreros y los esclavos sumisos. Como consecuencia, Jefe desobedecía a todos, desde las ingenuas doncellas que querían ayudarle cordialmente a ponerse los pantaloncitos y camisas a las que no estaba acostumbrado, como a Ian McCloud, que al principio asumió el puesto de preceptor de los niños Fortnam. El joven escocés era un hombre muy instruido y prefería más explicarle a la sorprendida Deirdre lo que era un globo terráqueo y enseñar a Jefe a contar antes que, bajo un sol de muerte, vigilar esclavos que tampoco lo tomaban muy en serio. Por desgracia, del mismo modo actuaba Jefe y se lo hacía notar, lo cual preocupaba a Nora.

El niño tenía el aspecto de un pequeño esclavo, pero se comportaba como un pequeño *backra* mimado. Eso ya provocaba discordia en la casa, pero se convertiría en un problema cuando Nora y Doug decidieran restablecer el contacto social. Hasta el momento solo eran observados con desconfianza por sus anteriores amigos y vecinos, pero habían planeado celebrar una boda por todo lo alto en la Navidad siguiente. Doug esperaba que con la fiesta volviera a romperse el hielo. No obstante, ambos todavía ignoraban cómo iban a presentar a Jefe.

Antes de la firma del acuerdo, Doug volvió a Nanny Town en tres ocasiones para hablar con los cimarrones de Barlovento acerca de los pequeños cambios que el gobernador quería introducir en el documento. Siempre emprendía el viaje con desgana, aunque no le amenazaba ningún peligro y el trayecto a caballo se hacía fácilmente en un día. Aun así, en cuanto dejaba Kingston siempre tenía la desagradable sensación de que lo acechaban. Una sospecha que no se aplacaba hasta que dejaba atrás los primeros centinelas de Nanny Town. La situación le resultaba paradójica: como blanco debería haberse sentido inseguro en el ámbito de los cimarrones y no en la jurisdicción del gobernador. Pero Doug siempre se alegraba cuando a la ida llegaba a Nanny Town y a la vuelta pasaba las primeras casas de Kingston. Nora frunció el ceño cuando le habló de eso

—¿Crees que Akwasi te está espiando? —preguntó.

Doug negó con la cabeza.

—No me lo imagino —respondió—. Sería absurdo que pusiera en peligro su cabeza de ese modo. Puedes testimoniar que mató a mi padre y él me lo ha confesado personalmente. Por ello no voy a mandar que lo persigan; tenía sus buenas razones. Pero andar dando vueltas ahora por los alrededores de Kinston... ¡Dios mío, tiene toda la isla para él! Los cimarrones de Barlovento lo han expulsado, pero hay otros grupos, otros lugares... Basta con que espere un par de semanas y ya podrá moverse por todos sitios como un negro libre.

—¿Sin salvoconducto? —preguntó Nora.

Doug sonrió.

—¡Dentro de nada se comprarán salvoconductos falsos en cada esquina! —auguró—. ¿Qué te apuestas a que mi amigo Barefoot ya está pensando en aprender a leer y escribir? Nos caerá encima un buen lío cuando se acepte a los negros libres, Nora.

Hasta el momento, no se había autorizado oficialmente a dejar a los esclavos en libertad. Quien actuaba de esa manera se movía en una zona intermedia. Si no protegía al esclavo, otro podía poner en cuestión su libertad y, posiblemente, esclavizarlo de nuevo. De ahí que solo unos pocos, la mayoría esclavos domésticos en servicio durante largo tiempo y con muchos méritos, poseyeran salvoconductos, gente además que no tenía la intención de dejar a sus señores. Recientemente, el propio Doug había entregado ese documento a Adwea y Kwadwo. La primera esperaba con impaciencia el día de la firma del tratado. Tenía pensado visitar a su hija Mansah en Nanny Town. La joven no se había unido a Nora el día de su partida con Doug, aunque probablemente Nanny no hubiera puesto objeciones. Pero Mansah ya había cumplido los dieciséis años y se había enamorado de un joven cimarrón... Doug y Nora no habían oído nada más de Máanu, aunque tampoco preguntaban por ella.

—Pero si Akwasi sigue queriendo vengarse de ti... —señaló Nora preocupada cuando Doug tuvo que volver a Nanny Town una vez más antes de la firma del tratado.

Él hizo un gesto de indiferencia.

—Si hubiera querido matarme, ya lo habría hecho hace tiempo. Entre Kingston y Nanny Town cada curva del camino brinda la posibilidad de una emboscada. No te preocupes, Nora, seguro que no tiene que ver con Akwasi. Es probable que me haya imaginado esa amenaza. —Sonrió—. Tu paladín se ha vuelto miedoso, preciosa mía. No creo que pueda volver a tomar por asalto una ciudad solo...

Nora lo besó.

—Tampoco tendrás que hacerlo mientras no me tengan cautiva allí.

Pero todas esas bromas no podían ahuyentar la desagradable sensación que había dejado en ella lo que Doug le había contado. Precisamente porque también ella sufría imaginaciones similares. Al menos esa era la explicación que se daba cuando se sentía observada, con lo que la amenaza parecía afectarla más a ella que a Doug. Nora creía notar miradas extrañas, sobre todo en la playa de Cascarilla Gardens. Ahora, cuando ya no era necesario disimular nada, solía ir cada día a caballo hasta allí. Doug le había enseñado la cabaña que había hecho construir para su espíritu y ella se había conmovido hasta las lágrimas. Parecía realmente como si Doug hubiese penetrado en los sueños de ella: la playa tenía exactamente el mismo aspecto que como se la había imaginado con Simon. De ahí que pensara también en Simon la primera vez que notó una presencia extraña. Con cierto sentimiento de culpa, recordó lo rápido que había apartado a un lado la sombra de su primer amor cuando Doug volvió a presentarse en vida ante ella. ¿Había ahí realmente un espíritu que buscaba su cercanía?

Otro día, cuando Nora se cobijó de un chaparrón en la cabaña, la sensación de no estar sola fue demasiado poderosa. Era tan fuerte que levantó la cabeza e intentó establecer contacto.

—¿Estás ahí? ¿Te... te molesta esto?

Palpó el colgante de Simon, que ya no llevaba continuamente al cuello pero siempre la acompañaba. A veces la asaltaba la sensación de ser infiel a Simon porque vivía con Doug y lo amaba.

Por supuesto, nadie respondió y Nora se dijo que era una boba cuando volvió a salir a la luz del sol y pisó la arena mojada por la lluvia. Salvo las suyas, no había más huellas.

Pero los espíritus tampoco dejaban huellas.

«¡Que si me molesta!», pensó Akwasi cuando oyó la insegura pregunta de Nora. Rabioso, hincó las uñas en el tronco de la palmera entre cuyas palmas había espiado tantas veces. Ahora, con la cabaña de la playa, todavía era más fácil observar sin ser visto a Nora y, con frecuencia, también a Doug. La atalaya por encima de la cabaña también facilitaba espiarlos cuando estaban dentro, y a veces Akwasi tenía que contenerse para no irrumpir en el interior, matar a su rival y volver a raptar a la mujer. Pero se reprimía con férrea determinación. Con Nora no podría escapar muy rápido, y los blancos lo perseguirían como a un perro. Ni siquiera en las montañas estaría seguro. Desde que Nanny tenía a Doug como abogado privado, los Fortnam se hallaban bajo la protección de los cimarrones de Barlovento. Y ellos lo encontrarían, Akwasi no se hacía ilusiones al respecto.

No, si había una ínfima oportunidad de recuperar a Nora, sería siguiendo el plan que llevaba meses urdiendo. Debía impedir el tratado de paz entre blancos y cimarrones y ocuparse de que Nanny y Quao, y aún mejor, Cudjoe y Accompong, fueran privados de su poder. Entonces él mismo podría reunir de nuevo a los cimarrones o al menos a una parte de ellos, erigirse en su líder y recuperar a Nora y sus hijos después de haberle dado su merecido a Doug, aunque tal vez surgiera la posibilidad de deshacerse de este con un tiro. Si encontraba un buen lugar desde donde disparar y podía cargar varias veces la pistola, todo era posible.

Pero lo primero que necesitaba era paciencia. Akwasi apretó los dientes. Y dejó para Nora el diálogo con sus espíritus.

11

En otoño de 1739 se fijó por fin el día para la solemne firma del tratado y el gobernador ofreció salvoconductos a Cudjoe, Accompong, Nanny y Quao para entrar en Spanish Town. Naturalmente, eso conllevaba sus dificultades, pues no todos los blancos de Kingston eran partidarios del tratado de paz.

—¡Más nos habría valido echarlos a todos! —vociferaba Christopher Keensley, que participaba en la celebración como todos los hacendados de la región.

La buena sociedad ocupaba las primeras filas de la plaza delante de la casa del gobernador. Trelawny tenía la intención de recibir ahí, en el centro de la ciudad, a los líderes cimarrones y luego, tras la ceremonia, dirigiría unas palabras a sus ciudadanos. Ya a esas horas la plaza y el camino, cerradas al tránsito para que pasaran los cimarrones, estaban bordeados de gente. Todos, desde los propietarios de las plantaciones hasta los esclavos, querían ver a la legendaria Abuela Nanny. Sin embargo, pocos fueron los esclavos que disfrutaron de ese privilegio. A nadie se le había ocurrido dar el día libre a sus trabajadores del campo, de modo que solo se encontraban en la plaza los sirvientes domésticos y las doncellas que acompañaban a sus señores. Se sumaban unos esclavos libres a los que se relegó, naturalmente, a las últimas filas.

—¡Lo mismo pienso yo! —respondió Hollister a su viejo amigo, y buscó quejumbroso una posición más cómoda para sentarse.

Había sobrevivido a las heridas, pero todavía andaba y se sentaba trabajosamente con las piernas separadas. Ni pensar en montar a caballo, e incluso las sacudidas de un carruaje le provocaban dolor. Por esa razón, últimamente, cuando se desplazaba de Kingston a su plantación requería una silla de mano que cargaban cuatro esclavos.

—Como un emperador romano —señaló Nora a Doug cuando lo vio por primera vez—. Lo sé, no es divertido, pobre. Pero la comparación con Nerón se impone.

Con motivo de las festividades de Spanish Town, habían hecho colocar para Hollister, justo después de la barrera de separación, una butaca, donde ahora estaba entronizado y aguardaba el espectáculo. Como la mayoría de los hacendados, pasaba el tiempo enfrascado en consideraciones sobre aquellos aspectos que el gobernador debería haber gestionado de otro modo en sus negociaciones con los cimarrones. Y las críticas iban haciéndose más drásticas cuanto más circulaban las petacas de ron.

Junto a Hollister se hallaba su esposa. Desde el incidente prácticamente no se separaba de su lado, por lo que se había ganado el mayor respeto de la colonia. La dama lanzaba de vez en cuando miradas hostiles en dirección a Nora Fortnam, que no participaba en la conversación. La joven, algo apartada, iba elegantemente vestida y peinada a la última moda. El traje de verano, blanco y estampado de guirnaldas de flores, acentuaba su esbelta figura. No tenía ningún problema en renunciar al corsé, que ya estaba pasado de moda. Se había empolvado el cabello, pero no el rostro: intentar cubrir la tez tan bronceada con polvos de talco era una tarea inútil, le daba un aspecto enfermizo. Para conseguir esconder realmente la piel bronceada tendría que llevar una gruesa capa de albayalde, y eso se lo dejaba a la elegante comitiva del gobernador, que se había colocado delante de la entrada del palacio luciendo sus mejoress galas, chaquetas de brocado, pantalones hasta la rodilla y medias impolutas. El gobernador, así como los líderes cimarrones, no tardarían en abrirse paso entre los miembros del séquito.

Nora tenía cogidos de la mano a sus hijos: Dede, con su encantador vestidito de encaje blanco, que acentuaba el color té con leche de su piel; Jefe, con pantaloncitos hasta la rodilla y el jubón de guata. No dejaba de refunfuñar porque vestido así sudaba, y no exageraba. Todos los hombres llevaban demasiada ropa, también Ian McCloud que estaba con su esposa Priscilla junto a Nora, y se había puesto, cómo no, ropa de domingo. Sufría en silencio el calor húmedo de ese día de la estación de las lluvias y, paciente como era, no se cansaba de señalar a Jefe que un caballero tenía que aguantarse. El niño no le hacía caso. No quería ser un caballero. Nora apenas si podía contenerlo para que no se desabotonara la chaqueta y arrojara al suelo esas prendas tan ceñidas.

Al final, fue la abuela quien solucionó el problema. Adwea estaba al lado de su señora, ataviada con una falda roja nueva, una blusa de encaje y un turbante rojo envolviéndole elaboradamente la cabeza. Llevaba el salvoconducto en el cesto y casi estaba un poco ofendida porque nadie se lo pedía. En cualquier caso, era la única negra libre que estaba delante del palacio en las primeras filas. Y no tenía ganas de que los gimoteos de su nieto le aguaran la fiesta. Adwea se inclinó sobre Jefe y le propinó dos bofetones.

—Basta. Ahora sí que quema. Y cuidado con llorar. ¿Querer ser gran guerrero? ¡Pues gran guerrero no llora!

Jefe se quedó desconcertado, pero no volvió a abrir la boca.

A esas horas, Doug no estaba con su familia. Conducía a la Abuela Nanny y sus hermanos a través de la ciudad, la Reina se lo había pedido expresamente. Sus hermanos avanzaban dignos y erguidos entre los curiosos blancos, pero a Nanny le daba algo de miedo el poder concentrado de los hacendados. Muchos hombres del público iban armados, llevaban al menos sable, y muchos también mosquetes o pistolas. Doug se preguntaba si la escolta que el gobernador ponía a disposición de sus visitantes estaba preparada para un posible atentado. Los guerreros cimarrones que seguían a Nanny y sus hermanos seguramente solo lo estaban en parte. Los africanos que había entre ellos se limitaban a llevar armas tradicionales, más aparatosas que útiles para defenderse. Solo algunos cimarrones, acostumbrados desde hacía generaciones a mantenerse alerta, miraban recelosos a la muchedumbre y llevaban sus armas de fuego listas para disparar.

Nanny avanzaba del brazo de su elegante y joven abogado entre los blancos que antes la habían secuestrado y esclavizado. Doug no tenía la sensación de poder defenderla en caso de emergencia, pero notaba su satisfacción. Prefería no pensar en lo que sus vecinos hablarían y las consecuencias que esta aparición tendría para su trabajo en colaboración con los demás hacendados, pero se había ofrecido de buen grado a acompañar a Nanny. Sentía un profundo respeto por esa mujer menuda que, llena de orgullo y fuerza, había encontrado el camino para, partiendo de la esclavitud, convertirse en una vengadora y al final en firmante de un tratado de paz.

Akwasi observaba con desprecio a Nanny. Ya llevaba horas en la plaza, mezclado entre los esclavos que colocaban las barreras y erigían los palcos. Al principio no había encontrado la posición ideal, si bien no sería sencillo disparar por encima de todas esas cabezas. Recargar sería muy complicado, debía contar con disparar un único y certero tiro. También le habría gustado matar a Nanny junto con el gobernador. O a Cudjoe... ¿o tal vez a Fortnam? Si solo disparaba a los blancos, la sospecha recaería en los cimarrones, era improbable que dejaran partir a Nanny y los demás... Si Akwasi era hábil, tendría a los blancos a su servicio. Y con un poco de suerte pronto estallaría una especie de batalla en la plaza. Pero necesitaba un lugar seguro, preferiblemente elevado...

Mientras Akwasi seguía reflexionando, las calles se llenaban de personas que iban dejando sitio a los carruajes de los hacendados, que se hacían conducir directamente hasta sus sitios. Uno de esos vehículos no estaría mal...

Akwasi esperaba que los cocheros se colocaran al borde de

la plaza, pero no fue así. Los soldados que se ocupaban de poner orden les indicaron que despejaran el área contigua. Pero de pronto apareció un vehículo inusual. Akwasi contempló estupefacto la llegada de una litera llevada por cuatro fornidos esclavos. El hombre que descendió trabajosamente de ella era Hollister, y enseguida se puso a increpar a los encargados de mantener el orden, que querían que los porteadores se llevaran la litera.

Akwasi no entendía lo que decía pero se lo imaginaba. El hombre, manifiestamente discapacitado —Akwasi sonrió con ironía al recordar lo que le había ocurrido—, quería tener cerca su medio de locomoción por si el acto se le hacía demasiado pesado. Tras breves intercambios de pareceres, los esclavos pudieron dejar la litera donde desembocaba una estrecha calle lateral, justo al lado. Los cuatro porteadores se tendieron a la sombra. Era evidente que no tenían el menor interés en la ceremonia, pero nadie de los alrededores se asombraría si uno de ellos se subía al techo de la litera para seguir los acontecimientos del día. Akwasi contempló la estructura de madera. No podía llevar a más de un hombre de su estatura, pero tampoco se hundiría bajo el peso de uno solo. Se fue acercando lentamente al lugar donde se encontraban los esclavos.

Máanu estaba agotada. Llevaba semanas escondiéndose en las inmediaciones de Cascarilla Gardens, al igual que Akwasi. Adwea proveía a su hija de alimentos y de los rumores que corrían por el pueblo, pero de Akwasi no sabía nada. Máanu tampoco hablaba de él, si bien le habría gustado tener a alguien con quien barruntar qué estaba maquinando su marido en las proximidades de los blancos. Máanu había estado dispuesta a seguir a su amado en el destierro, pero Akwasi la había rechazado con rudeza dos veces durante los primeros días. Debería regresar a Nanny Town y esperar. La joven se había quedado en las montañas amedrentada e insegura, una vez que él le había prohibido que continuara siguiéndolo. Pero ¿de qué serviría esperar en Nanny Town? La Reina había desterrado a Akwasi, ¿esperaba él realmente que fuera a abolir algún día la sentencia?

Máanu no se lo creía y, sobre todo, no podía permanecer inactiva. Ya había esperado tiempo suficiente a Akwasi, y últimamente solo había obtenido respuesta de él cuando insistía. Máanu se despreciaba a sí misma por ello, pero cuando veía a Akwasi se olvidaba de todo su orgullo. Veía al hombre fuerte y apuesto que había en él, al que quería abrazar y sentir, pero también veía al niño profundamente herido que lo que más necesitaba era consuelo. Desde que habían enviado a Doug a Inglaterra, Akwasi se había quedado solo y no había permitido, por mucho que Adwea se preocupase, que se acercaran a él, lo abrazaran y le dieran cariño y afecto. Solo había soportado a Máanu, entonces pequeña y tímida como un gatito. Casi desgarrada de pena por el disgusto de él, se deslizaba de noche a la cabaña que habían asignado al chico. Los trabajadores del campo con quienes compartía la choza dormían exhaustos, pero Akwasi lloraba y gemía noches enteras. Máanu se acurrucaba entonces a su lado, en silencio, y compartía esa pena, y él a veces dejaba que lo rodeara con sus brazos. Todo ello se mantuvo en secreto. Por la mañana ella se había ido y el niño fingía no haberla visto nunca.

Máanu estaba segura de que eso habría cambiado con el tiempo. Poco antes de que el *backra* le ordenara por primera vez que le llevara su bebida para antes de dormir, Akwasi la había rodeado con sus brazos y estrechado contra sí. Un abrazo inocente, ella todavía era una niña. Pero habría sido un comienzo si Elias Fortnam no se hubiera apropiado de la niña y robado su inocencia. Máanu ignoraba si Akwasi sospechaba algo o incluso lo sabía. Pero hasta que esa pesadilla no acabó, años después, no volvió a visitarlo. Después había empezado a ver a Akwasi como un hombre. Como un hombre fuerte que tal vez fuera capaz de protegerla. En los sueños de Máanu siempre huían juntos. Pero para él, ella no se había convertido en mujer todavía, nunca la había mirado como miraba a Nora Fortnam.

Pero Máanu no se rendía tan fácilmente. También ahora estaba dispuesta a olvidarse del pasado. Akwasi había perdido a

Nora definitivamente. Pero ella estaría allí. Y él se olvidaría de la missis, igual que se habría olvidado de Doug...

Así pues, Máanu siguió de nuevo la pista. Fue tras Akwasi hasta Cascarilla Gardens y sufrió horrores cuando él acechaba a Nora en la playa y a Doug cuando se dirigía a Nanny Town. Más de una vez se preguntó qué haría si Akwasi se disponía a dispararle. Había tenido una pistola, Máanu recordaba vagamente haberlo visto con la pistola de Doug en Nanny Town. Quizás había tenido que devolvérsela después, quizá no... Pero ella estaba decidida a que la situación no llegara a tal extremo. ¡Akwasi no debía cometer ningún asesinato más! Nadie le perseguiría si no llamaba la atención, podría vivir en las montañas con Máanu, o en otro lugar de la isla. ¡Si tan solo entrara en razón!

Máanu se sintió enormemente aliviada de que no disparase a Doug mientras cabalgaba y de que tampoco intentara abordar a Nora tras espiarla en la playa. A lo mejor todo eso terminaba por sí solo. Pero ¿qué pretendía hacer su marido durante la firma del tratado en Spanish Town?

Máanu no apartaba la vista de Akwasi, incluso aunque la asustaba estar entre tanta gente. Se había deshecho las trenzas y cortado el cabello. Con su larga y lisa melena tal vez la hubieran reconocido, pues era así como lo llevaba antes. Pero claro que también podían recordar su rostro, cuando era doncella de Nora había estado muchas veces en Kingston y Spanish Town. Únicamente podía confiar en que ningún blanco se dignaba mirar a un esclavo a la cara.

Entretanto, la gente se amontonaba en las calles y a Máanu no le resultó fácil seguir a Akwasi. Este conversó con unos negros fornidos que estaban al borde de la plaza. Los cuatro vigilaban un extraño vehículo, una especie de camilla cubierta. Mientras Máanu todavía miraba aquel artefacto y se preguntaba por qué Akwasi se interesaría por él, un carro casi la atropelló.

—¡Eh, chica, a ver si tienes cuidado! —Un negro alegre y de cara redonda, con un sombrero de paja amarillo, la miraba con reproche malicioso—. ¿Dónde mirar? Buscas sitio mejor, ¿eh? Ahí detrás no ves, seguro. —En el carro destartalado donde el hombre vendía sus productos había rodajas de melón y mango sobre hojas húmedas. Por encima se elevaba una cubierta de madera para proteger la mercancía de los chaparrones y del sol. El vendedor consideró los pros y los contras y llegó sonriente a una conclusión—. ¡Venga, súbete, chica, seguro que el *backra* no tener nada en contra! —Con un movimiento cogió la delgada cintura de Máanu y la subió al techo de su carro—. ¡Adorna mi carro! —dijo sonriendo, y volvió a ponerse en marcha—. ¡Melones y mangos! ¡Dulces, dulces como la princesa que los acompaña!

Máanu se sobresaltó y de buen grado se hubiera tapado la cara cuando el vendedor anunció de ese modo su mercancía. Ahora estaba expuesta a la vista de todos y cualquier persona de la plaza podría reconocerla. Sin embargo, constató que nadie la miraba. A nadie le interesaba una muchacha negra sentada en un carro de fruta. La gente quería ver a la Abuela Nanny y al gobernador. ¡Y ahí llegaban también los cimarrones!

Máanu oyó el rumor de la muchedumbre, en parte expresiones de júbilo, en parte de desaprobación. Distinguió a Nanny del brazo de Doug Fortnam y al gobernador, entre las filas de escribientes y criados. Y vio subir a Akwasi a la cubierta de la litera.

La joven pensó en si habría planeado hacer alguna cosa. Pero entonces Doug y Nanny pasaron por delante de ella, el gobernador besó la mano de la reina de los cimarrones y los condujo a todos a su casa. Una escena breve...

—¡Después tú ver más! —le prometió el vendedor de melones, que en ese momento estaba haciendo negocio—. Luego gobernador dar discurso. Ahora lo primero firmar. Yo no sabía que Abuela Nanny escribir. —Las palabras del hombre emanaban respeto.

Máanu no pudo evitar sonreír. Había guiado la mano de la Abuela Nanny incontables veces, mientras la ashanti practicaba escribir su nombre al pie de un documento. También sabría plasmar sin errores en el papel la frase: «Nanny y los cimarrones de Barlovento.»

Akwasi se puso cómodo sobre la cubierta de la litera. También él se había enterado de que el gobernador y sus visitantes querían aparecer ante la muchedumbre después de la firma del tratado. Esperaría. Aunque no era de su agrado, habría preferido cometer el atentado antes de que se concluyera oficialmente el tratado de paz. Pero el saludo había sido muy rápido. Habría podido disparar una vez como mucho y, además, Nanny y sus hermanos habían cubierto al gobernador. Así que en cuanto se pusieran todos en hilera...

Akwasi tenía preparadas pólvora y balas. Podría recargar el arma en un abrir y cerrar de ojos, seguro que abatía a dos de sus objetivos, si no a tres o más. Pero no, más de tres no. Aunque tardarían en averiguar de dónde procedían los disparos, no quería que lo apresasen. Akwasi solo esperaba que los cuatro esclavos que estaban a la sombra no tardaran en vaciar el pequeño barril de ron con que les había agradecido que le dejaran subir al techo para otear. Bajo los efectos del alcohol, no se percatarían de lo que ocurría delante de sus narices. Y como mucho se oiría un disparo. En cuanto cayera el gobernador, los gritos y el ruido resonarían en toda la plaza.

La nueva lectura del acuerdo delante de los cimarrones y del gobernador llevó algo de tiempo y Cudjoe, Accompong, Quao y Nanny también precisaron después unos minutos para escribir la firma que con tanta dedicación habían practicado. Doug estaba atento a que todo transcurriera de forma apropiada, y los cimarrones trazaron sus nombres con esmero y de forma legible en el lugar correcto. El gobernador ofreció luego un champán que Nanny sorbió primero vacilante y luego con deleite. Reía y conversaba, encantadora, con Trelawny, mientras sus hermanos no parecían saber qué actitud adoptar. Habrían preferido ron antes que ese líquido insípido y burbujeante. Al final hablaron con el coronel Guthrie, con quien tenían más en común que con el amanerado gobernador Trelawny.

—¡Allá vamos! —anunció Trelawny, al tiempo que caballerosamente sostenía abierta la puerta que conducía hacia el exterior para sus invitados—. Nos colocaremos uno al lado del otro para que todos puedan vernos bien y luego pronunciaré unas palabras. Si desea decir algo, Reina Nanny, ¡no se reprima! —Sonrió—. En cualquier caso, no tardaremos mucho, sería insoportable con este calor... —Sacó un pañuelo perfumado del bolsillo y se secó la frente.

La Abuela Nanny se esforzaba por ser diplomática. Doug no habría renunciado a recordar a Trelawny que ella había sido esclava del campo. El gobernador era sin duda un hombre amante de la paz y buena persona, pero a veces parecía no acabar de entender del todo dónde estaba y con quién trataba.

La menuda reina de los cimarrones se situó dócilmente delante del palacio y junto al gobernador, a quien también flanqueaba el alto Cudjoe. Trelawny alzó la mano para que la multitud hiciera silencio.

Y entonces sucedieron varias cosas a la vez.

Máanu vio a la Reina en la escalera del palacio y pensó en si debía saludarla. Pero entonces miró hacia Akwasi y distinguió el arma en su mano. En el mismo momento, Jefe descubrió a su madre sobre el carro de fruta.

Máanu gritó y saltó del carro. Jefe también vociferó y se soltó de la mano de Nora.

—¡Mamá!

El niño corrió hacia Máanu, para lo cual tenía que atravesar las vallas delante del palacio. Pero ¡un par de guardianes de uniforme no podían detener a un futuro guerrero ashanti! Jefe cruzó las barreras como un pequeño rayo negro.

—¡Jefe!

Nanny se agachó para atrapar al pequeño y entonces resonó un disparo, mas el gobernador se había vuelto sorprendido hacia la mujer, lo que impidió que la bala lo alcanzase.

Desesperado, Doug buscaba con la mirada de dónde había salido el disparo, cuando Máanu también cruzó la valla, cogió a su hijo y lo cubrió con su cuerpo para protegerlo. Doug empujó al gobernador al suelo cuando sonó el siguiente disparo y esta vez sí vio de dónde procedía. Dudando si informar a los guardias o emprender él mismo la persecución, primero protegió a Trelawny.

Máanu señaló nerviosa en dirección a la litera y gritó algo a los soldados blancos. Estos cargaron las armas, mientras la escolta negra de los cimarrones de Barlovento no se quedaba de brazos cruzados. Se produjo un tiroteo, la gente gritaba y un grupo de guerreros se lanzó en persecución de Akwasi.

El joven huyó por la calle lateral en la que se había instalado la litera, pero no sabía que los carruajes de los hacendados taponaban el siguiente cruce. Sacó su cuchillo y se precipitó hacia el cochero más cercano, pero tropezó con el equivocado.

También Kwadwo, el hombre obeah, llevaba cuchillo desde que el salvoconducto de Doug lo acreditaba como orgulloso negro libre. Desarmó a Akwasi con la misma destreza con que decapitaba pollos.

—Olvídalo, chico, te matarán de un tiro. —Kwadwo le retorció el brazo a la espalda mientras Akwasi pugnaba por soltarse—. Tienes que rendirte. O no saldrás de aquí con vida.

—¡Y qué! —Akwasi jadeaba y se revolvía. Los primeros cimarrones, seguidos por los soldados blancos, ya aparecían por la esquina—. ¡Que me cuelguen si quieren! —Akwasi luchaba con toda su alma, pero Kwadwo era más fuerte.

—No te colgarán —dijo el hombre obeah, sereno—. El *backra* no lo permitirá.

Nora y Máanu se ocupaban del pequeño Jefe, que se puso a vociferar fuera de sí cuando arrastraron a Akwasi maniatado delante de los cimarrones y el gobernador.

—¿Un negro? —preguntó sorprendido Trelawny—. Había pensado...

—Akwasi —dijo con tristeza Nanny—. ¿Vale la pena todo esto por una sola mujer blanca?

El gobernador frunció el ceño.

—¿Conoce a este hombre?

Nanny asintió.

—¿Entonces iba contra usted?

Los pensamientos se agolpaban en la mente de Doug. Si había una oportunidad de que Akwasi saliera con vida de allí, dependía de si su intención era matar a un negro, no al gobernador de la Corona. Tal vez la pregunta podía quedar sin contestar.

—Excelencia —intervino antes de que Nanny respondiera—. Posiblemente iba dirigido contra algún sirviente. O contra su esposa... —Señaló a Máanu—. El hombre desvaría, tendremos que aclararlo más tarde. Deje que se lo lleven ahora. La Reina Nanny sin duda quiere presentarle a Máanu, su... su mano derecha, por decirlo de algún modo, en Nanny Town. Y ahora también su protectora. Fuera quien fuese contra el que iba dirigido el atentado, excelencia, Máanu lo ha evitado.

Trelawny pareció serenarse, pero, naturalmente, percibió el alegato de un buen abogado en las palabras de Doug.

—¿Quiere defender a este sujeto, Fortnam? —protestó desconfiado, señalando con un dedo acusador a Akwasi—. Creo que lo averiguaremos ahora mismo. ¿A quién has disparado, hombre? ¡Dilo, o lo descubriremos de todos modos!

Doug miró a su viejo amigo. Se habían entendido muchos años sin palabras. Akwasi tenía que mirarlo a los ojos y confiar en él.

«Akwasi, ya nos has puesto en peligro a los dos», los labios de Doug formaban las palabras sin emitir ningún sonido.

Y Akwasi, que ya se había erguido pese a sus ataduras para espetarle la verdad al gobernador, bajó la cabeza.

—Yo no disparar, *backra* —murmuró—. Arma fallar. No querer matar a nadie... Akwasi negro bueno...

12

—¿No lo colgarán? —preguntó Nora.

Doug entraba en ese momento y por su expresión, agotado pero triunfal, ella reconoció que había evitado lo peor. El joven hizo pasar delante a Máanu, que parecía igual de fatigada. La joven negra había pasado horas y horas contestando al interrogatorio y Doug realizando unas complicadas negociaciones.

—No —respondió, abriendo la delicada vitrina de madera de campeche que adornaba la nueva sala de estar—. ¿Alguien más quiere? —Doug se sirvió un vaso de ron.

Máanu asintió. Nora prefería vino blanco, pero se arrepintió de la elección. Adwea solía refrescar en el arroyo las botellas de vino antes de servirlas. Entibiadas, como recién salidas del armario, hasta el mejor vino era un brebaje.

Doug bebió un trago de ron.

—Akwasi ha seguido haciendo el papel de tonto —informó—, por duro que le resultase. Aunque nadie le ha creído. Una pistola no se dispara de repente y, además, dos veces seguidas y en una dirección comprometedora. Y la historia de Máanu es igual de inverosímil. Uno no se cuela gritando entre los guardias y apartando la gente a empellones solo para saludar a su hijo y a una antigua amiga. Pero no han insistido. No cabe duda de que Máanu ha evitado el atentado y el gobernador lo valora en mucho. Mejor no pensar en lo que habría sucedido con el tratado de paz si hubiera habido muertos. De todos modos,

Máanu ha suplicado clemencia para Akwasi y Nanny también ha intercedido por él. Además, mi alegato...

Sonrió satisfecho, pero se puso serio cuando vio la cara pálida y preocupada de Nora, quien estaba cogiendo la botella de ron en ese momento.

—No... no lo dejan libre, ¿o sí? —inquirió. Le temblaban los dedos mientras se llenaba la copa.

—¿Habrías preferido que lo colgaran? —preguntó Doug con voz ronca—. Yo... yo pensaba...

Nora sacudió la cabeza.

—No —respondió con franqueza—. Es cierto que a veces he deseado que muriese, pero ahora... ahora ya no. Y menos en la horca...

Se estremeció. Si tenía que ser sincera, también le aterraba tener el problemático Akwasi cerca de ella. Mientras estuviera libre, no dormiría tranquila, y en ese mismo instante tomó conciencia de que nunca estaría realmente segura.

—No lo dejan libre. Lo destierran —señaló Máanu con un hilo de voz.

—¿Des... terrado? —Nora frunció el ceño—. ¿A Australia o algún lugar así?

Antes de abandonar Inglaterra había oído hablar de que transportaban reclusos a las colonias lejanas. Pero salían de Londres o Blackpool, no de Jamaica.

—A las islas Caimán —respondió Máanu—. Dicen que no están tan lejos, poco más de trescientos kilómetros al noroeste de aquí. También pertenecen a los ingleses...

Doug asintió.

—Pero están poco pobladas —explicó—. Solo viven allí unas pocas familias, con sus esclavos, claro. Seguro que no hay colonia de cimarrones. En las islas Caimán todo el mundo se conoce. Huir de allí es impensable.

—¿Hay plantaciones de caña de azúcar? —preguntó Nora.

Sentía cierta compasión. Si Akwasi tendría que pasar el resto de su vida trabajando como un siervo, tal vez habría preferido morir.

—Más bien algodón y todas las verduras y frutas posibles —respondió Doug—. No se exporta demasiado, la gente cultiva para su propio consumo y para proveer de víveres los barcos que navegan por ahí. Pero los capitanes se sirven a sus anchas. Todavía hay más piratas que aquí...

—Podría enrolarse en un barco pirata —dijo Nora. Ignoraba si lo decía en broma, si le infundía miedo... o esperanza.

—Ahí la disciplina todavía es más severa que en una plantación o en Nanny Town. —Sonrió Doug—. Akwasi se adaptaría mal, por no hablar de promocionarse. Es bastante improbable que regrese convertido en capitán pirata. No creo que debas preocuparte, Nora. Akwasi no volverá a molestarnos.

Máanu bebió su ron y se frotó los ojos. No quería mostrar que estaba llorando, pero Nora se percató.

—¿Qué vas a hacer ahora, Máanu? —preguntó—. ¿Vuelves a Nanny Town? Creo que Doug te dejaría libre.

Él sonrió.

—Ya lo es —observó—. ¡Tiene salvoconducto del gobernador! A mí no me han consultado demasiado. Máanu puede vivir legalmente en Kingston, en Nanny Town o donde le apetezca.

—Si quieres quedarte aquí... podrías ocuparte de Dede y Jefe. Por un sueldo apropiado, claro.

Nora hizo la sugerencia con la mirada baja. En realidad podía renunciar a la ayuda de Máanu, pero no quería volver a separar a Jefe de su madre.

Máanu movió la cabeza en un gesto negativo y volvió a esbozar su sonrisa sardónica.

—¿Niñera de mi propio hijo? Como Adwea entonces, ¿la misma educación para los hijos de los señores y los esclavos mientras sea del gusto del *backra*?

Nora la interrumpió.

—¡No sería así! Jefe es libre, él...

Máanu se mordió el labio.

—Yo tampoco quería decir esto —reconoció. Era lo más próximo a una disculpa que podía salir de ella—. Pero no me quedaré aquí. Y si mi hijo es realmente libre, me lo llevaré conmigo.

—¿A Nanny Town? —preguntó Nora, sintiéndose enormemente aliviada.

—No. —Máanu se pasó nerviosa la mano por el cabello corto—. Yo también me voy a las Caimán.

—¿Que te vas adónde? —repuso Nora estupefacta—. Máanu, no puede ser verdad. ¿Vas a seguir a Akwasi? ¿Otra vez? ¿Has perdido el juicio?

La chica se encogió de hombros.

—Es así. —Sonrió—. Ya de niña supe que amaba a Akwasi...

—Pero ¡él no te quiere! —replicó Nora con dureza—. A ver si lo entiendes de una vez, nunca te ha amado.

Máanu frunció el ceño.

—Eso puede cambiar —respondió—. De todos modos, volveré a intentarlo...

Doug se rascó la frente.

—Pero Máanu, después de todo lo que habéis vivido con él Nora y tú... Podrías empezar aquí una nueva vida. En Kingston. Poner una tienda, o un puesto en el mercado. Te ayudaremos.

Máanu sacudió la cabeza.

—Si desea regalarme algo, *backra*... —Sonrió, entre los cimarrones había tuteado a Doug como cuando eran niños—. Entonces tal vez podría ayudarme con... un pollo.

Los prisioneros subían encadenados a bordo del pequeño carguero que transportaba de Jamaica a las islas Caimán sobre todo esclavos, aunque también artículos como telas y utensilios domésticos. Alquilar un cobertizo que sirviera a Máanu y su hijo de alojamiento había costado una pequeña fortuna en propinas y unas indicaciones bastante precisas de cuáles eran los deseos del gobernador. Y Doug todavía había puesto una buena suma para que el capitán aceptara llevar a Akwasi a la habitación de Máanu en cuanto el barco zarpara del puerto de Kingston.

«Sin ayuda no capturará el barco», tranquilizó al preocupado navegante.

Al final llegaron a un compromiso. El esclavo disfrutaría de ese privilegio, pero no le quitarían las cadenas. Doug también lo entendía. Los presos de ese barco eran todos esclavos culpables de delitos graves, en general de atacar a sus señores. Ninguno de ellos tenía escrúpulos, ninguno tenía nada que perder. Salvo, quizás, Akwasi, pero Doug no podía contarle toda la historia a ese capitán desconocido.

Máanu se ocuparía de Jefe cuando volviera a ver a su padre encadenado. Pero en el barco el niño no tendría a nadie que le ayudase, y Doug no creía justo mentirle. Su padre nunca sería un rey. Seguía siendo un esclavo.

Akwasi sintió más miedo que alivio cuando, poco después de zarpar el barco, dos marineros llegaron a la bodega y le quitaron las cadenas que lo sujetaban al suelo. Ya se había acomodado en las tablas duras y empapadas de agua salada: ninguno de los presos podría ver el sol durante los días que duraba la travesía, la libertad de movimientos se limitaba a incorporarse a medias para coger las escasas raciones de comida. Akwasi sabía lo que le esperaba. Ya había visto suficientes africanos llagados y desnutridos saliendo de los barcos.

Pero en ese momento lo sacaban de nuevo al exterior... Akwasi no se esperaba nada bueno de ello. Le habían indultado por los pelos, y era posible que el gobernador se lo hubiera pensado mejor. Akwasi se preparó para morir. Si lo arrojaban al mar con las cadenas, era el fin: con el peso del hierro resultaba imposible nadar. Y en aquellas aguas había tiburones.

Pero no lo condujeron al exterior, sino al entrepuente, que no era tan húmedo ni oscuro como el fondo del barco. Los hombres llamaron a una puerta.

—¡Aquí está, *madam*!

Rieron un poco cuando pronunciaron la última palabra. Akwasi comprendió la razón cuando Máanu abrió la puerta.

—¿Tú? —preguntó cuando los hombres lo empujaron dentro del camarote, pequeño pero limpio y seco, en que lo esperaban Máanu y Jefe.

—¡Papá!

Jefe quiso correr hacia él para arrojarse a sus brazos, pero las cadenas lo asustaron. Dirigió a Akwasi una mirada interrogativa. Pero él no tenía ojos para su hijo, solo para la mujer que lo miraba serenamente.

—¿Vienes conmigo? —preguntó con voz ronca.

Máanu asintió.

—Soy tu esposa —respondió con firmeza—. Nos pertenecemos el uno al otro. Si quieres... si por fin lo comprendes...

—Máanu... —Akwasi tenía la boca seca.

Ella le tendió un vaso de agua.

—Bebe —dijo con calma—. Por supuesto, no tienes que vivir conmigo. Si quieres, me construiré una cabaña lejos de donde tú estés. Pero yo... yo pensé intentarlo otra vez...

Señaló un gran cesto a través de cuya rejilla una gallina, gorda y blanca, miraba al exterior desconfiada.

Akwasi se echó a reír.

—¿Has comprado una gallina? —preguntó—. ¿Para la ceremonia obeah?

Máanu asintió.

—Debe de haber algún sacerdote obeah en la isla. Y tal vez un *duppy* bondadoso. Esta vez no habrá ninguna Nora en los alrededores. Y no te quitaré los ojos de encima. Esta vez el encantamiento tendrá que surtir efecto.

Akwasi calló unos segundos. Máanu no lo miraba, miraba fijamente el mar a través del diminuto ojo de buey del camarote. Y entonces sintió de repente una mano fuerte que tomaba la suya. Las cadenas de Akwasi tintinearon, pero eran lo suficiente largas para dejarlo llegar hasta Máanu.

—Deja que viva el pollo —musitó—. Basta con tu encanto.

—¿Qué pasó con la gallina? —quiso saber Doug.

Los Fortnam habían ido a caballo hasta la playa y miraban el barco que llevaba a Akwasi y su familia hacia un futuro duro pero compartido en un lugar lejano. Dede estaba sentada delante de Doug en la silla de *Amigo* y chillaba de placer cuando el semental galopaba. La excursión era un pretexto para distraerla. La pequeña se había separado de Jefe a disgusto y ya ahora se afligía por la ausencia de su hermanastro.

Nora se encogió de hombros.

—Ya conoces las ceremonias obeah —contestó—. La sangre de la gallina conjura un *duppy*.

Doug asintió.

—De acuerdo —dijo—. Pero ¿para qué la necesita? Me refiero a que... tres ¿no es ya uno de más?

Nora rio.

—Es posible invocar a *duppies* por distintos motivos —explicó—. Pero Máanu ansía uno solitario, que necesite cariño. Con algo de suerte tomará posesión del ser humano al que va dirigida la ceremonia.

Doug se rascó la frente.

—¿Y eso dura eternamente? —preguntó incrédulo.

Nora negó con la cabeza.

—No. Ningún espíritu permanece por toda la eternidad. Pero algunos... algunos te acompañan durante mucho, mucho tiempo.

Lanzó una mirada casi de disculpa a la cabaña de la playa.

Doug suspiró.

—Eso sí puedo confirmarlo —dijo.

Sabía que Nora seguía llevando el colgante de Simon. Y si todavía no habían fijado la fecha de su boda, eso se debía a la eterna mala conciencia de ella respecto a su primer amor.

Nora inspiró hondo y tomó una decisión.

—Ven —dijo serena, y puso su caballo al galope.

Aurora galopó obediente hasta el mar, luego se asustó de las olas rompientes. Nora desmontó y dejó las riendas sueltas.

La joya que había encargado confeccionar con el sello de Simon estaba en el bolsillo de su traje de montar, un lugar cálido y seguro. Esperaba como siempre a que la tocasen, pero ahora eso iba a terminar.

Nora indicó a Doug que se acercase al agua, junto a ella. Entonces metió la mano en el bolsillo de su vestido y otra vez acarició con amor el recuerdo de Simon. Lo sacó, dejó que el sol se reflejara en él y lo arrojó al mar, lejos.

Nora se apoyó en el hombre a quien amaba y creyó sentir que el viento mecía las palmeras y arrastraba las nubes por encima del océano. Las olas la acariciaron y estaba segura de haber oído la dulce voz de Simon susurrándole un adiós antes de que su espíritu se perdiera en la vastedad del Caribe.

Epílogo

Y si tan fácil era, ¿por qué no se escapaban todos los esclavos?

La pregunta surge al leer en este libro —o en mi caso al investigar para escribirlo— lo cerca que estaban los poblados cimarrones de las ciudades de los blancos y lo poco que se vigilaba a los esclavos. La misma cuestión les solía quitar el sueño a los *backras* de entonces. En cada una de las plantaciones mayores de Jamaica o de las otras islas había solo una familia de hacendados y unos diez vigilantes a cargo de unos doscientos cincuenta esclavos, en su mayoría jóvenes y fuertes y todos con acceso a los machetes o al menos a cuchillos afilados. Habría sido fácil reducir a los blancos, y aún más por cuanto sus armas de fuego no influían en la proporción de fuerzas. En el siglo XVIII todavía se disparaba con pistolas o mosquetes de chispa que había que recargar después de cada tiro. Si la cuadrilla de trabajadores decidía rebelarse, el vigilante solo tendría tiempo de disparar un tiro.

Sin embargo, en la historia del Caribe, al igual que en la de los estados sureños de Estados Unidos, se produjeron muy pocos levantamientos y apenas una pequeña minoría de esclavos intentó escapar. Incluso si la meta era proporcionalmente tan fácil de alcanzar como las Blue Mountains de Jamaica. Solo pueden hacerse conjeturas sobre las razones de ello y serían seguramente complejas. Hay que considerar, por ejemplo, que la población de esclavos de una plantación estaba sometida a una fuerte fluctuación. La esperanza de vida de un trabajador del campo era sumamente baja, y además la rudeza del trabajo, sin apenas descanso, seguramente lo despojaba de toda la energía para sopesar las posibilidades de huida y correr riesgos. A todo ello se sumaban las dificultades de la lengua. Como se indica en el libro, había y hay en África un ingente número de lenguas tribales y los esclavos procedían de las regiones más diversas del continente negro. Así pues, ese inglés *pidgin*, simplificado, que los recién llegados africanos con tanto esfuerzo debían aprender, servía no solo como medio de comunicación con los *backras,* sino que también era la única herramienta con que los esclavos tenían la oportunidad de entenderse entre sí. Para planificar y coordinar una sublevación no debía de ser suficiente.

No es por azar que casi todos los alzamientos de los esclavos de la historia fueran llevados a término por hombres de la segunda generación esclavizada. La Abuela Nanny y sus hermanos, oriundos de África, son aquí la excepción. Y por último —también se menciona esto en la novela— debe tenerse en cuenta que en el ámbito del comercio de esclavos bueno y malo no es equiparable a blanco y negro. Solo unos pocos comerciantes de esclavos blancos capturaban ellos mismos su carga humana. La mayoría de las veces compraban nuevos esclavos a tribus como los ashanti, que realizaban cacerías humanas selectivas en las tribus próximas con las que estaban reñidos. Los capitanes de los barcos de esclavos, sin embargo, carecían de escrúpulos a la hora de llevarse a un mismo tiempo a mercaderes y mercancías. En mi novela, Nanny y sus hermanos son víctimas de una de esas feas prácticas comerciales. Así que cuando un dogón o un mandinga se hallaba encadenado junto a un comerciante de esclavos ashanti debía de sentir más alegría por el mal ajeno que urgencia por unirse lo antes posible con su antiguo cazador para luchar contra su actual y común enemigo.

Al igual que en mis libros anteriores, en *La isla de las mil fuentes* también he intentado vincular lo más coherentemente posible el destino de mis personajes ficticios con las historias reales del escenario. De ahí que haya tratado de describir la vida en las plantaciones tal como era, si bien las que se mencionan, Cascarilla, Hollister, Keensley y otras, son ficticias. Asimismo, he intentado investigar con la mayor exactitud posible la historia de los cimarrones. La Abuela Nanny y sus hermanos son personalidades históricas; si bien los datos sobre su edad, antecedentes y luego su muerte difieren en mucho, según las fuentes consultadas son decenios más jóvenes o viejos. Así pues, he dejado muchas cuestiones abiertas en el libro y he jugado en parte con los rumores que existen en torno a la biografía de Nanny. Hasta el momento nadie sabe con exactitud si era sacerdotisa y curandera, si era una opositora convencida de la esclavitud o si ella misma había sido de joven tratante de esclavos.

Lo único seguro es que la Abuela Nanny se negó más tiempo que sus hermanos a cerrar el tratado de paz con los blancos, posiblemente debido al compromiso allí suscrito de entregar a los esclavos huidos a sus señores. Todavía hoy se la considera una de las heroínas nacionales de Jamaica.

Lo que no ofrece discusión es que las cabañas de Nanny Town se construían según el modelo africano y que Nanny dirigía la comunidad tomando como modelo las aldeas ashanti. Si esta manifiesta búsqueda de las raíces desembocó realmente en conflictos con otros grupos de cimarrones no es seguro, simplemente me asaltó ese pensamiento. Los individuos que nacieron en libertad llevaban, a fin de cuentas, generaciones sin vínculos con África y a la fuerza tuvieron que regirse por las realidades occidentales en asuntos de nivel y concepción de vida.

Exceptuando los datos geográficos, toda la historia escrita de Nanny Town es desconcertante. Los informes sobre cuándo se construyó, cuántos ataques sufrió y cuándo se destruyó, y si lo fue a manos de los ingleses, difieren totalmente. En algún momento renuncié a averiguar la verdad. En mi versión, Nanny permanece invencible hasta la conclusión del tratado en 1739 y es ella misma quien lo firma. También este es un tema controvertido entre los historiadores y seguramente la solemne firma del tratado no se realizó en Spanish Town. En este caso he dado rienda suelta a mi fantasía: que me disculpen los historiadores.

La existencia de musulmanes entre los esclavos de Jamaica en el siglo XVIII se basa más en suposiciones que en conocimientos seguros, lo último que registraban los hacendados del Caribe era la religión de sus trabajadores del campo. En los territorios en los que se cautivaron los africanos había muchas comunidades afines a un islam comedido de naturaleza muy africana. Es poco probable que alguno de sus representantes acabase en Jamaica. Lo que es seguro es que en el período en cuestión y más tarde desembarcaron en América esclavos musulmanes. A quien le interese este tema le aconsejo *Raíces*, de Alex Haley, una saga familiar muy bien estudiada. También su antepasado Kunta Kinte era musulmán.

El culto obeah, que hasta ahora se practica en Jamaica y que en la época en que transcurre la novela estaba muy extendido entre los esclavos, está vinculado con el vudú de otras regiones del Caribe. Ambas religiones unen cultos africanos y la creencia en los espíritus. Las prácticas siempre son parecidas, difieren en detalles, pero con frecuencia de un sacerdote a otro. La ceremonia obeah que describo no tiene que ser idéntica a otras ceremonias obeah o vudú, aunque también me he esforzado en este ámbito por plasmar la mayor autenticidad posible.

Por último, unas palabras respecto al empleo políticamente correcto del lenguaje de este libro. Es posible que algunos lectores se hayan sentido molestos por el uso de la palabra «negro» [Neger, Nigger] en los diálogos. De hecho la he utilizado de forma consciente; tiene como objetivo transmitir lo más exactamente posible a los lectores la atmósfera que reinaba en Europa en el siglo XVIII respecto al tema de la esclavitud. En esa época, el comercio con seres humanos de color, su explotación en el trabajo y la suposición de que eran inferiores según disposición divina, eran incuestionables. Ya fuerzo mucho la autenticidad de la acción con la continua postura de rechazo de Nora y Simon hacia la esclavitud, e incluso la manera de pensar moderada de Doug. Los movimientos religiosos que condenaron la esclavitud, como los cuáqueros, no se impusieron hasta más tarde.

Tampoco es inventado el que ya antes de la Abuela Nanny y sus hermanos se establecieran pactos entre los blancos y los cimarrones para devolver a esclavos huidos a sus propietarios. Eso no se entendía como una traición a la propia raza, era conocido y estaba extendido prácticamente por todo el mundo el principio de la esclavitud de presos, la mayoría presos de guerra. Por otra parte, en pocos lugares era el sistema tan hermético y cruel como en las colonias europeas, probablemente a causa de sus componentes raciales, relativamente nuevos. En África (Polinesia, Arabia, incluso en las anteriores Roma y Grecia) todo el mundo podía esperar, al menos teóricamente, que lo apresasen como esclavo en el transcurso de una operación militar, saqueos o invasiones. Los esclavos que se tenían no eran considerados fundamentalmente inferiores, simplemente habían tenido mala suerte.

Como consecuencia, en casi toda sociedad, los esclavos tenían la posibilidad de comprar su libertad, que los dejaran en libertad o, por ejemplo, que los aceptaran a través de un matrimonio en la comunidad tribal de sus señores. Para el esclavo negro que había caído en manos de *backras* blancos todo eso no existía, quedaba a merced de su señor pasara lo que pasase. Y al patrón le resultaba fácil renunciar a cualquier tipo de empatía: el color de su piel ya le protegía de compartir en algún momento el destino del esclavo. De ahí resultaban los abusos y los castigos draconianos descritos en el libro: no había ninguna posibilidad de contener al negrero blanco. En los pocos casos históricamente documentados en los que se pedía cuentas a un sádico radical, los demás hacendados solían tomarse la justicia por su mano. Tal como ya se ha dicho, temían que los esclavos se rebelaran a causa de su superioridad numérica y el peligro aumentaba, por supuesto, si el negrero maltrataba de la forma más espantosa posible a sus trabajadores.

Comoquiera que fuese, a mediados del siglo XVIII nadie se

planteaba si la forma de hablar sobre los negros era más o menos correcta, e incluso en el *pidgin* de los esclavos se alude a expresiones como «negro del campo» o «tu negro» en lugar de «tu marido». En realidad los casamientos entre esclavos tampoco eran posibles, y ceremonias que los sustituyeran como el salto de la escoba no tenían ningún significado legal. Esto se justificaba diciendo que el esclavo no era una persona mayor de edad y que por lo tanto no podía concluir un contrato nupcial. Se cuestionaba, como se ilustra en el libro, el bautismo de los esclavos. Se discutía con toda seriedad si el africano tenía o no un alma que precisara ser salvada.

En este libro ha vuelto a salvarme de incurrir en errores de puntuación y de tiempos verbales mi fabulosa editora de mesa Margit von Cossart. ¡Muchas gracias por las comprobaciones y exámenes de errores lógicos! Gracias también a mi editora Melanie Blank-Schröder, que hizo posible el tema de Jamaica y quien —junto con Margit von Cossart— me advirtió de la falta de corrección política. Muchas gracias también, por supuesto, a mi agente y taumaturgo Bastian Schlück.

En esta ocasión, hay que destacar entre los lectores del texto a Linda Belago, que salvó con una idea una escena crítica. Pronto aparecerá su primera novela *Landscape* y yo ya estoy esperando emprender una primera lectura.

Doy también las gracias a todos los colaboradores de Bastei Lübbe que han participado en la creación y distribución de este libro. Desde el diseño de las cubiertas hasta el departamento de prensa, ¡hay tanto que hacer para que de una idea y un texto salga un libro! Doy las gracias a cada uno de los distribuidores y libreros que se encargan de que mi libro pase directamente a los lectores. Y a estos últimos: ¡espero que se diviertan tanto leyendo mis historias como yo escribiéndolas!